Édouard Glissant

エドゥアール・グリッサン

Le Discours antillais

カリブ海序説

星埜守之・塚本昌則・中村隆之＝訳

インスクリプト

INSCRIPT Inc.

Le Discours antillais

目次

第一巻

知っていること、確かならざるもの

社会学　225

第二巻
関係の詩学

第三巻
砕け散った言説

第四巻
アンティルの未来

附録　649

カリブ海序説

以下に収録する文章は、ほぼ十年のあいだに口頭や活字で発表されたものであり、この期間、この仕事は絶えずふくらみ続けた。巻末に初出情報（大学でのシンポジウム、国際会議、マルチニックにおける文化活動、出版物等）を示すが、これらは変わることのないひとつの包括的なプロジェクトの一環である。

描きだすこと、それは変えることだ。

＊

その時シャカは彼らに叫んだ――「おまえたちは、私が死んだら取って代わろうと望んで私を殺すのだな。間違っているぞ、そんなことにはならない。なぜならウム・ルング（白人）がやってきて、そいつこそがおまえたちを支配し、おまえたちはその家来になるのだから。」

トーマス・モフォロ
『シャカ、バントゥ叙事詩』

＊

ヨーロッパとアメリカのあいだには、塵しか見えない。

シャルル・ド・ゴールがマルチニック旅行の折に語ったとされる言葉

＊

しかしもっとも力強い言語は、話す前に記号がすべてを言ってしまっているような言語である。

ジャン＝ジャック・ルソー
『言語起源論』

＊

アコマが倒れれば、誰もが腐った木だと言う。

マルチニックの諺

＊

黒人ひとりは一世紀。

マルチニックの格言

＊

現実の目録作りは途方もない仕事である。我々は事実を集め、注釈するが、一行書くごとに、命題をひとつ表明するごとに、未完成の印象を抱くのだ。

フランツ・ファノン
『黒い皮膚、白い仮面』

序章

1 「閉鎖的」状況からの出発

マルチニックはポリネシアの島ではない。だが、相当数の人々がそう信じており、そんな風説からして、この島での快適な滞在を望んでいることだろう。私がこの島で知っているある人は、ずっと以前からアンティル諸島のために力を尽くしてきているが、彼は冗談めかして、アンティル人（彼の言っているのはフランス語圏のアンティルということだが）は、人間以下のぎりぎりの段階に来ていると断言していた。マルチニックの責任ある地位を担うある政治家は、苦い嘲弄を込めつつ、二一〇〇年には、観光客たちが衛星放送の広告を通じてこの島への訪問へといざなわれ、「過ぎ去りし時代の植民地の姿」そのものを間近に知ることになるだろうと、思い描いていた。こういったにがにがしい笑いの下には、広く共有された精神的混乱が隠されている——現在の閉塞状況から脱することができないという無力感だ。こうした諸々の見解に憤るよりも、それらがいかに形成され得たのかを知るにしくはない。これらを次のエピソードと並べてみよう。マルチニックにおいて精神不安定の症状が身近に蔓延していることに不安を抱いたあるフランス人精神科医に対して、これもまたフランス人の知事が親切にもこう答えた——「それは本質的なことではありません。重要なのは、物質的貧困が**目に見えて**後退したことです。道路沿いには発育不全の子供たちは見られなくなりました。あなたが提起しているような問題は、ほとんど理解不能です」。

こういった逸話は、現実なるもののまわりを「回っている」ように思えるが、しかしこれこそが私の仕事の対象を明確に示してくれる。多数の役人や「教育を受けた」個人を擁しているひとつの人民に対して、つまるところは虚無の巣を編み上げ、彼らを今日絡めとってしまっている、幾重にも増殖したプロセス、入り組んだ幾多のヴェクトルを、なんとか跡づけることが問題だったのだ。

「知的な」努力、それも、幾度となく提起される繰り返し（繰り返しとはひとつのリズムだ）、矛盾に満ちたいくつものモーメント、諸々の必然的な不完全さ、そして、実にしばしばその対象そのものによって掻き曇らされた、ぎりぎりのところでの定式化への要請、といったものを伴ったそれである。というのも、幾度となく隠蔽されてきたために、現実にアプローチしようと試みても、明快な視点を連ねてただちに秩序づけることなどとてもできないからだ。私たちは不透明性への権利を要求する。そのことによって、私たちの、素の荒々しさのまま存在するための緊張感は、〈関係〉の地球大のドラマに合流する——[1]西洋に課されてきた普遍としての透明性に、今、〈多様なるもの〉のもの言わぬ多数性を対置している、無化されてきた幾多の民の躍進だ。世界の至るところで、殺戮や臆することなきジェノサイドや恐怖の攻撃が、諸々の民の尊い抵抗を清算しようとしている今、このような仕事には目を見はるものがある。幾多の共同体が、程度の差こそあれ、共同体としての心地よい消滅へと運命づけられている場合には、こうした仕事は気づかれぬままになっている。

しかしこのような共同体の言説（彼らの沈黙が語る冥い小径）は、世界の〈関係〉が賭かったドラマを根底的に理解しようと望むなら、研究されなければならない。たとえこの沈黙、この欠如が、飢餓や病や恐怖政治や破壊によって物理的に掘り崩され、打ち据えられている諸々の民の恐ろしくも決定的な失語状態——裕福な国々はこのことをいかにも易々と受け入れているが——に比べて取るに足らないものと考えられるにしても。

（そうだ。あれだけの不分明な中継点によって世界の震動に結ばれている、私たち個々の実存の、不安な静けさ。

私たちが無為をかこっているとき、どこかで何かが、何かの苦しみ、ひとつの叫びが、放たれ、私たちのなかに沈澱する。たしかに自由などではない遊牧の砂漠を通って乾ききった羊の群れ、その上の死の塩。幾多の民のまったき破壊。闇で売買される人々。理解できない苦悩に視力を奪われた子供たち。拷問を受け、遠くに死が彷徨うのを見る人々。皮膚に貼りついた砂の放つ油の臭い。山と積み重なる泥。私たちは余白に佇み、押し黙る。けれども、そんな運動全幅が、私たちの頭のなかでは沈黙のざわめきをなしている。この惑星の血塗られた回転は、音に聞こえずとも私たちを呆然と立ちすくませる。世界では同じ不安に同時に目覚めたどれだけの民がこの共通の条件に委ねられているのか、私たちはうかがい知る。

つまりそこにこそ、あらゆる言説が帰一するのだ。私たちがここで原材料に埋もれて疲れ果てていなくとも、多国籍企業が私たちのところで剝き出しの働きぶりを見せていなくても、私たちのところでは汚染がまだ軽微であっても、私たちの大衆がいきなり機関銃掃射の雨を浴びてはいなくても、あちらこちらで実際に使われている利潤と死の恐るべきテクニックの数々を私たちが想像だにできなかったにしても、同じことなのだ――私たちはそれでも、世界の混迷を分けもっているのだから。病んだ非合理と活力溢れる必然性が、私たちを地球大の投企において平等な存在にする。同じ水爆が、すべての人々にとって存在するのだ。

諸民族の言説が、このような疼きを測り、そのリズムを刻む。〈関係〉はまずもって、関係づけられたものの知られざる意識である。非合理が活力に満ちていることも、必然性が病んでいることもありうる。たとえば、人は私たちにさまざまな大集団の利点を証明してみせる。だが私は小さな邦々《くにぐに》の将来を信じている。そうした共同体においては、〈関係〉の諸々の図式は純化されてそれとわかるような変調をきたし、解放への複数の解読可能な試みへと構造化される。言説の分析によって、惑星規模の巨大な破砕から晦渋な明白さの数々によって徐々に身を引き剝がすものが明確になり、なお持ちこたえることが可能となる。ここに提供する例は、諸々の民が巻き込まれている経済戦争という全面戦争における、具体的な武器をなんら提供してくれるものではない。しかし、諸々の民と文化の接触様態への批判的アプローチの一つひとつが、人々がおのれのなかにあるだろう〈関係〉の未曾有の理解に揺すぶられておそらくいつかは足をとどめるだろうこと――そしてそのとき、私たちのたどたどしい予見に敬意を表するだろうことを、垣間見させてくれるのである。）

2　ある言説についてのこの言説から出発して

この仕事の意図は、**あらゆる次元で蓄積すること**だった。蓄積とは、それ自体散り広がっているひとつの現実を暴き出すのにもっとも適したテクニックである。その展開は、数々の**旅する**明白さに結びつきながら**根付く**、いくつかの強迫観念の飽くことのない反芻に似ている。そこから知的な行程はある地理的な道のりとならざるを得ず、それを通じて〈言説〉の「思考」はみずからの空間を探査し、そこでみずからを編み上げてゆく。

アンティル諸島、もうひとつのアメリカ。倦むことなく太鼓のように、諸々の観念＝力を叩くこと、もしかすると私たちのなかにその空間をこじ開けることになる、そんな諸観念を。これらの観念の反復は言葉をより明快にするのではなく、それどころか、おそらく不透明にする。私たちはそうした頑固な厚みを必要としている、繰り返すことで私たちが何かをずっと隠匿し続けることができる場所であり、それを通じて私たちが対立しあうような、そんないくつもの厚みを必要としているのだ。

この繰り返しに満ちた言説はある行程の要約、アメリカ世界のある旅の物語であり、口頭での発表のしるしを帯びていて、それゆえそのもっとも緩められた苦悩のひとつと調和する。口述の言葉が書かれた言葉とついに対峙するとき、蓄積された幾多の密かな悲惨さが突然話し出す。個人は狭い環から出る。彼は生きられたあらゆる嘲弄を超えて、ある集団的な意味、世界のひとつの詩学と合流するのであり、そこではどの声も重みをもち、生きられたもの一つひとつが**説明する**。

(そんなわけで、アンティルの言説は一気に差し出されるものではない。しかし、世界は分裂したまま統一されているのであり、そのため各々が他者のなかに認められる不透明性へ向かって力を注ぐことを要請しているのではないだろうか。これこそ、私たちの不透明性の一面である。)

地球という危険を冒すこと、その禁じられた、あるいは知られざる飛躍の探索に乗り出すこと。そうやって、私たち固有の滞在地を支えながら。諸々の民の物語は、私たちの詩学の頂点である。

3 『詩的意図』〔グリッサンの評論集(一九六九)〕から出発して

今日〈一〉から〈多様なるもの〉へと向かっている飛躍と響きあいつつ、たしかに、世界の叫びを結び合わせた者たち——詩人たち——の言 dit (告示 édit) に思いを潜めることだ。西洋は私たちに詩人たちを提供したのだ、おそらくはグリオや語り部の言葉を枯渇させようと試みた直後に。しかし詩は、それによって「世界の道筋」が再び遮られうるようなある迂回をみずからのうちに見いだす以上、実現されたりされなかったりするその意図において、挑発するものだ。〈意図〉とは、詩人の文字によってそれが称揚され（凌駕され）るとき、褒め称えねばならないものだ。また〈意図〉によって迂回が可能となり、詩が**他処の声**を覆い隠しているのなら、〈意図〉とは、隠れ家から狩り出されねばならないものだ。

なぜ、世界への詩的祈念なのか。なぜ、近しきものではないのか。〈同一なるもの〉と〈多様なるもの〉との闘いにあって、諸々の民の現前と行動は今日、〈他者〉の取り返しのつかない役割を際立たせるに至っている。複雑かつ困難で予測できない〈関係〉が、来るべき諸詩学の主戦場だ。世界の叫びが言葉となる。

これらのことを、そしてこの飛躍（移行）を思い描く者にとって、ゆくべき道は晦渋で重い、おのれの地にしかない。抽象的な普遍は私たちを歪める。そして、この地、この場所がそこで脅かされているのなら、意志もつ言葉を鍛えることだ。そこにまた、言語活動の晦渋さや混乱が由来する。だが、世界とは明快なものだろうか。いや、世界とは、その未曾有かつ異議申し立てを受けている全体性において、私たちの息吹ではないだろうか。

では、私は告示を離れて私の言葉《パロール》を見いだすべきなのだろうか。それぞれに欠如と空虚があるのだろうか。文学は、私たちが絡め取られているあの罠だったのだろうか。私たち、文筆のエリートは、みずからの声を失ってしまったのだろうか。

4
『憤死《マルモール》』〔グリッサンの小説（一九七五）〕から出発して

この大いなる野望の書は、私たちの集団的な衰弱のいくつかの側面をその現場で捉え、それによって衰弱をなんとか遅らせ、諦めに異議申し立てを試みるものだった。

私がそのなかで望んだのは、アンティルの根こぎ状態にまるで凍りついてしまったかのような諸々の喧騒を言うことだ。あの知覚しがたい衰退を――たしかに消え去りはしないものの、陽光のなかで苛立ちつつ自足する影となり、徐々に崩れ落ちてゆくある民の行方を――推し測ること。

歴史を歌うこと――理解されず踏み込みがたい歴史を。

さらに、ある言語活動のありようを試みること――耐え忍んだ嘲弄と困難な場所とを。

(いまや人々の時間の外にあるなどと見なされうる民はいないのだし、世界の歴史は、詩人よ、至るところに読まれるのだから。)

けれども書くことは薄切りにされ、遠くからかの地(此処)で仮借なく崩れ落ちるものを記すのだ。思うに、私たちマルチニック人にとって消滅の成り行きは日々加速している。私たちは諸世界の摩擦の犠牲となり、いつまでも消え行くことをやめない。火山の隆起する線上に折り重なって。成功したひとつの植民地化の惨禍なき恐怖のなかでの、不条理による清算のありふれた例。書くことによって、そこで何ができるのか。決して追いつくことなどできないというのに。

しかし、必要な行動(この死の陳腐さを容赦なく転覆させること)のほかに、邦のありようをその本当の歴史のなかで叫ぶことが残っている――人々と砂と、谷あいと、サイクロンと地震と、枯れ果てた植生と、捥ぎ取られた獣たちと、呆然と口を開いた子供たち。

5　しばらく前に遠方でなされたある発表から出発して

根強く残っている楽園の「島々」の神話から海外県の偽りの見かけに至るまで、フランス語圏アンティル諸島の運命とは、つねに**みずからの**現実のうえでぐらついていることだったように思われる。あたかもこれらの邦々には、みずからの本当のありようと再会することが決して与えられていないかのようであり、それは地理的に散在することによって、さらには植民地化のもっとも質《たち》の悪い形態のひとつによって——すなわち、ある共同体を**同化する**という形態によって、麻痺させられているからなのだ。

このことに関しては、アンティル人自身によって逸せられてしまった機会は数多くある。剝き出しの所与と言えば次のこと、すなわち、グアドループとマルチニックがおよそ十七世紀から、止むことのない反抗に引き続く一連の長い弾圧を耐え忍んできたこと、そして、そのたびにもたらされたのが、それのみがある民が民として存《ながら》えることを可能にする**集団的奔溢**の、共同の意志の、より一層くっきりと描きこまれていった放棄の道筋に過ぎなかったということである。

そこで、地理的構成だ。カリブ海のなかに島々が散在している事実、実際、この海は（コロンブスの到着以前にアラワク人やカライブ人がこの海を航海していたことが立証され得たとしても）島と島とのあいだの相互侵入に対する自然の堤防であったわけだが、こうした事実はコミュニケーションの近代的な手段によって開かれた世界のなかでは、もはや作用すべくもない、と思われるかもしれない。しかし現実には、植民地化は、大多数の住民がアフリカ人である一地域をイギリスの、フランスの、オランダの、スペインの土地に分割したのだ――実際には外国人でない人々を互いに外国人として構成したのである。アンティルの知識人におけるネグリチュードの昂揚は、もしかすると、共通の祖先を拠りどころに、散在を超えた一体性(バランス)を再発見する必要に対応していたのかもしれない。

宗主国と植民地のあいだの経済支配の関係が発展してゆくと同時に、フランス語圏アンティル人たちのなかにある二重の信仰が強化されていった。まず、これらの邦々は自分たちだけでは存続できない、次に、アフリカ人やインドネシア人にとどまっている他の植民地被支配者とは違って、その住民は事実上フランス人である、という信仰だ。そこで、アンティル諸島は、アフリカに植民地官僚や下級官僚を供給するわけだが、現地では彼らは白人のように見られ、悲しいかな、みずからもそのように振舞うのである。フランスの政策はこうした下級官僚の出現を促すことであり、そこから、〈大いなる祖国〉の威光を身に帯びていると思い込んでいる、エリートもどきが出来しているのだ。大植民者(ここではベケと呼ぼう)は結局、このシステムが自分たちの存在をもっともよく保証するものであることを理解するだろう。マルチニックの国民的生産のなかにみずからを位置づけることを永遠に断念することで、彼らは新たなシステムの低劣な役人になり、大きな利益を得るとともに、経済的決定権を確実に喪失するだろう。フランス語圏アンティルの細民たちが第三部門経済の不毛な領域に入ることは、不可避だったのだ。

そこに欠けていたのは、非人格化への計画的な反抗を可能にしたかもしれない、民族的《ナショナル》な基盤である。そんなわけで、マルチニックやグアドループでは、アフリカに祖先をもつにもかかわらず、「アフリカ人」や「黒人《ネーグル》」といった単語が自分たちに向けられると、一般的にそれを侮辱と受けとるような、ひとつの民が見いだされたのである。アンティルの大衆が、いかにもアフリカ由来であることが明らかなラギアを踊っているあいだに、アンティル人の判事たちはアフリカで人々を裁き、そのことで植民地化に手を貸していたのだ。ひとつの集団がみずからの企図を否認するとき、そこからもたらされるのは不均衡と虚栄にほかならない。

しかし、いかなる民も、ある日生まれるのである。アンティル人は**隔世遺伝的**〔先祖伝来的〕文化の継承者ではないが、だからと言って引き返すことのできない文化喪失を宣告されているわけではない。その逆である。総合と「文明の接触」を運命づけられた世界においては、総合の使命はきわめて有利な切り札にほかならない。ここで本質的なことは、アンティル人が彼らの文化を形成する配慮を他の人々に任せないことである。そして、この総合の使命が、愚か者たちが捕らえられているヒューマニズムの罠にかからないことである。

トゥッサン・ルヴェルチュールの率いる〔ハイチの〕解放戦争までは、マルチニック、グアドループ、(やがてハイチとなる)サン＝ドマングの民は、戦いにおいて連帯していた。植民者《コロン》の側でも、闘う奴隷たちの側でも、自由民(一般的に混血《ミュラートル》)たちの側にしても、ときに制限されてはいたが、移動は絶えることはなかった。連帯もそうだ。たとえば、マルチニック出身のデルグレスはグアドループのマトゥバ要塞でグアドループの仲間たちとともに斃れたが、この例は、トゥッサンの副官デサリーヌの心にとっては実に貴重なものであった。

ハイチは自由になったが世界から切り離されたため(国際的支援も、社会主義国も、第三世界諸国も、国連も存在しなかったのだ)、アンティル諸島を**創設する**ことができたかもしれない交流の運動は枯れ果てた。奴隷たちの反乱は小さな島々で鎮圧され、支持もなければ根付きや拡大の可能性もない——表現も反響もない——一連の一揆《ジャクリー》へと縮減された。一八四八年の「解放」〔フランス領では一八四八年に奴隷制が廃止された〕のあと、自由への闘いは、フランス領アンティル諸島では市民権の要求に席を譲る。植民者《コロン》たちは自分の手先を政界に送り込む。中流階級は、名誉と尊敬を渇望して、ポストや称号をもたらしてくれるこのゲームに進んで身を投じる。このことにおいてひとつの絶頂である一九四六年の海外県化法に至るまで、アンティル人たちはこうして、幻想に過ぎない個人的な平等を獲得するために集団としてのおのれを否定するように導かれる。同化がバルカン化を完成する。

怖気づいた観察者はそこで、アンティルのエリートたちの信じがたいほどの臆病さに気づく。模倣が規則であって（フランス由来の規範の模倣）、そこから遠ざかるものはなんであれ罪と見なされる。感傷癖が鼻声を聞かせる「島々の」文学の時代である。私たちのエリートたちが幾度となく面と向かって喰らわされてきた、そして、はっきり言えば幾度となく許してきた、あの「あなたはそれほど黒くはありませんよ」（あるいは「あなたはニグロたちみたいではなく、私たちと同じです」）というのも、間違いなくこの時期に遡る（これについては「進歩」があった。一九七九年、マルチニックにおけるフランス語の言説は**公然と**「本当のところ、あなたは私と同様、アンティル人ではありません」と言っているのであり、それはエリートたちの溶解をその極みにまで押しやるものである）。

この民がみずからに降りかかる運命に抗して反乱を起こすたびに、仮借ない弾圧がもたらされ、そのあとにはいつも停滞や身動きのできない状態がやってきたというわけなのだ。それは、逸した機会の長い行列である。その理由は、このような条件（島の狭隘さ、孤立、文化的両義性）のなかでおのが存在の否定に対して抵抗していた大衆に、エリートたちが闘いの展望を一度も提案することができなかった（それが彼らの役割であったはずなのに）というところにある。この点に関しては、これらの邦々の道を誤らせてきたあの政治的模倣（フランスとまったく同じ政党がこれらの地にも見られ、それらはフランスの内政の消長にしたがって生まれたり消えたりしているのだ）が、植民地当局の素晴らしい発明だった。

今日では、アンティル人はもはやみずからの存在のアフリカ的部分を否定しはしない。反動でそれを排他的に称揚する必要もない。なさねばならないのは、それを**再認する**ことである。彼は、この歴史全幅から（私たちがそれを非 - 歴史として生きてきたにしても）、**もうひとつの現実**が帰結したということを理解している。彼はもはや、今日でも疎外的である西洋的な構成要素すべてを戦術的に拒否することを余儀なくされているわけではないし、こうした要素のなかからの選択が可能であることを知っている。疎外はまずもって、選択の不可能性、価値の恣意的な押しつけ、そしてもしかすると〈価値〉の観念そのもののなかにある、ということを彼はわかっている。総合は人が言っていたような退嬰の操作ではなく、それによって諸構成要素が互いを豊かにしてゆくような、豊穣な実践であることを、理解している。彼はアンティル人に**なった**のだ。

アンティルの統一の観念は、文化的再征服である。それは私たちを、私たちの存在の真理のなかに置きなおし、私たちの解放のために闘うのである。それは**他の人々によって私たちのために**考量されることはあり得ない観念である——アンティルの統一は遠隔操作され得ないものなのだ。

6 混ぜ合わされた昨日と今日の痕跡の数々から出発して

いまやあなたがたもご存知の通り、この民は隷属的な土地労働のためにアフリカからこれらの島に強制移住させられた。一八四八年に「自由になる」と、この民はマルチニックで、二重の枷に囚われている自分を見いだした——みずからによってみずからのために生産することの不可能性、そしてそこから帰結する、おのれ自身の本来的あり方を**丸ごと**肯定することの不可能性である。こうしてマルチニック人たちは、ぽっかりと口をあけた不可逆の（故郷アフリカの地からの）**切断**と、苦痛に満ちた、そして必然的にしてあり得そうもない（夢見られたフランスの地との）**亀裂**とのあいだで、おのれの存在を攪拌するのである。

セネガルの海岸先にある、大海を前にした島、ゴレ、狂気の第一歩。

そして海、船倉の底からは決して見えない、そして溺死者たちが点々と、その底に見えざる者の鉄球を蒔いていった、あの海。

工場、おまえが降り立つ、ぼろ着よりもつぎはぎだらけで、藪よりも不毛な工場。略奪の選挙。

投票箱、そこでおまえが饐えてゆくのを捕らえる腹。横領の経済。おまえの物乞いが膨らむ巣窟。

ヴァヴァル、カーニヴァルの巨人、本能のように引き回される巨人——ずっと上のほうで。私たちはそれをこの海で燃やす。

ベアンザン、「アフリカの王様」、追放者たちの鏡、その名において私たちはみずからを否認した。私たちの見せかけのなかを彷徨う者。

蟹のいるマングローヴ、短く刈られた農園、草に食われた工場の数々——大地の引きつり、サボテン、売られた砂。

山刀《クートラ》、内臓の蔓よりもなお結び合わされた。

7　叫びから出発して

邦々を見よ。「小島の背後に邦々を聞け。」ここの固定点から、この地理を紡げ。

ここの固定された叫びから、乾いた、困難な言葉を繰り出せ。世界の持続に声を合わせよ。おまえの叫びの皮膚から出よ。おまえの毛穴を通って、世界の皮膚に入れ。剝き出しの太陽。私たちが積み重ねる塩田では、あれだけの言葉が煌めいている。海のざわめきによって、私たちは断崖に行き当たる。

保証することのない言葉。ひとつの民は、おまえの声に合わせようとしてだけ、移動と乗り換えの苦難を耐えているわけではない。世界の息吹は詩人たちの口ぶりに要約されるものではない。地面のなかで窒息させられている血と骨は、おまえの喉を通して叫びはしない。

脅かされた言葉。なぜなら私たちは迂回に慣れていて、そこでは言われたことがとぐろを巻いているから。私たちは火山岩で山刀《クートラ》を削るように感覚を細く研ぐ。私たちはそれを引き伸ばす、私たちの夢を結び合わせるあの細い水の筋のようになるまで。あなたたちは私たちに耳を傾けるとき、サトウキビの下で**間道を探す**マングースだと思う。

けれども必要な言葉。こわばり、皺枯れた。深淵から骨とともに出てきた。そして、私たちがそこに満足しているあれだけの見せかけのなかでおのれを探している言葉。そして、世界のこの壮大で単調な旋律《メロペ》に、なんとか調子を合わせる言葉。

（叫びを離れ、言葉を鍛えること。それは想像域や地下の力を断念することではなく、諸々の民の出現に錨を下ろした、**新たな**持続を艤装することだ。）

8　『アコマ』〔グリッサンが一九六七年に設立したマルチニック学院の機関誌〕から出発して

深化の意志は、それが明晰さをもって、みずからを充足した全体性と称したり、その結果、「文化的待機主義」とでも呼びうるものをイデオロギーに仕立て上げたりすることを慎しむ限りにおいて、実り豊かになる。

しかしこのような深化は不可避である。その結ぼれを解きほぐさなければならない諸々の歴史的収斂は——最初の根こぎによって、集団的な参照軸の不在、耐え忍んだ私たちの過去への無知、民衆層の括弧入れ、カリブ、アメリカ周辺内部での麻痺をもたらす孤立、私たち自身への信頼の欠如とそこから帰結した不均衡によって——私たちの世界における集団性としての位置が、私たちの不決断と私たちの彷徨によって頽嬰させられてきたことを説明している。しかしまた、頽嬰をもたらしたのが、「解きほぐされ」ないかぎり否定的で、かつ、相互浸透によって弱まるような性質ではないこれらの歴史的収斂であること、それもまた、諸文化のまさに混血した構想の擁護者、もしかするとその顕彰者となりつつ私たちが示そうと試みることなのだ。この混血の場は、漠然としたヒューマニズムではなく、連帯をもって自由に目覚める諸人民の厳しい開墾の場と重なり合う。アンティル人はこのような運動を身に帯びている。

そして、深化が行動の鋭さによってしか実現されないものであっても、そのことは、ひとたび予言主義と前衛の幻想から護られた私たちの企てを、無益なものにはしない。

9　連帯的な仕事から出発して

私たちは、私たちが身を置くコンテクストにおける創造を、美しく内密な迂回の突然の果実ではなく、度重なる**前進**の徐々に改良されうる成果と見なす者である。私たちは**誰もが**迂回を実践しているのだから。

10　風景から出発して

なぜなら、それはみずからの上に寄せ集められ、いくつもの解読可能な次元として積み重なっているからだ。ひと続きになって、雨に線を引かれた暑さの広がり、もっと底のほうには、地面が開くときに見えるあれらの裂け目。

この邦の北部にある、まだ街道が踏み込んでいない暗い緑の絡み合い。逃亡奴隷《マロン》たちは、そこに彼らの逃げ場所を定めて息を潜めたのだった。それをおまえは歴史の明証に対置する。昼日中の夜と影の篩。切り株とその菫色の花。羊歯の結ぼれ。太古のときの泥、原初の踏み込みがたきもの。消え去ったアコマの木々の下、まっすぐ立ち並ぶマホガニーを、青い入り江が人の背丈の高さに支えている。北と山は結ばれている。そこに座礁させられたのは、十九世紀に（まるで〈関係〉の全体性を完成するためであるかのように）闇で売られ、私たちがクーリーと呼びグアドループではマラバールと呼ばれている、あのインドの人々だ。今日ではこれらの垂直な地のなかにパイナップルの地を這うプランテーションが乾燥の裂け目の数々を開いている。しかし、それらのざらついた平面は、巨木の影に見下ろされている。クーリーと黒人、そしてすべてマルチニック人からなる、ロランのストライキ参加者たちは、一九七六年、ここで罠にとらえられていた――**彼らは血で踏み固められた葉叢の平面を山刀《クートラ》で耕したのだ。**

　中部には、文字通り波打つサトウキビ。山は飼い馴らされて丘陵《モルヌ》となる。工場の残骸がいくつも身を潜め、かつての〈プランテーション〉の秩序を証しだてている。夕日の河口、北部の〈高み〉とこれら〈真ん中〉の平面の境をなすのが、デュビュック城の遺跡、かつて売られた人々が降り立ち（彼らが出発したゴレ島の響きだ）、また、奴隷の監獄が今でもその地下室を描いているところ。私たちが〈平野〉と呼ぶ、レザルド川が注ぎ、蟹たちが消え去ったところ。そこではデルタに企業や飛行場らしきものが貼りつけられている。掌の落ちるところ至るところに、バナナが間を置いて配置され、大地と私たちのあいだの分厚い緑の泡の帳をなしている。ラマンタンのある家の壁という壁、そこには、もう何年のことかわからないが、三人のサトウキビのスト参加者が憲兵に撃たれたあの日このかた、弾丸の痕跡が星状に配されている。

　そして山羊たちが散らばる南部。砂の動揺、ココ椰子にまたがって、かつてハイチの地でトゥッサン・ルヴェルチュールと合流しようと試みた数知れぬ者たちを忘れたかのように。彼らは海の塩に斃れた。彼らの眼は私たちの太陽のなかで揺れている。私たちは立ち止まる、そこで私たちに多様を極める気詰まりをのしかからせるものが何かを推し量らぬままに。これらの浜辺は金銭ずくなのだ。観光客たちがこれらを要求する。私たちの昨日の彷徨と今日の滅びとが目に見える、究極の境界線だ。

こうして、さまざまな時が、私たちの外見に隠れて、〈高み〉から海、北部から南部、森から砂浜まで点々と配置されている。逃亡と拒否、投錨と忍耐、〈他処〉と夢。

（私たちの風景はみずからのモニュメントだ――それが意味する痕跡はその下に探し当てられる。それは歴史全幅だ。）

11　口承の欠如とクレオール語から出発して

読むことの、そして「知識」の習得が、口承伝統をもつある共同体のほんの一部分に**許されて**いる（それはエリート的な教育によるが）ときには、そこから現れる不均衡が全体に広がることはない。このエリートの一部は真新しいおのれの知識に「のぼせ上がる」。共同体の残りの部分は、しばしのとき、そしてこの逆上の**傍らで**、均衡を持続させる。

もしこの「教育」が拡大し、かといってそれが適切な技術の獲得という自律的な実践と接合しない場合には、エリート層の逆上は、それ自体「拡大した」ある種の通俗化のなかに溶解してしまい、それによって、打ち負かされた共同体全体が、みずからの本来の姿、可能な役割の数々、必要な文化を受動的に放棄することに同意することになる。

そして、このような作用が、口承言語が記述の内密、不可能かつ見定めがたい標《しるし》を孕んでいるような（これから見てゆくように、マルチニックのクレオール語の場合がそうだ）共同体に向かって及ぼされるなら、喪失は致命的なものになる危険がある。この喪失を見極めること、それは集団的な減衰に抗して闘うことに資するものだ。

こうした企ては、マルチニック（外観がつねに現実に立ち勝っている邦だ）において私たちが社会と経済の進歩の絶えず更新される幻想のうえを航海しているだけに、なおさら必要である。言説の言説（みずからへの回帰）があまりにも遅れてやってきたように、そして、私たちが共同体としては私たちの声の意味をもはや失ってしまったように思われるかもしれない。

そしてまた、このようにあたり一帯で蒸散しているものを本として描写し、記述によってそれに接近することも取るに足らないことに見えるようにも。

口承の目覚めとクレオール語の爆発は、欠如を埋めることになるだろうか。これらを受胎させる革命は、なお可能なのだろうか。これらを**包摂理解する**べき邦は、私たちのまわりにあるのだろうか。

第一巻　知っていること、確かならざるもの

剝奪

目印

年代記の罠

私たちの年代記は、なんにせよ「事実」の骸骨に還元することが可能である。たとえば――

一五〇二　コロンブスによるマルチニックの「発見」
一六三五　最初のフランス人植民者による占有
　カライブ人絶滅の開始
一六八五　**アフリカ人の奴隷貿易の開始**
一七六三　コルベールによる黒人法典の制定
一七八九‐九七　ルイ十五世、カナダをイギリスに割譲し、グアドループ、マルチニック、サン＝ドマング（ハイチ）は確保。
一八四八　イギリスによるマルチニック占領
一九〇二　奴隷制の廃止
一九四六　プレー山の噴火。サン＝ピエールの壊滅
一九七五　海外県化
　「経済的」同化政策

この年表が作成され、仕上げられたとしても、マルチニックの歴史についてはまだすべてが解明されずに残されている。マルチニックのアンティル的歴史については、まだすべてが見いだされぬまま残されている。

12 帰還と迂回

I

ある民が他処に移動して持続すること（追放によるにせよ四散にせよ）と、ある人々が他処に移送され、**他のものにみずからを変える**、すなわち世界の新しい所与に変わること（奴隷貿易）とのあいだには違いがある。この変成のうちにこそ、〈関係〉のもっともよく護られた秘密のひとつを不意撃ちで捉えるよう試みなければならない。これによって私たちは、さまざまに交差する歴史が作動し、私たちの知識に提案され、存在者を造り出していることを理解する。私たちは〈存在〉を捨てる。民族誌的思考の生み出すもっとも恐ろしいものは、生きられた経験の錯綜が消失し、純粋な残存だけになってしまうような時間の閉域に、研究対象を封入しようとする意志である。ここから、現実の諸々の中継の網の目を覆い隠す、一連の概念の一般化が現れでるのだ。[1] 移送されたが、他処で別の民になった人々の歴史によって、一般的概念とそれが課すさまざまな中立化（無力化）に抗弁することが可能となる。連関（同時に関係であり関係づけられたもの、行為であり言説であるものだ）こそが立ち勝っている。一見するとその原則、普遍的と自称するその「原動力」を形作りうるかもしれないものより重要なのだ。

〈奴隷貿易〉（これについて、西洋の思考は、それを歴史的現象として検討しているにもかかわらず、**関係の標**《しるし》としてはあまりにも恒常的に沈黙するだろう）の活動によって交易された人々は、普遍的な一般化のあらゆる野望を疑問に付さずにはいられない。しかも、いくつもの仕方で。

なぜならば、まず、未曾有の比率でみずからを変えなければならなかったことで、この交易された人々は、かつての物事の秩序において恒久的だったもの、儀礼、みずからの存在の真理だったものを、嘲弄や近似化の装いの下で、批判（脱神聖化）せずにはいられないからだ。どこか他処で変わる人々は、純粋な集団的信仰を放棄したいという思いに駆られている。次に、変成の様態（ある〈他者〉の支配）が、ときに近似化の実践や嘲弄の傾向を促し、新たな諸連関のなかに、みずからを〈他者〉として構成するひそかな約束、模倣《ミメーシス》の見事な幻想を導きいれるからである。それによって、普遍的なるものの欲動がただひとつ、空虚な仕方で優位に立つだろう。さらにもうひとつ、支配が（四散と運搬によって利されつつ）最悪の災いを、すなわち、支配そのものが、みずからが作動させている占有に対する抵抗の諸モデルを提供し、抵抗を促しつつも同時に短絡させてしまう、という災いを産み出すからである。これによって、中身を刳り抜かれた技術の数々が、優越的なひとつの普遍という幻想を維持するだろう。移送された民は、これらすべてと闘うのである。

思うに、他処で持続し、**〈存在〉を維持する**民と、他処でみずからを**別の民**に変え（とはいえ、〈他者〉の還元に屈服するわけではないが）、つねに繰り返される〈関係〉の（中継の、そして相対の）変動へと入る人々とのこの差異をなしているのは、後者の人々が、かつて移送の前に実践していた物質的・精神的な、生存ないしは残存の諸技術を持ち運ぶことも集団的に継続することもなかった、ということである。これらの技術は痕跡のうちにしか、あるいは欲動や急激な発露というかたちのもとでしか、存続していない。これがまた、一方の迫害と他方の奴隷化ということを超えて、〈ユダヤ人のディアスポラ〉と〈黒人《ネーグル》の奴隷貿易〉とを区別している。そして、このように移送された人々が、彼らの到着地や投錨地で、適切な新しい技術の「自由な」創案や採用に好適な諸条件のなかにいないということが少しでもあれば、この人々は遅かれ早かれ、全体的な無責任性という多くの場合感じ取ることの難しい沈滞状態に入るのである。おそらくこれが、一般的に（個人対個人というのではなく）マルチニック人をたとえばブラジル人のような別の被移送者と区別するものなのだ。このような傾向（不利な《ディス＝》配置《ポジション》）は、技術的な暴力（現実の操作と統御のレベルの拡大する隔たり）が世界の〈関係〉の第一義的な要因となるだけに、なおさら決定的である。この場合、おそらくもっとも根拠を欠いた二つの態度は、技術による支えを極端なまでに人間のあらゆる活動の基盤と見なすことと、その反対に、あらゆる技術的体系性を、疎外された、あるいは堕落をもたらすイデオロギーへと格下げすることかもしれない。技術的窮乏は、植民地被支配者をこれら両極端へと押しやる。こうした選択肢についてどう考えるにせよ、私たちとしては「技術」という語を、ある集団のそれを取り巻くものへの一致した媒介という意味で捉えなければならない。アメリカス〔南北両アメリカ〕の人口の一部をもたらした〈奴隷貿易〉は、到来者たちのあいだに区別をもたらした。技術に対する無関心は、黒人ディアスポラのほかのどこよりも、フランス語圏小アンティル諸島において、模倣の誘惑と近似化の（すなわち、事実上、出身地の諸価値の軽蔑の）傾向を促したのである。

そこには苦悩と破滅だけがあるわけではなく、評価すべき特性の全体を確認する機会もまたある。たとえば、「諸価値」を、もはや絶対的な参照項ではなく、ひとつの〈関係〉のさまざまな作用様態と考えて、それとつきあうという特性。（出身地の純粋な価値を捨て去ることで、あらゆることを関係づける未曾有の感覚に開かれることになる。）透明な普遍という概念をより自然に批判し、この幻想を模倣化されたエリートの武器庫に送り返すという特性。

移植され、移送された場所でみずからの諸価値の古い秩序を維持することが覚束ない人々の最初の欲動は、〈帰還〉である。〈帰還〉は〈一〉の固定観念である——存在を変えてはならない、というわけだ。帰ることとは、永続を、非-関係を神聖視することだ。〈帰還〉は〈一〉の信奉者たちによって推奨されるだろう。(けれども、パレスチナ人たちのみずからの邦への帰還は戦略的な手段ではなく、今そこにある戦いである。追放と帰還の同時性は全面的なものだ。帰還は代償的な欲動ではなく、最大の緊急事態である。)アメリカの白人たちは前の世紀に、黒人問題を振り払うのに黒人たちのアフリカ帰還に資金援助をし、リベリア国家を創ればいいと考えたという。奇怪な蛮行である。仮に、これによって合衆国の黒人人口の一部が奴隷や新自由民の恐るべき運命から逃れ、幸せである、あるいは満足であると自認したとしても、このような活動が、〈関係〉の前景化のなかではらんでいる失望を過小評価することはできない。諸々の民のあいだの連関の同時代的形態である〈関係〉の第一の特性は、実際のところ、これらの民がそれについての意識を、漠たるものにせよもっているということである。これに先立つ諸連関は、このように意識についてのある意識に伴われているということはなかった。今日の諸条件においては、人々が〈帰還〉の欲動を行為に移したとしても、また、これらの人々が民として構成されることがなかったということでもあるが、彼らは失われて二度と戻らない**可能なもの**(たとえば、**合衆国そのもの**における黒人解放)についての苦い回想の数々に耽らざるを得ない定めだろう。ユダヤ人のエジプトの地からの脱出は集団的なものだった。彼らはみずからのユダヤ性を維持し、また彼らはおのれを**他のもの**に変えることはなかった。主人たちの計算づくの人類愛に助けられ駆り立てられてアフリカに帰る、しかし**もはやアフリカ人ではない**、そういった人々の運命については、どう考えるべきなのか。欲動の**この時期における**実現(そのためにはすでに遅すぎるのだ)は、満足を与えるものではない。そこから帰結するだろう国家(都合のいい彌縫策)が民族《ナシヨン》にはならないこともあり得る。この対極に、イスラエル民族国家の存在がやがては、〈帰還〉の欲動を徐々に汲みつくしてゆきつつ(〈一〉の要求するところだ)、ユダヤ性を**枯渇させる**、といった仮説が敢えて立てられるかもしれないということだろうか。[2]

しかしすでに見たように、〈奴隷貿易〉によって移送された人々は、長いあいだ〈帰還〉の欲動を維持することはできなかった。したがって、この欲動は、祖先の地の思い出が霞んでゆくにつれて消えてゆくだろう。技術的な可能性が、移送された人々のために維持され、あるいは刷新されることになる（アメリカスの）各地では、それらの人々が抑圧されていようが支配していようが、〈帰還〉の欲動は徐々に、新しい土地への配慮のなかに消えてゆくだろう。この配慮が単に難しいだけでなく、（人々が民に、しかし貧しい民になることで）**曇らされている**ところには、模倣の強迫観念が現れるだろう。この強迫観念は自明のものではない。それが自然でないこと（それはひとつの暴力だ）は言うまでもないが、それが不可能であることも明らかにできる。単に模倣が実践不可能であるだけではなく、そういった紛れもなく現実である強迫観念は耐え難いものなのだ。模倣の欲動はひそかな暴力である。これに従属させられた民は、それを集団的・批判的に思い描くのに多くの時間を費やすが、そのトラウマの影響は即座に被る。運搬された人々が民へと構成されたものの、新たな土地への配慮が実効性をもち得なかったマルチニックでは、共同体は不可能な〈帰還〉を私が〈迂回〉の実践と呼ぶものによって振り払おうと試みた。

III

〈迂回〉とは**見る**ことの無条件の拒否ではない。そう、それは自発的な盲目の一様態でもなければ、諸現実を前にしての意図的な逃亡の実践でもない。むしろ私たちに言わせるなら、それはいつものように、掛け値なしに引き受けられた幾つもの否定性に由来する、ということになろう。民族《ナシヨン》が可能であったとき、迂回はない、つまり全体的な責任というものが、それが仮に集団の一部の利益のために疎外されたものであったにせよ、内部のあるいは階級間の闘争の、暫定的ではあれ自律的な諸解決を作動させたときにはいつでも、迂回はない。共同体が敵に敵と知りつつ対峙するときには、迂回はない。迂回とは、ある〈他者〉による支配が隠蔽されているような人々の究極の手段である。邦そのもののなかでは明白でない以上、支配の原理を**他処**に求めにゆかなければならない――なぜなら、支配の様態（同化）は最良のカモフラージュだからであり、支配の物質性（それは単に搾取だけでも、貧困だけでも、低開発だけでもなく、経済的実体の全体的な根絶である）は直接的には見えないからである。〈迂回〉はこの探求における視差である。

その狡知はしたがって、つねに協議のうえで準備されたものというわけではない、ちょうど、それがしばしば訪れる**他処**が「内部に」もあり得るように。それは集団化されたひとつの「脱出の態度」（マルクーゼ）である。

クレオール語は〈迂回〉の最初の地勢であり、ただハイチにおいてのみこの初発の目的を逃れたのだった。正直なところ、この言語の起源と成り立ちについての論争（それは言語なのか、フランスの諸方言の変成なのか、等々）は私にとっては退屈だ。その点についてはたぶん私が間違っているかもしれないが。私がクレオール語の詩学のなかにとりわけ見て取るのは、そのなかに含みこまれている超越性――フランス語起源の超越性――を横領する絶えざる実践である。ミシェル・ブナムーは体系化された嘲弄という仮説（マルチニックではロラン・シュヴェロルのある論文でも取り上げられている）を提案していた――奴隷は主人によって課された言語、単純化され、労働の要求するところに適応した言語（片言のフランス語《プチ・ネーグル》）を横領し、単純化を極端なまでに押し進める、というのだ。おまえが私を片言に縮減することを望むなら、私は片言を体系化してみせよう、そうしたらおまえに見当がつくかどうかを見てみようじゃないか。そういうわけで、クレオール語は、その構造と詩学において、みずからの生成の嘲弄すべき点を徹底的に引き受けた言語なのかもしれない。それはあらゆるピジン語のなかの成り上がり者であり、「方言」の帝王としてみずから戴冠したのだ。言語学者たちの指摘してきたところによると、伝統的なクレオール語の構文は、子供の言語を好んで模倣している（反復用法、たとえば、「フランス語の」très bel enfant〔とても可愛い子供〕の代わりにbel bel icheという）。ここまでくると、子供言葉の実践も無邪気なものとは言えない。言語が**みずからに与える**（たぶんこんな風にひとつの言語についてみずからを打ち立てるような意志をもった実体であるかのように語るのは一般的ではないが）構造のレベルにおいて私がそこに認めるのは、アメリカの黒人たちが、白人の前に出たときに、言語学的**態度**として必ず採用したと言われるもの——歯音不全、引き伸ばし、愚かな**言葉**——である。カモフラージュだ。これは〈迂回〉の演出である。クレオール語はこのような狡知のまわりに構成されたのである。今日ではアメリカ黒人の誰一人として、こうした演出に訴える必要はない——私の推測するところでは、今でもそれに引っかかるような白人も珍しいことだろう。それに、マルチニックのクレオール語でさえ、〈迂回〉による構造化という段階は過ぎている。しかし、その徴は刻まれている。この言語は地口につぐ地口、母音の繰り返しに次ぐ繰り返し、二重の意味の取り違え、等々で展開してゆく。おそらくそれゆえに、**気の利いた言い回し**は、忍耐であり配慮に満ちた驚きであるという意味ではこの言語のなかでは稀であり、しかもいつでもかなり粗野なのである。クレオール語の言説の最後の突端は、賞賛の微笑みではなく参加をいざなう哄笑を引き起こす——それはみずからを強調する。そうやって、ほとんどあらゆる邦の語り部たち——詩の競技者、グリオ、等々——のつねに変わらぬ実践に合流する。ハイチのクレオール語はもっと早く〈迂回〉を後にしたが、それは、この言語が非常に早い段階でハイチ国民の生産的責任の言語になったという単純な歴史的理由によるものだ。

アルセーヌ・ダルメステテールの『言葉の生命』[3]という、「言語哲学」の本があり、これはフランス語のさまざまな単語の意味の変遷を扱った、ある意味では「前ソシュール的」な書物だが、そのなかに私は次のような考察を見いだす——「民衆の精神が、一定の用法において受け入れられ認められている単語の意味を変形する場合に、あいかわらずそうした精神の働きの現場が捉えられる。学問的に形作られ、科学的な言語のなかで十全な価値をもっている一連の単語が、民衆の使用するところとなって、滑稽で低劣な使い方に貶められる様は、見るからに驚くべきものである……　ある種の粗野なアイロニーが、誤って理解されたこれらの語を堕落させ、教養人たちの言語に対して民衆の無知の仇打ちを嬉々として行なっているかのようである。」著者の驚きは、ケベックの人々によるジュアル〔ケベック俗語〕の使用を前にしたなら、きっと恐怖に変じていただろう、つまり、ジュアルにおいてもやはり、一方で人々がそれを権利として要求している言語（フランス語）の中心部に向けられた、体系的な嘲弄が作用しているのが見られるのである。ジュアルが英語圏カナダの支配に対する、ケベックの抵抗のある時点を象徴していたことも、ケベックが建設するべき国民《ナシヨン》としてみずからを思い描き、存在してゆくにしたがって、この象徴が象徴としては姿を消してゆく傾向にあったことも、驚くにはあたらない。

〈迂回〉は**したがってどこかへ導く**のだ、回避しようとする不可能なものが、具体的な「肯定性」に変成する傾向にあるときに。[4]

私の信じるところでは、宗教的混交も〈迂回〉のこれみよがしな化身のひとつである。ヴードゥーにしても、ブラジルの儀礼にしても、マルチニックの田園部で行なわれているさまざまな実践にしても、この混交の演出には何か過剰なものがある。違いは、この場合もまた、かの地（ブラジル、ハイチ）においては狡知であったものが「肯定的」な内容をもつ集団的信仰へと構成された一方で、此処（マルチニック）にあっては、「否定的」な、すなわち、つねに迂回において**活性化される**必要のある痕跡として持続していることである。民間信仰の言説は、マルチニックではいまだに**〈他者〉の耳**を呼び求めている。[5]

脅かされた共同体にとって、〈迂回〉がこのように必要であることを、もっとも劇的に表現しているのは、当然の成り行きとして、アンティルの人々のフランスへの移民の動き（これについては、公権力に後押しされた逆方向の奴隷貿易を作り上げていることがすでに十二分に言われてきている）と、それが惹き起こす心的な反響のなかに見いだされる。たいていの場合、まさにフランスにおいて、移民アンティル人たちはみずからが**異なっている**ことを発見し、みずからのアンティル性を自覚する。この自覚は、こうしておのれのアイデンティティの感情に満たされた個人が、いずれにせよ出身地の環境へうまく復帰することができず（彼は状況が堪えがたく、同郷の人々が無責任であると感じるだろうし、人々のほうは彼を、同化し、白人のような態度になった等々と思うだろう）、**再び出てゆく**ことになるだけに、一層劇的で耐え難いものだ。〈迂回〉の驚くべき体験。これこそ、このマルチニックにおいて疎外が隠蔽されていることの実例である――疎外を自覚するには、**他処に**それを求めにゆかねばならないのだ。その場合、個人は不幸な意識、というよりも、まさに拷問にかけられた意識の責め苦の世界に入るのである。

（「西欧に」（東の方向にあるが）行ったのちに再び故郷に根付こうと努める者たちにとっては、たしかに帰還の素晴らしさというものもある。それは、母なる地アフリカからもぎ離され、奴隷貿易の旅の末に迎える、かつての絶望的な到着ではない。今度はまるで、ふたたび根付くべき本当の邦をついに発見するかのようなのだ。マルチニックは帰還者の地と言われる。しかしそれは帰郷ではなく、迂回の終わりである。）このように自分の邦で生きてゆくことに耐えられないということ、ここにこそ苦悩が現れ出ている。

〈迂回〉は、その元来の狡知がひとつの乗り越えの具体的諸条件と出会わないときには、**どこにも導きはしない**。（私たちは、失業の餌食になるのみか非存在の耐え難い圧力に晒されて〈他者＝他処〉に一時的な助けを求める人々が捨ててゆく同じ「暑い邦々」へと、みずからの周囲に不満を抱くヨーロッパ人を駆り立てている普遍的な存在不全を過小評価しているわけではない。）

さらに言えば、アンティルの知識人たちは、この〈迂回〉を**どこかに行く**ために、すなわち、この場合は解決し難いもののありうべき解決法を、他の民によって実践されている解決に結びつけるために、有効利用してきた。そういった〈迂回〉の諸形態の最初の、そしておそらくもっとも華々しいものは、マーカス・ガーヴィー（ジャマイカ）のアフリカの夢であり、それを前景化した最初の「中継」が合衆国において彼を促し、アメリカ黒人の情念を引き受けさせたのである。アンティルのネグリチュード理論（ないしは詩学）における、黒人の苦しみの普遍的受容もまた、〈迂回〉の昇華された一側面を表している。小アンティル諸島の混血した諸民族のために、固定したイデオロギーによってかくも長きにわたって軽蔑され、抑圧され、否定されてきた、彼らの存在の「アフリカ的部分」を要求することの歴史的必然性は、それだけでアンティルのネグリチュード運動を正当化するに足りる。この要求はしかしながら、非常に急速に、先ほど述べた受容のなかでみずからを超越したために、セゼールのネグリチュードの成果はアフリカ諸文化の解放運動と出会うことになり、やがて『帰郷ノート』はマルチニックよりもセネガルでより人気を博すことになるだろう。奇妙な運命。〈迂回〉がそこにある――観念的な超越、高みからの関係だ。セゼール氏がここではマルチニックの人々にもっとも知られている人物であるにもかかわらず、彼の作品がアフリカにおけるほど読まれていないのも理解できる。同じ運命は、ガーナの独立を奪取したクワメ・ンクルマに霊感を与えたトリニダード人、パドモアの存在にも刻印されることとなった。ただし、ンクルマの汎アフリカ主義の精神的な父であるパドモアは、二度と故郷には戻ることはなかったが。これらの〈迂回〉の形態はしたがって、アフリカへの〈帰還〉の偽装された、あるいは昇華された変種でもある。ネグリチュードのアフリカ的定式化とアンティル的定式化とのもっとも明らかな違いは、アフリカのほうが、先祖から続くと同時に脅かされている諸文化の多元的現実に**起因している**一方、アンティルのそれは、植民地的無秩序によって表現を破壊されている新たな諸文化の自由な介入に**先立っている**という点にある。二つの定式化が結ばれるためには、一般化のための強度の努力が必要であった――この寛容な一般化は、ネグリチュードが個別的な諸状況を考慮に入れなかったのがなぜなのかを理解させてくれる。それはアフリカ解放に根本的な影響を与えたにもかかわらず、それ自体としてはこの解放の歴史的な諸エピソードにはいかなる時にも介在しなかった。そればかりか、まず英語圏アフリカの領域において（その一般化的な性格の拒否によって）、それに続いて戦闘的アフリカの広範な外縁部において（おそらく革命的諸イデオロギーの影響で）、それ自体としては疑義を投げかけられているのである。[6]

〈迂回〉のもっとも意味深い例であり続けているのが、フランツ・ファノンのそれである。巨大で心を熱くさせる例だ。私は、『地に呪われたる者』のスペイン語訳を片時も手放さない南米の詩人と出会ったことがある。アメリカの黒人学生の誰もが、あなたがファノンと同じ邦の出身であると知って目を丸くする。かたやマルチニックでは、政治的にせよ文化的にせよ、革命的にせよ左翼的にせよ、ジャーナリズムにおいてファノンについての（私が言っているのは、彼の作品についてでさえない）言及がないままに何年もの年月が経つということがある。フォール＝ド＝フランスのある大通りには彼の名前が付けられている。ほとんどそれだけだ。

アンティル人にとって、ファノンの兄弟、友人であることも、あるいはただ単に仲間ないしは「同胞」であることも難しい。というのも、フランス語圏アンティル諸島の知識人のなかで、彼だけが、アルジェリアの大義への賛同を通じて真に**行動に移った**からである。このことは、彼のアルジェリアへの情念と呼んでしかるべきものの悲劇的かつ決定的な諸々のエピソードののちに、マルチニックの問題（この場合、彼にその責任があったわけではないが、彼が生きていればおそらくはこれに立ち向かったに違いない）がその曖昧さのなかに丸ごと残されているにもかかわらず、やはり言えるのである。明らかなことだが、ここで行動に移るということは、単に闘い、要求し、抗議の言葉を繰り出すということではなく、**根本的な切断**を徹底的に引き受けることを意味している。根本的な切断は、〈迂回〉の最前線である。

セゼールの詩的な言葉、ファノンの政治的行動は、私たちを**どこか**に連れて行き、私たちの問題が待ち受けているただひとつの場所へ私たちが帰還することを、迂回によって可能にした。この場所は、『帰郷ノート』にも、『黒い皮膚、白い仮面』にも同じく描かれている。ここで私が言いたいのは、セゼールもファノンも、抽象家ではない、ということだ。ネグリチュードと『〔地に〕呪われたる者』の革命理論の道筋はしかし、一般化の道のりだ。それらの道筋は世界において終焉しつつある脱植民地化の歴史的輪郭を辿ってゆく。そして共有されたひとつの〈他処〉の風景を説明し明示する。この土地に戻らなければならない。〈迂回〉が利用されうる狡知であるのは、〈帰還〉

がそれを豊かにするかぎりにおいてのことである――起源の夢や〈存在〉の不動なる〈一〉への帰還ではなく、人々が力づくでそこを迂回してしまった、錯綜地点への帰還。そこでこそ、最終的に〈関係〉の構成要素を作動させなくてはならない、さもなければ滅び去るだけだ。[7]

労働の社会的諸帰結を前にしてのマルチニック人の一般的な態度は、システムの通常の支持者の人種主義的言明――「あの連中は怠け者だ」――を根拠づけていた。

マルチニック人は歴史的に、生産性にも技術的改良（日常的な道具、工具、機械）にも関心をもたないが、その理由は、みずからの邦のなかでの集団的生産（しかも今日では終焉しつつある生産）において何もコントロールしていないという点にある。

労働＝賃金の均衡という慣習は、疎外されたかたちでさえ存在しない。伝統的に労働は、主人－奴隷という情緒的な同意から発して「褒美を与えられる」ものなのである。その「経済的」評価といったものは近年のものであり、決定的な要因ではない。

システムは職人的なタイプの職業の消滅を助長したが、それらの職業が工業化部門によって取って代わられることを可能にはしなかった。

それは、責任ある自律的行動の原則に代わる援助の原則を適用することによって、物乞いという一般化された反応を生じさせ発展させた。

逆説的にも、マルチニック人たちの「非合理的」態度は、抵抗の合議せざる一形態である。しかしこの抵抗は、乗り越えることのできない「場所」（技術に関する無関心、等々）を借りている。

13 為すことと創ること

世界のエネルギー危機はマルチニックの技術‐文化的地位を再検討に付すだろうが、この地位は今日、次のようなかたちで定義されるかもしれない。すなわち、余暇や家庭生活の次元における抑制のない消費、具体的に言えば自動車使用における常軌を逸したそれ。マルチニックが世界市場において交換価値のある生産物も、エネルギー源の移転を自立的に確保する手段も、いっさい持っていないことによる、まったく保証のない消費。ここでは消費が産業に「変換」されないばかりか、フランス本国に由来する公的予算の注入に依存していることによる、まったく受動的な消費。そしてさらに、消費が第三次産業の領域において、規制されることのない私的利益の再輸出をもたらすという意味では、疎外された消費。

マルチニック人はこのように、みずからの貧困の余白で、括弧に囲まれた夢を生きているのであり、その夢のおかげで、自分がここでは平穏な――人類を揺るがす恐るべき激動の数々を免れている――小島にいるのだと信じ込んでいる。たしかに、どんな個人でも、避難場所を求めて目を周囲に向けてみたなら、この惑星の現状に恐れをなすことしかできないかもしれない。そのとき彼はもしかすると、こうした平静な小島に強い関心を寄せるかもしれない、このような飛び地には、居留地と呼ばれているもののあらゆる条件や潜在性が現れていることもよく考えずに。すなわち、環境の諸条件が少しでも深刻化すれば、皆に与えられているのは受動的に消滅を待つことだけになってしまうような、そんな場所なのだ。

この危機について考えてみよう。ある国が、みずからもエネルギーを危険なかたちで失っているというのに、どうしてエネルギー消費の（非生産的）空間の維持に同意するだろうか、これこそ、いかなる「国民連帯」の理論によっても正当化できない事態だろう。マルチニックに設定された単一植民地主義は、問題がフランスの予算から貸し付けられた公的資金を私的利益に変換することであるかぎり、こうした形態で続いてゆくだろう。しかし、商業資本主義も含めていかなる資本主義も、危機のさなかに使用可能なエネルギー備蓄の一部を他処に譲渡することに耐えられないだろうし、それが実現した利益を第三次産業に投入し続けるためであっても同じことだ。[8] まさにそのときこそ、フランス語圏小アンティル諸島は、養うのに高くつく踊り子になってしまっているのかもしれない。しかもフランスは、この負担《つけ》をヨーロッパ共同体に回すための手段を何ひとつ持ち合わせてはいない。ある程度長期的なかたちで、そして、多かれ少なかれ破局的な規模で、小アンティル諸島はみずからを頼まなくてはならなくなるだろう。その独立は、世界的危機のなかで胚胎している。

この覚醒を想像してみよう。二つの出来事がこれを周期的に先取りしている。物資の補給が途絶する（船や貨物機が到着しない）場合、そして、サイクロンや熱帯性の嵐が邦を通過する場合だ。季節ごとの荒天には慣れている私たちにとっては、前者の状況のほうがより壊滅的に見え、より大きなパニックを呼び起こす。蓄えのある大ショッピングセンターへの殺到、ガソリンスタンドの前の行列、顧客である、そしてもはや顧客でしかないすべての人々の耐え難い苛立ち。これらの反応の由来するところは、私たちがもはや自力でこのような状況と対決することができないことを、私たち自身よく知っていることである。連帯の集団的な身振り、生き残りの技術的な身振りを私たちは忘れてしまったのである。私たちの土地には低家賃住宅が立ち並ぶ戦略的道路が縦横に走っている。私たちの森は枯渇し、小川は乾ききっている。私が子供の頃、ラ・パルメーヌとヴォークランの山のあいだの田園で飛び込んだ池という池には、もはや湿気の名残さえない。殺虫剤の野蛮な散布は小川の動物たち（巨大なザリガニ、頭部が平らな黒い魚）に大きな被害をもたらし、鳥たちを殺した。世界の至るところで起きていることではある。しかし、世界は防禦線や緩和策を編み出している。私たちはと言えば、援助を、しかも、こうして私たちを破壊している当の人々の援助を求めているのだ。

世界的な危機のなかにあるこの邦を想像してみよう。私たちは、米もタバコも油も皮革も、生産する術を知らないだろう、これらの生産のための条件がすべて整っているにもかかわらず。私たちが身振りを――さらに、いかに秩序立て、予測し、配分するかを――再び学び終えるまでは、なんという惨状だろう。台の上に鎮座した私たちの自動車の傍らにいる、少しずつ傷んでゆく道路を運転している私たち自身を見てみよう、そして、住民がなるがままに任せている邦々が帯びる、あの無秩序と投げやりの様相の全幅を。この図は極端だろうか。そうかもしれない。しかし、世界の多くの邦々と同様、一九三九年から一九四五年にかけて、数知れぬ民が殲滅、戦災、そして、以後ベトナム戦争のみがそれを凌駕するものとなったあの残虐行為の数々に苦しんでいたそのとき、私たちは同じような状況に置かれていた。けれどもそのときには私たちは抵抗した。なぜなら、ヴィシー政権は私たちに全面的な否認を突きつけたからだ。私たちもまた、「占領下におけるほど自由だったことは一度もなかった」のである。フランス海軍の艦隊が邦を定期的に搾取するなかで、マルチニック人は、闇市場の慣行と同時に、自家生産の方途を学んだ。彼らは南部の塩田や鍋で海水を乾燥させる方法で塩を**こしらえた**。数少ない家畜の皮（マルチニックのあらゆる屠畜場で**今日捨てられている**同じ皮）から皮革を、椰子の実から饐えた油を、瓶を切ってコップを、ラフィアやトロマンやマニオクから籠を、それに、野菜を（パンの実、ヤム芋、決して熟れることのない青バナナ――パンの実は**青く**、多くがグアドループからやってくるバナナはポヨというものだった）。私たちは小川で、私たちがザビタンと呼び、グアドループの人々がウワスーと呼ぶザリガニを獲った。子供たちは、古タイヤからゴム底を、使えなくなったチューブから鼻緒を切り出し、それらを牛肉以上に稀少で貴重品になっていた鋲で留めて履物を作ったり、古い箱や古い糸巻きから玩具を考え出したりしていた。私はここで悲惨主義の讃歌を歌おうというわけではない、というのも、この同じ子供たちが栄養失調で死んでゆき、人々が傷を熱湯で手当し、老人たちが静かに去っていったことは確かだからだ。けれどもマルチニックの民は抵抗したし、この当時、今となってはおそらく失ってしまったある一体感を経験した。私が『憤死《マルモール》』のなかでその勲を歌ったドゥラン、シラシエ、メデリュスらは、私たちがジョブと呼ぶ無数の取るに足らない仕事を編み出したが、それによって彼らは生き延びることができたのである——

古タイヤにアルパガットを描くこと
オッスさんのためにジャッキを回すこと
ソーセージに冠を載せ、犬を剝くこと
マダムのために市場の列を踏み固めること
青底瓶にグラスを見積ること
トラファルガー式で蟹を獲ること[9]

しかしながら、この創意の高まりの下で、エリートたちの裏切りが進行していた。一体感は豪勢な踏み迷いに役立ってしまったのであり、その表現となったのが、すべての人々、あるいはほとんどすべての人々に喝采された、一九四六年の海外県化法であった。私たちが受動的な無責任さの習慣[10]を身につけたこと、同じような状況になっても私たちがあまりにも方途なく無能力になってしまうだろうということが、こうして理解されなければならない。私たちは狡猾さの罠に落ち、私たちの個人的な成功は、その胸を抉るような衝撃を想像することすらできないほどの集団的な断念を代償として購われているのである。

エリートのこの裏切りとはいかなるものなのか。それは遠くから来るものであって、これを分析することによって、私たちは、ひとつの民族にとって、為すことは創ることと等価であること、生産することと想像することとは相関していることを発見することになるだろう。

ジュリアン・バンダが（あるいは別のかたちでジョルジュ・ベルナノスが）知識人〔聖職者〕の裏切りを語るとき、彼が言いたかった、ないしは前提としたかったのは疑いもなく、これらの知識人たちが、その手段をもっているにもかかわらず、為す**べき**ことをしなかった、ということだった。ブルジョワ階級ないしはインテリ階級の伝統は、集団の任務の行使に基づいた道徳的感覚を創り出している。これは、マルチニックにおけるエリートたちの裏切りに与えるべき意味合いではないだろう。私はこの場合についてはいかなる道徳的な義務も前提としないが、それは、ここではいかなる集団の伝統も、ひとつの任務から芽生えたことがないからである。逆に私たちのエリート、まず自由な有色人、次にはミュラートル〔混血〕、さらには役人の諸集団である彼らにとってはつねに、個人的な救済を確保することが問題であるだろうし、したがってこのカーストが任務を帯びた階級へと凝集することは決してないだろう。「裏切り」はこの散在ということに由来する。

したがってそれは、包括的な責任をいっさい含むことがないのであり、こう言ってよければ、歴史的諸状況がそれを避けがたいものとしたのである。できるかたちでみずからを隷属的条件の穴から引きずり出す、それも、個々のものでしかない手段を用いてそうする必要性が個人的な救済という反応を生み出したのであり、ここから、エリートは、同じ運命を知っている個人たちの非連帯的な集まりとしてしか構成されない、ということになったのだ。以来、このような社会階層に、純粋な**代理表象**《ルプレザンタシヨン》としての「諸理念」を示唆することは、愚かなほど容易いことだったし、彼らの受けた教育そのものからしてそれを無批判に採用することを促すものだった。エリートの裏切りは、「進化」というこの似非理念を彼らが空虚なかたちで**表現するだろう**、という点に由来する。マルチニックの歴史のいかなる瞬間においても、彼らは集団的次元を考えることはできないだろう。彼らはつねに、他者と他処への照会をその思考・行動様態の本質とするであろうし、おのれ自身の特権を確保するために闘おうと望む場合でさえもそうであろう。彼らが、教え込まれた諸々の「普遍」——普通選挙、共和制の代表、世俗的な義務教育の学校、それに、ジュール・フェリー、ジュール・グレヴィなどの根源的な植民地化推進者たちのイデオロギー的武器庫——を採用しつつ「人民を衛る」と言い放つときには、なおさらそうするだろう。したがって、これはもう少し先でも検討することにするが、農業労働者たちによって行為に移された生存のためのさまざまな実践は、恵まれた階層がそれを首尾よく導く任務を帯びているあの体系化を知らなかったのであり、そのために、共同体の行動は結局のところ技術的な**解決**へと変性してしまうのである。

以来、生存のための諸実践は脆弱化され、卑小な、細分化された、そして存続への集団的な振る舞いとは無関係な一連の活動のなかに失われてしまう運命にあった。創造の力と結びついていたこれらの実践は、その溶解のなかにこの力を道連れにしてしまう。常軌を逸しているのは、今日では集団的な剝奪過程のほとんど完全な完遂によって、生存のための実践の細分化された卑小なもの（ジョブ）さえもが、マルチニックの集団性には禁じられているように思えることだ。さまざまなジョブとは創造性の能力の泡沫である。今日マルチニック人民が経験し被っている巨大な「平等化」（擬似-公共教育、混乱をもたらす社会福祉関連法規、適応への局限的措置によって維持されている失業者大衆）のなかで、この泡は消え去りあるいは変質してしまった。こうしてまことしやかな進歩の印象が抱かれているが、そうした進歩はマルチニック人たちの手の届く、古い職人仕事の後退によって打ち消されたのであり、責任ある集団的な活動の次元では**そうした職人仕事に代わるものは何ひとつもたらされることがなかった**。

同化の踏み違えは、この変質から一直線に帰結する。エリートによって「理論化された」擬態の欲動が、集団的行為の実施に取って代わる傾向にある。擬態は、集団的創造性の欠如から**出発する**超越的な地位上昇として現れるだけに、なお完全なものだ。驚くべきことに、集団性のなかには不在の創造的能力が、いまや周縁化されたように見える個人たちの活動に**集中している**。彼らの行ないはバロック化する——それらは、状況のなかでの非-必然性から発して繁殖し、明らかに理由も継承も欠いたある種の独創性への道を借りる。とは言え、それらは素人仕事の特性とか独学の創造とかいったカテゴリーを超え出ており、抵抗の潜在的意志と出会う。しかしマルチニック人民の大部分は徐々に非－生産の習慣に染まり、あの受動性のなかに身を置き、あの欠如のなかにある疼くようなものを擬態的な説得と自己否認によって穴埋めしている。

ここから生じる二つの信念が互いに強化しあってきた。まず、隷属的経済との連続性において、労働は隷属である、というものであるが、それはマルクス主義理論が労働力の疎外と呼ぶ例の隷属というのではなく、個人の無化（悲惨な生活手段と引き換えに直接**与えられる**労働力という意味で）であると同時に集団の無化（国民的な規模での解決という様態で労働争議を構成することの不可能性という意味で）であるような隷属だ。労働はこうして、「宙吊りの」活動、いかなる価値向上的な超越も、しかも迂遠であったり間接的であったりするようなそれさえも伴うことのない活動と見なされることだろう。労働の評価から派生する創造は考えることができないのだ。次に、技術的な紋切り型が、さまざまな生存への実践の砕片化と伝統的職能の消滅とともに居座り、技術に関する無気力をもたらすために、マルチニック人は、自分の邦には何ひとつ発明すべきものはなく、そもそも自分には発明することなどできないだろう、と信じ込んでいる。六〇年代から七〇年代頃に、私がほとんどあらゆる階層の人々のあいだで聞いた主張は、マルチニックで創造すること、すなわち、書くこと、描くこと、音楽をやること、物や思想を生産することは不可能だ、というものだった。だからこそ、このような環境のなかではあらゆる創造が構造的なスキャンダルとして現れ、人々がそれについて抱いている概念や見方のなかでただちに周縁化されるか、さもなければ、自身の企図や方法を必要もなくバロック化する（つまり、装飾過多によって孤立化させる）ことによって、みずからを周縁化させていたのである。

明白な安定化要因として挙げられるのは、ここでは公的な政治が集団的な創造性の欠如を一連の効果的な措置によって埋め合わせているということだ。すなわち、人々はみずからが創ったり製造したりしないものを輸入し、さらに輸入するために製造することを止めるのだ（大型ショッピングセンターへ赴くことが反射的行動となる）。

そして、生産の観念をサーヴィスのそれに置き換える（公務員の拡大した階級が構成され、物価高手当をその他の住民との比較で四〇パーセントも享受するが、マルチニック経済の範囲ではこの四〇パーセントは脱力をもたらすほどの特権である）。さらに局限的な生活保護措置が展開され（基礎的職能の研修を受ける若者たちは、雇用の終了時に失業手当を受け取り、そしてさらにこうだ）、労働力が輸出される（ＢＵＭＩＤＯＭ〔海外県移民局〕という機関がフランスへの移民を後押しするが、この組織は一九七九年にはもはやこの奨励策を無理やり行なう迄もなくなっており、それほど今日では出発の欲動が住民の多様な層において大きい）[11]。

為すことや創ることの欠如が「耐えられる」ものとなるのは、ひとえにこれらの措置のためであることが理解されるが、こうした措置は「親切心」にも国民的連帯にも属するものではなくて、フランスの商業資本主義の一部分がマルチニックにおいて豊かな商業的余剰価値を取得することを可能にするものなのだ。それでは、こうした取引の諸条件がエネルギー市場の深刻化によって変化すると仮定してみよう。その場合、商業的な余剰価値はもう儲かるものではなくなり、保護と安定化の措置（それはフランスで実現され、こちらでは公共資本に惜しげもなく注ぎ込まれている剰余の、「濫費」に支えられている）は維持できなくなるだろう。戦略的利害も海の約束も、もしかすると「援助」の維持を保証するには十分ではなくなるだろう。現在存在していない自立的な集団構造に基づいた責務を引き受けないかぎり、私たちは生き残りの仕草を再び学びなおし、そして、再びジョブに就くことを強いられるに違いない。このような展望は、私たちの共同体、とりわけ、サーヴィスを消費財と交換することに慣れているあの社会階層の人々を恐怖に陥れる。

彼らには階級として（それは階級などではない）、新たな構造を予見する、ましてや課すなどという考えは浮かぶことがない。彼らはただひたすらに、局限的に取られる措置や貸与される金額の不十分さを嘆くのみなのだ[12]。というのも、予見するためには、まず総体的な政治的主導権を奪取しなければならないだろうが、そのことは、脱中央集権化も地域圏化も可能にはしてくれないからである。私たちのエリートがそれを望むことはあり得ない。

マルチニック人民もまだそれを構想することができないでいるが、私たちはそれがなぜなのかをこれから分析してゆくつもりだ。

今、私たちはジョブのあのロマンティシズムへ、生き残りの技法の時代錯誤的な永続へ立ち戻ることができるだろうか。世界の諸々の必然性がそこにある。私たちを待ち受けているものを見ることを拒んではならない。フランスによる心地のいい引き受けと、それに伴う、知らず知らずのうちに捨てられてしまうことの持続的な危険、マルチニック人における集団的な感覚の完全な放棄、そして、カリブ海文明の始まりつつある協調のなかでの恐るべき受動性（不在）。その反対にあるのは、私たちの被保護者の心性のラディカルな変成、総体的なものとして構想されるひとつの経済を引き受けること、創造的な発意、大胆さ、しかしまた、あらゆる種類の受動的な享楽や快適さの断念、未来への冒険と賭け。私たちはこのジレンマから逃れることはできないだろう。死ぬか危険を冒すか。創造は、顰蹙を買う行為であることをやめ、危険を伴いつつも豊かな必然性へと組織されなければならない。しかし、この必然性はエリート的言説のみから発して課されては断じてならない（エリートたちは**他の者たちのための**必然性の明白さを奨励するのに長けている）――マルチニックの責任は何人かの人たちによって教えられることはあり得ない、それはすべての人々によってもぎ取られなければならない。

14　端緒

これから読む資料は、マルチニックの歴史に関心を寄せている人たちにはよく知られている。それは、フランス共和国の代表者が奴隷である耕作者たちに向けて一八四八年三月三十一日に発した声明文である。フランスでは共和制が布告され、当然のことながらこれに引き続いて植民地の地位にも幾多の激変が生じることになる。問題になっているのは奴隷制廃止であり、〔ヴィクトル・〕シェルシェール〔フランスの政治家（一八〇四－一八九三）。一八四八年の奴隷解放令発布の立役者〕がこれを準備するために奮闘しているが、パリの出来事はマルチニックには相当遅れて伝わってくる。奴隷大衆は動揺する。また、植民者《コロン》たちが、準備されている政令に反対する策を次々と講じるのは火を見るよりも明らかだ。したがって、全般的な興奮状態を鎮め、公的秩序を確保ないし維持し、ことの展開の最良の条件を準備しなければならない。そしてそれが、この声明の目的である。

この声明の醜悪で偽善的な、見せ掛けばかりでまったくのところ奴隷制擁護にほかならない性格については、すでに強調されてきた（たとえば、ヴィクトル・シェルシェールの著作集への序文でエメ・セゼールがしているように）[13]。しかし私の思うところでは、このテクストが全体として考察されたことも、その含意するところやその延長にあるものが解明されたことも、これまで一度もなかった。たしかにこのテクストはその後の歴史を**作った**ものではなくて、単にその予兆を公に表現したものに過ぎない。しかしながら、ここにあるのは、ある政治的意志の一度かぎりの**解読可能な**表現であり、やがてその意志の戦略的な意味を評価することはますます難しいものとなるだろう。それだけでも、このようなテクストに関心を抱くべき立派な理由である。

さらにもうひとつ、これよりもっと愕然とさせるような理由がある。つまり、ここにあるのは、私たちの疎外のほとんど覆いも隠さぬ予告、マルチニックの民がやがて被ることになる事柄の素描、植民地建設者がやがて私たちをそうしようとするもの、私たちが部分的に（少なくとも私たちが私たちのエリート層と呼ぶものにおいて）そうなってしまったものの予兆なのだ。このように考えた場合、資料はターニングポイントを示すテクストなのであって、奴隷の「解放」のなかに隠されているものをはっきりと暴きだしている。ここではそれが構成している付随的な嘲弄と相俟って、私たちの歴史的宣言の最初期のもののひとつ、しかも他者によって供給され、隠然たるかたちで甚だしく強力なそれとなっているのだ。

よい知らせだ！　これが私たちの政治的集団的生活の原則となるだろう。これぞ〈他処〉の最初の理論化である。

蒸気船。もっと速く行くために。大西洋横断客船、水陸両用機《ラテコエール》、ボーイング――臍の緒の無限のヴァラエティ。

社会的－政治的生活に「参加した」軍隊――（将軍）

父の善良さ。彼は子供たちの面倒を見る。子供たちのほうは、おとなしくして父の心遣いに応えることを。

社会的－政治的関係への情緒の侵入。主人たちは善人だ（悪い連中もいる）。彼らの名前が書き込まれているが、私が思うには、少なくともそのなかの一人、ペリノン氏は混血《ミュラートル》（自由有色人）だ。もしかすると、フォール＝ド＝フランスのある通りが今でもその名で呼ばれている人物と同一人物だろうか。ちょうど、レゼ氏がポワン＝タ＝ピトルのある街区にその名を残しているように？

物事が変わるのはフランスにおいてである、という原則の確認――そこで共和制が王政に取って代わるとき、あなたの運命は一気に改善される。すべてはルイ＝フィリップの過ちだったのだ。

補償の原則を正当化する買戻しの概念。（歴史は繰り返す。）ということは、あなたはあなたの主人たちの**正当**

な所有物だったのだ。[14]

よい知らせをもたらす者の地位と知らせの重要性との等価性。代表が高位の者であるほど、知らせは真実で有益だ。決定が他処で行なわれる、という習慣。法令は**到着する**。（パリが法律を「作る」。）

自由の授与。植民地化を行なう国がこのように「解放」の理論を展開することは稀である。

猶予期間と段階化の理論の素描――「法令の公布の時までは、今あるままに、奴隷にとどまっていただきたい。」

自由は当然支払われるべきものではなく、それは主人のために働く（「自身のために」）権利なのだ。それによってこそ、自由に値するのだ。

フランスの厳しい現実と比較される、熱帯地域の生活の心地よさ。

フランス人にはもっと責任がある――フランス人はもっと働くし、もっと不幸せだ。

エリート的な組織（「指揮することは誰もに属しているわけではない」）。もちろん、白人が指揮するようになっている。

主人に代わる者としての自治体の長の出現。代行者エリートの端緒。

〈共和国〉の価値、その美質。その法が現実を規定する。

この〈共和国〉の代表者としての市長。投票箱が輪郭を現す。

フォール＝ド＝フランスの住民と上級官庁との仲介者としての市長。「支持者」の前触れ。

マルチニックとグアドループのあいだに置かれる距離。

マルチニック人はその「同輩」であるグアドループ人よりも頭がよいだろう。彼らのほうが必要なことをよく理解している。

有閑自由民の理論。システムを拒否することは罪である。

市長の補佐としての司祭。未来の自由を管理するものとしての宗教。

社会集団の安定剤としての結婚。

生まれながらの身分の低さが存在するが、それについて不平を言ってはならない。

忍耐。今日はすべてが最善というわけにはいかないが、責任ある人々がそのために働いているのだから、明日はよくなるだろう。

巡回訪問の理論。高官は**視察しなければ**ならない。

高官は再びフランスに旅立って、何かを（自由を、仕事を、援助を…）**与える**べき措置（法令）を講じなければならない。

物分りのいい黒人《ネーグル》。

感謝している黒人。

派遣の騒ぎにおける、踊る音楽家としての黒人。

感謝の意の表明を前にした高官の感動。

またもや、**皆に働くことを課す**結婚。

以下が、一八四八年における疎外の戦略的な場所である——市役所、司祭館、公立救護院、農園の病院、主人の館、工房、奴隷監督の小屋。


私たちを収奪する諸様態に関するかぎり、これ以上に完全なテクストを私は知らない。経済的観点からは、マルチニックにおける隷属労働から擬似賃金労働への移行が完璧に分析されている。政治的観点からは、「解放」の諸条件がつぶさに描き出されている。**一八四八年の**奴隷たちはこれらの美辞麗句の罠に捕らえられるがままにはならず、三月末のこの声明をもってしても五月の反乱は避けることはできなかったこと、反乱が、〈奴隷制廃止〉令が正式に署名される**前に**公布される結果をもたらしたことを、私たちは知っている。議論すべき問題は、このような戦略の長期的な反響のほうである。たとえば、〈共和国〉代表が感謝の踊りを踊る黒人たちのエピソードを創作ないし美化したかどうかといったことは、さして重要ではない。**一八四八年において**、大部分の奴隷たちが、幾人かの事務員が朗誦したこれらの告示を前にしておそらくはせせら笑ったにしても、私たちの民がそのひそかな戦略の影響を被ったことをどうして認めないでいられよう。私たちは皆、ユッソン氏に耳を傾けたのであり、そして徐々にせせら笑うことをやめていったのである。

このことにより私たちは、私たちの邦における多くの民衆反乱が根本的な解放へと至らなかったことを理解するだろう。一八四八年に奴隷たちは闘ったが、しかし当時宣言された「解放」はいかなる集団的な次元をも現実的に動かしはしていなかった。ユッソン氏は天才であり、その計画はいかにお粗末であったとはいえ、すこぶる効果的なものだったのだ。

（シェルシェールは書いている[15]――「市民ユッソンはマルチニックのクレオールであり、そこに彼の家族すべてと彼の利害すべてをもっている。彼は白人たちと黒人たちとのあいだに身を置いた。そういうわけで、彼はおのれの言葉一つひとつの射程を判断することができたのだ。」しかしながら、市民ユッソンはここでは〈**共和国**〉**代表**である――おのれの利害を護りつつ、彼は周囲の鈍い植民者たちに**抑圧すると同時に腐食させるある種の植民地化の最初の示唆**を対置したのである。こうした政策に集団として同意する前に、ベケ〔白人農園主〕たちは――一八八〇年から一九四六年にかけて――フランス資本主義に打ち負かされることになるだろう。この後者の日付をもって、彼らはユッソン氏が彼らのために働いていたことを理解するだろう。）

ルイ・トマ・ユッソン
フランス共和国暫定内務長官

奴隷耕作者のみなさんへ

友よ

皆さんはフランスからやってきたばかりのよい知らせをご存知です。これはたしかに本当のことです。〔クロード・〕ロストラン将軍と私がこれを運んできたのですから。早く到着するために、私たちは蒸気船に乗ったのでした。

自由がやってきます！　心配無用、皆さんはそれに値するのです。皆さんのためにそれを要求したのは、善き主人たちです――ペクール氏、バンス氏、フロワデフォン・デ・ファルジュ氏、ルペルティエ・サン・レミ氏、ペリノン氏、それにグアドループのジャブラン、レゼの両氏。パリにいたあらゆる主人たちが一堂に会し、これら諸氏に政府に皆さんの自由を要求する役目を託し、政府もそれに同意したのです。ルイ＝フィリップはもはや王ではありません！　彼こそが、皆さん一人ひとりが自分で自分を買い戻すことを望んでいたために、皆さんの解放を阻んでいたのですが、その反対に共和国は皆さん全員を一度に買い戻すでしょう。しかし、共和国は買い戻しのための資金を準備し、自由の法律を作るために時間を必要としています。それゆえ、現在までは何も変わっていません。皆さんは法令の公布までは奴隷でい続けます。しかし、ロストラン提督は私を派遣してこう言わせるでしょう――「自由がやってきた、共和国万歳！」

その時が来るまでは、皆さん方は法の定めるところに従って主人の利益のために働かなければなりません。皆さん方が、自由というものが放浪する権利ではなく、おのれのために働く権利にほかならないと理解していることを証明しなければなりません。フランスでは自由な人は皆、奴隷であるあなた方よりも働いているし、あなた方よりもずっと不幸せですが、それというのも、あちらでは生きていくことはここよりも難しいからです。

友よ、あなた方の主人の命じるところに従順に従い、指揮をとることが誰にでも属しているわけではないと知っていることを示してください。なにか不満を訴えねばならないのなら、個人的にあなたの主人に打ち明ければよいし、それでも理解が得られず、しかも自分のほうが正しいと考えるのなら、そのときは自治体の長のところに赴けば解決してくれるでしょう。

共和国はこの使命を自治体長に委ねたのです。

それに、フォール゠ド゠フランス（今日ではフォール゠ロワイヤルはこう呼ばれています）にいる高級官僚が不満を聞くためにいちいち手を煩わせなければならないとなると、法律を準備する時間がなくなって、自由の到来が遅れてしまうでしょう。

グアドループで何が起こったのかを思い出してください！

あなた方のお父さんの時代には、フランスに共和国が存在していました。共和国は主人に補償をすることも仕事を組織することもせずに自由を宣言したのです。奴隷たちが、働かなければならないこと、いかなる無秩序をも避けなければならないことを理解していると考えていたからです。

その頃マルチニックはイギリス人に占領されていたので、あなた方のお祖父さんは自由ではありませんでした。敵の手を逃れたグアドループでは、みんなが自由になりましたが、かつての奴隷たちは仕事を放り出し、日々不幸になってゆきました。

七年が過ぎたのち、彼らは共和国に、彼らを再び奴隷の身にすることを余儀なくさせたのでした。ですから、あなた方のグアドループのお仲間は今日まで奴隷でいるのです！

友よ、あなた方がよりよい知性を見せてくれ、悪い連中の言うことにはいっさい耳を貸さないだろうと私は確信します——そう、あなた方は誠実な人たちの言うことだけを聞いていただきたい。

とくに、仕事もない自由民の言うことは聞かないでください。あなた方が自由になるや働こうとしなくなるのではないかと心配した人々がこう言っていたことを忘れないでください――「ほら、どれだけの解放民が働かなくなったことやら!」あなた方の敵、それは怠け者たちです! 連中には一言、こう言ってください――「仕事に行きなさい、そして、私たちが自由に値するようにしてください……」

司祭様も、あなた方に、来世のご褒美を勝ちうるためには働いて結婚しなければならないと言っています。何か不審なことがあったら、司祭様に助言を求めるのです。白人自身が自由でなかった頃に自由を最初に説いたのが宗教であったことを思ってみてください。

キリストが厩で生まれたのも、田舎の人たちに、生まれの卑しさに不平を抱いてはいけないと教えるためでした。十字架で殺されるのを(ユダヤではこれは奴隷への刑罰でした)お許しになったのは、不幸な人たちが聖職者たちをもっぱら、彼らをよく導くよう定められた友と見るようになるためでした。

さあ、友よ、忍耐と信頼をもってください! 私があなた方にこう書いているのは、あなたたち全員に会う時間がないからです。それに、私はサン=ピエール、プレシュール、マクバ、バッス=ポワントを訪問したところですが、あなた方に自由を与える法令を作るために急いで帰国しなければなりません。

今では私も心配はしていませんが、それはあなた方の仲間に会ったからです――彼らは、自由を理解することのできるまじめな人たちです。あなた方も皆そうであると、私は確信しています。ド・クルシー氏の家にあなた方全員が私とともにいたらよかったと思います。私が氏の作業員に、全員が自由になるだろうと告げた折には、全員がこう叫んだものです――ありがとうございます、長官殿! 労働万歳! 旦那様万歳! 奥様万歳! そして晩になると、みんな恋人に恋の歌を歌って聞かせました。夕食の折には、彼らは十一人の結婚した男たちを遣わしましたが、この男たちはそれぞれ妻を紹介したあと、作業員の名前で共和国に感謝の意を伝える仕事を私に託したのです。

友よ！　それは素晴らしかった！　このことが証明しているのは、作業員全体がこう理解してくれていたことです、つまり、社会にあっては結婚している人々がもっとも尊敬に値し、共和国に次のように約束してくれるのにもっともふさわしいのだということです、すなわち、これからは奴隷たちは結婚して年老いた父、母、妻、子供たち、兄弟姉妹たち、養い面倒を見るべき丸々一家族をもつだろう、そうすれば、解放された暁には皆が働くことを課されるだろう、ということです。

さらば、わが善き友よ、私はあなた方が歓喜を顕にしたいと望む折に、順繰りにあなた方一人ひとりに会いにやってくるでしょう、ですから叫びなさい――

〈労働〉万歳！

〈結婚〉万歳！

私があなた方にこう言いに来るときまで――「法令が到着した。〈自由〉万歳！」

この回状は、自治体長諸氏に宛てられ、役所、司祭館、救護院の扉に掲げられるべきものである。また、彼らの配慮に応じて自治体のすべての農園所有者に送達され、その所有地のもっとも目立つ場所、病院、作業用の建物、奴隷監督の小屋、自身の住居などに掲げられるべきものである。

サン＝ピエール、一八四八年三月三十一日

署名：**ユッソン**

今日、何が変わったというのか。
よい知らせは相変わらず他処からやってくる。今日ではそれは、**公的援助**の割り振りの数字にかかわるものだ。空の蒸気船であるボーイングが、**もっと、もっと早く、もっと頻繁に**という願いのために配備されている。もはや軍は鎮圧するのではなく、平和をもたらし教育をほどこす。

情緒性が支配している。「ああ！　わが善き友よ。それは素晴らしいだろう。」ディジュー氏は高校での人種差別事件に絡んで、一九七九年にこう宣言する——「私たちは皆フランス人です。フランス人は愛し合わなければなりません。」フランスのいかなる聴衆も（政府であろうと野党であろうと）これには抱腹絶倒したに違いない。相変わらず物事が変わるのはフランスにおいてだ——「もし左派が勝てばもう手当はなくなるだろう」、「左派が勝てば自治は（ついに）可能になるだろう」。

遅延と段階化の理論、すなわち政治的リアリズムの表現。左派の遅延もあれば右派の遅延もある。（フランス人が私たちの面倒を見る責任を担ってくれて、幸せだ。それ以外はすべて**非現実的**だ。）

諸問題の鍵としての選挙。「多数派。」

グアドループとマルチニックとのあいだに維持されている隔り、対抗関係。「安定化をもたらす」核家族の発展を促す経済的圧力（社会保障法）。

（教会の役割が十年ほど前から変わったことは認められるだろう。私が最近聞いた異議申し立ての演説のなかでもっとも静謐でしかもおそらくはもっともラディカルなものは、聖職者たちによって発せられたものだった（一九七九年）。そこには間違いなく、マルチニックの聖職者組織の南米化がある。そして、宗教による疎外や狂信についてどう考えるにせよ、マルチニックに根を下ろした諸教会——アドヴァンティスト、プロテスタント、エホヴァの証人、等——のもつエネルギー、連帯組織、民衆のなかでの活動（これらはほとんど伝統的な政治実践からは自由なものだ）を無視することはできないし、たとえ諸セクトの胸を抉り麻痺をもたらすような力を恐れるにしても、また、これらの教会の大部分の導入が、もともとはアメリカ合衆国の援助によって行なわれたことが知られているにしても、このことに変わりはない[16]。）

職務なき代表団や代表権者たちの昇格。

県庁や高級ホテルや寄航中の護衛艦における、「セレナード」状態の民俗的グループ。

訪問者の途絶えることのないワルツ——大臣、代表団、検討委員会、レポーター、執行者、組合の書記、政治リーダーたち（それぞれにお仲間がいる）など、かぎりがない。

「これ以上は滞在できません、私がここで見て学んだことを行動に移させるためにパリに発たなければならないのです。けれども私は皆さんと袂を分かつわけではありません。私の職務において、皆さんのために仕事をし続ける所存です」（大臣の演説。）

時間稼ぎの言説——明日にはもっとよくなっている。

聞き分けのいい黒人《ネーグル》。

感謝する黒人。

親切な黒人。訪問者の感嘆。

嘲弄のほとんどあらゆる審級がこのテクストのなかに胚胎されている。

今日、疎外の戦略的な場所とは次のものだ——市役所、社会保険、学校机、学校施設、公的扶助、車庫、ショッピングセンター、諸協会、政治的行政的会議、競技場、融資機関。おわかりのように、社会的進歩というものがある。主人の館と奴隷小屋は、公社や事務所や代理店に取って代わられた。

ユッソン氏のテクストの「歴史資料」的な性格の仕上げとして、ポスターはこれを二言語のかたちで提示している。左側にフランス語、右側にクレオール語。そうなのだ。二言語の宣言。なんとも驚きではないか。ちょうどカロリング朝帝国の分割条約〔ヴェルダン条約のこと〕のように、なにやら「創設者」的なものがある。そして、このクレオール語のテクストが、この言語もフランス語も読む術を知らないマルチニックの住民に向けて朗読されていたことを想定できるとするならば、同じように、どこかの役人がクレオール語への「翻訳」のために任命されて、このまったく突拍子もない余計な仕事に悪態をつき、後にじっくりと見ることになる常軌を逸した片言《プチ・ネーグル》を用いるところも想像される。ユッソン氏のテクストはここでもまた、見事な予兆となっている。それは、クレオール語の語りの疑いようもなく愚かな転写を表しているため、この語りを低劣な方言と見なさざるを得ない。そしてそれは、この言葉がそうなれかしと望まれるであろうものなのだ。これがこの資料の究極の歴史的な変身なのであり、だからこそここでは、見捨てられた状態の形式における完成が、**徹底的**に根こぎにする意志を最後に飾り立てたことになるだろう。

この宣言はマルチニックの学校で学ばれ、政党によって注釈され、文化の諸審級で分析されなければならなかったはずである。この「過去の」テクストは汲めども尽きぬ現代性を帯びている。嘲弄から身をもぎ離せるのは、それを正面から凝視するときだけなのだ[17]。

目印

フランス化

社会構造において。
（学校。公務員制度。宗教。）
マス・メディアによって。
（新聞、ラジオとテレビ。書籍。）
理想において。
（フランス市民権。「発展」。ヨーロッパ。）
モノと商品において。
（ショッピングセンター。自動車。流行。）
威信ある行事によって。
（フェスティヴァル。フラワー・ショウとコーラス・ショウ。会議とシンポジウム）
言語において。
（クレオール語の破砕。フランス語によるその構文化。）

人工的なフランス化（それは創造的な参加を引き起こしはしない）は、存在の神経症的な無言状態と無責任性をもたらす。そこでは人種的葛藤は強化される。

15　出来事

一九七一年五月の一連のデモの折に、フォール＝ド＝フランスでひとりの若い男子高校生が殺害されるという出来事が起こった。デモが行なわれたのは、ＵＴＡ〔農業労働者同盟。一九七〇年にグアドループで組織された組合〕によって指導され、こちらも同じように流血の弾圧を刻み込まれた、グアドループの農業労働者の非常に長いストライキの延長線上でのことである。以下に掲げる、マルチニックの一青年の死に関する証言は、現実の状況について意味深いものであると私には思われる。通過する軍の車両、とある舗道にいる若者たち、爆発音、煙、そしてあとは何もない。

証言

私ことデシュ、マリー＝マドレーヌ、職業薬局店員、住所ブレナック通り二〇番地、は以下の事実に誤りのないことを証言します――一九七一年五月十三日木曜日。十七時四十五分頃のこと、私は靴を買いたいと思い、ヴィクトル・グルサール薬局からバタという店に向かっていました。私はレピュブリック通りを横断しましたが、通りはまったく平静そのものでした。そこにいた人たちは自分の仕事になんの心配もなしに勤しんでいました。人の流れもいつもどおりでした。

私は若者の一団とすれ違いましたが、彼らは毎週木曜日の同じ時刻に決まって、シェルシェル＝チュリアフ薬局の窓の縁に腰掛けたり、舗道に立っていたりしていた若者たちです。だいたい十人くらいで、毎週木曜日の同じ時刻に私がいつもすれ違うのと同じ人数です。彼らはとても静かで、いつものようにあまりうるさくすることもなく言葉を交わしています。彼らはきちんとした人たちで、私に礼儀正しく道を空けてくれました。石もビラも苛立った様子も見受けられませんでした。

私はバタにレピュブリック通り側の入り口から入りました。何足かの靴を見ていると、鈍い爆発音が聞こえます。振り返って通りに出ると、治安部隊の輸送車が二台、目に入りました。それに、カーキ色の制服を着た男たちです。二回目の鈍い爆発音が聞こえ、トラックの左後方に位置していた制服の男が（車の進行方向に合わせて向きを変えながら）擲弾発射銃に新しい弾を込めているのが見えましたが、銃身は人の背丈の高さのところにありました――トラックはバタ店の前を通過する最中でした。

私は買った靴を急いで受け取り、人だかりができている方に行ってみました。その時、救急連絡を受けた医師がもうひとりの人物と一緒に、意識を失ったひとりの若者を運ぶのが見えました。顔を血まみれにした二人目の怪我人が、シェルシェル＝チュリアフ薬局で手当てを受けているところでした。

フォール＝ド＝フランス、一九七一年五月十七日
デシュ、マリー＝マドレーヌ

このトラックは他の多くのそれと同じように姿を消し、乗っていた者たちも一緒に消え失せた、それに、平然とした射撃手も、私たちの諦めの厚みのなかに、司法手続きの青白い明るさのなかに、消えたのだ。

どれだけ多くの邦で、どれだけの殺人が、どれだけの拷問、どれだけの虐殺、どれだけの大量殺戮が行なわれ

ていることか。ただ、この殺人において衝撃的なのは、その平然とした嘲弄すべき性格だ。まるで小アンティル諸島の状況が、この類の平穏で歴史を馬鹿にした嘲笑を「呼んでいた」かのようだ。一九七八年には、ひとりの若いフランス兵が、閲兵式のときのように平然と、「なぜだかわからないが」マルチニックの若者を殺している。兵士は懲役九年の刑に処せられた。その同じ頃、世界中の至るところで虐殺が続いている。私たちは戯画的な反響だ。おそらくはそれゆえに、私たちの状況は〈関係〉の諸様態のひとつとして典型的なのだ。これらのほとんど儀礼的な殺人は、心的な棄民状態が消費における無責任さと結びついた、植民地化の非常に特殊な形態に伴うものである。それは嘲弄すべきものの句読点をなしている。この観点からすると、上記の証言は私たちの状況の「客観的な」図を描いている——店舗や薬局や進んだ都市生活に溢れていながら、そこには人殺しの幽霊が跋扈《ばっこ》しており、この幽霊を私たちは追放することはない。

覚書

この嘲弄すべき（取るに足らない）ものという概念は、コルシカにおける流血の対立について、フランスのある政治的機関によってはっきりと言い表されている（『ル・モンド』紙、一九八〇年一月十二日）——「今日、世界を脅かしている暴力を見るとき、アジャクシオでの一連の暴力的な出来事は、それが実際そうであるものに見えざるを得ない——それは悲劇的なまでに取るに足らない。私たちの唯一の答は、国民の一体性の原則のなかに組み込まれている」（共和党の宣言）。

ここに見られるのは、嘲弄は外部からは、内部からの評価とはまったく異なったかたちで評価されているということである。
〈他者〉の目から見て嘲弄すべきもの、すなわち些細で瑣末なものは、他者がその瑣末化に貢献する一方で、その脅威がまだ他者の上にのしかかっていない、まさにそういったものである。他者は重みをほとんど持たないものを嘲弄する。そしてそれを、他処に由来する別の圧力と比較する――「今日、世界を脅かしている暴力」というわけだ。

みずから＝にとっての〔対自存在としての〕＝嘲弄すべきもの、それは、おのれの歩みになんの重みも加えることのない者の絶望である。この嘲弄すべきものは、悲劇的なのではない（つまり、この形容詞でそれを強める必要などまったくない）――それは悲劇そのものなのだ。私たちはそれを、他処で経験されている苦しみ、民族の虐殺の数々と秤にかけている。

みずからが生きている嘲弄すべきものを知ること、それは、〈他者〉が自分を取るに足らないもののなかに維持するのを拒否し始めることである。[18]

目印

諸関係の「歴史的論理」

宗主国の需要の要求するところにおいて生産を維持すること。

奴隷の交易と大西洋の繁栄
原則としての略奪、システムとしての物々交換
ベケ、絶対的な主人。

生産を人為的に改良すること

生産の「決定」は循環の果て――「他処」――において行なわれる。
サトウキビと甜菜
ベケ、相対的な主人。

「社会階級」を人為的に改良すること。

ある生産のなかで諸社会階級がひとつの機能を担うのを禁じること
蓄積を不可能にすること
国民《ナシヨン》を創設したかもしれない、階級闘争の自律的な解決を不可能にすること。

代行的エリートを創ること。

その代行はひとつの機能に由来するのではない
それはみずからを代行しない
そこから「普遍」なるものの傲慢な理論化が生じる。

通過と両替の地マルチニック。

口実＝生産と断片化
注入される公的予算＝輸出される私的利益、という循環
個人的な考慮と集合的な軽侮
自律した言語活動の不在。

16　剝奪

I

いかなる集団もある「剝奪」を認めることには耐えられないのかもしれないし、そこから現実の検証を始めるのは気の進まないことではある。しかし、カモフラージュされた剝奪が穴を穿っているときに、それなしで済ますことは致命的になる。[19]

もちろん、すべてが始まったのは、黄金海岸で最初のアフリカ人が拉致されたところからだ。奴隷貿易の大海原は私たちの最初の邦だった。反対側の地（私たちの地）は私たちには耐え難い時として姿を現したのだった。しかし、売り買いされた人々はこの地でひとつの民を形作った。まさにそのときに、ひとりの植民者《コロン》がスパイスやインディゴや、あるいは煙草によって購った最初の鍋、最初の犂とともに、本物の剝奪が行なわれる。この物々交換のなかに、この邦は踏み迷った。

マルチニックの植民者は、ルイジアナや、ブラジルのノルデステのプランテーションの場合に反して、自分が現地の「代理人」であるはずの通商システムから独立することを促すような手段を、何ひとつ手に入れることはできなかった。

彼は黒檀〔黒人奴隷〕の調達のために奴隷商人に従属している。値段や供給量を決めるのは彼ではない。通貨も持たないし（物々交換の原則は砂糖一リーヴルあたりの価値に基づいている）、商船を規制することもないし、植民地産品市場の、それが頒布される地域における変動を操作することもない。では何が残されているのか。略取である。蓄積や予測や技術化の可能性はいっさいない。その日その日の利益を得ることしかできないのだ。

新世界における独立戦争（合衆国、メキシコ、キューバ、ブラジル、ラテンアメリカ）は、植民者たちが、通貨や船団や市場を統制することによって物々交換経済を逃れることのできたところで起こっている。ハイチの独立戦争はこれとはまた別の種類のものだ——アフリカの人々の集中、逃亡の伝統の蓄積、ヴードゥー信仰の活力、人口密度の高さなどが、ここでは決定的な要因となっている。以上のような二つの次元の規定要因は、グアドループとマルチニックでは欠如していた。

この地ではコルベール以来、物々交換経済が国家による独占装置によって強化された。それが意味するのは、マルチニックの経済（生産と消費）がその全体のシステムにおいて、フランス経済に全体的に統合され、それ以外の選択の余地がない、ということである。プランテーション・システムの組織は控えめな反動の機会を与えることになるが、それも十九世紀半ばからはフランスの甜菜《ビーツ》業者たちの政策によって押さえ込まれてしまう。物々交換経済はまず、擬似‐生産へと（擬似、というのは、「自律的」でないからである）、次に生産＝口実へと修正され、やがて、今日作動しているのが見られるような、両替のシステム（第三次産業における、公的予算と私的利益との両替）に変貌するだろう。

こういった歴史を説明すると、ただちにベケの大義への一種の共感の嫌疑をかけられることになる。ジャック・コルザニ氏はその『アンティル文学史』〔『フランス領アンティル＝ギアナ文学』全六巻（一九七八）〕のなかで、私がベケたちに対する「理解」に傾きがちであるように示唆している。（小説『第四世紀』のなかの、ほとんど正統的ではないある植民者とある逃亡奴隷とのあいだで繰り広げられる一場面は、両義性を残したものだ。そしてたしかに、この小説の観点においては、二人の登場人物は邦の日常的な歴史からすれば周縁化されている。けれども、この演出の一般的な意味は、**効果的であるためにはみずからを周縁化するだけでは十分ではない**、ということなのだ。）奇妙な無理解である。私が表現しようと望むのは、まず、ベケは奴隷大衆にとって、のちには農業労働者たちにとって、決して**決定的な敵**として現れたことはない、ということだ――そうでなければ、これら二つの社会階層のあいだの対立から自立的な解決が帰結し、それが、その様態はどうであれ、マルチニック国民を創出していたことだろう。植民地的狡知は、真の全体的《グローバル》支配（これは目に見えない）を、これとても現実ではある（そして目に見える）ベケたちの支配の下に覆い隠し判読不能にしてしまうことにある。一九四六年の海外県化の原則はまさに、フランス国民への組み込みがベケによる搾取に抗うための保証となるだろう、という点にある。しかし、打ち負かされたベケたちは、システムによって予想通り復権され、危険もなく生産性もない、そして、ふんだんな利益をもたらす代わりに国民の登場を禁じる、第三次産業の領域に格上げされることになるだろう。次に言いたいのは、この搾取者の社会階層によって、生産の政策が決定されたり遂行されたりするということは決してあり得なかった、ということである。そして、いかなる技術的な責務も、彼らによって果たされたことはない、ということである。これが多くの欠落を引き起こしている。

マルチニックの「経済的」地位はこのプロセス――**物々交換**―**口実**―**両替**――から発して定められるだろう。長期的な予測をすることの不可能性から生じる技術的なステレオタイプは、ここでは生き残りのための諸実践の（民衆の世界での）断片化と結びつく。事実、サトウキビの加工における基礎的技術は、この二世紀来、ほとんど発展してこなかった。この技術的エントロピーは、民衆階層の無関心化に補強されつつ、文化的動態の停滞を生み出している。技術における自動作用、精神における自動作用《オートマティスム》だ。

経済的生産における集団的な無責任の習慣は、中央権力の諸々の決定によって促されている、すなわち、中央権力は国民的《ナショナル》な性格をもつ生産の登場を事実上妨げつつ、補助金やその時々の援助によって私が生産＝口実と呼ぶものを維持し続けているのだ。

ここから当然のこととして三つの性格が帰結する——

一　**諸経済部門の非‐連帯**。中心を外れた諸々の措置から生じる大規模な均等化のもとで、ロランのバナナが危機に瀕しているとか、サトウキビの小規模農園が破綻しているとかいった事柄には、フォール＝ド＝フランスの役人やセント＝ルシアの漁民は無関心になっている。このレベルでは連帯は機能しない。本来的な意味では、マルチニック経済というものはない。

二　**諸部門ごとの計画の無益さ**。これらの計画は、変化への意志があることを示すだけの目的で定期的に立てられるが、その本当の目的は、生産することに向けられていないひとつの全体の均衡を維持することだ。均衡を維持するとは、実は**発展しない**ということである。部門別の計画は二股の性質をもっている。第三次部門に資金を投入すること、生産＝口実にさまざまな受動的「援助」を注入することである。

三　**各部門の抵抗の弱さ**。これらの抵抗は、マルチニックの社会集団全体のダイナミズムを作動させることがほとんど皆無であるだけに、いとも簡単に掌握されてしまう。[20] 驚くべきことだが、一九三九年から一九四五年に至る期間が、すなわち、連帯したマルチニックが典型的な侵略行為に直面しなければならなかった、そして、マルチニック人たちが連帯して全体的な防御策を創出しなければならなかった時期が終わる頃に、民の一体感はその極みにあった。この一体感が、すべて（私たちの非‐歴史の論理、中流階層の利害、再生しつつあるフランス資本主義の野心）が嫌悪すべきかたちでそこへと私たちの邦を押しやっていた、一九四六年の同化法を「もぎ取る」ための圧力として用いられたことを、嘆くべきであるにしても。

マルチニックの経済学者たちはいつも決まって、これらの巧妙で偽装された部門化の罠に引っかかってきた。彼らによるあらゆる収益性分析はたとえば、ひとつの同じタブー、すなわち、マルチニック的尺度というタブーを刻み込まれており、この尺度については誰もそれをどうやって本当に考量すればいいのかを知らない。

現今にあっては、略取のシステムを規定していた物々交換という本源的原則は、両替のシステムの中心にある振替（移転）の原則に席を譲っている。つまり、異なった形態による同じ剥奪である。その間、十八世紀から十九世紀にかけて、現実的な生産が〈プランテーション〉のシステムとともに発展した——それはしかし、集団的総意による活動として発展したことは一度もなかった。（共同の企図としての）生産という観念そのものが、それによって曇らされてしまった。したがって、私たちはかつての非自律的生産から今日の無化された生産へと直接移行したわけではない。私たちはこの過渡的な時期を経験したのであり、それを私はこう呼びたい——不全生産。

剥奪のプロセスをもう一度、図式の形で要約するなら、おそらく以下のようなモデルを作ることになるだろう——

物々交換の原則（第一段階）	非組織的略取経済（細分化された生産）	通貨としての砂糖＝リーヴル	「遠心的」搾取と「求心的」搾取とのあいだの逡巡
物々交換の原則（第二段階）	略取経済：プランテーション・システム（単一生産）	「地域《ローカル》」通貨の「国家」通貨への依存	フランスの通商バランスへの大量の貢献
口実の原則	うわべだけの経済：生産の衰退の人工的な維持（不全生産）	「地域」通貨の「国家」通貨による支配	フランスの甜菜業者の勝利
両替の原則	無化された経済：定期的な支援措置（非－生産）	「地域」通貨の消滅	同化：公共予算と再輸出される私的利益との交換

こうしたプロセスの節目ごとに、システムの逡巡が見いだされる。まず、原始的な植民から〈プランテーション〉システムへの移行期に、遠心的な開発（大植民者たちに生産戦術の統御を委ねること、これがリシュリューである）と求心的な開発（それらすべてを財政における中央集権のもとで平準化すること、これはコルベールだ）とを天秤にかけるかたちでのそれ。それから、植民者《コロン》たちと甜菜業者たちとのあいだの闘争――大陸の砂糖か、熱帯の砂糖か？――を浮き彫りにするだろうそれ。そして最後に、生産＝口実から両替のシステムへの移行に伴う（一九六〇年代から一九七〇年代頃の）逡巡――甜菜業者の勝利の後にあってはもはや存在理由のない生産において略取し続けるのか、マルチニックを消費植民地にするだろう第三次産業への転換のなかで、すべてを平準化するのか？　当然のことながら、後者の選択肢が勝利するのだが、この勝利とフランスにおけるジスカール〔＝ジスカール・デスタン大統領〕的な思考とあいだに並行関係を見ることも許される。

これらの逡巡はマルチニック人（植民者ベケ、中産階級、農業労働者）のものではなく、あくまでフランスの資本主義者によるものである。それらは、**フランス自体における**経済発展と力関係に依存しており、諸々の解決が素描されるのもそこにおいてである。私たちの置かれた環境で感じられるのはその反響のみであって、とりわけ、政治的影響についてそう言えるわけだが、これに関しては、あらかじめ分析がなされないかぎり、マルチニックではそのメカニズムの論理がよく見えてこない。ここにこそ重層決定の原則が見いだされるのであって、決定主体は邦そのもののなかではつねに「見えない」ものなのだ。

II

経済的「システム」における諸帰結はほとんど入り口のところから与えられている――マルチニックの歴史はこの次元ではほとんど改善をみていない――

一　直接的で自律的に管理された投資の全面的不在。
二　外部の市場を規制し、あるいは、内部の市場を組織することの不能に結びついた、剰余への恐怖。[21]
三　蓄積――資本、技術的能力、ダイナミックな企図などのそれ――の不在。
四　略取する必要から帰結する、非生産性の習慣。これらから生じる影響が、今度は決定因になるだろう――
一　これらに対応した、集団的な文化獲得における蓄積の欠如。
二　〈プランテーション〉システムに結びついた文化世界の粉砕。
三　社会階層間の葛藤を解決する自律的なダイナミズムの不在。
四　反抗＝停滞の、構想可能な克服（止揚）のない反復的なプロセスの出現。

剝奪のこうした諸形態はしたがって、現今のシステムにおいて頂点に達している。フランスの商業資本主義は、社会的安定のためというだけの理由でいまや収益性のない生産に補助を与え続けていくことを、無茶なことだと思い当たった。住民のいかなる階層もこの安定を持続的に脅かすことができないように見えるだけに、なおさらそうである。したがって、最後の逡巡は断ち切られたのである。フランスの資本主義的生産によってフランスや世界で実現された剰余価値のほんの一部を公共予算として投資することは、マルチニックにおいて、フランスからの第三次産業技術者たちの移入によっても拡大している、サーヴィスを売る人々（公務員）という全般化された社会階層の創造や、受動的な消費（というのも、マルチニックに輸入される完成品としての消費財は「直接」サーヴィスと交換されるからだ）の発展や、この第三次領域における相当程度の私的利益の実現、といったものを可能にしている。それゆえ、さまざまな公的援助は、終わりつつある生産の維持への関与をますます等閑に付する（第三次産業への「移転」を促そうとする場合を除く）と共に、商業的なインフラと施設（街道、住宅、港湾、飛行場、消費施設、物流、金融機関、等々）や安全保障にかかわるそれ（軍、警察力）にますます与えるようになるだろう。

これら均衡化のための援助、そして第三次産業の肥大化は、生産レベルを上回る消費レベルをもたらし、その結果、残存している生産的社会階層の孤立を惹き起こし、諸生産部門の孤立を強化する（部門化）。その帰結は、集団的次元においては、そのダイナミズムが**外部から**無力化されているこれら社会階層の人為化と、空虚な代行のシステム化――「職務」なきエリート主義――である。個人的観点から見ると、被保護者的心性の発達ということであり、私たちはそれを、マルチニック人民の「進歩した」部分における「頭脳の依存」と呼ぶしかない。包括的な滅消のプロセス（あらゆる生産の無化）は模倣の欲動を掻き立て、抗いがたいかたちで、差し出されている存在や反省のモデル（フランス的モデル）への自己同一化を課し、その「継承」が「社会的地位」の唯一の保証であるように見えるこのモデルを問題化することへの恐慌的拒否を惹起する。

III

もしかすると、このような剝奪の諸プロセスを探し当てることは、人類にとっては華々しいことではないかもしれない。けれども、それらの分析は有益なかたちで、〈関係〉の歯車や隠された様態、それを基礎づけているさまざまな関連づけを明らかにしてくれる。私たちは、世界のなかでおそらく私たちのものほど疎外され、溶解に瀕している共同体はないと（マルチニックで）推測している幾人《いくたり》かの人間である。模倣への欲動とは、たぶんある人民に課すことのできるもっとも極端な暴力である。模倣化されている者の同意（そして快楽さえも）を前提としているだけに、なおそうである。実際この弁証法は、暴力の形態を快楽の形態のなかに解消している。このような隠蔽を跡づけることは大切だ[22]。模倣的な還元はおそらく、世界のあの部分、すなわち、実に象徴的にミクロネシアと呼ばれている地域において、さらに明白である。私はJ－P・デュマ氏の研究[23]から、アメリカの支配下にあるこれらの島々とアンティル諸島のフランス領の島々との状況の疑うべくもない共通点を、いくばくかの恐怖を抱きつつ強調し要約してみた[24]――

ミクロネシアの書かれた歴史はその植民地化の歴史である。――信託統治を担っているのはワシントンの内務省だ。――行政内部での責任あるポストにミクロネシア人が占める部分は日ごとに大きくなっている。――ミクロネシアの特徴的性格のひとつは、二重に統治されているということだ。――資金は完全にアメリカから来ている。――ミクロネシア議会は無視することのできない勧告権限を帯びている。――アメリカの高等弁務官は議会によって採択されたあらゆる法令に対して拒否権をもっている。――ワシントンはとりわけ、予算総枠に関心を寄せており、それを超過しないように目を光らせている。――ミクロネシアにおいては、最終的な権威をもつのは執行権である。――アメリカの行政は両義性や矛盾に事欠かない。――アメリカの軍事戦略におけるミクロネシアの役割。――ミクロネシア人たちはまず、アメリカ合衆国との自由同盟の地位を提案した。最後の手段としてしか、独立という地位を持ち出すことはできなかった。――多数のミクロネシア人は、独立に対する怖れを表明した。――こうした態度は、〈領土〉の経済を人為的に支えているアメリカの援助額から説明できる。――島々は、それぞれが援助財源を欲しがることで対立している。――ミクロネシア、それは発展のない豊かさである。――これらの島々では、何もかもが度を超すことがありうる。――鮮魚よりもツナ缶を買うほうが一般的だ。――地バナナや、地野菜や、柑橘類や、椰子の実のアルコールを見つけるのはきわめて難しい。その代わり、サイパン市の四つのスーパーマーケットでは冷凍野菜、カリフォルニア産のグレープフルーツやオレンジ、ビール、コカコーラ、ウィスキーなどが容易く手に入る。――多額の外部援助が低開発を維持している。――それは住民の一定の富裕化と、「領土」のこれも紛れもなく現実的な貧困化の役目を果たしている。――給与水準は、私的部門よりも公的部門（役所）のほうが平均して二倍高い。――ここから出てくるのが、ミクロネシア人たちの実際の生産活動への関心の不在と、アメリカ流の消費様態への依存である。——この公的資金の流入は、限られた労働力に対して、伝統的な生産部門におけるあらゆる努力の停止という結果をもたらした。——公共部門で容易に金銭を手に入れられるのに、なぜ農業や漁業で重労働に従事し続けることがあろうか。——ミクロネシアの子供たちは、もはやパンの実や地鶏ではなくケンタッキー・フライド・チキンを食べたがる。——輸入された消費財の給与による購入。——住民は自分の資力以上の生活をすることに慣れており、後戻りすることを望まない。払うべき対価は明らかに従属である。——投資は基本的に下部構造《インフラ》に振り向けられている。——アメリカの投資資金は全面的に非生産的投資に充てられている。——私的部門は日本資本の援助を得ながら、もっとも直接的に収益があがる部門——すなわち観光に投資している。——すでに飽和状態に達しているため、大ホテルは満員であるよりも空いているときのほうが多い。——要するに、外部援助が結果としてもたらしたのは、非生産的部門における高給の提供、住民を無償の社会的支出（教育、保健）に慣れさせること、国家をこの地における唯一の雇用者と見なすこと、投資を生産的投資を差しおいてインフラに方向づけること、である。——簡単に言えば、ここに見られるのは現実の生産なき消費経済である。——低開発の本質が従属にあるというのなら、ミクロネシアは完全に従属した邦であり、しかもそれは、相対的に高い生活水準を伴っているだけに質《たち》の悪い従属である。——望まれた結果は見事に得られた——当該の住民は、望もうが望むまいが、金銭、資財、文化、教育、保健において、もはやアメリカの存在なしに済ませることはできないのだ。支配は全面的なものである。——地元に置かれたアメリカの行政当局は、他の行政当局より悪いというわけでもないが、開発よりも管理と教育への配慮を優先させている。——もはやこれは、邦を単にひたすら搾取するといった十九世紀型の植民地化ではなく、より精妙な何かなのである。——しかし、「ミクロネシアという実験場」が示しているのは、従属下では真の「発展」はあり得ないということだ。——実際、無視し得ない民主主義、邦に投入される大量の資金、そして地元民たちの実際の昇格を伴ったネオ・コロニアリズムが存在しうる。——従属はあるシステムの産物であり、孤立した諸個人が作り出したものではない。——合衆国にとってのミクロネシアの価値は、経済的なものではなく戦略的なものだ。——これらの島々を取り巻く大洋の潜在力は、海洋資源、鉱物資源という意味で大きいものでありうる。——しかし、ミクロネシア人たち自身は、従属に反対しているのだろうか。いや、これほど不確かなことはない。——誰もココナツ経済に戻ることは望んでいないように思われる。——「あなたは、そのさまざまな帰結も含めて独立を望みますか？」といった住民投票が行なわれた場合、ミクロネシア人の過半が「はい」のほうに投票するとはほとんど考えられない。——とすると？

模倣的な縮減はその根をもっている。**そこを**探ってみないかぎり、マルチニックの状況のある種の「ダイナミズム」の首の根を押さえることはできないだろう。ミクロネシアとアンティル諸島の目に見える違いのひとつは、フランスの言説がここではこの新たな植民地主義の概念を理論化し、あるいは洗練した、ということである。すなわち、説得し、被支配者の同意をもぎ取り、狡知をもって軽侮する（アングロ＝サクソンのように現実をもってそうする代わりに、だ）情念が、この努力の兆候であり主たる基盤なのであって、こうした努力というものは、小さな邦にしか適用できなかっただろう。[25]

補足的ノート

「裸の移住者」と技術的責任について

さまざまな揶揄や黙殺にもかかわらず、私はカリブ海とラテンアメリカにおける移住者の多様な地位によって想定される含意を掘り下げて論じてゆくことにこだわる。売買されたアフリカ人は「裸の移住者」である。道具や神々の図像《イマージュ》や日用品を持ってくることも、隣人たちに消息を伝えることも、身内の者たちを呼び寄せることも、移住させられた場所でかつての家族を再構成することもできなかったからだ。もちろん、祖先の精神が彼から去ってしまったわけではない。かつての仕草の意味を忘れたわけでもない。けれども、それらの正統性を認識するためには何世紀もの戦いが必要となるだろう。別の移住者はそういったものすべてを保持した。しかし、ラテンアメリカのイタリア人にせよスペイン人にせよ、また、第三次産業の場に閉じこもったレバノン人にせよ中国人にせよ、おのれがその遺産を護った技術的な諸実践を**技術論的思想**に変えることはできないであろう。「新世界」でそれが許されるのは、メイフラワー号から降り立ったＷＡＳＰ〔白人＝アングロサクソン＝プロテスタント〕だけだろう。これ以外ではただひとつの技術論的「実体」、すなわちアステカやマヤの諸民族のそれは、征服によって一掃されてしまうだろう。アメリカ大陸全土において、諸民族の技術的進歩の度合いがどうであれ、支配的なのは西洋の技術論的思想であり、その制御はもっぱら、合衆国とカナダの支配的社会階級に委ねられている。問題は、技術の部分的な進歩を超えて、この技術論の「精神」を真に取り込むことの緊急性を省察するべきではないのか、あるいは、この精神を、カリブ海やラテンアメリカに姿を現しつつある諸文化に適合させることを、今日からでも準備しなければいけないのではないか、ということである。さもなければ、支配が美化されるだろう。このような包括的な努力はおのずと、植民地的な同化の中毒に陥っている小さな諸共同体において、全面的な従属（この場合、私はそれを技術的無責任と呼ぶ）と戦うものとなるが、この従属は二つの要因から生じている――内発的な技術論（仕草と行動との集団的哲学として構想されたそれ）の欠如、そして、他処から輸入された技術的進歩の義務的な採用である。

17 抵抗

ここでは、マルチニックの風景のなかに現れた抵抗の諸形態を検討し、それらがなぜ、本来の共同体の出現に至らなかったのかを検討しようと思う。そうすることで、私たちはみずからに対して惜しみなく差し向けている揶揄の数々に、答えることができるかもしれない。マルチニック人は、被保護を定められている劣等民ではない。実際に行動に移された、抵抗のありうべき諸形態が、一体感という観点から見た場合、破壊的な限界をいくつも抱え込んでいたことを理解しなければならない。こうした暗黙の限界を分析することによって、私たちの全般化した棄民状態と戦うことが可能になるだろう。

民衆の抵抗はまず、「慣習的」なものである、すなわち、生き延びるための経済を組織することだ——抵抗はときに暴力的なものとなる。すなわち、逃亡《マロナージュ》である。

生き延びるとは、売買された人々が存続の経済と呼ぶものの「文化的」システム化である。たしかに意識的ではないものの、命にかかわるような可能性を本能的に知るところから機能するシステム化だ。生き延びるための経済へと追いやられたあらゆる民は、狡知に長け、物知りで、断固とした忍耐力をもつ民である。

生き延びるための経済は、隷属的時代に、わずかばかりの土地（菜園《ジャルダン》）にかかわる過酷な実践から始まるものであり、奴隷労働者は、生きてゆくためにこれらの土地を自前で（休息時間に）耕作する。こうして、細分化された家内的な、そして不便な場所、あるいは入ってゆくことが難しい場所で営まれる農業の習慣が生まれるが、それがやがて、農業労働者大衆の傍らに、そして多くの場合そうした大衆と交じり合ったかたちで、零細な栽培に携わる住民を生み出すことになる。

こうした組織は文化的一体性《ユニテ》を維持することになるだろう、というのも、この場合には、〈プランテーション〉に雇用されている農業労働者と山に避難している零細な栽培者たちとのあいだには、（慣習の面でも反応の面でも）いかなる断絶も見られないからである。生き延びることは、交換の構造や近隣の規則を要求する。それはまた、広くない区域（それぞれがひとつの村やひとつの地名の周囲にある）の内部での市場の組織に依存しており、そこでは生産の単位は、食料栽培の領域においても家畜の屠殺の領域（山羊、豚、牛）においても、微細かつ多元的である。

生き延びることは存続に、あるいは狡知によって、あるいは瑣末化《デリジョン》によって、ひとつの「文化的」次元を付け加える。というのも、生き延びることは、細片化されるがゆえに、集団的なものの威厳を構想することができないからである。生き残ることはいくつもの共通した習慣を規定してはいるが、それらを伝統へと高めることはない。したがって、生き延びるための経済の組織は抵抗を可能にするが、民族を生み出すような、抵抗の結集には至らない。生き延びるための経済はまた、その共有と重みが集団的な技術的進歩への傾斜をもたらしたかもしれないような、技術的実践の集積に導くこともない。技術的機能は多くの場合、迷信に基づく数々の振る舞いによって飽和状態になっており、それらがこの集団的な無－統制を埋め合わせると同時に、最終的には結集よりもはるかに分断をもたらすのである。マルチニック人がヤム芋を植える穴を掘るとき、彼が本当に田舎のいろいろなことに通じているなら、空腹時を避けるように（貧弱な芋になってしまうから）、穴の近くに座らないように（成長が遅くなるから）、などと気を配るだろう。こうした迷信の諸形態は共有されることもある（さらに、実用的な観点から説明できることもある)。しかし、この同じ栽培者が菜園を近隣の人の侵入から守ろうとするなら、四つの隅に三**つの異なった部落で**買った塩粒を埋めなければならない等々となる。ここから私たちは分離と離散の実践に足を踏み入れる。呪術的振る舞いは孤立化を招くのだ。たしかに、どんな農民生活にも呪術的な振る舞いは含まれている。しかし、マルチニックの生き延びるための経済における生活について私が知っている事柄からすると、ここでは共通の信仰から派生したこれらの実践は、共同体を強固にはしないと考えたくなる。諸技術もそれに同伴している迷信も、ひとつの共同体を徐々に構造化してゆくあの蓄積、世代から世代へのあの受け渡しを可能にするような性質のものではない。

それゆえ、維持されている文化的一体性は、文化にとどまらない一体性そのものへと導くには不十分だろう。諸々の内部市場の組織によって家庭菜園から十全な収益をあげるような開発を可能にすることは決してないだろうから、なおさらである。余剰という強迫観念は生き延びるための経済の根本的な標《しるし》である。それは共同体としての無能力の原因であり指標である。生き延びるための経済は農民的伝統の集合体の出現を触発することはなく、その組織はたとえば、そこで共同的特性が強化されるあの収斂的な行事、すなわち、西洋の定期市や季節ごとの市場に相当するものを可能にすることはない。

マルチニックにおいてはこの社会階級は分散したままだ。存続と生き延びることとは、その定義からして、みずからを乗り越えて階級のコンセンサスや民族への呼びかけとなることはない。

暴力的な抵抗とは逃亡《マロナージュ》であり、これはカリブ海文明の圏域では完全に一般化した現象である。逃亡は〈プランテーション〉の奴隷たちの小さな部分を移動させた。その結果として、最初の逃亡奴隷《マロン》は、実は最初の零細栽培者として高所に入植した人々である。マルチニックにおける逃亡の限界は土地の限界と重なる——邦の狭小さは、共同体の体系的な発展を許さないだろう。それゆえ文化的獲得物は蓄積されることがなく、したがって、未来の零細農民層は**共通の根元**を知ることはないだろう。ハイチではこれと違って、農民階級は根本的な次元をなすことになり、権力を渇望する者たち（黒人の軍人階級、ないしは混血《ミュラートル》のブルジョワ）によって、価値の競り上げの対象となるだろう。ハイチの農民は伝統を蓄積し、それらを保持し、体系化する。二つの事実がこれに由来する――ヴードゥーと、ハイチ絵画の民衆のなかでの胚胎である。

〈プランテーション〉の農業労働者は、マルチニックでは逃亡奴隷たちの経験を活かすことがないだろう。生産単位（プランテーション）のシステマティックな孤立化が徹底的に維持されるだろう。一九四〇年になっても、ある〈農園《アビタシヨン》〉を解雇された農業労働者は、即座に他の諸〈農園〉のできる限り多くの管理官に通知されるため、一般的に失業に追い込まれていた。本当に巡回する唯一の人々は、管理官、会計官、奴隷監督からなる集団であり、混成的なこのグループの中身を見ると、グループのもっとも上のレベル（管理官）には小ベケ〔農園を所有していない現地生まれの白人〕、次に、農業労働者の子弟で初等教育を受けることのできた者たちがいることがわかる（会計官と奴隷監督――会計官はグループごとの帳簿をつけて賃金の支払いに当たり、奴隷監督は労働者を畑や家畜用の囲い地に導くが、これら二つの職務はしばしば一緒になっていた）。ある〈農園〉から別のそれへの、管理官、会計官、奴隷監督らの移動は、農園所有者間の暗黙の了解のもとに統御されていた。しかしここには、これらの管理官たちと、ただひとつの〈プランテーション〉に繋ぎとめられて、それだけにまた農業労働者から忌み嫌われていた、ラテンアメリカの荘園《アシエンダ》管理人との違いを示すひとつの現象がある。マルチニックにおける奴隷監督は一般的に、このような組織的な制裁の対象ではなかった。彼らだけが移動できたわけだが、社会生活の真の紐帯を構成することもなかった。しかしながら、彼らの小階級が深い動揺を免れていなかったことは、ボールガール氏の例が示しているとおりである。彼は農園の奴隷監督だったが、小ベケのひとりとの諍いの結果、伝説的な真の〈逃亡奴隷〉となって、一九四二年から一九四九年には人々の自発的な、あるいは強制された支持を得ながら、マルチニック南部で憲兵隊に対する抵抗を続けたのである。たまたま追い詰められてしまったために、投降するよりも自殺することを選んだのだった。ただし、こうしたケースは、集合的無意識のなかに痕跡を残しただけで、民衆の慣習にはなんら決定的な影響を及ぼすことのなかったひとつの現象（逃亡）の、劇場化をもたらすものである。

やがて知的な逃亡が、町で発達した社会階層のなかに徐々に現れてくるだろう。この中流「階級」の起源は二つある。ひとつはミュラートル（ベケ〔白人農園主〕と黒人や混血の愛人とのあいだに生まれた子供やその子孫）で、彼らは権威を具えた自由業（医師、弁護士、教員、薬剤師）に進出し、議員や役人の職務に最初に就くことになるだろう。もうひとつは農業労働者や町の住民層の息子たちで、彼らは初等教育に浴し（ときには初等教育課程や高等教育課程の修了免状を見事手に入れて）、第一段階では農業経営における管理者を、第二段階では小中学校教員や下級官吏を輩出するだろう。この二つの社会階層のカテゴリーに固有の限界は、いずれもなんら経済的密度を含意していないということだ。社会的上昇のただひとつの可能性は、非技術的教育というフィルターにかけられる。つまり、人文学に捧げられた社会的カテゴリーである。彼らの能力の主要な指標はフランス語の「習熟」である。このカテゴリーの人々はしたがって、個人として頭角を現すなんらかの可能性を確保するためには、教育とともに与えられるイデオロギーを採用することを課されている。彼らはやがて、型どおりの公的思想の媒介者となるだろう。この社会階層は、その技術的、経験的欠如から見て、一九四六年以降、もし公務員という一般化した避難場所をマルチニックの多重行政権力によって提供されなかったなら、本来的には消滅していたはずである。このような中流「階級」がベケに対抗できるのはひとえに、彼らの発展を可能にしてきた中央のシステムに支えを求めることによってであった。たとえば、十九世紀末以来、ミュラートルたちの闘争は、一般的に現地に配属された行政官や司法官によって支持されていたベケによる寡頭支配と、彼らを対立させる数々の争いの場において、一般化をもたらす諸観念（法の下での平等、市民権、世俗的な義務教育、祖国フランスを防衛する権利、等々）に訴えかけている。マルチニックの人々にもっともよく知られているエピソードは、ひとつのシステムと死を賭けて闘っていると信じていながら、実は自分自身の首を絞めている人々、という痛ましい印象を残す。植民地被支配者として扱われているときに、彼らはどこまでも、市民として抑圧されていると信じているのだ。罠は非常に早くからやってきていた。

この社会階層による抵抗は、構造的なものとはならないだろう。それは急進化した瞬間から、個々人それぞれの選択任せになるだろう――ある社会集団を別の社会集団に移行させることを許した同じフィルターが、今度は、個人がシステム全体に対するある批判的な、しかしつねに個人化された見方へと行き着くことを可能にしている（というのも、彼らは革命的な哲学や脱植民地化の現実と、しかしフランス本国で、接触していたはずだからである）。中流「階級」における抵抗のこの強く個人化された（包括的でない）側面（この社会集団の経済的に「浮遊している」性格、「知識」へのエリート的な参入の諸条件、そして、この「知識」によって媒介されたイデオロギーに集団として同意する必要によってそれは規定されている）は、この階級出身で、無制限の地位を保持し、法的規制を免れているような民衆的な指導者への、カリスマ的な帰依への傾斜を強めることになるだろう。しかしながら、これらの指導者は実は選挙の上での存在でしかない――中流「階級」は上部構造においてしか生産しないからだ。

ベケ階級がサン゠ドマング〔現ハイチ〕の大植民者のギルドの扶助を受けることができたかぎりにおいて、また、アンティル諸島の植民地生産物がフランス資本主義にとって決定的な重みを帯びたかぎりにおいて、マルチニックのベケたちは、ボルドーやサン゠ナゼールやパリの船主、奴隷交易業者、精製業者、商人たちに対して、抵抗する振りをしてみせることができた（フランス政治の中央集権的な諸々の流れによっていつも相殺されてのことではあるが）。「陛下」、とルイ十六世の臣下たちは囁きかける、「陛下の宮廷はクレオールですぞ！」しかし、このベケの抵抗に関してはその限界が、すでに最初の日から、私たちが検討してきた諸条件のなかに書き込まれている――物々交換、市場の統制の不在、商人的なコミュニケーション手段の不在、といった条件である。甜菜が産業化されたとき、そして、マルチニックの生産がもはや「必要」ではなくなるときから、ベケ「階級」は、システムに恩恵を享ける者たちの永遠の集団としてではなく、かつての生産階級として、打ち負かされることになるだろう。

こういったわけで、抵抗自体がなかったわけではないが、その延長は畢竟、不確実なものだった——民族の胚胎を可能にしたことは決してなかったのである。農業労働者大衆がまず打ち負かされた——逃亡の密度の不十分さによって、〈プランテーション〉システムのなかで発展した民衆文化の細分化によって、生産の根絶とそれによってこの大衆にもたらされた孤立によって。ベケの抵抗もまた、この根絶そのものと、第三次産業への実りある転身の可能性を差し出されたことによって、打ち負かされた。中流階層も、同化主義的イデオロギーの成功と公務員への大量の備給によって打ち負かされた。

つまりこれこそ、抵抗の限界である。それは弁証法的に連動する二つの現象に繋がっている。まず、「諸階級」の抵抗が合議に基づいて準備されたものではなかったため、植民地システムがそれらをひとつずつ打ち負かしてゆくことを許してしまったこと、次に、それらが包括的かつ自律的な仕方で互いに対立することがなかったため、マルチニック民族がそれらの葛藤の解決の場として登場することが妨げられてしまったこと、である。農民大衆にとっての離散、ベケにとっての生産の疎外、エリートにとっての精神的「文化的」な同化といったものはしたがって、対立の作業から**残ったもの**である。そして、自律的な解決が解決法として登場しなかったとしても、植民地システムは**結局**、ある種の大きな平等化に成功し、それが古い諸々の葛藤の解決法、しかし神経症的な解決法として差し出されている——マルチニック人は皆、いまや**顧客**なのである。

一九七七年には、ベケとミュラートルという社会階層を事務職員というひとつの階層のなかに合流させ、利潤を生む第三次産業化へ関与させようという、中央の意志がはっきりと確立される。一九七九年には、中流「階級」へ与えられた諸特権（税制、本国休暇、物価高手当て）を縮小するためのひとつの試みがなされる。マルチニック社会を構成していた不調和で拡散的で矛盾に満ちた三つの社会階層を打ち負かしたあと、システムはおそらくはそれらを均一化すること、すなわち、この社会のなかでもはやシステムに奉仕する諸個人や個人からなる諸集団しか考慮に入れないこと、本来の意味での諸社会階級にはもはや譲歩しないこと、こうしてこの社会の重層決定《シュルデテルミナシヨン》を完成することを企てる。当局の思考にとっては、事務要員手当を出発点として戦術的に流通させている資金の流れが、国家がその大部分を回収するというのではなく野放し状態でベケの懐に入るということ、マルチニックの公務員が、彼らの存在自体が特別な優遇であるにもかかわらず、局地的に特権を享受し続けていることは、言語道断な事柄になったのだ。つまるところ、システムは、集団を構成しているものとしてのこれら社会階層がもはや必要ではないと考えている。ならばそれは、状況の戦略的には正しい評価に接木された、戦術的な過ちなのだろうか。

　公務員階級の組合の責任者たちは、みずからの特権のこの縮小の試みに対して激しく抗議し、マルチニックには十の名門家族が存在するのだから、適正化や社会正義への努力と言われているものをフランス政府がまず負わせるべきなのはこれらの家族なのだと、悲壮感を漂わせながら力説する（一九七九年十月）。恐るべき無理解だ。これは、中央の決定がマルチニックの労働者の利害とベケたちのそれを均衡させ、その後に前者を特権化することを選ぶだろうと信じるに等しい。本当は当局の見解は、今日では経済的無化のプロセスは完成しており、マルチニックが生産する地域に再び戻ることはもはやない、したがってそこでは、抵抗はもはや一時的、間歇的なものでしかあり得ない、というものである。当局の思考はつねに、マクロ経済のレベルで考えられている。おそらくそれはマルチニック人たちに、これまで私たちが実行不可能だと考えてきたような、ある新しい生き残りのシステムへ退避することを課すことになるだろう。生き残りとはつねに逃亡《マロナージュ》の一形態であり、それはとりわけ、マクロ経済的な諸計画に反するものだ。しかし、生き残りはそのことで、みずからの限界を孕んでいる――それが細分化の本能である、という限界だ。そして実際、マルチニックにおいて生き残りの部分的な構造を打ち立てようとする企ては、もしこの企てが収斂的な諸抵抗の部分化されざる全体としての生き残りについての、真の全体的理論へと方向づけられていなければ、またもや無益で不毛な（つまり、共同体を構想する能力のない）ものになってしまうだろう。問題の組合責任者たちは、ユッソン氏の宣言に耳を傾けたのだ。彼らは相変わらず、良い知らせはパリからやってくると信じている。マルチニックにおける諸社会階級による抵抗が、つねに**階級的抵抗としては**不十分だったことを彼らは知らない。ついに（そして最後まで）みずからの抵抗を支え、邦の統治への稠密な方向性をさらに確固たるものにする権利と手段を（たとえば、抑圧的なブルジョワジー、ないしは現実的な権力をもった貴族階級、または生産における社会主義を設定すること）をもぎ取るか、あるいは、ついに**連続的に**なったひとつの抵抗の先に、真に全員が存続することを可能にするような民族的投企を構成するか、そのいずれかが求められていることを、彼らは知らないのである。

　この民族的投企は、括弧つきの解決の不十分さの命じるところだ。エリート的ブルジョワジーは、秘密警察《マクート》的な様態でしか集団を統治することはできない。諸権力なき権力（マルチニックのある若者によれば、植民地被支配者にはそれで充分だという）しかもたない。ベケの貴族階級もまた、彼らにはその能力がない決定や管理の自律を獲得せねばならないだろう。生産における社会主義も、ここでは抽象的で教義的な投影物であって、労働者大衆の細分化を考慮に入れてはいない。民族的投企はこれらの不可能事を理解し、説明し、この邦のオリジナルな地位を規定し、これら「不可能事」のあいだの解決的な諸関係を見いだし、諸解決を周辺カリブ海地域に開き、ラディカルであるとともに忍耐強く、連続的でありながら突発的なひとつの戦略を作動させなければならないだろう。したがって、時間稼ぎではなく、「段階」の不可避性を前提とするのでもない忍耐の要請するところからすれば、根本的な解決は**当初から**提起されている――独立、しかも中流「階級」の指導者たち抜きでのそれ、民衆による統制、しかもその見せ掛けであるポピュリズム的秘密警察主義を排したそれ、権力の社会主義的諸形態、しかも、生産の組織化の諸問題と、そうした問題と生き残りに適応させ直した諸技術との調和がひとたび解明された暁におけるそれ、である。

ここでもまた、植民地主義的戦略がマルチニック人に先んじているということもありうるかもしれない——私たちの社会の三つの「階級」に打ち勝ったあと、それを第三次産業化したエリートによって統治される顧客の全体に解消することを決めたときに。[26]

18　本国移民、移民の子供たち

いまや再び出発しなければならない、しかしそれは、新たな本国への出発だ。

私は次の二つの光景、この場合ほとんど原初的とも言えそうな光景に取り憑かれている。まず、大西洋横断客船のあの緩慢で苦しみに満ちた出航——未知のなかへと去ってゆく者たちのノスタルジーの全幅、たとえば、あの名高い「さよなら、スカーフ、さよなら、マドラス」といった悲しくも疎外された一編の歌に皆が涙するようなノスタルジーだ。こうして彼らは、親族の顔や、岸壁や、埠頭や、サン＝ルイ砦が少しずつ小さくなってゆくのを見、そして厚い雲に覆われた光線の無限の消滅のなかで微細になった自分が、大洋の只中にいるのを見いだす。彼らは自分たちがいつ帰ってくることになるのか本当には知らなかった。初めて時間というものが、海の空間よりも巨大なその腹のなかに彼らを捉えていた。これは移民なのだろうか。彼らが航行してゆく先にあるフランスの地は子供の頃から、そこですべてが完成される至高の場所であると示唆されていた。かくも厳かな苦痛に満ちたこの別離を超えたところでは、彼らはみずからの地を失う印象を抱きはしなかった――それは自分たちの土地として知ることは一度もなかった土地だ。マルチニックからの移民は、最初のときからすでに、靴底に故郷を持ち運びはしない。おのれの後ろに引きずっているのは、別れを告げた景観の漠とした悲しみ、捨て去った友人たちへの刺すような愛惜ではあっても、故郷をなくした恐ろしい喪失感ではない。しかしこの表面的な静謐さはある深い不安を隠している。

この不安は個人の躊躇いによっても悲痛感によっても計られるものではない。一九三九年あたり、そして、第二次世界大戦から相当あとになっても、マルチニック人はおのれのフランス国家《ナシヨン》への帰属について明白な疑いを見いだすことはなかった。〈帝国〉の他の植民地民とは一線を画してきたのである。しかし明白な事柄は深淵を覆い隠している。

フランスのアンティル移民は両義的だ。移民の生活を送りながらも、国民という地位をもっている。公務員になることもできる――看護婦や清掃婦、郵便局員やメトロの切符切り、オルリー空港の税関吏や警官、といったように。彼は自分をフランス人と感じているが、アラブ人やポルトガル人同様、人種主義の潜在的な、あるいはあからさまな諸形態を被っている。フランスのアンティル人が感じたもっとも大きなショックのひとつは、アルジェリア戦争の時代に、町の街路でアルジェリア人と混同されたことだったかもしれない。フランスの警察は多くの場合いちいち区別をしなかった。アンティル諸島からの移民は、見せかけの「アンティル人としての参画」とフランス市民という地位との両方を享受しているつもりだった。パリの〈ニグロ・ダンスホール〉の時代、そして、アフリカやアジアでの反‐植民地闘争の開始以前には、こうした矛盾は相当にはっきりともちこたえられていた。何か押し殺したような不安感があるかないかくらいだった。いずれにしても、ただひとつの反応だけが全体化していた――言語のバロック的な尊大さである。

植民地的バロック（過剰と競り上げ）は、無意識に感じられている欠如に対するひとつの答であるように私には思える。このバロックは、スペイン語圏アメリカでは**現地で**目に見えるかたちで存在している。スペインの植民者は教会や、辻公園のまわりにベンチを並べているという点でどれも実に似通った公園を建設したのである（「キューバの」サンチアーゴ・デ・クーバからパナマやその他の地に至るまで）。文化的混淆が発揮されているバロックだ。同じように、ラテンアメリカはスペインに大量の移民を送り出すことはなかったし、そもそも向こうに行っても何もやることはない。**その場自体に**スペイン性を確立しなければならなかったのである。バロック的な過剰はこの確立をさらに確固たるものにすることを目指す。アンティル諸島のバロックは、建設工事ではなく言語にかかわるものだ。雄弁と装飾の修辞が、同化した者にフランス市民権の保証を与える。このプロセスは、ひとつの中間言語（クレオール語）の存在によって強化され、人々はこの言語をできるだけ遠ざけようとするだろう。フランス領アンティル諸島の植民地的バロックは文学的なものである。しかし、ミュラートルの大々的なひけらかしにおいて悲しむべきことは、その「創造性」の欠如だ。それは空回りをしている。「クレオール的グロテスク」はあちらのほう（ラテンアメリカ）ではひとつの反撥力であり、ここでは（マルチニックでは、あるいはフランスに生活するマルチニック人たちにとっては）空虚の火焔模様なのだ。

脱植民地化の動乱の時期と共に、かりそめの均衡は崩れる。アンティルからの移民は至るところにみずからの差異を見る。言葉のバロックではもはや不十分だ。それは幾多の民俗的団体が登場した時代でもあった――アンティル式の食事やダンスが集団的な要請となるのである。しかし、フランスへの移民はロンドンのアンティル人たちの場合とは違って、大規模な異議申し立てや攻撃的な民俗芸能といった性格を帯びることは決してない。つまり、植民者のもつ同化の意志が入り込んでいる。混合的結婚も増加した――こうした結婚から生まれた子供たちは「フランスという集合体」のなかに消え行く定めにあり、彼ら自身の一部をどことも知れぬところに置き去りにし、それを決して理解することができなくなるだろう。たしかにこれは悪いことではないかもしれないし、こうした溶解にも個人的な利点があるとさえ言える、ただし、何かわからないが満たされることのない要請に個人が震えるままにしておくのでなければの話だが。フランスにおけるアンティル人の第二世代の運命はさらに居心地の悪いものだ。見たところ外国人であっても、この世代の子供たちはフランスの現実に決定的に同化している。いかなる場合にも、彼らはマルチニックやグアドループで生活することはできないし、すぐに状況が耐えられないものになるだろうが、それは、状況がフランス人と彼らとの「差異」を明るみに出してしまうだろうし、かといって、差異化された〈われわれ〉に彼らを包摂することもないからである。

この時期のあいだ、最近移民となり、マルチニックに帰還する機会を得た者のとりうる態度はひとつしかない——それは彼のフランスでの生活の諸条件を度を越えて賞賛することであり、赤貧とまでは言わないまでもたいていは不安定なそれらの条件を、彼らは楽園のように紹介するのだ。これはもはや迂回の経験ではなく、〈他処〉の理想化のために、マルチニック人が生まれたときから順応してきた実践の数々にしがみつくことで、現実を文字通り避けて通っているのである。

今日、アンティル移民の両義的な運命は二つの仕方で解決されつつあるように思われる。ひとつは、フランスの風景に決定的に同化することである——彼は大きな寛容さをもって出身地のことを考え、家族のなかではアンティル諸島産のブーダンやラム酒や野菜や唐辛子を消費し続け、ときにはそこに行き（あるいは子供たちを行かせ）、楽しみはしたが、自分が見たと信じているものに少しばかり打ちのめされて帰ってくる。そして、ノルマンディー＝アンティルとかアルザス＝アンティルといった名称の協会を「人々の親睦」のために組織するのだ。彼の言語活動は、同化プロセスへの無意識の拒絶からかつて生まれたバロック的な壮麗さを知ることはもうない。これは、マルチニックという共同体が本来のものとしては**実際に**消滅しうるということの徴のひとつである。

もうひとつは、移民がこの停滞状態から逃れ出ることである。しかしその場合、彼はポルトガル人やアラブ人のように、そこにしがみつくべき、別れを告げた故郷への濃密な夢は持ち合わせていない。彼にできるのは、もっとも安全な一般化の数々を信頼することだけだ――プロレタリアのインターナショナル、少数者の諸権利、地球規模の革命、といった具合に。そして、もしそこまで踏み込むほどの寛容さを持ち合わせていないなら、彼は出口のないことを推し量る人々のもつ悲しい気難しさをまとう覚悟をしなければならないだろう。

どちらの場合にも、代償的言語活動のバロック的煌きは消えてしまっている。それまでは常軌を逸した煌びやかなフランス語が行使されていた場を、パリや学生の隠語が侵食する。その場合、移民に残されているのは「本物の」フランス人になることだが、これは一般的に二世代、三世代経たなければ不可能である。すると彼はある種の「平凡化」を被ることになるが（というのも、絶対的に自分の差異を薄め、みずからをできるかぎりありふれたものにし、透明にならなければならないからだ）、このような希釈化は、たしかに「植民地」時代の懸隔、欲動、バロック的な突破よりも、より悲劇的かつよりトラウマ的である。

その時にこそ、私が冒頭で触れておいた光景の二番目のものを生きなければならない――それはもはや大西洋航路のゆっくりとした感動的なエキゾチシズムではなく、毎日飛び立つボーイングの性急さと混雑である。誰彼かまわず巨大な７４７機に詰め込まれたアンティル人。出発の欲動は即座に満たされねばならない。こうして平凡化が大西洋を走り、その二つの岸辺で私たちを汚染している。

＊

マルチニックの独立がフランスに暮らすアンティル人には問題を惹起するかもしれないことは一般的に認められているが、それはまさに、彼らのなかの大きな部分が公務員の、しかも、多くの場合、下級公務員の地位にあるかぎりにおいてのことである。彼らの地位の転換は当然デリケートな事柄になるだろうし、フランスと未来のマルチニック国家とのあいだの妥協的解決のみが、マルチニックの人々のこの部分を安心させることができるだろう。これは、現状維持の支持者ならたいていが振りかざす脅しのひとつである。しかし私の考えでは、独立したマルチニックは、こうした移民に対して基本的な準拠を付与することによって、両義性や平凡化に抗して闘う可能性を差し出すことによって、集団的な尊厳の感情を与えることによって、彼らを大いに助けるに違いない――そう、そしておそらくは、彼らがトゥーレーヌ地方やプロヴァンス地方のさなかにいても、達成不可能な欲望のように心のなかに渦巻かせることをやめない、あの幻想の国ではもはやない、本当のフランスという国をついに訪れる機会を、突如ひらくことによって。[27]

覚書1

「クレオール的バロック」の余白に――なりそこねたある叙事詩について

巨漢、ナイーヴ、おどけ者、間抜け、驚くべき鋭敏さ、手に負えない男、ガリバルディの副官、五百冊の著作、同じ数の愛人（と彼なら言っただろう）。嵐の夜、年老いた働き者は息子にこう訊いたものだ――「私の作品のなにがしかが残ると思うか？」ところで、デュマ〔アレクサンドル・デュマ・ペール（一八〇二―一八七〇）。北フランス・エーヌ県ヴィレール・コトレに生まれる。父は仏領サン＝ドマング（現ハイチ）で奴隷として生まれた〕の叙事詩、ないし、そのなかで「価値のある」と言いうるものは、**違いは留保した上で**のみ、オデュッセイアやドン・キホーテと比較されたのだった。これはクルアール氏がこの作者に捧げた本の末尾で見せた正当な配慮である。[28]

そこで作品が積み重ねられてゆく歴史的な、とは言っても空想的な「再構成」の見事な手際を私たちは味わう。しかし、この「違いの留保」を基礎づけるべき問いは、確実に次のものである――デュマはひとつの歴史概念を前提としていたのか？　普遍的な叙事詩の企図（キリストから、「千年後に世界がどうなっているか……――地球最後の日、その日に続く惑星最初の日」まで）にもかかわらず、彼には叙事詩の感覚、すなわち、ある英雄によって引き受けられ、神話を巡ってすべての人々の意志を刺激する、あの歴史的必然性の感覚が欠けていたように見受けられる。デュマによって提案された神話（ダルタニヤンやモンテ＝クリスト伯のそれ）はフランスで大衆的な人気を得たが、それは、どのレベルをとってみても、ひとつの一体感ないし強く感じられた必然性といった次元の外でのことだ。ある民の感傷性を満足させるだけでは、一気にその民の感情を意味しようとするには不十分である。

叙事詩は文体に関するある断固とした決意をも要請するものだが、浪費家デュマはそれに強いて従うことはできなかったのだろう。その作品は、豊富さと多様性において矛盾を維持している――抜け目なく改鋳された歴史に養われつつ、歴史的なるものの儀礼的な力および光暈から逃れ出ているのだ。フランスの必然性、デュマが「歌う」ことのできたはずの唯一の必然性（先ほど素描した「普遍的な」図式は別にしてだが、こちらはあまりに抽象的だろう）が、停止し固定されるが、それが脅かされることはいっさいない――叙事詩的なものの二者択一的な二つの条件（未完成か危険か）はすり抜けてしまう。故郷から引き離された「よき巨人」は、彼にふさわしかったはずの、叙事詩の名匠にはならなかったのだ。

覚書2

栄光に満ちたバロックについて――ロートレアモン伯爵

〈新世界〉と名付けられたところに発する諸作品が、ある持続の詩学を積み上げてきたこと、それがランボー的な閃光を経ることがなかったことを、のちに示したいと思う。ここではロートレアモン〔ロートレアモン伯爵、本名イジドール・デュカス（一八四六―一八七〇）。ウルグアイのモンテビデオ生まれ〕からペルス〔サン＝ジョン・ペルス（一八八七―一九五七）。グアドループのポワン＝タ＝ピトル生まれ〕、ホイットマンからネルーダまで、ある詩人の種族が力を発揮しており、彼らはランボーばかりではなくルネ・シャールのような現代詩人にも比肩しうるだろう。しかも、ランボー的な閃光は、ヨーロッパにおいても一般化することはできない。アングロ＝サクソンの詩学もドイツ・ロマン主義も、そういう道をとっていない。また、マラルメからホプキンズ〔ジェラード・マンリ・ホプキンズ（一八四四―一八八九）。イギリスの詩人〕、ノヴァーリスからジューヴ、ヘルダーリンからルヴェルディと、形而上学や日常性の次元、言語の編み上げられた熱といったものが支配的であって、はじめに啓示の閃きがあるわけではないような詩的冒険がどれだけあるのかを調べ上げてゆくこともできよう。

いま言及した「アメリカの」詩人たちのあいだには、ある一致点がある。彼らは皆、「自足した」詩ではなく、詩によって構成された本を書いているのだ。それに、たとえ私たちが、そもそも一篇の詩は同じ作者の別の詩篇との関係においてしか意味をなさないと考えたにしても、やはりこのような特質を無視することはできないだろう。詩的持続、そして展開。ランボーの詩は閃光であり、デュカスの作品は積み重ねである。

ロートレアモンが私たちを魅了するのは、私たちが、詩における彼の現代性《モデルニテ》がごく単純に逐語性の極みであることを推し量るからだ。ここではバロックが勝ち誇っているが、それはある欠如の効果ではなく、ある関係の激昂によってである。自分が生きている文化的接触状況のなかで、詩人は文字通り、ひとつの世界（アメリカ）の諸トポスをおのれの言説の（ヨーロッパ的）レトリックに当てはめる。このレトリックがヨーロッパという場に書き込まれていることから、注解者が、いかにも西洋思考好みの象徴的解釈の装置の下に、テクストの逐語性（トポスの過剰な使用への執拗さ）を窒息させてしまう事態が出来するだろう。その帰結のひとつは、ロートレアモンの作品がアメリカ世界から追放されることだろう。これこそ一般化した誤読である。

現実の二つの要素間に生まれる詩的イマージュによって明るみに出され、ルヴェルディやシュルレアリストたちによって利用された、あの名高い「距離」は、ここでは力ずくで結びつけられた二つの文化次元のあいだの字義通りの収斂である。過剰は「動機《モチーフ》」にあるのではなく、極端なまでに動機付け《モチヴェ》する意志にある。あの「文字通り、そしてあらゆる方向へ」という言葉が、複数の文化の関係に当てはめられる。この位置づけられた字義性こそが私たちを捉える。イジドール・デュカスはそこに私たちを招き入れる。「行って自分で見てみたまえ、表《おもて》に書かれているのだから。」

覚書3
「内面化された」バロックについて——ジュール・シュペルヴィエル『悲劇的肉体』

魔法はまず、容易さへの陶酔をつかさどる。人はぶれも摩擦もなしに透明な世界を進んでゆくが、そこでは努力は容易いものだし、芸術はもともと気晴らしである。シュペルヴィエル〔ジュール・シュペルヴィエル（一八八四－一九六〇）。ウルグアイのモンテビデオ生まれ〕の本のことを考えていただきたい。そこに視点の統一が現れることがないままに、ひとつの執拗な意図、さまざまな陰影の途絶えることのない戦きが、それを支配している。

どの本も見たところ、詩篇の新たな厚みをもたらしたにすぎない。たしかに同じテーマを巡る変奏ではある。散り散りに逃げ去りながら、ひとりの男の譲り渡すことのできない世界と連動している夢の数々を「沈澱させる」欲望。存在のあの内密な脆さを抽象的な言説へと変形させるのではなく、その逆にそれを詩的イマージュの「権威」へと鍛え上げる意志。これらのイマージュの地下の論理。移ろいやすくとても脆い真理のこれほどの重さをおのれのうちに抱いている者を明るみに出そうという固定観念。この男を巡って、拡大された世界（「ひとつの宇宙」）

を秩序づけ、またその秩序を壊す無邪気な義務。それに、風景すれすれの、あるいは水晶の空気に宙吊りになった、沈黙への誘惑であり、この沈黙のなかに「慎ましきシュペルヴィエル」が捉えられているのだ。『悲劇的肉体』はこれらすべてを再び採りいれつつ、憂鬱と偽りの諦念の色合いをそこに加えている——皮肉を装いながら、ジュール・シュペルヴィエルは老人である術に没頭する。

いまや私がしゃしゃり出ねばならない
皮膚の下にあるすべてを見張らねばならない
諸々の器官に教えなおさねばならない
かつて帯びていた卑しさを……

しかし、シュペルヴィエルがおのれの身体に問いかけるのは、つねに日常によって和らげられている秘密の世界、他の場所の数々（ひとつの宇宙）を、やがて想像するために他ならない。そこではパリの通行人、新聞売り、家族への配慮などが、世界の〈最初の朝〉や〈惑星の女〉や極地の始まりに、そして、「雲を発明する」あの思い出の数々に寄り添っている。とどまるものが、運び去るもののなかに溶解している。

かつてシュペルヴィエルがみずからの南アメリカ観を示していた『船着場』の、肌理の粗さ、唐突さ、衝撃などが思い起こされる。旅人は〈赤道地帯〉の広がりを去り、その船はもはや開けた土地の泥のなかに舳先を突き刺すことはない。言語は毎回のように簡潔になり、父祖の平原のなかで、奔出したり、たけり狂った雄牛や列車を、瀑布と貪欲の数々を調教したりすることを諦めている。シュペルヴィエルはもはや激しい若々しさの男ではない。戦きが集塊と厚みを制した。寓話作家が見習いガウチョに一歩先んじたのである。

19
邦

私は子供時代の空間に充溢していたしつこい匂いを覚えている。当時、まわりに広がる邦全体が、人々を離れることがないあの香りの数々を豊かに備えていたように思われる——マグノリアのエーテル、チュベローズの揮発油、ダリアの控えめな頑固さ、グラジオラスの鋭い夢。これらの花はすべて消えてしまった、あるいはほとんどそうだ。香気という点で辛うじて残っているのは、街道沿いに突然現れる一面の甘やかなモンビン・プラムの広がりで、その匂いのなかに人はわれを失う。あるいは、〈トラース街道〉の何箇所かにある、野生の百合の繊細な呼びかけだ。この邦はそうした匂いを失ってしまった。世界中のほとんど至るところでそうであるように。

現在生えている花は輸出用に栽培されているものだ。彫刻のようで、くっきりと際立ち、驚くべき精確さと繊細さを備えている。しかしこれらはまた重たくて、実が詰まっていて、長持ちする。花瓶に生けておけば二週間はもつ。アロム、ないしはアンスリウムの花束は、空港の装飾だ。陶バラは、本当に壊れにくい。カンナは永遠に増殖する実に感動的な石碑だ。王のなかの王、ないしはレッド・ジンジャーは、みずからの芯のまわりを花綱のように暗い赤色で飾っている。これらの花は私たちを魅惑する。けれども、匂いがまったくない。形と可視性でしかないのだ。

私は花々のこの運命に心打たれる。彫刻に座を譲る香り。まるで、この邦がその「本質」を手放し、すべてを外観に集中したかのようだ。それは見られるが匂うことはない。とにもかくにも、この花の思考は幽霊じみた牧歌的過去を嘆くためにあるわけではない。けれども、過ぎし日のか弱く香り豊かな花は、みずから裁量をすることのできる社会集団による日々の手入れを必要としていたことは確かだ。今日では無臭の花が長続きし、その見てくれのなかに保たれている。もしかするとこれは、私たちの期待の徴なのだろうか。私たちが夢見ているのは、私たちがもっと先に栽培しているだろうものであり、私たちが漠然と自問しているのは、私たちのためにかつてのマグノリアの花を再構成する花々が、いったいどんなものになるだろうか、ということである。というのもいずれにせよそれらの花々をかつてのままに見いだすことはないだろうからだ。

アンティル的体験

目印

二言語《ダイグロシア》的言説

マルチニックではテレビでフランス語を紡ぎだすお歴々の演し物は愉快なものだ。言葉をいくつもの熱い輪のように丸める者がいる。彼は引用や言及の宝庫を出し惜しみしているように感じられる。言葉を唇の先から分泌し、この美味なる料理をよりよく味わおうとする者がいる。口を尖らせた彼の全存在がお高いものになる。熱情のあまり羽目を外す者もいる。真理の伝道者というわけだ。ぎくしゃくとした身振りで鼻高々だ。真理は普遍的であり、解放をもたらす。目標を彫琢する者もいる。数字という数字がきれいな削りくずのように降ってくる。科学は反駁不可能だ。修辞の豊かさが伝達に役立つと信じて、修辞を積み重ねる者もいる。言語の価値はその量に存するというわけだ。

なぜかそこに居合わせてしまったことに驚いている者もいる。そこで、与えられた時間内でできるかぎりのことを言おうと頑張る。自分の演説の尻尾を虚しく捕えようとする。かと思えば、また別の者が早口で、言語を操る巧みさを証明しようとする。そして単語を呑み込み、機関銃のように吐きだす。ボンジュールの代わりにブジュールと言い、メダム・ゼ・メシューの代わりにダメシューと言う。パリで暮らしたことがあるのだ。

それから、公的な思考の諸々の前提をそれとなく仄めかすやつ。言語とは省略だ。

そんなわけでインタヴューは反映となり、選ばれた言語の使用が共通の疎外を暴き出してしまう。私たちがどちらの側にいようと、演出に抗うことは難しい。ときどき話者は、この「言語学的」役回りに心を奪われ、自分が何を言っているのか忘れてしまう。

世界の多くの場所で、似たようなエリートたちが異なった状況のなかで、押し黙った状態によってしか意味をもつことのないこの同じ光景を真似ているところを、私は想像する。ダイグロシア〔一方の言語が優位にある二言語使用〕的言説は、疎外された体験の尺度である。

20　集団の構造と緊張関係

この報告の根底にある主張は、どんな共同体も**程度の差はあれ**媒介された時空間を生きており、その程度に応じて共同体の各成員の行動が、個人史のなかのさまざまな挿話とさまざまな生理的な規定を「通じて」個性化される、というものである。さらに極言すれば、地理的にも精神的にも孤島化された集合体《コレクティヴィテ》が、今度は一個人のように振る舞うことになる。そして、その時空が統御されていない（つまり全体として安心感をもって体験されていない）場合、この個人＝集合体は特殊な形態の不均衡を被る。[29]

ある個人は集団的緊張関係のトラウマに苦しむことも、逆にそれによって活性化されることもありうる――これは私たちの第二の主張と言ってもいいが、集団的緊張関係は必ずしも「否定的」なものではないということだ――とすれば、集団の緊張関係そのものをこの別種の個体、共同体というこの集合体に厳格に結びつけることは正当であり、このことは、共同体が先ほど強調した孤立と抑圧感とに苦しんでいることを考えれば、なおさら明白である。

これは私たちの集合体に見られる重要な兆候なのだが、集団の緊張関係は社会的下位集団群の観察可能な構造の問題よりも、むしろこれらの下位集団がそれによって、またそれを通して凝集するに至った、歴史的形成過程あるいは「構造化」過程の問題を提起している。ここには一連の交差が存在するが、これを手短に示してみよう。

一　社会的下位集団の歴史的構造化が、ある共同体のみずからに対する「自由な働きかけ」に起因したものであるほど、この共同体はある意味で、それを「構成」してもいるこれらの集団から「距離」をとることができるようになる、すなわち、これらの集団の葛藤「システム」の拘束的な働きを逃れることができるようになる。

二　社会的下位集団の構造化が共同体自体の「所産」であったほど、またその結果、集合体が多様な方向や選択のなかに「拡散」していったほど、諸個人や集団と集合体が体験する時空間との関係が媒介されたものになる——あるいは生産（職人仕事、さらには工業化）によって、あるいはこうして作られた文化的行為主体の多数性のなかで、あるいは消費財の多様性にじかに触れながら、媒介されるのである。この場合、統御されない時空間のもたらす衝撃は和らげられ、弱められ、結局遅延させられる。

三　この逆に、諸集団の構造化が集合体の「外部の」力によって課され、方向づけられたものであるほど（その結果、集合体が多様性を欠いた選択のなかに閉じ込められるほど）、共同体とその時空間とのあいだの媒介作用は縮減される。こういった、多くの低開発国に見られるケースでは、統御されざる時空間との関係は根底的かつ壊滅的な次元のものとなる。

マルチニックについて言えば、次のような「否定的な」交差を確認できる——

一　統御されざる時空間はここでは媒介されていない——マルチニックは精神的にも地理的にも、まさにひとつの島である。ゆえに、時空間への非適応という無意識的、集団的感覚はここでは消し難いトラウマを引き起こすような規模をとる。

二　伝統的に見いだすことのできる社会的下位集団の歴史的構造化は、マルチニック共同体の「内在的」な作業によるものではなく、押しつけられ甘受されてきたひとつの歴史の帰結である（支配のみならず、非-歴史の帰結でもある）。

三　その結果、そしてこれがこの報告の第三の主張なのだが、マルチニックの現実におけるこれらの多様な与件のあいだにはある種の交差、弁証法的連関が存在する——(a)時空間は全体として安心感をもって体験されてはいない。(b)非‐安心化の衝撃は全面的であり、和らげられも拡散されも遅延させられもしない。(c)結局、社会的諸集団はそのままのかたちで体験されることも受け入れられることもなく、それらの構造化においては内在的で実経験された、ないしはそのままのかたちで知られた歴史の帰結として感じられることはない。

したがって、集団的緊張関係がもつ啓発的な意味がここでは際立っている。集合的時空間における非‐安心化との関連において、マルチニックの集団的緊張関係と結びあわされるのは、集団内ないし集団間における「構造化された」葛藤というよりも、共同体が下位集団を、押しつけられた構造化に由来するものとして無意識的に拒絶するということだ。ここでは諸緊張関係とは何よりも、歴史的に課されてきた構造化に対するこの拒絶の、そして生きられる時空間における安心化の否定的、無意識的、トラウマ的な追求の印なのである。

マルチニック人たちがマルチニックの空間を全体的に言って安心感を与えるものとしては生きていないこと、これはほとんど証明の必要すらない事柄である。

まず、先祖伝来の空間ではないこと。起源にある母胎(アフリカ)からの別離のトラウマがいまだにひそかに作用している。移入されてきた最初の二世代に刻み込まれたアフリカ回帰の夢は、たしかに集合的意識から消え去ったが、それは耐え忍んだ歴史のなかで、フランス市民権の神話によって取って代わられた——この神話は、マルチニック人のおのれの土地への根付きを、それが調和的であると否とにかかわらず、妨げている。

さらに、この空間は先祖伝来の空間ではないばかりか、所有された空間でもない。マルチニックの集合体は、アフリカ回帰という失われた理想とフランス市民への昇格の理想のあいだで、耐え忍んだ歴史の流れのなか、ある現実的で濃密な次元が、すなわち、新しい土地の苦しみに満ちた所有というものがあるのを知ることで、均衡を得るかもしれない。しかしこの集合的所有の正当性は、素描されることさえない。土地の所有も、土地との協力関係も、土地への希望もない。マルチニックの人々が示しているように見えていた浪費癖(あるいは無頓着さの外観）は、自分たちの土地に文字通り一時滞在しているのだという、この漠とした感覚に由来している。（浪費癖は、財の「社会的」分配を支配している攻撃的な力の数々を、魔術的な仕方で**無に還元している**。）

マルチニック的時間も集合体によって内面化されてはいない。おのれを知りたいという無意識のやみがたい欲求は、意味や歴史的次元の不在のなかに失われている。歴史は集合的に耐え忍ばれるものであっただけではなく、「抹消されて」しまった。この集合的記憶の欠如は、マルチニック人民をその事業において性格づけてきた非連続性を（部分的に）説明してくれる。さらに言えば、歴史の現前（ないし意味）も集合的記憶もないのと同様、歴史の正当な帰結を構成するもの、すなわち将来への投企もない。みずからの未来に対する信頼の欠如が、ここではみずからの土地の上での濃密さの欠如と結びついている――空間は消耗をもたらす不毛な束縛のなかで時間に結びあわされている。

大雑把に輪郭を描いたこれらの明白な真理は、私たちの注意を引く問題、すなわち、こうして記述した状況を告げ知らせ、またこの状況の派生物でもある、社会的下位集団の構造の問題へと導いてくれる。一般的に言って、そうした構造は「両義的」で、必要のないものと感じられている。それどころか、あるいはむしろ、集団ないし下位集団は、この疎外された時空間、この耐え忍ばれてきた歴史の具体的な発露として、無意識的に拒否されている。

家族の組織と機能の唯一の触媒（「夫婦中心の」家族の拒絶が顕著であるだけになお強く個人化された触媒）と見なされている母への、本能的な愛着にもかかわらず、いやもしかするとその愛着のせいで、たしかにここでは押しつけられた形式への伝統的な拒否、一八四八年の「解放」の折に与えられた戸籍書類の延長線上にある市役所の書類を前にした尻込みを指摘せざるを得ない。私の周囲だけでも（一九七二年現在）、もう二十年以上一緒に暮らしてきているのに、新たに社会的な恩恵を受けるためだけにしかいわゆる「合法化」を考えなかった男女の例が三件も見受けられる。そのなかのあるケースでは、夫婦の結婚と十二番目の子供の洗礼とが同時に祝われたが、後者のセレモニーのほうが重要であったことを認めねばならない。もちろん、家族の社会的現実とそれを公的なものにする書類の象徴的現実とを混同するつもりはないが、私が言いたいのは、象徴の拒否がまさにこの構造のなかで象徴されているものの拒否を意味しているということである。公認の（押しつけられた）下位集団としての家族を拒否することが、親族のあり得ないほど複雑な網の目――叔母、従姉妹、乳母《ダー》、代母――を通じての、そしてそれに向かっての儀礼や厳格な義務の拡張を伴っていることは特筆に値する。

拡張的でほとんど部族的な豊饒さが、ここでは公式化された形式の無意識的な拒絶と釣り合う傾向にある。先ほど触れた社会的恩恵は、事実として存在する家族の公的な認知を急がせることに貢献はしているが、それが「家族への愛着」を促進したり刺激したりすることにはまったく役に立ってこなかった点も特筆に値する。これらの恩恵がまったく別の用途のために奪い取られ、社会的な手当のある種の取引形態が成立するのが見られるのは、稀なことではない。[30] それゆえ、承認されたり付与されたりする優遇措置は、物質的な観点から言っていくら重要なものであっても、ある集合体がみずからのために自由に創り出す身分に安定的に取って代わることはできない。（調査をしてみればおそらく、核家族というものがとりわけ、中流階級と呼ばれるものにもっともよく対応する層、少なくとも見かけ上は押しつけられた諸構造をもっとも容易に「受け入れる」マルチニックの住民層のなかで（そしてそうした層の発展と同時に）発展していることが証明できるかもしれない。他方、マルチニックのカーニヴァルにおける滑稽な結婚の身振りを、カーニヴァルが頽廃する前に分析していれば興味深かったに違いない――この頽廃がはっきりしてゆくのに応じた、これらの身振りの変化や消滅についても同じことが言える。）

労働の組織も、説明抜きで糾弾されている「病的な悲観主義《シニストローズ》」や無責任も、「労働の尊厳」の感覚の不在も、まず主人と奴隷の弁証法的関係を、隷属的労働の長い初期の経験から現れ出るままに描き出しておかなければ、理解できない。女召使や家政婦や庭師が、それが「白人の家でのこと」でありさえすれば、より多く働きより少ない金銭を稼ぐことを受け入れている数多くの例があることを挙げることにしよう。さらに、多くの職人に見られる、定価を定めることへの執拗な拒否、「バ　ムワン　ウ　レ、旦那」（「お望みの御足をください、旦那」）といった儀礼的な言い回しに象徴される拒否も挙げておこう。

例を挙げ、理解に努めよう。というのも、どんな活動も時代遅れの隷属的枠組みのなかに維持しようという（組合組織が存在しないところでの）暗黙の意志、賃金が生じる活動を疎外からの解放の度合いを増してゆく職務に昇格させることへの拒否といったものは、ここでは、労働の形態と枠組みがひとつの歴史のなかで、共同体固有の生成のなかで作り上げられてきたものではなく、したがってそれらの形態や枠組みのために捧げていると主張されているような、尊厳をもたらす努力には値しないのだという、無意識的な確信と結びあわされているからである。

諸々の下位集団による構造のこうした拒絶について、私たちはそれをこの島の他の多くの分析可能な社会的「図式」に、集団までも含めて敷衍することができるかもしれないが、ただし、その増殖するかのような出現がマルチニック社会の現代的特徴のひとつとなっている、本物の公務員階級にまでというわけにはいかない。一から十まででっち上げられ、安全弁ないし安定装置の非常にはっきりとした役割を果たしているこの社会集団は、住民の理想と呼ぶのも躊躇われるものを結集したのである。特権を与えられるのだから、これは当たり前のことに過ぎない。しかし、この本物の下位集団が臆面もなく、また、利益や直接的な安寧といった理由ですべての人々の支持を集めたとしても、「役人」（植民地時代の使用人の後継者）であるという事実からくる、そして、公衆との関係における尊大さや、彼が重んじる念入りな無頓着さなどによって明らかになる、無意識的な分裂をここでは無視することはできない。私たちは、無頓着さや慢性的な無能力が生まれつきのものであるとか、風土の産物なのだなどとは信じることはできない――それが文化的な帰結、耐え忍んだ歴史の否定的な所与であること、それらがそれなりに意味をもっていることを私たちは知っている。

集団的意識のこの両義的な、二重《ドゥブル》であるとともに不明瞭《トゥルブル》な性格は、どうして諸構造に対する異議申し立てが、しばしば受動的に、トラウマと不均衡のなかでしかなされないかを物語っている。この島では免責に通じる無−責任。「人間的」連帯が真のものである場合でさえも見られる、そして、「要領のよさ」という言葉に要約される、社会的連帯感情の不在。組織された社会的物乞いへの、しかも奨励までされている傾向。これらは、社会構造をひとつの一貫性をもった所与として生きることの拒否に伴う否定的な事柄のいくつかである。

精神の不均衡の特権的な病理学的形態の数々が、状況に結びついていないか、私がこの報告の冒頭で強調した、精神的混乱の「特殊性」を支持していないかを観察してみることは事態の解明に役立つかもしれない。たとえば、理由なき暴力、抑鬱状態、あるいは言葉による錯乱は、ここでは葛藤を「一般化する」ことでよりよく否定するためのやり方ではないか、抑鬱状態は緊張を外部に決して導かないようにし、他者を、「打ち勝つべき」敵を、提示しないようにする意志に対応するのではないか（これは私が引きこもりと呼ぶものだ）、そして言語錯乱は、緊張を外在化しないことが不可能になる時にそれを「ぼかす」傾向にあるのではないかと、私たちは問うことができるだろう。

押しつけられた歴史的諸構造への拒否の、ひとつの説得的な（そして両価的な）例は、政治活動にかかわるもので、政治活動自体も疎外的であることが感じ取られる。政治集団間の緊張は非常に派手な、周期的で半ばカーニヴァル的な仕方で経験されている（つまり選挙ということだ）。ここで問題なのは、脱抑圧に好適な儀式なのかもしれない。この例に関して、これを他の例にも敷衍しつつ確認しておきたいのだが、諸集団の構造に対する拒否を表している嘲弄や「ばか騒ぎ」、両義性や受動性といった性格は、緊張関係の強度が実際に劇的なものではないということを意味しているわけではない。マルチニックの選挙を性格づけている政治的「ばか騒ぎ」は、この邦で提起されている政治的諸問題の重大さも、選挙がしばしば流血を伴うものであるという事実も忘れさせることはできない。

集団間の緊張関係が、必然的にもたらす性格について、私たちが示唆していたことが、ここにも見いだされる。社会的下位集団の現在の構造への異議申し立てを続け、歴史的に押しつけられてきたこの構造化がもたらす嘲弄を逃れようと努めることで、集合体はみずからの空間＝時間を手なずけることの苦悩を示しているのだ。ある種の緊張形態がここにおいて行動に移された葛藤にまで、両義性、両価性、二重性、不明瞭さなどの消失にまで押し進められることに利点があるかもしれないことが理解される。一方で、他の緊張関係は、精神の調整のための包括的かつ持続的な治療法において解決される、ないしは解明されるべきだろう——これは基礎的な文化行動に属することだろう。この後者の場合には、暴力のひとつの別のかたちが是非とも必要である——その新しさにおいて破壊的であり、泰然としていながら攻撃的であり、深いところでひとつの「秩序」とひとつの未曾有の意識を構成する諸観念がもっているような暴力性だ。マルチニックの知識人のドラマは、彼らの定義如何にかかわらずそうなのだが、この根本的な刷新にまで突き進むことが決してないということである。そのために、この知識人は、一定数の不安や不均衡を結晶化させているかぎりにおいて、また、それらをさらに集合的意識に投影しているかぎりにおいて、みずからの空間＝時間を手なずけようとする直接的な意志と、この空間＝時間を深層において分類整理することの不可能性とを同時に劇的に生きている。ある種の軽薄なヒューマニズムがいつも同伴している知的装飾も、方向性も展望もないだけに一層熱狂的な戦闘性も、ここではこの自己回帰の長く、忍耐強く、ときにうんざりさせることもある必要性に取って代わることはない。

暴力を行動に移すという特殊な形態の治療法は、私たちの現下の考察の範囲を超えていると考える。そのような行動に参与しているなら、動機を開陳するのはほとんど無益であるし、暴力への移行を説明しているのなら、それは暴力行為がすでに終わってしまったということだ——以上の二つのケースが今ここで提案されているわけではないことは明白である。

問題の歴史化——私の発表の全体から、それこそがここでは肝心なのだということを理解していただけたことだろう。

私たちの邦では、無意識的な拒否や拒絶のトラウマ的な両義性から逃れるのは、みずからの過去への再備給を行なうことによってなのである。歴史が証人のいない戦いであった、そして今でもそうあり続けているような邦々では、歴史的な記憶が集合体に新たな決断という武器を与えてくれ、また、諸構造の必要性について具体的に考察したり新たな諸構造を呼び覚ます決断をしたりするのを許すことによって、まさにそのことによって、押しつけられた構造の無意識的な拒絶を乗り越えることを可能にしている。[31]

それに、新たな諸構造を呼び覚ます、とはなんであろうか——ひとつの集合体にとってそれが、みずからの空間＝時間を手なずけ統御すること、そしてそこにおいて自由を作動させることでないとしたら。深いところで文化的であり、実際には政治的な行動は、集合的で民衆的な責任から姿を現すかもしれないし、この包括的な治療法の出発点に必然的に立っていたはずの知識人は、そのことによって、その不在が心のなかで内密な死のように疼いていた共同的な意志、いまや解明された共同的意志に出会うことを通じて、今度は自分たちが平衡を見いだすかもしれない。

一般的な緊張関係の数々、とくに集団の緊張関係について私たちが知っていることすべてが示しているのは、ここ、マルチニック社会というこのシステムの内部では、マルチニック人がまず自分自身でみずからの諸価値体系を解明することを可能にしないような解決策は、決して生き残ることはないだろうということである。寛容さやヒューマニズムによる媒介にも迂回にも助けを借りることのない、この直接的な自己奪回の差し迫った必要性を支持する者にただちに浴びせられる、排外主義、精神の狭量さ、人種主義といった非難のことも考えに入れると、以上のことは説明したり支持したりすることがきわめて困難でもある。

たとえば工業化と呼ばれ、マルチニックではこれまで、他処で製造された生産物の増加としてしか定義できなかったもの（工業化という言葉はマルチニックの現実をはるかに超えたインパクトと反響を想定している）が、不均衡と不満との包括的な治療法のなかに介入するかたちでたまたま出現することもあり得る。

私はこの報告の冒頭で、工業化が集合体の個人や集団と生きられる空間＝時間とのあいだに、追加的な媒介網を導入することを指摘した。工業化は責任の複雑で新しい作用をもたらす。それは、諸関心の輪を、関心の心理的ないし強迫観念的な中心の数々の輪を開き、分散させることもある。[32]

しかし、臨床的な療法と同様に、邦に欠かすことのできない整備開発も、みずからをトラウマからもぎ離し、みずから固有の意識に生まれ変わった共同体によって考えられるのでなければ、虚しい言葉のままだろう。解放の政治、解放の詩学は、示唆されるのではなく分泌されるのでなければならない。この詩学の最初の集合的言葉は、まだこれから発せられるものなのだ。そして、マルチニック人民の行なってきたこれだけの英雄的な、また無名の闘いにもかかわらず、この政治の初発の先導的行為は、まだこれから遂行されるべきものなのである。

討論[33]

（私の主張をめぐる議論の要約を、本書では三箇所に収録した——この数年間に試みた仕事の遠い谺として、そして、ときに共に仕事をしてくれた幾人かの人たちへの挨拶として）

マルレーヌ・オスピス——構造と構造化という用語の違いは具体的にはどういうことですか？

エドゥアール・グリッサン——違いは歴史的、動態的次元のものです。どんな社会も「構造化されて」います。構造化はここでは、構造がそれによってそのようなものになった長い作業として与えられています。例を挙げましょう――マルチニックの家族はゼロ地点（奴隷貿易）から「出発」し、今日の（トラウマ的な）構造に到達していますが、そのあいだには、奴隷の強制的な交配、奉仕の代償として主人に寛恕されていた奴隷の家族、西洋的家族モデルを押しつけるためのカトリック教会の活動、一八四八年の民法による家族の公認、一九五〇年頃の社会保険の「財政的」確立、等々があります。これらの諸「段階」のいずれにも、あるモデルの疎外的な押しつけを見いだすことができます。

ロラン・シュヴェロル――構造化が構造を「支配」してきた、ということです。当初から押しつけられていたこの構造化は一定の時点になると、文化変容を通じて自律的に展開する傾向を得てきました。

エドゥアール・グリッサン――構造化に対するトラウマ的な拒否について、次のことを見ておきましょう――封建制ヨーロッパにおける農奴＝領主の弁証法は、ブルジョワの出現というかたちで解決を見いだしました。ここにあるのは社会のみずからへの働きかけであり、構造化は押しつけられているのではなく（農奴が抑圧されていたにしても）、社会形成の自律的な努力の結果です。[34] これに反して、この「解決」がたとえば（代理業くらいしか）職業をもたないプチ・ブルジョワジーの組織のなかに取るに足りないかたちで存在するに過ぎないマルチニックにとっては、構造化は押しつけられたモデルに従ってなされてきました。

ロラン・シュヴェロル――はっきりさせるべきですが、西洋社会はアンティル諸島にはない有利な点をもっています――その構造化の長期的な持続という点です。一方、マルチニックには時間的な短絡があり、それが構造化プロセスの自律を妨げ、諸構造の自律的発展を、それが始まろうとする瞬間に抑制しています。

クリスチアン・ルイ゠ジョゼフ――諸構造はそれにしても「意識的に体験されている」のではありませんか？

エドゥアール・グリッサン――家族のケースを取り上げてみましょう。家族へのあらゆる献身や愛着とは別に、マルチニック人には、与件としての家族ではなく、押しつけられてきた家族のタイプや家族が構造化されてきた仕方を拒否する傾向があります。そういうわけで、マルチニックにおける家族の氏族的性格――拡大家族――は、この拒否への（文化的にはアフリカ的な）対処のひとつなのです。ある集団の構造を「体験する」意識をもつことは、ここではこの集団の構造化を隠然と拒否するということとは違います。私が提案している歴史化の目的は、この無意識的拒否を自由な選択へと変化させることにあるとも言えましょう。[35]

クリスチアン・ルイ゠ジョゼフ――ご提案なさっている治療法が必要としている全面的な切断を前提とした場合、階級闘争はそこに至るためには少々虚しい性格を帯びないでしょうか、また、そうだとすると、そこに近づくための具体的なかたちはいかなるものであり得るのでしょうか？

エドゥアール・グリッサン――政治闘争（それによって切断を実践するような行為）と次の事実、すなわち、社会プロセスの吟味における歴史化が、集合体が構造化のトラウマ的な拒否を捨て去るのに貢献するという事実とは区別しなければなりません。ですから、図式的に言えば、マルチニック人が命令によってカップルを作るというやり方について「歴史的な」知識を得ることは、制度化された家族のトラウマ的拒否を解除したり、あるいは蒙昧化をもたらすどんなトラウマとも無縁なかたちでこの拒否を確認することに貢献しうるわけです。マルチニックにおいては、人文科学における研究はこの根本的な歴史的次元を考慮に入れなければなりません。それは政治的行動に取って代わることも、政治的行動を指揮することもできません。こうした行動を解明する力があるということなのです。

ロラン・シュヴェロル――この観点を私自身の経験を例にとって擁護したいと思います――アンティル人たちが至るところに子種を播くことを自慢すること、つまり男らしさの象徴ということですが、そのことについて生徒と話していた折に、私はこの習慣を奴隷時代にまで遡らせ、それが当時の慣わしに似たように繰り返しているに過ぎないのかもしれない、当時はもっともよく子供を再生産する奴隷が最高の奴隷と見られていたのだから、という話をしました。数日後、この疎外を自覚した何人かの生徒が、目を開かされたと私に言いにきました。

ところで、この議論はマルチニックにおける「真正の」ブルジョワ階級の存在の問題に結びつける必要があります。そのような階級は存在するのでしょうか？　いいえ、なぜならまさに、社会の構造化が外部から課されてきたからです。それは「本物の」ブルジョワ階級ではなく、そのように振る舞ってもいません。

エドゥアール・グリッサン――西洋社会のブルジョワたちは、先ほど話題になった封建制の矛盾の弁証法的乗り越えにおいて、肯定的な役割を果たしました。この事実から、彼らはかたちこそ違え、実際に演じるべき政治的役割をもってきたし、今でももっています。これに反してマルチニックでは、今日この「政治的」役割を演じ、エリート階級に属している人々は、生産手段を掌握しておらず、いや、そもそも掌握したことなど一度もないばかりか、生産を管理したこともありません。ここでは政治的代表行為〔＝表象〕のほうが生産手段の専有に先立っていたため、一七八九年のフランスで起こったこととはまったく違って、言わば政治的代表行為の意味が空洞化されているのです。

過去にこの役割を担っていたベケたちは、たしかに〔フランスと〕同様に生産手段を専有していました。しかし彼らはそれを管理していなかった。しかも彼らは、「内在的な」投資にも蓄積にも関心を抱いていなかったという意味で、「自律的な」ブルジョワジーを構成することは決してありませんでした。両替システムに囚われたままだったのです。彼らの政治はつねに略奪、技術的な見通しの欠如、利益の輸出で成り立っていました。

階級闘争はこれらの与件から独特の傾向を受け継いでいます。

ミシェル・ジロー――はっきりさせておくべきですが、社会の構造化が国民共同体全体でなされたことは決してありません。第三世界の国ではそれは完全に外部から押しつけられています。「発展した」国々ではそれは少数者によってなされています――つまり、生産手段を所有し、それゆえその邦の政治を規定している階級によってです。構造化が社会全体によってなされるようになるのは、生産手段の私的所有が廃止された邦々だけなのです。

マルレーヌ・オスピス――歴史化は、高開発にせよ低開発にせよ、どんな社会を理解するのにも必要です。ここで大切なのは、この構造化が帯びる諸々のアクセントです。

エドゥアール・グリッサン――問題は、構造化の概念によって、諸集団の現に存在しているかたちでの構造に対する無意識的な拒否を説明することです。**これらの構造は植民地的行為以前には存在していなかった**――だからこそここでは歴史化が重要なのです。歴史化がひとつの社会によって、たとえ支配階級を通じてであっても、弁証法的に、また社会の残りの部分と積極的に関連づけるかたちで考慮に入れられるのであれば、集合体は現存する諸構造の拒否をトラウマとして生きるのではなく、それらの構造をたとえば階級意識や労働者の党を通じて、明晰さをもって斥けることになるでしょう。共同体によって歴史化が考慮されていないことから、ある種の「低開発」国で起こっている事柄とは反対に。

マルレーヌ・オスピス――この押しつけられた構造化から生まれた、マルチニック社会の不自然さは、いずれにしても自律的発展の一段階に到達しつつあります。

ミシェル・ジロー――ここで提案されているような治療法的射程をもった歴史化は、ここでは精神分析の方法論的モデルに基づいています――過去のトラウマを自覚することでカタルシスを得るということです。そうだとすると、マルチニック人に「あなた方の過去がここにあります」と言えばいいのでしょうか、それとも、精神分析における転移の経験が要求するように、マルチニック人は古いトラウマを現在の行動のなかで生き直すべきなのでしょうか、またそれはいかなる行動なのでしょうか？

エドゥアール・グリッサン――そのような配慮そのものが、ここで提案されている歴史的解明がマルチニック人自身によるものでしか決してあり得ないこと、それが理論的練り上げのみにとどまらず、ひとつの実践に至らねばならないことを証し立てています。私たちはこの実践の様態についてアプリオリに決することはできません――ここでは解明を試みようと努力しているのですから。

ミシェル・ジロー――わかりました、しかし、私たちをここに導いた個人的な展開からして、このタイプの疑問への応答を約束するものですし、したがって私たちはそのために私たち自身へ立ち返るべきですね。人文科学的探究は単に客体や外部にばかり方向づけられるべきではなく、探究の主体にも、とくに主体をその知識の対象に結び合わせている絆にも向けられねばなりません。

21 家庭《フォワイエ》なき家族？

マルチニックにおける「家族」とはまず一種の「反‐家族」だった。主人の利益のために女と男を番《つが》わせること。女こそがこう呟き、あるいは叫んだ――「マンジェ テー、パ フェー イシュ プー レスクラヴァジュ〔土を食べても、奴隷になる子供など作らない〕」。不妊になるための土、死ぬための土。このように、女が自分の胎に主人の横顔を宿すのを拒むことがときにあったのである。マルチニックにおける家族制度の歴史は、この拒絶に結ばれている。法外な原初の堕胎の歴史――最初の叫びとともに喉に押し戻された言葉。

こうして、マルチニックの「家族集団」の形成の起源には、ある二重の運動が描かれている。まず、アフリカ的伝統の痕跡がある――母とのあいだの強い絆の残滓である（これは通過儀礼期以前のものであり、そもそも新たな奴隷制秩序においてはこの通過儀礼は対象を欠いているのだ）。さらに、女系の伝統、拡大家族の組織（姉、叔母、代母、祖母）、それに労働の世界での女性の積極的な役割がある（とりわけあらゆる物売り女性――牛乳、野菜、食糧――や、道路改修や船への荷積みなどに駆り出される女性労働者がいるし、もちろん植民地化の初めから男や子供たちとともに畑仕事をしている女性も忘れてはならない）。このアフリカ的痕跡がしたがって、奴隷の絶望から生まれた「反‐家族」的な意志と出会い、それに対立する。

家族構造の形成（家族の「構造化」）の諸条件はたしかに好適なものではない。細分化された生存を組織することは、伝統的な諸関係を蓄積したり、みずからを本当に慣習に則った共同体に組織したりできたかもしれない真の農民階級を保留することには向かわない。一八四八年の「解放」後における公的書類への不信感も付け加えておかねばならない——家族は同棲生活の移り変わりに応じてできたり解消されたりする傾向にある。唯一「安定した」家族はベケのそれだが、「お屋敷」のなかに隔離されているために、何か亡霊的なものに見える。

私たちが目にしているのは、先祖伝来のかたちで同意されている「規則」によって構造化されるのではなく、植民地主義的無秩序の果実であるさまざまな矛盾する流れに悩まされる社会集団だ。

「零段階」とでも呼ぶべきもの、すなわち一社会の歴史のなかにいったん正確に位置づけられた段階において、マルチニックの家族（ここではある社会集団の構造化の例として取り上げられたものだが）はしたがって次のような性格を示している——

家族＝投資（主人の利益のための）

母による子供の死や殺害の欲望

女性の条件——産む役割

男性の条件——種馬の役割

家族の条件——屋外での生活

第二の段階になると、家族は母系かつ部族的（あるいはむしろ拡大的）な様相を呈するが、しかしまた同意に基づかない、いずれにせよ公式化されないものとして現れる。ユッソン氏が勧奨していたこと（「労働万歳！結婚万歳！」）を思い出そう、また、あらゆる公的調査が、洗礼を受けた者や**結婚した者**の数の（不十分ではあるが）増加をしきりに強調していることを確認しておこう。こうして、徐々にマルチニックの家族は核家族という西洋的なタイプに向かって進化してゆくことだろう。この進化を押しつけるいくつもの公的措置の伝統も続いてゆくだろうし、ごく最近の例としては、公認化を促す一連の社会保険関連法令が挙げられる。その結果として、家族組織の相対的な制度的安定と、今日のマルチニックの家族を「取り巻く」驚くべき感情的不安定とのあいだの、新たな矛盾が現れることになるだろう。

　システムの構造化の意志によって押しつけられた父＝母＝子の三角形の組織は、アフリカから継承された文化的諸傾向と明らかに矛盾する。しかしこれらの傾向は、「自律的な」構造化プロセスにおいて重要な位置を占めるほど強いものではなかった。その結果、家族の体験のなかにある両義性が生じるが、このおかげで、言ってみれば「正常な」逸脱（子供の家出、あらゆることの拒否）でさえも明瞭な輪郭をもって現れることはないだろう。残るのは一般化された、そしてはっきりとした理由が見えないだけになおさら精神を蝕む一種の不安だけだろう。マルチニックの教員たちによって（今日）確認され得たところによれば、親たちの育児放棄が一般化している（一八五〇年から一九五〇年のあいだは、母親たちのすべてのエネルギーは、可能であれば子供たちを、あるいは少なくとも、他の兄弟姉妹の犠牲のもとにそのなかのひとりを、「学問によって出世」させるために捧げられていたにもかかわらず、である）――この育児放棄は世界の他の地域のように近代化の嵐によって引き起こされたものではなく、家族構造の組織における一種の無責任感の一般化された産物である。私たちがここで目にしているのは、その形成において実は「縮減された《サンコペ》」社会なのだ。

　このような脈絡のなかでは、マルチニックの就学人口のなかに現れる諸々の変調をエディプス・コンプレックスの結果に帰することは無意味かもしれない。マルチニックの子供は親との関係を真に葛藤的なものとしては生きていない。家族構造を「作り上げた」あの矛盾した運動のなかには、父＝母の対立関係は本当の意味では書き込まれていない。女性の伝統的なエネルギー、男性による無責任化の実践、家族構造の「歴史的」非－必然性、曖昧な生体験――こういったものすべてからして、ここではエディプス・コンプレックスは注意深く扱われねばならないし、なんにせよ、マルチニック人の心的現実に西洋で抽出されたステレオタイプを無理に当てはめない意志をもって臨まなければならない。その一方、統合失調症への傾向は若年層において亢進しているように思われる（母との関係）。

逆説的にも、私が指摘したあらゆる歪みの要因のあいだの再均衡の獲得は、断念のなかに求められている。起源からはっきりと姿を現すことは決してなく、歴史的記憶によって与えられたものでもない諸々の「価値」を断念すること。透明さによる標準化と無力化。ここでもまたマルチニック人は、受け身的な消費、すなわち自律的な生産活動を伴わない消費に促されて居心地のよい「非‐存在」のなかに安住することで、耐えがたい矛盾の数々から逃れようと試みる。しかし明らかに、こうした無気力化という解決は、事態の乗り越えのためのいかなる「ダイナミクス」も含んではいない。これもまた、共同体が消滅の危険に陥る「道」のひとつなのだ。

家族制度のこのような縮減された歴史は、マルチニックの居住形態の構造にも読み取られる。一部屋だけで台所用の火もそこに含む単一の小屋が奴隷の住居である。それに続くのが大世帯向けの小屋とでも呼べるようなもので、居間と両親の寝室と、家族の子供たち全員（息子たちや娘たち、甥や姪、引き取った子供や近所の子供）が共同の安寝床で眠る寝室がひとつずつある。この伝統的な小屋の前にはヴェランダのようなものがある場合も見受けられ、またどのケースでもほとんど裏手に位置する屋外の台所が付いている。[36] 同時に、植民者であるベケの「お屋敷」をモデルにした植民地風の家屋も増加している。これらは全体がヴェランダで囲まれた区画になっており、広い廊下が中央にあって左右を分かっている。植民地風の家には二階建てのものもあり、外の台所は多くの場合、家の裏手のほうの脇に置かれている。小さな町の家は二階建てか三階建てで、台所のある小さな中庭をもっている。現在のアパートはフランスのＨＬＭ〔公営の低家賃住宅〕の間取りそのものを真似ている。

社会の諸々の状況のなかには、袋小路や解決のない問題というものはない。マルチニックの社会形成に胚胎する諸葛藤は、マルチニックの人間を矛盾したものとして、すなわち、熱情を促すと共に一枚岩的ならざるものとして構成する。一時的な受動性は最終的な無化ではない。脱伝統文化は新たな顔の構成に取って代わられる。本物の革命がどこからでも出来しうる。それを言うことは、変化を諦めることでも、西洋によって革命と呼び慣わされているあの変成を諦めることですらもない。そうではなく、あらゆる可能性への多‐関係へと準備させることだ。この多－関係を可能たらしめることなのである。

本源的な「反－家族」はしたがって、西洋をモデルとしていたらしい理想の「家族」の単なる裏返しではない。ここにあるのは、ある真正でオリジナルな社会組織の諸原則であり、マルチニック人に欠けているのは、集団的にそれを自覚することである。

22 出来事

私たちにとって、出来事とはなんだろうか？ それは、他処で私たち抜きで起こり、にもかかわらず（その分だけ）此処に、そして私たちのなかに反響を呼び起こすものだ。このことにより、世界のなかでなされるものは、ここでなされないことと同程度に、私たちを世界から切りはなす。

私たちの邦に「文化」へのこれほどの熱狂が存在することは、偶然ではない。ほんの少し前から、誰もがそれにかかずらわっている。誰かが文化を送り出す。人は送られてきた文化について議論することができる。もしかするとその文化は適合していない？ と人は示唆する。人は、もっと高い「質」が必要だろうと決定づける。人は調整する。人は批判する。ああ！ 誰かれはもっと能力があった――そして他の誰かれはもっと誠実だった――そしてまた他の誰かれはもっと温和だった。だが、「文化」というものは与えられるものでも、送られるものでも、構想されるものでもない。ある集団にとって唯一価値のある構想――その集団が自由でない場合の、解放と創造能力の構想――は別にすれば。みずから表現をしない民にとって、精神的に隷属している民にとって、出来事は存在せず、非‐歴史が――すなわち、みずからにかかわるあらゆる決定、あらゆる成熟への不参加が――あるのみだ。

とりあえず、この集団に演劇作品（あるいは讃美歌、あるいは交響楽、あるいはマリオネット、あるいは政党）を提案してみればよい、でなければ逆に、それらの劇作品なり、政党なり、讃美歌なりが「その集団のために作られて」はいない（暗黙の意味――もっといい選択をしたなら、きっとうまくゆくはずなのに）ことを示してみればよい――それらはただひとつのことを意味している。文化活動はここでアンティル人によって行なわなければならないだけでなく、ひとつのシステムに抗して行なわれねばならない――さもなければ、疎外が美化される。「文化」とはまずもって、この**抗して**のなかで／によって獲得される意味である。いかなるエリートも、デマゴギー的な様態ででもなければ、それを満足させることはできない。システムのなかでのいかなる批判もシステムを強化してしまう。このことは、文化のレベルでも政治のレベルの場合と同じように真実である。

ここに出来事の意味がある。サトウキビ栽培を改革することや、恥ずべき住宅状況との戦い、「人口の急増」に打ち勝つこと、芸術作品を生産することなどに意を用いてみるがよい――システムのなかでは（つまり、システムをいい方向に変えることを目指すひとつの**理論**によって、システム全体を拒絶するのでないかぎり）、それらの批判や行動は、長続きするようにシステムを訓練していることにしかならない。出来事のない民、世界と切り離されている民は、みずからを**見る**ことのない、また、みずからを考えることのない民である――これが私たちのもっとも確実な災禍なのだ。

しかし、非人格化と文化的ジェノサイドが根底的なプロセスであるような邦々において、文化的なアプローチが重要であるとすれば、緊急性に関する問題が、まさにこの点で避けようもなく問われている――いつ、いかなる状況において、政治的行為が文化的創造の実践を支え、あるいは中継するべきなのか、という問題である。ここでは極端な二つの態度を退けておく必要がある。みずからの選択のうえに胡坐をかき、多くの場合、検討した諸問題の社会=経済的な、基本的側面を無視している「文化ナショナリズム」、そして、しばしば与えられた状況の「具体的な」分析を怠り、説明を処方箋に置き換えてしまう、アプリオリなインターナショナリズムの二つがそれである。[37]

23　不安定の複数の根拠

マルチニックの状況はこの現実に、ほとんど一種の「包括的《グローバル》な」精神分析の角度からアプローチする配慮を余儀なくさせているように思われる。ここではある「全般的な不健全性[38]」の観念を打ち出すことができようが、この状態は集団の歴史的形成過程から、また同時に、その経済「システム」の原初的な諸様態から帰結しているのかもしれない。

I

一　奴隷貿易に発する移住が諸定数を決定づけている。マルチニックの民は、同じ地域の他の多くの民と同じように、アフリカからもぎ離されてこの邦に連れてこられた者たちのあいだでの一種の「ふるい分け」の結果（生存者）に相当する。無視してはならないが、ここで問題になっているのは移植された住民、打ち負かされ強制移住させられた住民なのであり、この段階で彼らが根こぎにされた人々であると言っておくことが重要である。ふるい分けはもっとも頑健な者たち、しかしまた、おそらくはもっとも受け身な者たちを選びだした。全般的な心性は長らくこの事実に「彩られる」ことになるだろう。

二　これらの到来者たちは、彼らにとって「新しい」、そして彼らがなんら関与することのないひとつの技術に接触させられる。潜在的な無責任がこの「関与なき」接触から生まれる。奴隷は自分の労働において用いられる道具とのいかなる「個人的関係」も（武器であったらと望む山刀《クートラ》との欲求不満的な関係を除いては）[39]実践することはない。作業場で朝にいつもの道具が配られ、夕方には回収される。ここにあるのは、たとえ疎外という共通の現象を考慮に入れたとしても、労働者が夕方機械を離れても翌朝必ずや再び機械を見いだすといった事実とはおそらく対応しない、ひとつの「距離」だ。これらの道具の保守も改良も、奴隷の注意関心を要求しない。他方、隷属的システムは、新参者が「生産性」にいかなる種類の関心も抱かないほどのものになっている。事実上の奴隷だった西洋中世の農奴は、彼を「保護する」領主に賦課租税を払わねばならない――収穫がよくなかったり「負債」を返すことができなかったりしないように気をつけろ、というわけだ。掠奪者であり戦士である封建領主は、土地の利用やそれが惹起する諸問題について関心をもつことは稀である。労働生産物の上前を徴収すれば事足りるのだ。収益を増大するために困難を切り抜けるのは農奴の仕事である。農奴たちは非人間的な労働条件のなかで、こうして階級として、技術の進歩と責任のゆっくりとした強化を見いだしてゆく。この点からすると、一八四八年の奴隷は一七〇〇年の奴隷と同じ無責任のレベルにある。機械との接触も日常的な道具の扱いも、彼自身を「生きた道具」の地位にとどめているのだ。

三　環境への媒介も、日々の生活における通常の道具に関するかぎり、やはり実効性を欠いている。奴隷はさまざまな物の前に置かれ、その扱いを教わるが、それはまた彼にとっては、日々、強制移住の取り返しのつかなさを具現化している。この邦そのもののなかで製造されたわけでもなく、ほとんどの場合、主人のためにしか使用されない物。奴隷が自分で使うための、そして近隣に由来する物に関しても、「隔たり」が劇的であることに変わりない。瓢簞の実を加工して作られ、皿やコップや水入れに使われるクイという生活必需品を例にとり、この道具のさまざまな様態をアフリカとアンティルとで比較したならば、アンティルのクイの種類が極端に貧しいことは驚くばかりで、それは概ね二種類に還元されてしまう——すなわち、開いたクイ（瓢簞が二つに割られたもの）と閉じたクイ（瓢簞の天辺にただ穴を空けたもの）である。クイは瓢簞に新しい何かをもたらすことはない。相も変らぬ形態——まるでクイが意図的に「忘却され」、文字通りの日用品の機能に「還元され」てしまったかのようである。そして実際、クイは希望のない貧困の象徴そのものというわけなのだ。それはいかなる装飾に浴することもない（でなければ、そしてこれ自体意味深いことなのだが、俗っぽい絵柄を無惨に塗りたくられて居間の壁に掛けられている）。このような図に、アフリカにおける瓢簞の形態のこのうえない多様性（活力）を対置することができる。瓢簞は民衆の手で（そして家族の手で）飾られ、また、あらゆる種類の仕方で切られ、あるいは彫刻を施され、さらに、木になったままの実が成長前に（接ぎ木やなんらかの処理によって）細工される場合もあるのだ。この対比は、土地と周囲への、アフリカ人とアンティル人のふたつの媒介の違いを理解させてくれる。たしかに問題はクイを鍋やグラスや皿に、薪の火を現代的な熱源やエネルギー源に転換することではある。言い方を変えれば、ここまでの話はクイのロマンティシズムを支持することを目指しているわけではない。しかしそれでも、日用品はアンティル人にとっては、美しく飾ったり「延長」したりすることのできる物、愛着や「理想化」に値するようなものでは決してなかったことに変わりはない。つまり、我有化された生産物でも、環境への安定した媒介でもないのだ。[40]

私が状況の「全般的な不健全性」と呼ぶものはしたがって、アンティル諸島への移住の性格――到来者の根こぎ状態、技術的な無責任、環境への本当の媒介の欠如[41]――に関するこのあまりにも足早な考察から、その解明の端緒を受け取ることができるかもしれない。数多くの民衆蜂起は、これらの否定的側面を撃ち貫く方向性をもった唯一のものだが、さまざまな理由（展望の欠如、邦の小ささ、エリートたちの裏切り）から、それが状況を変え得たとは決して言えないだろう。[42]

社会的＝歴史的な「諸機能」における、二つの派手な破壊的ケースが、この最初の洞察に確証を与えてくれる――「逃亡奴隷《ネーグル・マロン》」と「呪術師《カンボワズール》」のケースだ。

一　逃亡《マロナージュ》の複数の動機付けのうち、歴史家、社会学者、あるいは人類学者たちは（とくにデバシュ氏がそうだが）、次のものを体系的に取り上げることはほとんどなかった――すなわち、奴隷に課された新たな秩序に対する根本からの文化的対立である。たしかに、逃亡の「分散化された」性格（逃亡奴隷の本物の部族が形成されたハイチやジャマイカを除いては、島々の小ささ、また、〈プランテーション〉ないしは〈農園《アビクション》〉を構成する開拓単位間の孤立的条件にとりわけ由来する、逃亡の非常に個別的な側面、場合によっては逃亡奴隷の仲間に対する不信感といった要因がある）からして、これを異議申し立ての共謀の上の、ないしは計画的な試みとして提示することは一見禁じられているように思われるかもしれないし、またそれを絶望、パニック、あるいは一種の生の苦悩の派手な表現に還元することが許されているように思われるかもしれない。（ジャマイカにおける逃亡奴隷共同体の運命も想起しておこう。これら共同体は当局と交渉し、自分たちの安全と引き換えに逃げた奴隷たち、新たな逃亡奴隷たちを植民者の手に引き渡す約束をした。そして、伝統的に、ジャマイカの警察官は今でも、これら逃亡奴隷社会に由来する集団から好んで採用されているという。）しかしながら、いくら強調しても強調し過ぎることはないが、〈逃亡奴隷〉がアンティル諸島では唯一の真の民衆的英雄であることに変わりはなく、逮捕によってもたらされる恐るべき刑罰は、勇気と決意の基準を与えているのである。ここにあるのは計画的対抗と全面的な拒否の異論の余地なき実例なのだ。[43]

意味深いのは、植民者や当局は（〈教会〉の助けを借りながら）、住民に対して徐々に、卑劣なならず者、働かないことだけに関心がある殺人者といった〈逃亡奴隷〉のイメージを押しつけることができたという点であり、挙げ句の果てに、民衆的表象において彼らは凶悪な妖怪とされ、子供を脅すための材料にまでなっている。中毒化のここまでの成功の諸原因についてはのちに検討することになるだろう。さらに意味深いのは、〈逃亡奴隷〉が結局はそういうものと言われていた存在になってしまい、ある時期から実際に、言わばただのならず者として振る舞っているという所見である。最後の逃亡奴隷はならず者たちであり、したがって逃亡中のいかなる刑法犯も逃亡奴隷である、という具合なのだ。私たちの歴史は私たちの**足跡**《トラース》を追ってくる。社会的＝経済的プロセスの分析から出発して、「機能」ないしは「考え方」のこれほどの破壊を理解することはできるが、このような分析も、ここで私たちにとって何よりも重要な事実を手つかずのまま残している――「自然」で民衆的な英雄を奪い去られた、つまりは、植民地主義的な行動の疎外的圧力のもとで英雄たちを否認することで、みずからを否認した共同体、という事実だ。不安定は不可避である。

二　移住の期間を通じて、逃亡奴隷は呪術師《カンボワズール》になる性向をもっているが、彼らはアフリカにおいてすでに、社会的＝文化的諸機能を果たしていた――宗教生活、医療行為、仕事のリズム等々を担っていたのである。逃亡《マロナージュ》というこの全面的な異議申し立ての内部では、呪術師はある面ではイデオローグであり、司祭であり、霊感を授かった者である。それは原則的に、アフリカの維持という、ひとつの大いなる思想を託された者であり、その結果、アフリカへの回帰という大いなる希望をも託されている。呪術師が患者《プラティック》［クレオール語彙］に治療を行なうのは、彼らが**回**

復するためなのだ。彼の医療は文化的である。しかし、新たな地への定着期間を通じて、呪術師は退廃し、ついにはおよそ錯乱的ないかさまに転落する（文明化を旨とする権力側はいつもそのように予言してきたのだから、彼らにとっては都合のいいことである）。文化的機能を剝奪された以上、呪術師にはもはや存在理由はない。人々は呪術師を（社会的発展は彼を）、彼が体現していた危険と戦うために最初から、そうであってほしいもの、そうであると告げていたもの――いかさま師――にしたのである。それ以来、人々は彼をテレビ出演させることができるのであり、ゲストのメセゲ氏との対決ではゲストの方がやすやすと勝利を収めるというわけだ。ここでもまた、「退廃」を加速させた社会的＝経済的諸要因（「発展」）はいったん脇に置き、その「精神的な」諸帰結を見てみよう。

　集団と呪術師との関係は、迷信の働きから生まれる通常の関係と類似しているが、この関係はまた、住民全体の「深層にある」ひとつの不安定にも結ばれている。アフリカへの帰還という抹消された希望は（一度この帰還が不可能であるとわかってしまったうえで）新たな地への決然たる根付きではなく、ほとんど断絶もないままもうひとつの（同じように「遠い」）蜃気楼、すなわち、フランス化から生じる蜃気楼に取って代わられたのである。[44] 言い方を変えよう――アフリカの維持は、決然たる根付きのうちに「正常に」根拠づけられた「正常な」混血作用のなかにその場所を見いだし、同時にアフリカへの不可能な帰還というトラウマを消し去るか、安定化することができたはずなのだ。ところが（フランス化によって阻まれたがゆえに）、今度はそれ自体が不可能になったこの維持は、（こう言ってよければ）「異常」の――病理の、トラウマの――次元で維持されており、そこではたしかに、呪術師に関して言えば、いかさまや初歩的な迷信に包まれている。さらに言おう――呪術師の機能は、二つの選択肢――「諦められた」選択肢（アフリカへの帰還）と言葉にされていない選択肢（新たな地の引き受け）――が集団的な欲動を方向づけているかぎり、積極的な意味を担っている。ところが、第三の選択肢がひそかに課された瞬間から（フランス化は十九世紀中葉から、フランス市民権という理想をもたらしている）、呪術師の機能は「否定性」を担うことになる――なぜなら、（維持によってであれ、断絶によってであれ、混血によってであれ、帰還によってであれ）不可能なアフリカはそれ以来、トラウマとして、悔恨として、純粋な否定として、激情として、夜として生きられているからである――民衆の次元でも、また、エリートの次元でも。不安定は不可避である。

II

ここまで述べてきたのはある現象の「可視化」であり、たぶんあとで見ることになるが、その詳細は社会的＝経済的分析によって究明されるべきものである。いずれにせよ、このようにして（例証というかたちで）、マルチニック人民のある現実の歴史の中心を、サトウキビのひとつの歴史に置くことができるかもしれない。この件に関する私の提案は、以下の点のまわりを回っており、これらの点はまた、この報告の中心的主題にも繋がっている――

一　マルチニックの歴史はひとつの失われた歴史である――集合的意識（記憶）のなかで、植民者の周到に計画された行為によって消失させられているのだ。

二　マルチニックの歴史は、農業労働者大衆を括弧に入れ、さらに、つねにシステムの枠内に身を持しているエリート（体制同調者であるか体制批判者であるかは問わない）をショーケースに入れてきた歴史である。

三　非常に漸進的かつ巧妙なこの展開の可能な図式はしかし、歴史の紛れもない局面のいくつかを通じて「顕在化」されるものであり、また、これらの局面は以下のように輪郭づけられるだろう――

(a)奴隷貿易によって連れてこられた奴隷の最初の二世代にとって、アフリカへの帰還はもっとも明白な「イデオロギー」である。サトウキビの栽培はまだ挿話的なもの、せいぜい職人的なものだ。〈黒人法典〉の採用がこの時期の終わりをはっきりと告げ、隷属的かつ産業的なサトウキビ経済の時代を開く。

(b)一八四八年（奴隷制廃止の年）に至るサトウキビ農園経営が、マルチニック社会の根底的諸性格を決定するだろう。アフリカの断念——とはいえ、新たな地も、みずからを集団として認知することのできない集団にとってはその所有物としては生きられることはないが。〈プランテーション〉システムの組織。植民者《コロン》の共犯者でもあり所有物でもある土地に対する反発。「プチ・ブルジョワジー」の核であり、民衆のために戦うと主張しながらも（ときに真剣な主張でもあるが）、「歴史的機能」によって人民大衆を裏切るよう運命づけられた、混血《ミュラートル》階級の漸進的形成。[45] 植民地的領有の回路の配置。

(c)一八四八年から一九四六年（ところで、見てゆくように、あるいはすでに見たように、この一八四八年という年号は一般的に信じられているような民族的「ターニングポイント」ではない）は、かたやフランスの甜菜《ビーツ》に比して徐々に決定的になってゆくサトウキビの逆境、かたや混血の人々、さらには私たちがエリートと呼ぶ（みずからもそう呼ぶ）「中産階級」の、[46] 表面上の政治的代表における、徐々に常態化してゆく「成功」という、二重の流れが連動してゆく一世紀である。アフリカ帰還という理想に、間隙を置かずにフランス市民権という理想が取って代わる。海外県法は、ベケ〔白人農園主階級〕の敗北を確定すると同時に、「プチ・ブルジョワ」的政治代表を制度化する。しかしながら、最後の最後まで（第三次産業部門のフランス資本主義の梃入れによるマルチニック経済の再転換の時まで）、また、サトウキビの深刻化する停滞にもかかわらず、マルチニックの「農業的使命」が主張されるだろう。隠れ蓑である。

(d)一九四六年以降、エリートの両価性をはっきりと示すひとつの運動が、現地権力を利するかたちで、しかしフランスのなかでフランスとともに、姿を現す。[47] 経済の根本的な変成——第一次産業から第三次産業への包括的な移行。〈銀行〉、〈金融機関〉、〈食品業界〉、〈自動車〉等々。サトウキビは滅びる。フランス化は現実のものだ。[48] エリートのなかの「経済的」一団が、新たな方向性の恩恵に浴しながら、すでに邦のなかで表面上の代表のあとを引き継いでいるが、「政治家」たちはこれに気づいていない。一九六〇年の自治主義者たちの（当時さんざん非難された）「工業化」への要求は、一九七〇年には公的なプログラムになっている。観光業と海外移住もそうだ。[49]

マルチニックの歴史は、いくつもの（否定的な）断裂しか経験してこなかったように思われるかもしれない。アフリカ人たちの、みずからの大陸からの大洋を越えた断裂。アフリカ帰還の夢からの断裂。一八四八年、マルチニックの「所有」の要求の機会が失われつつあった折の、新しい現実の邦からの断裂。同化が再度、奪回の可能性を遠ざけることになる、一九四六年の断裂。これらのうち続く断裂、また、この失われた機会の連続は、複数の断面による歴史観、私がここで正当であると信じる歴史観へと導き入れる。

この引き受けられることのない歴史、そこではいかなる決定的な共通意識も凝集しなかった歴史は、残滓しか残すことはないだろう――集合的無意識の次元における、非連続性（複数の「断面」）のトラウマ、不可能性の強迫観念（自己恐怖）だ。しかし結局見ておかねばならないのは、マルチニック社会とそれを構成する社会「階級」の形成を決定づけている、独自の性格をもった経済プロセスを分析しないかぎり、こうした議論すべては支持できるものにはならないということだ。

III

ここで想定しなければならないのは、マルチニックにおけるフランス植民地化はやがてあらゆる植民地化の「最高段階」に到達する、すなわち、ひとつの共同体を完全に非個性化し、それを外部の集団に「吸収する」恐れがあり、この意味で、マルチニックの植民地化は近代史のなかでも稀に見る「成功した」植民地化のひとつであることが明らかになるかもしれない、ということである。しかし、それは単に非個性化のみならず、（結局は同じことになるかもしれないが）総体としてとらえられたマルチニック人民の全般的な不安定という対価を払ってのことであるとも言いたい。この地では植民地化の政治戦略は、表面上のプチ・ブルジョワ「階級」の形成を予測していたが（そしてそれに成功したが）、この階級はその地位向上によって、農村部住民の搾取――農業労働者の搾取――に関する現状維持を覆い隠す傾向にある。この政策は、現在のマルチニック経済の変成において幸福な（この政策にとっての話だが）達成を見いだしている。製糖工場の閉鎖と、これに「適合した」社会福祉政策による補償[50]、そしてそこから生じる、農業労働者のもつ潜在的影響度の縮減。第三次産業の発展と、エリートが仮に反抗した場合に沈黙させることができるような融資システム。「整備」を担当する、表面上の「経済的」代表団の漸進的な振興。その結果生じる、マルチニックの「マネージメント」の場への変成。抑圧装置の洗練の度を増してゆく精妙さ（民衆や若者の叛乱の場合は別で、これらはただちに弾圧されるが）と、住民移入によってコミュニティ間の関係を変える試み（ピエ＝ノワール〔元来はアルジェリア在住のヨーロッパ系フランス人のことだが、ここでは比喩的にヨーロッパ系フランス人のこと〕の流入）等々。

本報告で私たちが意図しているのは、マルチニックにおける植民地的行為の洗い出しを行なうことではなく、簡略ではあるにしろ状況のひとつの見取り図に、二つの次元の事実を結びつけることであり、これら二つもまた、密接に結びついている――一方は、物質的貧困に対する見かけ上の断片的改善の背後に隠れることができないだけに一層際立つ、全般的な不安、道徳的・精神的貧困であり、他方は、マルチニックにおいて社会階級と呼ばれているものの人工的かつ「非‐機能的な」性格である。私が提示したいのは、ここでは「不健全性」がこの「人工性」、この「非‐機能性」に結びついているということだ。

一見不正確な用語ではあるが、マルチニックにおける経済回路（生産‐分配）の非‐自律性をこの現象（「非

‐機能性」のそれ)、つまり、マルチニックの人々が個人としても社会集団に組織されている場合も、自分が果たしていると信じている機能を社会生活のなかで果たしていないという現象の、直接的な原因として語ることができる。現実の機能と「標榜されている」機能とのあいだにずれがあるのだ。私たちはこうした見解をマルチニックにおける「社会階級」に関して検証してゆくことになろうが、経済回路の非‐自律性という観念については説明が必要である。もちろん、いかなる経済回路も完全に自律的であることはない。しかしだからといって、たとえばフランスの資本主義システムがイギリスの資本主義システムに混ざり合っていると結論することはできない――方法論的ないしは物質的な干渉作用や連動のもとで、これら二つの「回路」のあいだには複数の観点において、それぞれの自律について語るに充分なだけの利害対立や意見の相違が介在している。他方、フランス経済のアメリカ合衆国経済への従属でさえ、フランスにおける生産システムの社会形成との自律的な関係を奪うことはできない。マルチニックにおける諸社会階級の分析は、まずこれらの「階級」がひとつのシステムの内部的葛藤の作用に起因するものではなく(そうであるならこのシステムは自律的であるはずだ)、何よりも、そこに「社会的参与者」として入ることがないままにこの回路を左右しているひとつの重層決定因――フランス商業資本主義――によって操作され、方向づけられている葛藤に起因することを想定するところから始めなければ、この邦に現実的に適用可能ないかなる所与にも到達することはない。したがってここにあるのはひとつの「捏造された」社会であり(現実の貴族的伝統も、階級の継承も、経済力をもった民族ブルジョワジーも、「首長制」もない)、この社会のさまざまな「階級」がなんらかの(「彼らの」)機能を果たすのは、外部からそれが決定されてきたかぎりにおいてのことに過ぎない。[51]「公式性」と「現実」のこの不均衡は、個人としての個人、そしてある社会集団(ないしは「階級」)のメンバーとしての個人によって劇的に生きられている。

ベケたちは生産手段を手中に収めている。だが現実的には、後見勢力がただ一度の機会に政治的立法的装置を用いて生産の方向性を決定するのを見るだけで、ここでは生産手段の所有が生産手段の統御に服従していることがわかる。統御を行なう後見者はまた、(「回路」の反対側にある)分配〔流通〕も左右しており、その結果、生産全体を支配している。さらには、後見者は回路をその全体において方向づけている(たとえば第一次産業部門から第三次産業部門への移行を準備する——もちろん不動産所有者、あるいはかつての工場所有者であるベケであれば、自動車整備工場やモノプリ〔フランスのスーパーマーケット・チェーン〕に再投資はする。しかし彼はこの包括的な方向転換を決めたわけではなく、そこから利益をあげているにしても、ただ消極的に受容しているのだ)。こういうわけで、高慢で、ブーツをはき鞭をもって、労働者たちを乱暴に見下してやまないベケのイメージに代わって、なんにでも首を突っ込む金儲け主義のベケのイメージが登場するのであり、そのこわばった顔には彼が生きている諸々の矛盾の徴が刻まれている——認可を与えてくれているシステムを最大限に利用しつつ、束縛となっている同じシステムにできる範囲で抵抗するという矛盾だ。結局、ベケたちはいかなる場合においても、「民族ブルジョワジー」を構成していると見なすことはできない——利益の輸出という彼らの伝統的な政策と技術改良への無関心(彼らの開拓は長いあいだ、略奪に類したものだった)が、それに対立しているのだ。本来の意味でのベケは、両義性と不全感に満ちた人物である。彼はみずから進んで、ひとつの社会「階級」を構成する者としては、また、「事の成り行き」によって、「消滅する」ことを目指す。そして再び、システムの消極的な受益者として姿を現す。

植民地化によって作り出されたエリート層も、ひとつの社会「階級」の諸機能を果たしていると見なすことはできない——その使命は「内容」を欠いた「代表」であり、今日のように彼らを地位向上を代表する勢力——商工会議所、青年経済会議所、等々——として構成する場合でさえ、生産回路における役割と影響はゼロに等しい。その可能な「民族的使命」は(それが顕在化する時間と場所においては)、彼らを構成する個々人の細分化された利害に根ざしているに過ぎず(たとえばマルチニックの起業家の誰かれは、この部門において本国の会社に**付与されている特権**について不満を漏らすだろう)、経済回路において包括的かつ階級的な利害に結びついている、ひとつの「機能」にも階級の現実的ダイナミズムにも根ざしていない。マルチニックのプチ・ブルジョワ(ここではこの用語は不適切かもしれないが）は、生きたドラマだ。彼は、あるいはフランス化のなかで、あるいは民族の（「機能」がない以上）使命なき使命という幻想のなかで、みずから進んで「断念すること」を目指す。（回路の）不確定な自律の不可欠な（「機能的な」）要素としてみずからを構成すること、これこそ彼の遠い夢である。しかし、彼が夢見るのは、現在が自分から逃げ去っているからに過ぎず、彼が未来を準備しているからではない。経済的にもイデオロギー的にも操作されたまま、出口を見つけられずにもがいているのである。というのも、彼は自分が「意見を言う」対象を決して信じていないからだ――彼は意見を言うことをただ課されているのだ[52]。

農業労働者階級は、経済回路においてひとつの機能を果たしている（これはエリートには該当しない）と同時に、民族的使命をもっている（これはベケには該当しない）ものと定義されうる唯一の階級である。（ところで、この民族的使命が決して具現化されることがないだろう理由も見てきたわけだが。）ドラマは、植民地支配者が、エリートが果たしている表面上の社会的機能（これを裏切りと呼ぶことができるかもしれない[53]）と彼らがベケによって、またベケを通じて押しつけていた力関係の現実によって支えられながら、この階級の使命を無力化してきた点にある。歴史全体を通じて容赦なく弾圧されてきた叛乱の数々、農村の住居形態および労働の分散化、充分に効果的な減圧装置として（地位向上とエリートへの個人単位での参入によって）作用する、社会層の相対的な被浸透性〔外部の影響が浸透しやすいということ〕、自己への言及の困難（断裂への恐れ）、闘争のスローガンにおける固有の展望の欠如、さらには、進歩的で社会政策的な法令（社会保障の物乞い主義的な組織）による壮大かつおそらく決定的な非個性化、これらが連動してきたのであり、いまだにこの階級をその機能から逸らせ、階級として解体するよう働いているのである。

諸社会集団の公式の機能（そのようなものとして言明され、あるいは思考されている機能）と現実における機能（多くの場合、その密度に関しては幻想に過ぎないが）のあいだのずれについて[54]、経済的回路の非－自律性と関係づけて語ることができる。「不健全性」の基盤を第一に探し求めるべきなのもこの地点である――すなわち、人がそうであるところのものと、みずからの邦で為すように呼びかけられているものとの一種の不適合の、受動的ないしはトラウマ的に生きられている無意識的感情のなかに、ということだ。このような不健全性の現象学的なタイプの記述（「小説」）は、諸々の個人的地位について（あるいはお望みなら、個別の不健全性の「総和」について）何かを教えてくれるかもしれないし、また同時に、諸社会階級の使命、機能、そして「命名」のあいだにあるこのずれについて（あるいはお望みなら、集団的な地位について）、より深い知識をもたらしてくれるかもしれない。

あらかじめ設定された図式に応じてなされるのではなく、現実状況を包摂するような（したがって、社会階級の全体像における機能＝命名の回折《ディフラクション》と、各階級の共通項——経済回路の構造的非‐自律性——を考慮に入れるような）「社会階級」分析がおそらく理解させてくれるのは、この邦では諸々の社会問題を、それらを政治化することなしに（回路全体をどのように再方向化すべきなのかを問うことなしに）提起しても無駄であるということ、また、その対極として、ある包括的な再方向化のもとでの解決策を獲得しようと望んでも、この再方向化が経済回路の問題を大まかにしか考慮しないものなら（つまり、綿密で明快な「把握」と権利要求をなしで済ませるな
55 ら）、それはやはり無駄であるということだろう。政治的な言い方をしよう——ここでは「階級闘争」は経済回路の独立という民族的問題を提起しなければならず、また、民族的権利要求は社会組織を（たとえば、エリートの、みずからを「民族指導者」として、あるいはポピュリズム的に拡大して革命的「前衛」として構成しようとする、機能なき使命——自負——を）問い直し、つまるところ階級闘争を「開く」ことをしなければならない、ということ。思うに、これら二つの必然性のあいだのいかなる対立ないしは区別の兆しも、「不健全性」という状態を（アプリオリなイデオロギー的硬直ないしは理論的省察の意図的な回避によって）好遇しあるいは永続させるための、それ自体劇的な試みしか意味し得ない。

日常性の非‐制御が今日全般化していることについては、際立った実例が多数存在する。たとえば、マルチニック人は自分を取りまく環境のなかで使用が一般化された生産物をもはやいっさいコントロールしていない――内部の市場はほぼ完全に消滅し、何隻かの船の単なる遅れは天変地異的な様相を見せている。マルチニック人が自分たちの一般的な使用のために全面的に自律したやり方で生産している商品は、もはやひとつとして存在しない。技術的無責任が深刻化していることについて納得するためには、よくある求職広告を調査してみるだけでいい――地元の新聞にある「メトロ、求む秘書職」[56]、あるいは経理、専門職等々――さらにこれに次のようなタイプの広告が響き合っている――「求む家政婦職、できればメトロ宅にて」。

明らかなことだが（こうして作り出されているのは正真正銘の緊急事態でさえあるのだが）、日常性の非‐制御、技術的無責任、敗者のメンタリティが増大している。[57]また、これらが本当に乗り越えられるのは、階級としての農業労働者階級（なんらかの機能に「対応している」唯一の階級）が問題にかかわり、それを解決するために問題に通じることができた瞬間以降のことでしかない。しかし、第三次産業部門の優先的な発展と、そこから帰結するマルチニック経済の方向性の包括的な変容は、すでに農業労働者たちのこうしたありうべき行動に対する有効な防御策になっているのではないだろうか？[58]それにそのような行動のとりうる道はいかなるものなのか？ここで問われてくるのはより政治に特化した問題系だが、これについてプログラム化された解答を与えることが私たちの意図であったわけではない。

クリスチアン・ルイ＝ジョゼフ——マルチニックの諸階級が分析された流儀、それにこれらの階級の階層化を把握することの難しさそのものが、私には少なくともひとつの問題を提起しています。

エドゥアール・グリッサン——あらゆる問題が、こう提起される問題のなかにあります——ひとつの社会全体がその生産回路において包括的に疎外されているときに、社会階級について十全な意味で（つまり、与えられた社会＝経済システムのなかで、生産、分配、ないしは方向づけの同じ機能を果たしている諸個人の集団という意味で）いかに語るべきか、という問題です。極端に言えば、持てる者たちの集団と剥奪された者たちの集団についてしか語ることはできないかもしれません。

クリスチアン・ルイ＝ジョゼフ——ベケたちによる技術改善の試みというものも多々ありました。ところがこれらの試みは本国が原因で失敗に終わっています（たとえば製糖工場の閉鎖と破壊）。ベケたちは現在、本国に対峙するかたちでマルチニックに統合されていないのでしょうか？

エドゥアール・グリッサン——ベケの「両価性」はおそらく充分に研究されてはきませんでした。システムの直接的、可視的、全面的な受益者であると同時に、ベケは遠方の権力の隠れ蓑でもあります（ただし一九四六年まではベケはこの権力に強い直接的な影響を及ぼしています)。後見者がベケを保護するわけですが、農村への恐れが小さくなってゆくに従って、後見勢力の目から見たベケの重要性も小さくなってゆきます。もちろん私が言っているのは、個人の誰かれの運命ということではなく、ひとつの階級現象です。社会的役割のことであって、個人的な「功績」の話ではありません。そういうわけで、ベケの「働き」は最終的にかなり限定されています——遠方の権力を支配するか(これはかなりしばしば起こったことです)、あるいはそれに仕えるか、ということです。とはいえ、ベケはこの権力なしに済ませることはできません。ベケの側からの独立の試みは数少ないものでしょうし、一般的にあまり構造化されていないし、あまり支持されてもいません。そして、中央権力との対決が起こるときには、ベケは譲歩せざるを得ません。これは甜菜からとる砂糖と熱帯産の砂糖とのあいだの長い闘争の歴史なのです。ところがベケの防衛反応は不確実なもので、私からするといかなる場合にも「マルチニック的」反応形態と定義することはできません。

マルレーヌ・オスピス——私の考えでは、重要なのはマルチニック社会における集団的存在の剝奪(公式性と現実との乖離)だけではありません、というのも、同じ剝奪の現象はあらゆる国に見いだされるように思われるからです。重要なのは、この剝奪が、ハイチの場合とは反対に、いかなる対決にも変容しなかったことです。不健全性は始原的行為(奴隷貿易)ではなく、敗者のメンタリティが居座ることを許した、歴史的失敗の連続性です。

ミシェル・ジロー——だからアメリカの黒人たちは一定の「不健全性」の形態に打ち勝った、それも行動によって(ブラック・パンサー)打ち勝ったわけだし、マーカス・ガーヴィーをはじめとする反人種主義の闘士たちはすでにこの不健全性を明らかにし始めていたわけです。

エドゥアール・グリッサン――たしかに、対決は不健全性の「解決」を容易にし、加速します。しかし私は、不健全性を決定づけているのが対決の不在や失敗の連続性であるとは思いません。不健全性の基盤が見いだされるのは、生産プロセスの非領有、たとえば、ベケやプチ・ブルジョワの「階級」と農業労働者階級のあいだに対決(日常的解決そのものおよびそれを超えたものを含めた対決)の自律的弁証法が存在しない事実においてなのです。[60]ベケと農業労働者は労働疎外の直接性において階級上の敵ですが、それはまた、何よりも後見勢力の意志を通じてそうなるのです。両者は決して一対一で向き合ってはいません。そして、後見勢力の社会的、政治的、文化的、経済的介入は、この場合、新-独立国における(「民族」ブルジョワジーのための)軍事介入とはまったく比較することはできません。なぜなら、(「直接的」搾取者と被搾取者の)自律的な弁証法的関係の不在が、今度はひとつの集団的疎外の包括的形態を構成するからです。[61]

24 単一植民地主義《モノ-コロニアリズム》 一九七三-一九七九

これはマルチニックの状況の基礎的分析ではないし(田園地帯の現実――農業労働者や小規模農園主の慢性的な失業、精神的に見捨てられた状況、人間として粉砕されてしまった状態、不安に満ちた孤独――も、町の近辺における下層プロレタリアートの形成も、**労働政策になんら結びついていない**社会保障の組織の詳細も、労働市場へのシステムの圧力も、同化の色を深めてゆく組合活動も、日々非現実的になってゆくように思われる教育の閉塞も、「職業教育」の取るに足らない彌縫策の数々も、検討するものではない）、マルチニック社会において何がうまくいき、何がうまくゆかないのかの評価でもない（FR3〔地方キー局をもつフランスの国営テレビ会社。France Régions 3の略称〕の番組と公共工事の競売原則との対比や、学校建設の数と職業訓練を受けた技術者の数との対比、マルチニックにおける職のない技師の数とすぐに仕事を見つけるフランスのCEP〔職業教育証書〕保持者の数との対比などをしようというものではない）。これらのテクストが集中して取り扱うのは、さまざまな外観の、ある重なり合いである――疎外が逃げ去るもの、捉え難いもののなかに現れる度合いを増してゆくようなひとつの社会を、誇張的に肥大した上部構造の数々が蝕んでいる、ということだ。植民地システムがマルチニックをもはや生産ではなく両替や通過の土地として構成したことから、諸生産システムについての考察は、このように「砕け散った」現実には通常の考察として当てはめることはできない、と説明するのが妥当だと考えられるのだろうか？

工場が閉まる（これはひとつの婉曲話法だ――たとえば、マルチニックの工場に対するフランスの甜菜会社の「支援」について検討すべきだろう。これが急速に、工場の閉鎖の公認へと導くのだ）。（付け加えておくが、ベケたちは閉鎖に不満を抱きはしない――獲得した補助金や清算に伴う助成金によって、食料品チェーンや自動車輸入業などをオープンするからである。）人々は突然煙草を栽培するが、これは、フランスの公社が突然それを必要とするからであり、地元の養殖水産業は、こうした限定的な要請に応じるかたちでしか発展しない。いかなる政策も――教育、社会問題、住宅、若者、地域整備、健康、等々――、他処で練られ、決定される（ああ！しかしマルチニックにも公共機関の長がいくらでもいるのだ）。ばかばかしい演劇にせよ、室内楽の無音の威光にせよ、「文化」というものは輸入されるのだ。観衆や聴衆がいなくて困っているどんなに小物の歌手も、講演者も、スポーツ関係者も、演出家も、ここでは**自分の**お客を見いだす。首脳たちの「文化」についての円卓会議の数々が、花と開く。多様なジャーナリズムは（三十年ほど前には、十を数える小新聞があり、たとえば、潔白が明らかになったある被疑者の擁護を可能にするような、世論を形成していた）、政府寄りの一枚岩的な新聞に取って代わられたが、この新聞のどのページからも、マルチニック人への無遠慮な軽蔑が沁みだしている（一九七二）。急増するフランスからの移住者は、この邦で徐々に尊大さを増している――「フランスのマルチニック、ニグロ連中はアフリカへ」というわけだ。社会保障は贈与であり、また、あからさまにそのようなものとして提示され、物乞いの公的な形態へと入念に方向づけられている。あらゆる創造はただちに断罪される（「政治的」である疑いがあるのだ）――そう、**創造すること**は、システムのもつ愚昧化の意志に抗することだからだ。そして各人がなんとか切り抜ける。いつだって事態を乗り切る手段はあるが、それは、こまごまとした救済策や、個人経営の修理工場などによる抑圧でもあり、さらに、起伏のある土地が切り分けられて分配され、選別が行なわれ、学位が与えられ、マルチニックの住民は分割されるのだ。彼らはいやまして満足しながら不安定になり、苛立ちと悲しみをかこち、フランス人となるのではなくフランス化されてゆく。「進歩」が堕落をもたらすことをここに見るためには、ルソー主義などさらさら必要ではない。これは、権力の戦略的選択から生まれた方法的原則なのである。人々は社会的**恩恵**の様態とインパクトを念入りに計算する（「フランスが去れば、家族手当はもうなくなるだろう」）。金融機関と建設関係の組織が、ほとんど信じられないような仕方で進出している。「フランスでもっとも「就学率が高い」県」のひとつなのに、マルチニック人の技術管理者は十パーセントに届かず、この産業流入の問題については（スキャンダラスな転出問題とは対照的に）誰も話すことはない、というのも、そんなことを語れば、人種差別を行なうことになってしまうからで（おお、疎外の美しさよ）、その一方で、つい最近まではフォール＝ド＝フランスでの就職申込書の半数には「本国人《メトロ》」、あるいは「本国出身者」、あるいは「本国での就業経験あり」との記載欄があったのである（これらはつねに、真面目、有能、長続きする、信頼することができる、ということを暗に示しているのだ）。県議会はあるゴルフ場に数十億サンチームの融資をし、そこでは息を切らした何人かのアメリカ人が、うしろに一人か二人の現地人「キャディ」（こういう投資の結果生み出される「雇用」のひとつである）を従えてだらだらと歩いている。また、威信のあるさまざまな組織や行事や機関（フェスティヴァル、ミュージアム、会議、展覧会、コンサートおよびその他のフラワーショー）が、さらなる愚昧化に貢献しており、訪問者が押し寄せ、そしてこれらすべての事柄が、マルチニックのため、マルチニック人のために行なわれている。マルチニック自体もまた、日々物理的に打ち捨てられて不毛化されている（何十キロ走っても花ひとつ見られない——輸出用に栽培されているもの以外だが——ことがあったり、田園のただなかなのに一羽の鳥にも出会わず、その声も聞こえないことがあるようなところで、「マディニーナ、花の島」を歌うなんて、冗談だろう）——この、人から自然への（この地で、建設や住宅や栽培や企業によってもたらされているさまざまな変容が**他処で**開始されている以上、人がその労働によって変えているわけではない自然だ）関係が、人の疎外の徴であるのを知るために、ルソー主義に言及する必要などさらさらない——マルチニック人はその土地、その環境から引き離されてしまったのであり、混乱し、自らの秩序に確信がもてず、しかも、秩序へと導き入れてくれたかもしれないあの絶え間ない無秩序も引き受けることもできず、周囲の世界を見ることもできないマルチニック人は、そのことを無視する、いや、無視することしかできないのだ。[62]

私たちはプロレタリアというが、結局それは、五つか六つの荒れた工場やあまりに早く忘れ去られる死者たちを前にして朗誦される、修辞《レトリック》に過ぎないと思われる。私たちは労働者階級というが、この地ではすべてをフランスの技術チームと少しばかりの「地元の」人手で建設することができる。私たちは現実の結節点も、生産システムを転換させる手段も見いだすことができないが、それはただ単に、もはや生産システムがないからであり、そして、私たちはある分析に後れをとると、相互告発や陰口でもって責任を転嫁しあい、自分たちのステレオタイプや型どおりの言い回しなどによって、権力の代表者たちと共に緑の絨毯のまわりに座ることばかりを意図している、ひとつの中流階級のためのベッドやテーブルを軽やかに準備する——そうやってこのマルチニック社会の上部構造化プロセスを完成させるのだ（そして実のところ、誰もが、未来の支配的プチ・ブルジョワの勝利が民衆の勝利であると、口々に叫ぶだろう、それはちょうど、同化というかつての恐ろしい退行現象について人々が言ったことと同断である）。

　ならばこれらすべては、なぜ機能し、持続し、強化されうるのか？　人々は知っている――それはここでは、私的収益からの利潤とその転移（システム側の新聞は移転の合法性を擁護している）を可能にしている状況を、公的資金注入が下支えするかたちで、植民地的回路がその青写真の完成に至っているからである。そう、たしかにフランス国民がシステムに助成を行なっている、けれども、助成を受けているのはフランス資本、まあ、世界規模の怪物たち、お望みなら植民地主義者たちと言ってもいいけれど、そんな怪物たちに比べればちっぽけな資本かもしれないが、でもこの資本は誘拐に等しいやり方で満足な状況を組織し、フランス国民はフランス資本の利益のために、マルチニック人の静かな搾取を助成しているのであって、私たちマルチニック人は、移転される利益と貸し与えられた資金とを関係づけることもできないまま、自分たちは賜りもの《マナ》なしでは決して、決して、決して生きてはゆけないだろうと、信じ込んでいる。そうしてマルチニックはプラットフォームになって、つまりあそこにモノプリ〔フランスの大手スーパー・チェーン〕、あそこに飛行場[63]という具合になり、すべてがそこを通過しながら何もそこにはとどまらず、とりわけマルチニック人は問題外、すべてがそこで完成され、建設され、すべてが予定されていても、それはマルチニック人以外の手によるのである――ひとつの不等式であり、それはある邦ともうひとつの邦とのあいだの一種特殊な関係として、典型的なものであり続けるだろう、すなわち、来るべき時代には思い描くのが難しいような何かなのである。それはまた、次のようにしか要約しようがない――人はある民を上部構造（満足を与える外観の数々）のレヴェルで生きるよう強制したのであり、こうしてこの民を満たし、抹消したのである。そして、私たち。私たち。私たちは何をするのか、何を言うのか、無力さと不毛さを増してゆく私たちは？

　私たちは、欲動＝政治に身を投じている――つまり、誰もが信じているのは、生きることに耐えるには、結局のところその分析のなかに立ちすくむほうが、しかし少なくとも**何かをする**ほうがいいということだ。（人々は、互いに排斥し合うという結果にしかならないまま、狂ったようにみずからのことに専心するか、あるいはシステムのなかに身を投じて少しばかりの利益を得るかである。さもなければ、立ち去るかだ。）立ち去る。物理的にであろうと精神的にであろうと。故郷を去るか、病に倒れるか。その兆候を示し尽くすことのできないほどの、あの不在という病――嘲弄すべき事態のオン・パレードだ。

25 お笑い草のエピソード

バナナの包装の問題（マルチニックから出荷される果物の質についての、フランスの熟成業者の正当かつ非妥協的な要求）は、フォール＝ド＝フランスの商品棚からマルチニックの消費者が（彼らにはお気の毒だが）甘んじて買っている熟れすぎた梨や腐りかけた葡萄を思い起こさせてくれる。

*

邦の美しさと住民の魅力に負けたと断言しない観光客は誰もいない。マルチニック人は生まれつき親切なのだ。

*

闘鶏や、ヨール舟ないしはゴミエ舟の競争や、サッカーの試合や、夜、五キロの「高速道路」上で、でなければ町から町のあいだで即興的に行なわれる自動車あるいはオートバイの「ティラージュ〔私的に行なわれる自動車レースのこと〕」に賭けること〔約二十万円程度〕にも達する）――低－開発の伝統的回路。

＊

新学期に新しい黒板の上に、丸くてきれいな字体で白く記された言葉――**教室と校庭でクレオール語を話すことを禁じます。**

＊

タイトル映像に見る歴史

ＯＲＴＦ＝マルチニック〔フランス・ラジオ・テレビ放送局マルチニック支局〕で放送されたニュースのかつてのタイトル映像（一九七〇）は、歴史の要約と構造分析の両方として提示されていた。モンタージュがもたらす「驚くべき凝縮」のなかに見られたのは、凱旋門があらゆるやり方（船、列車、それに飛行機）で、パイナップル畑、サトウキビを刈り取る人（彼は額の汗をぬぐい、たぶんいま言った飛行機が通過するのを見るために顔を上げていた）、明らかに「花開く**これらの**パイナップルの陰にいる」マルチニック娘、それに、岩の切り立った海岸へと結びつけられている映像である。

歴史の要約というのは、ここでは映像によって、マルチニックの現実の道のりが表現されているからであり、客観性からするとパイナップルと岩のあいだで、私たちの邦を作った英雄たち、馬に乗り鞭をもったあの英雄たちのひとりを映像によって暗示すべきだと考えることもできたにしても、そのことに変わりはない。

構造分析でもあるというのは、ここではＯＲＴＦ＝マルチニックの放送のメカニズムが象徴されているからであり（構造は決して象徴ではないと私たちに言う人がいるのだけれど）、この放送は明らかに大部分が、ごく単純に（あの飛行機によって、しばし考えたり粗筋を書いたりしたのちに）フランスのテレビ局からやってきているのだ。[64]

　そもそもそこでは陰鬱なことなどいっさい言われておらず、形式が内容に一致していることが見事にわかるし、大きな誠実さがあればこそ、制作担当者たちは言うべきことをはっきりと言ったのである。しかしながら、放送が制作されてしまった以上（おそらく材料として使われたフィルムは、一度使用されてしまえば持ち主に返却されているだろうから）、ニュースの終了後にタイトル映像が逆回しで再放送され、岩の切り立った岬が、それに先立つもの（ということは、今度はそれに続くものになるわけだが）すべてとともに（後ろ向きに飛ぶ飛行機が描く線で）もとの凱旋門に送り返されるようにするべきだったのだ。

　二番目のタイトル映像（一九七三）は前のものに比べると、徹底的な混合という利点をもっているが、これはおそらく統合が完成されたことを示すためだろう――画面ではクロワ・ミッション広場が〔パリの〕コンコルド広場へ、ボール＝ド＝メール大通りが〔パリの〕サン＝ミシェル大通りへと切り替わってゆく。「重大な場合」にはニュースが衛星放送で送られてくるのはたしかにその通りである。けれども、なんと見え透いたことか、このタイトル映像（高速道路、ビーチ、波止場で売られる商品に溢れ、孤独に打ちひしがれた漁師がおそらく以前のサトウキビを刈り取る人の役割を果たしているのが見られるこの映像）は、豪華なクルーズ船の映像で終わっていた。つまり、母なる家〔本国のテレビ局〕のチャンネルからしか到着しない（マルチニックは自律的なマスコミをもつ能力がないということは、誰でもわかるだろう）世界のニュースは、映像補給回路の一時的切断があっても（ストライキ、飛行機の欠航、衛星回線のパンク、懲罰的措置、粛清、等々）、結局、**航海日誌**をもった観光客たちの波によってもたらされうるというのだ。

　FR3局の現在のタイトル映像はもっと先を行っている。ここでは私たちは映像の象徴界から出て、「アブストラクト」の純粋な等式に入ることになる。フランスのあらゆる地方と同じように、ニュースはいまや、すばやく幾何学的に描かれた六角形〔フランス本国の国土はおおよそ六角形をしているため、国土のことを「六角形」とも言う〕によって導入される。私たちは六角形のなかにいるのだ。すべてが語られている。そして、終了タイトルの画面にはときおり、「マルチニック」という単語がFR3という略号の下のほうに書き込まれている。しかしこれはもはやお飾りの単語でしかない。

*

（壁に――）

あなたのアイデアに特許を

*

（ペンキのメーカーの広告――）

ヨーロッパにいいものは
アンティルにもいい

*

（壁に――）

黒人美術は発見された
パリの見本市で

*

（ポスターに――）

フランス人で
あり続けるのなら
ヴァルサンに一票を

*

ここではどんな訪問客も学識者だ。
到着すると聴衆に驚き、自分の専攻のＡＢＣから即興で作り上げるしかない言葉を少しばかり喋る――そのあと、幸せな同席者たちは彼が〈知〉の大いなる時を過ごしたことがあるのだと納得する。

*

（「地元の」新聞から――日付を入れるには及ばず――）

ラマンタン競馬
冬季最終開催

*

（「地元の」新聞から――日付を入れるには及ばず――）

ラマンタン競馬

「春の」開幕戦〔マルチニックにはフランス本土のような四季はないので、「冬季」、「春の」という言い方自体がフランスへの「同化」を示している〕

＊

一九七三年に収集され、あるいは書かれたテクストと所見のなかのどれひとつとして、意味や射程において時代遅れになっているものはない。

だからこそ私たちは、一九七三年三月三十一日、すなわち、テレビのニュースが（エイプリル・フールとして）、アンティル諸島は（大陸移動によって）、ほかのアメリカ地域がヨーロッパから遠ざかっているにもかかわらず、ヨーロッパに接近する傾向があると報じた日から（これに対して、翌日のある日刊紙は「夢の時間」というタイトルで次のように注釈している――「明白な事実に立ち返るべきだ――悪ふざけだったのだ……乾季のさなかに自分たちがすべてから遠いと感じ、憂鬱な気持でプレー山が記憶のなかに呼び起こされるとき、魔法の杖の一振りで、私たちは悪夢から救い出される……私たちの島が、アメリカに結ばれた舫い綱をほどいて本国としっかりと結ばれ、空輪という橋も、いやどんな橋もなくなり、どんな関税も廃止される幸福な日が来るなら、あらゆる物事が私たちにとって別のものとして現れるはずなのだ」）――一九八〇年九月二十日、すなわち、FR3局がごく公式な形で「レユニオン〔インド洋に浮かぶ島。フランスの海外県のひとつ〕の山々に雪が降った！」と報じる日へと移行するのだ。

＊

また、だからこそ今年、マルチニックの生徒たちは考えることもせずに「春休み」と「夏休み」のことを話すのだ。――これは公教育のなかでのことだ。[65]

＊

一九七八年三月二十一日、役所の窓口で六十歳くらいの愛想のいい婦人が私に陽気に話しかけた――「ところでグリッサンさん、春になりましたね！」

＊

（一九七九年一月四日、グアドループでのある国際会議について、パリから中継で海外県に発信された放送で、FR3局のアナウンサーがこう説明している――「グアドループの冬はとても温かく、二十度から二十五度の気温です」。ユーモアでも冗談でもなかった。）

＊

これは驚くべきことだが、マルチニックのどこかの農園主がテレビのインタヴューを受けて「私たちヨーロッパ人は」と話しているのを聞くことができる。

＊

こうした唖然とするような習慣の数々に驚き、それを笑ったり嘆いたりする者について、それがコンプレックスをもった知識人だとわかることがある。

＊

（幻想《ファンタスム》に投影された現実でもないかぎり、自分たちにとってどう見ても、いかなる現実にも対応していない言葉を使うことに、こんな具合に慣れてしまった共同体が、徐々に、そう、言葉の非現実的な、したがって無責任な使用のなかに踏み迷ってしまうのを、どうして見ないわけにゆくだろうか？）昨日は錯乱的な乖離、つまり、ひとつの欠如、ひとつの苦痛の無意識的尺度であったものが、こんにち通俗化され無力化されているさまは目を奪うばかりだ――いまやそれは、標準的生活の標準化的規則のなかに埋め込まれている。言語錯乱について私たちが（一九七三年に）行なった研究は、今日では何よりも、この標準＝生活における無力化した言語活動を「区分する」のに役立つかもしれない。

＊

より直接的な暴力の増大が見られる――もはや単なる言葉による暴力ではなく（言葉の乖離は無化という大きな背景のなかで枯渇してしまったのだ）、民兵まがい〔原語のmacoutiqueは、「トントン・マクート」と呼ばれた、ハイチ独裁政権の秘密警察や民兵に由来する〕のものになっている――「フランス人でないと言うんなら、気をつけることだな。」しかしこの暴力自体が同時に非現実的でもあって、それほど、衰弱と通俗化が私たちを擦り減らせているということなのだ。（公的な政治の場面では「乱暴者」たちが狡猾な連中に席を譲っており、これはここでは新しい傾向である。）

＊

かつてないほど、エリートたちはそれぞれの立場から何かを「指導」することを準備している。あるいは、結局同じことだが、民衆を「教育」しようとしている。支配力への嗜好（つまり、おそらく政治権力についてはどう扱っていいかがわからないからだ）は、無能力がつねに顕著さを増してゆくだけに、なおさら疼きだすのだ。そうやって、民兵まがいの暴力主義が強化される。

いまや、プレー山の頂上に冬のリゾートを計画することもありうる。それはひとつの夢だ。ここでファンタスムとして再構成された白い冬を、迂回によって自分のものとすること。

＊

プレー山の麓。サン＝ピエールのある小学校。あるクラスに、ひとりの浮浪者が静かに入り込む。汚くて、だらしない格好をして、もしかすると一杯ひっかけてきている。だが彼は白人だ。一人の少女が立ち上がり、本能的に女性教師に知らせる――「先生、視察官の方です。」

＊

26 邦

私たちが死について感じることのなかに、アフリカの信仰の残余、痕跡はあるのだろうか？　通夜の慣習、すなわち、人々が飲んだり物語を語ったり冗談を言ったり、亡くなった人物の真似をしたり、死者の欠点を馬鹿にしたりする一方で、家のなかでは家族が死者に付き添いながらも外でごちそうを食べている参加者たちに足りないものがないように気を遣う――あの通夜の習慣はアフリカ的な内容を意味したものだったのか？　言わば自分たちに固有の彼岸を思い描くことができないということは、たしかに心休まらぬことだ。人々が他処に送る死者たちについては、この「他処」が伝統の力によって喚起され、あらゆる誕生とあらゆる死のあいだに絆が作られるときに、彼らと別れるほうが「正常」なのかもしれない。

マルチニック人がこの世に束の間の滞在をしている、幸福なゾンビであるように思われるのとまったく同じで、私たちの死者たちもほとんど正式なゾンビ以上の存在ではないように見える。私が語っているのはもちろん、個人的な感情のことではなく文化的内容のことである。キリスト教の楽園の採用は、このような欠落を埋め合わせているだろうか？　交易された奴隷の最初の幾世代かが、ときおり「アフリカに帰るために」死を求めていたのを思い出そう。彼岸は失われた邦と混同されていたのである。

もしかすると、人間の諸共同体が彼岸を断念するべき時が来ているのかもしれない。こうした集合的な断念が明白かつ「有益」であるのは、それが**共同体のみずからへの運動**から帰結する時に限られる。死もまた外向的でありうるのだ。

私たちはそのことをマルチニックで強く感じる。死を前にした私たちの共通の態度は、同時に不健全さの態度（たとえば私たちは交通事故に魅了される）、嘲笑の態度（私たちはしばしば、死による空白から笑いによって目を逸らす）、そして親しい共犯関係の態度（私たちはそこから前の邦、失われた邦を探し求める）である。今日でもなお、私たちの邦では葬儀は「国民的慣行」であり、ラジオでもっとも聴取されている番組のひとつは、知り合いに対して哀悼の意を表明したい人々のための、葬式案内の番組である。私は合衆国の若くてとてもダイナミックかつ「ニュー・ルック」な黒人牧師が説教するのを聞いたことがある。それは再臨派教会の葬儀で、会衆のなかの非‐信者たちもこの彼岸へのアプローチを見識あるアマチュアとして評価していた。その折に、誰かが私にこう打ち明けたのだった——「本当に私だって再臨派になりたいくらいですよ、だって、彼らの葬送儀礼はなんて言ったって一番感動的なんですから」。

〈歴史〉、複数の歴史

目印
罠としての〈歴史〉

世界における私たちの状況（〈関係〉のなかでの私たちの場所）の深刻さが直接的に結ばれているのは機銃掃射（野蛮な殲滅）ではなく、まるで欠乏による絶滅であるかのような、緩慢な摩耗である。私たちは、世界で生じているあの蒼ざめた類の死の恩典には浴していない。

このような欠如を探査しようとするあらゆる省察の努力をペシミズムと言い募っても無駄である。この部分的な努力はカリスマ的なものではなく、慣習のある種の解放を促そうとするものだ。事実の解放は集団的行為に属するものだろう。

ファノンは奴隷制の奴隷になりたくはないと言っている。私にとってこの言葉が暗に示しているのは、奴隷制という歴史的現象を知らずに済ますことはできないということだ。その執拗なトラウマを欲動的なかたちで被らないようにする必要があるということだ。

乗り越えとは投影的な探査である。奴隷とはまず、知らない者である。奴隷制の奴隷とは知ろうと欲しない者である。

地球的な〈関係〉を征服の論理的な継起に、ひとつの人民にとっての征服の宿命に、投影することは危険かもしれない。〈関係〉はときに集団的な消滅へと導くことがある。地球的な〈関係〉は充分に動機付けられた道徳をもたない。世界の恐るべき生経験の数々やそれらの急変（可能な行き止まり）を過小評価するようないかなる一般的歴史理論も、罠を構成しうる。

27 〈歴史〉との争い

エドワード・バウ〔ジャマイカの詩人、文学研究者。一九三六―〕の文章「西インド作家とその歴史との争い」[66]を読み、以下のようないくつかの考察を提起させていただくことにする。

ある民が「歴史をもたない」と主張するのは非常識なことだが、現代の一定の状況において、また、地球的な拡大の所与のひとつがますます一般化してゆく歴史意識の現前（と重要性）であるまさにこのときに、ある民がこの意識の障害に直面し、それが「必要である」と予感しつつも、それを「出現させる」、あるいは「日常性のなかに移行させる」ことができない、ということは言える――というのも、この日常性の所与がこの民にとってはひとつの連続体のなかに書き込まれていないから、つまり、この民と周囲との関係（この民の自然と呼ぶべきもの）がこの民の経験の蓄積（この民の文化と呼ぶべきもの）と非連続的な関係にあるからである。このようなコンテクストのなかでは、学問分野としての、そして、この民が生きている現実を解明しようとするかぎりにおいての歴史学は、深刻な認識論的無力さに悩むことになるだろう――どこから取りかかればいいのかがわからないだろう。集合的意識の障害は実際、ある創造的な探査を必要としており、こうした探査にとって、歴史学的図式化に不可欠な厳密さは、それに支配されるというのでないにしても、麻痺性のハンディキャップとなり得る。受動的に同化吸収された方法論では、全体的な概念を確固としたものとしたり、被った断絶を超えて歴史的ダイナミズムを回復することができるようになるどころか、またもやこの欠如を深めることにしかならないだろう。

アンティル諸島はいくつもの断絶によって作られた歴史の場所であり、その始まりはひとつの苛烈な引き離し、奴隷貿易である。私たちの歴史意識は、歴史のしばしば包括的な哲学を生み出してきた民、つまりヨーロッパの民の場合のように、漸進的かつ連続的な仕方で、こう言ってよければ、「堆積する」ことができなかったのであり、衝撃、収縮、苦悩に満ちた否定、そして爆発に導かれながら凝集していったのだ。連続のなかのこの非連続、そして、集合的意識がそのまわりを一巡することの不可能性が、私が非‐歴史と呼ぶものを性格づけている。

この非‐歴史の否定的な要因はしたがって、集合的記憶の抹消である。デルグレス大佐がグアドループのマトゥバ要塞の火薬庫で、包囲する三千人のフランス兵に投降することをよしとせずに三百人の部下とともに自爆したとき、この爆発の音はマルチニックやグアドループの人々の意識に直接的に響くことはなかった。つまり、デルグレスは支配的イデオロギーのひそやかな策略、すなわち、彼の英雄的行為の意味をわずかな時間で歪曲し、民衆の記憶から消去することに成功した策略によって二度打ち負かされたのである。同様に、フランス政府によるマルチニックの奴隷たちへの宣言（一八四八年三月）は、グアドループ人たちが一八〇二年に奴隷制の復活を**みずから要求した**と主張していた。そして、トゥッサン〔・ルヴェルチュール〕や〔ホセ・〕マルティといったアンティルの英雄が勝ち誇ったのも、それぞれの邦においてのことでしかなかった。イデオロギー的な海上封鎖が、昨日のハイチ、今日のキューバに対する経済封鎖と同じように機能したのだ。ボリバルがハイチに援助と休息の地を見いだし、したがってしばらくの時間、包括的なアンティル史の観念が具体化したとしても、この時間はほとんど持続しなかった。しかしながら今日、私たちにはマトゥバの轟音が聞こえる。みずからの歴史の時間をふたたび見いだすためには、植民地的網の目が海岸沿いに織り成してきた夾雑物を、アンティルの邦々が打ち壊すのでなければならない。

たとえば、植民地的行為から生まれたこれらの民は、長きにわたって、この植民地的行為に（とりわけ小アンティル諸島ではそうなのだが）、やむことのない反抗の突発的な破裂しか対置することはできなかったのであり、たとえばアフリカの諸民族がそれに対して汲みつくされることのない伏兵戦を挑むことができたのとは異なっている。言語、宗教、国家システム、伝統的価値などの、詰まるところひとつの世界観の先祖伝来の共同体が、これらの民族がそれぞれの事情に応じてより持続的に抵抗することを可能にしていた。こういった文化的後背地が与えてくれる辛抱強さと確信は、私たちには長いあいだ禁じられてきた。

その結果として、アンティルの民は自分の邦についての知識に、この邦の年代設定、しかも神話的なそれすらも結びつけることをせず、それゆえ、彼らにとって自然と文化は、ひとつの民がおのれの意識の論拠とする、あの弁証法的全体を形成してこなかった。その末に、曖昧化された歴史は私たちにとってしばしば、「砕け散った」感情的意味しかもたない、自然事象の暦に還元されてきた。私たちは「大地震の年」、あるいは「台風でセレストさんの家が倒壊した年」、あるいは「大通りで火事があった年」などと言っていたのだ。まさにここにこそ、集合的行為を予防され、自己意識とは遠いところに押し込められたあらゆる共同体が訴える手段がある。おそらくこのような年代設定は、たとえばいくつかの工業化した邦の農村共同体にも見られるものだろう。

このような「自然の」暦の習慣を、まったくの疎外として排除することはできない。工業的ないし行政的な非人間化の行き過ぎによって流行することになった民族詩学《エトゥノポエティック》は、ここには想定されている以上に理があることを教えてくれる。しかしいったんその意味から切り離された自然は、耐え忍ばれてきた歴史と同じくらい（人間にとって）貧しく無防備である。自然＝文化のダイナミックな結合は、ひとつの共同体の確立には不可欠である。

今日、私たちにはマトゥバの轟音が聞こえるが、しかしまたモンカダの銃撃戦〔一九五三年、カストロ率いる革命勢力がモンカダ兵営を襲撃した事件のこと。これがキューバ革命の発端とされることが多い〕の音も聞こえる。私たちの歴史は驚くべき唐突さで私たちを打つ。目下アンティル諸島を構成しているこの散乱した統一（複数の歴史の人知れぬ結合）の出現は、この結合について熟考すらしないうちに、私たちを不意打ちにする。それはまた、私たちの歴史が、耐えることが可能なものの限界への現前、私たちが一挙に私たちの過去の複合的な織り目に結びつけるべき現前であるということでもある。過去、私たちが耐え忍んできた過去は、私たちにとってはまだ歴史ではないが、しかしそこに（ここに）あって私たちに疼きをもたらしている。作家の務めは、この疼きを探査し、現在と現働性のなかにおいて連続的なやり方でこれを「開示する」ことである。[67] この探査はしたがって図式化にもノスタルジックな涙にも帰することはない。それは、西洋の民が享受してきたような類の時間の領域に訴えることも、まず先祖伝来の文化的後背地が与えてくれるあの集合的稠密さに救いを求めることもなく、時間の苦痛に満ちた感覚を解きほぐし、それを一気に私たちの未来に投影することだ。それは、私が**過去の預言的ヴィジョン**と呼ぶものである。[68]

「昨日まで歴史をもたないと言われてきた民の複数の歴史が結ばれるとき、〈歴史〉（大文字の〈歴史〉）は終わる。」〈歴史〉とは西洋のきわめて操作的な幻想《ファンタスム》であり、西洋がただひとり世界史を「作って」いた時代とまさに同時期に生まれている。ヘーゲルはアフリカの諸民族を無歴史性のなかに、アメリカ・インディアン諸民族を先史性のなかに打ち棄て、〈歴史〉をヨーロッパの民だけに割り当てたが、思うに、今日このような「〈歴史〉の歩み」の階層化された概念が時代遅れであると考えることができるのは、これらアフリカやアメリカ・インディアンの諸民族が「〈歴史〉に参入した」からではない。たとえば、諸々の事実がマルクス主義思想に課した観念によれば、革命が**まず**勝利するのは、技術的にもっとも進んだ邦々のなかでも、もっともよく組織されたプロレタリアートによってでもない。マルクス主義はこうして、現実**によって**、また独自の観点から、単線的で階層化された〈歴史〉の観念を批判したのである。私たちの歴史の始まったばかりの意識において、この歴史のさまざまな断絶において、エネルギー備給の突然さにおいて、探査への抵抗において、私たちが否定するのはこの階層化の過程である。

歴史的記憶があまりにも多くの場合に抹消されてしまったがゆえに、アンティルの作家は現実のなかに見いだした、ときに潜在的な痕跡を出発点に、この記憶を「掘り起こす」ことをしなければならない。

アンティルの意識には不毛化をもたらす多くの障害物が設置されたがゆえに、作家はこれらの障害物が部分的に壊されたあらゆる機会を表現できるのでなければならない。

アンティル的時間は押しつけられた非－歴史の虚無のなかで安定させられたがゆえに、作家はその苦悩の年代記を回復すること、すなわち、アンティルの自然と文化とのあいだに再び呼び込まれた弁証法の豊かな活気を明らかにすることに貢献しなければならない。

したがって私たちに関するかぎり、活動中の意識としての歴史と生きられたものとしての歴史は歴史家だけのものではない。私たちにとっての文学は、ジャンルに分類されるものではなく、人文科学のあらゆるアプローチを含みもつものとなるだろう。このことについては、これまで継承されてきた諸範疇は、私たちの状況のさまざまな必要性に対応するかぎりにおいて、方法論的大胆さを阻害してはならない。〈歴史〉を咎めること、それはおそらく、デレク・ウォルコット[69]にとっては、分析的思考の諸範疇のこの問い直しの緊急性を表明することである。

長いあいだみずからに対して明証的でなかった、そして、ある意味では諸々の民がそれについて抱いていた意識の傍らで具現化されたひとつの現実は、歴史学的な見取り図制作の領域に属しているのと同じくらい、探査的な問題系の領域に属している。この「文学的」含意こそ、歴史的省察の閃光を方向づけているのであり、私たちのうちの誰ひとりとして、この閃光から無傷でいられると主張することはできない。[70]

覚書　1
神経症としての歴史について

私たちが耐え忍んできた歴史をある神経症の道程と考えることはお笑い草、あるいはおぞましいことなのだろうか？　奴隷貿易をトラウマ的ショックとして、（新たな邦への）定住を抑圧段階として、隷属期を潜伏期として、一八四八年の「解放」を再発として、習慣的な錯乱を症状として、さらに、「あの過去のことどもへの回帰」への嫌悪を抑圧されたものの回帰の現れとして考えることは？　おそらく、このような並行関係を掘り起こすことは有益ではないし、説得力をもつこともないかもしれない。しかしながら、**歴史的被抑圧**は私たちに、ここにはもしかすると単なる精神の戯れ以上のものがあることを納得させる。いかなる精神科医がこの並行関係を問題化することができるだろうか？　いや、誰も。歴史には固有の探査不可能性があり、その縁で私たちは目覚めたまま彷徨う。

覚書 2
横断性《トランスヴェルサリテ》について

しかし、カリブ海における私たちの多様化した複数の歴史は今日、もうひとつの顕示を生産している——すなわち、それらの歴史のひそかな収斂である。そのことによって、複数の歴史は私たちに人間的行動の、あまりに明白であるがゆえに思いもかけなかったひとつの次元を教えてくれる——**横断性**である。アンティルの歴史の（私たち諸人民の、収斂的な複数の歴史の）それ自身への突発的な侵入は、おのれの流れのみを追っているような**ひとつの**〈歴史〉の単線的で階層化された観念から私たちを解放してくれる。カリブ海の岸辺で唸りを上げてきたのは、この〈歴史〉ではなく、そこでひそかに作られてきた私たちの複数の歴史のさまざまな結合にほかならない。深層は単に神経症の深淵だけでなく、何よりも多数化された道程の場所であった。

詩人であり歴史家でもあるブラスウェイト〔エドワード・カマウ・ブラスウェイト。バルバドスの詩人（一九三〇－二〇二〇）〕は雑誌『サヴァクー』〔ブラスウェイトを中心に一九七〇年に創刊された総合雑誌。「サヴァクー」とはカリブ海に生息する鷺の仲間のこと〕において、私たちの歴史（今日の、そして明らかに連帯している私たちの複数の歴史）について実現された多くの仕事を要約的に振り返りつつ、彼の論の最終部である第三部を次のたった一つの文で締めくくっている——**"The unity is submarine."**〔統一は海底にある〕。

この命題を私なりに翻訳するとすれば、奴隷船が敵に追跡され、戦闘を続行するには自船が弱すぎると判断されるたびに、鉄球の重りを付けられたまま船べりから投げ捨てられた幾多のアフリカ人たちのことを喚起せずにはいられない。**彼らは海底に不可視なるものの鉄球を撒いた。**こうして私たちは、超越性でも純化された普遍でもない、横断性を学んだのだ。私たちがこのことを知るには多くの時間が必要だった。私たちは〈関係〉の複数の根だ。

海底にある幾多の根——すなわち、唯一のマストを唯一の泥土に植えつけたものではなく、漂流し、しかしその枝のつくる網の目によって私たちの宇宙のあらゆる方向に伸ばされている根だ。

参与的なこの相対化、画一性から遠ざかるこの結合、私たちはそこに生きている、そしてそれを生きるチャンスを手にしている。

カリブ海フェスティヴァルが、ジャマイカで（一九七六年に）カリブ海の英雄たち――今回はトゥッサン・ルヴェルチュール、ホセ・マルティ、ファレス、ボリバル、マーカス・ガーヴィー――をテーマに開催された。民衆の一体感が、それまで知識人たちの夢に過ぎなかったものを、華々しくまた大がかりなかたちで言祝ぐ機会だった。この意味では、カリフェスタはすべての人々の意識のなかに、幾人かの人々の欲動を通過させるものであった。

マルチニックで（一九七九年に）刊行されたある論争的出版物は、この邦の「分離主義知識人たち」を、「トゥッサン・コンプレックス」を醸成したとして、すなわち、他者の英雄を取り込むことで、マルチニック自体における、偉大なる民衆的英雄の不在を埋め合わせようと試みたとして、非難した。そしてたしかに、この不在はひとつの集団に、麻痺を伴うある種の**勝ち損ない**の刻印を押している。同じ出版物の同じ記事は、一八四八年のマルチニック人奴隷の解放においてヴィクトル・シェルシェールが果たした役割を称揚することに躍起になっていた。それなら、この記事の起草者は、後ろ盾としての勝ち誇った英雄を探すこと以外の何をしているというのか？本当のことを言えば、シェルシェールを巡る議論とは、ひとつの罠である。問題なのは彼の、否定しがたく有効でもあった役割の重要性ではなく、まず、彼の行動のコンテクストであり（奴隷制経済から商品経済への移行、当時パリに「わたしの砂糖はニグロの血に染まってはいない」と宣言するポスターを貼りだしていた、フランスの甜菜業者の重要性の増大、イギリスの奴隷制廃止論者たちの欲得ずくの介入）、次に、彼の行動がどう利用されたかということである――つまり、長きにわたってまったきイデオロギーであったシェルシェール主義のことだ。シェルシェールという人物を超えたところで観察できるのは、一八四八年の「解放」の様態、風土、傾向が、それらのなかに同化の芽をはらんでいたということ以外にない。シェルシェール主義とは、こうした動きを意味するものなのだ。別のところでも見ることになるが、問題は、この解放が反乱を起こした奴隷によって流血を伴うかたちでもぎ取られたか否かということではない。マルチニックの歴史は、顔も知れない反乱の数々に溢れている。これについては、四月二十七日（奴隷解放計画の宣言）、五月二十二日（奴隷の反乱）等々、年代順や宣言の数々についていちいちあげつらうような、**日付の闘い**を開始しても滑稽なだけだろう。問題なのは、奴隷解放の原則と展開のなかに含まれている、より深い隠蔽——マルチニック人民の特性の隠蔽である。

民衆的な大人物の（英雄の）不在は、敗北の論理に帰すべきではない。現実の敗北を神話的な勝利に変成させることは、アイデンティティを保証されている民の特性である。たとえば、〔フランス中世の武勲詩〕『ロランの歌』は、ロンスヴォーでのシャルルマーニュの戦略的過ちと敗走を象徴的なヒロイズムにおいて賛美したものだった。英雄たちの敗北は、諸民族の一体性にとって必要であると主張することさえ、正当である。

マルチニックを含むカリブ海各地における、アンティルの英雄たちの取り込みの正統性は、まだ示されるべき課題にとどまっている。それは明白と言うには程遠い。トゥッサン・ルヴェルチュールはひとりの逃亡者《マロヌール》であり、マルチニックのフォン＝マサクルの逃亡奴隷たちのなかのもっとも目立たずもっとも知られていない者と同じ種類、あるいは同じ人種とさえ言ってもいい誰かである。それは**同じ歴史的現象**なのだ。そして、マルチニックの民が逃亡奴隷たちの敗北を神話化せずに、ただ単にそれと認めただけであるからこそ、今日でもなお、トゥッサンを巡って議論する余地がある。今、歴史的現象を**それと認める**ことが必要だ。

あの日、キングストンのスタジアムで、あらゆる分野からやってきた数千人のアンティル人が、さきほど引いた幾人かの名前に喝采を送った。勝者であるか否かを問わず、アンティルの現実の歴史を作ったこの男たちはそこで、集団の意識のなかに決定的に誕生した。いま、マルチニックはアンティル文明圏のなかのひとつの腫瘍なのだろうか？　トゥッサン・ルヴェルチュールは他人の英雄であり、シェルシェールが私たちの「真の」英雄なのだろうか？　マルチニックのインテリゲンチャがこのような問題を相変わらず議論しなければならないということ自体、彼らが被っている根こぎの状態を驚愕すべき仕方で示している。彼らはフランツ・ファノンのうちに、現代世界の諸民族に（深い意味で）命を吹き込んだ人物のひとりを認めることができるだろうか？　彼らにはそれができない。他人の英雄たちは私たちのものではなく、致し方ないことに、私たちの英雄は、まずもって他人の英雄なのだ。

29 〈歴史〉と〈文学〉

I

私のもとに苦悩が訪れたのは、みずからの仕事をみずからの言説に一致させようと心を砕くあらゆる作家について人が期待し得たかもしれないのとは逆に、文学の方からではなく、〈歴史〉の方から、生経験への熟考された関係の過剰ないしは欠如の方からであり、今日のあらゆる人と同様、また、あらゆるマルチニック人と同じように、私もまた自分が〈歴史〉に打撃を受けていると予感せずにはいられない。というのも、いまや歴史は**それ自体として**快楽あるいは不幸であるからだ。寓話、語り、ないしは言説であったのちに、報告、尺度、そして検証であったのちに、さらに、包括性、システム、そしてひとつの〈全体〉の押しつけであったのちに、歴史は、集合的意識によって「反省された」かぎりにおいては、今日、生経験の深い闇に帰している。この行程を通じて、歴史的なるもののそれぞれの概念は、修辞の形成に同伴されてきた。私がその痕跡を辿ってみたいのはこの同伴関係であり、それによって、〈歴史〉(言表として構想するにしても生経験として構想するにしても)と〈文学〉

がいかに同じ問題系——みずからのうちで変わってゆく場所と変質しながらみずからを持続させてゆく時間のなかにおける、人間とそれを取り巻くものとの集合的関係を書きとめること、ないしは見つけ出すこと——に通じているのかを示したい。

批評家のピエール・ブロダンは、アメリカの女性作家ジョーン・ディディオンの作品、『祈禱の書』を分析している。[71]この本のヒロインの肖像を彼は次のように描き出している——「アメリカ西部の落とし子として、彼女は両親から、家族的ないくつかの価値観への信頼、すなわち、よく耕され灌漑を施された土地、豊富な収穫、経済、産業、法律体系、進歩、教育、〈人類〉の螺旋状の上昇といったものの効力への信頼を受け継いでいる。しかし彼女は〈歴史〉についてはまったく白紙状態であり、政治についても無垢である。世界でつねに何かが起こっていることは知っていても、それは結局うまいところに落ち着くと信じていたのだ」。この例は明快である——つまりこれは、みずからに安心しきっている人間の一サンプル、歴史は単に出来事の継起に過ぎず、したがってつねにどこかに**出口**があると信じており、幸福な民族とは歴史をもたない民族であるともう少しで断言しそうな人間のサンプルなのだ。しかし今日では、これはこの批評家が示唆するところでもあるが、このような信仰はある種の障害の形態であると指摘される。私たちが〈歴史〉を受動的に耐え忍ぶとき、私たちは〈歴史〉の病になりうる——しかもその抉るような重みから逃れることもない。〈歴史〉は（〈文学〉と同じように）意識および意識の道程として、神経症（ある欠如のしるしだ）および存在の縮減として、私たちに深く食い込むことができるのだ。

私たちのコンテクストにおいては、歴史意識は、ひとつの＝邦＝のなかの＝人間と、彼に対して差異ないしは超越性として与えられるような〈他者〉＝〈他処〉との包括的な関係でありうる（あるいは、何よりもそうしたものとして生きられうる）。〈関係《ラポール》〉のこの劇的様態、すなわち、詩人セガレンが世界の〈多様なるもの〉を〈同一なるもの〉の支配に対置しようと試みたときに見事に描き出したこの劇的様態からみずからを分離するなら、歴史家に（無垢のまま）なることも、言語について探究することもできない。私の目的はしたがって、〈歴史〉においても〈文学〉においても、西洋的思考（ここでそれが私たちを重層決定している以上）がこの支配を実践してきたこと、そしてそれが（なお存続している多くの特権にもかかわらず）〈多様なるもの〉の解放的な攻撃の数々に持ちこたえなかったことを示すところにもある。

文学的投企とアンティルにおける歴史的照準に話を移す前に、〈歴史〉と〈文学〉とのあいだに続いているいくつかの関係について立ち止まって考えておく必要があるように思われる。

まず、歴史認識と文学的願望とのあいだの原初的紐帯は〈神話〉のうちに素描されている。〈神話〉は、人々とそれを取り巻くものとのあいだに、ある時間とある場所において成立する**それ**を、偽装すると共に意味し、明らかにしつつ遠ざけ、より強くかつより魅力的にしつつ曖昧にする。その未知＝既知を探査する。〈神話〉はいまだ素朴な歴史意識の最初の所与であり、文学作品の最初の素材である。

形成されつつある歴史意識の所与として、〈神話〉は歴史を予示するが、同様に、歴史の諸々の偶発事を変容させたうえで必然的に反復する、つまり、今度は〈神話〉が歴史を生産するという点を指摘しておこう。だからこそ、マラトンの戦いの前夜にギリシアの戦士たちはトロイアを相手にしたアキレウスの武勲を歌うのであり、またこれとまったく同じように、一八〇二年にナポレオン軍との戦いで勝利する前夜、ハイチ人たちは、想像力のなかで理想化されたかたちで、逃亡奴隷マッカンダルの武勲を物語るのである。（これらは「明らかな」神話である。）

しかし一般的に、〈神話〉が明らかにするものは地下に隠れており、一気に与えられることはない。このために、さきほど明らかにしつつ遠ざけると言ったわけだ。文学的言表の最初の形式として、〈神話〉はひとつの歴史〔＝物語〕をそのイメージ自体の中に**包み込んでいる**——つまり、平板な写実主義《リアリズム》からも、分散的な、ないしは細部にこだわる分析からも等しく遠ざかっている。（オイディプスの歴史〔＝物語〕の体系的な意味内容《シニフィエ》が提示されるまで、長い時間待たねばならなかった。）ここから私たちは最初の等価性を導き出すことができるが、それをあえて次のようなかたちで言ってみよう——西洋思想の結晶化の長く広がる時間のなかで、歴史と文学はまず神話において出会うが、前者は過去の予感として、後者は未来の記憶としてそうするのだ。両者はいずれも、不分明かつ操作的である。[72]

〈神話〉が宗教的不安を「養って」きたことは驚くべきことではない。なぜならまず、〈神話〉がみずからが開示するものを曖昧にすることを好んでいたまさにそのときに、宗教的思考（情念）は深淵下りにもっとも適した根源的形態だったからである。そしてまた、原始的な宗教的思考はひとつの創世記とひとつの数え上げを命じるから、すなわち、ひとつの世界観を編み出すからである。根底的な説明である創世記と儀礼的な歴史化である数え上げは、西洋が〈文学〉についてやがて信じることになること（文学がほとんど神的な創造であること——〈言葉〉が肉となったということ）——これが〈創世記〉である——と、西洋が歴史意識をそこに向かわせようと望むであろうもの（選ばれた人々の展開）——これが〈数え上げ〉である——を先取りしている。

　こういうわけで、私たちに関して言うならば、マルチニックの公式な歴史は（たしかにあらゆる観点から見て西洋イデオロギーを模倣しているものだが）この邦の発見者たちや総督たちのリストから構想されたのであり、またこれとは別にこの邦が生み出した女支配者たち——男の支配者は生み出していないので——が加わる。（これは実際、公式の歴史の鍵となる多くの章となっている。マルチニックのエリートは「偉大さ」を情交によってしか構想しない。皇帝妃、愛妾、寵妃——〈歴史〉はここでは、雄に支配された快楽的服従でしかない。そして雄とは〈他者〉なのだ。歴史的快楽とは所有されることのそれである。）

　しかし、アフリカや東洋の伝統に属するものも含めて、ほとんどあらゆる本源的神話のなかに見られる創世記と数え上げの出会いは、そこで言葉による魔術と時間＝場所の予言が組み合わさって、ひとつの根底的な関係、つまり、自然と文化を対立させつつ結び合わせる関係の解明に努めているということを充分に示している。自然、そしておのれの自然《ナチュール》〔＝本性〕を、ひとつの文化によって支配することは西洋人の夢であったのであり、これは、おのれの文化をおのれの自然〔＝本性〕の、そして自然の宇宙的次元にまで拡大することがおそらく東洋人の夢だったことに比することができる。私たちが知っている世界‐内‐存在の諸々の差異はここに由来している。西洋人にとって、〈自然＝創世記〉、本源的な泥土、〈永遠の園〉以降問題となるのは、断罪という対価を払ってまでも（たとえば神話におけるアダムとイヴ、現実におけるソクラテスはその大きな危険を冒した）、知識＝数え上げを企てることとなるだろう。〈歴史〉と〈文学〉は一致して（前ソクラテス期の哲学者の場合のような、いくつかの挿話的な混じりあいは別だが、これらとて急速に枯渇してしまった）人間を世界から分離し、自然を文化に隷属させようとする。物語の単線性と年代記の単線性はこのようなコンテクストのなかで素描される。人間は選ばれ、みずからを知り、世界を知るが、それは人間が世界と同じ性質をもっているからではなく、世界を継起化し、世界をその年齢で、すなわちその唯一の**系譜**によって計測するからである。

　このような概念は互いに強化し合う。〈歴史〉について言えば、十八世紀の、たしかに科学的精神による征服でもある種々の方法論の出発以降、ある途方もない信仰、すなわち、歴史家の客観性への信仰が拡大してゆくだろう。文学について言えば、同じ時代にこれに劣らず途方もない先入観が「模倣」の嵐を惹起するが、これはリアリズムの力に関する先入観であり、たとえば、バルザックのやみくもな追従者たちがこの嵐を利用することにむなしく熱中するだろう。文学におけるリアリズムの平板な報告は、歴史家の純粋客観性の主張と逐一対応している。そして同時に、両義性も発生する。リアリズム＝客観性の対に、もうひとつの対を対置することが正当であると考えられたのだろう――ロマン主義＝主観性のそれである。そこで、**現実の全体**を記述するという意図に代わって、この現実の一部を**全面的に再構成する**（ないしは再創造する）試みが選びとられるのだった。いずれにせよ、人間は行為者ではなく意志として、歴史的ないし文学的な〈ドラマ〉の中心に置かれたのだ。作品は多くの場合、外観より先にも、この意志の表現より深いところにも行かなかった。

掘り下げてメカニズムを明るみに出すこと、これが、最近社会学的と形容されている歴史が試みたことであろうが、こういった願望が、ランボー、ロートレアモン、ボードレールなど、**外見の下に**あるものを示すことを請けあった近代西洋詩人たちの努力によって予告されていたことは認めねばならない。文学や歴史のこのような新しい構想のなかで、人間は存在するものの中心にはいないと仮定されたと思われる。そうすると、創世記＝数え上げは深層の探査に席を譲り、人間はもはや知識に恵まれた者ではなくなる。人間は徐々に、知識の対象になってゆく。〈神話〉の力は衰える――〈神話〉は説明され、分類される。それはもはや、未知＝既知を探し求める思考力ではない。精神分析、経済理論、人文諸科学全般は〈神話〉の操作的力の解明的破壊者である。ヒューマニズム（人間という選択）はこうして打撃を与えられはじめ、そして、ここでの私たちの関心事なのだが、西洋人が徐々に、また大きな苦痛のなかで、おのれ自身が存在するものの中心にあると信じることをやめていったと思われる。

しかしその間、もうひとつの両義性がこのプロセスのさなかで登場したはずである。つまり、**解明**《デヴォワルマン》に乗りだす前に、〈歴史〉と〈文学〉が〈全体性〉をシステムとして組織しようと試みていたということである。大方の意見によれば、シェイクスピアがこの試みの最初の動きのところに存在している。

シェイクスピアの作品においては、大悲劇と歴史悲劇との対照関係の重要さが知られている。イギリス王の座の継承の問題も、デンマーク王の継承の問題も、**正統性**の宇宙論的形而上学的問いを提起している。シェイクスピアにおけるこの正統性とは、それによって人間が〈中世〉の古い統一的な錬金術を棄て、〈近代〉と呼ばれるようになるものの多様化したエネルギーのなかに入ってゆく、自然＝文化の均衡の裁可以外のなんであろうか？シェイクスピア作品の尺度のひとつを示す壮大な展望だが、悲しいかな、そこにはひとつ気づかれていないことがある――均衡＝全体性のなかに、キャリバンからプロスペローへ至る、ひとつの階層性《ヒエラルキー》が設定されたのである。そして、キャリバン＝自然が**下の方から**プロスペロー＝文化に対立しているのを見るのは難しくはない。『嵐《テンペスト》』では、こうしてプロスペローの正統性が彼の優位に結びつけられ、西洋の正統性になる。両義性とはしたがって、〈文学〉と〈歴史〉が〈全体性〉を突き動かす（原始的単線性を包括性《グロバリテ》のなかに包み込む）ことを企てると同時に、こうして定立された〈全体性〉のなかに、キャリバンからプロスペローに至る上昇の階梯と共に、人間を西洋の姿に従って動かそうという未曾有の願望が挿入されたということなのだ。

　この段階に至って、〈歴史〉は大文字のHと共に書かれることになる〔フランス語では歴史はhistoireで、この最初の文字が大文字のHで綴られること〕。それは、西洋の歴史に随伴しない複数の歴史を排除する全体性である。おそらくここに、ボシュエ（〈神の摂理〉）とマルクス（階級闘争）のつながりが見られる――自民族中心主義的原理が〈歴史〉の原動力（キリスト教の神、工業国のプロレタリアート）を西洋の中心部に近づけるのだ。[73]ヘーゲルによって開始されたこの階層化（非－歴史、先－史、〈歴史〉）は、同時代の文学イデオロギーに見事に対応する。文学は神聖化された記号の超越《メタ》－存在、全能性とされ、このことによって、文字をもつ諸民族は口承文明の民を支配し管理することを正当であると判断する。そして、ひとつの〈歴史〉を構想する西洋における最後の試み、すなわちトインビーの試みは、〈全体性〉を、この種の企てには欠くことのできない差別的な系列（大文明、大国、大宗教）を出発点にして組織するだろう。

　大文字で始まる〈歴史〉と書記記号の絶対性において神聖化された文学の、この二重の要求に抗して、これまで地球の隠された面に住まっていた諸々の民もまた、食糧と自由のための戦いと同時に、戦ってきた。

　ただ技術的支配（つまり、自然を隷属させ、その結果、あらゆる可能な文化を、この支配から生まれ、この支配に適合している知識によって中毒に陥らせるような後天性の能力）だけが、西洋が、その**正統性**の問題化という苦悩を知ったとはいえ、今でもひとつの主権、もはや権利上のものではなく事実としての主権を行使し続けることを可能にしている。西洋は、事実のために〈権利〉を棄てるにしたがって、その（大文字の）歴史観とその神聖化された〈文学〉の概念を無力化させてゆく。

　論争的な思考は次のように言うことを促す、すなわち、（世界のなかに創られた新たな状況に直面した）この知的反応はまさしく歴史と文学の関係を明示するひとつの変成を構成しているのだ、と。また、通時態と共時態との方法論的かつ根源的な区分**もまた**、おそらくひとつの策略だったのだ、と。そして、世界の〈歴史〉をもはや管理できなくなった西洋は、これによって、そこでは複数の歴史はもはや諸意識や諸表現に対してさほどの重みをもっていないようなひとつの概念を、練り上げることを選んでいたのだ、と。

しかしながら、この変成を策略としてではなく、論理の形として捉えたほうがより単純である。かように砕け散り、もはや誰もその十全性を統御することも、あるいは構想することさえ主張できないひとつの〈歴史〉に、西洋的知性が、あらゆる方向に拡散する、しかしその**方向**についてはもはや誰も制御できると主張できないような、そんな〈散乱的文学〉を貼りつけたのは、当然のことなのだ。

ところが、こうして諸概念の論理を完成することで、人は生経験の重みを「通過」させることができる。文学は単に散乱させられたのではなく、いまや分けもたれている。そこには複数の歴史がある、そして諸人民の声がある。歴史と文学の新しい関係を深く考えねばならない。それを別の仕方で生きなければならない。[74]

中間的覚書

ボルヘスについて――『審問』

ボルヘスが誰なのかを知ることを目指して（そうやって彼の後にもうひとつの〈審問〉をあえて行なうために）、その伝記にあるあまりにも明白な情報（アルゼンチン人、同時代人、博識、等々）を乗り越え、いくつもの時間と空間を駆け巡り、数々の親和性、秘密、啓示を追い求めること。つまりこうだ、彼が位置している距離、彼のもっとも近い隣人からも、古代中国の文人からも同じように近くて遠い隔たりは、何よりも、あらゆる方角へ、他の精神たちとの出会いへと「押しやる」ひとつの精神であろうとする彼の意図には好適なのだ。ボルヘスは時間と空間の障壁を廃する。

彼が知らないこと、研究し、あるいは夢見なかったことは何もないように見える。そこには、同じ凝灰岩を鶴嘴で執拗に掘り進む知よりも、上空を飛んで結び合わせる知への嗜好を認めることができるかもしれない。しかしながら、彼は文学について、フランス文学についてもスペイン文学についてもサクソン文学についても調査しているわけではない。それらから、ボルヘスの文学というただひとつのものを再構成しているのだ。ボルヘスのこの特性に同意した時（第一、それに同意しないことなどあるだろうか？「あらゆる本はただひとつの精神によって書かれている」）、こうして接近させられた作家たちの誰もが、ある思考の通過を遂行しているのがわかるが、それはあたかも、毎回、理性の（不確実な）辺境地帯に触れるがごとくなのである。そこではボルヘスの論理が、言い得ぬものを法外に拡大している。文学はどこで終わり、未知なるものはどこで始まるのか？ボルヘスは人生を「文学、そして時折、形而上学的な当惑に」捧げてきたと言う――こうして、みずからを乗り越え、世界を乗り越えながら、時間と空間を超えて見てとった仲間たちを結びつけようと試みた。しかし、「私たちにとって不幸なことに、世界は現実であり、この私にとって不幸なことに、私はボルヘスである」。私たちにとっては幸福なことに、彼はこの挫折の証言をもたらしてくれる。「形而上学的な当惑」を拒否するにしても、文学的快楽が残る。

この実体性を欠いた関係（文人から碩学、司書）は世界＝の＝把握のもっとも果敢な形態のひとつを織り上げている。書記から、官吏《マンダリン》、実直な写字生（稀少な種類の）、紳士、教養ある審問官へ、なんという地下の無限のリレーだろう。そこでは世界の持続が純粋に現れている。そしてそこに実体が欠けているにしても、眩暈は増大してゆく。〈全体〉の尺度をそのさまざまな変異において変容させること、それは〈全体〉にきわめて高度な統一を割り当てることである。したがって、ボルヘスが「シェイクスピアのペーロール〔『終わりよければすべてよし』の登場人物〕後に、そしてスウィフト後に」、あの名高い言明――「私は有って有る者」〔『出エジプト記』（3、14）で、神がモーセの問いかけに答えた言葉〕――の三番目の谺であろうと夢見たこともあり得る。ただひとつの不透明性のなかのただひとつの存在。

けれども、ボルヘスが痛手を負いながらも世界的に輝き渡っているのは、こうしておのれの泥土への根付きを耐え忍んでいるからなのだ。

II
西洋の悲劇的思考と近代的なるものについての挿話

一　シェイクスピアにおける「正統性」について

〈悲劇〉は知の喜び、熱情だ。ジャン・パリスは、シェイクスピア悲劇がいくつもの葛藤の解決の試みであることを最初に示したひとりである――古代の時間と近代の精神の、「個人主義的」概念と世界のなかの人間への多元的アプローチの、不定形の混沌と新たな正義の葛藤、ということだ。[75] ギリシア人たちは、神の栄光と〈都市国家〉の命運との連帯を宣言することで彼らの神々を征服した。（人間はその不幸のなかで、気まぐれな神々を打ち負かした。）シェイクスピアは人間と宇宙の連帯を打ちたてた。秩序と正義は世界との和解のなかに、世界の知とその歌のなかに源泉を得る。

『ハムレット』。ジャン・パリスは主人公を劇の唯一の主軸とすることは意図せず、最初は劇中の状況のみを考慮に入れている。〈悲劇〉は心理的な葛藤、すなわちハムレット王子のそれではなく、必然的な集団的冒険という意味を再び見いだす。父の仇を打ち、デンマーク王国の秩序を回復することを定められたハムレットは、みずからの犠牲という対価を払って、そして、ノルウェーのフォーティンブラスを利するかたちでしかこの企図を果たすことはできないだろう――なぜなら、状況には改めるべき二重の不正義が含まれているからだ。クローディアスのハムレットの父に対する不正義、しかしそれだけではなく、父王のフォーティンブラスの父に対する不正義である。そして決着は、ただひとつの正当な復権、すなわちフォーティンブラスの復権からしか得られない。というのも、フォーティンブラスのみがデンマークを統治する権利を有しているからだ。フォーティンブラスの正統性は、獲得すべき均衡の唯一の保証である。クローディアスを殺すことのできないハムレットの「謎めいた」無能力はそこに由来する。ハムレットは王座が自分のものではないことを漠然と知っている。父の仇を討たねばならないのなら、フォーティンブラスの父に対する贖いもなさねばならない。この作品のなかには、「仇を打つべき三人の父」がいる――フォーティンブラスの、ハムレットの、レアティーズの父である。しかし、〈悲劇〉の元となるのは、ハムレットの父が犯した殺人である――「クローディアス、ガートルード、ハムレット、レアティーズが定められているのは、まさにこの最初の罪の償いである」。

さらに踏み込んで言えば、〈悲劇〉は〈歴史〉の特権的瞬間として出現している――すなわち、「運命そのものに他ならない」歴史的論理が、ある混乱し、「腐敗し」、不正義な状況から発して、そしてそれに与る者たちの儀式としての犠牲によって作動し、秩序、光明、正義、平和の状況を招来させる、そんな瞬間である。〈悲劇〉は楽観的だ――これが、ジャン・パリスの本から引き出される教えである。〈悲劇〉はひとつの〈歴史〉の概念を潜在的に含んでいる――「葛藤から統一がふたたび生まれんことを、そして、分裂と恐怖を超えて、人間が正義のなかにその普遍的完全性をふたたび見いだされんことを。」

二　西洋における希望なき〈悲劇〉の出現について

ビューヒナー〔カール・ゲオルク・ビューヒナー。ドイツの戯曲作家（一八一三－一八三七）〕は詩人である――反映でも集積所でも谺でもなく、時代の感性の回折者であり、**論証する**力能をもつ者である。彼の「暴露」は綿密な分析や現実の転写にとどまることはなく、地下水脈の探究において発揮される。ゲーテの記念碑的作品以上に、二十三歳で死んだこの天才の戯曲三部作は、十九世紀の西洋人が「永遠の制度」から逃れ、幾多の劇的な迂回を経て、彼が近代と呼ぶものに入っていった究極的瞬間をしるしづけている。[76]

ビューヒナーの主人公たちに共通するのは、この全面的革命の瞬間に彼らが耐えた精神的混乱（倦怠、恐れ、狂気）である。ひとつの変動の先端にあって、事物の古い秩序に嫌悪感を抱き、未来の秩序の意味について確信がもてぬまま、ダントンはギロチンに、レンツは狂気に、レオンスは他愛のない結婚に身を投じる。しかし、私たちはビューヒナーのおかげで、隊長の運命よりもヴォイツェックの運命を、操り人形たちの多幸感よりも意識の動揺を選び取ることを学ぶ。

*

このような詩――このような演劇――にとって重要な契機とは、したがってさまざまな極限状況の瞬間であり、それらの状況は同じひとつの時代――存在が古いものか来るべきものかの選択から逃れることのできない時代――に書き込まれる。ビューヒナーのロマン主義はこのように鋭利なもので、そこではすべてが切先と刃として姿を現す。たしかにそれは変化に富んだ豊かさでも地球的幻視でもなく（クライストでもヘルダーリンでもなく）、暗い煌めきであり狙いを正確に貫く剣である。ところで、ビューヒナーは次のような精神の条件をも知っていた――精神を駆り立て、あるいは苦しめるいかなるものも、精神に直接的な仕方で到来することはない、という条件だ。彼が探査するあの不安な地帯の数々において、ビューヒナーはいくつもの襞を記すことを忘れない。彼はある複雑な世界という装置を打ち立てるが、そこでは主人公が突然からめとられ、「罠に捕えられ《プレシャー》」てしまう。このように、詩人の言語はこの「周囲」の複雑さの似姿となっている。それは、いわば凝った言語である。暗喩《メタファー》の論理的定数、それに、微分関数のシステムとでも言うべきものが、字義通りの発話よりもはるかに、登場人物における選択の法外な重みを開示してくれる。

作品を「把握」しようと望む時、たちまち暗礁が姿を現す。というのも、鋭利さから凝ったものまで、簡潔な言い回しから熱狂的な論理に従って展開される比喩表現《イマージュ》までの距離が、一見あまりに大きいため、不安なしにはそれを踏破することができないからだ。少なくとも、作品の全体像の知識がいわばこの距離を呑み込んでしまわないかぎりは。ルー・ブリュデルの翻訳の利点はまさに、これら複数の側面を私たちがひとつまたひとつと理解してゆくことを可能ならしめる、この統一体を再現していることにある。私たちは『ダントンの死』に大革命の図解だけを、『レオンスとレーナ』に娯楽をもっぱらとする喜劇だけを見て終わることもあり得たのだ。ところがこの訳文は、私たちがそこかしこで、死の強迫観念、未来への同じ怖れ、同じ拒否に触れることを可能にしてくれている。また、レオンスによってダントンを説明してくれる。さらに、そこではもっとも複雑な比喩表現も、もっとも単刀直入な「単語」と同じくらい、正当化されるのである。

＊

もっとも確立されている諸慣習を廃すると同時に（『レンツ』にはこうある――「無神論が、およそ単純で、直接的かつ決定的な仕方で彼にとりついた……」）、ビューヒナーは演劇を他のさまざまな限界へと導く。『ダントン』においては暗く叙事詩的に、『レオンスとレーナ』では幻夢劇にあって懐疑的に、『ヴォイツェック』においては獰猛なまでに激烈に。近代西洋演劇の諸要素がすべてここにある（希望は別で、しかも、おそらくこの同じ演劇は希望を見捨てている）。そう、ビューヒナーは、人間が宇宙の光そのものに感染しているあの暗く激烈な地域のなかに舞台を組み上げる。しかしそこでは「宇宙、それは混沌である」。懐胎しつつある世界。そこでは革命が宇宙的現象の規模を湛え、「巨大な炎が空を引き裂き、トランペットの大音響のなかで何かが崩壊する」。度を失った人間は問いかける。だがなんの答も届きはしない。「私たちには何かが欠けている、でもそれを名付けるべき名前がない」。ならば、自殺、狂気、断念に走ることになる。つまり、世界が人間に対してみずからを拒むのだ──「彼は広大さのなかに没入していた──それは痛いほどの陶酔だった……」、「救いを待っていた〈宇宙〉は、上から下までひび割れていた」、「生きることは、辛抱強く引き受けねばならないひとつの病だった」。そしてこの告白──「時々、私は自分がそうであるものが怖くなる」。

ビューヒナーは彼の時代において、この崩壊、この困難な移行をもっとも厳しく味わった詩人である。さらに、心理的諸問題にではなく、革命の渦に捉われた人間を強制的に移送する例の諸力に立ち向かった人々のひとりでもある。登場人物たちは〈死〉を吟味するが、彼らにはそれが優しいものに思われている──「おまえを私の墓のように愛している……おまえの声は弔鐘のように響き、そしておまえの心臓は私の柩だ」。彼らは〈自然〉を詳細に探るが、〈自然〉は敵対的だ──「不安に満ちた自然は子供のように身を縮め、その揺籃の上方に幽霊たちが輪舞する」。もしかすると、自然が好意的になってくれるのは死の瞬間のみであり、〈伝令〉は処刑前日にデムーラン〔カミーユ・デムーラン（一七六〇－一七九四）。フランス革命時のジャーナリストで、ダントンとともに処刑された〕にこう言う──「喜べ、カミーユ、夜は美しいだろう……」『レオンスとレーナ』においても同様に、〈自然〉はヴァレリオの嘲笑の的になっている。ロマン派の安ピカ飾りを投げ捨てる、この別種のロマン主義者は、「おお！〈愛〉よ、おまえがもっとも美しくなるのは、おまえが断末魔の苦しみを迎えるときだろう」と叫び、残酷な神秘を運命づけられながら人々に語りかけるのはもっぱら、〈犬儒派の師〉の口を借りて──「おまえたちを台所から来る風のなかに置いたから、ロースト肉はいつにもましておまえらの鼻の前を通り過ぎてゆくじゃろう」──、あるいは、斬首された人々の次の一団をからかう獄吏の口を借りて──「皆さん、準備をしてくださいよ！　皆さんの豪勢な馬車は進んでますよ！」──のことなのだ。

平和と優しさの諸要素、リュシーとカミーユの愛、ジュリーのダントンへの忠節、レーナの夢といったものは、深層から浮かび上がってくる過酷なものどもによって一掃される。『ダントン』から『ヴォイツェック』へと輪が閉ざされてゆくにしたがって、取り返しのつかないものの振る舞いはより簡略な道を通ってゆくことになる。断頭台で処刑されたカミーユの思い出は、リュシーの絶望的な叫び――「国王陛下万歳」――をもたらしていたが、ヴォイツェックの短刀によって殺されたマリーは、自分の子供の涙を誘うことすらないだろう（子供は、棒を馬に見立てて「それゆけ！　それゆけ！」と言いながら遊ぶのに忙しいのだ）。より簡略でより曖昧なものへと向かう、作品の曲線が存在する――つまり、ブリュデルの言うように『ヴォイツェック』が「叙事詩的三面記事」であっても、それはまたビューヒナーの創作のなかでもっとも「形而上学的」な作品なのだ。不透明さはそこでは顕示の技術と連動しているのではなく、主人公自身のなかにある還元不可能なものに固有なものである。〈悲劇性〉の激しい昂まりは富としての持続ではなく、豊饒さとしての省略を内包している。

三　悲劇の空位について

西洋において悲劇的力能が集団的冒険を離れて諸個人の運命の閃光の方に集中しただろうことは理解できる。それはアルトーの残酷演劇の不透明さ（ヴィクトル・ユゴーがアイスキュロスのなかに垣間見ていた**啞然とした顔**）であり、ベケットにおける日常性の嘲弄であるだろう。〈悲劇性〉はもはや歴史的運命ではなく形而上学的無秩序である。たしかに、T・S・エリオットとポール・クローデルはもうひとつの一体性、すなわち「カトリック」の一体性の名のもとに、集合的なものの〈悲劇性〉を再び見いだそうと試みるだろう。しかし歴史の重みが（〔エリオットの〕『寺院の殺人』、〔クローデルの〕『クリストファー・コロンブス』）宗教的情念にあまりにも譲歩したため、現代西洋の意識における歴史の重みの延長は決定的なものにはなり得なかった。〈悲劇性〉は時代の空気のなかに「浮遊している」ままだ。それが「集中」するのは、個別特殊な孤独の取り返しのつかなさにおいてでしかない。

ひとつの「惑星規模の」〈悲劇性〉が、非西洋的な表現地帯に発して、また、諸人民の歴史という相対化的概念によって、この空位に取って代わるのだろうか？

私たちの近代的放浪のなかに胚胎されて、それによって一国民ではなく〈地球〉という惑星が一致するような、〈関係〉の〈悲劇性〉が存在するのだろうか？　また、これも〈一者〉の古い夢の蒸し返しということになるのか？（サイエンス＝フィクションにおいてつねに繰り返される〈未来〉の〈創世記〉の原動力になっている、まさにあの〈悲劇性〉。）

III

歴史＝文学の関係は今日、私が**歴史的欲望対象**と呼ぶもののなかに掩蔽されている。それは作家における、好きなようにそこから汲むことのできる貯水池としての歴史への、情念や強迫観念ではないし、安心感を与える見取り図制作でもなく、むしろ、（かつての〈神話〉のように）開示しつつ曖昧にするという特殊性をもった解明法によってそこへ向かってゆくように努めるべき、ひとつの**本源的痕跡**の固定観念である。

この本源的痕跡は、根本的な説明対象であると同時に〈創世記〉の反響であり、すなわち、集合的ドラマの時間を再＝方向づけするものでもある。しかし、神話はかつて生経験の厚みに深く根をおろしていた。だからこそ、現今の文学作品がその位置を占めることは不可能である。あまりに強く個人化されているため、この生経験をよりよく意味するために、しばしばそこを離れてしまうのだ。そうしながらもしかし、現今の作品は〈神話〉の探査的かつ開示的機能を忘れることができない――**歴史的欲望対象**とは、この強迫観念のしるしである。それがつねにひとつの挫折に向けて（あるいは挫折によって）「開く」ものであるのは（たとえば、小説の主人公はその探求を完遂しないか、みずからを消し去ることによって完遂するかだ）、〈神話〉を（したがってまた〈悲劇〉を）支配している諸法則のなかのもうひとつのものへの忠実さによるのかもしれない――その法則とは、贖罪を担うひとりの英雄／主人公の犠牲によって、開示を引き受ける（確保する）必要性というものであり、主人公の死のなかで共同体が一堂に会するのだ。[77]

フォークナーの『アブサロム！　アブサロム！』においては、**歴史的欲望対象**は全般的にサトペン一家の本源的痕跡（創設）に、とりわけ、ボンとよばれる登場人物の出自にかかわるものとなっている。つまり、後者は黒人であるゆえに、ジュリー・サトペンを所有しようという彼の意図は災厄をもたらすものである。ところが、彼がおそらくジュリーの兄弟（片親違いの混血の兄弟）**でも**あることが明らかになってゆくのだ。本源的近親相姦が**その反動として**作動する。ここで問題になっているのが、それが明らかにされることが致命的になるであろう、ひとつの欲望（ひとつの起源を、起源というものを知ること）であることはよくわかる。こうして、この時間の源泉への旅は、ひとつの此岸、女主人公のジョーン・ディディオンについて言及されている輝かしい螺旋状の上昇とは対極にある此岸に**向けて**螺旋状に巻かれる。（本当のところ、**人**がまず予感し（あるいは学び）、**人**がもっとも恐れるものが、ボンが兄弟であることなのか、黒人であることなのか、あるいは兄弟であると同時に黒人であることなのかを、どうやって決するべきなのか？）この螺旋状の回帰は眩暈を与えないではいない。文学はここで〈神話〉の諸側面のひとつ――その**渦巻き**――を**継続する**。しかし、神話の渦巻きが、単線的な系譜、〈数え上げ〉に通じていたのに反して、『アブサロム！　アブサロム！』の渦巻きはひとつの探究の不可能性に結びつけるべきものだ。そこでは単線性は失われる。すると、歴史的欲望対象とその不可能性は、婚姻、姻戚関係、生殖の解きがたい錯綜のなかで結ばれることになり、また、この錯綜の原理のひとつは、反復的なめくるめく類推関係《アナロジー》によって構成される。あの「……メデジールはアダ夫人の甥で、アダ夫人のお母さんのフィフィーヌ夫人はフィレモン氏とのあいだにあと二人の子供をもうけたのだけれども、二人のうちの兄の方は、フェリシテ・マカリの従姉妹とのあいだに二人の息子がいて、フェリシテは名付け親のアダ夫人の養女で、アダ夫人は……」というやつがマルチニックの伝統においては姻戚関係検証の増殖的原理であること、そして、フォークナーにおける親縁関係の錯綜を支配しているのがこの同じ原則であることに、再度言及しておく必要があるだろうか？

これは**根源的系譜の倒錯**（〈数え上げ〉の倒錯）である——ここでは人間はおのれの痕跡のなかに踏み迷い、堂々巡りをする。[78] おのれの正統性が不確かに見えるというのに、人間はどうして存在するものの中心に身を置くことができるだろうか？　同じように、ひとつの集団もおのれ自身を疑い、眩暈のなかに踏み迷うことがありうる。

何が起こったのかを（なぜ、すなわち、いかなる「有効な」理由でもって、白人たちはインディアンたちを殺戮し、黒人を奴隷の境遇に貶めたのか、そのことの代償が白人たちに請求されることがあるのかを）知ることは、**人**が（そう、フォークナーが）問わずに済ませることのできない問いである。**充分動機付けられた**答を伴うことのないだろう問い。重要なことは答のなかにではなく、問いかけのなかにある。ボンの儀礼的な死、最後の殺戮《ホロコースト》、トーマス・サトペンの悲劇（彼は「実に都合よく」ハイチからやってきたのだった）は、対立する主人公たちを区別しない。彼らにはいかなる**正統性**もないのだ。フォークナーにおいて正統性が割り当てられているのは「純粋な」（非－混血の）黒人ないしはインディアンであり、彼らの純粋な苦しみが原初の過ちを万人のために引き受け、贖う。歴史的欲望対象、それは幾度となく生き直されてきたひとつの歴史の繰り返しのなかでの、出会いと乗り越えとしての歴史の否定、そして、受難としての歴史の引き受けである。[79]

アレホ・カルペンティエールの『失われた足跡』における議論、すなわち、川の水源へと遡ってゆくことは、結びつきあるいは積み重なった幾多の時代と空間を通じて、最初の年代に向けて時を遡ることでもある、という議論が知られている。ここでは歴史的欲望対象はフォークナーとは異なり、正統性ではなく無垢というところにある。しかしながら、それは存在を苛む同じ欠如でもある。そう、歴史は欲望だ。そしてその欲望対象は、ここで見られるように、ときに罠となる。というのも、カルペンティエールの主人公の煩悶は、彼が一度、原始の園に触れ（「創世を手にし」）たことに、そして、この幻視（強迫観念）が、彼をあらためて不可能な回帰へと蛇行させる罠であることに由来するからだ。罠？　そうだ。意識が未知＝既知を、〈神話〉がかつてそれを開示しつつ遠ざける機能を帯びていた当のものを、歪曲するがゆえに。「知識」は困難であるどころか、維持不可能である——そこにみずからを保つことはできない。主人公は「現働態」(それは知られたものではなく実践されたものである)に立ち返るだろうし、つまりは、歴史をその始まりのなかに包み込むことを諦めたのである。この種の挫折は意味をもつ。挫折は痕跡を残し、そこを他の者たちが通ってゆくだろう。文学作品はこうして〈神話〉を歪めつつ、今日、〈関係〉を築いている。

いま、ガルシア゠マルケスの『百年の孤独』の主人公の軌跡を再構成するならば、そこでは渦巻きが徹底的に歴史過程を獲得しているのがわかる。アウレリャーノの最後の行為こそ、彼の歴史の最初の言葉を開示し、そのことによって同じ歴史を廃棄するだろう。開示は彼がそこへ向かって精魂を使い果たしてゆく、未知゠既知である。あらゆるものの死が本源的な知識のなかにあり、また、歴史とは言われたことを完遂するための、ひとつの苦悩に満ちたやり方なのだ。歴史的欲望対象はここではしたがって、それ自身の原動力であり、それ自身の消尽のなかにおのれを包み込む。歴史を(**おのれの**歴史を)知ることの困難さはあらゆる孤独のなかでももっとも深いそれを惹起する。北米の女主人公の螺旋状の**上昇**とは逆に、ここにあるのは螺旋状の、伝染的かつ悲劇的、不透明にして決定的なひとつの**回帰**であり、これによって選ばれた主人公のみならずひとつの民が、その時間の源泉へ帰ることを望むだろう。この伝染性の回帰が、フォークナーを「もうひとつのアメリカ」の諸問題に近づけている。

さらに、これらの世界のなかで、ことあるごとに、ある本源的な森がじっと待ちうけ、抵抗するさまにも注目しておこう。サトペンはそれをむなしく開墾し、アウレリャーノはそこを航海し(彼はそこに、木々の梢に座礁した時間の根源的な船さえ見ている)、『失われた足跡』の語り手は、過ぎ去った諸時代と同時にそこを「降りて」ゆく。森は参与しつつ抵抗する、原始の熱だ。森に打ち勝つことは目標であり、森に打ち負かされることが真の主題である。それは〈永遠の園〉ではなく、空間的時間的に位置づけられながらも、その場所と年代とを盗み取る力だ。森は現今のその文学的汭において、〈神話〉の最後の論拠となっている。実際その繁茂のなかで、歴史は私たちの欲望を熟させる。奴隷逃亡《マロナージュ》の森はだから、逃亡する奴隷が植民者《コロン》の**透明性**に対抗するために用いた最初の障害物だった。この密生のなかには、明白な道も、**線**もない。人はそこで、透明性もなく、最初の先祖に至るまで巡りゆく。こうして、その不可能性に結びあわされた歴史的欲望対象の定式化は、支配的文化によっていまだに抑圧されている諸々の民の問題系の数々へ通じている。[80]

IV

アフリカにおいて時にそうであるように、神話が民話《コント》において与えられている場合がある。（そこでは語られた叙事詩は、集合的記憶を強化しつつ、いくつもの神話をも素描する。）だがこの出会いは、この二つのジャンルを区別する隔たりを忘れさせるものであってはならない。神話は象徴的ではなく、その構造は「明らか」ではなく、その企図は一気に与えられるものではない。その代わり、現実のなかでの現働化によって、その延長は規定されている——たとえば西洋では、**系譜**が〈歴史〉へと導き入れる。したがって、神話の継起的な二つの「時間」が次のものをもたらす。その定式化の段階では、こじ開けるべき「暗きもの」を。その谺の段階では、歴史を生産する「明確化」を。

民話の行程はこれとは逆である。民話はその構造においてもその企図においても透明である。その象徴性は明らかだ。それは未知＝既知の探査ではなく、現実の様式化された読み取りである。しかしその延長は不確かである。それは共同体の歴史のなかに決定的な、ないし明白な要因として介在することはない。

こうした二つの逆の道のりが、対比的な複数の宇宙へと通じている。神話は単に歴史を先取りしたり、時に歴史を生産するものであったりするだけではなく、一般化によって〈歴史〉を準備するように思われる。反対に民話は、一般化のできない複数の歴史《イストワール》〔＝物語〕しか構想しない。（たとえばアンティルの）民話が歴史の欠如をしるしづけ、それを受け入れることがある。この場合、民話の機能は、歴史的欲望対象のしばしば身動きできなくさせるような作用と闘い、〈歴史〉が人間の第一の基本的な次元であるという、西洋から継承された、あるいは西洋に押しつけられた信仰から私たちを救い出してくれるところに存するということもありうる。

同様に、神話は語られた言葉を神聖化し、あらかじめそれを書かれたものの儀式に捧げる。この次元では、民話は瀆聖的な侵入というかたちで振る舞う。民話がこうして攻撃するのは、まず書かれた記号の神聖性である。アンティルの民話は、勅令と法規によって強制移住させられたひとつの歴史の標識となっている。それは反－勅令であり反－法規である、すなわち、反－書記《エクリチュール》である。

V

アンティル民話はその砕片化された性格ゆえに、いかなる年代設定も描き出さず、時間を人間の根底的な次元として構想することもない。そのもっともよく見られる尺度は、昼と夜とのバランスである。夜のあいだ、ウサギの大将はさまざまな策略をめぐらし、日が昇るや否や、虎の大将は派手にひっかかることになる。このように、夜は昼の前触れである。不透明性が透明性を導き出す。夜と昼のリズムだけが、奴隷や農民や農業労働者の唯一の時間的尺度である。私が子供の頃に聞いた民話のかなりの数において語り手は、語りの最後で背中に蹴りを喰らって聴衆のなかに放り出されたと歌う。[81] 民話のこの最後の儀式は、その明晰さ（語り手は大それた者ではなく、語られた物語は聖なるものに属するわけではない）だけではなく、時間の非連続的な観念も証しだてている。神話とは逆に、民話は文化的蓄積を神聖化することも、動態化することもない。

さて、繰り返しをいとわずにおさらいしてみよう。

冥く晦渋なものとしての〈神話〉は、未知＝既知のあらゆる可能性に開かれている。明らかなものとしての〈民話〉は、ここではひとつの欠如のうえに閉じられている。

〈民話〉はあの本源的な森を横切った。しかし、ひとつの系譜に開かれることなく、苛まれてきた意識の暗さを増殖させる。アンティル民話は私たちの歴史の欠如をしるしている――それは再び引っこんでしまった言葉の場所だ。しかしながら、そこではすべてが言われている。〈神話〉がある未知＝既知を探査し、系譜を通じて歴史の絶対性に至るのに反して、〈民話〉は容易な象徴の数々を発声してから、幾多の近似値のなかを迂回と回帰を通じて進んでゆく。アンティル民話は所有されざるひとつの風景の境界を画す――それは反－〈歴史〉である。

このようなアプローチのなかで〈民話〉の諸性格が与えられる。

口調の突然の反転、物語の連続的な断絶とその「強制移送」、それらの蓄積によって全体の尺度になる非－一義性。

心理的な唐突さ、すなわち、実を言えば本来の心理描写のまったくの不在。心理とは〈時間〉をもつ者の尺度である。

「教訓」の節約――毎回同じ状況を繰り返しつつ、その模範的な「解決」を控えるという、極めつきの巧妙さ。〈迂回〉の技。

度を越した様態、すなわち第一に、同語反復的な言動への痺れるような怖れからの、絶対的な自由。反復の技は新鮮で豊かである。文章をくどくどと繰り返すことはひとつの快楽だ。擬声語、あるいはより根底的には単調な旋律《メロペ》が、現実の酩酊状態のなかを旋回する。

荘厳さを欠く「供犠性」の相対性。たとえば犠牲者の虎の大将は、いつでも取るに足らない存在に過ぎない。たしかに、彼とウサギの大将との関係には、狼イザングランと狐のルナール〔フランス中世説話の『狐』の主人公たち〕の冒険の反響はある。違いは、この地ではいかなる武勲詩も現実のもうひとつの（「威厳をもたらす」）側面を構成していない点にある。

この最後の特性は、私たちがどのように、昇華された〈歴史〉に譲歩することなしに、私たちの収斂する複数の歴史〔＝物語〕に親しんでいるかを理解させてくれる。

〈民話〉は私たちに「私たち」を与えつつ、暗々裏に、私たちがそれを獲得せねばならないことを表現している。

VI

言うことの主体であり、根本的な話者であるこの〈私たち〉は、〈私〉との諸関係の一覧を作成することを課す——ひとつの共同体は、それを構成している個々人をいかなる様態で巻きこんでいるのか？　あるいはその逆は？〈私たち〉がいまだに〈私〉が姿を現すことを可能にしていない場合、西洋的思考（その参照軸は個人の尊厳である）が原始的社会と呼ぶものの現前に立ち会うことになる。〈私〉が〈私たち〉と対立してそれを作りなおしたり、新しいダイナミズムを与えたりしようとするたびに、（〈歴史〉において）思考の革命に立ち会うことになるが、あるいはソクラテス、あるいはイエス・キリストといった例は、交互に現れるこうした繰り返しをたしかに際立たせている。〈私〉が現れたのちに、勝ち誇りゆがめられた〈私たち〉が〈私〉を専横的に支配し、縮減するということが起こりうる。ここで登場するのはさまざまな私生児的共同体であり、ファシズムのシステムや極端な民族主義がその例を提供している。

共同体的なものの逸脱のもうひとつのケースは、諸々の擬似-集団主義によって示されるが、そのなかでは〈私たち〉が〈私〉を溶解させてしまっている——それはファシズム的な頽嬰ではなく、目的性としての〈私たち〉という昇華的な幻想であり、それが現実としての〈私たち〉を覆い隠す。

だがここで、打ちひしがれた不可能な、その結果〈私〉の不可能性を規定している〈私たち〉が登場する。たとえばマルチニック人の誰かに対して問いかけるべき質問は「私とは誰か？」という、最初から立ちゆかなくなるものではなく、まさしく「私たちとは誰か？」という問いだろう。

ここには〈悲劇性〉というひとつの使命の単一性が胚胎されているわけではない。私たちは「ギリシアの奇蹟」を繰り返すことはないだろう。つまり、西洋的な意味でのどんな〈悲劇〉も、差別的なのだ。それは系譜の正統性を再構成するが、〈関係〉の無限の散乱を与えてはくれない。

VII

私はかつてあの新たな〈悲劇〉の夢を見、それを獲得することがいかに困難なのかに驚かされたものだった。私はある〈関係の悲劇〉を計画したが、それはとりわけ、共同体的な英雄の儀礼的犠牲を想定しないものであるはずだった。幾多の〈私たち〉、幾多の〈私〉が、ただ一人のなかに包摂され、すべての人々によって与えられるような、ひとつの〈悲劇〉。しかしそこでは毎回、〈歴史〉の昇華的単一性、すなわちもうひとつの拉致、そして新しい系譜の〈神話〉が必要だっただろう。

同じように、〈悲劇性〉の拒否は西洋にとっても、時代遅れの一体性の断念を表す明らかな徴である。しかし、悲劇的な犠牲もまた、私たちを満足させるものではない。私たちは〈悲劇性〉の歴史的欠如に苦しんできた――たとえば、〈逃亡奴隷〉を私たちの守護神たる英雄にしなかったことに。しかし、私たちは、悲劇的苦行の力であり対象でもあったあの単一性のなかに再び沈潜することはできない。私たちの民話もまた、おそらくは反－〈悲劇性〉である――歴史の遮断とあらゆる超越的正統性の拒絶である。

大文字を取り除かれ、私たちの振る舞いのなかで語られながら、歴史と文学は新たに出会いなおし、歴史的欲望対象を超えて、〈私〉の〈私たち〉のなかへの、〈私〉の〈他者〉のなかへの、〈私たち〉の〈私たち〉のなかへの包摂の小説を提起している。〈関係〉がこの新たな挿話の枠組みを適切に描き出している。人は私にこう言う、〈私たち〉の小説を作ることは不可能だ、そこにはつねに複数の個別の生成の具現化が必要だろう、と。危険を冒してでもやってみる価値は大いにある。

目印
取り逃した機会

逃亡《マロナージュ》。それは、その本来的な意味（文化的異議申し立て）を抜き去られ、共同体によって、罰するべき逸脱として生きられた。共同体はこうして、共通の参照軸としての英雄であるこの触媒を、みずからに禁じた。

一八四八年の「解放」。奴隷たちの闘いは、支配的イデオロギーによってその意味から引き離された。シェルシェール主義はこの逸脱の表現である。恩恵として与えられた身分証明書類は、存在の新たな限定を捺印するものだ。

教え込まれた理想。フランス市民権（遠方の邦（フランス）の市民権という理想が、遠方の邦（アフリカ）への帰還という理想に取って代わり、現実の邦を飛び越す）。共和国の理想（「共和国的適法性」）。非宗教的な義務教育。永遠のフランス。

一九四六年の海外県化。自己恐怖と自己否定のもっとも完成された具体化として、それは疎外の究極の境界を、さらにまた、疎外の表現の境界をしるしている。同じとき、〈他者〉と混同され得ない他の多くの旧植民地は、アイデンティティの、独立の、険しい道を選ぶ。（そのことは、それらの地域で新植民地主義の諸問題が解決したことを意味するものではない。）

今日では、植民地主義言説はイデオロギーの「理想による」（〈大いなる祖国〉等）支えすらもはや必要とはしていない。それは受動的な消費を支配し、そうした消費の不可避性を示すことで満足している。そして、それが「フランス的基底」と「地方の特殊性」と呼ぶものの組み合わせの理論化をみずからに許している。もはや失うべき機会すらない。

30　断面と時代区分

マルチニックの歴史を執拗にフランス史のモデル（世紀、戦争、治世、危機、等）を下敷きにして切り取ることは、後者の上に前者をあからさまに並べることであり、それゆえ、実はそうやってこのマルチニック史の肝要な事実——重層決定——を隠蔽することに帰する。フランス史の諸時代とのあまりに明白な関係は、同化された思考のひとつの狡知であって、それをマルチニックの「歴史家」たちも引き継いでいる——おかげで探究をさらに前に進めなくてもすむというわけだ。この関係はみずからが説明するもの自体を判読不能にするのであり、それというのも、みずからを自然なものとして打ち立てることによって、この関係の前提になっている根本的な暴力を熟考することから逸らせてしまうからだ。問題は単なる植民地主義的支配関係ではない。もしそうであるなら、フランス語圏小アンティル諸島のケースを、植民地化の冒険の絶望的な残滓の例と考える権利があることになってしまうだろう。問題は、誰も厳しく反省したことのない何かなのだ——誰も、そう、フランスの植民化推進者は、みずからの特殊な同化の天才をそこで実践することができた（どうやってなのかはこれから見てゆくことにしよう）のをよく知っているがゆえに、また、植民地被支配者のマルチニック人は、この鏡にみずからをかくも見事に見てしまうことを嫌悪するがゆえに。そしてそれこそが、私が成功した植民地化と呼ぶものである。世界における脱植民地化の既知の諸様態——人民軍、全面的革命、解放戦線——に儀礼的かつほとんど魔術的な仕方で言及することは、植民地化のこの成功の検証そのものが企てられてもいないのに、なんの役に立つだろう? それはいまやお喋りな欲動の数々に過ぎないのであり、こうして他人の行動様態に取りつかれた個々人を満足させる機能しかもたず、集合的な行き止まりとして現れているはずのものを諸々のイデオロギーを使って合理化している。マルチニック史の時代設定というこの問題を、もっと深く考えなおしてみなければならない。

そこで、公式の歴史の馬鹿げたカタログ(第三共和政、両大戦間、等々)を捨て、この邦で実際に起こったことを見ようと試みるなら、マルチニック史の諸「時代」については容易に合意が得られるだろうと私は考える。すなわち——

奴隷貿易、入植。

隷属的世界

〈プランテーション〉システム。

エリート層の登場、複数の町。

サトウキビに対する甜菜の勝利。

法で制定され=法的拘束力をもつ同化。

無化の脅威

ここには、方法論としての難解さや、巧妙さなどはいささかもない。研究者たちは、近似的な年代設定や(近似値はまずもって仮説の役割を果たす)これらの時代の「内容」についてすら合意するだろう。

一 **奴隷貿易、原初の入植(一六四〇－一六八五)**。カライブ人の殲滅。サトウキビの導入。初期の砂糖精製工程。作物の多様性。細分化された奴隷貿易。物々交換経済。売られてきた奴隷たちは「アフリカへの帰還」を切望する。

二　**隷属的世界（一六八五－一八四〇）**。黒人法典の発布。組織的な奴隷貿易。〈プランテーション〉システムの設立。サトウキビの単一栽培の漸進的な展開。証人なき反抗の数々。島々のあいだの交通。

三　**〈プランテーション〉システム（一八〇〇－一九三〇）**。つまり、この時代はその前の時代と一部重なっている。フランスにおける甜菜糖の登場。一八四八年の「解放」。内部的（本来の〈プランテーション〉システム）、外部的（小アンティルの島々相互間の孤立）なバルカン化。ベケによる抵抗の試みの挫折。

四　**エリート層の登場、複数の町（一八六五－一九〇二）**。つまり、この時代は前の時代に含まれているわけだ！甜菜糖の工業化。代表者階級（混血《ミュラートル》、次に中産「階級」）の発展。代議制。サン＝ピエールの町とともに、「階級闘争の自律的解決」の最後の可能性のひとつが消滅する〔一九〇二年、プレー山の噴火により、マルチニックの中心都市であったサン＝ピエールが壊滅した〕。「共和国」イデオロギーの展開。

五　**甜菜の勝利（一九〇二－一九五〇）**。生産者としてのベケの消滅。機能なき代表エリート層の台頭、小さな町と職人仕事の発展。一九四六年の同化法。エリート的な学校。アフリカの下級官吏としてのアンティル人。

六　**同化（一九五〇－一九六五）**。終わりゆくシステムにおける略奪経済。擬似－生産。職人仕事の消滅。下部構造《インフラ》の発展。フランスへの移民の「基礎的」形成のための、量を優先した学校。政治的「同化」の公式見解。しかしまた、脱植民地化の諸観念への開け。

七　**無化？**「経済的」同化の公式見解。両替システム（公的資金＝私的利益）の勝利と口実としての生産。

第三次産業の特権的な従事者として混在するベケと混血。港湾と飛行場。しかしまた、耐えがたい、そして明らかに「解決」のない緊張。

ここで、総督リストや条約の条文などに精通しているマルチニックの「歴史家」たちは、思わず笑いだし、嘲る。この時代設定の表明が、私たちがもうひとつのアメリカを発見したと叫ぶことは可能にしていない点については、彼とともに認めよう。しかしながら、私たちは私たちの歴史の観点を裏返した――今度は「内的」観点なのだ。私たちはその原則を摑み取ることができる――ここではいかなる場合にも、階級闘争の解決は「自律的」であったことは決してなく、逆につねに重層決定されてきたのである。

つまり、私たちの歴史の見かけ上の連続性の下に、現実上の非連続がある。見掛け上の連続性とは、フランス史の時代設定、総督の交替、階級闘争の明らかな単純さ、私たちの「歴史家」たちが綿密に研究している、流産してやまない私たちの抵抗の挿話の数々といったものである。現実上の非連続とは次の事実に、すなわち、私たちがここまでで確定した年代の分節それぞれにおいて、変化の決定的な要素は状況から滲み出るのではなく、もうひとつの歴史に応じて外部から発令されている、という事実に存する。だとすれば、そのやり方が進歩的であろうと反動的であろうと、マルチニックとフランスの「歴史共同体」を肯定することで、この人工的従属を記憶から徐々に消し去ることが容易になる。

変化の諸要因の外因的性格こそが、私をして、以上で示した歴史の断片に関して、時代ではなく断面を語らしめるものである。歴史の断面は被るものであり、時代は、共同体がみずからの歴史のなかで活動すると共にその歴史が共同体を「作る」まさにその時に、その共同体がそれに向けて力を注ぐ、そんな包括的な投企を想定している。したがって、歴史「断面」の概念は操作的であり方法論的である。断面が観察者にとって再び時代になるのは、共同体がみずからのためにひとつの投企を再構成し、それによってみずからの歴史的過去を再統合するときに他ならない。私たちにとって、私たちの歴史の意味を再獲得することとは、現実の非連続を知り、もはやそれを受動的に被ることがないようにすることだ。「成功した植民地化」はひとつの作業仮説であり、運命の受動的な確認ではない。

31 歴史、時間、アイデンティティ

そんなわけで、ここに新たな矛盾が姿を現す。西洋に植民地化された諸々の民のそれぞれの歴史は、**その時点から、**決して一義的なものではなかった。それらの見かけの単純さが、少なくとも西洋の介入以来、ましてや、アンティルの諸民族のような「混成的な」民が問題であるときには、外来のものと内部で生まれたものとが相互に疎外しあい、鈍麻させあうような複数の複合的な系列を抹消している。

諸民族はこの抹消に応答している。時間を自然な生体験と見なそうとする頑なさ（私たちは、自然＝文化関係の見取り図としての時間を、そして、私たちの諸民族にとっての、時間の「自然的」所与を特権化する現象を検討している）は、「ひとつの」歴史的時間、西洋の時間とも言えるが、それを押しつける意図に抗する、グローバルな本能的反応をたしかに反映している。

しかしこの動きと軌を一にして、わたしたちのエリートはこの押しつけに同意した。彼らは少しずつ、歴史の単一性への、それに、そうした歴史を作り、またそれを統御すると称する人々の力（権力）へのあの信仰によっ

て、一般的な心性を麻痺させていったのである。矛盾はこの二重の動きから生まれる——あまりに「文化的なものとなった」ひとつの歴史に対する生きられた拒否と、（他の）文化の力と権能にほかならないひとつの歴史への、観念的な信仰という二重性である。

（自然＝時間の観念がいかに主観性＝空間の評価と結びついているかを観察してみよう——これは、発見し、より遠方へ赴き、他者を支配しようとする渇望には捉えられていないあらゆる共同体に当てはまることだ。たとえば、マルチニックの、あるいは、〔南仏の〕セヴェンヌ地方の農民の誰かに道を尋ねるとしてみよう——彼が提供してくれる情報は、人が征服する空間のもつような精確な客観性とは、なんの関係もないだろう。彼はそうした客観性を翻弄する。さらにまた、彼は与えられた「ひとつの」時間をあなたに押しつけようとはしないだろう。自分の歴史〔＝物語〕をあなたのそれの**傍らに**刻むのである。）

それによって共同体が本能的に、〈歴史〉の簒奪的な単一性を拒絶する、生きられた経験と、それによって共同体が、そのエリートたちに「代表される」イデオロギーを通じて同じ単一性に受動的に同意するような、公式に思考されたものとの、この矛盾——ここにおいて、アイデンティティ探求は、ある種の民にとっては不確かで両義的なものになる。両義的なものはそれだけで欠陥の徴であるわけではないが。

しかし矛盾は、集団的意識において解明されるのでないとき、また、歴史的記憶がその蓄積の役割を果たすことができなかった場所では、ある種の病的な非合理性のメカニズムを維持しており、また、歴史的進歩から社会的進歩を経て、私たちの共同体が、今日となってはみずからを脅かしている、消費というものに向かって「前進して」きたことの要因である、下部－論理もこのメカニズムから理解される。

植民地化のもっとも恐怖に満ちた帰結のひとつが、西洋が諸民族に押しつけてきた、〈歴史〉の、したがって権力の、この一義的な観念であることは確かだろう。十九世紀の南アメリカや今日の（脱植民地化以降の）アフリカで出現した、権力のための戦争や狂ったような専制の数々は、この結果である。階級闘争や諸民族の躍進といった局面と同じくらい、心性の深い変成が、この点に関しては、世界秩序を変える可能性の鍵となっていることを、人々は気づきはじめている。

〈歴史〉の一に抗して、複数の歴史〔＝物語〕の〈関係〉のために闘うこと、そのことはおそらくは、同時におのれの真の時間とアイデンティティを再び見いだすことだろう――それは、権力の問題を、未曾有の言葉で問うことだ。

32

痕跡／踏みわけ道《トラース》

追手の犬や人間たちが、遠くの森にまだ迷いこんでいるのがわかる。連中が尾根という尾根を探し回っているときに、峡谷沿いの踏みわけ道を辿ってきたのだ。下から見ると、こちらの方が追手のようにも思えてきて、心おきなく笑う。隠れ家から隠れ家へと一本の道を描き、ぐるぐると回る――それが連中から逃れるたったひとつの勝機だった。絶えず通過することだ。自分の姿が枝や泥、地面や木の根元と区別できなくなっていたので、枝＝根を切り取られながらも、継ぎはぎのような蔓の切れ端によってまだなんとか立っている、呪いイチジク《フィギエ＝モディ》の木と見間違えられたかもしれないくらいだ。人からラシュ＝ラ＝テールと呼ばれた頃が思い出されるが、時間と年月について知っているのはそればかりで、あとはただ、夜に小屋《カーズ》でささやかれていた奴隷制廃止の噂にもかかわらず、もう一歩を待つことができなかったことくらいだった。計画に気づいてゆく手をふさいだ親方を引っこ抜いてやったのだ。毎晩、小屋に舞い戻ると、女たちが一番目立たない隅にマニオクや野菜の入ったクイ〔瓢箪で作った容器〕を置いてくれていた。夜のなかで、小屋のみんなが番をしているのを感じ、近づいてゆくと沈黙を守っているのが聞こえた。みんなが味方してくれ、支えてくれ、夜を横切るのを助けてくれるのを感じた。海に辿りついて船を盗むことができなかった以上、将来はない。やがて死ぬことになるだろう。それでも、まるで黒い太陽のように、止まることなく走って回り続けるだろう。

女房につきまとっていると聞いた管理官のベケを引っこ抜いてやったあの朝から、彼はもう昼と夜とを数えることはしていなかった。けれども、それが口実でしかなかったのか、そして、ただただ何かが自分のなかに積み重なって、爆発したがったのか、はっきりとはしない。わかっているのは、まだ大戦中であること、憲兵たちには自分を捕まえようと試みる以外、何もすることがないということだけだ。奴らはドイツ人やアメリカ人が怖いものだから、ここから動こうとはしない。彼は心おきなく笑った。隠れ家から隠れ家へと、終わることなく堂々めぐりする一本の踏みわけ道をゆく。着ているものはもう、土と枝の切れ端が混ざったものでしかない。夜は小屋のある方へ思い切って行ってみると、扉の足下に女たちが置いてくれた、食べ物入りのカナリ〔鍋〕がある。時折、カナリの傍らに、まるで何かの神を味方につけたかったとでもいうように、一本の蠟燭が燃えている。とは言っても、住人のなかで恐怖が大きくなってゆくのが感じられる。それに、セント゠ルシア海峡を渡る試みに失敗した以上、いつの日か罠に落ちてしまうことはわかっている。降参するくらいなら、二丁の銃のうちの使いやすい方で、自分の頭に弾丸を撃ち込んだ方がましだろう。

彼は心おきなく笑った。自分がなぜ笑うのかわからない。今は、殺人者として追われる身だ。誰も、復讐のことをわかってくれないだろう。南下してセント゠ルシアへと海を渡ろうと試みたのだが。かつて作っておいた隠れ家を見つけようと、歩き回る。自分ひとりのために、警察は総力を動員している。マン・サン・フテ〔平ちゃらさ〕、と頭のなかで叫ぶ。毎晩のように、自分が来るのを待つ女たちが、赤魚、揚げ鱈、パンの実の入った鍋を窓辺に置いてくれる。着るものにも気をつけなければならない、だって、町に戻りたいのだから。これからどれくらい持ちこたえられるかはわからない。一九七三年までかもしれないし、もしかすると一九七五年までもつかもしれない。けれども町へ戻りたい。奴らにはそう捕まらないだろう。みんなが護ってくれるだろう。でなければ、最後まで自分で自分の身を衛るだけだ。彼はみずから環を閉じていることを知らなかった。[82]

目印

テクストの歴史化

クレオール語の「問題系」は、マルチニックにおいては、歴史的＝詩的分析と区別することができない。（詩的という言葉を使うのは、マルチニックの歴史、つまり抹消された歴史の本質は、創造的仮説によって読まれるものだからである。）

歴史のさまざまな時期（あるいは「断面」）は、マルチニック社会の進展に応じて直接区切られるわけではなく、何よりもまず外部から、すなわち植民地化を目指す体制の政治によって決定される変化に応じて区切られる。この干渉は、相互－関係の単純な要素なのではなく、絶対的な上からの決定である。

この検出可能な歴史的断面に、定義可能な「テクストの集合」が対応している。私たちの言説体系のさまざまな形は、私たちが堪え忍んだ歴史によってあらかじめ決定されているのだ。自律的なテクスト集合をわがものとすること（ひとつの言語活動の熱烈な探求）は、解放の作業の重要な要素である。

言説の体系間ではないにせよ、少なくとも私たちがそれらの体系に抱いている意識のなかで、ひとつの持続を取り戻すこと。その持続は、体験に含まれる偶然の出来事を無力なものにすること（固定された系統を先取りすること）を目指すのではなく――そもそもどうすればそんなことが可能だというのか――、人が意識しないまま耐えている不連続性から生じる、麻痺の感覚と戦うことを目指すものである。

社会学

目印

三つの言説

同じ現実に絡みつき、ひと続きになり、重なり合っているが、分析によって分離することのできる三つの言説。

伝統的な口頭の言説。〈プランテーション〉の世界と連続しているもの。マルチニックの農民たちの、明敏だが悲観的なものの見方を今日もなお表している。それは二言語使用《ダイグロシア》の攻撃性に耐えようとする。島のあらゆる生産活動からことごとく見放されると同時に、民間伝承と見なされることで打撃を受けている。打ち砕かれた言説。

エリート主義の言説。はじめはバロック的な逸脱を刻印されているが、エリートがその希薄な現実に安住すると同時に、ありふれたものとなった。代表者《ルプレザンタシオン》の言説だが、どのような職務にも起源をもたない言説。それ自身の苦悩を引きずっていて、自分が代理の表象《ルプレザンタシオン》しか生み出さないために、どんどん大げさになってゆく。その地平線においては、秘密警察《マクート》的な義務がある。虚ろな言説。

錯乱した言説。この言説は、伝統的な口頭伝承の不毛さと、エリート主義の言説のばかばかしさから生まれた。この言説は、二つの表現を繋いでいる。伝統的言説のように意味を担っているが、同じように脅かされている。エリート主義の言説のように不安に苛まれているが、同じように非生産的である。悲劇的言説。

（「文学的」言説は、この裂け目からこの空虚へ、この悲劇へと駆けめぐりながら、それらを凌駕するような総合を実践しようとする。たいていの場合、その欠如だけを受け継ぎ、そこから意味を引き出せないということになる。）

33　ある文化社会学のために

I　ある分析から

マルチニックにおける状況は、このようにきわめて複雑なために、どんな分析を施しても、それによって一挙に状況を秩序だったかたちで明らかにすると主張することはできないだろう。以下のテクストは、この状況の社会的＝政治的諸要素を詳細に研究したものではなく、広い視野から手短に、そのいくつかの「文化的」側面に迫ろうとしたものである。

両替の場所

マルチニック島は、ますます両替の土地として構築されていて、（公的資金を個人の利益に変換する）よく知られた流通回路が、模範的な設計図の域に達している。このシステムの考え抜かれた論理によって、この島の生産物だったもの（サトウキビ、バナナ、パイナップル）が暴落し、代わって第三次産業部門が恩恵を受けて、それが一方的に強制された援助を受けている。この過程は繰り返し分析されてきたが、そこから本当の結論を引き出すことはつねに放棄されてきた。結論のひとつは、上部構造と呼ばれているもの（そしてここでは支配的イデオロギーの装置に帰着するもの）が、自律的に、奇怪なかたちで発展するということである。「文化的なもの」に向けられた注意は、この増殖から生まれている。

両替の土地であるマルチニック島は、したがってますます通過の土地となりつつある。資本の通過、旅行客の通過、マルチニック島の住民自体の通過。島の構造は、このような変質に耐えるようにはできていない。隠れること（先祖代々の慣習、宗教、言語、神話等々）によって、非－生産性に長時間持ちこたえられるような「文化的後背地」を持っている人々。マルチニック島では、そのようなことはできない。この点に関して、持ちこたえるためにしがみついていられるものが何もないのだ。社会のさまざまな構造、その反射は、ここでは植民地化という行為の結果であり、（奴隷売買による断絶以外）なんらかの以前に根付いているわけではない。自分の過去に自信を持てない邦にとって、非－生産性は手の施しようのない欠如である。それは、存在に不毛さという打撃を与える。それがもたらす非－創造性は、この場合、外部の「文化製品」の受動的な消費によって強化される。

さらに悪いことに、〈プランテーション〉制度の枠内で蓄積された文化的価値（口承の伝統、民話、習慣、身振り、民俗芸能、等々）は、この制度が細分化されることで枯渇したか、消滅してしまった。「関係づけ」という価値を旅行客に対置することができないまま、彼らを受け入れることを運命づけられた邦は、見捨てられた邦である。

この点について、私たちは「病的社会」という考えを主張したが、それは社会の形成それ自体とは異質な力線にしたがって、構成要素がもたらされるような社会という意味である。つまり、構成要素が他の場所で決定され、決断を下されるということだ。この社会の不健全さは、無定形の、あるいは直接行動主義の「両義性」のなかに通常反映されている。季節ごとにめぐってくる「野蛮な」均衡の回復の瞬間という、欲動の大混乱によってそれ自体が貫かれているこの両義性を、詳しく探ってみることにしよう。

自己同一性《アイデンティティ》の探究

こうした状況では、マルチニックの人々の「自己同一性の探究」は、不確かで時間稼ぎにしかならないというだけでなく、いくつかの点で自己－破壊に通じている。その探求を表明する出発点となるような、どのような生産組織も、疎外されたものであろうとなかろうと、とにかくどのような自立した労働の構造もないからだ。この点について次のように要約することができる。**この状況では、ひとりのマルチニック人に別のマルチニック人と「理解し合う」ように強いることができるものなど、絶対的に何もない。**集団的な散漫さが、個人の散漫さとなって広まるのである。何事に関しても理解し合えないのだから、マルチニック人がお互いのあいだでいがみ合うのは「当然のこと」（ファノンが示したように）である。

外部からの製品を受動的に消費し、あるいは無批判に採用すること（新聞、自己疎外の文学、演劇、テレビやラジオの番組、そして生活習慣の特徴まで！——もちろん、すでに述べたように、日常の消費材は言うまでもない。人々は文字通りあらゆるものを輸入する、精糖、ヨーグルト、卵、サラダ、牛乳、これが無限に続く）、このことは外部世界に開かれていることを意味しない。世界のニュースはここではあらゆる可能なやり方で検閲されているだけでなく、マルチニックには、アンゴラ、サヘル、チリを気遣うどのような世論も存在しないとさえ言えるのだ[83]。なぜなら、マルチニック人が世界について知っていることと言えば、誰かが自分に押しつけてくるこの商品を買えという命令だけなのだから。世界は、ここではコンテナによって帳簿に記載されるものであり、そういうものでしかない。これはおそらく、可能なかぎり最高の濾過装置だろう。（コンテナ化とは、世界の運動を、同一の、位置決定が可能で、避けがたい容量に、厳密に均等化することであり、その容量はあらゆる瞬間において、最低の水準で均等化しようとする意志によって統制されている。）

これは地方気質に属する現象でも島国根性に属する現象でもない。地方気質、島国根性の場合には、自身への愛着（たとえ間接的なものであっても）の力が、否定的なものだとしてもとにかく存在するが、それがここでは、「明確な」意識の水準では欠けている。地方気質は、硬直し、反動的なものであればあるほど、ますます自分に確信をもった(ますます重苦しい)ものになる。それとは逆に、我々はここで、ある種のはかなさ、根本的な軽さのようなものを感じているが、その軽さは、すでに述べた巧みな緩和措置によって維持されている。体制側の公言された(それも今後は永久に続くように思われる)政治は、政治的・社会的同化の後で、経済的同化に成功することである。つまりマルチニック人から、自分たちの経済生活の選択と方針に集団的で責任のあるやり方で参加するあらゆる可能性を決定的に奪いながら、マルチニック人の基礎条件を改良するということである。

権力の側ではこのことを、**充分な数の歯科医と薬剤師によって**人間の尊厳は始まる、と高級官僚の命令口調で言い表している。このような主張は、マルチニック人が、すっかり満足しているはずなのに、絶え間ない緊張、集団的不安、徹底的な敵対関係、制御されない欲動の雰囲気のなかで暮らしているという謎を一貫して無視している。そうした雰囲気は、ここでは、産業化された世界の過剰のせいにも、超現代がもたらすさまざまな不満足のせいにもできない。人がなんと言おうと、尊厳というものは「自己同一性の探究」(高級官僚の利益優先の眼から見てどれほど取るに足らないものであったとしても)を経るのであり、その努力の結果、初めて全体の平衡状態が実現されるからである。

「文化的なもの」という問題

文化に関わる諸問題が、ここでは際立った注意を要求するように思われるさまざまな理由を、私たちは素描してきた。まず誇張された上部構造のせいである(おそらくそれは前代未聞の社会形態と言うべきであり、繰り返し述べるが、そこでは上部構造が、無視された下部構造に対してある種の「異常な」自律性を獲得することに成功したのだ)。次に「文化的なもの」がこうして、抑圧の和らげられた「手段」のひとつとなっているからである。最後に、曖昧なやり方で、「文化的なもの」が同時に自己同一性探求のベクトルのひとつとなっているためだ。

しかし、高級官僚に向けて言うなら、この探求は、「真正さ」への漠然とした形而上学的な憧れなどではない。それは生産組織の構造と、その組織のなかでの共同体の責任とがバランスの取れたものとなることへの要求なのである。尊厳は、決定する力とともに始まるのだ。（それはまず、マルチニック島には、生産活動を決定する過程がもはや存在せず、ただ両替の偽装された次元しか存在しないからであり、両義性が、不安に満ちた自己「探求」を支配しているからである。）

フランス政府はそのうえ、見たところマルチニックの政治家たちよりつねに戦略において進んでいて、文化根絶のための本物の組織を配置している。その組織は、まず間違いなくこの分野では文化的・政治的抑圧のなかでももっとも危険な形態にひとつとなっている。ここでは暗黙のうちに、「文化」は「普遍的な」ものであり、（人々が推奨する）「マルチニック文化」も、不安にさせる問題提起などないまま普遍性の性質を持つと教えられている。いったいどのようにして？　ポン＝タ＝ムッソンのピアニスト、アルザスの人形芝居、ピレネーのヴァイオリニストによって。皆拍手喝采し、理解する。文化はそこでは文字通り、人がすべて（自分と自分の邦のすべて）を忘れたときに残されたものとなっている。[84]

文化活動は、世界中至るところそうであるように、こうして政治的賭け金、痴呆化あるいは変化の操作となっているが、ただひとつここに特殊性と呼べるものがあるとすれば、マルチニック社会の両義性に結びついた、その文化の両義性ということになるだろう。

両義性

両義性はしたがって、ここでは外部の「文化要素」が与える影響力を「支持」しようとすると、必ず打撃を受けることから来ている。その打撃は、文化要素の消費が無‐責任な文脈のなかでなされることから来ている。（フォール＝ド＝フランスで、助成を受けたピアニストが「ツアーで」盛大なコンサートを開催するとき、聴衆から悪い評判を取ったという話を私は一度も聞いたことがない。）この場合、聴衆の批評は暗黙のうちに定まっていて、まさしく批評が不在である点にそれが現れている。こうした儀式は「ブルジョワ階級」に限定されているのだ。それでも、このような人間疎外の実践を告発すれば、反啓蒙主義と同一視されるのだから、両義性はますます増大することになる（「なんですって？　あなたは普遍的な文化の催し物に参加なさらないのですか？　プログラムはモーツァルトですよ。それなのに、あなたは文化的同一性の消滅を言いたてようというのですか？」）。

別のところでは、同じ両義性が政治社会の生活をゆがめている。マルチニックの労働者階級の社会的権利を、フランス労働者の社会的権利と連動させる要求は正当なものだが（組合組織は、体制の便乗者に反対して、労働者の条件を改良するために、どうして日々戦わずにいられるだろうか？）、同時にそれは最高度に人間を疎外するものである（権力側は、フランスの左派＝右派の亀裂の内部にとどまるような反対派や、みずからの権威を裏づける紛争解決に充分満足している）。

同様にして、社会保障関連法規のマルチニックへの適用は、確実に次のような全体状況のなかで実施されることになる。それらの法律は、（一）マルチニックの労働者の獲得したものとしてではなく、フランスからの贈与として、体験されないまでもとにかく提示される、（二）マルチニックにおけるどのような労働政策とも関連していない、（三）したがって住民のなかに、組織され公認された乞食根性を発達させるが、それは集団の死の最悪の形態である。しかしどこかの政党が、これらの真実を一貫して肯定し、そこから――計画性のある――次の結論を最初に引き出してみせるとき、つまりマルチニック人は自分たちで生産活動を管理し、このように無責任さのなかで中途半端に満足するより（集団生活という視点からは陰気で、制限された満足）、むしろ労働政策について討論を交わすような体制のなかで貧しく生きた方が得をするだろうという結論を下すとき――その政党はただちにあらゆる影響力を失うだろう。どのような政治団体も、このようなイデオロギー上のカミカゼを演じる準備はできていない。そして、こうした命題を支持しようというあらゆる個人に対して、人々はただちにこう言い返すだろう、あなたは必要なものをすべて持っていて、生きるために家族手当を必要としていないことがよくわかる、と。人々がそう言い返すのも理由がないわけではない。幸運な両義性。

この両義性は、民俗芸能と呼ばれているものの現れ方をも支配している。〈プランテーション〉体制が解体され、マルチニックが生産の土地であることを止めると同時に、民俗芸能は枯渇してしまい、現在のその使命といえば次の二つである。一方で民俗芸能は、公認された宣伝活動の手段（ラジオ、テレビ、新聞）によって悲壮なまでに維持されながら、伝統の真正さと活力を取り戻そうと呼びかけている（カーニヴァル、等々。こうした「再発見」は、現在の体制が快適なものであり、持続性のあるものだということを証明したいのだろう）。もう一方で伝統芸能は、異議申し立ての手段として、現体制の根を枯渇させる論理とは言わないまでも、少なくともそのもっとも明白な不正を告発するために利用されている。この二つの使命は、ときには同じ実践のなかで衝突することもある。

しかし、民俗芸能における創造活動の現在の高揚は、社会実践に由来するわけではない。労働に伴うものでもないし、民間信仰の儀式でもないし、生活のリズムでもない。民俗芸能は、他の表現形式とは反対に、必然的にある集団的活動から生じるはずのものだが、ここではもはやあらゆる人に共通する神を歌うわけでもないし、生と死に伴うわけでも、仕事の律動を際立たせるわけでもないのだ。それゆえどれほど輝かしく見えたとしても、民俗芸能は現状においては「機能的」ではなく、「宙に浮いて」いる。それを操作して、本来の意味から引き離し、脱伝統文化を公言する人々の声によって公的機関のなかで称賛することもできるだろう。たとえ民俗芸能が、異議申し立てのうちにある種の未曾有の「機能」を見いだしたとしても、それでもこの両義性を免れることはない。実際、責任感のあるあらゆる創造性からほど遠いところで、人々にただ民俗芸能の見せ物だけを実践するよう強いることができるのを、私たちは知っている。たとえそこに、時折異議申し立ての内容が含まれていたとしても。

これが両義性の粘つく力であり、その公理を次のように要約することができる。**ここには（異議申し立てにおいても、反抗においても）体制に回収され得ないようなものは何ひとつない。**両義性はこのように、根本的な混乱を助長しているのであり、そのなかで個人と組織は手玉にとられている。同じ人間が、一方では体制に異議を唱えているのに、もう一方では体制を神聖化しているのであり、ただ体制だけが一様な、変動する、忍耐強い、そして少し前からは熟慮のうえの戦略を実行しているのである。

二者択一の状況

病的であること、両義性、混同。なぜなら「上部構造」への怪物じみた単純化（生産なき消費による無化）によって、見たところ解決策のない次の二者択一状況に閉じこめられてしまうからである。この状況こそが、現状を再検討しようとするマルチニック人に押しつけられるのだ。

(a)この無化から逃れるために生産過程を整備すること、つまり結局は「現地の」資本主義ブルジョワ階級を（体制の網目を通して）立ち上げ、生産活動の再生となるかもしれない状況のなかで、その階級に現実的な機能を自分の利益のために実行する機会を与えること。要するに、（将来、階級間の矛盾が生じる時まで）マルチニックの民衆をさしあたり除外する期間を延長すること。それは改良への道、調整された同化への道である。しかしこのブルジョワ階級は、自律的なかたちで現実的な機能（資本還元の機能、指導的機能、生産機能、配分機能）を果たしたことなどなかったし、そうしようという反射神経もそのための手段も持ち合わせていないのだから、これは不可能な道である。体制に寄生するブルジョワ階級。体制の一貫性によって、生産者の見習い（とは言え、第三次産業部門に閉じこもり、少し前からなんとか工業化できないものかと泣き言を言っている）は、決定の権限を持たない、便乗者のくず拾いの役割につねに貶められている。

(b)生産体制を転覆すること。つまり生産過程における矛盾を激化させ、社会主義革命が必然的にそこから出現する地点に至らせること。しかし、農業部門にも工業部門にも立脚せず、また立脚するつもりもない体制の矛盾を、どうやって激化させることができるというのか？　そもそもこの体制は、どのような生産形態（ある消費者群を維持するための、口実としての生産にぎりぎり必要なものを除けば）にも立脚せず、消費という疎外された場において、一様で最適化されたやり方で組織された、公金の私的な金への両替に基づいているのだ。

この二者択一の締め上げ（あるいは泥沼）のなかで、政治的地位のあらゆる変化の可能性に関するさまざまな引き延ばし案が混ぜ合わされている。きわめて形式的に計画された変化だ。地方分権化、地方分散化、自治権。この締め上げ、あり得ない二者択一から逃れるために、この地位の調整に、かつての支配国の制度的援助の維持が伴うことを前提とする、あるいは要求する数々の提案。しかし、メスメール氏〔フランスの政治家。一九一六－二〇〇七。一九七一－七二年、海外県・海外領土担当の国務大臣〕が言い、私たちにはもっとも現実主義的な論理と思えることだが、「手当金付きの離婚はない」。彼はド・ゴール将軍の思想を繰り返しているのだ。「独立、考えてみよう。自律、決してないだろう。」

さまざまな欲動

このような袋小路に、知的エリートたちは日々、フランスで学び西欧から受け継いだ政治の決まり文句を無邪気に暗唱することで答えている。誰もがそこに解決の糸口を期待しているのだ。この特殊な状況の苦しみから逃れるために、たとえば「普遍性」に頼ることがある。フランス的価値の人文主義的「普遍性」、革命的価値の科学的「普遍性」。普遍性は、特殊なものの諸問題の解決から生じるのではなく、その決着のつけ方を最初から左右しているのだ。政治的「前衛」たちは、したがって自分たちの信条を繰り返し、互いに相手を排除している。前衛たちはそこにエネルギーを注ぎ、倦むことのない頑固さをそこに捧げている。

マルチニックの人々は、田舎の住まいに分散し、労働組織の凝縮された力の恩恵に浴さず、失業に苦しみ、公的な物乞い（ここでは「国民の不可欠な連帯」と呼ばれている）の誘惑に身を委ね、要するに自分の前にどのような明確な見通しも現れないのを見て、二者択一に対して制御されない暴力の発作によって答えるのだが、その発作はほとんどメトロノームのような周期性で引き起こされ、その後には虚脱状態と受動的な同意への長い移行期間がやって来る。

マルチニックの状況に関する基礎理論は、いつの日か一過性の外傷的欲動が、明確にされた政治的計画へと変換されるように、あるいは継続されるように、共同体の集団の記憶のなかに充分経験を蓄積する可能性があることを明らかにするものでなければならない。

大衆であろうが、エリートであろうが、同じ欲動の急激な発露に突き動かされていて、ここでは誰もそれを免れていると主張することはできない。そのうえ、消費財の割りふりと購買力の不均衡との格差のせいで、社会的な緊張が激化している。この不均衡を考慮すれば、強盗がさほど猛威をふるっていないことは驚くべきことかもしれない。しかし、このような節度はおそらく長続きしないだろう。

人種間の緊張は至るところにあり、驚くべきことではなくなっている。フランス本土に二十万人のアンティル人がいるが、多くの場合、彼らは下層階級の仕事に閉じこめられている――このことが、フランスに生きるアンティル人にどのような問題を引き起こすかはよく知られている。三百万人のアンティル人管理職、技術者、指導者がフランスに住み、残りの住民より特別扱いされ、それだけますます傲慢になっているものと想像してみよう。それこそが、十五年前からマルチニックに移住してきた二万から三万人のフランス人管理職が、この島にとって表しているものなのである。したがって、この人種間の緊張は、表に現れず、隠れているものの、毎日ふくれ上がり、誰もが感じとれるものとなっているのだ。

根本的な解決策を考えも受け入れもしないまま、欲動の反射作用を**摩滅させる**ことは、ひとつの共同体を、連帯のないばらばらな運命をもった個人の寄せ集めに縮小するということであり、それゆえその共同体はもはや人民を構成しないことになる。これはまさしく、社会的利点と拡大する繁栄という幕の背後でなされる、文化的ジェノサイドである。

言語

共同体の最初の文化的道具は、言語である。非‐生産の果実である集団的な無責任さと創造力の枯渇から生じた、マルチニックにおける言葉の実践（母語であるクレオール語と、公用語であるフランス語）は、現在の状況の優れた指標となっている。話されるフランス語は、ますます精彩のない、標準的フランス語となり（そして自然言語となろうとしている）、そこにはもちろん植民地時代の知識人たちの風変わり（バロック）な豪華さは見当たらないのだが、クレオール語もまた、職務、仕事あるいは生産の言葉であることを止めてしまったために、平凡化し、あの方言化に向かっていることに注意しなければならない。方言という烙印を押せば、クレオール語を無力なものにできると、かねて言われていた通りになりつつあるのだ。

まず〈プランテーション〉体制の消滅とともに、次には伝統的な仕事（樽職人、なめし工、靴の修理や、木工職人、小売店主、等々――産業世界とは入れ替わらなかった「職人仕事」）の消滅と共に、「基礎」となる仕事の衰退（たとえば漁業、これは再編成され、更新されることが定期的に約束されている）と共に、企業（建設業、商業、通信業）の規格化と共に、あらゆる自然産品や加工品の輸入と共に、公務員の増加と共に、常駐する大量のフランス人グループの形成と共に、クレオール語は現実には、組織の論理のなかでは、**もはや存在理由をもたない**。最近まで、同化が強化されていた学校では非難されていた（なぜなら「危険」だから）クレオール語を、今日では公的機関、ラジオあるはテレビにおいてさえ、あえて擁護できるように思える。[85] **そのなかで**もはや人が何も作らなくなった言語（もしこういう言い方ができるなら）は、危機に陥った言語である。民俗的伝承の言語。もし、次の二つの明白な事柄を主張しないのであれば、小学校の子供たちの教科書にときどき見かけるクレオール語的言いまわしについてあれこれ言っても無駄だし、そもそも無理矢理クレオール語に侵入し、この言葉を衰えさせているフランス語のさまざまな言いまわしについて言っても無駄である。その二つとは、フランス語の「無責任な」使用と、クレオール語の「内容の空疎な」使用であり、この二つは同じ破滅のなかで一緒になるのだが、マルチニックの話し手こそがその破滅の悲劇的で無意識的な場所となるのだ。クレオール語が、社会の道具としてもっとも脅かされていたときにこそ、この言葉はその生命力を訴える、勝ち誇った擁護者をもっとも数多く見いだしたのだということを強調しておこう。こうしたことは、おそらくその危機の（無分別ではあるが）結果なのだ。クレオール語を現実に擁護するためには、民俗伝承的な実践ではなく、この言葉に向けられた攻撃の原因を総合的に解明することが不可欠である。伝達の言葉でありながら、「空疎な」言語となったクレオール語は、その日々の使用法において、代替物のさまざまな錯乱と、自己破壊の言語となっていることを付け加えておこう。

「ショーウィンドー」

マルチニックはこうしてカリブ海のショーウィンドーとなったが、見かけ上であれ現実のものであれその繁栄のまさしく正反対のものを巧みに隠している。

アンティル＝ギアナの海外県は、社会的特典に関してはおそらくカリブ海地域のなかでもっとも、それもずば抜けて進んでいるが、おそらくはまた集団的責任放棄、〈他者〉への排他的訴え、国への物乞いの恒久性（つまり、街では見かけないが、役所の窓口と待合室にはすっかり腰を落ち着けているということだ）によって、ひどく心をかき乱し、落胆させる地域でもある。ひとつの例。市役所が関係者に配っている無料の医療援助を、社会保険加入者たちが好んで利用することは稀ではない。彼らは、自分の保険の権利を行使する代わりにそうするのだ。

ここでは緻密に計算された基盤設備が発達している（「工業地帯」と名付けられた別の場所で製造される製品の貯蔵地域、戦略的な道路、貨物と住民の通過のための港や空港――それらの背後にあるのは二、三の荒廃した工場ばかりで、もはや伝統的な生産活動のどのような部門も生活と社会全体の平衡に決定的な影響力を行使することがない邦なのだ）。しかし、マルチニック人の無責任さは、この点におけるほど甚だしいものとなったことはなく、こうした事業への集団的関与の不在が、これほどまで無力さをもたらしたこともない――フランスの甜菜栽培者に打ち負かされたベケたちが、この敗北を甘んじて受け入れ、第三次産業への産業転換で活力を復活させたとしてもである。最近の一例。フォール＝ド＝フランス港の独占権を有している会社である〈大西洋横断総合会社〉の一方的な料金引き上げ。これは、この会社の専務取締役がマルチニックを訪れ安心を与えた二日後の話である（一九七六年）。

ここでは大小アンティル諸島の他の島々と比較した「住民一人当たりの所得」が、全体的に、なんのニュアンスもないまま称賛されている。しかし、この地域のもっとも貧しい島々を旅行しても、物質的貧困あるいは身体的貧困の背後に、マルチニック人をつけ狙い、襲いかかるこの精神的貧困、この不安定、この見通しのなさ、この他人に成りかわろうとする精神錯乱に直面することはほとんどないだろう。優れた外観と精神的貧困。ひとつの例証。妊娠した自分の妻のために、血液を提供するよう要請されたひとりの男が、医者に自分は疲れていると告白し、血液はフランスから持ってこられるものと思っていたと無邪気に表明する。なんという無分別な、ねじ曲がった論理か！

ここでは「中産階層《プチ・ブルジョワジー》」が動きまわり、体制の枠内でますます意見を聞かれるものの、自分たちを守ることもできないし、自分たち自身の手で、あるいは自分たち自身のために発展することもできずにいる姿が見られる。代理のブルジョワジーというだけで、職務を担ったブルジョワジーではないのだ。この人々は人民を「代表している」、あるいは人民を守っていると主張している。しかし彼らは、マルチニックにおける植民地化を特徴づけたエリート主義の政策を一度も問題にしたことはない。この政策こそが、マルチニックにおける知識階級である彼らを権力の特権的ではあっても取るに足らない交渉相手にしたのであり、人民は除外されたのだ。誰もがそこでは何かの小さな指導者である。頻繁に起こる例。官職者への勲章授与式の際に作られる広告には、たいていの場合、体制への忠誠を誓う攻撃的な声明が伴っている。飾り物《ガジェット》と威嚇行為《マクーティスム》。[86]

最後にここでは、生活条件改善の唯一可能な手段として完全な同化が提案されている。未来の世代が、ある民が別の民を同化しようとする意志をどのように野蛮なものと思うかは考えずとも、この同化が「成功する」ために（おそらくそれは成功しようとしているのだろう）集団としてのマルチニックの消滅を要求することを無視してはならない。そのときには、さまざまな欲動もついに**擦りきれ**、この場所には共通の意志を持たない個人しか残らないだろう。それが「移住を使命とする県」という言葉を使う公文書を読むときに、私たちが予感することである。このような使命はいつでも死を招くものである。こうした言葉を使ってしか論じることのできない民は、実際すでに消滅の危機にある民である。そのいくつかの例を歴史が提供している。

体制の完璧さ

したがってこの体制の完璧なところは、まずそれが機能していることである。反対する者は反対し、賛成する者は参加し、誰もが自分の役割を心得ていて、それを暗唱する。予算が討議され、可決され、整備計画が適用され、公的資金の注入が次々に行われる。低家賃住宅（ＨＬＭ）の塊、道路、模範となる憲兵隊、コンクリートの学校、社会福祉事務所、「産業」の再転換、社会施設、花の展覧会と合唱団のコンサート、ラジオとテレビの「文化的」番組、港湾設備の整備、そして農業の再開発計画、こうしたものの背後で、マルチニック島の人間のなかに絶え間なく亀裂が走り、彼が堕落してゆくことを、推察していただけたことと思う。おそらくこれこそセゼール氏がヒューマニストとしてスティルン氏に言おうとしたことなのだろう（国民議会、一九七六年）。スティルン氏はそれに対してはるかに粗野な言葉遣いで、あなたは経済のことを何も知らないと言い返した。二人は別々の現実について語っているのである。しかし、取引の全体的資金調達において、ヨーロッパ基金が部分的にフランスの納税者の金に取って代わるからといって、マルチニック島に設置された産業化プロセスの性質、すなわち、生産活動の分散化、文化の根絶、公的資金の個人の利益への交換の激しさといった性質が変わったわけではない。なぜこの体制は「これほどうまく」機能するのだろうか？　体制への反対者たちに、状況に関するどのような包括的理論も、問題解決への明確な見通しを提案してくれなかったからである。時折起こる政治活動が、たとえ極端なものであっても、**ある生産活動において封鎖可能などのようなものにも基づかない**組織を封鎖することができず、結局政治活動から問題解決への見通しが出現することができないからである。**持続**を可能とし、**汚染されたり擦り減ったりしない**ようにできる集団的な文化の網の目を張りめぐらせることを（植民地化の直接の産物である）マルチニック社会の性質そのものが許容しないからである。（職責をもたない代理的エリートの形成物である）植民地化の性質そのものが、今日、より収益性のある取引のために生産活動全体をあえて棚上げにすることを正当化するからである。この取引（両替経済）の性質そのものが、ここではあらゆる社会階級の決定的な役割を**中断する**からである――代理＝表象する中産階級も、労働者階級も、分散させられ、押しつぶされてしまい、攻勢をかける階級意識においても、民族的抵抗の力においても、プロレタリア化することがないのだ。そして今日、この体制をそれぞれの水準で封鎖できる力（銀行員、社会保障の公務員、建設業の労働者、役人、店員などのストライキ）が、**根本的には体制を認めることによってしか**、部門別の権利要求を体制側に突きつけることができないからである。[87]

　さらに完璧なことに、こうして体制はいまや自分自身でみずからをより強固なものにしているのだ。この体制がある密度に到達し、主導者たちの意志とも犠牲者たちの奮起とも無関係な、自律した力学とあえて名指されることもないものとなること――これこそは政治的＝社会的組織にとっては理想的なことである。手の施しようのないもの、つまりそこを超えればもはや何ひとつ修正可能ではなくなる帰還不能地点が、私たちの目の前で実現されつつあるのだろうか？　これこそが、すべてのマルチニック人に重くのしかかっている許しがたい重圧であり、それが彼を実存的な奇癖、綿密に正当化されてはいるがたいていの場合効果がない直接行動主義、狂気、神経症的なへつらい、最後には安心できる他の場所（「移住という使命」）のなかへ投げ捨てているのである。

III　マルチニックという観念

マルチニックの人民

状況がこのように消耗させるものであり、私たちがこの単一植民地主義に縛りつけられているとしても（ある民族を他者の劇画化した類似物に単純化することによって、さらに生産体制を消費領域という一枚岩の虚無へと単純化することによって、単一となったもの――おそらくそれこそ二十世紀の注目すべき側面のひとつを指し示す、民と民との関係のきわめて特殊な場合である）、私たちはその確認書の作成をもってすべての終わりを結論づけようとは思わない。

まずマルチニックの人民は、歴史のこの狂った「論理」（甜菜糖とキビ砂糖との戦いの周辺で明確になった論理）と絶えず戦ってきたからである。この論理によって、島は砂糖生産による植民地の統制から第三次産業を担う県管轄下の組織へと導かれた。このように、あらゆる場合において、この歴史の論理が**生産活動＝における＝欲求不満**を支配してきたのである。マルチニックの歴史は、証人なき戦いと私たちが呼ぶものの長い連続なのだ。奴隷たちの反乱の後には、衝動的激発がやって来たが、一方は物理的に後背地が不足しているために失敗を運命づけられ、もう一方は文化的な後背地の欠如によって不連続性を課されている。

第二の理由は、この抵抗は、多少なりとも「延期された」あらゆる種類の形式と表現のもとで続いているからである。つまり、たとえ明晰な意識によって解き明かされていないとしても、集団的衝動は非‐生産によってまだ擦りきれていないし、受動的消費によってねじ曲げられてもいない。マルチニックという観念は、あらゆる人々の頭のなかに、あるいはあえて言えばあらゆる無意識のなかに存在している。人々の頑固さ、制御不能の激発、戦闘的な献身、執拗なストライキ、匿名の、あるいはあまりに早く忘れられる死者たちが、この抵抗が存在することを証明している。

このテクストの目的は、したがって心安らかな悲観主義のもとで（「もはやなすべきことは何もない」）このマルチニックという観念を埋葬することではなかった。そうではなく、指導部の自信過剰に警戒を促すことであった。そのせいで、現実には私たちの島が日々腐食され、摩耗してゆくというのに、偉大な夕べ〔現行体制を覆す革命の日のこと〕は明日にでもやって来ると人々が宣言しかねないからだ。たとえば今日国民投票が組織されれば、おそらく島の地位変更の支持者は優位に立つどころではないだろう。それはマルチニック人がフランス人であることを意味しているのか、それともむしろ文化的侵略にこれだけ長いあいだ晒されてきた小さな邦にとって、未来を前にした恐怖、孤立することへの恐怖が昂じて、「構造的」反射にまでなったのだろうか？

解決法

ところが、私たちは小さな邦々の未来を信じている。状況に対する全体的な理論が作られたとすれば、その理論は、集団を自分の運命の支配者となることへの恐怖に立ち向かわせようとするかもしれない。この場合欠けているのは、闘争意欲ではなく、体制へのひとつの包括的な見方（ひとつの理論）[88] に由来するような持続的活力であることを、私たちは示したと思う。

そのような基礎理論の結論は政治的なものでしかあり得ないが、問題への取り組み方は状況に応じて多様な道を通るだろう。最初に、経済の分析。それは、たとえばヨーロッパのどの組織に働きかければ最大限の補助金を得られるかということを知るための技術的「知識」ではなく、体制組織を解体し、再構成のための根源的な措置を提案できるような構造的省察である。次に、ほとんど精神医学的研究。なぜならそれらの組織が精神の不安定、責任の放棄、習慣的な錯乱、自責観念を自分たちのうちに引き起こしていることを、私たちは日が経つにつれますます多く見るようになっているからである。

考察と文化的な行為を必ずや始動させ、同時に政治的展望を開くような包括的理論。状況の両義性に対抗して、この島の歴史に点々と記された数多くの挫折した機会のひとつ、この場合はひとつの党あるいは民族主義戦線の存在ということなのだが、これが少しずつ、マルチニックの政治生活を現実感覚から逸らせてゆく模倣の痛ましい徴候を超えて、不可欠なものとなってゆくだろう。

アンティル性

マルチニック島は単独で生きることはできるだろうか？　アンティル諸島の文脈においては、そうだ。経済学者は冷笑する。「補完的でない経済。発展途上国。」だが、スティルン氏はこのアンティル性の力を見破ったと信じている。マルチニックの政治家たちに先んじて、彼はドミニカとセント＝ルシアに行ったのだが、それはまるでカリブ海におけるフランスの存在を（ここでは「イギリス人」と呼ばれている人々に対して）永久に主張するためであるかのようだった。したがって、「南北両アメリカのフランス」というものがあるのだろう。ＡＣＰ（アフリカ＝カリブ＝太平洋）の国々は、私たちの新聞の言い方によれば「ヨーロッパの扉をノックしている」。しかし、これらの邦々は**邦として**そうしているのであり、その団結力によって、ときには扉をバタンと閉めることもできる。「我々はヨーロッパのなかにいる」――しかしいったいどのようなものとして？[89]

スティルン氏がギュイヤンヌ〔仏領ギアナ〕への集団入植の計画を発表したとき（推測可能なあらゆる特典とともに、一挙に三万人のフランス人、それも天命としてギュイヤンヌ人というよりむしろもうひとつのアルジェリアを探しているフランス人入植者）、カリブの国々は抗議した（一九七六年－一九七七年）。スティルン氏は、これは入植の試みではなく、この地域の一万人の住民のための雇用創設の追求だと答えなければならなかった（おそらくは入植者と言われる人々の召使いとして？）。

つまり、「アメリカにおけるフランスの県」という表現のうちに含まれている二重性も、それらの県がただフランス本国にだけ結ばれていて、自然な周辺世界へは閉ざされたままでいるかぎり、問題とはならないということだ。しかし、この周辺を開こうとするたびに（どうしてそうせずにいられよう）[90]、現実においてはこの呼び名によって提起される次の社会学的・歴史学的逆説に、文化の総体的な不可能性に、突きあたることになるだろう。いかにして人は——アメリカにおいて——フランス人であることができるのか？

34　文学と生産

マルチニックにおける民衆の抵抗は、したがって三つの方向でなされたことになるだろう。すでに強調した、生き延びるための経済の組織化。逃亡奴隷。それだけでなく、〈プランテーション〉時代の、すべてがクレオール語を通過し、踊りと歌で最高潮に達する民衆文化を練りあげること。

私たちのなかに根強く残る民衆文化は、私たちの反射的活動の基礎にある。それは私たちの彷徨の下層に横たわり続けるものであり、おそらく乗り越えられることを求めているが、それでもつねに私たちの表現を導いているものである。共同体の自然な産物であるこの文化は、共同体が生産的であることを止めたことに苦しんでいる。それは口承の文化であり、そのせいで、植民地開拓者による絶え間ない「文明化」の圧力によって脆いものとなっている。この文化は自分が民族を超えて一般化されるものと考えたことはないが、その痕跡は私たちのなかでますます激しい、心を苛むものとなっている。

今日私たちの「深層」、発見すべき〔フロイトの理論で言うところの〕エスを作り出しているのは、〈プランテーション〉体制の時代のこの民衆文化の開花である。この文化を起点としてこそ、私たちは持続するのだ。民衆の言葉のユーモアは私たちを絶滅から守ってくれた。その茶目っ気は、ずっと以前から脅かされてきた民衆の用いる策略であり、突如として襲撃され、阻止された諸民族の悲劇的な麻痺状態と比較すべきものだろう。

この民衆の表現が組織化され、みずからの場所を定義する（だからと言ってその場所を描写することはないのだが）のと同時に、完全に内容が空疎となった文学がベケたちの社会階層によって生み出されている。この文学には二つの磁極がある。島の形式的な描写（この「形式」の明白さのもとで、住民たちの生成と結びついた現実の風景は隠蔽される）、そして官能的な刺激（熱帯の国々の伝統的な放埒さ）である。なぜこの文学は凡庸なままであり、それが扱っている邦を理解できないのだろうか？ それはその文学が邦を引き受けていないから、その歴史を調べることがないから、その詩学を見破れないからである。その文学が苦しみ（根付きの拒絶）を神聖化し、その特別な美点によって全体の虚しさの代償となるようなテクストの比類なき輝きを知るためには、サン＝ジョン・ペルスと彼の彷徨を待たなければならなかった。

〈プランテーション〉体制が解体されていくにつれ、民衆文化も形骸化していった。民話、歌、格言、諺の生産は、一挙に消滅したわけではない。民俗芸能となることによって、同じ民話や歌のおめでたい、満足げな消費がそれに置き換わったのである。そのとき、擬似－エリートが出現した。だが彼らは、かつては機能的な創造行為だったものの、いまやどのような問題提起もしないように見えるものに我を忘れることができる人々である。今日でもなお、マルチニック島住民の中間層は、民俗芸能の現在上演される作品（「単純で、直接的」なもの）を、「われらが文化」の唯一「本物の」現れと見なすふりをするだろう。「単純な」ものは自明なものである。このようにして、ひとつの民族の根源性の登場に立ち合う危険を冒さないまま「アンティル諸島の自己同一性《アイデンティティ》」について語ることができるようになるのだ。

なぜ、〈プランテーション〉体制に結びついた民衆の文化が、「他の表現形式」に引き継がれなかったのか？　すでに述べたように、〈プランテーション〉体制は新しい生産体制を実現せず、非‐生産のなかで細片化し、溶けてなくなったからである。この非‐生産には自分たちの奉仕を受動的な消費と引き替えにする擬似‐中間層の形成が伴っていた。町と町が凝集することで基礎的な仕事が生まれ、発展したが（なめし工職人、靴の修理屋、高級家具師、木工職人、等々）、次第に消滅し、輸入品の取引と入れ替わることになるだろう。高級な自由業は一九四六年から一九六〇年にかけて大量に公認されたが、やがて飽和するだろう。この長い時期、まず町々が〈プランテーション〉と並ぶようになり（一八五〇‐一九四〇）、次に職人仕事の揺籃という役割を果たすことをいつのまにか止めることになるが（今日、世界の他の至るところと同様、町々は「高速道路」によって迂回されている）、産出される文学テクストも、書き物という分野で、この中間層を媒介として生み出されている。伝統文学の口承性は、**その伝統を受け継がない**エクリチュールの波によって抑圧されている。たとえば民話のさまざまな性格と、新高踏派の詩の渦巻くような装飾性とのあいだの空隙は限りなく大きい。

ちょうどそこに表現を与えている社会階層とまったく同じように、宙吊りになった文学。文学の歴史において、書かれたテクストの生産は、何よりも伝統的な口承ものの生産と**連続性**がある。国民文学の集成が出現するときには必ず、口承のテクストを集め、この素材を出発点に加工を行なう一人ないし数名の書き手の働きがある。そのような仕事から、書く行為の伝統が組織され、口承の原典との関係で少しずつ自律したものとなってゆくのだ。マルチニックにおける書かれたテクストの生産は、その連続性を民衆の伝統とではなく、フランスから、書き古され、たいていの場合時代遅れになったものとして受動的に輸入された流行の文学と結ぼうとする。そのような文学でも口承の伝統を楽しみ、その伝統に心動かされることがあるが、ただしそれは（疎外という意味で）民俗芸能化することによってである。フランスの流行を採用する際の遅れと、この採用の必然性のなさが、マルチニックのエリートたちのテクスト生産を、あらゆる地方文学、つまり順応するが切断することは決してない文学に似たものとするのだ。[91]書くことは必然ではなく、任意の事柄なのだ。言葉を見事に操る技法をもっているという自負が、ときどきこの気の滅入る生産に人々の好奇心を惹きつけることもあるのだ。

もう一度言おう。マルチニックの文学者は、民俗芸能の讃美を進んで信頼するふりをしている。それによって、集団的表現の力と新しいやり方で再び関係を結ぼうとする人々の「技術的策略」を、軽蔑しながら拒絶することができるからだ。民衆文化を民俗芸能とすることは、現実に民衆文化を隠蔽することを可能とするのである。

民衆文化の破壊に対する、最初の組織的な反応は、少なくともマルチニックにおいては「一般化をもたらす」ものと思われた。これはニグロの禁欲というものであり、サルトルはそこに生け贄を殺す僧侶のような犠牲への情熱が存在することを暴いた。世界の労働者階級を昇華する否定のなかにみずからの身を消滅させる運命にあるネグリチュード。ちょうどフォークナーが、合衆国の〈ニグロたち〉を白人の罪の贖罪の犠牲者とした、したがって**原初の痕跡**の目に見えるしるしとしたように。このような一般化には利点もあったが、ネグリチュードの理論の限界をもたらすことにもなった。

この最初の反応から生じる第二の反応は、カリブ海全体が一致して、私たちの真の場所に再び根を張ることを構想するものだ。これが私がアンティル性の理論と呼んだものである。[92]アンティル性は、ここで再び見いだされつつ変容をとげるアフリカ的次元と、多数化しつつ強化される言語活動の系統とを、同時に拡張しながら持続させることを野心としている。ニコラス・ギジェン〔キューバの詩人（一九〇二－八九）〕がスペイン語の糸をほぐし、V・S・ナイポールが自分の探求する邦を否定しながら肯定するように、それとまったく同じようにデレク・ウォルコットは英語をゆがめていく。彼らがクレオール語を話さないことは私にとってはどうでもいいことだ。私たちは、異なった種類のもとで、同じ言葉を話しているのである。

こうした知識人たちの反応は何を意味するのだろうか？　私たちがここマルチニック島で、生産活動の形骸化と、生産力の衰退を超えて、自分たちのなかにあり、〈プランテーション〉体制の終焉とともに目に見えて細かく砕け散った民衆文化の力を再び見いだそうと試みることである。この潜在的な力を感じることは、その時代遅れの表現だけで満足することを意味しない。たしかに今日、私たちの集団はあるがままの姿では何ひとつ作りだしていない。すべての点において生産性についての強制力のある理論を信頼することに含まれているかもしれない専横的な側面を私たちが理解しているとしても、とにかくそのような欠如に対する意識が、私たちの一部分を構成しているということはやはり真実である。

私たちはいまや理解する、あるいは見抜いている、これほどまでに自然な激しさでひとたび表現された民衆文化は、私たちのなかで疼きのようなもの、希望のようなものであるだけでなく、この欠如に対する意識、あるいはこの欠如からくる狂気のようなものであることを[93]。

私たちはいまや理解する、あるいは見抜いている、芸術的創造の運命は、**全体的な生産の選択の完全な独立性**のための戦いが行なわれているところで決定されるということを。解放への持続的な意志なくしては、表現にかかわる大きな議論はあり得ないだろうことを。

それでも気をつけなければならない、もし文学が今日、ここで、欠如に対するこの意識、あるいはこの狂気の発展のためにもっともよく準備された芸術であるとしても(なぜなら抽象的ではない素材から、どのようにして欠如を表現できるだろう、欠如をさまざまな形態、色彩、厚み、響きにおいて、どのように伝えることができるだろう)、エリー・フォールが実に巧みに語っている、イタリア・ルネサンス初期のフィレンツェの知識人のように、「汲み尽くしがたい世界が提供する生き生きと震える要素」が私たちを感動させるのでなければ、私たちはつねに話しつづけるという特権、話すことがつねにあるという特権をただちに得ることはないだろう。

補足的ノート

次の表は、生産過程＝文学生産に対するすでに得られた簡略な見解を要約しようとするものである。この表では、その過程に介入する無限の多様性、見事な、あるいは意気消沈させる偶然の出来事の数々を説明することはできないだろう。

時代	経済過程	社会階層の状況	〈外〉との関係	口承表現	書き物の生産	文化的抵抗
一六四〇－一七六五	開墾 細分化された経済	金持ちの白人と貧しい白人	アフリカ的事象の持続	クレオール語の形成	宣教師たちによる文学	アフリカ的事象を維持しようとするさまざまな試み
一七六五－一九〇二	〈プランテーション〉経済 単作による実際の生産活動 ベケたちは物々交換の体制から抜け出すことができない	人種差別的二元論（白人とニグロ）は奴隷擁護論者の二分法に対応している 町の住人とミュラートル	執拗な痕跡としてのアフリカ的事象 自然な表現としてのマルチニック的事象	口承によるクレオール文学（生活にリズムを与えるもの）	現実の島を徐々に消し去るベケの文学 中心軸のずれたエリートたちの文学	口承による抵抗 追い散らされた抵抗 解決をもたらさない抵抗
一九〇二－一九四六	生産者としてのベケの縮小	エリート層の形成過程 「巧妙な」人種差別 さまざまな色の幅	アフリカ的次元の否認 遅れて輸入されるフランスの文学的流行	口承文学の衰退	エリート層の模倣文学の絶頂期	描写的なエリートたちの文学
一九四六－一九六〇	略奪と両替経済との均衡	役人階層の膨張	アフリカならびに世界の脱植民地化の影響	口承による民衆文化の民俗芸能化	模倣文学の衰弱	異議申し立てのエリート主義的文学（ネグリチュード） 行動的文学（ファノン）
一九六〇－一九八〇	非－生産 両替経済体制 第三次産業重視	ベケたちと中間層が自分たちを特権化する体制に従属する	民族の文化的特性を奪うメディアの役割 カリブ海地域との接触	クレオール語擁護という反応	書くことによる生産の一般化	関係を強調するエリート主義的文学（アンティル性） 書かれたクレオール語による文学
未来予測	無化 あるいは マルチニック経済の組織化	階層化した顧客の大衆 あるいは 紛争の自律的解決	「フランス」としての孤立 あるいは カリブ海地域への加入	民衆文化の中身の無力化 あるいは 再活性化	不毛化 あるいは 創造的爆発	集団の消滅 あるいは 〈国民〉の誕生

第二巻

関係の詩学

さまざまな国民文学

目印
要約のかたちで

こうしてマルチニック島の歴史は、ひとつの「非‐歴史」であると私たちには思えるのだが、この「非‐歴史」は以下のものを出発点としてリズムをずらしながら結ばれている。

——具体的で明白な抑圧の形態。奴隷制度、農業労働者の搾取、失業者のフランスへの移住。

——経済的無化。これは、こうした抑圧の一般化された「見えない形態」である。

——空っぽな代表であるエリート層の創出。彼らは極度の変身（同化）によって他者のなかへ溶解してゆくというイデオロギーを発展させ、自分たちのものとして引き受けている。このイデオロギーは、隠されているか（シェルシェール主義、共和主義の理想、地方分権）、決断をつけられずにいる（自治）。

それらは、疎外の全体的関係から派生したものだ。他の数多くの人々は抵抗したというのに、マルチニックではこのような非人格化、このような溶解が可能だったということを、どのように説明すべきなのだろうか？

あらかじめ存在する文化的後背地（奴隷擁護者の否定を出発点として文化的統一性を勝ち取る必要性）の不在、そして広大な物理的後背地（蓄積を可能にする根源的な抵抗を根付かせることができるところ）の不在、この二つの不在のせいで、マルチニックという国民の同一性を出現させる仕事は弱体化した。経済的次元で世界から徹底的に除去されたことが、弱体化の過程を完全なものとした。こうしたことに対して、私たちは抵抗しなければならないのだ。

35　〈同一なるもの〉と〈多様なるもの〉

I

現代の歴史に起こるさまざまな変転を、私たちは文明の大いなる変化、移行という変化の人目を引かない逸話の数々として理解する。この場合の移行とは、西洋によって、実り豊かなかたちで押しつけられた〈同一なるもの〉の超越論的普遍性から、今日、世界に存在する権利を奪取した諸民族によって、同じように実り豊かなかたちで勝ちとられた〈多様なるもの〉の全体、さまざまな屈折を経る全体への移行のことである。

〈同一なるもの〉は、一様なものでも、不毛なものでもないのであり、個人（国民）をはるかに超える普遍的ヒューマニズムの超越性に向かおうとする人間精神の努力を、くっきりと浮かび上がらせている。対立と止揚という弁証法的関係は、西洋の歴史においては、特権的な障害として国家的なものを**含有**＝**含意**していた。この障害をまず成立させ、そのうえで打ち勝たなければならなかったのだ。この状況において、個人は超越性の絶対的媒介手段と見なされていたために、超越性を拠りどころとして、個別の偶発事に異議を唱える権利を、反体制的なかたちで主張することができた。しかし、普遍的であるという自負を養うために、〈同一なるもの〉は世界の肉体を要求した〈必要とした〉。他者こそ〈同一なるもの〉を誘惑するものである。まだ承認の企てとしての〈他者〉ではなく、昇華する素材としての他者である。こうして世界の諸民族が、西洋の貪欲さの犠牲となり、次いで西洋の愛情の投影、あるいは昇華の投影の対象となった。

〈多様なるもの〉は、混沌としたものでも、不毛なものでもなく、人間精神の努力、普遍主義の超越をもたないまま横断的な関係に向かおうとする努力を意味している。〈多様なるもの〉は諸民族の存在を必要とするが、それは昇華の対象としてではなく、関係づけの試みとしてである。〈同一なるもの〉は〈存在〉を要求したが、〈多様なるもの〉は〈関係〉を打ち立てる。〈同一なるもの〉が西洋における領土拡張主義者の強奪によって始まったように、〈多様なるもの〉は諸民族の政治的かつ武装した暴力を通して明らかになった。〈同一なるもの〉が個人の恍惚の**なかで**育てられるように、〈多様なるもの〉はさまざまな共同体の躍進**によって**広がってゆく。〈他者〉が〈同一なるもの〉の誘惑であるように、〈全体〉は〈多様なるもの〉の要求である。人はトリニダード人にもケベック人にも、もし実際にそうでないなら、なることはできない。しかし、今日確かなことは、トリニダード島あるいはケベックが〈多様なるもの〉に受け入れられた構成要素として存在しなければ、世界の肉体には何かが欠けることになるだろう——そして今日私たちはその欠如を知っているはずである、ということである。言い換えれば、〈同一なるもの〉が〈存在〉の孤独のうちに姿を現すことを許されているのに対して、〈多様なるもの〉はさまざまな民族、さまざまな共同体全体を「経る」ことを絶対に必要としているのだ。〈同一なるもの〉、それは昇華された差異である。〈多様なるもの〉、それは同意された差異である。[1]

政治闘争、経済的再生というこの移行（〈同一なるもの〉から〈多様なるもの〉ものへ）の根本的な局面を考慮に入れず、その主要な逸話的出来事（諸民族の粉砕、亡命、強制移送、同化というおそらくもっとも深刻な変化）を勘案せず、ただ全体的な見解だけにとどめるなら、西洋文明の想像力の産物である〈同一なるもの〉は、前進的な充実、世界への調和の取れた進出を経験してきたのであり、ほとんどみずからそう認識する必要もないままプラトンのイデアから月への宇宙ロケットへと「移行する」ことができた。国同士の紛争は、ただひとつの野望へと向かう西洋文明の跳躍を内側から示したが、その野望とは西洋だけの特殊な諸価値全体を普遍的な価値として世界に押しつけるというものだった。このようにして、「自由、平等、博愛」という一七八九年のフランス中産階級のきわめて状況的な標語が、長いあいだ、絶対的なかたちで、普遍的ヒューマニズムの基礎のひとつを明確に表明するものとされてきた。もっとも驚くべきことは、この標語が実際に普遍的ヒューマニズムを意味したということである。またこのようにして、オーギュスト・コントの実証主義は、南アメリカの「中心から外れた」エリート層にとっては、実際に宗教となっていた。

至るところで歴史の加速と呼ばれるものは、ちょうど容器から溢れだす水のように〈同一なるもの〉の飽和に由来するが、この歴史の加速によって至るところで〈多様なるもの〉の要求が「解き放たれ」ている。この加速は政治闘争というかたちで実現されたせいで、突如として、ついこのあいだまではまだ地球の隠された面（ちょうど長いあいだ月の隠された面があったように）を満たしていたさまざまな民族が、全体化された世界でみずから名乗らなければならなくなった。彼らが自分の名を言わなければ、世界からその地域を削除することになるのだ。この名付けは、悲劇的なかたちを取るが（ベトナム戦争、パレスチナ人たちの徹底的な弾圧、南アフリカにおける虐殺）、政治的゠文化的表現としても現れている。アフリカの伝統的な民話における救済、活動家たちの社会参加を表明する詩、ハイチの口承文芸《オラリチュール》、アンティル諸島の知識人たちの困難な同意、ケベックでの静かな革命《レヴォリュシオン・トランキル》〔一九六〇年代、ケベック州に生まれた、近代化をめざす急激な社会変動現象、ならびにそれに伴うフランス系カナダ人の意識改革を指す。ケベック自由党J・ルサージュ政権のもとで、電力の州有化、産業化の促進、教会支配からの教育の解放、芸術におけるフランス系文化の開花などが生じた〕。（アフリカの「さまざまな帝国」、南アメリカの「さまざまな政体」、アジアでの自国民゠大虐殺などの耐えがたい変化を別にして。これらは——このような地球的運動の——避けられない？——「否定的側面」を構成するものだと言えるだろう。）誰にとっても世界のなかで名乗ることが緊急のこととなっているこの事態を、つまり世界という舞台から消滅するのではなく、逆に世界の拡張のために奔走する必要性のことを、私は国民文学と呼ぶ。

もっとも広い範囲におよぶ文学作品を考えてみよう。それが二つの機能を果たすということにはきっとご同意いただけるだろう。文学作品には聖性の剝奪という機能、異端の、知的分析の機能がある。それはある制度の機構を明らかにし、隠された構造を剝き出しにし、非神話化するという機能である。同時に文学作品には神聖化する機能、神話、信仰、想像域、イデオロギーの周辺に共同体を結集する機能がある。ヘーゲルと、彼の叙事詩ならびに共同体意識に関する言葉をもじって次のように言おう、神聖化の機能は、まだ素朴な共同意識の行為であり、聖性剝奪の機能は政治化された思考の行為であると。私がここで考えているような国民文学の現代における問題は、それが神話と非神話化を、本源的な純真さと獲得された策略を結びつけなければならないということである。そしてたとえばケベックにおいて、ジャック・ゴドブー〔ケベックの小説家、詩人、劇作家。一九三三年生まれ〕の辛辣な冷笑が、ガストン・ミロン〔ケベックの詩人。一九二八－一九九六〕の霊感を受けた激怒と同じほど必要だということである。なぜなら、これらの文学には、ホメロスの集団的叙情性からベケットの気難しい解剖に至るまで、釣合いよく進化している時間がないからだ。闘争、戦闘的態度、深く根を張ること、明晰さ、自己に対する猜疑心、絶対的な愛、風景の形態、剝き出しの都市、超越と頑迷さなど、彼らはあらゆるものを一挙に引き受けなければならない。これは現代性への私たちの突然の出現、と私が呼んでいるものである。

しかし、今日もうひとつの移行が起こっている。私たちはそれに対して何もできずにいる。それは書かれたものから語られたものへの移行である。[2] 口承性が〈多様なるもの〉の組織された身ぶりであるのに対し、書かれたものは〈同一なるもの〉の普遍化の痕跡であると、私はほぼ信じている。今日、多くの口承による社会に対する報復のようなものがある。彼らはこれまで、自らの口承性そのものによって、つまり超越の領域に書き込まれないということによって、自分たちを守ることができないまま〈同一なるもの〉の襲撃を受けていたのだ。[3] 今日、口承的なものは保存し、伝達することができるし、しかも異なった民族間でそうすることも可能である。書かれたものはますます記録保管の尺度となり得るし、書く行為は何人かの人間の秘教的で錬金術めいた技術に割り当てられるように見える。書店の書物の増殖による汚染を見れば、このことは明らかである。それらの書物はもはや書く行為のしるしではなく、擬似‐情報の巧みに方向づけられた貯蔵所でしかない。

作家はこのような事実確認を前にして顔を覆うべきではない。私に言わせれば、書く行為の機能を維持する（もしそうする必要があるなら）唯一の方法、言い換えればそれを秘教的実践あるいは情報の平凡さから解放する唯一の方法は、書く行為を口承性という源泉に結びつけることだろう。もし書く行為が今後超越への誘惑から身を守らず、たとえば口承による実践に着想を得たり、必要ならばそうした実践を理論化したりしなければ、来るべき社会において文化的必要性がないものとして消滅するだろうと私は考える。〈同一なるもの〉が〈多様なるもの〉の驚異的な活力のなかで消滅するように、書く行為は文学記号の閉ざされた聖なる世界のなかに閉じこもるだろう。そこでみずからを〈書物〉（大文字の書物）へ開こうとするマラルメの夢、〈同一なるもの〉の古い夢であり、フォルク＝リバ氏〔ケベックの作家。一九二八年生まれ〕の夢でもあるものが完成されるだろう。しかし、それは世界の本ではないだろう。

国民の文学はこうした問題すべてを提起する。新たな民族の呼称、彼らの根と呼ばれているもの、今日では彼らの戦いとなっているものを、国民文学ははっきり表明しなければならない。叙事詩であろうと悲劇であろうと、それが国民文学の神聖化機能である。それは〈多様なるもの〉におけるひとつの民族と他の民族との関係を表明し、自らが全体化の運動に何をもたらすかを示さなければならない。——もしそうしなければ（そしてただそうしないだけで）国民文学は地域的なものとなり、つまりは民俗芸能化し、時代遅れのものにとどまることになる——それが国民文学の分析的、政治的機能であり、その機能は自分自身の再検討を要求せずにはいられないのだ。

西洋の文学はもはや世界への現前を重々しく告げることができず、そのように振る舞ってみても、西洋に対する歴史の重い裁判の後では、ありふれたナショナリストとしてみずからの価値を下げることにしかならないが、**その代わりに**世界への新しい関係についてはは深く考えをめぐらせるべきである。そうすれば、西洋の文学は、もはや〈同一なるもの〉における卓越した位置ではなく、〈多様なるもの〉のなかで共有された自分たちの仕事を示すことになるだろう。それが何人かのフランスの作家たちが理解したことだった。ロチのように戯画化したやり方であれ、セガレンのように悲劇的なやり方であれ、クローデルのようにカトリック的やり方であれ、マルローのように美学的やり方であれ、彼らはこれほどまでに〈西〉を歩きまわってのち、ようやく**東方の認識**〔ポール・クローデルの詩集（一九〇〇）のタイトルを踏まえている〕を企てなければならないことを予感したのだ。今日、〈多様なるもの〉がさまざまな国々を開いている。現在におけるフランスでの文学生産を吟味してみると、このような活力、世界への新しい関係のこのような土台についての無知に、要するに寛容さの欠如に私は驚かされる。[4] 私たちはそこで世界の暫定的な郊外のようなものを前にしているのだとほとんど考えたくなるほどだ。

しかし、〈多様なるもの〉は頑固である。それは至るところに姿を現している。西洋の文学はこの組み込みの機能を再発見するだろう。そして、世界を共有しながら、さまざまな国々のしるし、つまり〈語られ／関係づけられたもの〉の束と再びなるだろう。

II

国語とはそのなかでひとつの民族が生産活動を行なう言語だ、ということを私は他のところで示した。その上、地球の表舞台に新たに出現した諸民族の母語は、歴史的状況のために、口承での言語となっている。

この二つの情報は、新しい国民文学の熱狂的な乱雑さがどのようなものであるかを私たちに明らかにしてくれる。文化的後背地が〈同一なるもの〉の襲撃に先立って存在していたところ、生産物の流通の自立が始まったところでは、問題は比較的「単純」である。民族の言語と文化を、政治的思考に基づく創造的批評に従わせることによって取り戻すことが問題となるだろう。おそらくそれがアルジェリアで起こりうることなのではないかと私は推測する。

国民の一体感（神聖さ）を作る必要などない。批判的思考が社会秩序の正体を暴き、多言語主義（もしそれが維持されるなら）はもはや人間を疎外するものではなくなる。

文化的後背地が〈同一なるもの〉の襲撃に先立って存在しなかったところ、ただし生産体制のおかげで、輸入された言語を深刻な疎外もなく「内面化」できたところでは、容易ではないにせよ、明確な文化的・政治的闘争だけが見いだされることになる。それはスペイン語が本物のキューバ語となっているキューバに見いだされる事態だと私は考える。国民の一体感は障害に出会わず、単一言語使用は縮減をもたらすものではない。

生産体制における疎外が、濃密な後背地のなかで踏んばっている共同体（ブラック・アフリカの国々のように、この文化的密度が植民地主義者の襲撃に先立って存在していた場合にせよ、ハイチのように**後になって**そのような密度が生じ得た場合にせよ）に対して行使されるところでは、民族は解体しない。その民族は〈関係〉を堪え忍んでいるが（そしておそらく、天然資源もやがて枯渇し、貧困国の無一物状態に委ねられるかもしれないが）、しかしその言葉はとどまり（多言語使用が見いだされるならそれを通じて）、戦いは続いてゆく。英語＝米語に対してスペイン語を守ろうとしたプエルトリコ人たちのように、脅かされたみずからの言語を戦いの道具とすることさえ起こるのだ。

先に存在すべき文化的後背地が不在であるために、人びとが文化的森林地帯に隠れることができず、生産の自律的体制も維持されなかったところで、惨劇が始まる。口承での母語は、公用言語によって束縛を受けるか、押しつぶされる。公用言語が自然言語となる傾向があったとしても、またとりわけそのような傾向があるとき、そうなるのだ。それは私が「身動きの取れなくなった」共同体と呼ぶものである。[5]

どのような民族も、文化的後背地からの容赦ない、狡猾な疎外と、生産物の流通の徹底的な縮減を同時に長い時間耐えることはできない。それこそ〈関係〉の基礎の定理のひとつである。国民文学、それはこの場合、この二重の変質を明らかにすることである。なぜなら、国民的生産活動の不在と、全体的な文化的束縛のなかでは、自分たちが生きている（堪え忍んでいる）欲動を集団的に解き明かすことができないという点で、民族は自分自身に刃向かうことになるからだ。彼らにとって、聖なるものは想像もつかない。瀆聖行為は彼らを堕落させる。その交感の力は、たとえば迷信的な実践となり、その批評の力は悪口への熱狂となる。そう、それが、マルチニックで観察されることであり、ここでは外来の文明（フランス文化）への同化の過程が〈多様なるもの〉への組み込みを、もっとも危機的な、おそらくもっとも模範的なかたちで開始している。

政治闘争の余白で、作家はこのメカニズムを解体しようと努めている。たとえ、その実践がしばらくのあいだ絶望というかたちに導くことになろうとも、その絶望は断念ではないのだ。**日常生活では人々がもはや意識さえしなくなった**この絶望がなんであるのかをとことん汲み尽くすこと、それは傷口を再び開き、〈同一なるもの〉による麻痺から逃れることである。そこには悲観主義はまったくない、そうではなく、書き、自分の土地で戦おうとするものの究極の居留地域があるのだ。

覚書1

〈同一なるもの〉の相対化は、西洋において、数多くの思想家によって理論化されている。マクルーハンは、同時代人が機械的科学技術から電子的科学技術に移行することによって体験した不安定状態を診断した。機械的科学技術は、書くこと《エクリチュール》と印刷術に結びついている。ここにも再び、語られたもの＝書かれたものの戦いが見いだされるが、ただしそれが、現在の論議では、数多くの口承による文化の影響を排除する、あるいは抹消するような関係のなかに書き込まれている（『グーテンベルクの銀河系』）。

持続的に西洋の歴史に刻まれてきた、技術の進化（あるいは急激な変化）だけが、マクルーハンの研究した新たな問題系を決定づけたのかどうかは定かではない。西洋と接触し、その価値を屈折させた（口承文明の領域での）さまざまな伝統の積み重ねもまた介入したのだ。もっとも重要な不均衡は、おそらく西洋にとって移行のさまざまな様相それ自体から来ているのではなく、この移行が権利上の優位の終わりと、事実上の唯一の優位、つまり脆弱な優位の苦悩に満ちた維持を表しているところから来ているのだ。

ヘルベルト・マルクーゼはあらゆる困難な、周辺的反抗を考慮に入れてはいるものの、結局は先進工業社会の**内部**で生みだされる「解放への傾向」を出発点にして一般論を繰り広げている。たしかに私たちは、合衆国あるいはソ連の技術的力がここでは決定的であること、ボカサ〔ジャン＝ベデル・ボカサ。一九二一－一九九六。中央アフリカ共和国の独裁政治家で一九六六－七六年、大統領職に在った〕のような人物たち、ソモサ〔アナスタシオ・ソモサ・デバイレ。一九二五－一九八〇。ニカラグアの政治家、一九六七－七二年、七四－七九年に大統領〕のような人物たちの武器はフランスあるいは合衆国によって配置されたこと、アミン・ダダ〔一九七一－七九年にウガンダの大統領〕を仕込んだのはイギリス軍であること、等々を考慮しており、したがって、この工業社会の**内部**を分析することがもっとも重要だということに同意する。しかし、その総体、その影響力を**相対化**しないことには矛盾がある。〈関係〉の理論は、工業化された諸文明の意外な、外因性の要因を明るみに出し、おそらくはその「内部での抵抗」との出会いに関する考察を容易にするだろう。たとえば、アミン・ダダはある絶対的な、滑稽さに満ちた恐怖だが、それはまた、永遠に、西洋の行為をそのまま映しだしたものの回帰ではなかろうか。それが西洋の行為を戯画化しながら破壊するということになるのではないか。

同様にして、コスタス・アクセロス〔ギリシャの哲学者。一九二四－二〇一〇〕は「存在するものすべての総和あるいは総合ではないような」全体性を提案している。全体性とは、世界の戯れのなかでの西洋の活動以外に、「それ自体が時間の戯れとして構成される」（『世界の戯れ』）ということを理解しよう。それは「他者のなかで同一者を、同一者のなかで他者を」際立たせることができるような**ただひとつ**の全体性である。この戯れがどれほど心動かすものに見えようと、他者と同一者の差異を維持しながら両者を超えようとすることで、他者と同一者を区別しないような一般化がそこにあることを認めないわけにはいかない。区別されないという脅威に晒されているあらゆる民族にとって、このような戯れは致命的である。〈関係〉の科学によって提案される、排他的ではない系列、超越論的ではない差異化こそが、世界のあらゆる全体性に必要な後方支援の基礎を構成し、それ自体がみずからを超越して開かれたダイナミズムになるだろう。仮説として提出されたとしても、全体性という考え方は、個別の**存在者**《エタン》の調査を怠るとき、容易に全体主義となる。なぜならその時、その考え方は、中心がたしかにどこかに存在する、地球規模の**ひとつの政治**の出現を促進し、正当化するからだ。誰もそうした中心を制御できないところに。多国家による大きな社会はこの全体性の〈存在〉である。[6]

ジル・ドゥルーズとフェリックス・ガタリのリゾームという考え方は、先入観によって相対化している。その最初の目標のひとつが本であり（根としての本、側根としての本、根茎《リゾーム》としての本）、**エクリチュールを量化すること**であったのはなかなか興味深いことである。書かれたものと言われたものの関係は、さらにリゾーム化に拍車をかける。[7] さまざまな文明あるいは表現のあいだの比較にもかかわらず（ただし、相変わらず概括的で、西洋、東洋と言っている）、二人の著者は素速く〈関係〉（中継、相対的なもの、語られたもの）のなかに侵入したのだが、**他のさまざまな状況**を知らなさすぎる。そこにはまた抽象化に向かうなんらかの先験的原理もあり、私たちはそのことに用心している。語る者はまず名乗るものだが、黙っている者に名前を付けること、つまりその分厚い存在を理解することがまだ残されている。その者のために語るのではなく、その者の言葉を待つことが残されているのだ。他のいかなる態度も、容易に自由と取り違えられてしまうようなある種の自由契約に誘導するものだ。それにドゥルーズとガタリは、リゾーム的なものと遊牧論を関係づけるだろう。しかし、遊牧生活は、深く根を下ろそうとして悩む人々の努力を「超越」している。ドゥルーズとガタリが調査した遊牧生活の三つの様式のなかでも、〈探検家たち〉（あるいは〈十字軍参加者たち〉）の様式は〈他者〉を根こぎにし、その土地を没収しようとする。〈遊牧民〉の様式は、もっとも重層的決定を受けたものである（水のある地点から別の水のある地点へ、荒廃した領土から肥沃な領土へ、不利な気候から恵み深い気候へ。それがリゾームの進む方向をあらかじめ定めたものである）。そして「もはや動きさえしない者たち」の遊牧生活の様式は、「内部への亡命」がもたらす苦悩のために**消滅する**おそれがある。リゾームは遊牧的ではない。それは空中にさえ根を下ろす（それは時に着生植物〔他の植物の上に生えて、空気中から養分を摂る植物〕となる）。しかし、**切り株**ではないために、他者の理解できない部分を「受け入れる」傾向を前もって与えられている。新しい芽はつねに可能であり、それが**傍らに**あるのだ。

相対化するシステムはすべて、その射程距離の正確さがどれほどのものであったとしても、とにかく〈関係〉の具体的な明細目録に、不透明さによる公平さに向かわなければならない。

覚書2

言語の相対化はフランス人にさまざまな問題を引き起こしている。「フランス語は他と同じような言語ではない」とミシェル・ブリュギエール氏が『ル・モンド』紙の論説で主張している（「明日、フランス語は……」、一九七九年三月二十二日）。論者はフランス語の世界政策の構想を語り、ジスカール・デスタン大統領の言葉を援用している。「ある国家の経済力とその文化の威光のあいだには相互依存の関係が存在する……。国家の物質的存在がその精神的存在へ道を切り開くだけでなく、精神的存在のほうは、主に言葉という伝達手段のおかげで、海外市場における経済的活力に貢献するのである。」しかし、ブリュギエール氏はこの見解に含みをもたせる必要があることを認めている。まず「正当と認められているさまざまな言語学的主張については、フランス語の国家的役割にも、国際的役割にも現実的には疑義を呈してはいないのだから、それを恐れる必要はない。私たちの言語は地域の古い方言、アフリカの土着言語、クレオール語やアラブ語と隣り合ってもまったく危険をおかすことはない」。次に、言語学的多様性は緊急の義務である。最後に、「近い将来、衛星生中継、携帯用電子辞書、携帯用テレビによって、誰もが、どこにいようと、世界のあらゆる声と親しむことができるだろう。フランス語がそこで負ける《ペルドゥル》などと信じるのは、馬鹿げた悲観主義を示すことになるだろう」。「失う《ペルドゥル》」べき何かをもつことは厄介なことだ。それが「組織された」諸言語の問題であり、私はこの問題に、一九七二年、ケベックにおけるＡＵＰＥＬＦ〔部分的ないし全面的にフランス語を使用する大学連合〕での講演会「言語、多数言語主義」で注意を促した。

36　さまざまな技術

ある共同体がその集団的存在に異議を唱えられ、その存在理由を結集させようとするとき、そこに国民文学があると言われている。

自分自身を求める集団的意識という性質を帯びた文学生産は、ただ単に共同体の賞揚というだけでなく、自分に固有の表現に関する考察（そしてそうした表現への配慮）でもある。言説は、言うだけでは満足せず、なぜ違うやり方ではなくこのやり方で言うのかということも表現する。

共同体がたとえ独立国家として構成されていても、根源的な文化的疎外を耐え忍んでいる場合があるように、個人が自己同一性を再び見いだしたいと叫んでいても、彼の叫び方そのものにおいて、彼が手の施しようのない欠如に苦しんでいる場合がある。

文化的疎外はそのとき、意識による熟慮の彼方にまで成長する。この場合、主体感の喪失は、十分に考えないまま人々が実践する「文学」生産の構造に、深く食いこむことになる。

作家が直面する最初の困難のひとつは、彼が現実を報告するやり方に関係している。ところで、リアリズム、つまり文学的模写、あるいは「完全な」模写の理論と技術は、アフリカやアメリカの諸民族の文化的反射には組み込まれていない。私たちの国の惨めな現実について報告する作品を読んで、私はしばしば不快になる。それはバルザックあるいはゾラのそれ自体惨めな代用品を前にしているという印象をそのとき受けるからである。西洋のリアリズムは「使い古された」、深みのない技術なのではなく、この邦の作家たちが批評的検討をしないまま採用するときにそうなるのだ。私たちの邦の惨めさは明らかに存在するというだけではない。そこには歴史的次元（明白ではない歴史）が含まれていて、リアリズムだけでそれを説明することはできない。こうして私が話した作品は、単純化された民俗研究のなかにうち沈み、そのせいで彼らの探求の努力は無に帰してしまうのだ。ジャック・ステファン・アレクシ〔一九二二–六一、ハイチの作家、医者〕は、ハイチ文学における**魔術的リアリズム**の理論を展開したとき、リアリズムのさまざまな技術をそのままのかたちで使用しない必要性を理解していた。そしてガルシア＝マルケスは、花綱で飾られた『百年の孤独』によってリアリズムの超克を例証した。

このような評価から即座に導き出されることのひとつは、**風景の機能**のなかに見いだされる。大地との関係、共同体の大地が疎外されているがためにますます脅かされている関係は、言説のきわめて根本的な要素となっているため、作品における風景は舞台装置や打ち明け話であることをやめ、存在の構成要素のなかに組み込まれている。風景を描くだけでは充分ではない。個人、共同体、風景は、彼らの歴史を構成する逸話のなかで切り離すことができないものなのだ。風景はこの歴史の登場人物である。このことを深く理解しなければならない。

この観察は、文学作品のリズムの構造という問題に結びついている。西洋の文学作品では、中性的な書き方《エクリチュール》の諸領域と、それらの領域を熱狂的にさせ、「秘密を暴露する」さまざまな閃光、輝きが周期的に横切ってゆく運動とが釣り合いを取っているが、おそらく季節の律動がそうした運動に影響を与えたのだろう。この技術の確かな例は、ヨーロッパ式ソネ〔十四行詩〕であり、そこには詩の顕在内容を要約し、凌駕する、ラストの絶頂部がある。黒人文化のさまざまな表現は、作品の構造においてこうした平板な時と強烈な時との循環を取り入れていないように思われる。ただひとつの季節（季節のリズムの不在）によって、単調さ、単旋律の歌が導入され、その疼きは表現構造の新たな体制の基盤となるだろう。さまざまな輝き、書くという行為のもたらす驚き、「思いがけない発見」に向かって駆けだすことは、おそらく私たちの邦の作家にとって、書く行為の諸技術の水準において、自分が本当には参加していない文学の諸伝統に、無意識のうちに、正当化しようもないまま服従することであろう。技術に対する警戒心は、ここでは空理空論ではないのだ。

同様にして――私は何度自分の講演でこのことを強調したことか――、詩あるいは小説について、[8]私たちの時代はたとえばプルーストが再現したようなあの堂々たる調和をもっていない。私たちの多くは、自分たちの歴史的時間に親しんだことが一度もない。私たちはただそれを感じただけだ。今日になってようやく集合的記憶に到達したアンティル社会の場合がまさしくその例である。したがって、私たちの時間次元の探求は、調和に満ちたものでも、直線的なものでもないだろう。その探求は、劇的な衝撃の奏でる多声音楽のなか、意識の水準においても無意識の水準においても、さまざまな所与のあいだ、ちぐはぐで、不連続な「時間」のあいだで進展するだろう。おごそかな調和がここでは優勢ではなく、（私たちにとって作られるべき歴史が、これまで知られていない過去と出会ったとでも言うのでないかぎり）不安に満ちた、しばしば混沌とした探求が主流となるだろう。

この状況では、文学が歓喜の対象でも、安らぎを与えるものでもあり得ないことを理解していただけるだろう。ところが、そのせいで**誰のために作品が書かれるのか**という問題が提起される。私たちの作りだすものの寛大な傾向のひとつは、初めから社会あるいは文化の疎外に苦しむものたちの手の届く範囲に身を置くということである。この疎外という事実に具体的に働きかけるかぎり、正当な傾向である。だが、さまざまな欠如があるという基礎的な確認が、日々の戦いでは貴重なものであったとしても、抑圧のより深い構造を知覚することを妨げることもあるかもしれない。そうした構造こそを暴露しなければならないのに。逆説的なことに、白日の下にそれを明らかにすることは、毎回明白さ、明晰さのうちになされるわけではない。作品がつねに欠落なしに**与えられ**なければならないというのは、西洋の思考がはらむ困難のひとつである。聴衆に与える衝撃力が意味の明確さに由来しないような、わが邦の民話の数々を私は知っている。作品が**誰かのために**書かれるのではなく、抑圧のもたらす欲求不満と、その無限の多様性にはらまれる複雑な構造を解体するために書かれることがある。[9] この場合、抑圧がただちに把握可能であるように要求することは、二日間マルチニック島で過ごしただけで、マルチニック人たちに彼らの邦の問題と、実行すべき解決策を説明する数多くの訪問者たちと同じ、現実離れした間違いをおかすことになるだろう。[10]

　結局、書く行為と口承性の複雑な結合に私たちが奉仕できることを忘れてはならないだろう。そのようにして、書かれたものの絶対性から解放され、声の新しい聞き方にかかわる新しい人間の表現に、自分たちが貢献できるということを。

（しかし、ここで文学の「限界」のひとつを認めなければならない。一九七九年、ハイチの歴史家レスリー・マニガと共に議論しながら、私たちはカリブ海におけるラスタファリ運動の発生［赤貧と麻薬、仕事の拒絶における誇り、野性的な棄却の徹底］が、「行動への移行」において〈ネグリチュード〉の活動が神聖視された時期にどれほど対応しているかに注目した。レスリー・マニガは「野蛮人たちの侵入」の必要性と彼が呼ぶものと、文学に通じた人々の知的夢を対立させた。教養ある人々は、自分たちの理論と並行して生じたこれらの極端な理論を前にして、自分たちがつねに当惑して〔さらに敵意さえ抱いて〕いると感じるだろう。しかしながら、野蛮人の侵入は必要である。それによって、諸価値の均衡が取り戻されるのだから。ある文化のさまざまな構成要素が等しい尊厳をもっていることを現実に主張すること。しかし、〈ネグリチュード〉を理論化した育ちのよい知識人たちは、その主張を具体的な生活に押しつけるラスタを受け入れることができるだろうか？　この現象のうちに、書かれたものから語られたものへの移行という変化のひとつを認めることもできる。「音声と映像」におけるレゲエは、ここでは詩の役目を引き継いでいる。ブラスウェイト〔バルバドス〕やウォルコット〔セント＝ルシア〕のような英語圏の詩人たちは、おそらくこの対立を払いのけようとしている〔ドラム詩〕。ブラスウェイトは、エメ・セゼールの言説を三十年後に繰り返しているように思えるが、実際には彼はセゼールに新たな土台を与えているのだ。体験されたことの具体化と多様性という土台。ブラスウェイトはセゼールの詩というより、ニコラス・ギジェンあるいはレオン＝ゴントラン・ダマス〔ギュイヤンヌ出身の詩人（一九一二－七八）〕の壊れたリズムに通じている。書かれたものが口承のものとなっている。「文学」はこのようにして、自分たちを束縛し、制限しているように思えた「現実」を回復しつつある。カリブ海の言説は、突然の原初の叫びにおいてだけでなく、認められた風景の執拗さ、体験されたリズムの強制によっても組み上げられているのだ。）

文化的行動、政治的実践

目印

問題提起のかたちで

先在する文化的後背地がないことは、ある種の利点にならないだろうか？　思考はこうして、過去のさまざまな「形態」へのあらゆる依存から解放されることにならないだろうか？　その場合、思考は凝り固まったさまざまな隔世遺伝から逃れるのではないだろうか？　ある政治活動家が私にこう言った——「継承者ではなく、創設者たろうではないか」。（そうすれば歴史は私たちとともに始まるということだ。）

歴史に対する「自由さ」は、その歴史が私たちのうちに無意識の痕跡を残さなかった場合にしか、実り多いものとはならないだろう。ところが、創設者たらんとする者が、実際は受動的で操作された継承者であるということがわかる。

つまりここでは、目に見える抑圧のメカニズムは、気づかれることのない疎外プロセスにしたがって方向づけられていて、それも錯綜したかたちでそうなっている。そのために、「見かけの」歴史は実際には複数の統御不能な断面へと縮減された非‐歴史の、上部構造となっているのだ。

マルチニックの民の歴史と再び切り結ぶことは、具体的な抑圧と、気づかれることのない「包括的な」疎外とを、同時に破棄することに寄与する。二つの作用はまさに一体をなす。「心的」抑圧をここで粉砕しないまま、具体的な抑圧と闘うことはできないし、逆もまた真である。ナショナリズムは（それに伴う否定的な、そして乗り越えるべき側面をもちながら）避けることのできないステップであり、また、文化闘争をも包摂するものでもある。

37　方法について

人文科学におけるフランス語圏アンティル諸島についての研究の現状を総括的に素描するなら、この現状は、公刊された「仕事」の急速な増加にもかかわらず、貧弱なものにとどまっていると言わざるを得ない。名を馳せた諸々の主張からは、すでに時が経過している――民族誌家ミシェル・レリスの『マルチニックとグアドループにおける文明の接触』が出版されたのは一九五五年、二人の地理学者、ウジェーヌ・ルヴェール、ギー・ラセールのそれぞれマルチニックとグアドループについての著作は、一九四九年と一九六一年に遡る。アルフレッド・メトローのハイチに関する仕事も同じ時代のものだ。こんな具合に調べてくると、さらに懸念されるひとつの事実が浮かび上がってくる――ある程度の厚みをもって生み出された研究成果は、どれひとつとしてアンティル人の手によるものではない[11]。だからこそ私たちには、この分野に関する研究グループを構成する試みはどれも、フランス語圏アンティル諸島における人文科学研究の問題系の中心そのものに根を張るものに思われる――アンティル人たちがみずからの社会と文化の研究に乗り出すことは、疑いなく、この研究が解明しなければならない問題のひとつ、すなわち、アンティル社会とアンティル人たちの心理に内在する障壁の問題を明らかにすることに貢献するだろう。長い植民地の歴史の遺産でもあるこうした障壁が、創造的で大胆な自律的思考の展開にブレーキをかけているのだ。ここにおいて、研究者の企図は研究そのものの領域と切り離すことはできないのであり、あらゆる研究の規範をなすこの関係が、私たちの努力にその意味を与えるのである。

ある日、トリニダードの経済学者ロイド・ベストを空港に送っていったことがあったが、その折に彼は、私たちマルチニック人が、マルチニックでフランス人によって実行されている**下部構造的な努力**を強調するような、方法論的な率直さをもつことを勧奨した。私たちは、きれいにアスファルト舗装された道路で、商業施設の立ち並ぶ一帯を通過していた。ロイド・ベストは、イギリス人がたとえばドミニカ島やセント゠ルシアでしなかったことと関係づけて話していたのだ。私はそれに対して、マルチニック人たちがフランスの同化的特質のせいでその犠牲になった**心的損傷**、イギリス人たちは、植民地化した住民たちに必ずしも刻印しようとはしなかった（おそらく、みずからの議論の余地のない優越感に発するものだろう）**心的損傷**をもちだして反論した。（たとえば、一九七九年にドミニカに大きな被害をもたらしたサイクロンのあと、マルチニックで人々がこう言うのが聞かれたものだ――「連中がイギリス人たちを追い出さなければ、イギリス人が助けてくれたのに。気の毒だが仕方がないことさ。」）たしかに、私たちはいつだって、自分たちのところの植民者を見ていて、それを不幸をもたらす絶対者として構成する誘惑に駆られる一方、隣国の植民者を過少評価する傾向にある。私とロイド・ベストは、アンティル的次元が、いつの間にか被っているこうした隔たりの、歴史的に根拠のある乗り超えを可能にしてくれるということで、意見の一致を見た。

イギリス人の功利主義（一般化に向かうあらゆる理論化に対してはっきりと示される嫌悪、十分な細部をもった具体性への指向）が、この民族の植民地化の態度を方向づけている。客観的な軽蔑があればこそ、イギリス人はみずからが支配した民を**尊重する**。「普遍的な超越」があればこそ、フランスの植民地支配者は、状況が可能にするかぎり、みずからが牛耳っている植民地被支配者を同化によって貶める。おそらく私たちは、こうした多様な条件についての果てしない議論に迷い込むのではなく、そうした条件を集団による創造的行為によって乗り越えるべきなのだろう。とはいえ、まずは状況について批判的な総括を行なう必要がある。

方法論の観点から言うならば、マルチニックのインテリゲンチャは新種のものをもたらした――心配性の実証主義である。技術的な操作に関しては自家薬籠中のものにしながら、心配性の実証主義者は方法論的乗り越えの能力が皆無である。つまり、彼らは「科学」によって与えられた客観性を信仰しているのだ。そこにこそ、普遍に到達するために手にしているもっとも強力な保証のひとつがあることを、彼らは充分感じとっているが、それというのも、個別的なものの持続的な創造を出発点としてみずから普遍を立ち現れさせることができないからだ。包括的な枠組みとしての客観性と、存在することの保証としての普遍はしたがって、彼らにとっては自然な防衛策である。彼らは細心であり、正確さに病的にこだわる――それは、正確さが、みずからに与えられたものを創造において乗り越えるために役立つからではなく、それが、存在することの不安に対する保証だからである。しかし、この保証が脆弱であることを彼らは薄々感づいている。だからまた、彼らは自分が信仰している対象について、過敏に反応する。「科学的客観性」へのいかなる疑義も、彼らの目には個人攻撃と映る。夢想家たちや「精神の冒険者たち」を蔑むくせに、一方で恐れている。すぐにかっとなるし、とりわけ、「科学」が決して疑われてはならないはずの場所――西洋――に由来するさまざまな問いかけに対してはそうだ。仲間たちが仮にたわごとを言っていた場合には、いつも鼻先であしらうだけなのに。

心配性の実証主義者は技術の無限の可能性というより、技術の正確さに感嘆する。世界の秩序は彼らを安心させる。彼らは自分の存在の量を疑う余地のない知識の量と同等と見なす。そうすることで、両義的なものから逃れる。客観的なものが**存在する**以上、つねにひとつの解決があるだろう、というわけだ。

それに、この実証主義者は、反駁不能なものを扱うのになんと長けていることか！　彼らは基礎的な所与を並べ立てることに秀でている。ひたすら並べ立てるのだ。ということは、功利主義者なのか？　一般的観念を免れたのか？　フランスの同化主義の特性も彼らには及ばなかったのか？　否。われらが実証主義者は、「普遍的超越」によって、疑い得ぬもののある種の絶対性を金科玉条とし、それによって安心感を得ている。悲しいかな、彼らはみずからの限界を理論化したのである。彼らの最初の反射的行為は、誰にせよより深いところに、あるいはより遠くに行こうとする者について、あなたにこう言うことだろう――「あれは専門家じゃない。いったいどんな権利があってここに嘴を突っ込んでいるんだ？」というのも、心配性の実証主義者が大いに称賛するのは、専門家だからである。[12]

この実証主義者の実践の賭け金はつまり、ある中心的な不安に結びついた数々の動機を隠蔽することであり、また、この不安のせいで、どんな操作的方法論も彼らにとっては中身のない空虚な枠に過ぎない。公式化された思考の諸形態（それ自体としての専門性、客観性、技能）の物神崇拝《フェティシスト》的な尊重は、みずからのために諸概念を操らなければならないということから、彼らを遠ざけてしまう。彼らは、他のものを見いだすことを怖れながら、安全な場所に身を置くのである。[13]

心配性の実証主義者たちは何をしているのか？　物象化している――おのれの世界内実践のみならず、存在の幻想を大切に守りながら、自分自身について抱いている量化されたイメージをも、物象化しているのだ。そうして、彼らが望んでいるのは、私たちの古き時代の教養人とまったく同じように、社会的現実を硬直化させ、自分もその信奉者である、文化的不動性という罪をなしとげることである。マルチニックの農民と同じで、**彼らは剰余を恐れている**。だからそれを逃れるために、彼らはあの受動的な消費のかたち、すなわち、諸技術の操作において洗練を旨としながら、しかし、生産的責任とそこから自由として出来する方法論的な秩序破壊とを前提とするような、いかなる技術開発の可能性も退けるという、あの受動的消費形態に喜んで身を委ねるのである。

人が文化的実践と呼ぶもの（作品、構造、イデオロギー）と政治的行動と呼ぶものとの関係を、ここではこの邦の状況の、ひとつの分析から、あるいは少なくとも、ひとつの一般的な観点からしか、解明することはできない。二つの問いが避けがたく問われている——なぜ、与えられたひとつの時点において、文化的生産の実践を特権化するのか？　そうした実践はいつ、政治的実践によって支えられ、あるいは、引き継がれるべきなのか？

38　文化的行動

1　社会階級の非‐自律

マルチニックにおける社会階級の性質と機能に関して、私が以前の作業セミナー〔マルチニック学院で行なわれたセミナー〕で素描した諸テーマに立ち戻ることにしよう。

マルチニック社会は、植民地化の行為に先立っては存在せず、まさにそのような行為から創りだされたものである。植民地化が損なった構造や、根絶やしにした伝統や、停止させたプロセスがそこに見いだされる、という風には言えない。植民地化の餌食になった伝統社会の場合、たしかにこの植民地化によって疎外され、破壊され、あるいは変質させられるということはある。しかしそうしたケースでも必ず、この社会がみずからのうちに抵抗の諸様態を見いだすチャンスはある。たとえば、階級的伝統から発して、ひとつの民族ブルジョワジーが錬成されるかもしれない——このブルジョワジーは、植民地占領者に抗して戦いを敢行するかもしれないし、あるいは反対に、占領者の隠れ蓑になりながら、みずからと民衆との対立の諸条件をその都度準備するかもしれない。さらに、さまざまな社会的様態（たとえば、農村生活の諸々の編成）が抵抗の構造へと発展する場合も仮定できる。伝統の内容が異議申し立ての積極的な力へと変容することもありうる。どのケースにおいても、ひとつの社会的プロセスと、ひとつの無秩序の力（植民地化）との対立が見られる。

マルチニック社会を「決定づけている」のは、それが植民地主義的な無秩序によって**じかに**構造化されてきたという事実である。[14]とりわけ、マルチニックにおける諸社会集団は、それらが生産過程において果たす機能によって直接的に区分されているのではなく、それぞれの集団について、その生産様態を掌握している人々——フランスの資本家たち——が定めている使命に応じて区分されている。したがって、疎外はたんに機能的なものではない——それはこのような社会においては、構造的であると同時に遠隔的である。社会編成と環境とのあいだに隔たりがある——すなわち、その環境は、**社会形成を決定する諸様態を分泌する環境**ではない。

ひとつの社会のこのような構造的疎外は、「正常な」仕方で社会性のオリジナルな類型の創造へと「進歩」しうるのだろうか、あるいは、社会的プロセスそのものに根付き、それを変形するような、抵抗の基本的諸要素を生み出すことができるのだろうか？　思うに、システムに対する決定的な抵抗は、今度は社会の移入‐構造が脱構造化されることなしには、組織され得ないだろう。（このことは、マルチニックの歴史を揺るがせてきた数々の民衆反乱の実りのなさを部分的に説明してくれるかもしれない——これらの反乱は、他の社会階層にいいように横領され、疎外をもたらす移入‐構造の強化の役割を果たしてしまったのだ。）

私が諸社会階級の非‐自律と呼ぶのは、その地位によってほかの社会階層から差別化されたある社会階層が、それなのに、みずからが生産において果たすべきはずだった役割に「対応」していない、という現象である。つまり、この社会階層は、固有の努力によっても、オリジナルなプロセスによっても「決定づけられ」なかった――この階層は、植民地戦略のあからさまな、あるいは暗々裏の決定によってかたちをなしたのである。たとえば、マルチニックの中流階級とでも呼ぶべきものを生み出したのは、資本化するための努力でも、起業家精神でもなく、フランス権力の確固たる意志であり、エリート主義的な政策である。また、この中流階級は、とりわけ役人と自由業の階級だろう(そして、技師や技術管理者ではないだろう)。この結果、多様な社会集団のあいだの(対立にせよ共謀にせよ)自律的なつながりは、まったく存在しない。それらの対立でさえ、外部から支配されている。たとえば、同化はマルチニックの中流階級によるベケたちに対する勝利である。しかしこの勝利が可能だったのはひとえに、すでにフランスにおいて、「諸植民地」の開発をみずからの利益のためにしっかり中央集権化する意図をもった、ある管理集団が構成されていたからであり、甜菜関連の政策がサトウキビ経済の縮小の過程を経るものだったからである。

このような脈絡においては、植民地化の行為は単に混乱と疎外を招くものにとどまらない。これに加えて、個人や社会集団から、さまざまな展望を「引き出す」可能性を奪うのだ。そうなると、彼らに残された方策はひとつしかないだろう――状況の諸矛盾を神経症的なやりかたで生きる、ということである。社会集団の地位を、生産におけるそれぞれの役割にあわせて再調整することだけが、言い換えれば結局、生産のシステム(あるいは非-システム)の転覆だけが、マルチニック社会の構造的無秩序と闘うことに通じるだろう。[15]

もうひとつの帰結として、社会的=政治的分析が、伝統的な「ブルジョワジー――中流階級――プロレタリアート」という図式に満足し、マルチニックにおける「社会階級」の性格を具体的に明らかにしようと試みないかぎり、それらの分析からもたらされる教訓は単なる修辞に過ぎず、現実的な変化のための政策を促すことはできないだろう。

2　植民地主義のエリート政策

この政策は独創的なものである。ここで問題となっているのは、帝国主義の隠れ蓑として速成的に構成された、住民のなかの特権的な階層を利用することでも（フランス語圏アフリカの諸共和国）、「行政を行なう」ことを可能とするなんらかの官僚的下級役人を生み出すことでもない――マルチニックでの植民地政策は、エリート階層を創りだす実践を体系化したのであり、すでに見たように、このエリート創出は社会の構造（構造化）に密接に結びついている。この政策の最大級の成功は、創りだされたエリートが生産様態となんら関係をもたないこと（生産においても、分配においても、なんの決定権もないこと）、そしてその結果、エリート層が、それを創りだした者たちを裏切って敵対する能力をいっさいもたないことに存する。それどころか、危険を冒すことなしにエリートを輸出することさえできたのである（アフリカでの勤務）。

このエリート層の存在は、ひとつのイデオロギーと複数の反応を前提としている。自律的プロセスをもつ社会の中流階級のイデオロギーとは反対に、いかなる弁証法も、さらに、いかなるニュアンスも含むことのないような、そんなひとつのイデオロギー――隅から隅まで戯画的なこのイデオロギーは、これもまた輸入されたものである。実際それは、この中流階級の行動（さまざまな相互作用）の帰結としても、また、彼らをとり巻く環境のなかでも、あるいはその環境にともなうかたちでも、生じることはあり得ないのであり、それというのも、この行動というものがそもそも存在しないからである。このイデオロギーの要諦は、中央権力に由来するもの（文化、法律、権限、態度、等々）を、留保も制御もないままに受け入れる、というところにある。このグローバルな恩恵を、ニュアンスなしに高く評価するのだ。

しかし、このイデオロギーの働きにとっては、問題は一枚岩的に現れるとしても、さまざまな反応のレベルでは事態は同じではない。というのも、ある社会階層が社会にもっぱら寄生するものとして形成される場合（すなわち、生産のなかでいかなる役割も引き受けることがないということだ）、そこからさまざまな不均衡が帰結せざるを得ないからである。しかもフランス政府はこのことを理解したのであり、中流の商人階級を下支えして、かつてシリア人と呼ばれた人たちにとって代わらせたり、「起業させ」たり――商工会議所、青年経済会議所、等々――する努力は、現実のものである。悲劇は、第三次産業セクターの「責任者」のこのかなり人為的な育成においてさえ、決定権は他処にある、ということである。たとえば、この商人階級の強迫観念的な努力が、あらゆる経済的進歩の条件であり原動力であると見なされている、港湾施設と空港の開発と改善に注がれているという事実は、あからさまな象徴性を帯びている。投資と利潤さえも、ここでは外向きである。マルチニックのプチ・ブルジョワ階級――と言えるほどにはいまだなっていないが――には、民衆階層が夜から抜け出る前に、強靱なものになって、マルチニック社会の変容の動きをみずからの利益のため奪取する時間があるだろうか？　いずれにせよ、ここにはイデオロギー的な反応と、いわば「状況」的反応とがあって、両者が対抗しあっているとすれば、不均衡ということになる。「フランスのために」投票するであろう同じ個人が（イデオロギー的反応）、街頭での些細ないざこざでは白人を手ひどく扱って恥じない（「状況」的反応）。宗教心の染み込んだ人物が、黒色は私たちの罪に対する罰であると主張し（イデオロギー的反応）、その舌の根も乾かないうちに、自分は白人が嫌いだし、だいたい連中は体を洗わないと言い募る（「状況」的反応）。

3　精神的貧困

私たちの議論のために重要な三つ目の側面は、精神的貧困にかかわる。貧困そのものが続いている邦において、精神的貧困について語るのは具合が悪いように見えるかもしれない。しかし、状況を検討してみると、一九四五年以来、物質的貧困の後退（たとえば、一定の社会的受益に結びついた相対的な後退）と精神的混乱の深刻化が見られる。私が社会諸階級と生産について言ったことは、精神的貧困にもあてはまる——非‐生産、技術的無責任、日常生活と生産回路の非‐制御は、マルチニックの社会集団から根源的な意識と人格を切除することによって、その発展の諸ファクターを奪っているのである。この分析に対する植民地主義的応答は、産業界では無産者化がさらに深刻なのだから、おまえたちは黙っていればいい、というものだ。しかし、極度に発展した邦における個人的な剝奪の数々は、すべて加算してもなお、支配されている邦における、集団的な空白状態から拡大してゆく疼くような欠如と同等のものではない。だからこそ、国民的《ナショナル》な存在の次元における決定的な展望の数々が、この地には不在である。私たちの「歴史」を通じて、マルチニックの大衆が括弧に入れられてきたことによって、維持されている不在である。これらの欠如は、階級意識の形成によって埋め合わされはしない——というのも、（階級意識という意味での）プロレタリアート化は、居住地や労働の組織における集中の不在と、時代遅れの生産様態によって、ブレーキをかけられてきたからだ。私が精神的貧困と呼ぶものの分析が示しているのは、そのもっとも明白な顕在化が、病的な人間や錯乱した人間というかたちではなく、日常的な実存の織り目そのもののなかで、自己自身への参照の不在によって与えられるということである。「錯乱」は、精神的貧困への抵抗の一形態なのだ。

マルチニックにおけるどんな文化的行動も、打ち負かすべき三つの要因を考慮に入れなければならないだろう——グローバルな経済的依存（これがマルチニック社会の構造的無秩序の淵源である）、中身のないエリートの形成、精神的貧困がそれである。まさにこれらの論点を巡って、私は文化的生産と政治的実践のあいだの関係を議論することを提案したい。

エドゥアール・グリッサン――(1) 以下、私たちが議論すべき事項のひとつを説明しましょう――「文化的なもの」はますます、システムが戦略的なやり方でその努力を組織する領域になってきています。たしかに、マルチニックのような邦においては、この点に関する操作の可能性は、(a) さまざまな外観（設備、威信をもった催し物、等々）の、直接的で疎外をもたらす影響によって、(b) 集団的かつ全般的に抵抗を組織する出発点になるべき、経済の厚みや文化的後背地の不在によって、好条件を与えられています。

「文化的なもの」は、経済的疎外のなかで結び合わされているさまざまな人格喪失の、仕上げとして姿を現します。こう考えなければなりません、つまり、システムによる、「文化的なもの」の包括的な戦略化の基盤になっているのは、人格喪失が完全になった今、経済的疎外は不可逆的であり、今度はこのプロセスを「締めくくる」必要がある、という確信なのです。

(2) もうひとつの軸――それは、民俗化《フォークロア》に抗することです。入念に意味を抜き取られた「民俗」は、(「観光的な」心地よさは措くとしても) システムにとっては二重の利点をもっています――それは、個人を、自分が思い描いている幻想のなかに引きとどめ、それ以外の、集合的存在へのいかなる傾向からも引き離してしまうのです。(副次的な効果としては、愚昧化の策動を告発するような知識人に対して、彼らは「民衆から切り離されている」という烙印を押すことを可能にしています。) この民俗とは、もはや集団的には行なわれていないことを弱々しく黙想することであり、為そうと夢見ていることの思いがけない飛躍でも、すでに為したことの動機付けられた総和でもありません。「民俗」を吐きだして（確実さをもった民俗は、疎外されていない集合的な心性からしか発展しません）、文化的行動のなかで、民衆の洞察の協働的な諸形態を対置しなければなりません。

(3)三つ目の軸は、「普遍的文化」を掲げるいかなるイデオロギーにも、断固反対することです。「ヒューマニズム」を気取る空虚な主張は、ここではたいていの場合、同化された者に提供される輸入品なのです。文化的存在の具体的な諸形態を明らかにし、それを意識的な実践として体系化するべきです。

(4)理論的蓄積はもしかすると（あらゆる方法論の無批判的採用というこの文脈では）、文化的なものの基軸においてもっとも重要な一点でしょう。

第一に、マルチニックにおける社会諸階級の歴史的役割の解明は、あらゆる実践の不可欠な基盤を提供してくれると、私には思われます。とりわけ、マルクス主義理論は、それがアプリオリな定式の数々を離れてマルチニックの社会的＝歴史的現実に応用されるとき、この地ではあたうかぎりの濃密さを帯びます。（人々はたいてい、マルチニックの現実にマルクス主義と称される図式――資本家、中流階級、プロレタリアート――を投影するところにとどまっています。したがって、上記のような体系的な分析は欠けています。理論＝実践の必要な関係について即断はしませんが、マルチニックにおける政治の活性化は、形式論ならざる理論的蓄積のこのような不在に、取り返しのつかないほど苦しんでいます。）

マルレーヌ・オスピス――植民地化された経済の後退と停滞、文化的殲滅、政治的抑圧と支配は、集団的実践を充実させるメカニズムやプロセス、さまざまな伝統の堆積、みずからの歴史の建設といったものを阻害し、硬直化します。

この文化的空虚は、植民地化勢力の主要な切り札のひとつです。この空虚を前にしたとき、生産というものが現実に働きかけ、現実を組織し、ないしは反映し、つまりはひとつの実践《プラクシス》へと道筋をつけるものであるだけに、どんな生産も問い直されることになります。情報伝達手段の領域では、最大数の技術（新聞、映画、演劇…）の掌握は、明らかに、現下の政治的・文化的闘争のひとつの道具です。ひとつのイデオロギーは、取るに足らない（無内容、安易さ、民俗化といったものは、ここでは、ひとつの非－掌握の同じいくつかの側面であり、この非－掌握は大変しばしば、イデオロギーの競り上げによって埋め合わされています）、あるいは邦の生産とは無縁の物質的媒体を通してしか流通しないよう定められているならば、それが抑圧に対して対抗－権力として打ち立てられる可能性をみずから損なうことになります。

実践においては、この技術的な目標は必ずや、累積の体系化、学習の諸々の段階や層を通過するものであり、そうした学習は、経験、試み、失敗、抵抗の長期間にわたる錯綜を経るものです。

そこにやってくるのが、テクノロジーの自己目的化の危険、技術の「美徳」の抱えるリスクの、そして、カモフラージュの危険です。このことが保守的な反応の口実の役割を果たしうることは、不可避です。「政治的リアリズム」（穏健で、秩序だっていて、建設者たることを望むそれ）ならば、いわゆる常軌を逸した（無秩序の源泉とも称される）異議申し立てに直面した場合、そこに邦の問題の長期的な解決についての自分たちの格言の数々への心地よい称賛を見いだすかもしれません。しかし、このようなカモフラージュ効果は短期的なものでしかあり得ないでしょう。というのも、作品や技術の生産レベルというのは、経済的対立の、したがって階級対立の活性化を見事に意味するものだからです。

ユベール・フォンテーヌ――もうひとつの基軸は、文化的行動は全体性の（たしかに重要ではありますが）ひとつの要素としてとらえられないかぎり、十全に構想され得ない、という事実です。

たとえば、（特権的な地位で知られる上演場所から、あるいは、いわゆる通の観客から離れたところで上演される）演劇の役割は、まず、疎外を退けることのできるマルチニックの観客、参与的な観客にかかわるものでなければなりません。

文化的行動は、それ自体を目的にしたものではあり得ないのです。

エドゥアール・グリッサン――このことは、文化＝政治関係を、日程というはっきりとした光のなかに書き込みます――「文化的なもの」の次元でシステムに対立する対抗的戦略を、「政治的なもの」の戦略は、いつ、いかなる条件のもとで、引き受ける、あるいは引き継ぐべきなのか？　そもそも、ここでは文化＝逃げ場所は、政治＝欲動と同じくらい、魅惑的かつ有害なのです。しかし、おそらくこの問いに本気で答えることになるのは、ひとつの政治組織という枠組みでのことかもしれません。

討論2

マルレーヌ・オスピス――分析のある論点に関して、私は原初の基底（植民地化の経済的な根）との比較における、疎外現象の機能の仕方のある特殊性を取り上げます――すなわち、経済的基底の外でのそうした現象の増殖が、やがて一定の時点からもはや結果ではなく、原因を生み出すそれ自体独立したひとつの現象に転成するという点です。

当初は、これらの現象はそれらがそのために創りだされた展望――支配関係を隠蔽し、その暴力に道筋をつけること――のなかにとどまっています（たとえば、人種的劣等性の教説は、奴隷がそれによって鎖に繋がれるような道具とはなりません。力というものがとことんまで完成している以上、そういった教説は、余剰物として出来し、暴力があまりにも攻撃的であるようなひとつの状態を、文化的なもののレベルでより精妙なものにするわけです）。しかし、階級闘争の諸関係は明白です。

次の段階になると、経済的な沈滞（十九世紀の砂糖危機）となります。生産は停滞し、さまざまな技術にも、社会を発展させる蓄積にも開かれることができません。一方で、本国の権力は、手綱はとるものの、力関係において物理的に現前することはありません。私たちがよくよく繰り返してきたように、この最後の要因は、経済的役割と政治的役割との不自然な分離をもたらします。そしてこれこそが、イデオロギー的な怪物《ヒドラ》の根っこであって、この怪物が現今の隠蔽と脆弱化の状態に至るまで、階級関係に寄生することになるわけです。

私たちはこうして、諸々の心的構造のなかにこれらの疎外が生じた道筋を、また、解放に向かう諸対立によって内部から粉砕されずに残った嚢胞状のあらゆる残滓の手がかりを明るみに出すことを通じて、私たちの作業セミナーの中心課題へと立ち戻るのです。

エドゥアール・グリッサン――ということは、基本的与件――疎外の経済的根拠――について私たちは同意見だということですね。「二番目の段階」についても同じです――階級関係の、したがってまた階級闘争の、隠蔽と脆弱化ということです[17]。この隠蔽が、十九世紀に始まる砂糖経済の危機とは関係なく、「経済的基底の外で」疎外現象の漸進的「自律化」を引き起こすと推論されるのだから、そこから現れうるさまざまな帰結に注意しましょう。こうした立場は実際、次のことを意味するかもしれません――

(a)ダイナミックで圧倒的なひとつの資本主義が、マルチニックにおいて「包括的《グローバル》」な疎外を短絡的に省いてしまうことに寄与したのかもしれない。この説を擁護することは可能ではあるでしょう。それが前提としているのは、本国権力との闘争を遂行することのできるような、民族ブルジョワジー（ベケ、エリート）の歴史的形成です。しかし、これはあくまで仮定に過ぎませんし、マルチニック社会の原初の（構造的）無秩序が、いつでもそうした展望を実践不可能にしてきただろうとも考えることができます。別の言い方をすると、「経済的な根」は疎外の決定要因であり続けていて、原初的構造が覆されないかぎり、それがある種の全面的な（あるいはむしろ、適合可能な）抵抗と対立するだろう、ということです。

(b)私たちは疎外に対して、複数の特殊な方途によって働きかけることができるかもしれない（なぜなら、疎外が一定の「自律」に達しているのだから）。このことは、階級関係の隠蔽の解明**以前**に、疎外をもたらす諸矛盾を解決できたかもしれない、と示唆しているようにも見えます。私はそうは思いません。マルチニックにおける階級関係の性質を解明する前に、あるいは解明の外で、疎外と闘うことができると設定したり、そう信じさせたりするのは、エリート層（右翼にしても「左翼」にしてもです）の思い上がり、あるいは特権なのです。一から十まで（そして、実際に疎外がその顕現において「自律化」しているにしても）、この隠蔽をこそ、まずは徹底した理論的省察によって明らかにすること、このことに貢献しなければなりません。

マルレーヌ・オスピス——ここではもうひとつの議論が浮かび上がってきますが、それは私たちがやはりこのセミナーでアプローチしようと大いに望んだもので、その対象というのは、私たちの心的諸構造に対する左翼のスローガンとでもなりましょうか。自治というスローガンへと導いた同化主義的な、さらには地域主義的な情念《パトス》というものがあり、このスローガンの両義性と影の部分がもつ重みは衝撃を創りだすようにはできていないわけですが、それならば、独立というスローガンが（それが含意する民族的《ナショナル》な潜勢力への呼びかけでしかないとしても）、文化的・イデオロギー的な脱疎外の力をもちうると思い描くことができるでしょうか？

エドゥアール・グリッサン——私たちの「歴史」上のスローガン（海外県化、自治、といったもの）の特性は、それらが決してその顕在内容を覆い尽くしてはいないことにあります。独立というスローガンについても、事情は同じであるかもしれません。[18] この独立が民衆の行為ではなくエリートの決定に由来するものだったなら、そこから帰結する諸矛盾の唯一の解決策はマクーティスム〔ハイチのデュヴァリエ独裁政権の先兵として知られる「トントン・マクート」のように、民衆を秘密警察や民兵組織によって弾圧するシステムのこと〕ということになるでしょう。マクーティスムはアンティル諸島に潜在的に存在していますが、それは、経済的決定権をもたない、にもかかわらず、政治的には代表となったり管理統治することになった、似非‐ブルジョワジーないし似非‐中流階級の拠るべき唯一の手段だからです。このことは、エリート的な性格をもった自治というステイタスについてはなおさら真であるかもしれず、それを実際に行なうことは同じような矛盾の数々を出現させるかもしれません。

ですから、プロレタリアートの歴史的使命を主張しても（それを表明する者にとってはつねに安心感を与えるような提案だったわけですが）、その主張が、マルチニックでこの使命を始動させたり妨げたりしてきた社会的＝歴史的諸条件の緻密な分析に基づくものでなければ不十分であるのと同様に、独立というスローガンの出現も、マルチニックがこの独立を手にするための様態のダイナミックな分析によってそれが支えられていなければ、効力のないものにとどまります。権力の戦略への理論化されたアプローチが、ここでは「支配」への欲動の数々を清算することに寄与しなければなりません。

補足的ノート

エドゥアール・グリッサン――マクーティスムという現象の分析は、このスローガンという問題を取り上げるためには貴重なものです。気づくのは、問題はスローガンの性格（自治、独立）という以上に、アンティル大衆のエリート層による短絡的省略であり、このエリート層の、経済的矛盾の数々を統御する能力のなさだということです。大衆とエリートとの多様な様態に応じて、多種多様なマクーティスムが存在します。たとえば、次に掲げる図に示したようなことになります。

私たちの邦のエリート層は、経済的な窮地を制御することができないと感じるたびに、マクート的な代替策に向かうでしょう。

マクーティスムは誰かれの「良い性格」に依存しているわけではありません。それは第三世界のインテリゲンチャたちの「役割なき代表性」の避けがたい派生物なのです。[19]

支配権力によって政治的経済的な代表者に抜擢されたエリート（同化）（地域化）	経済的な「密度」は言及されない 経済的権力の概念そのものが考慮されない	右翼のマクーティスム（アンティルの支配された邦々において、権力によって奨励される威嚇）
支配権力によって政治指導部に抜擢されたエリート（自治、あるいは名目的独立）	現実の経済的「密度」および権力の不在	右翼の、あるいは「左翼」の物理的かつイデオロギー的マクーティスム これはアフリカやアンティル諸島の多くの邦々のケースである
力によって、ただし「外部の」援助を得て、政治指導部にのし上がったエリート（名目的独立）	経済的権力の不在	デュヴァリエ主義や南アメリカ、あるいはときにアフリカに見られる様態の「民族主義的」マクーティスム

マルチニックの政治分野を揺り動かすスローガンの問題に話を戻すと、独立と自治を分かつ分岐点は、エリート層が引き受けることができず、システムの構造を民衆的社会階層が征服することによってしか得られない、この経済権力の所在にかかっている、ということが理解されます。なんらかの独立というのは、エリート的なものであるか否か――幻想的であるか否か――だろうということは本当です。しかし、自治が（なぜならそれは、決してシステムのこの構造を問いに付すことはないからですが）**いかなる場合にも**、この民衆による征服を始動さ

せたり、そこに発するものだったりすることができないかぎりにおいてこそ、私たちはそれが**必然的に**エリート的な性格をもつイデオロギーと重なり合うと言うことができます。ですから問いはこう立てられます——民衆階級の征服力はどこにあるのか?

ユベール・フォンテーヌ——深められた理論的省察（理論的蓄積）について言えば、見ておかねばならないのは、階級関係の解明は階級闘争の実践と分かつことができないということです。このことがおそらく、実際に文化的行動と政治的実践との結びつきを構成しています。

エドゥアール・グリッサン——諸上部構造の「自動化《オートマチザション》」については（一九七九年時点では）、その「道のり」を追うことができるような、ひとつの完遂形を目前にしていると考えることができます。

マルチニック社会のイデオロギーは一枚岩で一方向的ですが、それは、このイデオロギーがこの社会の**物質性**に直接結ばれているのではなく、第一にこの社会の、フランス商業資本主義との、疎外の**包括的《グローバル》な関係**の諸形態に結ばれているからです。たとえば、私たちの疎外の物質的な、しかし他処で見ることのできる形態のひとつは、フランスの大西洋岸の奴隷積み出し都市——ナント、ボルドー、あるいはラ・ロシェル——の歴史的な整備と美化です。**私たちにはそれらが（そのことが）決して見えません**。このように、「空虚」としてその「最初の」直接の物質的表象に結びつけられながら、イデオロギーは**この地でひとつの歴史をもちますが**、その歴史は私たちの（被った）歴史を非‐歴史として隠蔽します。そこから次のことが生じます——

(a)たしかに上部構造は怪物的な仕方で自律化しますが、さらに、今日ではそれが、受動的な消費の（非生産的な）領域において、決定的なものになっています。それはいまや、中身を抜き去られた私たちの下部構造の**プロセスの外で**、私たちを操っているのです。

(b)そこから帰結する隠蔽はしたがって、まず疎外された諸表象を対象とするのではなく、ひとつの疎外のさらなる疎外を対象としています。というのも、私たちは私たちの特殊な疎外（生産の包括的な除去）を、「通常の」疎外（**いま、ここにおける**、マルチニック人民の労働力の収奪）と取り違えるからです（この労働力は、収奪されるのですが、それは、**あちらで、向こうで**のことです）。

(c)その結果、「経済的な根」は次の点において基本的な重要性をもち続けています――〈他処〉との**包括的な関係をいまここで可視化しなければ**ならない、上部構造の「連続性」なき諸決定因を通じてさえ、そうしなければならない、ということ。そして、疎外が**ひとつの歴史をもっている**――私たちの被ってきた歴史です――ことを**ここで示さなければ**ならない、ということです。[20]

さまざまな風景、邦々

目印

書かれたものの苦しみ

高いところから来た書かれたもの。
（書かれたものは掟だ。それは判決でもある。）

戸籍の書類。
（それは有無を言わさず名付けることで、存在を変質させる。）

書かれたものは階層化された表象を「刻みこむ」。
（それは教師たち、そして（反響によって）エリートたちの特権である。それはまさしく特権そのものだ。）

見せかけの横断性としての書かれたもの。
（書かれたものによって、ひとは自分を〈他者〉に変えられると信じる。）

普遍的なるものへの情念としての書かれたもの。
（書かれたものによって、ひとは自分を「超え出る」。）

疎外としての書かれたもの。
（書かれたものによって、ひとは自分を忘れる。）

ここで言う「ひと」は、エリート主義者だ。彼は未分化な状態にある。自己を表現することによって、自分の存在を消滅させるのだ。

（しかしラジオとテレビの役割が増加してゆくことで、今日書かれたものによる疎外はひどく古くさいものに見える。こうなると書かれたものは、効果はなくても執拗な、抵抗の場所として組織されるかもしれない。）

39 言葉のただなかで

私たちにとって賭けられているのは次のものだ。書かれる声、みずからを変えようとする言語、度を越えたもののただなかで深めるべき韻律。消し去られたもののまさしく奥底での行為。

しかし、書く技術だけでは、そのような仕事に耐えることはできない。この技術は、おそらく固定しようとする欲求そのものに対応していて、その欲求の疼きはクレオール語の現在の変化のなかに見いだされる。それゆえ書く技術は、私たちのはかなさのなかで、他の技術よりも実効性があるものに見えるかもしれない。太鼓が鳴る、太鼓の音が鳴りひびく。困難なのは、あまり頼りにしないまま、そこに身を任せることである。言葉によって固定すれば、私たちは太鼓の突然の響きのなかへ旅立つことになるが、それでいてとどまり続けることにもなるのだ。皆さん、私たちはあなたがたの踊り手ではありません。

もし私たちが錯乱したうわごとを言い始めても、自分自身でその錯乱がどれほどのものかを見定めることができるだろう。出発すると同時にとどまること。出発する——私たちをうんざりさせる普遍的なるものに憧れること。とどまること——私たちにかくも必要な、閉じこもりの危険を冒すこと。

しかし、普遍性など気にかけないことによってしか、本当の意味で普遍性に到達することなどないだろう。普遍性は、その開花のために肥料を与え、その根に風を当てることによって、あらゆる探求の例証を行なう人々が思いがけず証明するものである。それは彼らの「誘惑の報奨金」なのだ。普遍性への配慮は、普遍的なやり方で支配しようとする（まったく西洋的な）野望の疎外された裏面にほかならない。誰かが自分は普遍的になろうと思うと言うなら、その人に注意しなければならない。その人は自分自身のもうひとつの側にいて、すでに自分の土地に身を落ち着けることを諦めている。彼と対話しても、あなたの言葉はうまく通じないだろう。黙って、見つめるのだ。やがてその人は、おそらくもっとよくとどまるために、自らの道を歩きだすことだろう。

40　音楽

音楽は（リズムによって）私たちの歴史的、日常的実存の相当な部分を構成しているため、私たちは集合的にその「厳しさ」――完成のための作業の熱烈さ――を見逃してしまう危険がある。「安易さ」が口承性の落とし穴のひとつであるという可能性があり、これは、「形式主義《フォルマリズム》」が書くことの落とし穴のひとつであるのと、並行的な関係にある。ただし、問題のこの側面はさほど重要ではない。その代わり、マルチニックにはひとつの音楽史があり、これを跡づけてゆくことは興味深い。

まずは、ジャズの輝かしい歴史との比較を試みてみよう。合衆国南部の大プランテーションが崩壊したとき、黒人たちは移転を開始し、最初はニューオーリンズ（バー、娼家、蒸気船）、さらにはシカゴ、ニューヨークのような四方に広がりをもつ大都市へと移動していった。これらの大都市で、彼らはプロレタリアート化とルンペン・

プロレタリアート化を経験するだろう。そして彼らは最終的に、工業化されたアメリカの過酷な世界に直面する。私がここで包括的に捉えている、このプロセスの一つひとつにおいて、黒人《ニグロ》音楽は刷新を経験している。ゴスペル・ソングとブルース、ニューオーリンズ・スタイルとシカゴ・スタイル、カウント・ベイシー流のビッグバンド、ビバップ、フリージャズといった具合だ。それに応じてこの音楽は、共同体の歴史を書いている、つまり、現実との対峙、社会に入り込んでゆくためのひび割れ、あまりにも多くの場合に突き当たった壁を描いているのだ。ジャズの普遍化は、どんな場合にもそれが「宙に浮いた」音楽ではなく、与えられた状況の表現であることに由来する。クレオール歌謡、つまりマルチニックとグアドループにおけるビギンは、まずもって〈プランテーション〉世界を表現している。プランテーション・システムが崩壊したとき、このシステムはいっさい何物にも取って代わられていない。大規模な都市化も、急激な工業化もない。マルチニックの民は、時間のなかにまるで宙吊りになった状態のままで、そのあと、現在の両替のシステムが、この民を顧客の集合体として構成するのである。音楽の生産は実存的な必然性から切りはなされ、（悪い意味で）民俗芸能化する。再適応化した諸形態へ進歩することはない。

ビギンの一般化は現実的なものだった（それが深いところではサルサやレゲエ以上にヨーロッパに持続的な影響をもたらしたということさえありうる）けれども、この音楽はやがて枯渇してしまう。

一九三〇年頃にはしかし、アンティルの音楽家たちは、しばしばジャズの音楽家と比することのできる実践なりテクニックなりを知っていたのである。クラリネットやトロンボーンのマウスピースの音色は、当時、この二つの音楽世界において、驚くべきかたちで出会っている。しかも、この時期の前でさえも、アンティルと南アメリカの音楽のすべてが収斂している。進化したり地歩を固める音楽もそれなりに出てくる。しかし、ビギンのように、時代遅れの表現――必要ではない表現――という命運を知るだろう音楽も出てくる。

ビギンを、人々がドゥドゥイズム〔わざとらしい南国趣味〕的にそれを用いるからといって、疎外の表現と見なすのは正当ではない。ビギンはマルチニックでは、サン＝ピエールの街の力強い生命力を経由した、〈プランテーション〉の声なのだ。しかし、一九〇二年から（グアドループでは一九四〇年から）、それは発展せず、もはやそれによってみずからの世界との関係を表現すべき集団とは関係をもっていない。まさに集合的であることをやめ、民衆的に認められ続けているにせよ、もはやそれは、日常的な役割の次元においてではない。

一九五〇年代から六〇年代には、マルチニックにおける音楽生産は一種自動的に同じ所作を繰り返すことに還元されており、それはまさに、この邦における、あらゆる生産、あらゆる創造性の崩壊に対応している。マルチニック人が喜んで、自分が民俗化されるのを受け入れるときの安易さは、この空虚に由来している。

姿を現していったり確固としたものとなったりする音楽のスタイルは、実際、そう、必然的に、さまざまな共同体総体が、宙吊り的な無化ではなく、切迫した生命にかかわる脅威のなかで苦闘している場所で生産されている――レゲエが徐々に練り上げられてゆくキングストンのスラム街、サルサが炸裂するニューヨークの特定の地区といった場所だ。

ハイチの音楽がマルチニックで猛威を振るいはじめ、やがてドミニカの音楽がそれに続くとき、プロの連中は排外主義的な振る舞いを見せる。しかし程なくして、政治活動家たちの影響下で、農村の歌とダンスに向かう運動の輪郭が描かれるだろう（マルチニックではベレがあるが、これはしかしすぐに観光客向けの「民俗芸能的」な諸々のグループに簒奪されてしまう。グアドループでは、より持続的なかたちで、すぐれて農民的な太鼓であるグロ＝カ〔グウォ＝カと表記されることも多い〕が再評価されている）。このような新たな試みが成功に至るかどうかは不確かである――それには、共同的な作業や、全員で遂行される闘いが一体となって行なわれる必要があるだろう。

そこまでゆく前に、マルチニックの音楽家たちが、ついに排外主義的な反応を振り切って、自分たちの取り分を得るという現象が起こるだろう。ジャズ、レゲエ、サルサの影響を同時に受けた、アンティルのスタイルの急激な一般化である。この一般化は、アフリカのダンス・オーケストラのスタイルにすら出会う――大西洋の二つの岸辺で、観光的な交流とレコードの普及に促されて、何かが起こる。たしかに、夜の店〔ディスコやジャズ・バー、ナイトクラブなど〕のレベルの話ではある。しかしながら、ここには実り多い混淆性が萌芽として存在しないともかぎらない――「均質をもたらす」通俗化でないとすればだが。

　こういうわけで、カリブ海に開かれることで、マルチニック音楽は幾多の刷新の企図に向かっていった。この音楽はたしかに、それだけではあらゆる集合的・民衆的音楽を支えるべき機能的必然性にとって代わりはしないだろう。しかし、このような開けが、非-根付きや、現今の虚無の上を跳び越えることを可能とするべき、幾多の豊饒化や共謀を正当化する、そんなことも可能なのだ。

　ただ、もしかすると、アンティル的解決は前方への逃走かもしれない。おのれの邦で「ことをなす」のでなければ、それを歌うことはできない。でなければ、音楽活動は神経症的な無気力の実践となり、私たちは、この報告の冒頭で触れた圧倒的な「安易さ」ばかりをいつも見いだすことになるのだ。

補足的ノート
太鼓について

　以下の指摘はもしかすると無意味かもしれない。とは言うものの、私はアフリカとアンティルの太鼓の技術の違いに心を打たれたのである。アフリカでは、太鼓は言説として組織されるひとつの言語活動である――それぞれの楽器がみずからの声をもつような、太鼓のオーケストラが存在するのだ。太鼓はそれぞれひとつの役割を分担している。アンティルではたいていの場合、太鼓は孤立している――あるいは、伴奏に甘んじている。太鼓のオーケストラは稀であり、アフリカの場合ほど完全だったり全体的だったりしたためしはない。アフリカのものに比べると、アンティルのそれは私には、いかにも今か細く感じられる。リズムの多様性に劣るのである。だからと言って、「退嬰《デカダンス》」と結論づけようとは思わない。アンティルのリズムは独自の個性をもっている。ただおそらく、「オーケストラ」の交感のなかに集う共同的な実存の諸契機にはもはや対応しない、楽器の機能不全ということになるのかもしれない。

41　受け容れること

私たちが（一九七一年に）友好的な対話を行なうことができた、あの黒人学生のグループは、均質的な、ないしは単一イデオロギーをもった一団を構成していたわけではさらさらない。リンカーン大学（ペンシルヴェニア）とハワード大学（ワシントンＤＣ）の学生からなる彼らは、かなり多様な社会的広がりを背景にもっていた。そういうわけで、私たちが知ろうと試みたのは、アメリカの黒人学生の「平均的な」意見だった。それだけに、驚きと言うしかないのは、この平均的な意見とマルチニック人のそれとのあいだの乖離を確認したときのことである。思うに、かの地では、政治的位置取りとは別に、あるいは、そうした位置取りが不在である（でなければそれと示されることがない）ときでさえ、その言説には状況から生まれた急進化が刻み込まれている。この「状況的な」急進化とは、私たちから見れば、アメリカ黒人の経験のなかでもっとも貴重なものである。歴史的に支配されてきたひとつの共同体が、そこにやってくる（あるいはそう称している）人々を受け容れ、あるいは拒絶する権利を奪取するとき、この共同体はただひとつの真の自由を獲得するのである――そこから先では、受け容れるということがもはやみずからを疎外することではなくなる。

対話の最後で、私たちは彼らにこう尋ねた――

――どうして皆さんはマルチニックに来たのですか？

――私たちはマルチニックにおける黒人の状況を知りたかったのです。でも、多くの情報は得られませんでした。

――私たちは合衆国での自分たちの状況がなんであるかはわかっていますが、いつもそれについてばかり話していたくはありません。南北アメリカの全地域で状況はどうなのかを知ることができればと思っているのです。

――私たちの精神のなかにある混乱の理由のひとつは、マルチニックにも見られる、問題の見え方や意見が非常に多く存在するという事実から来ています。私たちはあなた方と話したり、フランス政府の代表の誰かと話したりします。あなた方があることを言うと、その代表者は別のことを言うわけです。これは、合衆国で私たちと、私たちを統治する人たちとのあいだに起こる現象と同じです。

――マルチニックは皆さんにとって、第一印象として、黒人の邦に見えますか？

――いいえ。人々が黒い肌をしているのはわかりますが、内面は別の問題です。

42　チリ

サニャルトゥ〔エンリケ・サニャルトゥ。パリ生まれのチリ人画家、版画家（一九二一―二〇〇〇）。グリッサンや、同じくチリ人の画家マッタと交流があった〕の絵画作品では、アンデスの山塊はただひとつの高峰というかたちで純化されているが、それは増殖して疼くような存在感を示している――それはいきなり、体の真ん中で切断され、空気の不在でもって脚を結びあわされたひとりの男のシルエットとなっている。火がそこに源泉を得る。

こうして長らく、私たちは彼の友人として、サニャルトゥが世界の分断の数々を、ごつごつした粘土で粒だたせるその辛抱強さを見張っているのだ。ほら、チリが私たちに叫びかける。この地に触れるすべてが、もうひとつの意味を綴る。

（〈もうひとつのアメリカ〉が私たちを捉える。こうして、私たちは、自分たちが実に長きに渡ってそこから**切断されて**きたものを知ることを課される――死者たちの計り知れない激昂のなかを周辺の民たちの執拗な希望が歩んでゆく。）

私は思い起こす（ここから、海の火山島であるこの邦からだ）、サニャルトゥのカンヴァスが久しく前から織り上げている、夜の横腹から切り出された影たち、人間性を削ぎ落とされた素描、ひび割れた開花の数々を。

おそらくは、絶えず延期されるひとつの生成。だが、絶えず異議を申し立てられるひとつの絶望。このアメリカにあって、この今の動静が私たちの心臓に投げ入れつつ、再び命を与えるもの。

＊

カライブ人の殲滅が、アンティル諸島と南アメリカとの違いをなしてきた。インディオの民の重要性が、人々が〈もうひとつのアメリカ〉について抱きうるあらゆる見解を規定している。おそらくブラジル亜大陸は除外するにしても、今日に至るまで、この物静かな民こそ、大陸にその一貫性を与えてきたと言っても過言ではない。いずれにせよ、このアメリカ全土が、三つの遺産を——インディオ、アフリカ人、西洋人——を生きている。アンティル諸島のほうでは、インディオの遺産は征服者たちによって清算されてしまった。この遺産が（先コロンブス文明をわざわざひけらかすかたちで）、アフリカの残滓を隠蔽するために利用されることさえある。しかしながら、群島から大陸へとつながる連続性もある。トウモロコシや、キャッサバ、甘藷《パタト・ドゥース》、トウガラシやタバコの文明として、プランテーション・システム周辺の植民地化から建設された文化として、活発な異種混淆を運命づけられた地として、私たちの邦々は三つの場所を出発点に合流する——インディオの情念が永らえるアンデスの高地、混血が加速する中央部の平原や台地、そして、島々が予兆を見せるカリブの海だ。[21] 私は本書の序章で、マルチニックの風景（北部と山、中部の平原、南部の砂）が、このような迂遠な位置づけを、要約するかたちで再現していると述べた。

政治的な災厄もまた多くを語っている。非人格化と同化の苦悩は、（合衆国と一体化した）プエルトリコと、（フランスの県である）マルチニックに共通する。マクーティスムとクーデタという目に見える宿命は、ハイチについても、ラテンアメリカの小さな国々についても同様に理解されるし、私たちはそれがどういうことなのかを言い当てようと試みてきた。マクーティスムは、「構造としての」資本主義が存在し、高度にヨーロッパ化されたアメリカの大国（ブラジル、アルゼンチン、チリ）では、ファシズムへと発展している。

一時期は、スペイン語こそが、キューバ、プエルトリコ、ドミニカ共和国をラテンアメリカにもっとも強く結びつけているものだと考えることもできた。しかし、ハイチはコロンビアとまったく同じような農民文化を構成している。長らく覆い隠されてきたアフリカの存在が、カリブ海周辺に房状の縁とでも言うべきものを形作っており、それがブラジルからパナマへと西（沿岸地方）に、ベネズエラからキューバへと東（アンティル諸島）に続いている。この地帯では、多言語使用は存在のための必要性として出現し、**そしてまた**、今日では脅かされているインディオ諸語やクレオール諸語のような言語をも経由してゆくだろうと考えることは許されよう。

＊

こうした明白な事柄も、いまだ発見されるべきものである。

ある南米の作家の指摘によれば、シモン・ボリバルは解放者《リベルタドール》として讃えられているが、彼はなぜか、基底にある人民大衆の問題を無視している、この問題の解決は南米の現実と切り離すことができないというのに。これは本当だろうか？

これとは対極的に、私は、スペイン語こそラテンアメリカ革命の「唯一の」言語であると誰かが言い放つのを聞いたことがある。これに対し、ひとりのキューバ人が次のように反論していた、すなわち、合衆国の共産主義者たちが一九三〇年代頃に同様の議論をしていたが、これは英語に関してだった、そして、彼らの言うことに仮に従っていたなら（だが、どうやって？）、キューバ革命はたしかに、実際のものとは異なっていただろう、と。こういったいかなる言語も、民によって**話されている**別の言語を犠牲にして、選ばれても奨励されてもならない。こういった具合に、幾多の問題系、問いかけ、場所、解体され再構成される記憶の数々が、互いに結ばれ、また、対立しあう。

二人の画家が、相補うかたちで、この関係について証言している。ウィフレド・ラム〔キューバの画家（一九〇二－一九八二）〕にあっては、アメリカの風景（蓄積、膨張、過去の負荷、アフリカの継承、トーテムの現前）の詩学が**素描されて**いる。辛うじて色彩を施された空隙をもつジャングルの、密な重なり合いのなかに、あれだけ多くの神話的な鳥たちが止まっている。根付きの絵画と飛翔の絵画。マッタ〔ロベルト・マッタ。チリ出身の画家（一九一一－二〇〇二）〕は、今日、人々の魂が陶冶される場所である、苛烈な葛藤をかたどる。多数性の絵画。あえて言えば、多言語使用の絵画だ。私はそこに、目に見える連続性として、外部＝内部の関係、此処＝他処の眩暈を感じとる。

*

私たちにとって、このもうひとつのアメリカはなんなのか？　このアメリカにとって、私たちとはなんなのか？　その密度において多様さを帯びるこのアメリカは、蒸発によって私たちを抑えつけているように思える。私たちはもしかすると、この巨大な河が、分散し流れを減速するときの、無数の滴なのだろうか？　それともむしろ、もうひとつの源泉なのか、すなわち、この河が構成されてゆく途上での、強いられた停止なのだろうか？　どちらの方向にせよ、アンティル諸島はアメリカの突端部だ。大陸の集塊を逃れつつ、しかしその重みに与るものだ。

43 キューバの風景

アンティル諸島の複数の歴史の再出現とその今日的な結合を、ソヴィエト化の企てと国際共産主義の勢力拡大として提示する、さまざまな公的政治宣伝《プロパガンダ》の執拗さには驚かされる。世界政治の舞台のうえで、公式な指導者であろうと現実の指導者であろうと、可視的な者たちであろうと隠されていようと、彼らは、利潤や国際競争の仮借ない必然性に力で従わせられつつもそこから逃れている、このような文明の運動の数々を思い描くことはできないのだ。アメリカ合衆国は、「不安定化」を予防するために、この地域に軍事力を示すことに決めた。笑うべきエピソードもいろいろある。一九七九年に開催されたカリブ海の盛大なフェスティヴァル（カリフェスタ）の帰路、私の十三歳の息子は、マルチニックのラマンタン空港で職務質問を受けた――警察は、息子がハバナで購入した本（子供たちの絵、アンティル諸島に関する『カサ・デ・ラス・アメリカス』誌の特集号）を押収しようというのである。誰でも郵便で取り寄せることのできるものばかりなのに。

しかし、カリフェスタに関して重要なのは、それが一九七九年にキューバで行なわれたことではない。それはギアナで始まり、ジャマイカに引き継がれ、一九八三年にはバルバドスで開催されることになっている。カリフェスタの重要性は、文明的な運動、ということだ。この点において、キューバの人々にとって提起されるだろう問題は、この邦にその表現の大きな部分をもたらしてきたにもかかわらず、当地において長らく覆い隠されてきたアフリカ諸文化の、人々の同意を得たうえでの出現の問題である。アンティル人であろうとする、つまり、複数－関係的であろうとする意志が明らかでないのなら、社会主義的な諸施策がそのために充分であるかは不確かである。かといって、それらの施策が失敗するだろうと言うわけではないのだが。

これはキャリバンの、大陸の大公が文明化しようと望んだあの島人の問題である。キャリバンというテーマは、アンティルの知識人たち――ファノン、ラミング、セゼール、レタマール――に驚くべき仕方で訴えかけてきた。つまり、遭遇と葛藤の場所であるキャリバンは、象徴となったのである。シェイクスピアに出てくる野蛮な人食いを超えて、カリブ海だけではなく第三世界の多くの地で、次の三つの必然性のあいだの遭遇と葛藤によって形作られる動態が実際に作動している――階級闘争、国民《ナシヨン》の出現ないし建設、集団的アイデンティティの追求がそれだ。社会的文化的生活のこれらの所与が、調和をもって結びついたり強めあったりすることは稀である。パナマでは、アンティル諸島出身のパナマ人が標榜しているネグリチュード運動は、パナマ国民《ナシヨン》の強化を妨げていると言われている。トリニダードでは、政治ないし経済問題の解決は、インドとアフリカという二つのアイデンティティのいずれかの相反的な表明を（あなたの話し相手のイデオロギーに応じて）経由する、ないしは経由しないとされている。[22] キューバでは、社会的不平等にかかわる諸問題の解決が、返す刀で人種主義の清算をもたらすだろうと力説されている。これらすべてが、アンティルの現実の問題系なのだ。だからこそ、キャリバンを掘り下げることは極めて興味深いのである。

さまざまな詩学

目印

クレオール語の策略

言葉の「明白な」構造を決定できないために——というのも言葉自体がマルチニック全域に見られる疎外された構造化に依存しているためである——、クレオール語の話し手はこの言葉を守るために数々の言語的策略を増殖させてきた。この言葉は次のさまざまな段階に区分けされている。

——しばしば儀礼的な、機能的クレオール語。
(奴隷監督《コマンドゥール》、奴隷管理官《ジェルール》、等々との関係において。)
——故意の言い落としとしてのクレオール語。
(命令を理解できないふりをする習慣によって。)
——「標準的」なクレオール語。
(もっとも「正常」な、ベケたちのクレオール語。)
——隠れ蓑としてのクレオール語。
(意味より先に押しだされ、不明瞭に発音される文。)
——装飾としてのクレオール語。
(社会上層部との関係での、フランス語化。)

——両義的なクレオール語。

(比喩に富んだ言葉のなかで、その言葉の背後で、さまざまな意味を暴露したり、秘密にしたりしようとする意志によって。)

——醜聞としてのクレオール語。

(自己－攻撃と迂回の言語。)

44　自然な詩学、強制された詩学

私が自由な詩学、あるいは自然な詩学と呼ぶものは、ある表現に向かおうとする集団的な緊張、ただしそれが述べようとすることの水準においても、それが使用する言語の水準においても、表現が自分自身に対立することがないような表現に向かおうとする集団的な緊張のすべてである。

（ある集団にとって、その集団が使用するある言語、もしくは複数の言語を信頼したり、警戒したりする共同の実践を、私は言語活動《ランガージュ》と呼ぶ。）

私が強制された、あるいは束縛された詩学と呼ぶものは、生まれると同時に、表現そのものを不可能にする**欠如**に対抗しようとする、そのような表現に向かう集団的な緊張のすべてである。表現への、緊張感そのものが不可能になるのではない。緊張はつねに存在するからだ。そうではなく、表現が、欠如のために、決して実現されない表現となってしまうのだ。

自然な詩学――共同体の運命が惨めなものであり、その生存が脅かされているとしても、そうした詩学は社会集団の**葛藤**から直接生じてくる。もっとも大胆な経験、あるいはもっとも人工的な経験、言語活動のもっとも根源的な検討によって、同じ詩学が持続し、強化され、歪曲される。それはここでは緊張と表現とのあいだにどのような不可能性も存在しないからだ。確立された秩序に対するもっとも激しい異議申し立てでさえ、問題にされたその秩序とそれを否定する無秩序との持続性がそこに見いだされるなら、それはこの自然な詩学に由来するものであり得る。

強制された詩学——言語活動のなかで実験を行なうような、表現の試み（混合の、「意志的」な試み）が問題なのではない。表現したいという必要性が表現不可能なものと対決するところに強制された詩学があるのだ。この対決が、表現可能な内容と、提案された言語あるいは押しつけられた言語との対立によって生じることもある。それが小アンティル諸島の場合であり、ここでは母語であるクレオール語と、公用語であるフランス語が、アンティル諸島の住民のなかで、思いもかけない同じ苦悩を保ちつづけているのである。

なぜなら、自分は異なった者であるという重苦しい疑いがアンティル諸島民の意識に浮上してからというもの、アンティル諸島に住むフランス語話者で、フランス語を操ることにぎこちなさを感じない人がいたとすれば、その人は、空中を身動きしないまま遊泳しているような人だろう。彼はその同じ動作で水の中を移動し、ひょっとしたらいろいろな深みを発見できるかもしれないということを考えることさえないのだ。言語を横切って、ある言語活動を、おそらくはその言語の内的論理のなかにはないような言語活動を切り開かなければならない。強制された詩学は、自分が使っている言語と、自分が必要としている言語活動とのあいだの対立の意識から生まれるのだ。

同時に、クレオール語は、自然な詩学から湧き出してきたものだったとしても（なぜならクレオール語のうちでは言語と言語活動が見事に対応しうるからだ）、枯渇しつつある。日々の使用において、クレオール語はフランス語化する。話された言葉から書かれた言葉への困難な移行において、それは凡庸なものとなる。それでもクレオール語は、この二つの変化に絶えず抵抗してきたのだ。強制された詩学は、これらの変化とそれに対する抵抗との結果である。

強制された詩学は、したがって一般に、伝統的文化に属する事象ではない。たとえ伝統文化が脅かされていたとしても。あらゆる伝統文化において、言い換えれば、言語、表現手段、私がここで言語活動と呼んでいるもの（表現の様式、使用される言語への共同体の態度）が一致し、どのような根源的な**欠如**も引き起こさないところでは、こうした迂回、こうした反‐詩学に助けを求める必要はない。この反‐詩学について、私たちのクレオール語と、私たちのフランス語の使い方に関係する部分について、これから分析することにしよう。

強制された詩学、あるいは反‐詩学は、表現が直接湧き出すことができず、社会集団の自律的な鍛錬から生じることができないような共同体によって実践される。表現は、この非‐自律をはっきり表示するために、自分自身に一種の非‐力、ある不可能を課している。この現象は、私が話している共同体がつねにまず口承文化であるために激しいものとなる。語られたものから書かれたものへの移行を、ここまでは地位向上のためには避けられないものとして西洋文明の文脈のなかで考察してきたが、それはいまだに混乱を生じさせている。まだ固定されていないクレオール語は、伝統的な生産活動において、またそうした生産活動によって、この困惑を表明するのだ。それゆえ私はまずクレオール語の基盤、言い換えれば口承性の土台について語ることにしよう。

話し言葉の基盤

一　書かれたものは、非‐運動を前提としている。身体はそこでは言われたことの流動性に同行はしない。身体は休んでいなければならない。その時、筆（あるいはタイプライター）を操っている手は、身体の運動を描きだしているのではなく、頁の形を整えている（あるいは派生形を作りだしている）のだ。

語られたものは、それとは反対に、身体の動きと切り離すことができない。言われたことは語りを促す姿勢と切り離せないだけでなく（たとえば長話になったときにしゃがむこと、あるいは音楽に調子をつけるときに輪になってリズムをつけながら足踏みすること）、身体が言われたことを推測させ、あるいは引き受ける、ほとんどセマホア信号のような進行〔セマホア信号は、視覚信号で船舶と交信する信号のこと〕に組み込まれるのだ。[23] 発声は姿勢から力を汲みだし、そしておそらくはそこで尽き果てる。

このように一般論として言えることは、この土地ではおそらくある特別な意味によってさらに強化されることになる。なぜなら奴隷制の時代、奴隷の疎外された身体は、完全に中身をくり抜くためであるかのように、言葉を奪われているからである。自己を表現することは禁じられているだけでなく、考えることさえあり得ないようなことなのだ。生殖の機能におけるまで、奴隷は自分自身を思い通りにできない。生殖活動は行なうが、それは主人のためである。あらゆる享楽は無言であり、言い換えれば挫折し、変質し、否定されている。このような状況では、表現は用心、故意の言い落とし、ささやき、闇のなかで一本ずつ結ばれた糸となる。

身体が解放されると（昼が訪れると）、爆発となった叫びに同行する。アンティル諸島の口承性は、つねに極度の電圧がかかっている、それは生気のないとき、優しさ、感情を知らない。身体が後からついて来る。身体は休息、けだるさ、連続性を知らない。それはぎくしゃくと動く。

語られたことから書かれたものへ移行すること、それは身体を不動化させ、従属させる（所有する）ことだ。自分の身体を奪われた存在は、不動性に達することができない。書かれたものが積み重なってゆくような不動性とは無縁なのだ。それは突然動き、ただ叫ぶ。この無言の世界において、声と身体は欠如の追求となる。

おそらく私たちはやがて、書かれざるものの文明に入ってゆくだろう。そこでは語られたものから書かれたものへの移行は、もしそれが実際に起こるなら、もはや向上や超越として示されることはないだろう。今日、叫びと身体は、私たちにとって、口承性のなかで、欠如への同じ呼びかけにリズムを与えている。アンティル諸島の言葉が、書かれたもののなかであるがままのかたちで持続するのは、ただこの欠如がはっきり表明される場所を出発点とする場合だけである。

二　最初から（つまりクレオール語が奴隷と主人の中間項として作りだされた瞬間から）、叫びは奴隷にそ

言葉《ディスクール》だ。それを理解しなければならない。

の特殊な統辞法を押しつける。アンティル諸島の人間にとって、言葉はまず音である。雑音は言葉だ。騒音は言説《ディスクール》だ。それを理解しなければならない。

意図と声の調子は、根無し草になった人間にとっては、隷属状態の容赦ない無言の世界において、結合するように思える。意味するのは、音の総量である。音の高さは意味されるものを運ぶ。概念は括弧に括られる。人々は、擬音を入れた言外の意味によって理解し合うのであり、そこでは主人は、どれほど「基礎的なクレオール語」を巧みに操ろうと、混乱してわけがわからなくなるだろう。べケのクレオール語が半狂乱の声で叫ばれることは決してない。話すことが禁じられているために、人々は叫びの発作的な挑発によって言葉を偽装するだろう。この明白な叫びが意味を持つかもしれないことを、誰も伝えないだろう。そこには獣の呼び声しかないと、人は推測するだろう。[24] このようにして自己を奪われた人間は、一見したところ無意味な極限の叫びのなかで言葉を織ることで、自分の言葉を組織するだろう。

したがって、意味されるもの＝意味されないものの特殊な体系が発達するだろう。クレオール語は文を突風のなかで組み立てるのだ。

そのような実践が、脅かされた言語、消滅しつつある方言、何ひとつ生みだせないことに苦しんでいる言語に共通したものであるのかどうか私は知らない。しかし、マルチニックにおけるクレオール語の民衆的な使用法において、それはつねに見られることである。民話や歌のたどたどしい読み方においてだけでなく、日常的な話し言葉においてもしばしばそうだ。こうしてクレオール語の言葉にはある所与、すなわち速度が導入されることになる。速さというより、急かされた衝突として。おそらく、繰り広げ＝持続させるという言葉のあり方もまた、文章をただひとつの分割不可能な単語にしてしまう。音の総量がこのように単語の意味を運ぶのに対し、急かされたもの、あるいは巻きつけられたものはしばしば言説《ディスクール》の意味を運ぶ。ここでもまた、使い方の特殊性がある。主人であるべケは、ミュラートルよりクレオール語をはるかによく知っているが、それでもこの言語の「調子が狂った」使い方には参加できない。

　クレオール語の話し方には、太鼓のリズムの節目そのものが見いだされる。言葉にはっきりとした拍子を与えるのを助けるのは文章の意味的構造ではない、そのような拍子を与えるのは、話し手の呼吸なのだ。それは優れた詩的態度、詩的韻律である。

　こうして文章の意味は、ときには、さまざまな音ががたついて、ますます無意味になってゆく言葉のなかに逃げこんでいくかのようだ。しかし、その無意味な言葉は本当の意味を運んでいて、ただしその意味は主人の耳には届かない。クレオール語は、その起源においては、一種の契約のようなもの、おおっぴらな叫びそのものによって隠された秘密のようなものである。たとえば、クレオール語がささやいたとしても（ささやきとは、夜の高みに押しつぶされた叫びだ）、つぶやきはごくわずかしかない。ささやきは外部の状況によって決定され、つぶやきは話し手によって**決意**される。つぶやきは**委ねられた**意味に導いてゆくのであり、**隠された**意味をかくまうと同時に**暴露**するあの無意味な言葉の形式へと引き入れるわけではないのだ。

　しかし、クレオール語がこのように、当初、隠された意味をめぐるある種の契約を含んでいたとしても、この秘儀伝授の機能は次第に消滅しつつあることを知っておく必要がある。そもそも契約の上でなされる叫びが開かれた言語のなかで持続するために、そうした契約は消滅しなければならない。言語は秘儀伝授ではなく、学習こそを前提としているのだ。それはあらゆる人びとに理解できるものでなくてはならない。秘密の言葉（秘密の使用法を含んでいる言葉）はすべて、基本的な統辞法の実践を無意味なものとし、それを「置換された」統辞法に取り替える。こうして、言語《ラング》の地位に到達するということは、ある言葉《パルレ》にとっては、「置換された」統辞法としての秘密の契約を厄介払いし、充分な基本的統辞法の規範に開かれることである。伝統的な諸文明において、この移行はゆるやかに、規則正しく行なわれ、秘密の契約からすべての人に、「異邦人」にさえ許された意思伝達へと変わってゆく。言葉はこのように、少しずつ言語となってゆく。どのような強制された詩学もそこでは実行されない。なぜなら、統辞法が構成されれば、この新たな言語は、同意された統辞法をもつ言語活動ともなるからである。

マルチニックにおけるクレオール語の悲劇は、クレオール語において契約は消えたが、（開かれたものとしての）言語は現れていないということである。秘密共同体という機能は枯渇したが、差し出された共同体という機能はまだ始まっていない。

三　あらゆる口承による大衆文学と同様、伝統的なクレオール語のテクストは、民話であれ、歌であれ、まず比喩を用いた言葉の不規則さによって強い印象を与える。学識ある人が、概念的言語に支配された具体的言語について話そうとするとき、参照するのはこの点である。つまり、比喩を用いた言葉の官能的内在性がひとたび放棄されると（乗り越えられると）、人は概念という厳しい超越性に従うようになるということだ。

ところで、比喩を用いた言葉は、民衆の知恵の表現と呼ばれるもののなかでは、ひとつの策略、言い換えれば、何よりも反-配列の目印である。比喩に富んだ言語（「具体的な」言語）はすべて、それが暗黙のうちに概念を胚胎しながら、その概念が「展開される」ことをそれとなく諦めたことを示している。比喩に満ち溢れた言葉は、具体的と言われる言語において、ある時点における言語の可能性の（集団的に無意識ではあるものの）決然たる沈澱作用の結果である。概念の痕跡と同じほど完全で、繊細で、仕上げられた操作である比喩を用いた言葉は、ある民の闇のなかで分泌される。概念は、たとえばヘーゲルが語っている黄昏〔ヘーゲル『法哲学』の序文にある「ミネルヴァの梟は黄昏に飛び立つ」という警句より〕において、ある神あるいは特殊な天才によって熟考されたものと見なされている。

しかし、クレオール語はそれに加え、**内部**の超越性としてフランス語、つまり書かれた言葉の疼きを含んでいる。クレオール語の出現にはこのような歴史的条件があるため、私たちは言語の最深部にあるフランス語の否定しようのない存在への意識と、表現の場所として、フランス語、つまり概念の体系を断念するという断固とした意志が共存することから来る、強制された詩学を見いだす。したがって、比喩を用いる言葉、言い換えれば「具体的なもの」とその比喩的派生物すべては、クレオール語においては、通常の所与ではない。それは強制された迂回なのだ。暗黙の揶揄ではなく、あらかじめ準備された策略なのである。クレオール民衆の知恵が比喩によって迂回する様子には、何かしら悲痛なものがある。固定された刻印のようなものなのだ。

非−書記言語による地球規模の文明という視点から見て、書かれた言語に対する口承言語の報復のようなもの——そもそもそれは至るところに現れている運動である——を考えることができるだろう。書くという行為は、〈存在〉の超越論的哲学に結びついているように思えるが、今日それは〈関係〉の問題提起によって包囲され、引き継がれていると思われる。このような状況では、おそらく全世界の体制から、比喩による迂回、概念化しない建築物、単に「考察する」だけではなく、閃光のように輝き、玉虫色に光るさまざまな言語が出現するだろう。そのような可能性について人がどう考えようと、クレオール語がこの見通しのうちに存在するために満足させなければならない条件を今から研究しなければならない。

四　クレオール語はアンティル諸島において、サトウキビ栽培を成り立たせていたプランテーション体制の言語である。この体制は消滅したが、マルチニックではそれが別の生産様式によって置き換えられず、両替経済の循環のなかで形骸化した。マルチニックは、他の場所で製造されたさまざまな製品が交換される邦である。したがってそれは、ますます通過の場所となるよう定められた土地である。現在の体制がそこでは何ひとつ産み出されないことを目指しているような邦では、ダイナミックな後背地を奪われているために、母語の体系は強化することができない。クレオール語は大型商業施設の言語となることはできず、豪華ホテルの言語となることもできない。サトウキビ、バナナ、パイナップル、それがクレオール語部隊の最後の幻だ。もし別の機能性を獲得しなければ、この言葉はそれらと共に消滅するだろう。

秘密の契約の言語活動であることを止め、だからといって規範を得ることも、「開かれた」言語の状態で維持されることもないままに、クレオール語は比喩による迂回を引き起こすことが少しずつなくなっている。かつてはこの迂回によって、プランテーションの世界において活発にその合目的性を明らかにし、だからと言って概念の体系とはならないまま持続していたのだが。これは停滞をもたらす環境であり、そのせいでクレオール語は劇的に危機に瀕した言語となっている。

プランテーションの世界において、クレオール語が伝えていたこと、それは何よりもまず拒絶である。そこから新たな言語構造の様式を定義することができるかもしれない。その様式は、「否定的」あるいは「反応的」であり、伝統的諸言語の「自然な」構造化とは異なったものとなるだろう。その点において、クレオール語は世界の〈関係〉の経験に有機的に結びついたものとして現れる。それは文字通り、さまざまな異なった文化を関係づけたひとつの結果である。それは〈存在〉の言葉ではなく、〈関係づけられたもの〉の言葉なのだ。

生産体制が、人口の大部分にとって不公平きわまるものだったとしても、とにかく「自律的」実践として維持されていたかぎりでは、それは象徴的な活動、共同体の絆のようなものを可能としていた。それによって、**決定的な**階級、つまり奴隷階級、さらには農業労働者たちの階級は自分の表現を押しだすことができた。話し言葉において、ここでは書かれた言葉ではない信仰、習慣を打ちだし、**支配的な**階級によって押しつけられた宗教、法律に自分たちの言葉を対置することができた。

クレオール語の民話は、ここではマルチニック人たちが強制された詩学（ここで私たちが反‐詩学と呼ぶだろうもの）を、プランテーションの世界で発展させた、象徴的な迂回である。そこには完全に解放されることへの無力さと同時に、それを実行しようとする執拗さが現れていた。

もしプランテーション体制が別の生産様式によって引き継がれていたら、クレオール語はもっと早く「構造化」され、書かれたものという経験に直面し、秘密の契約から「充分」な統辞法へと「自然」に移行し、比喩を用いる迂回から、概念化する流暢さへとおそらく移行していただろう。

そうはならなかった。マルチニックでは、今日でも、社会の無責任さのもっとも極端な結果のひとつが、病的錯乱と区別するために私が慣習的なものと呼んでいる言葉の錯乱というかたちを取っている。言葉の錯乱が慣習化しているということは、この土地では言語が、「自然」な移行によって歴史的時間のうちに**広がる**ことがまるでなかったことを意味している。意思伝達の停止である言葉の錯乱は、クレオール語によってもっとも頻繁に実行される反‐詩学のひとつである。陰影をつけること、太鼓を鳴らす音の模倣、加速、力強い反復、子音の変更、意味するべきものとは反対の意味、寓意と隠された意味、こうした慣習的な言葉の錯乱形態には、この劇的言語の歴史のあらゆる局面が、凝縮されて存在する。クレオール語を空疎なものとする機能性の欠如を観察していると、この言語は、日々の使われ方において、ますます神経症の言語となりつつあると言えるかもしれない。叫ばれる言葉は、欲求不満の言語において、苛立った言葉に結ばれる。また、このような錯乱した使用法が、この言葉の実践にとって絶対的に不利な条件となっているにもかかわらず、クレオール語を維持することに貢献したのではないかと考えることもできる。錯乱の実践は、生き延びるための技術であることを私たちは知っている。

クレオール語の話し手の悲壮な明晰さを見破らなければならないのは、民話そのもの、あの〈プランテーション〉の反響のなかにおいてである。民話を分析すると、共同体が苦しんでいるさまざまな**欠如**（文化的後背地の不在、技術的な責任感の消失、カリブ海周辺地域での孤立）が、民衆の比喩のなかでどれほど重層的に決定されているかがわかる。注目すべきことは、この重層決定がつねに省略的で、素速く、取るに足らないものとして隠されることである。それこそ私たちが民話のなかに見いだすことなのだ。民話もまた強制された詩学から真に由来するものである。なぜならそれは、自分の苦しむ欠如を織りあげながら、書かれたものという超越的な基準をより巧みに否定するために、表現を決して完成させないことに熱中する緊張感なのだから。クレオール語の民話は、参加する儀礼を含むが、神聖化は注意深く排除する。それは言葉を戦闘的な嘲弄のなかに置くのだ。

クレオール語と風景

一　私の話は、クレオールの民話をある体系の表明として研究することでも、その意味を分離することでもない。動物寓話の集大成（アフリカやヨーロッパの）、移し替えられた民話の聖遺物、主人の世界への奴隷の鋭い眼差し、労働「価値」の拒絶、恐怖、飢餓、悲惨さの循環、絶えず根こぎにされる希望のたまり場。クレオールの民話はずいぶん研究されてきた。私が行なおうと思うのは、もっとささやかなことであり、民話とその周辺との関係を打ち立てるというものである。

印象的なのは、クレオールの民話における風景の空虚な**鋭さ**である。風景は、そこでは人が横切る、連続する場所の背景にまで純化されている。森と夜、草原とそこに射す太陽、丘陵《モルヌ》とそれがもたらす疲れ。まさしく通過すべき場所。歩くことの重要さはここでは驚くべきものとなっている。民話はだいたいこんな風に語られる――「おいらはあんまり歩いたので、歩き果てて、もう足の方が先に出るくらいだ」。道は逆に行っても同じだ。もちろんさまざまな植物がそれらの道筋を満たしているし、さまざまな動物たちがそこに標識を立てている。しかし、場所が指示されても、**それが決して描写されない**ことを知ることが重要である。風景の描写は、民話の一要因とはならない。描写することの喜びも愉しみも実行されていない。それは民話における風景が、住むように決められたものではないからである。通過の場所に過ぎない風景は、まだひとつの邦とはなっていない。

二　すなわちこの土地は所有されていない。結局それは権利要求の対象となることはほとんどないのだ。クレオールの民話には二人の主要人物がいる。〈王〉（ヨーロッパ人の象徴と言われている、あるいはベケの象徴か？・）、そして〈虎の大将〉《コンペール・ティーグル》である（植民者ベケの象徴、あるいはただ黒人監督官の象徴？・）。この〈虎の大将〉はある決定的な人物、〈うさぎの大将《コンペール・ラパン》〉(民衆の策略の象徴)によっていつも騙され、しばしば打ち負かされる。[25] しかし、土地の所有に関する支配者の合法性は決して問題にされない。民話の象徴性は植民地法の抜本的解消にまでは至らず、その教訓はこの法律の廃止への最終的な呼びかけを決して含まない。私はそこに希望の断念を認めない。そうではなく、すでに述べた極限の策略、ここでは主題が悲痛なまでに固定されるという策略、つまりあのきわどい迂回を認めるのであり、その迂回によってこそ、クレオールの民話は、それがたしかに制度とその構造を**確認した**ということを知らせているのである。

　このような場所では、人間(人間を象徴する動物)は物、木々、動物、人々と、間歇的な関係しか結ばない。極限まで「息を切らせる」クレオールの民話は、どのような穏やかな休息の余地も残さない。誰も事物のうえに眼差しを**置いて**いる暇がない。周囲との関係は、ここでは絶えず劇的で、問いをはらんでいる。民話ははらはらさせるが、それは**ぐずぐず手間取ら**ないことを選んでいるからだ。民話は描写せず、ほとんど評価を下さない。好都合な薄暗がりも、心地よい物憂さもない。知られていない昔から、取るに足らない現在まで、休みなく駆けなければならない。被害を被った大地は、まだ差し出され、開かれた土地ではない。民族意識は、民話のなかでは萌芽の状態にあり、そこでは咲き誇っていない。

　もうひとつ一貫しているのは、ここの人間が自分のものとして認める「豊かさ」の目録の途方のなさである。生きる喜びであれ、所有の幸福であれ、クレオールの民話には、欠如と過剰という二つの尺度しか存在しない。悲壮な明晰さ。豊かさは取るに足らないものであるか、さもなくば常軌を逸したものだ。民話がたとえば食べ物のリストを作成するとき、その量はあまりに極端である。民話がある価値やある財産の異様な大きさを見積もるとき、その形容はあまりに極端である。二百十の部屋があると一息で、他の特徴も示されないまま言われるとき、突如として「城」(豪華絢爛、快適な設備、威厳)が描写される。取るに足らない豊かさ。なぜなら、「本当の豊かさ」は〈プランテーション〉の閉ざされた世界には不在だからだ。過剰と欠如は互いに補いあい、同じ不可能性を強調している。クレオールの民話はこのように、過剰であれ虚無であれ、話の背景をこの邦ではない場所に打ちたてる。その場所は現実の邦を超えているが、それでいてそのもっとも正確な構造を見据えているのである。

同様にして、クレオールの民話には、仕事や創造の日々の技術がまったく記録されていないことが観察される。ここでは、道具は「現実とかけ離れたもの」であるかのようにして体験される。人間が自然と関係する手段である道具は、具体的に自分のものとすることが不可能なものである。かくして、民話で使われるさまざまな道具や機械類は、威厳、つまり隔たりが暗黙のうちに想定されているような所有者に、つねに関係づけられる。「某氏の荷車」あるいは「某氏の風車小屋」が問題となるのだ。道具は他者のものであると認められる。技術は自分のものとはならない。人間は自分の風景を変えようとしない（変えることができない）。その美しさを歌う暇さえないのだ。おそらく、美は取るに足らないものに見えるからである。

収斂

一　では「持続」しようとする努力を、どこに位置づければいいのか？「先祖伝来」の腐植土の上の栽培地から湧き出すのではなく、逆に不可能（破壊、否定、縮小）に対抗しながら自分の「小枝の防御物」を積み上げてゆく、このような「強制された」詩学、このような反‐詩学は、いったいどのような広がりをもつものなのか？

(a)この反‐詩学はしたがって、多様な、ときには対立する文化的諸要素を総合するように定められている。

(b)これらの要素の少なくとも一部分は、総合的機能に先立って存在するわけではない。それゆえ諸要素の組合せは、それだけますます必要となるが、それだけますます脅かされることになる。

(c)この特徴こそ、この強制された詩学のあらゆる力（粗さ、劇的なもの）を作りだしている。

(d)したがって、この強制された詩学は、続いてゆくうちに自然で、自由で、開かれ、物語られる詩学に変化しなければ、枯渇するだろう。

それゆえこの反－詩学の努力は、まず迂回と結びついている。つまり知られていない知識に結びついているのだが、それによって民衆の意識は自分たちの彷徨と同時に自分たちの密度を肯定しているのだ。それでも、知られていない知識から、自己に関する熟考された知識へと移行しなければならない。

ここでおそらく、民族詩学《エトゥノポエティック》と今日呼ばれているある状況との関係について、最後にいくつかの考察が不可欠となる。

二　まず、クレオール語とフランス語について、これまでは一方が他方の卓越性を認めざるを得ない状況だったが、この二つの言語のあいだの葛藤という視点から見れば、唯一可能な実践は、二つをお互いにとって**不透明**なものとすることである。普遍化し、縮小させる人間主義に反して、特殊な不透明さの理論を至るところで展開すること。〈存在〉の統一化に向かう体系を受け継いだ〈関係〉の世界では、不透明さに同意すること、つまり他者の還元不可能な濃密さに同意することは、多様なものを通して、真の人間らしさを実現することである。人間らしさとは、今日ではおそらく「人間のイメージ」ではなく、承諾された不透明さの絶え間なく再開される網状組織なのだろう。
次に、詩学は、言語の機能性から切り離すことができない。クレオール語を救うには、この言語を話し、書くことに全力を尽くすだけでは不十分である。この言語が本当に発展するためには、その生産の諸条件を再構築し、マルチニック人の自分の島における全体的・技術的責任のさまざまな要因を立ち上げる必要がある。言い換えれば、あらゆる民族詩学は、ある時点で政治と対決することになる。

最後に、私が行なった報告によって、充分次のことがわかっていただけたことと思う。支配的なイデオロギーの歴史的重みによって抑圧されてきたいくつかの共同体が、彼らの言葉を解体してひとつの叫びとし、そのようにして原初の民族《エトノス》意識が無垢なまま現働化するのを見いだすことに憧れるとしても、私たちにとっての問題は、むしろ（私たちの発した）ひとつの叫びを、その叫びを持続させる言葉に発展させ、そのようにしてついに解放された詩学の、おそらくは知的実践を発見させることである。民族詩学は、このように矛盾対立するさまざまな歩みを和解させるだろう。

マルチニック人によって実行される反－詩学（フランス語で書かれた作品において、クレオール語の実践において、言語の錯乱への逃避において）は、したがって、共同体による表現の必要性と同時に、みずからを真に表現することの現在の不可能性の細目を示しているのだ。この矛盾は、マルチニック共同体が現実に自己を語ることができるとき、つまり自分を選ぶことができるようになるときに、消滅するだろう。民族詩学はすべて未来のものである。

45 〈関係〉の詩学

トーマス・モフォロ〔レソトの作家（一八七六－一九四八）〕が語る、ズールー人皇帝シャカ〔シャカはズールー人の初代皇帝（一七八七－一八二八）〕の叙事詩[26]は、アフリカの詩学の鑑と私には思える。たしかに、西洋の叙事詩形式との出会いが欠けているわけではない。専制君主の感情の描写（野望）、英雄の悲劇とズールー人共同体との関係、英雄の上昇と転落。魔術的次元（戦士の素性、治療師の重要性、さまざまな実践、儀式）が、アフリカという主題に独特のものと見なすことはできないだろう。民族の急激な飛躍を語るあらゆる叙事詩は、神の恩寵に訴える。口承性でさえ、ここでは固有のものではない。

結局のところ、ホメロスの詩は歌い、朗唱し、踊るために構想されたのだから。

二つの特殊性が、『シャカ』のもっとも重要な興味の対象となっている。それはひとりの人間の情熱と運命を「普遍的な」やり方で上演するものであり、ひとつの民族の**起源に**も、その始まりつつある歴史にも関係していない。したがって、この叙事詩は創設神話を含んでいない。逆に、問題の民族にとってはるかに危険な時期、つまり〈北〉から来た征服者と**隣人関係に入る**時期を叙事詩は扱っている。偉大で、はかないアフリカ諸王朝の運命が似ていることに人は驚く。それらの王朝はある村、ある部族から出発して広大な帝国を手に入れ、最後はすべて牢獄、逃亡、あるいは属領で終わるのだ。（それらの歴史はポスト植民地主義時代に一斉に登場した擬似‐征服者たち、植民地軍の元下士官あるいは元将校たちの企てのなかで、戯画のように反復されている。西洋は、彼らを作り、権限を与え、維持した後で、さんざん嘲笑したり、憤慨したりしている。）十八世紀、十九世紀のアフリカの偉大な征服者たちはすべて白人の接近に取り憑かれていた。シャカが自分の側近たちに欺かれたとき、彼が意見を求めたのは白人である。彼の人生、彼の行為、彼の活動は、この接近に抵抗して彼が打ち立てようと試み、彼だけがその秘密を知っている、そんな最後の客寄せ道化のようなものである。アフリカの詩人たちは、このような運命を繰り返し取りあげ、口承の年代記はその運命の流れを歌っている。ダホメ王ベアンザンがこの地に流刑になったとき〔ダホメ王ベアンザン（一八四四－一九〇六）は、一八九四年から一九〇六年まで、フランス当局によりマルチニックに強制収容された。マルチニックを去って数カ月後、アルジェリアのブリダで、肺炎により死亡〕、マルチニックの私たちもその強迫観念に触れた。打ちのめされた征服者たちの叙事詩は、彼らの民族あるいは人民、ときに信奉者たちの叙事詩でもあるのだが、それが語られるとき、ある共同体が世界におけるみずからの正当性に確信を抱くことを目的としていない。それは『イリアス』や『オデュッセイア』、あるいは旧約聖書、サガ、武勲詩のような創設の叙事詩、創造を物語る偉大な「書」ではない。〈関係〉の回想録なのであり、植民地化による大規模な分散が起こる前にあった、ひとつの民族がもつ一体感を再構成したものである。したがってそこには、ヘーゲルが叙事詩の民衆的瞬間と言っているあの「素朴な意識」は現れない。現れるのは束縛された意識、植民地時代のあらゆる期間にわたってアフリカ諸民族の存在の基礎に横たわっていた意識である。[27]

（文字に起こされたアフリカ叙事詩のうち私が読み得たもののなかでは（たとえばアフリカの研究者たちとリリアン・ケステロートによって収集され、翻訳された、バンバラ人におけるセグー帝国の叙事詩など）、物語のこの「中断」に私は敏感である。まるで口承の話をこしらえながら、詩人が避けられないと知っている**何かを待っている**かのようなのだ。王位の継承は、正統継承権の理論によって規定されていない（それに基づいてもいない）。叙事詩は破裂している。物語は短い。記憶は秘められたものとなり、姿をはっきり現すために無理強いしなければならない。白人がついに扉を無理にこじ開け、大声で話すように強要する。長話の秘められた火は、公共空間の風にまき散らされる。叙事詩の知恵は、この〈関係〉が**訪れるだろう**とつねに知っていたことである。この関係づけの予感を、O・マノーニ〔オクターヴ・マノーニ（一八九九－一九八九）、フランスの人類学者、精神分析家〕は依存コンプレックスと解釈している。「ヨーロッパ人が今日《問題視》されている種類の植民地を創設したほとんどの場所で、ヨーロッパ人は待たれていたのであり、自分の臣下の無意識においては望まれてさえいた。[28]」フランツ・ファノンは（『黒い皮膚、白い仮面』において）この解釈を告発している。ヨーロッパ民族は、〈関係〉の攻撃的主体であるために、〈関係〉の詩学を理解することができない。彼らにはそれが弱さ、諦めに見えてしまうからだ。[29]モード・マノーニ〔フランスの精神分析家（一九二三－一九九八）、オクターヴの妻〕はこの盲点を理論化している。）

もうひとつの特殊性が、叙事的物語の根本的な性格、西洋の文学からはほぼ完全に消滅した性格と一致している。私はそれを**持続の詩学**と名付けている。アフリカの叙事詩においては、どのような瞬間においても、言葉が魅惑したり、驚かせたり、眩惑したりしようとすることはない。言葉は聴衆を罵倒したりせず、聴衆に訴えかけ、聴衆のうちに侵入する。積み重ねられた厚みを通して聴衆を運んでいき、その厚みのなかで少しずつ企てが描きだされる。文学ジャンルが明確に分けられたせいで、西洋の文学はこのような詩学を放棄することになったと私は考える。小説の存在、その特殊性のせいで、ある持続のあらゆる探求、それに関係するあらゆる技術が、少しずつ小説というジャンルだけに割り当てられるようになった。同時に詩が、**言うに言われぬもの**を引き受けることになった。つまり閃光のうちに形をなしたもの、さまざまな啓示の稲妻、極度の透視力の先端にあるものを。**瞬間の詩学**。しかし、このようにジャンルを区別し、それぞれのジャンルに根本的に対立する詩学を割り当てることは、それらの詩学を一つひとつ無力化することである。そのように分割されることで、詩学はみずからの目的に荒々しく突き進む代わりに、目的に隷属することになるからだ。

アフリカの口承テクストの詩学において、**あらゆることは言語化可能である**。シャカという人物を包みこむ神秘のヴェールは、叙事詩のテクストが私たちに隠していることからではなく、さまざまな積み重ねを通して言われていることから来るのだ。

詩における言うに言われぬこととは、西洋においては、人格の尊厳と呼ばれるものに捧げられているように私には思える。この尊厳自体、私的所有権が歴史に出現した時点から抜きん出たものとなった。このように大胆に要約することで、次のように推測できる。詩への情熱は、ある自我が要求するものであるかぎり、共同体がみずからを打ち立てるという根本的な権利を手放し、私的所有権のまわりに組織されることを前提としている、と。詩における言うに言われぬこととは、所有権という絶妙な構造そのものである。逆説によって、それは不透明さではなく、透明なものとなるのだ。

この人格への鋭い感覚に、共同体の尊厳への同意という同じように強烈な感情を私はつねに対置してきた。数多くの非‐西洋文明において、そうした共同体の尊厳が明確になるように私には思えるのだ。私的所有権――人格の尊厳――詩における言うに言われぬものという道筋に、これと同じほど物事を創設する力を持っているように思えるもうひとつ別の道筋を私は並置した。すなわち、土地の分割不可能性――共同体の尊厳――歌における明確に述べられたもの、という道筋である。文明間のこのような対立によって、アンティル諸島の文明におけるさまざまな切断を理解することができる。ここでは、アフリカの遺産（共同体の尊厳という感情）は、ある不可能性（土地を集団で所有できないこと）にぶつかり、歌における明確に述べられたもの（伝統的な口承文化）は西洋の教育（詩における言うに言われるものへの手ほどき）によって抹消された。この言うに言われぬものの魅力を私たちは味わったのだから、それを捨てるのは長くつらい道のりとなるだろう。ランボーはアビシニアで武器取引をしていたが、彼の言葉はそれ以上のことをしていたのだ。どれほど多くのアンティル諸島の若い詩人たちが、この言うに言われぬものに順応できないことに絶望し、それでいて、この分野におけるエメ・セゼールの成功に魅惑され、**言葉の別の組織**《エコノミー》を打ち立てる手段を自分のうちに持っていることを知らないまま、その閃光を体験しようとして枯渇してしまったかを、私は見てきた。この詩的閃光の夢によって、想像力を枯渇させ、無気力になった彼らは、制覇すべきこの持続が自分のなかで鼓動しているのを聞かなかったのだ。

しかし、この種の並行関係にある対立は、根拠があるものの、それと同じほどしばしば人間を疎外するものだ。たとえば、（アフリカにおける）土地の集団的所有と（西洋における）私的所有の区別を出発点として、アフリカ的社会主義の理論を構築することもできただろうと私は考える。西洋の社会主義は、結局のところ私的所有権という既存の感覚に対する**反動**に過ぎなかったのだから、この社会主義の方がもっと自然な（したがってより「人間的」な）ものに見えるだろう。特権を与えるこれらの理論（たしかに自然らしさは、反動よりも感じがいいのだから）は、安上がりな安心を与える。このアフリカ的社会主義が、原則として、あるいは現実として確立された国々において、イデオロギーにおいても、物理的にも、驚くべき悪行の数々をなしてきたことを私たちは知っている。[30]

それにしても、私的所有制をもっとも重要な土台とする、人格の尊厳を特権視する感情と、瞬間の詩学との関係には深いものがあると私は主張する。これらの所与全体には、個人的利害の制限が暗黙のうちに含まれている。個人の尊厳と私的所有制というこの重い現実を、推測によって分離することは難しい。そのためには純粋化することが必要である。それゆえ、西洋の哲学とイデオロギーはすべて**一般化する普遍性**に向かうのだ。（今日もなお、西洋の公的思想がレオポール・サンゴール氏の言葉のなかで最大限の幸福と共に認めることは、普遍性の文明という一般的な観念である。）一般化する普遍性という野望を認めさえすれば、私的所有制という現実から出発して人格の尊厳を純粋化することができる。それはまた貧しい民族を非人格化する過程のもっとも決定的な武器でもある。一般化する普遍性に反対する最初の手段は、**その場にとどまる**という気難しい意志である。しかし、私たちにとって、場所とは私たちの民族が追放された土地だけでなく、他の共同体と共に（非-歴史として生きながら）共有してきた歴史でもある。その歴史の収斂する地点が今日現れている。私たちの場所、それはアンティル諸島である。

知識人たちが夢見、私たちの民族がひそかに生きてきたアンティル性は、避けがたいナショナリズムに固有の不寛容から私たちを引き離し、今日民族を疎外せず静めてくれる〈関係〉へと私たちを導いてくれる。

アンティル性とはいったいなんなのか？　多数の-関係ということだ。私たちは皆それを感じ、秘められた、あるいは戯画化されたあらゆるかたちでそれを表現し、あるいは激しくそれを否定する。しかし、この海が、ついに発見された島々で満たされながら自分たちのうちにあるのを私たちは感じている。

アンティルの海はアメリカ合衆国の湖ではない。それはアメリカ大陸の河口なのだ。

この文脈で、島嶼性は別の意味を帯びている。通常、島嶼性は空間の神経症であるかのように孤立したあり方だと人々は口にする。だがカリブ海域では、島の一つひとつは開口部である。外＝内の弁証法が、大地＝海の競合に通じている。ヨーロッパ大陸に係留されている人々にとってのみ、島嶼性は牢獄となるのだ。[31] アンティル諸島の想像力は、私たちを窒息感から解放する。

アンティル文明において、私たちマルティニック人が責任をもってきたのは、「歴史的」理由から、言葉に対してだけだということは疑問の余地がない。あまりに数多くの言葉が喉に押し込められ、自分たちの動作を発揮しようにも「原料」があまりにもなさすぎるのだ。

おそらくそれゆえ、アメリカ黒人の言説の修辞学を発見して、私はひどく驚いた。タフツ大学（ボストン）で、黒人アメリカ文学に関する発表を聞き、聴衆が拍子を取って体を揺すり、講演者のテクストを旋律をつけて繰り返すのを見てどれほど驚き、感動したかを思い出す。マーチン・ルーサー・キングに捧げられたテレビ映画を見た時も、あの分身、演説者の後ろにひかえ、彼の演説を繰り返し増大させるあの反響を発見した。悲劇作品におけるように、反復はここでは同義語反復ではない。ここには言葉の新しい構造がある。

詩的閃光は自我の高揚の頂点であると私は考えているが、まったく同様にして、言説の繰り返しは〈私たち〉の身の丈にあった能力だと推測できる。この〈私たち〉は、超越的なものとしてあるわけではない。それは本性上、混血という〈関係〉の最初の所与を前提とさえしているのだ。

私たちが混血文化という言葉を使うのは（たとえばアンティル文化がそうであるように）、別のカテゴリー（「純血」の文化）に対立する、それ自体独立したひとつのカテゴリーを定義するためではない。そうではなく、今日、人間精神に対して、意識として、投企としての〈関係〉――理論として、現実としての〈関係〉――への際限のない接近の道が開かれたと肯定するためである。

混血を提案するということは、まず混合によるある民族の形成を称揚することではない。実際どのような民族も、人種の交配から守られたことはなかった。混血を提案するのは、もはや「唯一の」起源を賛美しても効果はないと強調するためである。西洋の伝統において、血統はこの唯一性を保証するものである。ちょうど創世記が血統を正当化しているように。諸民族は混血であり、混血は価値なのだと主張することは、あるがままの混血は二つの《純粋な》極のあいだにあるという考え方を解体することである。この中間的な範疇が公認され得たのは、搾取によって野蛮化された国々（たとえば南アフリカ）においてだけである。おそらくそれは、アンティル諸島の混血文化に関する私の考察に答えて、次のように言ったアンティルの詩人が感じていたことである。「事態は理解している。私の気に入らないのは言葉だ。」混血を提案するということは、範疇としての混血の否定を前提とする。[32] 人間の想像力が（西洋の伝統において）つねに否定し、あるいは隠そうとしてきた事実上の混血を正式なものと認めさせることである。したがって、異文化の受容と伝統文化の放棄という現象の分析は、そのままの形では不毛である。どのような社会も、異文化を受容してきた。どのような伝統文化の放棄も新しい文化の動機に変化させることができる。ここで重要なことは異文化の受容と伝統文化の放棄のメカニズムというよりも、そうした現象を固定することが、あるいは凌駕することができる力学を強調することである。

「明らかに」寄せ集めの民族が、創世記なしで済ませてきたことを私たちは理解する。あらゆる創世記の「結末」は、保護された統一性を確信させる血統の始まりである。寄せ集めの民族、言い換えれば自分たちの複合性を否定できないし、それを想像上の〈統一性〉に昇華することもできないような民族は、創世記など必要としない。血統を必要としないからだ。（アンティル諸島の民話のなかに見いだされる「創世記」の唯一の痕跡は、風刺的、冷笑的なものである。神は創造の窯から、あまりにも早く〈白人〉を取りだし、あまりにも遅く〈ニグロ〉を取りだしたというのである。この説にしたがって考えれば、ミュラートルは――アンティル諸島の人はここでは自己を混血のミュラートルと見なしたがっている――、適度に焼き上げられた唯一の人ということになるだろう。しかしこの三つの窯焼きに関する別の解釈によれば、最初の人物はあまりにも青白く、二番目（ミュラートルたち）は充分に焼けてはおらず、三番目（ニグロたち）が適度に焼けたということになる。マルチニック人の意識はつねに矛盾の可能性に苦しめられている。創世記のパロディーは、いずれにせよこれらの起源を説明しようとしているわけではなく、超越論的に与えられるあらゆる創世記を風刺しているのだ。）混血の詩学は、関係の詩学そのものである。それは直線的ではなく、予言的でもなく、骨の折れる忍耐、抑えがたい派生物によって織られているのである。

いずれにせよ〈関係〉の理論は、学問を形成すること、つまり識別された役割のさまざまな規定や定義によって一般化することはできないだろう。それは知り尽くされてはいない。ただ認識可能なだけなのだ。

「〈存在〉がある」というパルメニデスのテクストにも、その対極にあるヘラクレイトスの「あらゆるものは変化する」というテクストにも基づかない——西洋の諸々の形而上学はそれらに従って構想された——形而横断学。その命題は次のように要約できるだろう——存在者（全体性によって実存するもの）は相互に関係しあっている。

相対化された全体性によって実存するもの。

西洋において、唯物論は、ひょっとしたら観念論の形而上学的補完物として生じたものではないだろうか。「歴史的分析による」ものだとしても、唯物論は超越論から生じるさまざまな不寛容を擁護することができるのだ。〈関係〉の形而横断学はすべてこのひそかな連帯を解体することに貢献するのである。

つまり、〈関係〉と〈時間〉は、私たちにとっては〈一者〉の思考のなかでは結びつかないし、その詩学によって表現されることはないだろう。

なぜなら〈関係〉の詩学はさまざまな明白な事実が結合することで力を得るものであり、そのような労苦によって、私たちが騒がしい奥底となっているある知覚されない場のうちに与えられるものだからである。

紋切り型《リュー・コマン》＝共通の場の積み重ねであり、曖昧に語られたことによって開拓される〈関係〉は、絶え間ない中継の状態にあるのだ。

補足的ノート1

〈一者〉の詩学について。ミロシュ〔オスカル・ミロシュ。フランスの作家（一八七七－一九三九）〕——さまざまな原型

最初から、彼のなかには認識への意志があって、そのせいで長いあいだ彼は、つましい宝物に向かっていった。

趣味と適性によって、大地のつつましい開花のなかに彼は自分の知を探索したのだ。苔の生えた草木、くすんだ雨、黴《かび》、蕁麻《いらくさ》、「幼年時代の敵」であるベラドンナは彼の相棒だった。「彼らは、知っている、彼らは知っているのだ。」この謙虚さが彼の性質の奥底にあり、自分の神を前に彼を平伏させたに違いないのだが、そのせいで彼は「被造物」の秘められた細部に導かれ、その奥義に接した。そこでこの豊かな細部こそ、真実を豊かにすると彼は信じた。その点において、彼は詩人、具体的なものを明かす人なのだ。このようにして、打ち震える幻視者たちに割り当てられたバロックの諸領域に彼は触れる。

ある光もまた彼のなかで大きくなっていた。信者の光である。〈啓示〉の後、突然変異によるかのようにして、地上の重さを離れ、「深く、思慮深く、純潔な原型」を歌ったが、それでも彼は、自分が近づくことを学んださまざまな実質の詩的塊を捨てることができなかった。

「そのとき私のなかにいたその女性は死んだ。墓として、私は彼女にそのすべての王国を、つまり自然を与えた。偽りの庭園のもっとも秘められた場所に私は彼女を埋葬した。永遠を約束する月の眼差しが、葉叢のなかで細かく分かれ、幾千もの度合いの心地よさによって眠っている女性たちのうえに降りてゆく場所に。」

この女性が、詩そのものであること、少なくともそのときまでミロシュが慣れ親しんだ詩であることにどうして同意せずにいられるだろう? 同じ詩篇「認識への讃歌」のなかで、彼は言っていないだろうか。「あらゆる自然詩人と同様、私は深い無知のなかに浸った。美しい花々、遠くにある美しいものたち、そして数々の美しい顔でさえただその美しさゆえに愛していると、私は信じていたのだから。」貴重な無知である。あの「眠っている女性たち」、「幾千もの度合いの心地よさ」という言葉の恩義に、私たちは浴すのだから。〈原型の王国〉そのものにおいて、そうした言葉は私たちをこの世で最高の美へと運んでゆくのである。庭園が偽りであるのは、その多様性を減少させ、その無限の変化を探そうとしないままそれを必死に描こうとする者にとってだけである。〈原型〉は、〈見かけのもの〉とまったく同様に、詩の外にある。自然のなかの唯一者は、この多様性への関係のなかにいるのだ。

ミロシュがその詩集の結語として次のように書いていることを私たちは尊重する。「私は眠り、休みたい。」彼は自分の神の光に到達したのだ。それは私たちを感動させる昇天である。ここで私たちに関係しているのは、最後の至福ではなく、そこに至る道のりである。飽満のうちにではなく、なだめがたい渇きのうちに、私たちは詩人を認めるのだ。

補足的ノート2
擬似－関係について

非－関係の次の例は、トルーマン・カポーティの短篇小説「カメレオンのための音楽」から引いたものである。この短篇は、一九七九年九月十七日、『ニューヨーカー』に発表されたが、その全体がマルチニックへのある見方に捧げられている。著者はここで、フォール＝ド＝フランスの年老いた貴族（ベケ？）への訪問を語っている。テクストは、旅行者（T）と植民地主義者（C）から見たマルチニックに関する紋切り型の意見（的確だったり、間違っていたりする）を数多く調べあげている。


「島全体が不思議さのうちに浮かんでいる。まさしくこの大邸宅は幽霊屋敷だ」（C）。

「マルチニックは、蚊に呪われていないカリブ海唯一の島である」（T）。

「私の父方の祖母は、ニューオーリンズ出身だった」（C）。

「マルチニック出身者はやけに熱中性のようだ。ロシア人のように」（T）。

「マルチニックではものがオソロシク高イ」(T)。

「マルチニックはフランスからの補助金がなければ存在できなかった」(C)。

「悶着を起こす人々と彼らの目指す独立」(C)

「女たち。しなやかで、甘く、とにかく美しい女たち」(T)。

「男たちは興味をそそらない。気概がないように見える」(T)。

「それはゴーギャンにふさわしものだった。彼の黒い鏡だったのだ」(C)。

「あなた方のレストランは、カリブ海の他のレストランよりもおいしい。でも高すぎる」(T)。

「外国の淑女たちは、上半身には何も着ず、下半身にはごくわずかしか着ていない。あなたの国ではこんなことが許されますか?」(C)。

「普通、カーニヴァルのあいだ私は島を離れます」(C)。

「花火工場のなかの爆発のように、自発的で目がさめるようだ」(T)。

「私たちは乱暴な民族ではない」(C)。

「ご婦人が同じ歌と戯れている。モーツァルトの曲の寄せ集めだ」(T)。

　どのような読者もこの幻想のマルチニックの下にある、現実のマルチニックを見抜くことはないだろうということから、非-関係が生じている。この幻想がどのような興味も(芸術的興味も民族学的興味も)掻きたてないということから、非-関係が生じるのだ。幻想は言葉と同じ水準にある。言い換えれば、著者の思考も、「題材」も、相対化されていない。著者は一方の側にいて、彼の短篇小説の対象は別の岸辺にあるのだ。

46 「アメリカの小説」

アメリカの小説家とここで呼ぶ人々の探求には、いくつかの共通した主題があるが、これらの主題をはっきりさせてみたい。自分自身の仕事、いくつかの関心事を参照しながら、アメリカの小説家の作品がこの南北両アメリカ大陸で、どのような事柄をめぐって進んで言語化されるように思えるのか、私の考えを言い表してみようと思う。

もっとも重要な強迫観念、そう、それを私は次のように要約する——時の痙攣。

アメリカの小説では、過去の強迫観念が文学的生産活動のきわめて重要な参照枠のひとつである（この考えは大いに言及されてきた）。実際に「起こっている」ことは、曇りきった年代順の時の流れを解きほぐすことが問題になっているように見えるということだ。あらゆる理由、とりわけ植民地主義的理由によって、それが抹消されていない時には。アメリカの小説家は、彼が属する文化領域がどのようなものであれ、失われた時《タン・ペルデュ》を求めたりはしない。そうではなく、半狂乱の時《タン・エペルデュ》のなかにいて、もがいているのだ。フォークナーからカルペンティエールまで、堆積あるいは錯乱のなかにのみ込まれた持続の断片のようなものを前にしているのである。

アメリカ大陸の詩学を、持続を探求し続けるものと私は特徴づける。この詩学は、瞬間の霊感と破裂によって特徴づけられると思われるヨーロッパの詩学ととりわけ対立することはすでに見た。時の痙攣に関して言えば、アメリカの作家たちは未来の記憶のようなものに苦しんでいるようにも思える。ここで私が言いたいのは、私たちは潜在的な作家というべき存在であり、読者は未来にやって来ることがほぼ確かだということである。そして、この破裂した、苦しみの時は、「移動させられた＝夢中になった《トランスポルテ》」空間と結びついていることも言っておきたい。アフリカのさまざまな空間だけでなく、ブルターニュの空間のことも私は考えている。そうした空間の思い出は、私たちがお互いに生きている空間的現実に貼りついているのだ。時間と対決するということは、したがってここでは、その直線性を否定することである。すべての年代記はあまりにも直接的に明白すぎるのであり、アメリカの小説家の作品では、過去を再構成するには時間と格闘しなければならない。アメリカにおいて歴史的記憶が抹消されなかった地域に関係するものでさえそうなのだ。それゆえ、アメリカの小説家は時のめまいに捉えられ、時間を劇的なものにすることで、それを否定し、あるいはそれを「作りなおす」。この点について、私たちは時という石の破壊者なのだ、と言っておきたい。時が自分たちの過去に伸びていく（未来へ静かに自分たちを運んでゆく）のではなく、時がいくつもの塊となって自分のなかに乱入してくるのを私たちは見る。その時私たちは、不在の領域に運ばれてゆくのであり、もし自分の同一性を再び見いだし、自分を表現したいなら、苦労し、苦しみながらあらゆるものを再構築しなければならないのである。

　私たちにとって、文学活動の形式に関して**決定的な**要素は、風景の言葉とここで呼びたいものである。文学的ヨーロッパは、泉と牧草という論点《トピック》の周辺に構築されている。『ヨーロッパ文学とラテン中世』に関するエルンスト・クルティウスの本が、このことを示している。

　ヨーロッパ文学の風景は、まず日常的で親しみやすいものである。それは長いあいだ、綿密なもの、「連続的」説明、調和ある観点（例外や超過はこの規則への**反動**となる）だけに注意を集中した文体上の慣習に由来している。アメリカ小説の空間は、それとは逆に（とは言えそれほど物理的な意味ではなく）、切り開かれ、破裂し、突如乱入してきたもののように私には思える。

アメリカの文学空間には何かしら暴力的なものがある。そこでの論点《トピック》は泉と牧草ではなく、むしろ一本の大樹のように生え、影を作りだす風だろう。それゆえリアリズム、つまり見えるものとの論理的で連続的な関係は、他のどんな場所よりここでは記号内容を裏切ることになる。あるモチーフに取り組んでいる画家は、太陽の運行と共に画題を照らす光が変わってゆくのを見ると言われているが、自分について言えば、私も同じようにして、自分のなかにあるさまざまな風景が変わるように思われる。おそらく、風景が私と共に変わるのだろう。

ヴァレリーのように、次のように言うことは私にはできない。「美しい空よ、本当の空よ、変わってゆく私を見つめよ〔ヴァレリー「海辺の墓地」三十一行目〕。」風景の言葉というものがある。その言葉は、私たちにとってどのようなものなのか？たしかに、〈存在〉の不動性ではないだろう。それは私が関係するものとなり、それと同格に置かれ、私が向かおうとする絶対的な真実に対決するような、存在の不動性ではない。アメリカの小説家の言葉、さらに文字そのものは、彼の風景の組成、動的構造に結びついている。私の風景の言葉はまず森だ、それは絶え間なく繁殖する森である。私は牧草の構造を実践したりはしないし、泉の静けさを共有したりはしないのだ。

私たちが共通して持っているものは、**現代性のなかへの闖入**である。

時間をかけて熟成した文学の伝統を、私たちは持たない。私たちは突如として誕生したのだ。それは欠如ではなく、ひとつの長所だと信じる。年季が入った文化の古色は、緩やかな時間の流れに基礎づけられていないとき、私を苛立たせる。文化の「古色」は、それがある伝統、あるいはある行動から生まれたものでないとき、虚しい地方主義となる。（それこそが私たちの文学者たちの脆弱さだ。）私たちには時間がない。至るところに現代性の大胆さを運ばなければならない。自分のなかに自分自身の中心を作らなかったものにとって、地方主義は心地よい。私たちは自分たちのなかに自分たちの首都を打ち立てなければならないように思える。現代性のなかへの闖入、伝統の外への突入、文学的「持続性」の外への乱入は、アメリカの作家が自分の周囲の現実を物語ろうとするとき、彼に特有の徴《しるし》であるように思える。

私たちは、このように同じ言語活動を共有している。私は言語の概念を言語活動の概念に絶えず対置するだろう。[33]

使用されている諸言語の彼方に、アメリカ小説の言葉づかいというものがあると私は信じる。[34] その言葉づかいは、言葉への信頼という反応、言葉との共謀関係の築き方、持続を操作するという考え方（したがって構文の長さも操作するという考え方）、最後に書き言葉《エクリチュール》と口承性《オラリテ》とのあいだの激しい葛藤によって同時に作られている。

文学における私の生産活動から最初に派生してくるもののひとつは、次のような関心に関係している。つまり、強制された伝統的な口承文芸から、まったく同じように強制された、伝統的ではない書かれた文学への移行がなされた邦に、私は属しているということだ。私の言葉は書くことと話すことの臨界点で構築され、そのような移行に注意を促そうとする——このことは、たしかにどのような文学的アプローチにおいても困難なことだろう。小説家が日常的な言葉を再生し、「エクリチュールのゼロ度」における文体を実践するのを人々が見るという意味で、私は書かれた言葉や話される言葉を実践するわけではない。私が述べているのはある総合についてであり、その総合は書き言葉の統辞、話し言葉のリズム、文字の「知識」、口述の「反射」、書く行為の孤独、そして共同体の歌への参加を束ねたもので——そのような総合こそ試みる価値のあるものと私には思われる。

なぜなら、私たちは諸民族の戦いのさなかにいるからである。おそらくその総合が実現されるとき、それこそが私たちの最初の「軸」となるだろう。

（南北両アメリカ大陸の連なりに沿って、ほぼ至るところで起こっている特殊な戦いの現れを通して）ある新しい人間の出現が問題なのだ。その人間を文学において「例証」しなければならないとすれば、私はその人間を、絶対に苦しんだ後で相対的な世界を生きることができるようになった人間と定義することにしよう。私は相対的なものを〈多様なるもの〉と呼ぶ、それは他者の差異に同意する不透明な必然性のことである。私はある真実を〈他者〉に押しつけようとする劇的な探求を絶対と呼ぶ。〈もうひとつのアメリカ〉の人間は、この新しい、相対性を生きる人間に〈一致して〉向かおうとしていると私には思える。アメリカ大陸で生き延びようとする人々の戦いは、この誕生を証言しようとしているのだ。

階級闘争という視点そのものが空想的もしくは突飛なものに見えたかもしれないほど無化が推し進められた区域が存在することによって（ペルーのインディオ、アマゾン川流域の諸部族）、さまざまな階級闘争間の連携が、ときには「覆い隠される」こともあった。非個性化があまりに体系的に実践されたために、土着の文化の存続が危ぶまれた場所もあった（マルチニック）。「アメリカの小説」は、象徴の極度の明白さから（南アメリカの農民小説、あるいはジャック・ルーマン〔ハイチの小説家（一九〇七－四四）〕の『朝露の主たち』など）描写の巨大な仕掛けを通って（ガレゴス〔ベネズエラの小説家・政治家（一八八四－一九六九）〕やアストゥリアス〔グアテマラの小説家（一八九九－一九七四）〕）、疎外の探求を固有の言語の定義の試みに結びつけるより複雑な作品（ガルシア＝マルケス）に至るまで、寓話《アレゴリー》の道を借用する。おそらく（ペルーにおけるケチュアのように完全な所有権剝奪によって、マルチニック人のように緩やかな脱－人格化によって）脅かされた文化地区へのアプローチがそこには欠けている。そうした文化地区は、脅かされているがためにより「模範的」なのであり、そこでは〈多様なるもの〉の戯れが、人知れぬ、そして、快適にせよ絶望的にせよ生死を賭けた、ひとつの律動をもって演じられているのである。

あまりに簡潔に述べたことを要約しよう――ひょっとしたら自己満足ではないかと疑われる考え方を表明しながら――筋の通った話をするのではなく、議論のためのさまざまな論点を提供しようと試みるほうが興味深いだろう。（誰に向けて？　私にはわからない。）

私が話したいのは、生きられた現代性という概念だが、私はこの概念だけを強調したいわけではない。それを成熟した現代性という概念に直接結びつけたいのだ。このように、ある種の「原初主義《プリミティヴィスム》」をある種の「主知主義」に対置するのではなく、現代世界の大変動と交渉する二つのやり方を対立させようと思う。「成熟した」という言葉は、ここでは「拡張された歴史空間を通して与えられた」ことを意味し、「生きられた」は「苦労しながら自分の価値を認めさせる」ことを意味する。西洋で理論的に作られる興味深い研究を幾分遠くから見ていると、そこには二つの次元があるように思われる。そうした考察が取るに足らないものだという感情と、極度に重要なものだという感情を私は同時に感じるのだ。たとえば、テクストと「その」作者との関係の検討に関することなど。テクストが（成熟した西洋の近代性において）検討の対象となるのは、その正体が暴かれ、テクストを生成させる組織《システム》を人が定義しようとするかぎりにおいてである。作者の正体が暴かれるのは、作者を、自分がそうだと信じている完璧に創造的な天才と見なすのではなく、言ってみればさまざまな創造システムの出会いの場と見なすかぎりにおいてである。それが私には取るに足らないことと見えるのは、実際にはそれらの疑問が（私たちが生きた現代性においては）「的を外している」からである。私たちはあまりに長いあいだ「客体化されて《オブジェクティヴェ》」きた、というよりむしろ「反対されて《オブジェクテ》」きた、まさしくそのために、私たちは「主体」の詩学を発展させなければならないのだ。それが重要だと思われると私が主張するのは、これらの問題提起がもっとも明白な私たちの関心事に通じているからである。テクストはここでは（私たちの体験においては）、問い直されなければならない。なぜなら、テクストは皆のものにしなければならず、それによって私たちは実際、別の場所で明らかにされた諸々の命題を自分たちのものにできるからである。たしかに、作者は正体を暴かれなければならない。なぜなら作者は共通の決意に組み込まれなければならないからだ。〈私たち〉という言葉こそ、創造システムの場所、本当の主体となる。文学的行為、文学的所与に対する私たちの批判は、したがって誰かが私たちに提案する理論への「反応」から生じるのではなく、閃光を放つような参加の必要性から生じるのだ。

　議論の話題として私が提案するのは、もし可能なら（いずれにせよ自分が証明したとは思っていないのだが）、「アメリカ」文学が、何かに由来するのでも、「進化した」のでもなく、現代性システムのなかに突如として姿を現したことを示そうと努めることである。たとえば、「ロスト・ジェネレーション」のアメリカ人作家たちの悲劇は、文学において、ヘンリー・ジェイムズ式のヨーロッパの夢（あまりにボストン的な夢）を引き継いだことではなかったか？　アメリカ合衆国はこうして二つの疎外を数多くの反応に結びつけた。この国が最高の後継者を自認するヨーロッパの伝統を、礼儀正しく引き継ごうと願うこと。この最高の後継者の名のもとに、世界を残酷に支配しようとすること。フォークナーはアメリカ深南部に根を下ろすことで、そのようなヨーロッパの夢から引き離された。たとえばフィッツジェラルドあるいはヘミングウェイと比べたとき、そのさまざまな「同時代的」主題にもかかわらず、それこそがフォークナーが本当にもっていた現代性である。問題は、「新世界」で全面的に生きられたこの現代性が、他の文化・考察の領域における「成熟した」現代性の軸となる方向に通じていることだ。このように、「問題提起」は私たちの文学の強力な条件であると私は信じる。（問題提起は、この「体験」の溢れだすようなしるしである。）アメリカの作家として、文学に関するあらゆる教条的着想（「成熟」の絶頂としての着想）は、この条件に逆行することになるだろうと私は信じている。[35]

補足的ノート

二人のアメリカ人画家について

アメリカの風景の**可能性**について

ハルトバーグ〔ジョン・ハルトバーグ（一九二二－二〇〇五）〕は、その一貫性、人を欺く統一性によって、私たちに押しつけられる「現実」を引っくり返す。秘密のうちに自分の世界をつぶやいているさまざまな対立するものの劇に、私たちを導き入れるのだ。彼の描く窓の前に身を置くと、窓が、ハルトバーグにおいては、境界以上のものを示していることがわかる。異なった空間でありながら、同じ爆撃を受ける運命にある二つの空間のあいだの許しがたい障害物を表しているのだ。なかにいようが、向こう側にいようが、同じ爆発の危険性がある。住まいの敷居から、何が住民をすでにうかがっているのかを理解しなければならない。ハルトバーグの世界は、あらゆる瞬間に壊滅してもおかしくない、さまざまな可能性をはらんだ家族のようなものなのだ。

したがって、それこそが、この画家の眼に映るアメリカなのだ。その誇り高い、清潔な建築物のなかにはたしかにくず鉄、廃棄物の声がある。ビルディング群の申し分のない屹立のうちに、解体された野原のひそかな存在がある。ニューヨークは、旅行客たちの言い分ではとても魅力的なものだが、このような二重性のために、自らの存在を燃やす火を滲みださせていないだろうか？　ハルトバーグは、可能性と外観を、それらの探査されざる可能性に向かって開くのだ。

彼が示すのは、アメリカのすべてではない。それでも、さまざまな戦闘、そして戦闘の大義から引き継がれた荒廃が、合衆国の南部を駆け抜けるのを彼は見ている。骸骨の木々と人間の葉叢に満たされたこれらの光景、ときにその上に黒い旗がひるがえるこれらの光景こそ、この国の**歴史**である。この国はそこから逃れることはできないだろうし、それこそがその奥底を徘徊しているものなのだ。フォークナーを紙に向かわせる大いなる強迫観念。**原初の断絶**が源泉となっている、数多くの常軌を逸した事柄のもとに隠されたあのいつまでも続く戦慄。

ハルトバーグは、自らが作りだす空間において、キリコの絶対的な沈黙、マッタの燃えあがるような噴出に近づくことができる。しかし沈黙は、彼のなかでは明確なものではない。錆びた鉄がそこには感じられる。噴出は限界を超えたものではなく、あらゆるものを包含するものではない。それは知られざる家具類の忍耐強い上昇である。そこには普遍性の萌芽はない。そうではなく、爆発する森、人間が絶え間なく作り直す森があるのだ。

建物から廃墟へ、内的安楽の欠如から、深い星々の乱入まで、動きつづける世界の光景。開かれた風景と、継承されたさまざまな誘惑という、この二つの空間は、ある日一致すると定まっている。その婚礼は、ここにある秘密の暴露のうちに書き込まれている。

＊

ペトリン〔アーヴィング・ペトリン（一九三四－二〇一八）〕の絵は、「遠い内部」を原則としている。私たち自身の怪物の動きが私たちを誘惑し、唖然とさせる、あのもっとも秘められた住まいということだ。心を捉える猫のような性質。暴力がそこでは優美さを湛えていて、破片と放棄が厳密さも必然性も排除しない。画家たちが幻想で満たすこの宇宙を、ペトリンはもっとも戦きを与える現実から区別していることが理解される。画家は人間のもっともはるか彼方にある夢想を予言し、きわめて直接的な不幸を描く術を知っている。可能性の王国から、きわめて日常的な領域まで、意識は活発に動いている。ペトリンの初期作品においては、人間が泥土から身を引き離している。人間が大地から、ただ一本の樹としてではなく、生き返った死人としてでもなく、絶え間なく自らの努力だけで生まれる力として立ちあがるのを私たちは見た。

今日私たちは、同じ残酷な錬金術、同じ誕生、同じ存在の競争を前にしている。考えられない怪物とは、いまや警察の犬たちだ。人間を人間にはっきり示すのは、苦痛でないとすれば狩猟であり、リンチである。人間がおそらくやっとの思いで離れる穴、それは不正行為と不公平の下水道だ。一九六四年の「熱い九月」では、ペトリンによる人類は、現在の惨事のひとつの犠牲者である、アメリカの〈ニグロ〉という存在に基礎を置いている。他の数々の空間、取り返しのつかない数々の悲劇がある。ペトリンはそれらを認める。その当事者たちが彼の絵には描き込まれていて、彼が名指すのを待っている。彼は私たち同様、殉教者たちの同時代人なのだ。彼らが私たちを受け容れてくれるものと期待しよう。

したがって、その最初の企てから、今日の「社会参加を示す」主題まで、断絶などない。その証拠として、まるで原初の泥を思い出させるように、登場人物たちの足許にへばりつき、おそらく彼らが自分たちの抵抗する気力と力をそこから引き出している泥だけで、私には充分である。脚は、獰猛な犬たちにさまたげられてはいるが、存在を、はるかな呼びかけである可能性の方へ、母なる大地に根を下ろす方へと運んでいる。人間は考える葦ではない、むしろ、シェイクスピアに従えば、動く森なのだ。

＊

これらの画家たちのなかで最初に私の興味を引くのは、ひとつの風景の読解である。私はそこで自分の風景に再会するのだ。おそらくは脅かされた（憤慨した）ために、別の次元に注意を凝らすようになったのだろう。私の友人には、アメリカのどの邦にでも到着するやいなや、自分の家にいるように感じると言い張る者がいる。彼がそこに認めるのは、開口部、精気、彼方であり、そのおかげで矛盾したことに、彼は根を張ることができる。木々はより大きく、空間はその間で膨張している。これほどまでに抑制された空間、ある方向に向かって開かれた風景に委ねられると、私はひとりのマルチニック人として驚嘆する。事実がここにある。あらゆるアメリカの風景は、どれほど限定されたものであっても、無限がもたらす穏やかなめまいを引き起こすのだ。当然、それは「本質」によってではない。そうではなく、おそらくこの風景が、〈歴史〉によって深い溝をうがたれていないからだ。たとえその風景に、そこだけにしかない古い場所が含まれていたとしても。

＊

近代人は、自らの風景を再発見した。彼は致命的な脅威を感じ、汚染を訴えた。もちろん、自然を守ることによって、彼は身を守った。だが、ベトナムで枯れ葉剤を使用することで、アメリカ人はベトナム人を制圧しようとした。この物理的な関心には、ある詩学が張りついている。玉になる水、揺すってあやす太陽、燃えたたせる風のような、消えゆく感傷主義ではなく（そのような感傷があってもいいではないか？）、まず私たちの周囲の**形態**が、私たちの声のなかに厳密に存在し、無限にはしゃぎまわっている、そういう詩学だ。[36]

＊

だが、地平線を自分たちのなかで絶え間なく変えている人間たちがいる。〈発見者〉となることを天職としているのだ。線の背後に何があるかを知らずにいることに、彼らは耐えられない。彼らの声は、すべての可能な風景によって打ち震えている。どうして彼らを根無し草と呼ぶのか？　ある場所を頻繁に訪れることは、力と厳密さによって——みずからに反して——、その場で持ちこたえることを意味しない。風景が大地全体であるような人間たちがいる。放浪の民であろうが、旅人であろうが、おそらく彼らはこの大地を去って、他の惑星に駆けだしてゆくことなどおよそ願いそうにない。アメリカ西部の開拓者たちのある者は、カリフォルニアで太平洋にぶつかり、それより遠くに行けないことに絶望して自殺したと言われている——おそらくその絶望には経済的理由もあったのだろうが。大地を発見することは、ある種の人間にとっては現実の故郷を作りだすことなのだ。しかし、いずれにせよ彼らは（力、暗示、友情、入れ替えによって）他の人間たちからその風景を奪い去ってしまう。〈発見者〉は、処女地と言われた空間が減少することによっておそらく枯渇し、一般化をもたらす思考の恐るべき前触れとなっている。この一般化をもたらす思考に、風景の詩学の公正な多様性を対置すること、私たちはそのような場所にいるのだ。

＊

ある風景の可能性、それは人がそれによってすべてを等しなみにしてしまう一般化に逆らうことができることである。言い換えれば、風景の可能性が自分にもたらしたものを発見することで、私は破滅しないまま、道に迷うことができる。それはまた、私がそこにいるときに、発見するに値することでもある。空気が青みを帯びるバラタの森のなかで、私は何度もシダと混ざり合った。底知れぬ孤独のなかでではあったが、それはどうにもならない孤独ではなく、雨がそのあらゆる夢想を覆うのだった。

47　モントリオール

風景の詩学から、創造という仕事の力は生じるのだが、この詩学は郷土の外観と直接関係しているわけではない。風景は時代の記憶を保っている。その空間は、さまざまな記号内容のうえに開かれているか、閉ざされている。

西洋から受け継いだ単一言語主義による帝国主義に対抗し、「ひとつの民族、ひとつの言語」という公式と手を切るように提案すること。ひとつの民族は、ひとつの言語の悲劇的不可能性を担わされることもあり得るのだ。風景に脅かされる可能性。

私は民俗芸能にまで切り詰められた共同体の出身者だ。その共同体には、民俗芸能を除くあらゆる生産活動が禁じられている。文学は、民俗芸能の口承による源泉にただ単に回帰するだけでは、「機能する」ことなどできない。

だが、アンティル諸島のアメリカ作家である私たちは、口承性から来る表現の反射（現実を報告する口承的やり方）と同時に、私たちが書いている言語によって「与えられた」統辞の反射に結ばれていると感じている。

さまざまな積み重ねや変形による、語られたものから書かれたものへの「持続的」移行の歴史を、私たちは体験したわけではない。私たちはある不可能なものに直面しているのである。

トリニダード島のある友人は、子供たちに会話を聞きとがめられたくないとき、いかにして両親がクレオール語で話し合っていたかを語ってくれる。今日、この友人は私たちの言語を理解することができない。このような状況は、世界中ほぼ至るところに見られるのであり、移民たちや、国内亡命を味わっているもののうちに存在する。媒介言語の圧力によって、地域の話し言葉は消えつつある。「〈多様なるもの〉は減少しつつある」(V・セガレン)。しかし、カリブ海のここかしこで、話し言葉が衰退したことが問題なのではない。書き言葉と口承性の対決という同じ意図を私たちも実践しているのだ。

この対決の険しさにこそ、不可能がある。私たちは不可能を飼い慣らそうとしている。

(西欧の中世では、書く行為は口承性と切り離すことができない。書かれたテクストは、**朗唱する必要がある**のだ。その律動は、力を込めて強調される。ただし、そのすべての場合において、何よりもまず問題となるのは、口承という様式にかなう書き方である。アフリカの伝統では、テクストは**書かれたものの外に**ある。文字への閉じこめによって、西欧では、瞬間の詩学というものが明確になってきたが、何人かの詩人たちはそれに対抗して活動した。声にリズムを与える必要性から、口承文学においては、持続の詩学が発展している。そこでは紆余曲折が上演されている。)

モントリオールで、二人の作家に出会ったが、彼らは対極的な人物だった。私はまず、彼らの言葉を聞く。彼らが書いたものを読む前に、その話を聞いたのだ。ジャック・フェロンは、素朴な攻撃をしたり、そうでない場合には洗練されたアイロニー、懐疑主義の告白を強く押しだすが、それはただ、あるがままの姿を知られることを恐れる、文学に通じた人特有の距離を保つためである。それは絶え間ない迂回の実践である。公の場での輝きは、この迂回のための最後の保護地域なのだ。まるで儀礼で使う傘のように。ガストン・ミロンは実にまっすぐ事実に向かうので、九柱戯のボールのように、真ん丸な人物に見える。自分の主題、素材（ケベック）に取り憑かれていて、決してそれを離そうとしない。まったく何にも耳を貸さない。どれほど大声で話しかけても、彼は穏やかにそれ以上の大声で話すだろう。そう。フェロンは人間性を、ミロンは野蛮さを演じているのだ。結局彼らは同じことをしている。それは迂回の二つの形態である。つまり策略と、存在しなければならないという義務の二つが同時にあるのだ。そんなことを言うのは、矛盾した理由のためである。まず、彼らのうちに声の型（一方は流れるような声、もう一方は雷鳴のような声）を探り当てたように私には思えるからなのだが、その声は最初は同じように響いても、ケベックという空間に広がってゆく反響は異なっている。言葉の丸みから言葉の綾の微妙さへと、私たちも揺れ動くことになる。次に、ひとつの民族が、ひとつの言語のうちに混ざりあっていると私が感じるからである。言語とは、この場合、ケベック語ということになる。こういうことになるのは、ケベックでは二言語使用が対立的であるために、二つの言語はそれぞれ他の言語を永遠に脇にのけてしまうからである。「白人ノ話シ方」と、英語話者は言う。だからといって、ケベックの人々がもっと黒くなったり、赤くなったりするわけではない。（ケベックの文化活動家に、この場の少数派インディオをあまりに無視しすぎていると、私たちは非難することさえできただろう。）経済格差は、ただひとつの距離、言語的距離をつくりだした。フランス語と英語は、結ばれて多言語使用に向かおうとしない。この二つの言語は対立している。マルチニックでは、この邦の一部をなしている協力的な二言語使用によって、クレオール語は民間伝承の対象として**残され**、許容され、**含まれる**というかたちになっている。この消化吸収への唯一の対応策は、ここでは**二言語使用**《ダイグロシア》**に入ること**であり、その原則、その解決法をなんとかして見つけることである。そのいずれも、現状を乗り越えるために、多言語使用を実現できるかどうかという点にかかっている。

母語と媒介言語が触れあわないところでは（たとえばスワヒリ語が、英語あるいはフランス語と、遠かろうが近かろうがとにかくまったく関係がないアフリカでは）、作家が媒介言語を使っても、消滅の危機はたしかにそれほど大きくはない。採用された言語は完全に外国のものなのだから、その使用法はおそらくそれほど刺激的ではないということにもなるのだろう。

ケベックの作家たちについてもっと言っておきたいことは、逆説的にも、彼らの言説のあり方がどのようなものであろうと、ここで述べた報告について彼らがどのように考えたとしても、**書き言葉に関して、彼らは私たちと同じ側に立っている**ということである。私たちにとってプランテーションとクレオール語が果たしたことを、ケベックでは、地方化とケベック俗語が果たしているのだ。

私たちの風景は、**書かれたもの**ではなく、書くという行為の個的実践において語られたものである。

48　ここの詩人たち

ジャン・カルー〔ガイアナ出身の作家（一九二〇－二〇一二）〕は、「マルチニックの詩人と亡命」に関する論文を書いており、また、『亡命の快楽』に関するジョージ・ラミング〔バルバドス出身の作家（一九二七－二〇二二）〕の本も私たちは知っている。それに、アンティル諸島のネグリチュード誕生を告げる最初の声が〈**帰郷**〉であったことは、意味のないことではない。亡命は、最初の日から、私たちのうちにあるのだ。ところが、弱々しい自信しかないために、私たちはまだ亡命状態を振りはらう術を学んではおらず、この場所で、全員が一丸となって亡命状態を打ち破ることに成功もしていないのだから、それだけますます亡命は人々を消耗させるものとなっている。アンティルの詩すべてが、そのことを告げてきた。

この欠如に、詩は何を対立させてきたのか？

原初の叫びの声。この誕生の圧力は、おそらく現実のこの邦の細部をはっきり述べていたわけではないが、ただひとつの叫び声のうちにこの邦の現実を**含んでいた**。こうしてセゼールは、『帰郷ノート』において、まったく描写しないまま、私たちのためについに再構成されたマルチニックの空間と時間を見させてくれた。詩のこの「機能」は、民族誕生のためには避けがたいことである。

認知された風景の我慢強さ。この島の風景は、私たちの文学においては、私たちの邦々の物理的従順さが信じさせる以上に常軌を逸したものである。ひとつの〈歴史〉によって満たされているわけではなく、収斂し、その周辺に撒き散らされ、性急に結びつこうとするが、それによってお互いを消滅させたり、縮小したりすることがない、そんな数多くの歴史によって沸騰しているからである。それは〔ジャック・〕ルーマン、ナイポール、あるいはカルペンティエールである。

体験されたリズムの強制。つまり、ついに密度として認められた口承性ということである。口承性はダマスや〔ニコラス・〕ギジェンの書法に活力をもたらし、それによってクレオール語テクストの力強い生産を支えるはずの運動を生みだすまでに強かったのだ。

亡命に対する戦いと、私たちはもはや手を切っている。私たちの任務は、今日では組み入れることである。叫びの驚異的な一般性ではなく、邦の細部の報いるところの少ない調査である。それから、さまざまな歴史の接合であり、私たちは今日、カリブ海において、その報告をしなくてはならない。最後に、さまざまな言語の機能、言葉のたくらみを熟考するという厳しい義務。とりわけ、クレオール語の活力をほとばしるがままにするのではなく、可能なあらゆるやり方で**私たちの**問いを提起するように強いるような時間と方法の組成。この問いとは次のようなものだ。書かれたものをいやがる口承言語に、どのようにして書き言葉の技術を適合させるのか？　このような言葉の次元において、「制御」しなければならないいくつもの言語実践を、どうすれば結びつけることができるのか。

原理の宣言などより、「不透明な」テクストの生産の方を、私はこの地で信じている。不透明さは与えられるものであり、正当化されるものではない。それは決然と、透明さがもたらす疎外と闘うのだ。フォール＝ド＝フランスで、（亡命）ハイチ人たちがクイドール劇団で行なった劇の上演のことを、私は思い返してみる。ハイチのクレオール語によるテクストの多くの部分が（それは必然的で、熱狂的であるのと同時に、きわめて「劇的」であり、きわめて抑制されたものだった）、私たちには理解できなかった。しかし、この不透明さ自体が、これぞ私たちの演劇だと考えさせるものだった。これまで知られていない理解の仕方がある。この夜のマルチニックの観客たちは、有益な体験をしたのであった。

49　ハイチの夕べ

ハイチの友人たちと、一晩、亡命者の繰り言を語りあったことがある。モントリオールでのことで、すでに冬になりかけていた。（以前ケベックで、次のように聞かされて、興味津々の恐怖、期待が凍りつくような恐怖を味わった。「ここには二つの季節しかない。冬と、七月十五日〔ケベック夏祭り（Festival d'été de Québec）の時期にあたる〕だ。」冗談だとわかっていても、印象に残る。）『ヌーヴェル・オプティック』誌〔亡命ハイチ人が創刊した雑誌（一九七一－七二）〕の編集長ジャドットと、フランク・フーシェは、私と会うために詩人ガストン・ミロンの家にやって来た。私たちはミロンのケベック党の話や、たくさんの言葉と騒がしさに満ちたその熱狂的な語りからほうほうの体《てい》で逃げ出した。フランク・フーシェは、そのすぐ後で亡くなることになるのだが、私たちにクレオール語のテクストを残してくれた。私はこのテクストを前兆として読むことにしている。ハイチのテクストを読むたびに、そんなふうなのだ。ほとんど家具のないそのアパルトマンで、私たちは再会した。少なくとも、私には家具がほとんどないように思えた。皆お互いに身を寄せあい、床の上にじかに座った。私たちは相当飲んだと思う。亡命者はしばしば、故郷の酒を飲む。見えない翼によって、故郷にしがみつくかのようにして。亡命者たちのあらゆる会合と同様、話されることは、取るに足らないことから重要なことへとくるくる代わっていった。ハイチの古酒バルバンクールと、マルチニックの白ラム酒のそれぞれの長所を、おそらく私たちは比較した。この白ラム酒のことを、ハイチ人たちは、いくぶん傲慢に、クレランと呼ぶ〔クレランは、ハイチで作られるラム酒。濁り酒のまま飲まれる〕。アンティルの人間が出会うと、必ずこのことで陽気に言いあうことになる。それがまさに疎外と抑圧を表していることを知っているのに、「彼らの」ラム酒を擁護するのだ。

フォール＝ド＝フランス市が同じ年にフェスティヴァルに招待していたクイドール劇団の劇団員もそこにいた。みな詩人、音楽家だった。マルチニックにいたことが、どれほど私たちを自分自身に近づけたことか、と彼らは言った。上演のあいだ、彼らが私たちのところにいたことが、どれほど彼らをハイチの心に熱烈に近づけてくれたかを、彼らは知らなかった。彼らの演目は、『大いなる奥地の言葉』という題名だったと思う。クレオール語テクストの厳密さの、人をはっとさせるような発見。その夜、私たちはモリソ＝ルロワのことを話し合った。彼は二十年前、彼の「クレオールのアンチゴネー」を上演したのだ。（モリソは、彼の『クレオン王』を、一九七九年、ダカールから私のところへ送ってくれたはずだ。その献辞に、彼は次のように書いていた。彼の意見では、パリのテアトル・デ・ナシオン座での『クレオールのアンチゴネー』上演で、最後に出会った時から、私たちはお互いに変わっていない。[37]）クレオール語の濃密な働き。私がとりわけ思い出すのはそのことだ。おそらく、亡命の厳しさについても、私たちは話し合ったと思う。それほど差し迫ってはいないが、同じほど胸がうずく内的亡命というものもある。私たちは絶えずそれと戦っている。その戦いに私たちは勝ったと、私はときに言うことがある。

50　議論

フランス語圏アンティル諸島で、体制の支持者たちが好む議論は、ハイチの貧困を楽しげに吟味するというものだ。「独立したって、このざまさ！」[38] この国民の努力を歴史的に分析し、ハイチという国家出現の想像を絶する条件を強調することによって、問題の現実的所与に近づくことができる。

たとえば、とりわけ英雄的な、そして消耗戦でもあった解放戦争（一七九〇－一八〇二）。ニグロであれ、ミュラートルであれ、戦争貴族という階層が形成され、それが速やかに寄生者となったこと。シャルル十世のフランスに支払われた、信じがたい、巨額の十分の一税。資本主義と人種主義が荒れ狂った十九世紀、二十世紀を通じて、文字通り包囲された唯一のニグロ国家。帝国主義勢力の分断的介入。教会によって管理された、すさまじいエリート主義としばしば反啓蒙主義的な教育。トントン・マクートの体制に列強がもたらした援助。ハイチの資源の国際的な掠奪。途方もなく見事なことは、ハイチ国民が、これほどまでに多くの侮辱に抵抗することができたということだ。かつても抵抗したし、現在もなお抵抗している。

51　狩猟

（フォール＝ド＝フランスの壁の上に）
ハイチの
鳥たちの
組織だった
虐殺を
止めろ

フランス語圏アンティルのプチ・ブルジョワたちが、そこに絶好の狩猟場を見いだしたことを、私たちは知っている。野生の鴨を狩りだすため、落下傘兵の服で偽装した狩人たちのひとりに降りかかった出来事（一九七六）について物語らずにはいられない。その人物は、ハイチの田舎で政府軍パトロール隊に逮捕され、ゲリラ兵と見なされ、即座に銃殺されそうになったのである。そうなっていれば、このマルチニック人は嘲笑うべき論理の極みを味わっていたことだろう。（私はまた、ハイチの農民の上に文字通り**馬乗り**になっているこうした狩人たちの耐えがたい写真を見たことがある。農民たちは、首まで水に浸かりながら、彼らが沼地を横断するのを助けていた。）

52 《虹》のために

呪文の流儀で、そして言うまでもなく魔術的な流儀で（テクストは七という数字に呪縛されている——七つの声、七人の主人公）そしていずれにせよ戦闘的なやり方で、ドゥペストルは、アラバマとヨハネスブルクを前に、この西洋の野蛮さが発揮された場所のなかで、その外で、受難の歴史と叫びが混ざったものを築きあげる。アフリカの人々と神々のアメリカ世界への移住という受難の。ここでは、トゥッサン〔・ルヴェルチュール〕は、マルコムXと切り離せないし、ヴェルチエール〔ヴェルチエールの戦い。一八〇三年十一月十八日は第二次ハイチ独立戦争の最後の戦い〕はプラヤ・ヒロン〔プラヤ・ヒロン侵攻事件。一九六一年、在米亡命キューバ人が、フィデル・カストロ政権の打倒を試みた事件〕と切り離せない。いくつもの歴史（歴史というもの）は、唯一の同じ戦いであり、その上に水素爆弾が、直立したiの文字（終わったもの）のようにそびえ立っている。野蛮さは、この水素爆弾によって結論を出すだろう。

さまざまな象徴のもつ意味は明らかであり、声は澄み、詩学は直線的だ。オグン、レグバをはじめとして、戦闘的ヴードゥー教の諸々の神格《ロア》が集結する、あのヴェヴェと呼ばれる記号に似せているのだ。

地獄の黙示録を七回
七つの出産に密接に結びつけて

ドゥペストルはそれを樹木の仮祭壇のように彫る
もっとも遠くで芽生えた声
樹液の底から芽生え、武装している、思いやりに満ちた声として。

ドゥペストルの声は、歪んだ詩を四角にし
光で細かく砕かれた剝きだしの状態にして
第一にロアたちは
覚醒の神々というだけでなく
長くのびる海の戦士たちでもあること
第二に詩という困難な仕事が私たちを
　私たち一人ひとりを、秘儀伝授における徒弟
　つまりはボサル〔アフリカから連行されてきたニグロ〕に変えたこと
最後に複数の歴史は不公平きわまる反復を繰り返しながら
　それでも至るところから同じ熱烈さが駆けつけるのを
　妨げはしないこと
こうしたざらざらした明晰さを、植物と人間が
結びついたものによって織りあげてゆく。

53　ハイチの絵画について

絵文字は、口承の伝統と同時に生まれた。ハイチに絵画を導入（それも的確に）したのは、口承性のぎっしり詰まった網目である。ハイチのクレオール語は、書き言葉によって固定される劇的な曖昧さを反映していない。非常に早い時期から書き言葉と対決し、それに濃密な「後背地」を対置したためだ。ハイチのクレオール語はほとんど**通過**を免れている。絵文字こそが、クレオール語の住まいなのである。

この様式で描かれたあらゆる絵画作品は、こうして文字《エクリチュール》でもあるのだ。たとえば、ヒンドゥー教徒の女性が人生にリズムを与える儀式の際に行なうように、絵画作品は家の前の地面に描かれる。自然の産物（デンプン、藍、小麦粉）を使って。消えてなくなる素材のうえに、あるいは北アメリカのインディアンたちの年代記を収めたなめし革のうえの記録のように。あるいは人の身体のうえに、儀式や儀礼的試練の準備をさせるために。これこそ、図式化することによって、現実を裏打ちする絵画というものだ。これがあらゆる絵文字の端緒である。この絵画は、記憶すべき素材――つまり共同体を対象とする、一種の編纂された歴史の要点――を象徴化しながら、それをはっきり指し示すのだ。

しかし、この書き方《エクリチュール》は、現実を超越したものではない。文字通りのものでもない。それは現実からはほとんど見えないものの文字《レットル》なのだ。それは文字を書かない人々自身の移動であり、熱狂である。それは自らの記号によって、口承性からの隔たりを明示する。プリミティヴ・アートと呼ばれるあらゆる絵画は、単純化することで描くが、そこでは技術的に完璧でないことによってこそ成功した画面が与えられるのだ。ランド地方の羊飼いやユーゴスラビアの農民が絵を描くときも、同じ手法によっている。遠近法には策略はなく、身体の線にポーズはなく、色合いにぼかしはない。ハイチの絵画も同じことをしている。ただし、それは突如として現れる。大量に積み重ねられる。

最初に驚嘆がある。困難であり、悲惨でさえある現実に驚くというこの能力は、J・S・アレクシがハイチの民の驚異のリアリズムと呼んだものの根源をなしている。フランス語によるハイチ文学は、絵によって即座に示される驚異を翻訳するのに相当苦労したように私には思える。フランス語では、この驚異のなかにある直接的なもの（切り立ったもの）が、しばしば（ルーマンやアレクシが行なったクレオール語的な転用においてさえ）、装われた素朴さのようなものによって、弱められてしまうからだ。驚嘆はまず、口承のものである。アンティル諸島において、ユーモアはひとつの重要な次元となっているが、これは書き言葉にはなかなか転写できない。次の点を確認しておこう。ハイチの絵画は発話されたものである。

次に誇張がある。現実が「クローズアップ」で表現されることで、遠近法という策略を、明白な事実のもつ無邪気さ（〈迂回〉）に置き換えることができる。自分と同じほど大きな果物の荷を運んでいる子供たちは、実際にハイチの農民たちが実践している荷運びである。この光景は、理想化したものではないし、もったいぶったものでも、「リアリズム」的なものでもない。

ハイチ絵画の言述は、このように明白な事実をいくつも積み重ねることによって行なわれる。それが群衆、密集、過剰を表現することにどれだけ秀でているかを私は確認する。フェリックスやウィルミノ・ドモンの「市場」、カシミール・ロランの「クレオールの祭り」、ウィルソン・ビゴーやガブリエル・ルヴェックの「天国」、ビヤン＝エメ・シルヴァンの「水田」。積み重ねは、全体性の喜びに満ちた見せびらかしである。対照的に、いくつかの室内画は（オビン家の画家たちによって描かれるような室内画。つまり、アントワーヌ・オビンによる「外国人の顧客を迎え入れる有名な画家フィロメ・オビン」、「画家のアトリエ」や、同じ画家による「アントワーヌ・オビンが叔父を訪問する」、あるいはジェルヴェ・エマニュエル・デュカスによる「画廊にいるジョルジュ・ナダールの風刺画」）は、空虚さも飽満もはっきり示している。

この空虚さは、決して「形而上学的」なものではない。それはエクトール・イポリットによって描かれた女たちとまったく同じように、それ自身が「拡大」されている。空間の一様な色合いは、素朴さであると同時に策略であることが感じられる。この「素朴さ」は必然的なものだと感じられる。それは冗長さという根本的な所与を引き受け、目立たせている。口承のテクスト、さらには素朴派と呼ばれる絵画記号に特有の、反復による芸術というものがあるのだ。

このような言述は、したがって、来る夜も来る夜も朗唱される夜話のように、心ゆくまで反復されることで力を増す。絵画芸術の「偉大な画家たち」それぞれに、師匠の様式を完璧に再現する数多くの「弟子たち」がいる。観光客がその生産を成長させ、工業生産とまではいかないが、作品を図式化した。言述はそれ自体で複製されるものだが、その一般化（観光客の素朴さに差しだされる数え切れない「絵画」）は、「価値ある」油絵と、観光客目当てのどうでもいいもの全体を区別しない。遠くからでも、プレフェット＝デュフォーの宙吊りになった街は見わけることができる、街がそのように持ちあげられているのは、彼がひとりの後継者だからだとしても。ハイチ絵画は、作品の「真正さ」という魔法を拒絶する。それは共同体のしるしである。ひとつの民すべての言葉。その活力の単位なのだ。これによって、私たちが素描しようと試みた〈関係の詩学〉を結論づけるのがいいだろう。

第三巻　砕け散った言説

無意識、アイデンティティ、方法

目印1

ここでの話の中心となるのは、あるがままのマルチニック人が、「数百年」持続する集団的知を**実現**することなどできないような詩学を強制されているという考えである。それどころか、この詩学は断続的に一種の非‐知を織りあげていて、それを通して、すべてを加算し、腐食させる〈他者〉の所有権を否定する努力が試みられるのだ。反‐詩学（あるいは逆‐詩学）。その必然的な結果は、そのようにして作られた立場が維持不可能だというこ と、そして、維持不可能であることが、〈関係〉をめぐる現代の劇において、この詩学を模範的な所与、例証となる所与に仕立て上げているということである。

方法という視点から見れば、この報告はおそらく情熱と感情によって特徴づけられることになるだろう。それこそ問題の構成要素のなかでも重要であるように思える。この報告は曖昧なものに見えるかもしれない。だが、もしあなたがたが、曖昧さのなかで私の共犯者となることを受け入れてくれるなら、私は不満など覚えないだろう。どのような「場所」で、どのようにして、この詩学ははっきり言葉にされるのだろうか？

空間、大地、風景

マルチニックの空間は、反‐空間である。存在の縁を削り取るまでに制限されているが、存在を無限に増殖させるまでに多様である。両義性。それこそ、熱帯と呼ばれる風景の名品集であるような島の姿なのだ。しかし、マルチニック人が、この空間を制御するという予感も無意識の戦きも一度も感じたことがないということを、ここで確認しておくことはかなり重要である。自分の周辺地帯を制御できないと頑なに信じている集団は、すべて脅かされた集団である。

苦しんだ大地は、見捨てられている。それはまだ愛される大地ではない。解放された奴隷は、都会周辺を好む。彼に許された行動範囲は縮小され、大地に「へばりついた」仕事に限られるというのに。大地は他者のものだ。大地の詩学は、したがって節約の詩学、忍耐強い解読の詩学、予測の詩学ではあり得ない。それは度はずれたものの詩学であり、そこではあらゆるものを一挙に消費しなければならない。私たちは大きな子供だと、ごく最近まで言われていたとき、一般に強調されていたのはそのことだ。大地の律動を汲み尽くし、風景をある種の狂気にまで押し開き、風景が私たちのなかでそうした狂気を変奏することが問題であることを、この私たちは知っている。

こうしたこと、つまり風景に対する度を超えた感覚は、新世界のさまざまな詩学すべてに当てはまる。南北両アメリカ大陸の住民たちが度を超えているのは、風景が無限だからというより、次の事情による。つまり、どのような抑制の詩学もまだ私たちのうちに芽生えていないからなのだ。忍耐強いという農民の堅固な美徳は、おそらく素速く獲得されたものの、まだそれほど痕跡を残していない。工業という怪物は、おそらくそこ（他の場所）では、大地との関係を抹消した。工業化の権利剝奪によって（ここ、私のところでは）大地への関係が徐々に消し去られた。しかし、叫びを上げるあらゆる人には度を超えたものがある。私たちの大地は度を超えている。ほんの少し出歩けば一周できてしまうのだが、決してこの大地を汲み尽くすことのできないこの私は、そのことを知っている。

周辺との関係

この状況において、私たちにとって、さまざまな避けがたいことが沸き立っているように思える。それこそが私たちの集団的無意識を構成しているとは言わないまでも、集団的無意識に方向を与えていることはたしかだと私は主張したい。私たちの歴史に由来するそのいくつかを突き止めることにしよう。そのいずれもが、私が強調した反 - 詩学を誘発するものである。

第一に、原初の母胎からもぎ離す、奴隷貿易。私たちのなかにアフリカへのあの疼きを植えつけた旅。逆説的なことに、私たちは今日、それに反して戦わなければならない。それは単純に、自分たちのものとなるべき地面にしっかり根を下ろすためである。母なる大地は、私たちにとっては接近不可能な大地でもあるのだ。

証人なき戦いとしての奴隷制。さまざまな言葉を何度でも繰り返すことへの私たちの好みは、おそらくここから来ている。そうした反復がある場合、それは隷属状態の冷酷な無言の世界という仕切りのなかで、喉の奥底をヒリヒリさせるかすかなささやきが再構成しているのだ。

集団的記憶喪失、過去の入念な抹消。そのせいで、しばしば私たちのカレンダーは自然災害によって計られ、直線性というものがまったく想定されず、かくして時が私たちのなかではぐるぐる回るだけなのだ。

奴隷たちの「解放」。このことはもうひとつの心的外傷を増大させた。手当を支給される戸籍という罠、つまり認められてはいるが、強制されている状態に由来する心的外傷である。

結局、唯一の明晰さは、〈他者〉の超越的存在への明確な意識、——植民者であれ、管理者であれ——その明白さ、生命にかかわる模範として提示されたその透明性に対する意識であった。おそらくそこから、私たちのうちに薄暗さへの好みが生まれ、私にとってそれはひとつの必然性のようなものとなった。不透明なもの、明白ではないものを故意に引き起こし、それぞれの集団に相互に同意された不透明性への権利を要求するという必然性である。

以上のものに、有益だったりそうではなかったりする、他の数々の決定要因が加わってくる。

たとえば、季節がただひとつしかないこと。このリズムの単一性によって、西洋文明においては非常に有益な、あの季節のさまざまな変化への準備を、私たちは知らない。そのせいで、私たちはもうひとつの律動だけでなく、もうひとつの時の尺度のようなものを生きるのだ。

民俗芸能の罠。この罠の誘惑に、私たちはあまりに嬉々として身を委ねてしまう。それによって、民俗芸能という体験を、苦しい意識によって考察する必要がないことにほっとするのだ。

最後ではあるが、重要性が劣るわけではないこの反 - 詩学の側面として、歴史の体験がある。証人なき戦い、全員のなかで記憶が削除された結果、無意識にさえ年代推定が不可能であることが、私たちをこの歴史体験へと招き入れる。なぜなら歴史は私たちにとって不在であるだけでなく、一種のめまいでもあるからだ。私たちが一度ももったことがないこの時間、私たちはそれを勝ちとらなければならない。「私たちは歴史が私たちの過去へと伸び、おだやかに私たちを明日へと運ぶものとは思えない、そうではなく、歴史は塊となって私たちのなかに乱入してくるのだ。不在の領域に運ばれた、私たちは、やっとのことで、苦しげに、すべてのことを**再び組み立て**なければならない。」

諸言語

攪拌された無意識の種子が、私たちにとって、言葉の骨組みのなかに何を沈澱させるかがいまや理解される。度を超えていること、それに慣れなければならない。不確かさとしての言葉、強制された沈黙の夜に抵抗する、かすかなざわめき、物音、音の貯蔵所としての言葉。唯一の持続によって永遠にやり直されるリズム。日付を剝がさなければならない時間。人間を普遍的なモデルの尺度に還元しようとするあらゆる擬似 - ヒューマニズムの試みに対置すべき価値である不透明性。不透明性によってこそ、他者は私から逃れるのだが、この貴重な不透明性のおかげで、私はつねに他者の方へ歩むように注意することになる。私たちはフランス語の構造を解体し、数多くの使い方ができるようにしなければならない。私たちはクレオール語を構造化し、さまざまな使用法が可能な状態にしなければならない。

しかし、この二つの言語を、どのように「私たちは使っている」のだろうか？　私たちの置かれた状況で、共同体を堅固にし、他者への関係を可能にするような、そんな他者への関係（隣人との関係）とはいったいどのようなものなのか？　この他者への関係は、それ自体が不確かなものであり、脅かされている。意思伝達の言葉はそのことに苦しんでいる。

マルチニック人が、どれほど反語を使いながら話すかということは何度も指摘されてきた。マルチニック人は、結論付ける時に、肯定的で「きっぱりとした」言葉を恐れているように思える。私はと言えば、直接性という現象と私が名付けているもののうちに、その可能な説明のひとつを見いだす。つまり、周辺への関係は、私たちにおいては媒介されることは決してない、とりわけ技術的実践によって媒介されることは決してないという現象である。道具を使いこなせないために、マルチニック人は言語をひとつの道具と見なすことを忘れている。それゆえ彼は言葉を根源的な媒介物として取り扱い、それを**迂回**するのだ。したがって、実に「取るに足らない」民族が、表現巧みなエリートをこれほど数多くもっていることが理解される。私たちが始めなければならないのはこの地点からだ。私たちは表現を飾り、ゆがめることで（迂回の技術）、私たち自身の状況を言い表そうとしても表現がどれほど無力なものかをより深く推し量る。クレオール語の詩学は、この迂回の策略を実践する。照らし出すために。アンティル諸島のエリートたちは、この詩学をフランス語に応用する。偽装するために。言葉を自由に操らなければならない。しかしその操作も、集団的な解決の行為——政治的行為——に組み込まれていなければ、軽々しいものにとどまるだろう。

私が話した反-詩学、本当のことを言えば、絶え間なくあらゆる瞬間に私たちが話し続けている反-詩学は、したがって、日常的な意思伝達の言語から自発的に、まるで純粋無垢なもののようにして湧きだすことはない。

反－詩学は、文字通り無意識の律動なのだ。それゆえ、私はその律動を反－詩学と言う。それは本能的な拒否を示しているが、その拒否はまだ意識化された集団的拒否へと組織されてはいない。

この詩学についていつまでも論じることは、心地よい方法ではあっても、ここではあまり現実的ではないので、私はむしろこの反－詩学を、私が行なったある小研究によって例証することにしよう。自動車に貼りつけるある標語がどのように変形されるかということに関する研究である。専門家として論証するのではなく、作家として冒険に巻き込まれた状態で、そのいくつかの側面を報告することにしよう。この研究のいくつかのポイントを要約しながら示すことにしたい。

クレオール語化

次の言葉は、交通安全課によって配付された（ステッカーに印刷された）標語である。「あまり接近して走らないでください NE ROULEZ PAS TROP PRÈS」。統計によれば（統計の結果には用心しなければならないが）、マルチニックの車の運転手のうちほぼ二十パーセントが、自動車整備工場に自分の車を受け取りにいくときに配付されるこの細長いステッカーを後部ガラスに貼ったという。そのうちほぼ二十パーセントは、必要があれば鋏《はさみ》を使って、この「あまり接近して走らないでください」という文句を変えている。

興味深いのは、この文句を書き換えるときのさまざまな変異形の数と意味、それらの変異体相互の関係である。運転手たちはフランス語による文という与えられた素材をもっており、したがってそれを変化させると記号表現の違いが非常にきわだつことを強調しておきたい。そのいくつかの例を挙げてみよう。（1）「あまり接近して走るな PAS ROULEZ TROP PRÈS」。マルチニックのクレオール語に従うなら、「PA ROULE TRO PRE」と綴ることになることを指摘しておく。「～するな pas」の *s*、「～走れ roulez」の *z*、「あまり trop」の *p*、あるいは「近くを près」の *s* を使わなくてもいいというのはきわめて重要なことであり、音声の書き方の問題だけでなく、クレオール語の構造そのものに由来している。それゆえ、「あまり接近して走るなPAS ROULEZ TROP PRÈS」という文句のいくつかの異なった例、全体で二十五あるうちの十個にそのような例が見られる。こうして次の文例が見いだされる。(2)「PAS ROULEZ TROP PRÉ」、(3)「PAS ROULÉ TROP PRÈS」、(4)「PAS ROULÉ TROP PRÉ」、(5)「ROULEZ PAS TROP PRÈS(走れ、ただしあまり接近せずに)」。この最後の形態はきわめてクレオール語的である(それは否定的な制限によって訂正する前に、行動することを肯定し、その行動を勧めている)。これこそ、単に文字を削除するよりはるかに意味深い、文章の操作である。

本物の上演と言うべきものもある。つまり、人によっては最初にあったステッカーをひとつないしいくつかに切断し、そこから面白がって、さまざまな組み合わせを引きだすのだ。こうして(6)「あんた近すぎるOU TROP PRÉ」。これではもはや標語ではなく、高圧的な事実確認だ。(7)「走るなあまり近くをPAS OULE TRO PRÉ」、このように「roulez」のrが飛んでしまっているものも私は見つけた。この言い方については後で注釈することにしよう。最後に「走れROULEZ」というのもある。これでは最初の標語の逆の意味になってしまう。こうした記載のひとつは、(9)「パパ、走ってROULEZ PAPA!」と厳命さえしていた。

こうした反-詩学の例は、貴重である。まず、彼らは貧しい農民ではなく、車を所有している人たちである。これらの変異体の意味について言うと、それを不十分な「教育」のせいにはできない。第二に、クレオール語はそこでは、フランス語の切り抜きとして真正なものとして現れている。第三に、そこには異議申し立てという文化的意志が現れている。打ち立てられた秩序に抵抗してというのではなくても、少なくとも与えられた秩序には抵抗している。第四に、言い方の多様性はきわめて特徴的だが、それでもフランスの正字法を変えない「あまり接近して走るなPAS ROULEZ TROP PRÈS」が圧倒的に多いという事実がある。「〔は〕しるなあまり近くをPA OULE TRO PRE」という言い方には考えさせられた。スーパー「モノプリ」を出たときのことだった。話の主役は若い国際結婚のカップル、この場合は、マルチニックにごく最近やってきた若いフランス人男性と、彼が結婚した（あるいは同棲している）マルチニック人女性である。マルチニック人は*r*を発音しないと人々が彼に言った（あるいは彼が確認した）ために、彼はステッカーを切って、「[は]しるなあまり近くをPA OULE TROPRE」にしたのだ。これはフランス語化の興味深い例というだけでなく、フランス語化による攪乱の例でもある。マルチニック人は発音しないのだから、*r*を削除すべきだと考えることは、愉快な間違いである。だが、クレオール語の熱烈な擁護者たちは、同じ傾向に従っている。多くの場合、彼らは*r*を削除し、たとえば*w*によって置き換える。こうしてフランス語の「parole言葉」と等しい言葉を記すために、彼らは*pawol*と書くのだ。たしかにこの*w*は大切なものと見えるが（ほとんどすべての書き手が、「moi私」を表す「moin」を書くために、*mwin*と表記する）、それによって読むときに困難が追加され、しかもその困難は私には根拠のあることとは思えないのだ。

　この乱暴きわまりない調査の結論を要約しよう。これこそが反－詩学である。取るに足らない操作。よく準備されたわけではない、ぴったり調和しない変化によって、フランス語の制約から逃れようとする試み。書記法での型通りの表現を見いだすことの不可能性。最初の意味からの方向転換。他処から来た「命令」に対する抵抗。ある「反－秩序」の形成。

アンティル性

　こうした実践は何を明らかにしているのだろうか？　もちろん、フランス語＝クレオール語の関係における両義性に関して、ということだ。この点についてはすぐ後で戻ることにしよう。それだけでなく、人々にとって、この両義性の予感、そこにある解決すべき問題に関しても。マルチニック人が、フランス語との関係、さらにはクレオール語との関係の両義性を予感し、一方には押しつけられた言葉があり、もう一方には存在を認められていない言葉があると感じているのは、おそらく自分が現実に生きている時空間のなかで、本質的な次元、アンティル的関係性という次元が欠けていると漠然と予感しているからなのだ。本国との一方的な関係に対抗して、アンティル諸島の多様性に満ちた多‐関係がある。ある言語の束縛に抵抗して、ある言語の繁殖がある。

今日このような主張がどれほど空想的に見えようと、それでもカリブ海の島々は南北両アメリカ大陸の世界において、生まれる前に脅かされた、ひとつの実体を構成しているのだ。そうした実体の概念は、知識人たちのあいだにしか出現していないし、諸民族はまだそれを考慮に入れていない。それでも、これが基盤、強固にすべき地点なのだ。それによって、不確かなものと両義的なものが、おそらく乗り越えられるだろう。ここで私たちの興味を引くのは、アンティル人に関する提案、つまりクレオール語話者であろうと、フランス語話者であろうと、英語話者であろうと、スペイン語話者であろうと、とにかく使用言語を超えて試みるべき同じ活動に関する提案である。その活動は、何より言葉に関する活動だ。それゆえ、言語活動の問題について検討してみよう。

言語活動

すでに見たように、マルチニックには、私たちにとって、私たちマルチニック人によって「自然に」成熟したようなある言語、あるいは複数の言語の使用法は存在しない。集団的な責任、宣言され、否定され、引きはがされた責任の行使において成熟した言語使用は、クレオール語にもフランス語にも存在しないのだ。マルチニック社会はこうして、あらゆる水準において責任を引き受けない社会であるように見える。公用語であるフランス語は、民衆の言語ではない。おそらくそれゆえ、私たちのエリートは、この言語をきわめて正確に話すのだろう。民衆の言葉であるクレオール語は、集団の言語ではない。私が言いたいのは、クレオール語がその行使の諸条件によって邪魔されているということだけではなく、そのせいで今日に至るまで、クレオール語がみずからに――もはやエリート主義の決断においてではなく、民衆の知恵としてのクレオール語に――思いをめぐらせることができていないということでもあるのだ。クレオール語はみずからに対して存在していない。たとえば、クレオール語が運ぶことわざや格言の山のなかで、少なくともマルチニックにおいては、言葉をその反響へと送り返す、ある種の反転とでも言うべきものを引き起こすものはひとつもない。つまりみずからの語彙や統辞法をあざけったり、批評することで、ある言語が文字通り反省＝反射《レフレクシオン》によって、みずからを言語として構築していく動きというものがないのだ。[2] それはクレオール語が、〈他者〉が私たちの生存との関係において、自分自身に対して行なった譲歩でもあるからだ。私たちはこの譲歩を横領し、それを自分たちで使うことにした。それはこのごく小さな土地に苦しんだとき、それを私たちの所有地にするのではなく、〈他者〉との関係において唯一可能な優位性としたのと同じことである――しかし私たちは、その使用法を推し進めて言語を組織するところまで行けなかったし、その優位性を推し進めて国家へとかたちを変えるところまでは行けなかった。

　フランス語圏の小アンティル諸島には、真の二言語併用はないと言われている。クレオール語がそこでは、フランス語の変種のひとつに見えるからだ。悲劇はとりわけ、そこでは言語の責任を持った使用法も欠けているし、同時にある言語の集団的実践も欠けていることがはっきりしていることである。二言語使用《ダイグロシア》と呼ばれているものは、ここではまったく独特な現れ方をすることとなった。言葉がフランス語であろうがクレオール語であろうが、誰もが自分のためにそれらの言語を完璧に使いこなせようが使いこなせまいが、とにかく私たちは自分たちが実践するよりはるかに多く、集団的に私たちの言葉によって話させられているのである。[3]

　したがって、私たちの問題は、フランス語化による変形行為に先立ち、みずからの再生の瞬間を待っているような、ある明らかな言語的事象――クレオール語――を意識にのぼらせることではない。クレオール語は、楽園のような昔においてさえ、私たちの民族語ではなかったし、現在もなお民族語ではない。クレオール語があらゆる時代において私たちの民族語だったと主張することは、そこに私たちの存在の苦しみが湧きだし、そこにこそ私たちの存在が根を下ろしている、あの胸がうずく問題を、自信過剰な態度のもとで、またもや少しばかり曖昧にすることとなるのだ。クレオール語がマルチニックの国語となる可能性をもつためには、さまざまな構造の転覆があらかじめ必要である。その転覆についてこの集会のなかで話すのは子供じみたことになるだろう。こうしたクレオール語の向上は、エリートたちの決断からは生まれないだろうことも私たちは知っている。最後に、それぞれのマルチニック人が、疎外されないままフランス語を使い、限界に苦しまないままクレオール語を話すことができるようになったとき、言い換えれば、そうするための社会＝文化的なさまざまな手段をもつようになったとき、初めてクレオール語＝フランス語の関係の両義性は消滅するだろうということを私たちは知っている。

それに反して、使用される言語を超え、多言語のアンティル性の真実と結びついた共有すべき言葉を定義すること――これこそまさに言うべき言葉だ――、これは今すぐ支持することができるように私には思える。そしてこの定義は、ある種の知的選択、どうしてもエリート主義的なものである選択によって可能となるのだ。

民衆革命が起これば、たしかにマルチニックはアンティル諸島の島のひとつとなり、私たちは反－詩学から解放されるだろう。マルチニック人民は自分の使用する二つの言語のいずれかを選択するか、二つの言語を同時に用いることにし、それをみずからの言葉の詩学に組み込むだろう。しかし、もっと制限された文脈では、反－詩学による異議申し立ては、ただちに今日から表現の冒険に再び着手し、未来を準備することを可能にするだろう。自発的な言葉はより限定的な機能しかもたず、成熟しているわけでも、解放されているわけでもないが、反－詩学がそこにさまざまな加工を施すからである。

私たちの見通しは、このそもそも矛盾していない二つの道のいずれかを通って、私たちが集団的に制御することなどできなかった二つの言語の衰弱した使用法を出発点とし、ひとつの言語活動を自分たちのために作りだすことだ。それは故意に曖昧さを生みだし、不確かな私たちの話し言葉をきっぱりと根付かせるような言語活動である。

しかし、この二者択一を歴史の尺度で考えるだけでなく、民衆の主張におけるクレオール語の現在の使用法も明らかにしなければならない。この使用法のおかげで、クレオール語は無責任さから覚醒し、それ自身の戦いの武器として組織される。だが、この世界では、歴史はあまりに早く過ぎ去ってゆく。私たちにはクレオール語でゆっくり「反省している」暇などない。民衆全体であれ、エリート集団であれ、解放された詩学であれ、異議申し立てする反‐詩学であれ、穏やかな展開のなかで成熟させる時間などないのだから、私たちは力ずくでひとつの言葉の活動を構築しなければならない。ここでは、かけがえのない言語学者たちを待つことなどおそらくできない。そんな言語学者たちが私たちのもとにやってくるのは、おそらく残骸の探査のためだろう。

未知の惑星であるこの言語活動が、私たちに呼びかけている。言葉の開花を知らなかった者たちにとっては、第一次分節は、不快で重苦しいものだろう。第二次分節は、大胆で選び抜かれたものとなるだろう〔人間の言語が意味素（第一次分節）と音素（第二次分節）のように二重の分節をもつとする、言語学の考え方が踏まえられている〕。さもなければ、私たちは自分たちの声という点で消滅するだろう。私が言いたいのは、ここでは激怒が、必要ではあってもたやすく迂回できる瑣事から守ってくれるということだ。そうした瑣事を通して、私たちはクレオール語を「研究する」だろうが、それではクレオール語からその固有の構造を奪うことになるだろう。体系化された言語学は、脅かされた言語を「細分化」することはできても、それによって利益が得られることなどないのだ。

自己同一性《アイデンティティ》

私が文化的自己同一性と呼んでいるのはこのことである。それは問いかける同一性であり、そこでは他者との関係によって存在が決定されるのだが、だからといってその存在が、横暴な重みによって固定されることはない。それこそ世界中の人々が思い描いていることである。誰もが自分自身で自分の名を呼びたいのだ。

〈場所〉、〈詩学〉

この世には、世界がまだ確かめる時間をもたずにいるさまざまな消耗を託された場所があるだろうか？　地球規模の歴史によって無理矢理作りだされた記念碑のような大いなる災害ではなく、人知れず積み重なってゆく不幸、立ち往生した民族の世に知られぬ摩耗、感じ取れないさまざまな滅亡、同一性の緩やかな喪失、反響のない苦痛の託された場所が？

結局、こうした集団的で何も語らない死者たちが示す基本的な方向は、経済の領域から切り離さなくてはならないと私たちは主張し、その唯一の解決策は政治的なものでしかあり得ないと確信しているが、詩学もまた、このような消耗・破壊に抵抗する唯一の記憶への訴えであり、同時に唯一の本当の場所であるように思えるのだ。詩学は言葉の暗黙の科学あるいは明白な科学なのだから。そのような場所でこそ、私たちの地球規模の空間への意識と同時に、他者への必然的で疎外をもたらさない関係への瞑想によって、そうした破壊を照らしだすことができる。自分で自分を名付けること、それは世界を書くことなのだ。

したがって、私たちが歴史のなかに入り、私たち（アンティル人）が多様なヨーロッパ言語を採用し、それらを適合させても、だからといってそうした言語は誰かから教わるものとはならないだろう。おそらく私たちこそが、これらの言語に新しい実践を教え、非‐知の詩学（反‐詩学）を放棄しながら、それらを人間たちの歴史の新たな一章に導き入れるだろう。おそらく、実際私たちこそが（言葉が突如として一枚岩になり、覆いとして私たちの邦に重くのしかかると仮定される場合を除けば[4]）、複数の詩学を統合することによって、数々の慣用表現を招き入れるだろう。抽象的な普遍主義から遠いところで、不透明さに同意するという困難だが実り多い関係においてそれは実現されるのだ。

ここに素描する主張は次のようなものだ。つまり、あらゆる人間集団のうちではひとつの「集合的無意識」が形成されていて（あるいは何ものかによって「作りだされ」ていて）、一方ではその共同体が、もう一方では共同体の歴史のなかに囚われた個人が、多少なりともそれに**苦しんでいる**。

先進国の人々に関しても、集合的無意識という言葉を使う定めにあるが、この点について付言すれば、この無意識は社会においてあまりに**数多くの媒介を経ている**（つまり共同体とその周辺との技術的な中継が数え切れないほどあり、またあまりに細かいものである）ために、そうしたグローバルなやり方では本当の意味で個人に強く訴えかけるものになっていない。集合的無意識は、この水準では問題とはならない。この共同体は何かを**奪われている**わけではない。しかし個人は、周辺が「満たされている」だけにますます苦悩に満ちたものとなる孤独のなかで現実感を失っている。

第三世界の住民たちについて言えば、彼らは戦い合い、したがって**歴史を続けている**。これらの人々に関して、現実感を喪失させるような反響、「直接」個人（たとえば、戦争によって傷つけられた戦闘員）に影響を与えるさまざまな反響が数え上げられ、分類されている。しかし、共通の見通しがもつ力、理解力と可能性を共有することへの大いなる希望が、集合的無意識の麻痺させるような束縛を押し返し、目標を示すことでその束縛を無効にするのである。

私たちはここで、ユング的視点を例証しようとは思わないし、普遍的原型の決定的存在を擁護するのでもない。しかし、社会的＝歴史的所与は信仰、風習、イデオロギー（上部構造と呼ばれているもの）だけでなく、**ある種の条件においては**、「共同の」欲動の場――ある共同体の無意識と呼びうるもの――の形成に影響を与えると、私たちには思える。先に述べた考察から、この欲動の場が直接個人に影響する条件には二種類あることがわかる。

周辺への影響がとりわけ技術的実践によって媒介されていないときには**直接性**という条件。解除できる集団的行為、たとえば政治的な行為が遮断されているときには、**受動性**という条件。欠如（あるいは迂回）全体の分析によって、マルチニック島における状況にアプローチすることは虚しいことではない。この欠如（迂回）にこそ、「全般化」した欲動を結びつけることができるだろう。

I　さまざまな極

無意識の概念研究を、マルチニック人に関してはっきり言語化するために、その概念が関係するいくつかの「極」を私たちは検討した。ここでは網羅的ではない要約を試みることにする。そしてそれぞれを包括する用語のもとで、その要素一つひとつを人目を引きすぎるかもしれないやり方で整理してみよう。

名前

名前の移植手術によって（ある過去に名前を根付かせること、一連の名前の漸進的な出現）、ある共同体の均衡が強化されることはあり得ることだ。[5] そして名字全体を**ある**状況（私たちにとっては、一八四八年の戸籍割当ての儀式）に結びつけることは、おそらく心理的外傷を与える事柄である。とりわけ、名前が**授与されたもの**である場合には。アメリカ黒人は、この心理的外傷を振りはらう必要を感じた（マルコムX）。自分で自分の名前を与えなかったことは、たしかにある共同体にとっては、ひとつの制約である。

母親

オイディプス王に関する議論のなかで、[6] 私の次の説は論争の対象となった――マルチニック社会が西洋モデル（三角形モデル）に従った家族構成を本当に採用するよう強いられないかぎり、母親へのオイディプス的関係はここでは問題とならない（あるいは、一般的な言い方をするなら、問題を生じさせるものとしてのオイディプス王は西洋の創作にすぎない）。拡大家族では、オイディプス的関係は「問題化」されない。だが、文化的共同体の反射的行動に逆らうような核家族化を強いられた場合には、「模造された」オイディプス的反応を、今日詳細に研究すべきである。父親と母親は、マルチニックの家庭において本当に紛争状態にあるのだろうか？　この仮説へのあり得る結論――マルチニック社会が、充分に自分のものとできないフランス・モデルに同化されればされるほど、状況の不均衡はますます制御できないものとなるだろう。

道具

道具とは、媒介する手段であり、環境への不可欠な中継器だが、マルチニック島においては「現実感」をもたない。言い換えれば、マルチニック人は、自分に与えられた環境のなかで使用する道具の使用法や改良を管理する、どのような集団的可能性も、歴史上もたなかったということだ。それに由来する技術的無責任さは、まず共同体の態度、次に個人の選択に影響している。支配的な考えが私たちを「無責任」と見なし、そのようなものとして扱うことが重要なのではない。私たちはそれと戦うことができる。支配的な考えがそのようにして狡猾に現実化したものを大々的に喧伝するから、私たちが自分たちの集団的条件の現実に目をつぶらなければならないということにはならない。総合的な技術への責任を勝ち取ることは、絶対に必要なことなのだ。その考えを主張することが、すでに見捨てられた状態に対する勝利となる。

祭

マルチニックの祭は、伝統的に異議申し立てを旨とするものである。長いあいだそれは禁じられていた。

一八四八年から一九三八年に至る時期のあいだ、祭が極度に熱狂的に行なわれた理由は、その探査的機能によって説明される。つまり伝統を祝うことより、慣習を生じさせることが問題だったのだ。マルチニックにおける民衆的な大きな祭の衰退は、伝統となることができるような、共通の慣習の探求が失敗したこととおそらく関係している。共同の祭はパレードとなり(事業を託された関係者と、受動的な観客とのあいだの断絶)、政府からの勧めと押しつけによって維持されている。どのような共同体も、みずからを祝うことがなければ、釣り合いを取る(言い換えれば、自分自身のうちに、秩序あるいは無秩序によってみずからの生成の理由を見いだす)ことはできない。共同体の祭が考慮の外にあるということは、周辺への技術的中継の密度が同意《コンセンサス》の**代わりをする**(疎外された世界においてであれ、疎外されていない世界においてであれ)、そのような社会状況のなかでしか考えられない。

言語活動

クレオール語は、非-生産的な機能性をもっているため、中身のない言い回しを体系的に生みだしているが、それが圧力となってクレオール語を窮地に追い詰めている。この言葉は統辞論的一貫性を展開することができない。フランス語の使用は、無責任なものとなる。「尊敬の念」と、言語へ問いかけることができない麻痺状態のなかで固まってしまうからだ。この疼きの起源は経済的なものである。したがってそれを耕すかどうかは政治的な問題だ。このような疎外は明らかに極端な形態を取ることになる。一方にはクレオールに関する事柄の頑固な拒絶があり、もう一方には偏狭なクレオール性のやはり頑固な肯定がある。この肯定というのも、西洋の帝国主義的単一言語使用の道を借りるしかなく、したがってみずからが戦おうとしているものに押しつぶされることになるだけだ。

時空間

衝撃は二つの方向にそって評価される。

空間という視点からは――**別の場所を夢見ること**。現実の邦がショートしているのだから、人は現実をゆがめる投影された夢のなか、幻想の地理のなかでの「宙吊り」状態に導かれてゆく(周辺地帯における包括的な経済的責任が欠如しているせいだ)。

時間という観点からは――**みずから日付を記入しないこと**。集団的記憶の欠如のせいで、時間という次元は、自然界の所与の連続へと還元されるのだが、そこでは所与がみずからを乗り越えるということがない。人は時間を否定できるのだろうか? 時間を自然界の諸事実のカレンダーに帰着させることができるだろうか? ある問題提起への集団的回答は、次のことを要求するという原則をここでは支持したい。それは共同体が、自然と文化を和解させ、自由な集団的実践を行なうことである――私たちはまだその状況にはない。

行為

民衆の戦いは、共同体の協調の軸を奪われると、任務を持たないエリートたちの「構造を超えた」諸特権を絶えず強化することに役立ってきた。そこでマルチニックの「思想家たち」は、外部戦線に志願してきたが、マルチニックの歴史の前線では、決して同じような義務を負ったことはなかった。マルチニックにおける行動は、つねに歴史的に意味を奪われたものだった。あらゆる可能な行動にひとつの持続性を持たせることができない、そんな無力感が広がってゆくばかりだった。

役割

マルチニックにおける社会階級の身分と任務のあいだのねじれは、生産組織がすべて疎外されているために引き起こされるものだが、このねじれのせいで、このような社会における（現実の任務とは対照的な）外見と「役割」の重要性が特権化されることになる。この「役割」のおかげで、住民たちのあらゆる階層において発展した、ゆがめられた瑣末な人種差別談議の評価が可能になった。（肌の色の無限に微妙な差異が、黒人が基底で白人が超越的な立場にある、いくつもの段階に分けられた地位を決定するのである。）それぞれの社会階層は、自律した弁証法的な関係を互いのあいだで持っていない。各社会階層は外的要因によって決定され、支配され、方向づけられるのだが、それでいてそうした要因が外部由来であることを理解することができない。それぞれの社会階層は、自分たちの地位に対応していないのだ。

II　否定性

それゆえ、私がこのようにマルチニック人たちの集合的無意識と呼ぶものは、たしかに普遍的原型の痕跡によって「構成された」ものではなく、完成されない共通の経験から、ということは周辺との毀損された関係から、否定的に生じたものである。（土地を所有する伝統はなく、技術的媒介もなく、解除をもたらす集団的暴力もなく、政治による対立の解決もない。）私たちは、こうした否定のいくつかの跡を追うことができる。

マルチニック人は、本物のアメリカ人だが、困惑した（左利きの人について言うように）アメリカ人でもある。このことは、ひとつの共同体がみずからの時空間への包括的な認識を欠いていること、この無知を、代償とはなっても不均衡な一種の擬似イデオロギーによって強迫的に引き受けていることを示唆している。

マルチニック人はあり得ないヨーロッパ人だが、満足したヨーロッパ人だ。このヨーロッパ化は、批評精神のない消費、異議申し立てのない依存関係、微妙な色合いもなく採用され、採用した者に打撃を与える公式のイデオロギーといった、受動的なあり方によって完成される。

マルチニック人は、アンティル諸島の現実に盲目なアンティル人だ。セント＝ルシア島とドミニカ島が、島の南と北の地平線にくっきり浮かび上がっているというのに、彼はこの二つの島を見ようとさえしない。マルチニック人は自分自身とは別の眼で見ているのだ。「Zié béké brilé zié nég」（ベケの眼が、ニグロの眼を焼き尽くした）という俚諺《りげん》は、社会が優れているとか人種が優れているとか単純に強調しているわけではない。

マルチニック人は全体的に無責任だが、それでも個人の段階、あるいは集団の段階においてさえ、自分が行動していると確信することはできる。それなのに、彼は他人によって決められた目標（あるいはそれに代わるもの）を追求することしかしないのだ。

マルチニック人は「知性豊か」だと一般に認められている。しかしそれは、歴史的・包括的な行為の結果なのではなく、彼のために定められた適性なのだ。誰かがそう望んだのである。

私たちが集合的無意識と呼ぶものは、したがってまず状況、そして〈他者〉との一連の関係の様式である——ただし、他人（隣人）との関係ではない。このような状況への適切な回答が不可能になるたびに、強迫的で、解決をもたらさない類の一連の集団的回答が発達するだろう。（こうして理論的には、活発化への欲動［あるいは適切な欲動］と、病的欲動を区別できるだろう。この病的欲動の役割と最終的な結果は、状況への順応を**維持する**ことでしかない。）

III　類型論について

マルチニックにおける精神医学の一覧表を作成するために、組織的なアプローチ方法を採用することは、したがって「反‐科学的」な気まぐれというわけではない。この調査はまず、帰納的なものでしかあり得ない。さまざまな症候群、意味作用、そして**関係**を同時に突き止めなければならないのだから。私がここで行なうまったく不完全な提案は、マルチニックにおいてたとえば次のような言葉を使えないかどうかを試すというものである。

(a)**飽和による神経症**という以上に（あるいはより頻繁に）**減少による神経症**。飽和による神経症と私が呼ぶものは、消費と同じほど、周辺への関係の技術的様式が無限にあることが、人格に「重くのしかかる」ような社会の機能の仕方に結びついているように思える。バスの乗車券、地下鉄の日付スタンプ、時刻合わせのための時計、テレビの企画などは、どれもが反響をもたらす中継器である。工業化社会の消費と「同じ」ほど密ではあっても、技術的中継がきわめて乏しい社会で組織された消費体系においては、工業化された状況と同じ型の神経症は引き起こされず、まったく逆に剝奪に（周辺との「貧しく」不確かな関係による体験に）結びついた神経症が引き起こされるのかもしれない。この場合、消費はただこの関係の貧しさを浮き彫りにするばかりである。

(b)**攻撃神経症**とこれ以降呼ぶことにするものと区別される**停止神経症**。「停止神経症」という表現はいかにも不十分だが（これでは自己嫌悪の古典的定義と混同されるかもしれない）、この表現が意味するのは、マルチニック人がみずからの存在があり得ないものだという事実のうちに**引きこもり**、他人（隣人[7]）の存在にその不可能性を結びつけないということである。先進国の社会では、逆に攻撃神経症（他人への内面化された関係）がより一般化しているように思える。他人との日々の関係が、マルチニックにおいては行為における暴力（精神錯乱の自己破壊）に満たされていて、内面化された攻撃神経症の実践をほとんど「収益性」の合わないものにしているのだから、なおさらそう思える。こうして、西洋の古典的な意味における自己嫌悪による神経症と、停止神経症との区別が理解されるだろう。前者には投射があり、後者には自閉がある。〈他者〉に強制された自閉。他人との関係を曇らせているのは、まさしくこの〈他者〉（取り除くことができず、強制することもできない〈他者〉）という、重層決定要因なのだ。

たとえ神経症というあり方ではあっても、現実との関係が実行不可能なものとなり、**精神病という選択**が決定的になるとき、工業化された国においては、とりわけ非-個性化された関係（他人との関係の拒絶）を目の当たりにすることはないのではないかと思われる。そうした関係は、狂乱するような状況の場でこそ選ばれるのだから。それに対して、マルチニックのような島においては、生活様式として選ばれるのは、非－構造化された関係全体（状況への非－関与）であると想定できよう。たしかに、非－個性化された関係は、ある状況との関係、みずからの諸構造を「体験する」さまざまなやり方への関係に組み込まれる。しかし、私たちの邦において、状況への関係は、反応あるいは回答の「自律的」な様式を**その場で直接**引き起こすのであり、その様式のうちに他人との関係がほとんど入ってこないということを私たちは主張したい。[8]

こうして、技術化された環境ではもっと頻繁に起こるだろう**気質性精神病**（「個人間の脱－関係化」）に、**接続性精神病**（状況への直接的な脱－関係性）、私たちの社会に見られる、個人の事象というより社会事象であるような精神病が加えられるだろう。

これはさまざまな研究への取り組み方や研究方法の決定がどのような方向で行なわれうるかということのひとつの可能な例にすぎない。私はそれを**他人**＝〈**他者**〉という対概念を使って明確にしてみた。[9] **集合的記憶**＝**個人的記憶**という目印、あるいは**過去の深淵**＝**未来への恐れ**という軸、等々を研究することもできるだろう。それでも、こうした研究法を臨床医の現実の体験とつきあわせる作業がまだ残されるだろう。

IV　暴力、同一性、政治的実践

「反省」に基づく同一性の探究は、個人を彼が置かれている状況から荒々しく引き離すという詐術を前提としている。なぜなら、自己同一性の探究はすべて意志的ではなく、「自然な」ものでなければならず、共通した行為のうちに、積み重ねによって与えられなくてはならないからだ。反省と理論の暴力的な詐術を必要不可欠なものにするのは、この「自然さ」がまさしく不可能であること、社会全体が疎外されていることなのである。

政治的行為の決定的な利点は、反省の暴力的な詐術を、体験を内在化する暴力に結びつけることにある。

反省のイデオロギー的暴力は、政治的行為が（その行為が全体的疎外を引き伸ばすだけで、もはや疎外を解決できなくなるとき）、反復強迫的な振る舞いの領域を単純に拡大することを禁じるものなのかもしれない。

しかし政治的行為だけが、存在を体験のなかに復帰させるのであり、そうした行為そのものによって、体験を「自然な」ものとして構築しなければならない。

この点に関して、マルチニック社会における、顕在的あるいは潜在的暴力の諸形態を調査し、研究する過程を省くわけにはいかない。

制度の穏やかな戦略的な暴力。（たとえこの戦略が、さまざまな歴史的機会の「なかで」洗練されたものであり、全体の暴力によってあらかじめ決定されたものでないことを私たちが認めたとしても。）

経済的根絶というグローバルな暴力。この暴力が私たちの社会形成の否定的原動力となっていることを私たちはいまや知っている。

疎外された自己－暴力。自己に逆らうこの回帰が、隣人たちとの関係という水準で露骨に発揮され、それによって自己－嫌悪する神経症患者に逆戻りせずにいられるさまを私たちはたしかに見た。

理論的考察の必然的暴力。その限界は、そうした考察が積み重ねられるどのような伝統にも出会わないことであり、したがって理論的考察は虚ろな明晰さのうちに孤立するおそれがある。

政治的実践における明晰な暴力、あるいはその逆の強迫的暴力。政治的実践の難しさは、まさしく明晰さと欲動を分離することである。

こうした顕在的な暴力の形態（それでもこれらの形態は偽装されるだろう）は、潜在的暴力の諸形態（それでも顕在化するだろう）と比較検討すべきだろう。

さまざまな現実の拒絶という神経症的暴力。これを現実そのものの拒否と混同してはならない。ここではたしかに意識の策略という言葉を使うことができる。

言述への暴力的な欲望。〈他者〉になりたいという欲望（そこでは他人は疎外される）、そして〈他処〉にいたいという欲望（そこではこの島が削除されている）が問題となっていることを私たちははっきり理解している。この欲望の拒絶という悲痛な暴力。なぜなら、人間は周辺への関係に思いをめぐらせたり、その関係を方向づけたりする力を、意識においても、本能的にも、諦めることはないからだ。

「狂気」における根源的な選択という精神病の暴力。

政治的欲動に政治的明晰さを求めることは、まずこの二種類の暴力（顕在的暴力、潜在的暴力）の範疇を関係づけ、比較対照しながらそれらを明らかにする（それらを超える）ことである。

精神医学（精神分析によって方向づけられている）が、ここで政治的問題を解決する糸口を与えてくれると言い立てたり、疎外されたマルチニックが「無意識」からなんとかして解放されるだろうと主張したりすることが問題なのではない。ましてや「意識の不在」であるような集合的無意識というものを簡略に想定することも問題ではない。疎外と抑圧のメカニズムが人が信じたがっているほど明白ではない至るところで、したがってあらかじめ打ち立てられた（「人文科学」や政治学において）概念的範疇に機械的に頼ることが、疎外を強化し、決定的に制度に役立ってしまうところで、さまざまな問題を分類することが問題なのだ。理論的思考は、たとえば「個人的」動機の探求と同時に、グローバルな「経済的」疎外の解明を追求しなければならない。マルチニックにおける植民地主義の原初の努力によって、このことが必要となったのである。共同体の経済的責任を根絶することが、ここで（植民地開拓者にとって）、文化的な「脳除切」の手法をモデルにして洗練された、戦略的措置を取り入れることを必要としたのだ（たとえ他の点では、制度の一般的方針が状況に応じて変化したとしても）。さまざまな現実あるいは現実そのものと断絶する個人的なやり方を割り出すことは、したがってこの同じ現実の政府による操作という強制的なやり方を理解し、そのやり方とより巧妙に戦うために、あるいは逆に戦って理解するために貴重なことである。[11]

その特性が私たちの環境ではより**直接的**な、こうした相関関係の諸類形を考慮に入れず、たとえば、集団的意識の強化は、他の場所で実践され、あるいは他の場所で理論化されたようにして、さまざまな「普遍的」技術や政治的実践によってここでもなされると主張したりすれば、この口ごもっている意識を、新たな歪曲の道に再び導き入れてしまうことになるのだ。

56 快楽と享楽——マルチニックの体験

マルチニック島における社会組織と振る舞いの複雑さを解明しようとするとき、マルチニック人の出現に関する歴史的条件がきわめて大きな影響を及ぼしていることを、研究者はたしかに強調せざるを得ない。ただしそれは、どのような水準であれ、個人も集団もそうした条件を真に熟考することも、それゆえ調べることもできないままに受忍してきたかぎりにおいてである。実際、マルチニックにおける生活の顕著な特徴は、歴史的所与のこの衝撃力が、つねに無意識に耐え忍ばれるというかたちで、全体の精神性に及んでいる。共通の歴史のさまざまな要素が、集合的記憶のなかに蓄積されず、批判もされないまま、痕跡のなかでひそかに響いているのだが、そうした痕跡はその強度も意味も巧みに隠しているために、読み解くことがますます困難なものとなっているのだ。

したがって、マルチニック人の性に対する一般的な態度について考察し、とりわけ固有な態度があるかどうかを明らかにしようと思うなら、まずゼロ地点、つまりマルチニックの住民が形成された最初の時期における性生活という地点を参照しないかぎりそのような研究はできないだろう。そのような操作はきわめて難しいものとなる。数多くの抵抗感がただちに表面化し、自分の性の活動が奴隷の祖先の存在とどんなかたちでであれとにかく関係していると少しでも考えることは、誰ひとり受け入れることができないのだから。彼はまさしく奴隷の祖先を自分の祖先として認めていないのだ。こうした抵抗のせいで、祖先との関係をより詳細に分類整理するように私たちは駆り立てられる。

この分野にアフリカ文化の痕跡がどのように残っているのかを、私たちはまず検討しなければならない。ただし、アフリカ人の強制移送は、奴隷貿易の旅を性行動の大規模な削除と見なさなければならないような条件下で行なわれたのであり、そのなかで、移送された人々の——出身地による差異をも含む——性行動全般が抹消され、その結果、個々人は奇妙にも自由な状態、すなわち、新しい状況を前にして、表現可能な伝統に下支えされることのない状態に置かれる傾向にあった。文化の痕跡としての性的行動は、この点で、宗教的行動の「残滓」とも、共通の起源によって引き起こされた社会的＝文化的な無意識行動とも同一視できない。移住した人において、性的行動は、伝統、集団的な反射行動、先祖伝来の習慣としては消滅するものの一部をなしているのである。

奴隷制度の枠組みのなかで、アンティル人は、制度の冷酷な束縛に従属していたために、自分にとっての性的快楽のようなものを知ると、それは主人から見てそれを盗んだことになり、彼の権力からそれをかすめ取ったことになる。この点に関して、性的関係と剰余価値への関心が、奴隷所有者である植民者たちの政治でないとしても、実践を決定していたことを、私たちは知っている。それこそ、両アメリカ全域における黒人の四散《ディアスポラ》のあらゆる広がりにおいて一貫していたことである。再生産の機能に至るまで、奴隷が自分に属することを、主人は欲する。奴隷については快楽《プレジール》も享楽《ジュイサンス》も考慮されることはあり得ず、考慮されるとしてもそれは種馬についてだけだった。その性的行動の幅は、主人の利潤の幅に縛られていた。享楽は、したがって決してひとつの発見、活力ではない、たしかにそれは新しいものへの欲望ではない、そうではなく主人の許可の外でそれを知るたびに、主人の権力から文字通りかすめ取られたものである。享楽は、獲得されたものではなく、投企でもなく、盗まれたものなのだ。それは自己の延長上にあるものではない。〈他者〉、つねに存在する〈他者〉、目に見えず抑圧する窃視者から差し引かれたものなのである。

性的活動が準備されるのは、サトウキビ畑のどこかで横領され、奪い取られた出会いにおいてである。ラフカディオ・ハーンが前世紀末に調査し、諺集『ゴンボ・ゼーブ』に収録した、クレオールの諺によってこのことが報告されている。この本の注釈部分は一度もフランス語に訳されたことがない。その諺がこれである——« *Si savann' té ka palé, nous sé con-net trop' sicré.* »[12] それゆえ享楽の盗みこそが、快楽への欲望あるいは強迫観念を決定することになる。それは行為を完遂し罰せられない状態へただちに行こうとする荒々しい制御不能の欲求であり、享楽のなかにある快楽の部分はそれに要約され、そこで消滅するのだ。こうして短絡現象が起こり、そのせいで享楽への欲望が、享楽のなかにある快楽をどうあっても減少させることが理解される。そこでは快楽と享楽という二つの次元が対立せず（それは自分を理解するやり方ともなるだろうに）、二つの次元は互いに相手を知らず、あるいは排除しあうのだ。他方、享楽の盗みによって、個人が自分の獲物探し、つまりは自分の窃盗の縮図のなかに閉じ込もり、それだけますます相手の快楽、あるいは享楽に対して無理解になることもたしかである。無理解であり、無関心ではない。なぜなら、マルチニックの男は、女性が享楽を、その女性に属するものとしてではなく、自分自身の盗みの合法性を承認するものとして証言することを要求するだろうからである。こうして主人の権力の盗みは、女性への強姦、潜在的だがいつまでも変わらない強姦に結びつく。マルチニック人の性への態度の大部分は、このような原初の条件づけに由来するのだが、もちろんそのようなものとして知覚されることはなく、解明されることもない。

享楽への欲望と快楽というあいだのこの短絡現象は、時間の短絡現象以上でも以下でもない。主人から盗まれた、義務ではないもの、不連続なものとして暗黙のうちに認められるせいで、この危険に満ちた瞬間における険しい享楽と、連続性、実体、持続を前提とするような快楽への道筋とは対立することになる。享楽はこのように、究極の埋め合わせ手段でしかない。生産という経済過程における無責任さを埋め合わせ、再生という生理的過程における無責任さを埋め合わせることでしかないのだ。快楽という利益は、その過程から排除される。利益の時間は、主人の時間なのだ。この点、さらには他の多くの点において、マルチニック人は、劇的に、**時間がない**のである。

　言葉がどれほどこの盗まれた瞬間への強迫観念、この享楽への欲望を絶えず例証しているかは驚くべきほどだ。そうした強迫観念、欲望のせいで、ひとは行為遂行のあらゆる過程の外へ投げ出されるのである。« *Avan i choi tchuit* »[13]——とクレオールの俚諺は伝えている。これは集合的欲動の高まりを明確に強調する言葉であり、その欲動によれば、さまざまな方法を実行に移す前にすでに結果をもぎ取っているというのである。即座の享楽への強迫観念は、そもそもあらゆる行動の領域を曇らせている。客はある商品を、ただちに、絶対的にほしがる。それが礼儀にかなったことなのかどうかを確かめる忍耐がないのだ。新たに商売を始めた商人は、絶対的にただちに自分の投資の回収を欲する。販売に関するさまざまな技術をはっきり述べ、その利点を長々と口にする忍耐は彼にはない。たとえその計算ずくの陳述に比例して自分の顧客たちが増えるに違いないと見抜いていたとしても。そこには抵抗しがたい呼びかけがあり、そのせいでマルチニック人は**時間をかけない**のである。言い換えれば、楽しまないのだ。

　そんな考察はもはや時代遅れだ、私がこのように分析していることはマルチニック社会の発展を考慮に入れていない、少し前まではミュラートル、現在ではエリートの構成員という少しずつ現れてきた社会階層においては、そのような影響は適切なかたちで突き止めることはできないだろう——人々がこう反論するなら、私としてはそういう言い方によって、人々がマルチニックという社会集団が自己疎外を包括的な性格としてもっていることをひどく過小評価していると答えよう。私たちが話した時間の短絡現象は、技術的不自由の結果である。たしかにマルチニック人がどれほど無邪気な快楽をもってさまざまな機械やアイディア商品を扱っていたとしても、それでもやはり技術的不自由は私たちの歴史の恒常的な否定性であり続けている。もし人が、私たちはそうしたことすべてを乗り越えたのだと言うなら、たとえば次のような逸話と私たちを隔てている時間を見積もるように私は求めよう。その逸話が作り話かどうかは、どうでもいいことである（それに作り話であればそれだけますます意義深いことである）。フランス女性と行為に及んでいる若いアンティル人が、オルガスムスに達する瞬間に叫ぶ。「シェルシェール万歳！」、あるいは若い白人女性をパリの地下鉄《メトロ》で抱きしめていた、たしかに実在したアンティルの若者は、まるでブラックパンサー党のように拳を振り上げていた！　こうした話は古いものではない。それはかつての主人というあの眼に見えず抑圧的な大いなる〈窃視者〉がいまだに存在感を維持していることを証言している。いわゆる性的力と、自称政治的解放とをこのように無邪気に関係づけることで、こうした逸話はアンティル人が無意識のうちに、笑うべき惨めなやり方で、全体的な責任の構造と、性的活動に固有の構造とのあいだに、容赦ない執拗な連関を確立していることを知らせているのだ。このような連関の現在における論理的帰結についてはすぐ後で検討することにしよう。

　享楽＝快楽のショートは、絶えず再開される無責任さという一過性の行為へと駆り立てることになるが、この短絡現象が集合的記憶の不在と出会うことで強化されていることが、すでに、こうした話の報告において明らかにされていると指摘しておくべきだろう。マルチニック人は、どのような領域であれ、自分が欲する道筋を予測せず、あるいは自分がどのような道筋を通ってゆくかを予測しないまま（これが技術への無関心の構造である）、見たところ好都合なあらゆる結論に飛びつくが、それと同じように、いったいどのような現実的敗北が深い穴を穿っているかを考えないまま、どのような見かけ上の勝利でもその獲得に駆けつけるのだ。私たちの共同体の歴史はそのように進んでいる。つまり進歩から進歩へと進んでいるつもりでも、結局は青ざめた断末魔へと前進しているのであって、私たち個人としての享楽の快適な成功あるいは私たちの無責任さのひっそりとした惨めさを超えて、共同体としてそういう状態にあることを私たちは知っているのである。

いま私はいくつかの不適当な関連づけの誤りを正しておきたい。**享楽への欲望＝快楽の不利益**という短絡現象から、マルチニック人が原則として、機能の点で早漏の人間に似ていると結論づけることはできないだろう。不連続への閉じこもりと享楽の盗みとは、一定の規範と関係する時間的律動とはなんの関係もないのであり、それどころか時間を考慮しないという態度を引き起こすことを私たちはすでに理解している。早漏の人は不幸であり、自分の不幸を意識している。マルチニック人について言える最小限のことは、自分の享楽に関する不幸という問題を少しも考えていないということなのだ。

同様にして、快楽と享楽という次元を、狭い意味での身体という基準に帰着させることはできない。そうできるのであれば、結局のところ、快楽も享楽も、青春時代の生理的な熱情のなかでまざり合うのだと肯定することもできただろう。先ほど私が強調したグローバルな関係づけのせいで、マルチニックの社会組織のなかでもっとも脅かされた年齢層は、この状況では若者たちということになる。短絡現象の混乱のなかで、若者たちはまだ有効な冷笑的態度や、熟慮の上でのさまざまな策略によって対抗する術を学んでいない。集団の無責任さが、今日の青年に深く影響していて、教育者やセラピストの証言によれば、若い娘たちに比べてはるかに未熟なままだという。

アンティルの女性がこの歴史にどのように反応してきたかをいまや考えるべき時である。奴隷船という絶対的に狂った世界においては、強制移送される男たちが肉体的に無力化されているのに対し、アフリカ女性のほうは、職務の遂行によって精神が錯乱している乗組員の水夫たちに、日々、繰り返し強姦されるというきわめて恐るべき攻撃にさらされてきた。その後で、新しい大地に上陸すると、女性は男に比べてはかり知れない利点を持つことになる。彼女はすでに主人を知っているのだ。（祖先のうちにこのように強姦された女性がひとりもいないというマルチニック人がいるだろうか。）

彼女こそが、自分の生殖能力に呪詛を投げかけつつ、有名な計画を述べるのだ。《 *Manjé té, pa fè ich pou lesclavaj.* 》[14] 彼女こそが、隷属的な制度のもとで、白人入植者の興奮を受けとめたのだが、彼らの放埒さは十八世紀に実に興味深い放蕩文学を生みだした。それでいて、その放埒さはこの島の集団的心性にはほとんど痕跡を残さなかった。男の奴隷たちの享楽への欲望に耐えることになるのは、このような女性なのだ。囲われたミュラートル女である彼女は、〈他者〉との関係を日常化した。常軌を逸した早熟さで、またすべてが発展途上の惨めな生活条件によって説明可能ななかで、三十歳を前にして、彼女は性への無関心さのなかへ入ってゆくのだが、それは性的貧困の標準的な形態である。いわゆる奴隷解放の後で、マルチニックの男は自分が自由だと思い込み、生理的な増殖を経済的非－生産を補償する劇的代用品に仕立て上げるが、女性のほうは自分のすべてを息子たち、とりわけ長男に結晶化させ、ほとんど復讐するようなやり方で、かつての奴隷の享楽への欲望を自分のものとして取りこみ、それをこの息子に振り向けるのだ。《 *Cok moin derò mare poul zot.* 》[15] この一般的な図式のなかで、マルチニックの女性は究極の犠牲者だと私は考える。それでも彼女はその状態を母権制の血統のもとにごまかしてしまう。この歴史的な悲惨さをもっともよく伝えるのは、膣痙攣や冷感症といった、女性の性欲のもっとも目につく病的な形態なのではなく、もっともありふれた、この上なく日常的な形態、つまり性に対する無関心なのだと私は主張する。したがって、好きなだけ括弧で括ったこの一見「正常な」性生活こそが、状況の屈折を意味するように私には思える。習慣的なことは、顕在化した病的行動より、探求に活力を与え、調査に方向を与えてくれる。

女たちの方がマルチニックにおける未成熟化の過程によりよく抵抗したこと、近代が開いたさまざまな端緒と、精神構造の変化によって差し出されたさまざまな可能性をよりいっそう活用したことは驚くべきことではない。女たちはある種の職業的地位にもっともよく執着し、性的逸脱とか奇抜な行動といまだに呼ばれていること（同性愛、独身女性の地位、共同体的態度）を可能にする責任ある態度を発揮し、それらの行動によって周囲の男性優位の考え方からますます解放されるようになった。今日、性的病理学の、より人目を引く急性の諸形態が、マルチニックの女性の性に対する無関心に取って代わったが、あくまでそれはこの解放が、並外れた心的葛藤のなかで結実するかぎりにおいてなのである。

アンティル諸島におけるこうした男性優位の考え方が、執拗に続いているものなのか、それとも今日後退しているのかはこれから議論することでおそらく決定されるだろうが、いずれにせよこの考え方はきわめて特殊な性格を呈している。男性優位主義はすべて、社会の現実における支配に基づいていて、共同体の人間たちによって自主管理されているが、それだけますます巧みに女性の卓越性を隠す遮蔽幕を広げているように私には思える。たとえば、処女の修道女のイメージ。自分の人生、たしかに修道女自身の人生を犠牲にして、人から意見を求められることもないまま、彼女は名誉を守らなければならないことになっている。責任ある男性優位主義者は、こうしてつねに女性を到達不能の女神に仕立て上げるのだ。アンティル諸島における男性優位主義は、男性支配の自主管理に根を下ろさず、アンティル諸島の男性が自分には権力があるという幻想を抱くための模擬行為に基づいていたために、そのような女性の超越性を発展させることができなかったと思われる。庇護してくれる母親像を崇高なものとする点を除けば、それは崇高なものを欠いた男性優位主義である。こうしてこの優位主義は、前代未聞の乱暴な物腰を普及させている。他の言語と比較して、クレオール語が女性と寝たことを自慢する攻撃的な表現をどれほど豊富にもっているかを研究しなければならないだろう。« *Coupé famm' la' batt famm' la* », « *raché famm' la* »（《女を切断する》、《女を打つ》、《女を切り刻む》）。これらの動詞が切断の他動性を持っているために、女性像に超越性を紛れ込ませるという偽善を実践することはまったく不可能である。

伝統的なアプローチの技術も同様である。たしかに、百年の婚約が清らかに目覚めさせる接吻によって神聖化されるといった話を、アンティル民話が想像したことはないだろう。それどころか「長引くものはすべて汚れる」と人は言う。ここでは、マルチニックの女性は――実際の無関心からであれ、より深い成熟からであれ、男と出会う地点を見いだしたいという欲望からであれ——二人の性的関係から、たいていの場合偽善的な華々しさを取り除いているように私には思える。そうした華々しさで、西洋文化は性的関係をすっかり包んでいるのだが。若い娘が、若者が美化するのをさえぎり、行為に移るように命じる物語が、ここではあらゆる形態で語られる。フォール＝ド＝フランスの緑地《サヴァーヌ》や、おそらく村々のいくつかの散歩道の辺りでは、若者たちが求愛の身ぶりを誇示する伝統があったことに触れておこう。そうした伝統は、多くの場合、ヨーロッパの習俗をより巧みに模倣する小さなエリートたちの出現と発展に結びついている。たしかにこうしたすべては、普遍的なものである、近代のデートの慣習によって画一化された。しかしながら、時間の短絡現象の見事な例として、「**車による連れ出し**[16]」という一般化された慣行に注意を促したい。これは生き生きしていると同時に、把みどころのない言葉である。

マルチニックには男と女が出会い、自分たちの関係をそのようにして表すことに同意するための機会がある。それは、家族の構造を批判する、カーニヴァルの滑稽な結婚儀礼のなかにある。そこで男は妻（たいていの場合妊娠している妻）の役割を演じ、女が夫の役割を演じる。大人が揺りかごのなかにいる赤ん坊の役を果たす。そこには、本当の関係に対する鋭い知恵を示すあらゆる兆候がある。ブルーノ・ベッテルハイムは『象徴的傷』のなかで書いている。「男たちが女たちの生殖能力におびえていること、彼らもまたそれに参加したいと望んでいることはほとんど証明する必要のないことである……。」この場合、男はこの恐怖を仮装行列によって払いのけようとしているが、その恐怖がマルチニック社会における実際の役割を無意識に知覚することで強化されていることは、ほとんど証明する必要のないことだと付け加えることができよう。男の女らしさへの反応は、ここでは女の男性優位主義への反応と交わっている。滑稽な結婚が、庶民による集団的な大いなる問題提起のいまだに活発な珍しい形態のひとつであることは驚くべきことではない。マルチニックのカーニヴァルはそうした問題提起であったし、今もそうしたものでしかあり得ない。

マルチニックの男における、享楽への欲望あるいは強迫観念と、快楽の実践や快楽という利益のあいだのねじれから私は出発した。マルチニックの女性がそれに対してまず無関心によって、それから（今日では）男性優位主義への過剰な同意と同時に、（教育と文化によって優遇されている階層においては）同じ男性優位主義への活発な責任感ある反応によって、そのねじれにどのように答えているかを示そうとした。最後に、以上の考察の軸によって、マルチニックの感性が、どのようにして西洋のリビドーから区別されるかを示そうと思う。現在流行しているやり方ではないにせよ、少なくとも基本的には次のようになっている。

西洋において、快楽の追求実践としてのエロティシズムは何よりまず（とりわけサドにおいて）困難な、あるいは不可能な享楽への刺激であったが、マルチニックにおいては長いあいだ、享楽への強迫観念が（そこに到達しようとしまいと）、快楽（共有されようとされまいと）の実践を無意味なものにしていたことを私たちは理解した。少し前までエロティシズムにほとんど意味深さというものがなかったこと、性の実践における伝統的な「逸脱行為」がほとんどなかったこと、その例証として、風俗関係の事件、あるいは風俗関係の裁判の数が比較的少なかったことがこれによって説明される。

技術としてのエロティシズムは、性生活から排除されてしまい、性生活はその本性によって無責任なものとなり、それゆえエロティシズムは、たとえば呪術的趣向、代理的状況（夢魔）、不合理な一時しのぎ（橋）[17]、魔術の処方箋といったより受動的な実践によって置き換えられてしまった。

マルチニック人の性差別主義という悲劇的幻想が残されている。この発表の目的はさまざまな治療法をくまなく点検したり、処方箋を提案したりすることではなく、議論を始めることにあるのだから、いくつかの宣告によって結論づけるより、きわめて今日的な二つの現象に関する観察をあなたがたの考察に供することにしよう。

まず、都市、そして分譲地において、若者による強姦、もしくは強姦未遂が、少なくとも私が知っている範囲では比較的頻発すること。自分の権力の偽りの像を押しつけることがもはや不可能なために（この権力自体があり得ない権力の代用品である）、まるでかつては潜在的だった強姦魔が、今では顕在的な強姦魔になる以外解決策がなかったかのようにしてあらゆる事態が進行しているように見える。都市、あるいは分譲地におけるこの現象の集中は、「財産の陳列」による解釈へと向かわせるが、これはスーパーマーケットで、消費について起こっていることと同一視できる事柄である。このような商業化された言葉を使うのはわざとであって、これによって私の二つめの観察に橋渡しすることができる。

私に言わせれば、巨大で集団的な代償的幻想が問題なのだ。マルチニック人たちは、女性の旅行客たちがここに大挙して上陸するのは、セックスをするためだと確信していた[18]。このような主張の現実的土台についてどのように考えようと、その主張がいかに素速く集団のなかに根を下ろしたか、とりわけそれがどれほど強烈な満足感をもたらしたかということには唖然とするしかない。その主張が引き起こした「ハント」がどれほど実り多いものだったかどうかは、当然ここでは考慮の対象とはならない。これは自己 - 物象化という信じられない現象ではないかということをぜひ議論していただきたい。この自己 - 物象化によって、私たちは消費可能な商品として自分たちを差し出し、自画自賛するのだ。生活費を稼ぐ義務は、この場合、決定的な要因とは私には思えない。むしろはるかに、この考察の最後に、私が述べたここにある連関、自分の邦そのものでの全体的な無責任さと、ある種の代補市場で自分の価値を高めたいというつまらない誘惑とのあいだの連関が再び現れたのだ。このような集団的幻想は、その代償的活動によって、マルチニックの男が、突如として自分がマルチニック女性によって見られている、そして、ほとんど重みのないものと思われているということに気づいたことに注意を促すものだと私は考えたい気持ちになっている。

たしかに考察の共有化と公開性は共に、性の領域から、共同体が**耐え忍んだ**歴史に結びつく魔術的・幻想的内容を排除する方向で作用する。しかし、この分野に関して、「性科学」が、輸入されたブドウやヨーグルトとまったく同じ消費物にならないよう気をつけなくてはならない。必要不可欠な治療法の前に、ここではまず解明への集団的努力がなされなければならないと思える。専門家たちは、多分野の声と、研究者たちの総合的仮説を聞くことで、方法的利益を得るだろう。

たとえば、この会議において、友人の専門家たちが他処から来て、絶対的な認識の力を備えているといって、ある種の魔術的内容一式を、新たに、集団的に彼らに割り振ってはいないと私たちは確信しているだろうか？ 残念ながら、それはマルチニック人にとっては実にありふれた誘惑なのであり、一見してもっとも「技術的」な階層においてさえそうなのだ。〈他者〉が私たちに提案したさまざまな処方箋、解決作、治療法、奇跡を、私たちはまたしても受動的に待っているのではないか？ 私たちがそのような態度を取ることは、この研究集会の招待客の現実的な知恵、さらには認識論的道徳を侮辱することであり、そのようなことで招待客は満足などできないだろう。〈他者〉を〈抑圧する大いなる窃視者〉として体験した後、いま〈他者〉を、意に反して、〈治療する大いなる導師〉に仕立て上げないようにしよう。自らを助けよ、そうすれば専門家が助けてくれるだろう。自分のさまざまな問題を引き受けよ、君は**準備された**解決法を自分のなかにもっているのだ。その解決法こそが、ここでは個人のバランスの取れた状態に関する治療の探求を方向づけなければならない。

57 塵

ヴァレリー・ジスカール・デスタン氏がマルチニック島サン＝ピエールで行なった演説のラジオ・リポートを聞いた。群衆に向かって、彼は次のように問いかけた。「もしあなたがたがフランス人でなかったとすれば、実際あなた方は何者なのかとお尋ねしたい。」群衆には、こうした状況ではそうなるように、たしかにいろいろな人が混ざっていて、老人たちや学校通いの子供たちが**喝采していた。**

地方選挙で、マルチニックの候補者が、こう叫んでいたのを聞いたことがある。「ここで暮らしているマルチニック島の人は、大きな国で暮らしているという印象をもつことができます。しかしド・ゴール将軍はマルチニックは塵のようなものだと言いました。**それでもド・ゴール将軍の言うことを信じなくてはならないのです。**」こうした大統領の指摘は、ミクロネシアについてヘンリー・キッシンジャーが叫んだあまり文学的ではない言葉と比較すべきである。「彼らは十五万人である。彼らのことなんか誰も問題にしない。」こうした指摘は、強国に関するありきたりの概念にかなったものである。

これこそ、現代の精神性から根絶すべきことだろう。強国が法律を定め、良き道は力と権力であるということこそ。こんなことを信じていると、第三世界の指導者の模倣的振る舞いがどれほど許されてしまうことか？

信じがたいことは、このような演説が自分の「小ささ」にすっかり震えあがっているさまざまな民族にきわめて大きな衝撃を与えながら鳴りひびくということである。「あそこにある－エス」〔第三巻註9参照〕が、そのような信条のうちに深淵として切り開かれてしまう。国際的な列強の攻撃から自分が守られているなどと素朴に信じてはならないが、同時にいつでもひどく震えあがることで、**世界に対する自分の見方**（〈関係〉に対する認識能力）**を失って**しまってもいけない。

58

邦

フォール＝ド＝フランスの日刊紙で発表されたS・オノレ氏の記事から。

クレオールの母親たちによって物語られる伝説によれば、ひとりの〈**蛇の看護人**〉、影を飲む人アポストロフが、村の奥でよぼよぼの老人となり、もうずいぶん昔から自分の職務を果たさなくなっていたが、満月のある晩、自分の藁小屋で、二本の角を生やし、水晶の眼をした大きな蛇の不意の訪問を受けた。〈蛇の王〉は月明かりのもと、〈蛇派〉の信奉者であるアポストロフと話し合いに来たのだが、男は石油ランプを使って蛇の頭を素速く押しつぶしてしまった。ただちに、大勢の蛇たちが復讐のために可哀想なアポストロフ老人に襲いかかった。老人は蛇たちと戦い、偉大な魔術師としての知恵を試みたが、蛇たちはその身体に巧みに巻きついたので、老人はすっかり人間らしい外観を失ってしまった。少しずつ、**影を飲む人**は一匹の蛇のようになり、夜の間に、今度は彼が〈蛇の王〉となった。

この物語は一七七七年七月十三日に起こった。十三日の金曜日の夜になるたびに、月明かりをいっぱいに受け、頭から尻尾まで蛇で、二本の人間の腕は鱗におおわれた「大いなる‐蛇の王‐〈影を飲む人〉」は、人々の住む家から離れた**ゴミエ丘陵**《モルヌ》の森のなかを、悪魔の叫びと嘲笑の声を上げながら這っていて、その声が木《こ》魂《だま》となって遠くで響いている。

複数の民族を破壊し尽くすことができるような時代に、単に素朴なものなのか、それとも奥深い事柄に対応しているのかわからないような、そんなひとつの夢を生きているこうした人物を見いだすのは驚くべきことである。そうした人物のひとり、かつてパリで出会ったあるアフリカ人は、この種の事柄を声高に叫んでいた。「アメリカ人たちが原子爆弾を私たちの上に落としても、そいつの向きを変えて奴らの頭の上に落とすことが私たちにはできる。」錯乱のなかで彼は私に次の言葉を言ったが、私は今でもその言葉をよく覚えている。「おまえたちマルチニック人は、〈原初の大いなる蛇〉を忘れ、否認した。だから〈大いなる蛇〉は復讐しつづけるのだ。」

59　他者の眼差し

私たちは今日、マルチニックの生活の一要素を扱うことにするが、この要素は私たちを考え込ませる。マルチニック人に対する他者の眼差しが、マルチニック人が**自分の姿を見る**やり方、結局は自己の理想を達成するやり方をどのようにして決定しているか、それも狡猾なやり方で、まるで抵抗がないかのように決定しているのかという疑問である。[19]

どうしても選択的なものとならざるを得ないが、「他者」によるマルチニック人に対する三つの「見方」の研究に私たちは注目した。

——ラフカディオ・ハーンの〈熱帯地方〉への眼差し（一八六五年）〔ハーン（一八五〇－一九〇四）が実際にマルチニックに滞在したのは一八八七年からの二年間。『西インド諸島での二年間』の出版は一八九〇年〕。

——フランスの精神医学センターでの、モード・マノーニによるあるマルチニック人の分析（一九六八年）。

——ジャック・コルザニ氏〔ボルドー大学名誉教授（一九三九－二〇二一）〕によるフランス語表現アンティル諸島文学史の概説〔『フランス領アンティル＝ギア

ナ文学』全六巻」（一九七八年）。

ここで問題となっているのは、明らかに共感を寄せる三つの眼差しである。私たちの作業仮説は、この原初の共感が、それにもかかわらずマルチニック人に対する現実的な攻撃性を広めているというものである。

私たちの研究は、すべて準備段階のアプローチではあるが、次の点を示そうと試みるものである。

――その攻撃性はどこから明確なものとなるのか。

――その攻撃性はどのように反響しているのか。

――それはマルチニック人自身によって、どのような点において可能とされ、「正当化」されるのか。

一　提案された例の選択を正当化する作業仮説は、他者の眼差しがマルチニック人を「通り過ぎている」（まるでマルチニック人が透明であるかのように）、言い換えればその眼差しは、あらゆるマルチニック人がそれぞれの「自己同一性の探求」において敢然と挑んでいるさまざまな「問題」を否定しているというものである。

――自己同一性の問題は「無視」されている。**あるがままの**マルチニック人は、検討されることさえない。これは「省略」による縮小である。共感は民俗化するものなのだ。（ラフカディオ・ハーンの場合。）

――問題は「止揚」されている。他者の眼差しはそうした問題に「注意を促す」が、それらはたとえば精神分析のようなより包括的な問題提起に関係づけられ、そのなかに問題が溶け込んでいる。これは普遍化による縮小である。共感は一般化する。（モード・マノーニ女史の場合。）

――問題は量化されている。他者の眼差しは問題を数え上げるが、それらを規定することは拒否する。つまりダイナミックな解決法の見通しのなかで問題を提起することを拒んでいるのだ。要するに、「選択」を拒否している。これは客観化による縮小である。共感は「専門化」する。（ジャック・コルザニ氏の場合。）

こうして他者の眼差しは、マルチニック人を異国趣味によって削除するか、透明さによって省略するか、全体化する綿密さのなかで物象化することによって、マルチニック人を消滅させることを目指している。[20]

二　問題は、なぜ他者の眼差しが腐食させるものとしても現れるのかを知ることである。たとえばベトナム人あるいはカタロニア人なら、このように縮小されるがままになることはない。

対象となる例を研究したのち、作業命題となったのは、この反響をマルチニック人の「本性《ナチュール》」ではなく、マルチニックにおける状況の特殊性に関係づけるというものである。簡潔に言えば、

——経済的密度の不在。とりわけ、国家的な生産体制の不在。それはマルチニックの歴史において、物々交換の「細分化された」経済、交換＝両替経済、（制度の水準での）譲渡経済、あるいはただ単に（マルチニックの民衆の水準での）延命経済によって、相次いで置き換えられた。

——この生産体制の欠如に由来し、移住、文化的同一性の消滅といった歴史的所与によって助長された、集団的計画の不在。

——そこから、個人の領域でも集団の領域でも生じるさまざまな結果。自分自身の力に対する確信のなさ、ひとりになることへの恐怖、未来への恐怖、保護者の必要性、技術への無責任さ、等々。

（暫定的な）結論は、おそらく現在の状況と、追い詰められているように見える、脅かされた共同体の生成に関して、何かを解明できるだろう。したがって、凍結されたものの解除に（控えめではあっても）貢献できるだろう。そもそも、そのような解除に政治的緊急性があることは明らかである。

以下のアプローチは、モード・マノーニ女史がその著作『精神科医、その《狂人》と精神分析』〔邦題『反-精神医学と精神分析』〕で行なった分析に関するものである。

モード・マノーニとジョルジュ・パイヨット

Ⅰ　序論

言うまでもなくここで、マノーニの分析に対する**対抗分析**をしようというのではない。結局そのような手段のかけらさえ、私たちは持ちあわせていないのだから。精神分析の分野で異議を主張しようというのではない。繰り返し言わなければならないが、そもそもM・マノーニの眼差しは、当然のこととして、共感に満ちたものでしかあり得ない。したがって、ここでは精神分析もその手法も問題にされるわけではない。

M・マノーニがジョルジュ・パイヨットに施した分析を要約したテクストを私たちは持っている。それを**共同で読むこと**を提案する。

なすべき作業は、**マノーニが気づき、記したことのなかで**、「状況」という視点から（つまりジョルジュ・パイヨットの出身地がマルチニックであるという視点から）重要だと思われることを検討し、次の諸点を明らかにすることである。

――その重要性が精神分析医によって感じとられたかどうか。

――その重要性が感じとられたとしたら、精神分析医によってそのことが考慮されたか。
――精神分析医の**気づかないこと**を、患者の方は感じとっていたと言えるかどうか。この作業はしたがって、状況を「探査」した後でしか、しかも、探査がM・マノーニ自身に対して行なわれた後にしか十分な意味を持たないだろう。

次善の策として、ここでは以下の仮説（テクストを最初に読んだ後で作成された仮説）から出発することにしよう。これらの仮説は補強したり、破棄したりする必要がある。

一　ジョルジュ・パイヨットは、みずからが感じる「マルチニック人であることの困難」についていくつかの情報を提供している。

二　M・マノーニはそれらの情報を受け取っている。だが、マノーニはそれらの情報を、「一般化する」精神分析の図式に当てはめようとする。

三　それによって、M・マノーニはジョルジュ・パイヨットの問題を徐々に消滅させ、「ありふれたものに」してゆく（あるがままのマルチニック人が、精神分析の一般化された技法に、他者と同じ水準で属することになる）。

四　そこから精神分析家と患者の「接触」は「不可能」になると言えるだろうか。

以上は、議論のために提案した基本的な方向であり、最初の出発点に過ぎない。

テクストのうちに認められる分析の要素は、暫定的に次のようにまとめておくことにしよう。

――ジョルジュ・パイヨットが、自分が《マルチニック人である》という視点から提供する要素。
――それらの要素についてM・マノーニが行なった解釈。
――さまざまな干渉現象。

全体の結論は議論から生じるだろう。それによって、私たちは共同の読解を総括することができるようになるだろう。

補足的ノート

初めに、M・マノーニのテクストを「修正する」という馬鹿げた企てが問題ではないことを繰り返し言っておこう。M・マノーニがテクストとして私たちに提示するものを「読む」ことが問題なのであり、ジョルジュ・パイヨットが理解するがままの、さらにはM・マノーニが感知する、あるいは感知しないがままの「マルチニック人」を「認識する」ことが問題なのだ。

M・マノーニは次のように述べている。「物語を開かれたままにしておき、状況のもつダイナミズムを、話を状況から切り離した分析によって縮小する危険をおかすのではなく、むしろ復元することを私は願っている。」今度は私たちが、この言説からいくつかの意味深い瞬間を抽出することを大胆に試みるのは、このテクストに関する議論を開始するためである。このような方法が不十分であり、いくつもの危険をはらんでいることに、私たちは意識的である。

結局、私たちの作業の結論として作成できる所見は、精神分析家による分析を、誤った「包括的」治療法、たとえば政治的次元の治療法によって置き換えることを目指すものではない。私たちはただ単に、ひとりのマルチニック人が悲痛で、病的なやり方で「みずからを打ち明けて」いるのに、**誰もそれを見ていない**瞬間を「追跡」しようと務めるだけである。

おそらく、他者の眼差しが、ここでは、図式の普遍化によって無化をもたらしていると言えるのではないだろうか。これこそが私たちが提起する**問い**である。

一　ジョルジュ・パイヨットが、自分がマルチニック人であるという事実について提供する諸要素（最初の概観）

最初の面接

「私は八歳のときにフランスに来ました。私の置かれた状況は今も危険なものであり、かつてもつねに危険なものでした。」

「私の本当の保護者は、マルチニックの祖母でした。」

「それ（フランスに来ることを受け入れること）は、私にはだらしないことのように思えました。祖母のもとを去ったとき、祖母はずっと私に電話をかけてきました。祖母は八十歳で亡くなりました。」

「すべてが始まったのは一九五七年のことです。私はマルチニック出身です。当時アルジェリアの問題がありました――そのせいで私は途方に暮れました。アラブ人たちが私の脳をのぞきこんで、第一面の政治的大見出しを作ったからです。アラブ人たちは彼らの脳であるかのように私を使いました。そのせいで私は大損害を受けました。」

（その後ただちに性的幻想が続く。）

二回目の面接

（事柄を**科学的に**証明しようとする意図――）

「私はアルジェリア問題のせいで病気になりました。私は彼らと同じ愚かなこと（性的快楽）をしました。彼らは種族の兄弟として私を養子にしました。私にはモンゴル人の血が入っています。アルジェリア人たちは私が何かしようとするとことごとく邪魔しました。私は人種主義の考えをもちました。自分が迫害されていると感じたとき、パリ地方には私に関するさまざまな噂が行き交いました。」

「私はパイヨットという名前です。ガリア人王朝の末裔です。その資格で、私には貴族の価値があります。マルチニックで子孫を残そうと願いました。マルチニックでは、私はモンゴル人に受け入れられ、有料の母乳を飲ませてもらいました。そのおかげで生きることができたのです。」

三回目の面接

「女たちのハーレムを、私はいつも夢みていました。生活習慣と気候への適応の問題で、私は自分の故郷に帰りたいと願っています。私のような少年は、四季の変化に順応できません。故郷には、二つの季節しかないのです。」

（……M・マノーニの前にいることで落ち着かない気持になっていることを主張。）

四回目の面接

「外へ出て、自分の故郷に帰りたいです。ここにいると罹災者のように見なされるのです。」

「自分の故郷でのらくらしていたいです。楽しみを探しているのです。」

「あなたを怒らせたくはありませんし、困らせたくもないのですが、私のような邦に生まれついたなら、生殖こそが習慣なのです。私の伯父は女たちの後を追いかけまわしていました。四十人の子どもの養育費で破産し、亡くなりました。私の血液因子にアラブ起源のものがあっても、北アフリカ人であることは恥ずかしいことではありません。」

十回目の面接

「性的快楽の後で、私は美しさを失いました。ネグロイドの鼻を失ったのです。完全に頭がおかしくなって家に帰りました。黒人たちからリンチされるのではないかと道々怖れていました。茫然として家に帰ると、白人の従兄弟と再会しました。」

「……ああ！　あなたと私は、もし同じ肌の色をしていたら、一体となっていたら、お互いによく理解し合えるでしょうに。」

十一回目の面接

「私は有色人種の少年です。なぜ自分の取り分にありつけないのか、私にはわかりません。私の顔のことなど、無視されます。フランスはマルチニックを助けなければならないでしょう。」

「ひとりの白人が私を叩きました。私はノンと言う必要があります。」

十五回目の面接

「私の名前はコルシカ起源です。あなたの名前はマノーニで、私たちはお互いに出会う運命にあったのです。私のコルシカ風の名前をなくしてしまえば、私は女たちのハーレムと共にあるでしょう。私の名前を決定してほしい、科学的に決定してほしい、そうすれば私は次にハーレムを作ることができるでしょう。[21]」

二　これらの要素のモード・マノーニによる解釈

「(六八年五月のさまざまな出来事から) 彼はのちに**アパルトヘイト**という印象しか覚えていなかった。人種主義政策の犠牲者になるという考えに不安になっていた。自分の名前が、医院長によって警察に密告されるのではないかと心配していた。」

「……政府が外国人に対して行なっていた追跡について、彼がそのとき抱いていた不安。」

「(彼が想像の次元で妄想的な関係を創りだしたのは、父親の空虚な名前、彼が「科学的に決定されるのを見たい」と願っている名前からだ。彼が求めているのは、象徴的真実への接近だが、それが彼には不可能となっている。)」

「ジョルジュは決して自分の**白人**の伯父について話そうとしないし、この伯父自身が十四歳のとき、伯母と設けた白人の子供のことについても話さない。」

「……ジョルジュは、**原風景**の状況に言及している。性行為の後、彼は自分の快楽を失い、ネグロイドの鼻を失う。黒人たちに脅かされ、白人の従兄弟と再会して彼は思う――「おまえなんか嫌いだ」(重要な不在者はここでは伯父だ)。」

「(誰かに向けて言われた) **おまえなんか嫌いだ**という主題は、迫害されているという不平のかたちで繰り返される(一人の白人が私を殴った)。」

「他方で、自分の名前が決定されることへのジョルジュの要求を私たちは見た。」

「この探究において、彼は自分と同一のものを求めている(私たちは同じ皮膚の色をしていなくてはならないと彼は言った)。」

「答のない問いを、初めてジョルジュが自分に問うたのは、十四歳のときだった(白人と伯母の結婚をめぐって)――父親になるというのはどういうことなのか。(ジョルジュにとって重要だったのは、この結婚から生まれた白人の子どもたちだ。その前の結婚から生まれた黒人の子どもたちは、彼にとってはまるで存在しない)。」

「ジョルジュが私が女であることに注目した瞬間、彼はその反動で自分の貧しさ、自分の零落ぶり、精神的・物質的惨めさ、自分の黒人性《ネグリチュード》を認めることになった。」

「植民地被支配者という境遇のせいで、彼はあらゆる契約の可能性から、したがって精神分析制度のなかに入るあらゆる可能性から排除された。」
「この問題がひとりの黒人をめぐって提起されたことは、たしかに無意味なことではない。[22]」

主張したいわけではない。そうではなく、ジョルジュをマルチニック人として見なかった、おそらくそれこそが彼のもっとも重要な要求だったにもかかわらず、と言いたいのである。

自己同一性にかかわるあらゆること、ジョルジュ・パイヨットのマルチニック人としての同一性の諸問題に、マノーニ女史が極端に短い言及しかしていないこと（精神分析の次元での分析が進んでいるのに比べて）は、もし知っていれば尊重しなければならないと評価するだろう領域に取り組もうとすまいという意志を持っていることを示している。あるいはごく単純に、女史がこの「個人」を「一般的な」解釈で理解できると考えていることを意味している。個人を一般性のうちに包含している例には次のものがある。ジョルジュ・パイヨットは、自分の「名前」を出発点に、「象徴的真実」への不可能な入口を探している。ネグロイドの鼻を失ったことは、去勢への恐怖を象徴している、等々。[23]

三　さまざまな干渉現象

以上の引用から、ジョルジュ・パイヨットがマルチニック人であることに、マノーニ女史が気づかなかったと

テクストのなかで（マノーニ原著、一〇五‐一〇七頁）、マノーニ女史が「枠組み」という概念を展開する執拗さに私は気づいた——二人の関係という枠組み、面接という枠組み、ジョルジュ・パイヨットが自分をそのなかに位置づけている枠組み——。この概念を特権化すれば、見つけることができない「内容」なしで済ませることが可能となるのではないかと私は考える。

この観察は、二人の人物のあいだに「文化的」関係（交換あるいは議論）の発端がまったく欠けていることによって裏づけられる。たとえば、ジョルジュ・パイヨットが**自分の故郷を描写しよう**とする試み（故郷について

彼が抱いている考え、そこから彼が引き出すさまざまな結論）について、マノーニ女史はまったく触れていない。同様にして、アルジェリア人の逸話は、マノーニ女史によって出版されたテクストでは注釈が加えられていない。自己同一性という視点から見れば重大なものと思えるというのに。

四　議論

以上の考察は、議論を開始する（マルチニック学院において）ことだけを目的としていた。この議論において、私は次のような見解を発展させた。

――ジョルジュ・パイヨットが考え、なお生きているがままのマルチニックという故郷を見せようとする執拗な試み。

――（この点について）提供されるさまざまな情報は、最初の面接では豊富にあったが、次第に涸渇していったこと。まるで、自分をマルチニック人であると理解させようとすることを、パイヨットが結局諦めたかのようである。

――アルジェリアの逸話は、どうしてもファノンのことを考えさせる。パイヨットは、数多くのアンティル人がこの時期フランスで体験していたことを体験した。一般に、同化という素朴な体験を生きているアンティル人たちは、アルジェリア人を自分より「劣っている」と見なしていたが（たいていの場合、人々は彼らを通りでアルジェリア人たちと混同していたというのに）、その植民地被支配者たちが、このように決然とした態度を取っていることに心的外傷を与えられ、アンティル人はその「自己イメージ」から逃走した。それこそが真の「鏡」である。ファノンが行為によって実現したことを、ジョルジュ・パイヨットは人格の解離によって解決した。二人は同じ問題を異なったやり方で体験したのだ。

――**モンゴル**という言葉の選択は、魅力的である。昇華によって、解決しようとする試みである。モンゴル人は、もっとも「ニグロという存在」に接近した人間である。だが、それはまた、素朴な比喩によれば、**力強い人間**でもある。この二つの呼称はおそらく、ジョルジュ・パイヨットにとって、現実では両立させることができないものである。モンゴル人の血は、パイヨットのなかで、この両立できないことを和解させているのだ。

——この昇華作用は、後に出てくる考え方によって強化される。**私たちはカライブ人の首長である**、という考え方だ。カライブの祖先（好んで王族とされる祖先）は、不可能な「ニグロという存在」の、威信に溢れるもうひとつの置換物である。

五　一般的考察

このようにざっと眼を通しただけでは、たとえ一時的なかたちであっても、一種の「異文化間の」精神分析があれば、ここでさまざまな道筋を切り開いていただろうと結論づけることはできない。したがって、ジョルジュ・パイヨットのマルチニック人としての自己同一性に精神分析家が**気づかないこと**が、パイヨットに影響したかどうかを探究することを、私たちは意図的に避けた。そのような探究を実行するために、私たちにどのような方法があるというのだろうか。だがひとつだけ、気づかれていないことがあると私たちは考える。マノーニ女史はそのことを探究できないと考えたか、あるいはそれを「通り過ぎる」ことができると考えたのである。

「理由なき暴力」という表現は、植民地の人間が、武器となった道具を圧制者に向けることができず、自分自身に向けるという、すでにフランツ・ファノンが研究した心的過程を表している。そこでは精神に対するある見方、分析の構築が問題になっていると思われるかもしれない。マルチニックにおける体験は、この表現が真実であることを劇的に確認している。それは一時的な理由をもたない暴力ではない。そうではなく、正当化できる理由もなく、知られている理由もない暴力なのだ。

どのような時期でもかまわないから――(たとえば、暴力の口実が増殖する祭の時期は別だが)時期にはほとんど偏りがない――、新聞の三面記事の報告を綿密に検討してみれば、隣人あるいは知り合いのあいだで血みどろの殴り合いがどれほどのパーセントで起こるかは実に印象的である。そうした喧嘩の果てに死が引き起こされることも稀ではないが、それでも一般的には、どちらか一方が怪我をしたり身体の部位を切断されたりすれば、事件は、おそらく一時的に、収束する。相手を消滅させることではなく、相手を肉体的に弱めることが問題であったかのようなのだ。相手を通して、自分を肉体的に弱めること。心を苛む不可能のために自分を罰すること。恨みがふくらみ、怒りが暴れだす速度が極度に早いことにも私は強い印象を受ける。フランスの地方趣味の文学には、よく農民の怒りが執拗に忍耐強く蓄積してゆく姿が描かれているが、私たちはそのような積み重ねからはほど遠いところにいるのだ。

私たちはチームを組んで、行き当たりばったりに選んだ一カ月間分の新聞を徹底的に調査し、注目すべきさまざまなケースについての研究を始めた。調査は行なったが、分析は放棄した。自分自身の彷徨する姿を、人は自分で思うほど冷静に見つめることはできない。

複数の言語、共通の言語活動

目印

クレオール語と生産

マルチニックはまさしく植民行為を起点にして「作られた」邦の一例だ（先住民カライブ人は、その文化と同じく、残らず根絶やしにされてしまった）。

伝統、社会組織、習俗や信仰などに関しては、ここでは植民地化に先立って存在するような制度も、これに抵抗する「生来的」な制度も、何ひとつない。

マルチニック大衆が話す言語クレオール語についても同じだ。植民地化の行為が作り上げたこの言語は、相変わらず劣った地位に置かれ、停滞を強いられ、価値を高める一方のフランス語運用によって汚染され、ついには消滅の危機にまで晒されている。この邦で行なわれた（しばしば気づかれない）熾烈な戦いが、サトウキビに対するフランス人甜菜業者の勝利に終わったからだ。これにサトウキビが単一栽培として発展してきたことを付け加えれば、マルチニックがもはや何も生産することのない両替の地になることは目に見えている。

生産なき土地マルチニックはみずからの将来をだんだん決定できなくなっている。とくに、クレオール言語は機能的に発展することができぬまま、フランス語化された俚言《パトワ》の状態に近づいている。

（将来起きかねないクレオール語の消滅が、乱暴かつ狡猾な略奪にではなく、「自然な」発達〔自然淘汰〕に対応したものだとすれば、消滅してもなんの問題ともならないだろう。）

マルチニックの歴史のさまざまな「時代」は、いくつもの「言語的出来事」を引き起こしているように思える。そこにはフランス語とクレオール語との争いが透けて見えるのだ。

61　言語、多言語主義

現代世界で共同体として消滅しないためには、どんな民でも否応なく国民《ナシヨン》として存在するほかない。みずからを認識し、自己意識を積極的に引き受けざるを得ない現代では、それぞれの共同体はなんらかの「国籍」にすかさず帰属させられる。今日「実質的な」国民はもはや形成されない。ゆるやかに、調和を保ちつつ、実際には見えないリズムにしたがって、ひそやかに、少しずつ意味を深めながら、集団生活を発展させる、そうした国民はもはや成り立ち得ないということだ。世界は共同体に対して国民とただちに名乗るか、さもなくば消滅せよ、と命じているのかもしれない。この避けがたい重みについて一例を挙げれば、それは私たちが書くことについて思いをめぐらせるときである。書くこと《エクリチュール》は、もちろん個人の行為だと言われるが、実際は周囲の環境に拠っているわけで、これは何よりも私たちを招集する約束の場所、世界の大いなる舞台に突如現れた、それぞれの民の出逢いの場所なのだ。

この点について、「民は音声言語」で「個人は文字言語」だと対比的な等価で捉えるなら、これらの民の行く手を途方もなく妨げることになるだろう。口承文学から書記文学への移行は、世界へ生まれるさいの苦悩の試練であり深いトラウマであり続けることになってしまうからだ。ある民が自分の言語を音声言語としてしか用いないとすれば、その民は、**今日**（私たちがそうした運命を**不当**だと考えるとしても）、現実の死期を青白く映し出したものにほかならない、文化の死を定められた民にされてしまう。素朴な民俗文化保存《フォルクロリスム》にすがるだけではこの種の掟に何ひとつ太刀打ちできない。

それぞれの民の表現について、共同体の一番完成された表現とは何よりも〈世界－内－行為〉であることを重々承知のうえで、口頭言語よりも先に書くこと《エクリチュール》について、すなわち、自己を打ち明ける個人ではなく、自己を表明する国民を主体とした書くこと《エクリチュール》について検討してみたいと思う。私はここで、著述の主要かつ体系的な生産者である作家が、彼の民の声であるとか、民の創造的能力の指標であるなどと嘯くつもりはない。そうした主張に確認できるのは、いかにも単純なエリート幻想である。私は、本報告の第一の仮説として、私たちにとって今日書くということは、最近になって世界に向けて自己を表明した民の（被った）歴史から直接生じているのだという、ただそのことを考えてみたい。これらの結果は、不明瞭ではなく、分析、蓄積、比較の緻密な技術によって細かく検証できることである。[24]

第二の仮説は確認作業に当たる。各地で誕生した新しい文学に親しむことが実り豊かであるならば、これらの文学生産の近年の停滞について説明しなければならない。フランス語だけにかぎれば、驚くべきことに、フランス語圏アンティルでは「ネグリチュード」の作家世代の急増後、現在、一種の怯えや著しい躊躇いが著作の生産を担うべき若い作家や研究者たちを捉えている。このことは、もちろん慎重を期すが、それぞれの邦々の境遇にかかわらず、アフリカ諸国の多くに認められるように思う。ではなぜ民は、余白のうちで、自分たちを前にして、著述による表現を行なう手前で躊躇するのだろうか。

この問いに対する大半の答ははっきりしている。ある民が自己を表現できないのは、それを行なう自由がないからだ、というものである。議論の余地のないそうした断言を支える必然的な政治的要因をここで敷衍するつもりはない。文学は民の命運を賭けるものだ。そうであるなら、少なくとも異議申し立ての文学や戦闘文学は、非妥協的ないし根本的に、これらの民の出現のための伝統的な闘争や新しい闘争を現実化したり活性化させ続けなければならなかったはずである。ところが、結局は私たち作家や教師の共通の場《リュー・コマン》であるところの著述は、少なくとも現時点ではここに来てついに費え果てたようなのだ。

西洋が計り知れない著述の危機を経験しているのに対し、新興の諸国民の文学は、無力さとまでは言わないまでも、やはりエリート的であるところの著作を生産することへの躊躇いに苦しんでいるように思える。

続けよう。民が、作家が生産するものを通しては本当に「みずからを表現する」ことがないのは、民が作家のうちには実際には認められず、したがって作家は自分たちの辿るべき歴史の道から外れてしまったからではないか。これはあちこちで確認済みの仮説である。私たちの寡黙を天性の自己否認によって強めているのは、新興国の知識人である私たち自身である場合が多い。私たちは、世界と乖離していると信じ、宇宙の郊外のごとく自分を見なすことで、ついには自分自身と乖離していると感じる。表現の大胆さは歴史に挑戦する大胆さの徴なのである。

この答は無視できないとは言え、充分とは言えない。なぜなら、このように歴史に背を向けるあらゆる知識人集団は、自国民から問い質され、ただちに苦しむことになるはずだからだ。しかし、私たちの新世代の作家のあいだでも、制度的エリート主義に守られた快適さと無関心のなかに埋没する既成文壇に対する人々の一般的心情のうちでも、そうした問い質しは明確なかたちをとっていない。

実際のところ、二種類の因果関係が、より実り豊かな考察の場を示してくれるのかもしれない。最初の因果関係とは、書く力が不足している、あるいは書くのを躊躇うことは「歴史的」なものかもしれない、というものである。言いたいのは、ここで問われているのはまさに書くということであり、書くという表現様式が、消滅寸前のドラマをなしているのではないか、ということだ。なんとも恐るべき仮説であり、このような集まりの場に暗雲を立ち込めさせることをお許し願いたい。著述の危機とは、現代意識の危機だろうし、礼拝堂の暗い狂信の対象となることを早々に定められた、そうした時代遅れの様式を前にした普遍的な困惑だろう。世界空間のなかでなんとかみずからを表現し始める人々や、現代において構成されたこれらの国民は、この不快をさらに過酷に感じ、さらに強いられている。それゆえ、そうした国民は書くことにしがみつくことなく、普遍的なものの新次元に新たに入ってゆく使命感を抱くことになるのかもしれない。

視聴覚による著述の中継や、映像文明をめぐる、あまりに多くの通念とすっかり混じり合った、こうした進展がどんなかたちをとろうとも、[25] それは私にある種の方法論的、歴史的な夢想の余地を与えてくれる――みずからが作り出し、もはやそれを被るのではない歴史のもとに、言い換えれば、明晰な自己意識のもとに生まれ、書かれたものを用いる術を知るのに充分なほどに早く、また、もはや書かれたものの普遍化のイデオロギーをこしらえ上げる（あるいはそれに苦しむ）には及ばなかったほどに遅れて世界にやってきたことは、多くの民にとっては良き運命だったかもしれない、という夢想である。というのも、書くことは、ご承知の通り、普遍を実に教条主義的かつ独裁的に理解することに貢献してきたのであり、そのかぎりにおいて、インド＝ヨーロッパ語圏で書くことは、多くの場合、絶対へと辿り着く、究極的な歩みや完璧な足場として見なされてきたからだ。あまり気づかれないかもしれないが、実は書くという企てのうちでは、この絶対を公然と諦める場合や、悲痛にも諦めざるを得ない場合がやむなく生じている。作品を通じて自己を打ち立てる作家は、誰であれ、自分の夢見てきた絶対を変質させると同時に否認する。しかし、こうした書くことの条件にもかかわらず、書くことは不寛容の極限となるまでに威厳をまとった。そこから生じた普遍、すなわち全体化する質を有する普遍に対抗するために、今日私たちは相対化をもたらす量を擁護しなくてはならない。この相対的な量においては、世界の何ひとつも、その味わいの何ひとつも、全体でありながら絶対的尺度を取り除かれたひとつの世界のうちで、決して省かれることはないだろう。アプリオリと見なされる、抽象的にして不寛容なこの普遍という形式を諦めること、すなわち〈関係〉のなかへと入ることは、同時に書くことを相対化することに寄与し、これを「非絶対」へ改めるのに貢献するだろう。そうなれば、書くことはこの否定された普遍の共犯者や奉仕者となることも止めるだろう。この絶対に苦しんだり、絶対を強要される前に、このような相対に到来することは、民にとって素晴らしいことだと思える。それゆえ、超越的な著述の明晰な止揚へと入る前に、非‐記述のこの不快を、躊躇いのなかで、躊躇いを通して引き受けることは素晴らしいことだと思えるのだ。

しかし、これから述べる第二の因果関係は、この実に乱暴な総括を修正してくれるかもしれない。重要なのは、話されたものや書かれたもの（著述）という観念を超え、より正確には、来るべき文脈でこの双方の観念を統合することで、多言語主義の枠内で民の表現の問題を考えることなのである。この多言語主義の枠内で、ここにお集まりの学者の皆さんには正統であるとはまずもって思われないだろうが、ある区別を立てさせていただきたい。言語《ラング》と言語活動《ランガージュ》という、私には重要な区別である。

できれば最初になすべきは、ともかくいずれなすべきは、多言語主義の真の歴史を紐解くことなのだが、ここでは大雑把に図式化した歴史を示すことしかできない。西洋では、最初の国民的なまとまりが構築されてからというもの、二つか、あるいはそれ以上の言語を個人が使用しただけでも、疑わしく、不穏なことと見なされた。西洋の弁証法的構築には不可欠であった国民的不寛容は、複数言語の使用を排斥する。しばらくすると、反対に、この多言語的な使用は一般化するようになるが、この恩恵に浴するのは一握りの貴族階級だけだった。ヨーロッパのエリートにとって、フランス語が一般に支配的となるネットワークを通じて、自分たちの慣れ親しんだ環境にとっての外国語を用いてこれ見よがしに表現することは、たいへん大きな意味をもつことになる。こうして、たとえばフランス語は中世のイギリス国王の宮廷や十九世紀のロシア貴族のあいだで話されたわけだ。この貴族階級のコスモポリタニズムは、西洋のこの歴史の最中に発展してきた不寛容と同じように、遠くから見ると、大変興味深く見える。その場合、単一言語使用は「歴史的な」自然の衝動であり、集団的存在の必須の与件である。貴族階級は自分たちの権利と自由をはっきり示し、この衝動から脱することで自分たちの超越性を定立し、これを推進する。こうして、国民と言語は、排他的統一性のうちで合致する。これは明白なことであり、十九世紀のヨーロッパ諸文学のうちには、この当時、多言語主義を制度的ないし「先祖伝来的」に経験し実践していたスイスやベルギーのような国民国家に対する、あの馴れ馴れしい同情心がよく見られる。

多言語主義の歴史はこの種の歴史の転倒に富んでいる。ここでは一部にとって有益なことが、向こうでは抑圧の手段として感じられるということだ。ともかく、これこそが近代の「体質的」な根本与件のひとつである。有益なことから話そう。現代言語学の祖のひとりがスイス人〔ソシュール〕であったことは無意味なことではなく、しかももっとも熱心な言語研究サークルが今世紀初頭に、たとえばチェコスロヴァキアやスカンジナビア諸国といったヨーロッパの小国において展開してきたことは重要である。すなわち、自分の喋る言語が（「自国」において）「普遍的」だとあまりに深々と見なされている場合、その言語の帝国主義によって、言語の自由な実践が個人のなかで抑圧されることがあり得る。この可能性としての公準を、やはり同じように推論の域を出ない命題に言い換えるなら、あまりに高度に実用化されたすべての言語、すなわち、あらゆる大コミュニケーション言語は、この多言語主義の観点から相対化されるべきであり、相対化される価値がある、ということになる。

とはいえ、ご存知の通り、多言語主義の最近の歴史的変化は、一部の多言語主義国の出身者によって感じられ経験される抑圧になっている。彼らの伝統的言語の使用や運命にかかわる抑圧である。そのような議論に実際に付随するものが経済的であれ政治的であれなんであれ、そうした議論では、豊かさとしての多言語主義と真実としての国民的な表現を組み合わせた実践が前提とされており、国民的な表現は、多言語主義に押しつぶされないように抵抗するわけだ。

だから、多言語主義が、「外から」、現代の歴史的必然として公認されるのを受け入れるまさにそのとき、たとえば、多言語主義を、これを制度的に容認した国々の本源的欠陥として見なすことができなくなるそのときに、内からは、言語間の相互関係と支配にまつわる困難な諸問題が提起されると考えられる。今日のベルギーでの言語戦争、カナダにおける英語支配はそういうことである。今の私に許される限られた視野の範囲内で、すなわち、他人の代わりに他人の問題を考えようと試みるという、許しがたいが残念なことにあまりに多く見られる考えをもつ気はない、そうした範囲内で私にはこう思える。すなわち、多言語主義の諸問題の「乗り越え」は、言語《ラング》と言語活動《ランガージュ》の対比的研究を要請している、と。[26]

フランス語の使用と教育を通してここに集まっているということで、フランス語を例に考えてみよう。フランス語はフランス人の母語だが、フランス語は、この言語に対する好悪にかかわらず、集団生活のレベルでは深刻な問題を引き起こしはしない。たとえばフランス語は、ケベック人やワロン人にとっては、自然言語であり、しばしば脅かされた言語として経験される。またフランス語はスイス人の「分有」言語である。要するに、スイス人はフランス語を、一見すると地味ではあるが、ドイツ語やイタリア語との法的関係のうちに公的に書き込んだということである。またフランス語は、ルイジアナ州の共同体のようないくつかの共同体のうちでは、希望を表す言語であったり民俗伝承的言語であったりする。また、フランス語は、たとえばアンティルのように昔からの国民的伝統を持たない民や、アフリカのように悠久の伝統を持つ民に対しては、歴史的に強要された言語である。これらのフランス語は皆同一の言語なのだろうか。たしかに同一の言語である。しかし、異なる言語活動が作り出されていることを研究することはその都度できる。では言語活動という語のこの聞き慣れない意味とはなんだろうか。私はここで言語活動をこう規定したいと思う。すなわち、言語とは先ほど言った意味で母語であったり、脅かされたり、共有されたり、希求されたり、強いられたりするわけだが、言語活動とは、そうしたある共同体が使用する言語《ラング》に直面する（言語と関係《ラポール》する、共謀する、言語に対して反発する、等々）人々の態度を構造化した、自覚的な連鎖なのだ、と。言語は関係を、言語活動は差異を創るが、どちらも大切である。ヨーロッパ諸文学の起源には、泉や牧草地のテーマが現れると言われるが、あるフランス現代作家は、一部の作品は言わば光の差し込む林間地そのものであり、自分に対しては、ヴァトーの絵画の情景と同じ浸透力を持っていると言明している。また、別の作家はジャングルが騒ぎ立てる本があると書くことができた。林間地、牧草地、『遠征』〔サン・ジョン・ペルスの長篇詩〕のなかの高原、広大な土地の孤独、小アンティルの島々の驚くべき凝集、「同胞愛の叢林の火」〔エメ・セゼール『射撃通知』（『奇

「蹟の武器」所収）や「霧の十一月」（ルネ・シャール『ドナーバッハ・ミュー』の最後の一節（レ）（《粉砕される詩》所収）の最初の語）といった、ありとあらゆる表現は、このように、とれもが、もしかしたら何よりも、風景に対する構造的関係であり、この関係を通じて風景は疎外されたり根付いたりする。文体の学も厳密な言語学もいまやこれらの濃密な拘束関係を無視することはできないだろう。これらすべてを私は言語活動と呼ぶ。

これから述べる最後の作業仮説は、言語学的調査の水準においても、文学分析と文学理論の水準においても、共同体と言語とのこのさまざまな関係のより客観的な研究が可能であり、正当であることを示すものである。そして、この場合の言語とは、共同体が生きる邦とそれが作り出す歴史において、人々が用いる言語のことだ。この言語と共同体との関係を、適切な言い方ではないかもしれないが、私は言語活動と呼ぶ。

私の感触では、この関係から引き起こされる多様な問題は、光明に恵まれている。奇跡的な解答がふって湧いたり、いきなり得られたりするわけではないが、少なくとも、いくつかの解決がそれにより強められるのである。最初に言えるのは、次のことだ。たとえば、ケベックにもアンティルにも見られる国民的な言語と多言語の要請との関係のなかには、逆転があり、これらをしっかり意識しなければならない。ケベックではフランス語は権利として主張されるが、アンティルでは強いられたものである。アンティルの若者が、作り出すべき作品を前にして躊躇しないとは言い切れない。まったくシンプルな理由だが、フランス語を使うことは、満たされることのない必然性の味を喉元に残すことになるからである。ここでも向こうでも、差し迫った唯一の真実は次のようなものだ。言語が言語活動になるためには、言語が、それを使用する共同体によって、それがどんなに親しい他者であっても、もはや他者の言語ではなく、**みずから**のそれとして強く感じられ、生きられることが重要である。また、多言語主義が荒廃をもたらすものにならないためには、多言語主義の制度性を超えて、共同体の自由な意識によってこれが同意され、生きられる必要がある。

もうひとつの答も可能である。言語活動とは、たとえば、重々しい歴史を引き継ぐフランス作家にとっては、書くことの不－必要性の可能性をめぐる、その無構造をめぐる、鋭く、激しく、活発な議論の的であるのかもしれないし、したがって、そこでは言語への実存的ではなく劇的な関係が示されるだろう。[27] この問い直しに対しては、私は冷静に見物させてもらおう。基本的には興味をもてない事柄だから。というのも、私は書くことを別のことに役立てているからである。私の叫びを世界の領野《シャン》において言葉へと分節しようと試みることに、である。一方の態度も、もう一方の態度も正当であるし、〈関係〉には必要なのだ。

別の「解決」。話される言語活動と書かれる言語とのあいだでのヒエラルキー的対立はここでは――私にとって――もはや意味をなさない。なぜなら私には自然なクレオール語は私がフランス語で書くことを絶えず潤しに来るからであり、私の言語活動は、混合の策略とはおそらく異質で、私が望み率いているこの共生から生じているからである。ここで私が幻想に屈しているとしても、別の人々がこれを責め、その上で前進させてくれる、といったことは少なくとも期待できる。なぜなら、こうしたことにおいて疎外が強まる場合には、ただ民の行ないのみがこれを告発することができるからだ。とりわけ、書くことから、口承性に対する支配権という権能を奪い去ることが重要だろう。

こうしたことは私たちに共通する次元になるべきだろう。そうなればフランス語は、濃密な現実に近づくために普遍主義的抽象という古びた虚飾をすぐに捨て去らねばならなくなるだろう。

最後に、書くことへの躊躇に戻れば、これを打破しうるのは、民による自由かつ意識的な言語使用、すなわち民にとっての言語と言語活動の「本質的」並置であり、すなわち民にとっての選択の自由であり、すなわち一言で言うなら民にとっての自由なのである。

これは、フランス語を相対化するということである。フランス語は、ある人にとっては言語活動でありうるか、これになりうるものであり、別の人にとっては「複合的」言語であり、また別の人にとっては副次的言語であったりする。ここからフランス語は世界の多種多様な関係に入るだろう。この関係を受け入れて教えることは、専制的な不動性を強いずに可能なるものを開くことである。

世界に生じたどれほどの数の民が自分たちの歌を、自分たちの言葉を発する決心をなおも持てないでいることだろうか。歴史の「加速」は、これらの民に、より緊急な使命を創った。これらの民が、自分たちの表現をいつか可能にする行ないそのものを豊かにし永続させながら、自分たちをやがては表現するのを待ちながら、そして、もしかしたらこの表現に寄与するために、私たちが私たちの努力を少しでも評価するならば、歴史の大きな交流の場面で使用されるあの荘厳な語りかけを自分の演説に適用し、ここで各人に話しかけることをお許し願いたい。この話の締めくくりとして、より正確には、私たちの新しい対話の始まりとして。「我は汝の言語のなかで汝と話し、我が言語活動のなかでこそ汝を理解す。」

覚書

フランス世論は世界のフランス語の状況に応じて変質し始めている。これはいつでも威信の密度や実用能力の観点の話だ。おそらくそれは、この問題に接近する現実主義的アプローチに違いない。とはいえ私の考えでは、西洋に強要された媒介言語（フランス語、スペイン語、ポルトガル語）は、そのある種の流動的性質によってこそ、これらの多様な運用に何より適することができ、それゆえ世界中で使用される実用的でしかない英米語に何より対抗できる言語として際立つのである。

興味深いことに、クレオール語を好意的に支持する演説内容は英米語に対するフランス語弁護論に一般には見いだせる。「ドイツ国籍のフランス語教授国際連盟会長」ユルゲン・オルベルト氏はこの主題をめぐり健康科学学院で講演を行なった(『フランス文化』誌三号(一九七九年秋)に採録)。

単一の言語でなされるコミュニケーションという発想を導く論拠に取り組んでみたい。私はこれを普遍主義的イデオロギーと呼び、また別の人々はもう少し意地悪く「普遍主義の強迫観念」と呼んだ。この普遍主義的イデオロギーの信奉者たちによれば、人類はある種の超‐文化、つまり、やがて文化の差異が薄まるようなすべての地域文化の総合へ向かって大股で進むという。だから彼らは、各地の民が経済的、政治的、文化的、言語的な巨大な総体のなかに溶解することを宣言し、諸関係のグローバリゼーションにかかわる。それこそが差異への権利を認めようとしない、いわゆる「メルティングポット」という考えだ。それはまさにイデオロギーである。というのも、その信奉者たちは、「先端社会」を構成し、人類の先鋭部隊を形成すると主張するからであり、彼らが保持するという単一モデルは、みずからを普遍化する使命を、すなわち時代遅れか劣ったものと見なされる他のすべての文化を吸収するか排除するかして世界にこのモデルを強いる使命を帯びているらしいからだ。

オルベルト氏は英米語が先駆けとなるこの画一化に抗議する。

単一言語主義擁護者に関しては、単一の言語システムのうちに閉じこもる者は自分では想像している以上に完全にこのシステムに囚われるようになることを観察する必要がある。その擁護者は、たとえ自分が他の諸文化に関心を向け、諸文化に開放的であると思っている場合でも、未知なるものをまさしく除去し、自分には親しみのないものを聞き取らない固有の言語システムのなかでの再解釈をもはや行なうに過ぎない。他の文化に関心を向けていると思っているときでさえ、他の文化に対して自分の方に力ずくで関心を向けさせているに過ぎない。

オルベルト氏はこの論証のなかで私たちの主題に関する文献一覧に加えるべき以下の著者を引用している。『ヨーロッパにおける現用語をめぐるピケット報告』（ヨーロッパ評議会、文化教育委員会、一九七七年）。マンチェスター大学のデイヴィッド・ダングワース氏の論考「世界言語としての英語の将来」、アンリ・ゴバール氏の著作『言語的疎外、四言語併用状況の分析』（オルベルト氏はゴバール氏の規定する四つの言語的水準に取り組む。すなわち、土着言語、媒介言語、参照言語、神話言語のそれである）。一九七八年ボルドーでのアルベール・テヴェジュレ氏のAUPELF〔部分的ないし全面的にフランス語を使用する大学連合〕総会の講演。フィリップ・ガビー氏の「国家を運営する」。ミシェル・ブリュギエール氏の「バベルへの哀れみ」。ポール・リクール氏の『エスプリ』誌（一九六一年十月号）掲載の文章（「人類が、一級の消費文化に一塊になって到達し、サブカルチャーの水準でまた一塊となって立ち止まっているかのように、すべては運んでいる」）。それぞれの文化要素が他のすべての文化要素との接触関係に入るという、テイヤール・ド・シャルダンの「意識の外極点」。レオポール・セダール・サンゴール氏の述べる「普遍主義的ヒューマニズム」と「普遍的ヒューマニズム」の違い。一九七八年ケベックでのジャック＝イヴォン・モラン氏のフランス語エスニック共同体第四回会議での演説。同上の会議でのジャン＝マルク・レジェ氏の演説。エドガル・キネ（エメ・セゼール氏が『植民地主義論』で引用。アルベール・テヴェジュレ氏もまた著書『諸民族の貧困と富』で古代ギリシア文明の廃墟に関する箇所で参照している。以下がキネの引用末尾である。「この社会的建造物はさまざまな国籍によって、そして大理石や斑岩でできた多様な柱によって支えられてきた。人々は自分たちの生きる時代の賢者の賛同を得て建造物を支えてきたそれぞれの柱を破壊したために、この建造物は崩れ去ってしまった。今日の賢者はこの巨大な廃墟がどのように瞬時に作られ得たのかをなおも調査している」）。

オルベルト氏はそのフランス語擁護論においてさまざまな国籍、差異、「言語的同胞愛」、普遍主義に対する闘争、単一言語主義に対する闘争といったものを同じく賞賛している。そうするのは英米語に対抗するためである。これらの論拠はクレオール語に対するフランス語の支配に当てはまる。[28]

目印

多言語主義

言語としてのクレオール語がマルチニックで消滅するかもしれないことの帰結。多言語主義への前提としてのクレオール語の再評価。

標準言語という概念は、これが社会に規範的に適用される場合には、文化的な濫用である。標準クレオール語と標準フランス語——これらの構成の諸様態なるもの。

ある言語への別の言語の感染は、非‐責任と非‐創造の文脈では否定的である以外にない。

多言語主義の根本与件は考えられるあらゆる言語的隷属からの話者の解放でなくてはならないだろう。（その帰結としての関係言語間での「平等」。）だが、そうしたケースはほとんどあったためしがない。ダイグロシア〔一方の言語が優位にある二言語使用〕はあらゆる実質的多言語主義にとっての誘いだ。

この誘惑に対しては至るところで戦わなければならない。これについての最初の規則は、共同体が話すあらゆる言語は、その発達条件がいかなるものであろうと、共同体の全的尊厳のうちで選ばれなければならないということである。

次の規則は、あらゆる言語が生産道具であることを約束されなければならないということである。より正確には、共同体におけるあらゆる生産はこの（排他的でも特権的でもない）共同体の諸言語のなかでいずれ行なわれなければならないということだ。

最後の規則は、たとえばバイリンガリズムと二言語の実践（その一方が学校で教わった言語であるような場合）とを混同してはならないということである。真のバイリンガリズムとは、二つの言語を統制する共同体のなかでの二言語の実存的かつ危険を伴う関係である。（だからダイグロシアはバイリンガリズムを迷わせる誘惑なのだ。）（だからそれらの関係は政治的なのだ。）だからこそ、この危うい状況の解決は詩学を築きうる。

62 文学教育について

ここで話題とするのはフランス以外の各地のフランス語表現文学である。それらの文学を教えることは問題含みであり、とりわけ大学レベルの教育の場面でそうである。それらの文学をフランス文学と並行して教えることで、ほとんどの場合限定的な結論を引っ張り出して終わる、そうした誘惑が大学教育では強い。そこで、私はいくつかの主張に対して異論を唱えるに至った。そして、不思議なことに、そうした主張を支持するのは、まさしく、これらの文学のために活動する使命を持つべきだったはずの人々なのである。以下は、そのうちのいくつかの主張である。

――これは、ある人間存在に、みずからを理解し、自分であることを可能ならしめる類の文学でない。

――いいですか先生、これらの文学の「ヒューマニズム的」目的はそうしたものではないのです。「みずからを理解する」ことを、世界に存在することの「理由」を見つけるという意味で解されているのなら、これらの文学作品は実際にはそのことに貢献しています。もちろん私たちだって個人的愉悦を選びますよ。そうした愉悦が許されるのは、みずからを所有する人だけであって、自分を所有できない人には無理なのです。

――教師は今はそうではないこれらのテクストをいつか古典として説明するようになる。

――「古典」はヨーロッパ文学のなかで受容される概念であり、教育のなかでは文化の「蓄積的」発想に従属しています。各地の民の問いを吟味することにもまた、心を熱くするものがあります。こうした試みや試行錯誤がいずれ数え上げられるでしょう。

――私たちは、私たちがそうであるところのものに完全には一致しない道具（媒介言語）を用いている。

――これこそ言語を必要以上に権威づけることです。存在＝言語の等価性という考えは、現代の風景にあっては支配を覆い隠す悪習です。この考えに対しては言語活動《ランガージュ》という武器、すなわち私たちが使用する言語あるいは諸々の言語活動との関係でもって抗いましょう。

――（私たちの邦々の）人間は二つの文明に引き裂かれて苦しんでいる。

――私たちはこの苦しみに異を唱えます。この苦しみは、私たちのうちで、いまだ保護下にあるままの人々を苦しめているに過ぎません。彼らは新しい〈関係〉を構想することができないのであり、いずれにしてもそのなかに真に入ることを妨げられています。ここで先生のために繰り返しましょう。本質的にそこにいつまでもとどまり続けなければならないような文化変容《アキュルチュラシオン》などないし、脱却できない文化喪失《デキュルチュラシオン》もないのだと。

――**私たちはアフリカ（あるいはアンティル）がモンテーニュやパスカルを輩出するのを待っている。**

――偉大な作家ということをおっしゃりたいのなら、それは、アフリカの民（あるいはアンティルの民）を除いては、誰も**最初から**その尺度をもち出したりはできない、そのような偉大さの次元でしか測ることはできないのです。

＊

とはいえここで見たのは、おそらく数多くの様相を備えるイデオロギー的な紋切り型である。すなわちそれは、ある国際的な会合のなかで言い表された、「フランス性はフランスの複数の声である」という考えだ。この種の複数性にあなたが囚われる場合、たしかにあなたは引き裂かれており、自分のことを理解することもできなければ、あなた自身であることもできないのだ。[29]

目印

島々のフランス語

フランス語、反響＝言語として。

（ここでは言語はその出生地でよりもゆるやかに進展する。言語はその出生地での使用法に応じてしか進展しない。）

自己満足の言語として。

（植民者はここに自分の「舞台装置」を植える。この舞台装置は邦ではない。）

強制された言語として。

（主人の、行政の、司祭の、世話人の……）

上昇の言語として。

（人が告発を望まないあらゆる不在がそこに仰々しく凝り固まっている。だからこの言語は知覚しがたい。実際どのように分析すればよいのかわからない。）

疎外の言語として。

（ここでは言語運用は媒介されたイデオロギー的内実にいっさい変更を加えることはない。運用による変更は、疎外の不動の基底を無傷のまま残す。）

錯乱の言語として。

（欲望の。他者であることの欲望の。他処にいることの欲望の。）

63　ケベック

アンティルの風景のヴィジョン――山と海、砂浜の平坦、丘陵《モルヌ》の起伏――のうちにケベックの風景がもたらす一様に変わらない眩暈を導入するのは故無きことではない。ケベック北部のある場所では、ロシアの草原地帯〔ステップ〕がおそらくそうであるように、人は方向を失い、前進しているのかがわからなくなるようだ。私はまさにこうした詩学に関心がある。「ぼくは水のように沸騰したいと思う、水が体験するものを知るために」、そう願っていたあの子供のときのように、私は自分にこう言うのだ。「せめて一度でいいから、変化のない広大無辺の空間から自分が湧き出るのを感じてみたいと思う、どんな生命の律動があなたをそこで捉えるのかを理解するために。」どんな言葉の律動があなたのうちから立ちのぼるのか。

それにケベックはハイチ人の避難の地である。しかも、この避難地は人によって多少の違いはあれ住み心地がよいということだ。私がケベックにいたとき、ある若者グループが新しい法律に対して闘うことを望んでいた。その法律は、私の見るところ、読み書きのできない人間の入国を禁じるものだった。若者たちは、すでにこの地にいる者たちのために識字教育センターを設立することを計画していた。アンティルのディアスポラのなかには下層ディアスポラの人々がいる。

ある日ケベック人作家が私にこう言った――私たちが言語をめぐる果てしない問題について議論していたとき

である。「結局のところ、アンティル諸島であなたたちが行なわなければならないことはすべて、あなたたちがケベックによって植民地化されれば済む。」これについて私はこう答えた。「実践では、植民地支配者どもは互いに追い払うふりをしているのであって、実際は交流し、必要な場合には助け合ってきたんだ。モントリオールの金持ち連中はマルチニックのアンス＝ミタンとアン＝サ＝ランヌの岸辺の所有権を得たが、連中がその場所を運営することを認めたのはマルチニック人じゃない。」

私たちは対比的な詩学からはほど遠いところにいたわけだ。

目印

見える断面と見えない断面

見定めることのできる「文字通りの時代区分」に「言語の時代区分」が対応するということだ。

――クレオール語の形成。
(俚言《パトワ》の刻印。)

――非公認の実用クレオール語。
(方言の奔放。)

――祭と歌のクレオール語。
(言語の詩学。)

――日常で禁じられたクレオール語。
(口語の疎外。)

――フランス語の強制。
(言語活動の破壊とダイグロシア。)

――著述としてのクレオール語とバイリンガリズム。
(悲壮な抵抗として。)

――非－言語活動の二重の疎外。
（神経症的同化として。）

64　文書

ユッソン氏の「歴史的」テクストに立ち戻ろう。私たちはこのテクストを読むたびに新たな驚きをもってそれを発見し直す。これは図書館のすっかり忘れられた一角のみならず、私たち自身のもっとも隠された場所に埋もれてきた。ここに示すのはその「クレオール語」版だ。

私は、ここには翻訳者によるなんらかの倒錯があると主張したい。これは「クレオール語」版というその表題が幼稚であることに、きわめて明らかに表れている。クレオール語は、たしかに妥協言語であるが、これほどまでにフランス語への参照をたどたどしく行なうことは、どこであれ何かの機会であれ、なかった。

このような文書作成が戦略的に狙っていることは、**クレオール語は、それがパロディ化している当のモデルからしかみずからを述べることはできない**、と主張することだった。衰弱がもたらす言語的依存はここでは依存の保証と完成そのものなのである。この宣言文を再び〔フランス語に〕翻訳してみることはためになる練習になるかもしれない。しかしその家父長的な内容はその幼稚な形式とあまりに結びついているため、ここではその手紙を書き写すだけで充分だ。読者は、とにかく笑って読んでみてから、この途方もない愚かさを味わってほしい〔以下の原文はクレオール語〕。

友よ

キミたちはみんなサ、フランスからやってきたばかりのサ、いい知らせを知ってるな。いやホントなのさ。ロストラン将軍とオレがこれを運んできたんだからな。早く着こうと、オレたちはサ、蒸気船に乗ったんだ。自由がやってくる！　大丈夫だ、わが子よ、キミたちはそれにアタイする人だ。キミたちのためにそれを要求したのは、善きご主人さまサ――ペクールさん、バンスさん、フロワデフォン・デ・ファルジュさん、ルペルティエ・サン・レミさん、ペリノンさん、それにグアドループのジャブランさん、レゼさん。パリにいたご主人さまがみんな集まって、この人たちにキミたちのためにそれをお願いするようつかわしたら、政府もそれにオッケーしたんだ。今あるのは別の政府だ。ルイ＝フィリップはもう王じゃない！　奴こそが、キミたち一人ひとりが自分を買い戻すのを望み、キミたちの解放を止めてたんだ。反対に共和国はキミたちをみんないっぺんに買い戻すのだ。でも、共和国は買い戻しのための資金を準備したり、自由のホーリツを作るために、時間を必要としてたんだ。

今んところまでは何も変わっちゃいないってことだ。キミたちはホーレイのコーフまでは奴隷のままだってことだ。でも、ロストラン提督はオレを派遣して今にこう言わせる――「自由がヤッテキタ、共和国バンザイ！」その時が来るまでサ、キミたちはホウのサダめるところにシタガッテご主人さまの利益のために働かなくちゃならない。キミたちが、自由ってのが放浪するケンリじゃなく、ジブンのために働くケンリだってことをリカイしてんだって証明しなくちゃならない。フランスでは自由な人はみんな、奴隷であるキミたちよりも働いているし、キミたちよりもずっとフシアワセなんだよ、それというのも、あっちじゃ生きていくのはここよりか難しいからサ。

友よ、キミたちのご主人さまのメイじることをよくよく聞いて、指揮をとることが、誰でもできるわけじゃないってことを、知ってるって示しなさい。なんか不満を訴えなくちゃならないなら、個人的にキミのご主人さまに打ち明けなさい、それでもリカイが得られず、しかもジブンのほうが正しいって考えるんなら、そんときはジチタイ長さんのところに行けばカイケツしてくれるはず。共和国はこの使命をジチタイ長さんに委ねたのさ。

それに、フォール＝ド＝フランス（フォール＝ロワイヤルの今の呼び名）にいるコーキューカンリョーが不満を聞くためにいっちいっち手を煩わせなければならないとしたら、ホーリツを準備する時間がなくなっちゃって、自由の到来が遅れちゃうわけだ。

そんなわけで、キミたちの運命はキミたちの手中にあるのさ！

グアドループで何が起こったか思い出しなさい！

キミたちの父ちゃんの時代には、フランスには共和国があったんだ。共和国はご主人さまにホショーすることも仕事を組織したりもしないで、自由を宣言したんだ。奴隷どもが、働かなくちゃならないこと、どーんなム秩序だって避けなくちゃならないって理解していると考えたからさ。

そのころマルチニックはイギリス人にセンリョーされてたから、キミたちの祖父ちゃんは自由じゃなかった。敵の手を逃れたグアドループじゃ、みんなが自由になったけどよ、もと奴隷どもは仕事を放っぽりだして、日々不幸になってたんだ。七年がたったあと奴らは共和国に、ジブンたちを再び奴隷の身にしてもらわなくちゃならなかったんだ。だからサ、キミたちのグアドループのお仲間は今日まで奴隷でいるんだ！

オレは確信するよ、キミたちが今度はバカなほうに行かないって。悪い連中の言うことにはいっさい耳を貸さないで、誠実な奴らの言うことだけ聞くってね。

とくに、仕事もない自由民の言うことナンカ聞くんじゃないぞ。キミたちが自由になったら働こうってしないんじゃないかって心配した連中がこう言っていたのを忘れんな――「ほら、どんだけのカイホー民が働かなくなったことか！」

キミたちの敵、それは怠け者どもだ！　連中には一言、こう言うんだ――「仕事に行けって、それでな、オレらが自由を得るようにしてくれ……」

司祭さまも、キミたちに、めでたく天国に行けるためには、働いて結婚しなければならない、とおっしゃってる。なんかフシンなことがあったらサ、司祭さまに助言を求めるんだ。ハクジン自身が自由じゃなかった頃にさ、自由を最初に説いたのが宗教だったってこと、思い出しなさい。キリストがウマヤで生まれたのは、田舎の連中に、生まれの卑しさに不平を抱いてちゃイカンと教えるためだった。十字架で殺されるのを（ユダヤじゃこれは奴隷への刑罰だった）許してやったのは、フコーな連中が聖職者たちをもっぱら、ジブンたちをよく導くようにサ、定められた友だちだって見るようになるためだ。

さあ、友よ、ニンタイとシンライだ！　オレがキミたちにこう書いているのは、みんなに会う時間がないからなんだ。それに、オレはサン・ピエール、プレシュール、マクバ、バッス＝ポワントを訪問したところだから、あんたたちに自由を与えるホーレイを作るために急いで帰国しなくちゃならないんだ。

いまではオレも心配しちゃいない、だってキミたちの仲間に会ったからだ――自由をリカイできるいい子たちだ。キミたちもみんなそうであるはずだ。ド・クルシーさんのサギョー場にキミたちみんながオレと一緒にいたらよかった。キミたちの仲間はキミたちが自由になるぞと聞いたら、みんながこう叫んだんだ――アリガトウございます、チョーカン殿！　労働バンザイ！　旦那さまバンザイ！　奥さまバンザイ！　そして晩になると、奥さまのもとにセレナーデを弾くヴァイオリン弾き二人をつかわしたのさ。夕食のときには、奴らは十一人の結婚した男たちをつかわしたんだけど、この連中はそれぞれ妻を紹介したあと、サギョー員の名前で共和国に感謝のキモチを伝える仕事をオレに託したってわけだ。

友よ！　ヤバかったよ！　このことが示してるのは、サギョー員みんながこう理解してくれてたってことだ、だからサ、社会じゃ結婚している連中がいちばんソンケーに値し、共和国にさ、こう約束してくれるのにいちばんふさわしいんだってことだ、だからサ、これからは奴隷どもは結婚して年老いた父ちゃん、母ちゃん、女房、ガキども、兄弟姉妹ってサ、養い面倒を見なきゃならん丸々一家族をもつわけで、そうすりゃ、解放された暁にはみんな働かなくちゃならん、ってことだ。バイバイ、オレのよき友よ、オレはキミたちが歓喜のキモチを叫びたいってときに、順繰りに一人ひとりに会いに行くからサ、さあ叫びなさい――

〈労働〉バンザイ！

〈結婚〉バンザイ！

って、オレがキミたちにこう言いに来るときまで――「ホーレイがやってきた。〈自由〉バンザイ！」

これ以後、クレオール語には、このような言葉で話しかけざるを得ない人々の獣性（少なくとも幼児性）の一形式であるという結論しかもはや残されない。[30] この力業を自分たちで実現した、愚かで自惚れた役人連中を満たした享楽を想像しよう。驚くにあたらないことだが、今日でもまだマルチニック人は、クレオール語の運用を人の価値を下げる活動のように捉えて、実現しうる唯一の上昇は限りなくもっとも華やぐものであるフランス語の雄弁の「習熟《マスター》」を通じて行なわれると見なしている。植民地的戦略はここでは狡猾に忍耐強く行なわれる。この戦略の裏をかくためには、私たちの数々の歴史のうちで叛乱や蜂起が何度でも起きるような、充分な時間を要するだろう。

目印

言語活動《ランガージュ》とアイデンティティ

マルチニックの就学若年層における言語活動《ランガージュ》の問題を検討してみる場合に明らかにしなければならない、いくつかの真実がある。

――「欠如」は言語（フランス語）に対する無理解のうちにあるのではなく、（クレオール語であれフランス語であれ）適切な言語活動の非‐習熟にある。フランス語の専横的かつ威厳的な介入は、欠如のプロセスを強めることにしかならない。

――したがって、この適切な言語活動の要求は、マルチニックにおけるフランス語使用に対する批判的見直しを通じて行なわれる。

――フランス語による馴致過程が「ヒューマニズム」の仕掛けを通じて行使されるかぎりで、この批判的見直しは、反ヒューマニズムと呼びうるものから生じることが見込まれる。

マルチニックの生徒は、あらゆる他処のすべての生徒と同様、このような反ヒューマニズムをごく自然に行なっている。と同時に、マルチニックの生徒は、この反ヒューマニズムをそれと知らずに被るという不都合を抱え、知識を細分化する無責任に反ヒューマニズムを結びつけるという取り返しのつかない厄介な問題を抱えてしまうのだ（「こうしたことがぼくたちといったいなんのかかわりがあるっていうんだ?」）。

ここからマルチニックの若者は総合の力を諦める。総合の力の不在は、さまざまな特殊才能の爆発によっては埋め合わせられない。若者の思考は矮小的紋切り型と迎合的安易さのなかで固まってしまうのであり、それらが、抵抗への欲動の活力を弱まらせ、これを神経症化してしまう。しかしこの欲動こそが、周縁化されているものの、一個の「解放的傾向」であるのだ。

65　教育法、衆愚法

I

本報告ではマルチニックに適合した教育を可能とする諸条件を切り拓くことを試みる。すっかり咀嚼された解決策をここで提示するのではなく、できればこの問題をめぐる根本的な議論ができるような仕方で試みたい。この問題に関する主要な考えとは、このような適合した教育を実現させるには、部分的な改革を行なっても決してうまくいかないということ、そして、局部的な改革はマルチニックにおける社会的・精神的構造の激変に必ず因っているということである。改革の成功にはそのような代価が伴うのだ。

この考察に近づくために、あらゆる教育法が有する二つの側面に注意を向けよう。ひとつは、個人の技術的な養成。つまりこの点で、人は社会のなかでその分野で行なう役割を満たすよう作られるのであり、多かれ少なかれ、これは長期的な投資である。もうひとつは、個人の全般的な養成。つまり、感情と知性とによる、文化的な均衡であり、これなくしては社会のなかで「ある機能を満たす」ことが実際にできる人間としては存在できないだろうし、そもそもこれなくしては、みずからの目標を描き出し、多かれ少なかれこれを実現するというような社会は存在することもできないだろう。現実には、あまりに機能的に分割されたこの二つの側面が十分満たされることはあり得ないし、多くの場合、個人は社会の支配的諸力によって押し潰されてしまうわけだ、とはいえそうした事実がこれに関する私たちの問題に今見た二つの側面から近づくべきだということを妨げるわけではない。

歴史的手法で問題の諸要素を提示してみよう。おおまかに一九四六年を参照点と見なすことにする。なぜなら、何よりもまず、戦後はこの日付をもって始まり、これ以後、新しい考え、(教わった、あるいは受動的に受け取った)技術革新、みずからを表明する民の出現、各地の民のあいだの新しい関係が生じたからである。続く理由は、この日付が、フランスの県へのマルチニックの同化法の年であり、マルチニック人がみずからを眺め、他者に対する自分たちの関係を構想する仕方の根底的変容と対応しているからである。

以上のことから、議論の呼び水となる見取図はこのようにまとめられる。

I　マルチニック人の「技術的」養成　(a)植民地時代と呼ばれる一九四六年以前と(b)今日

II　マルチニック人の「文化的」養成　(a)一九四六年以前と(b)今日

I「技術的」養成の観点から

(a)一八四八年の「解放」から一九四六年の同化まで

私たちは今、農業生産社会にいると想像してみよう。その社会はモノカルチャーを基盤として、プランテーション・システム内で組織されたものだが、甜菜との競争によってだんだんと追い込まれている。このシステムを「代表する」ことができるエリートを養成すること、これが緊急課題である。したがってそれを担う学校は、

——とりわけエリート的(奨学金の配分という選抜を用いる)であり、

——きわめて鋭角のピラミッド型(就学児童と学位の割合)であり、

——それゆえ個人の成功(実績と運)に立脚し、

――徹底集中（生徒の過剰トレーニング）であり、

――職業教育的ではない（フランスにおけるように「人文学」）。

このシステムは見事に機能する。これは以下の二つのカテゴリーに分けられる個人を養成する。
一　自由業の構成員ないし公務員（小学校教員、中高・大学教師、医師、弁護士など）。彼らは自分たちの疎外状況に対して概して平静を保っている。すなわち、自分たちにふんだんに与えられ、今度は自分たちが伝達する教育に対する疑問を（少なくとも無意識の反応の次元では）抱かない。（フランス語を話すこと。壮麗にして感動的な雄弁。これらのエリートによる政治的代表への支援。）
二　少数の個人は、「システムの網目を通じて」、多かれ少なかれ明晰な仕方で、システムを問い直し始める。
そして、その傍らに取り残されるのが大衆である。人々は、小学校のクラスを多かれ少なかれ形式的に通過したのち、慢性的な読み書き不能状態に戻る。

この読み書き不能状態は、まずは島の孤立を通じて強められ、次いで、日々の生活のもとでの好奇心や知ることへの情熱の入口となるあらゆる類の文化的構造の不在を通じて固められる。マルチニック民衆の文化は、洗練や超克といった性質のものではなく（概念的でも技術的でもなく）、生き延びの文化である。それは、プランテーションの組織の**傍らで**マルチニック人が実施してきた生き延びの経済と並行関係にある。生き延びの文化は、そのさまざまにありうる表現の強度にもかかわらず、国民文化として、さもなければ革命を通じて、みずからを「継続する」ことができない。この展望はここで検討している時代のマルチニック社会の眺望のうちには言うまでもなく存在しなかった。

それゆえこのシステムはよく機能する。というのも、システムは人々を**外から**定められた任務のために養成するからであり、人々は、その任務を、そのようなものとして受け入れるからである。工場はあっても、マルチニック人技術者は必要とされない。必要とされるのは経済的生産とは無関係の中間層であり、彼らに経済的生産を指導したり統制したりすることが求められることはあり得ないからだ。同様に、控えめなエリート的必要から養成された個人はアフリカに輸出される〔フランス領アフリカの植民地官僚として赴任〕。これにはこのエリートの使用領域を拡げるという利点がある。システムがよく機能するのは、こうして養成される人々が、先述した少数の個人の例外を除いて、この養成のなかで「居心地よく感じる」からである。この人々による問い直しは、これについてはすでに述べたが、模倣的行動様態を戯画化する狂気と表現の冗長なバロック様式を通じて無意識的に行なわれる。システムがよく機能するのは、結局のところ、このシステムが相対的に安定した社会構造のなかで行なわれているからだ。実際は、たしかに社会構造は解消されない民衆蜂起によって揺さぶられるものの、システム側の人間は本当はこうした蜂起に慣れっこであり、定期的にこれらを制圧する方法を獲得していたのである。

(b) 一九四六年以降

プランテーション・システムは完全に崩壊する。このシステムは工業化によっても経済の包括的再転換によっても代替されない。集団的反応の観点からすると、田舎の過疎化は、手に負えないルンペン・プロレタリアートの怪物的発生によっても、社会的・経済的動態を自分に利するかたちで支配するようなブルジョワジーの出現によっても補われない。私たちが立ち会うのは、以下に見る、顕著な社会的再構造化の三段階のプロセスである。

——輪郭のはっきりしない階層の形成。この階層は定まった「職業的」身分も適性もなく、私たちが「何でも屋《ジョブール》」と呼んできた者たちを引き継いでおり、都市と市場町の周辺に寄り集まる。

——公務員層の形成。この階層は多くの場合、公職のさまざまな分野のなかで鍵となる地位に達することができない。旧エリートが（同化法制度によって必要となったために）肥大したものがこの階層である。

——若者層のさらに不明確な形成。この層は、手仕事を身につけ、フランスへの移民の一環として訓練することを求められる。

マルチニックにおける教育はこれらの必要に従ってきた。

一　同化の圧力のもと、この教育は拡張するようになった。子供たちをだんだん上の学年の年齢まで学校に行かせることは擬似学級の創出と（フランス同様）切り離せなくなった。（遅れの挽回ないし調整の）擬似学級は、私たちが語った「何でも屋」というこの最初の社会グループを供給することしかできない。

二　中等教育はその役目を果たした。すなわち第二のグループ（郵便局や社会保障などの公務員）を養うという役目を。同じ運動のなかに、銀行員と第三次産業従事者がいる。中等教育は、ここでもまた、拡張的に行なわれた。かつて通用していた公然たるエリート選抜は、特権や「学級上の」特別待遇を起点に機能する事実上の選抜に屈した。

（自由業グループは今日飽和状態に達している。その結果、マルチニック人は自分たちの邦が後進ではないと言うことができるのだ！　教師、弁護士、歯医者、薬剤師、医師などの職を見つけるのはだんだんと難しくなるだろう。同化法のもうひとつの帰結、もしかしたら近いうちにヨーロッパの共通の市場の枠組みにマルチニックが完全に組み込まれることは、マルチニックをフランスの、また、やがては他のヨーロッパ諸国の出身者に段階的に開くということなのだから。同様に、こうも言える。どんなマルチニック人でもピレネー山脈に住めるだろうし、やがてはミラノやブリュッセルに住めるだろう！）

三　残るは基礎技術教育である。これは適切な兵役期間に与えられる手仕事訓練によって補われる。これについてはすでに指摘した通り、この教育は、フランスにおいて、慎ましい水準で、いわゆる底辺の仕事を行なう者たちの隊列をとりわけ培ってきた。もちろん私は、この教育の恩恵を受けることさえなく故郷を離れる者たちの大半のことを勘定には入れていない。

同じく次のことも見ておこう。かつてのエリート養成を通じて何人かの個人がエリート的自己形成を超えてシステムを問い直し始めたのと同じく、新しい教育法の見取図のなかでは、一般化した基礎教育を超え、技術分野において高度な能力に達する可能性がもたらされる。技術者はいる、しかし彼らの大半はマルチニックにはいない。以前の時代には工場があったもののマルチニック人技術者はいなかった。一方、今日ではマルチニック人技術者はいるが、工場がない。

それゆえこのシステムは現在のマルチニックの社会的再構造化によく適合している。しかし、だからこそこのシステムはうまく機能しないと言いたい。その理由を次に見てゆこう。

II　全般的ないし「文化的」養成の観点から

(a)　「植民地の」期間

次のパラドックスを考察してみよう。一九三〇年代か四〇年代の小学校教師で、私自身がさせられたように「勇敢なるアロブロゲス族」〔サヴォワ地方の郷土歌〕を生徒たちに歌わせる、完全に疎外された教師が、なぜ生徒たちを集中的な仕方で育成することに成功したのだろうか。反対に、誰よりも真摯で、頭脳明晰で、勇気のある今日の教育者は、なぜ学業の遅れを挽回することにも、生徒の学習心を向上させることにも自分の能力の限界を感じて自信を喪失してしまうのだろうか。

学校教育はかつての時代には、いまだ世界的出来事の驚くべき衝撃を知らなかった共同体を相手にしていた。以後にこうした世界的出来事が刻まれるわけだが、それでも強烈にそのことを意識することはなかった。マルチニックの無意識的エリートはフェラガ〔独立戦争時のチュニジアやアルジェリアのパルチザン〕を嘲弄していたが、アルジェリア戦争はここの何かを変えた。マルチニック人はセント＝ルシアの住民をイギリス人と、すなわち外国人と呼び続けていたが、アフリカ各地の解放、アメリカ黒人の闘争といったことに内奥では感化されていたのであり、それらの出来事を通じて世界を考えたり、模倣以外の仕方で世界を生きたりする、別のやり方があることに気づかされたのである。私たちはマルチニックの領土からのハイチ人労働者追放を暗黙のうちで賞賛し続けている。この地のあらゆるヨーロッパ人がいかなる束縛もなく多くの特権を享受しながら好きな活動を行なうことができるにもかかわらず。しかし私たちはこうした受諾を少しずつ恥じるようになっている。集団で同意することが難しくなってきている。かつてのエリートたちの同意は、表面上は周期的な民衆蜂起には揺るがされず、個人的で、突飛な、再調整的反応を引き起こしてきた。たとえば「文学的」な過度な洗練とクレオール的バロックの豪奢は、繰り返すと、**自分がそうであると思う者とは違う人間になる**というあの個人的かつ無意識的感情によって決定づけられているように私にはいつも思える。植民地的バロックはここでは存在を飾る（知られない）花綱であり、不可能の付加であるように思え、より良く自分を納得させるために、私たちは余計なものを付け加えるのだ。今日、疎外の無意識的な意識はもはやただエリートだけにおよぶものではない傾向にあり、それは一般化している。平板化もしている。疎外の無意識的な意識はバロック的な炸裂を排除し、感知しづらい苦しみを、日々の衰弱を含み込む。

一九三九年当時の私たちの学校の先生がそうだったバロック的な壮麗かつ無意味なものは消え去った。自分が語ることに倦んだ意識だけしかもはや存在しないのだ。バロック的であるのは困難だが、無気力であることも疲労させる。表面上は一般化した同意は、今日、集団の再調整的反応を引き起こしている。この反応には二種類ある。日常の自由放任《レッセ＝フェール》と、制御不能の周期的な欲動である。

(b) 現在の衰弱

教育養成に関して、今日のマルチニック人にとっての悲劇的事態をもたらしているのは以下のものである。
一　彼はこの養成が、もはや個々人の救出をほとんど許さずに、ひとしなみにすべてを巻きあげる現況から、たとえ自分ひとりでさえも、脱出する方法にはもうなり得ないと予感しているということ。弁護士や医者の息子は、「何でも屋」の息子よりも大学入学資格に達するチャンスにはるかに恵まれている。しかし彼はどのような状態であればそこまで至ることができ、彼にとってそこから何が生じるのだろうか。
二　彼はこの教育が、自分を構成するさまざまな矛盾に自分を直面させることを無意識のうちに理解しているということ。

学業の遅れの分析を通じて浮き彫りになったさまざまなトラブルは、包括的な仕方で、以下のことに結びつけられる。すなわち、自分の邦におけるマルチニック人としての存在感の欠如、そのことから生徒のうちに生じる不安、下級公務員職（しかもこれこそが真に理想的な出世の道になった）に就くか、安心感にはほぼ繋がらずいつでも脅かされている擬似技能を身につけるか、さもなければ一日、一日を生き延びる者たちの向こう見ずな一時凌ぎ主義のなかに入る以外には出口がないという執拗な強迫観念である。

たしかに私たちはこうした動揺もまた、近代生活の条件に直面した世界全体の若者たち（すなわち、彼らはただ単に生理的不幸によって押し潰されるのではない）が全般に抱える狼狽の一例として数えるべきものだとは知っている。しかしこのプロセスはマルチニックでは、自分自身の邦で**集団的**責任の端緒を見つけることが不可能であることへの鬱憤によって加速化している。このプロセスは包括的なありとあらゆる文化実践の不在によって激化する。すなわち、口承文化のリズムは生活の実際のリズムとはもはやずれており、書かれたものの文化は、物理的にも心理的にも、到達困難である。書かれたものへの移行は、現実のなかで与えられている「形式」であり、これに伴うのは不可能な「内容」である。教師にしろ生徒にしろ、私たちの眼のなかには疲労という埃がある。私たちは、年ごとに、存在のこうした漸進的衰退に立ち会うことになるかもしれない。

II

簡素な本報告を通じて、以下のことを示せたと思う。

一　マルチニックにおける教育システムの部分的改良はたしかに歓迎されるものだということ、つまりすべてがよくなるのを腕を組んで待てばよいわけではないということ。しかし、マルチニック人全体は次のことを知るべきである。

(a)共同体が包括的な労働政策をみずからの手で決めることがなければ、教育システムはその現在の目的のなかで「朽ちるだろう」。私たちが包括的な労働政策と呼ぶものは、何がしかの労働部門における失業の場当たり的対策ではなく、マルチニック社会が「何でも屋状態《ジョバージュ》」の運命、亜流技術養成、すでにして飽和した下級公務員という「就職口」などから逃れることができるような、生産の集団的プログラムの確立のことである。

(b)共同体がみずからの心理的かつ社会的プロフィールを吟味し、共同体を揺るがすさまざまな矛盾を明確にまとめながら、これらを超克しようとする、つまりは文化的責任の宇宙のなかへ集団で入るということをしないならば、若年層の動機の刷新が生じる可能性はないだろう。私が言う「動機の刷新」とは、すでに確立しているものや今後打ち立てられるなんらかの秩序への同意ではない。そうではなく、自分たちの邦のなかで生じていることを自分なりの仕方で**理解＝包摂する**年齢層による、指図を受けない、必要であれば攻撃的な、若者たちにとっての活動のことである。

二　したがって、私たちがこの「構造的」一般性の外で問題をくどくど論じ続けるならば、私たちは、私たちの共同体の人格喪失のプロセスを深めることに貢献することになるだろう、ということ。

三　この点に関して、いかなる指導者、教師であろうと、彼らがどんなに高い能力と技能を誇ったとしても、その行動によって、コンセンサスの欠如や、心性と同時に構造における革新の決定的利得を、糊塗することはできないだろう、ということ。

III

したがって、マルチニックにおける教育問題をめぐる討論は、少なくとも私の提案としては、この包括的アプローチによって生じる以下の構造的問いかけからしか始まらない。

——どのような社会で私たちは生きることを望む、ないし期待するのか。（私たちを煩わせる、自由主義か、自主管理か、社会主義か、というあの切りのない社会選択のことを話しているのではない。私は私たちに差し出される見込みのある具体的意見について話している。それらは社会の自給自足の可否、公共事業の組織、手仕事の方針と水準、カリブ海との関係の可否、専門技術の水準と方針などをめぐる選択である。これらの選択の見取図のなかにマルチニック人は何を組み入れ、何を配置するのかという計画のことである。）

——どのような基準でこれらの問いは——それに対して出来合いの個人的回答を示すのは私の任ではなかった——私たちの政治的選択に属するのか。要するに、全員による決定を方向づける、ないし端的に促進する集団的意志が存在するのかどうかということだ。

66 クレオール語

マルチニックの親と教師が、クレオール語の教育とクレオール語による教育の問題に関して共有する先入観は、この問題の核心のひとつをなしているのかもしれない。文化喪失を促進する諸力がこの手の偏見を執拗に扇動する必要はもはやないように見受けられる。私たちは全員そうした偏見に充ち満ちているのだから。

なぜなら、クレオール語にはこと細かな知識が詰まっているわけでないので、**その形成過程で**クレオール語を話す子供は、知の言語であるフランス語しか話さない子供に比べると不利になるのではないかと親はたぶん恐れる（その意見は部分的には正しいだろう）からだ。自分たちが絶対に統御することのできない教育法の学識を実践することに長けた教員の育成も、同様に受け身の態度や、不可欠な創造的大胆さを前にしたパニック的態度を引き起こす。こうして拘束は、創り出されたこの状況から、自発的に増殖する。

伝統的な教科書では、クレオール語は抽象化作用には到達することができず、したがって「知」を媒介することができない俚言《パトワ》とされる。この（**高等**諸言語の排他的特権という）意味で、抽象化作用は西洋的思考の思い上がり、すなわち自然を支配する技術と手段の習熟の上に築かれた思い上がりなのだ。そもそも、知識を組織する手段が抽象化というただそれのみの力と技術支配とに結びつくような例はほかに存在しないのであって、しかも、今日の世界ではほぼ各地で問い直されている。

多言語主義に立脚した新しい教育方法の出現は、諸言語間が関係のうちにあるという独創的な問題群を開いている。この点から出発することで方法論的総合は見えてくるのであり、抽象化による単一性を、おそらくは豊かに乗り越えることを可能にする。[31] 多言語教育の場にいる子供は、母語と同時に、いわゆる媒介的なひとつないし複数の言語（母語のなかでは与えられない技術的潜在能力を含む）を学ぶ。しかし、学びの過程では何が優位ということはない。可能態として所有し、「技術的マテリアル」を媒介する言語は、他のものより優れた言語と見なされることはない。たとえば、英語はフランス語よりも「優れている」とは評価されないが、世界中で媒介されるともこの言語が含んでいるとも言えるその技術的マテリアルは、フランス語が提案ないし暗示する技術的マテリアルよりも比較にならないほど優れている。

今日の媒介諸言語は技術の習得に必要であると（たとえば西洋の農業技術を無批判のまま取り入れたことがアフリカで引き起こした荒廃を見てとるができるにもかかわらず）考えるにしても、母語は、どのような場合でも、ある共同体のメンバーの心理的、知的、感情的な均衡には不可欠であることが認められる。もし私たちがマルチニックの子供に学校ではフランス語生活に耐えるよう、身の回りではクレオール語生活を送るように強いるとすれば、マルチニック共同体を痛めつける集団的無責任のプロセスを悪化させることになるだろう。多言語主義の原理は子供のさまざまな能力の開花を速める。なぜならこの原理は、阻害、劣等感、遅れへと突き進み、場合によっては不均衡の領域を開いてしまうこのような分離を遠ざけるからだ。この分離の維持と集団的無責任との文脈のなかでは、いかなる学位の追求も、これが無駄であり無目的となる以上、不可能な企てであり続けるだろう。

ある大学の学長が、支配的思考の自民族中心主義的尊大さを振りかざしながら、アンティル諸島の公的な場で、クレオール語は言語ではない、と言い放った。このような言明の背景はあまりにイデオロギー的かつ打算的なので、いちいち反駁しなければならないこと自体、ほとんど耐え難いことだ。言語学者は一般に似たような言明に対して反証を行なう。しかしながら、この言語の性質を評価する場合には対立する動向が観察される。こうしてハイチには相対する二つの潮流が見られる。ひとつは、『クレオール語文献学』の著者として知られるジュール・フェーヌ氏に代表される、伝統主義者である。この書（アカデミー・フランセーズの賞に輝いた著作）はクレオール語とは（フランス語が一個の言語となる以前に）フランス語を切り取ったものであると主張している。もう一つは、クレオール語の自己完結性の命題を例証する、プラデル゠ポンピリュス氏に代表される。以下に示すのは〔次頁表〕、この問いに関する実証的なデータであり、「フランス語圏」クレオール語に関するものだが、もちろん、**クレオール語の文化的現実**は「フランス語圏」のそれを他のクレオール語（英語圏、ポルトガル語圏）に結びつけることができるだろう。

大半の邦々では、多言語的関係のなかで教えられる言語はどれも「同形」ではない。ということは、シンタックスが曖昧に解される恐れはほんのわずかである。クレオール語は「フランス語系」である、すなわち本質的にクレオール語の語彙はその大半がフランス語の用語から派生しているのは明白である。このことは、クレオール

伝播地域	話者数
アンティル諸島のフランス語圏クレオール語話者（ハイチを含む）	六、九〇〇、〇〇〇
アンティル諸島の英語圏クレオール語話者（トリニダードおよびジャマイカの移民を含む）	五〇〇、〇〇〇
ヨーロッパ（フランスとイギリス）在住のアンティル出身クレオール語話者	六〇〇、〇〇〇
アメリカおよびアフリカに移住したその他のアンティル出身者（ハイチ人を含む）	五〇〇、〇〇〇
インド洋のクレオール語話者	一、五〇〇、〇〇〇
計	一〇、〇〇〇、〇〇〇

この表では少数のクレオール語（ルイジアナ州など）は外している。クレオール語の方言的変異（ハイチ的、マルチニック的、グアドループ的など）とその多種多様性は、地域的な定着の規則とまではいかないにしても、一般的な言語形成を抽出する試みを可能にしている。

書かれたクレオール語の創造的開花は、戯曲、詩作品、小説といった規範の一般化を待ちはしなかった。[32] 作家にはハイチ人モリソ＝ルロワ、フランケティエンヌ、フランク・フーシェ、ポール・ララーク、劇団クイドール〔ニューヨークで結成されたハイチ人の劇団〕、グアドループ人ソニー・リュペール、そして先駆者であるマルチニック人ジルベール・グラシアンなどがいる。

語を制約する状況と相俟って、この言語の「発生」をめぐる次のような争いを引き起こした。これは固有のシンタックス（とりわけアフリカを起源とする）に基づいて組み立てられた言語なのか。それとも、十八世紀フランスの地域口語（たとえばブルターニュやノルマンディー地方出身の水夫の口語）が俚言化した変形なのか。[33]

私はミルウォーキーで開かれたシンポジウムであらゆる民族詩学を可能とする基盤についてこう提案した

（一九七五年のことだ）。この場合に唯一検討できる実践は、民族詩学の教育のなかではこのような漸近的な二つの言語を、一方と他方との関係において相互に**不透明**にすることである、と。私には大切であるこの不透明性は、書かれたクレオール語が最終的にギリシア語やポーランド語のある種の引き写しのように見えるような巧妙な書字化を通じて表れることはないだろう。フランス語の書字化モデルを是が非でも遠ざけようと欲することによって、クレオール語の言語的特殊性が将来よりよく保持されるということはない。固有の詩学をめぐる考察の方が表記の独自性という先入観にここでは勝るのである。

その上、言語の固定化は、それがそもそも妥当であるのか、という問いを提起する。近代諸文明は果たして自らを口承化することはないのだろうか。教育の同時代的アプローチは、書かれたものの命令的すなわち帝国主義的支配を弱め、口承に利する傾向にある。[34] 口承の諸言語はこの新しい文明的風土のなかで（口承の弾力性そのものによって）これまでよりも安寧を得ることはないのだろうか。クレオール語を有無を言わさず固定しようと望むことはクレオール語を不毛にすることに繋がる、そう数人のハイチ人言語学者は主張した。口承と書かれたものとの現実的関係について生徒に明らかにすることは、どちらかが懐胎期のさなかにあるような二つの文法システムや、一方が他方のかぎりなく間接的な流用であるような二つの語彙を比較したりする皮相な見方のなかにこの関係を閉じこめてしまうよりも、もしかしたらはるかに有益であるだろう。クレオール語とフランス語による学校教育は苦労の絶えないシンタックスの習得よりも、世界をめぐる二つの自由な詩学の対決を条件とするのだ。

あらゆる詩学は包括的な政治を含んでいる。だから私はこう言う。生徒の親であり教師である私たちはここで同じ無責任を共有しているのだ、と。私たちの先入観はマルチニックの子供のそれを強めている。私たちは子供を教室で真面目さの、勉強の、そして、ヒエラルキー化した関係の世界に馴染ませるわけだから、子供は自然とこの世界をフランス語に結びつける。休憩時間にいると、子供はクレオール語を再び使用するため、子供はこれを遊び、自由、拘束の不在などに結びつける。まったく正当でありよいことであるはずだ、この子がさらにクレオール語を無責任に関係づけない場合には。私たち大人がこの関係を構築しやすくする原因なのだ。

私たちの先入観の基本的な源は、今日のマルチニックではクレオール語とはそれを通じてはもはや何も生みだせない言語だと私たちが実際には認めていることにある。そして、民がそれを通じてもはや何も生みだせない言語とは、消滅の危機に瀕した言語である。クレオール語は衰えている。なぜなら職業用語が消えているからであり、植物種が消えているからであり、動物種が消えているからであり、邦における集団的責任の諸形態と結びついてきた一連の成句のすべてがこれらの責任と共に消えているからだ。すっかり廃れてしまい、それに代わるものが何もない、クレオール語のさまざまな用語に対する社会言語学的研究は、これらの用語がそうなってしまったのは、マルチニック人がマルチニック人としてもはや自分たちの邦で何も作れないからであることを示している。ここから生じる俚言状態は、言語のシンタックスにかかわる内容に影響を与える。こうして言語は衰えるのだ。このように私たちは子供の教育養成における行き詰まりから共同体としてのマルチニックの消滅へ少しずつ移行している――そこに見いだされるのは、なんの結びつきもなく、自分たちの土地とも、自分たちの歴史とも、自分たち自身とも切り離された諸個人のコレクション、ただそれだけである。

このようなわけで教育のなかにクレオール語のプログラムを技術官僚的な手法で導入することを目指すようなあらゆる改革は、その改革がまさしくマルチニック人たちの手によっては構想もされず、議論もされず、決められもしない分だけますます無駄で怪しげなものになるだろう。

補足的ノート

――この集会（ラマンタン市の生徒の親の集い）の目的はいくつかの主導的理念を投げかけ、これについて議論することにあった。私たちの文脈ではこうし表明がもたらすスキャンダラスな衝撃は問題の諸要因のひとつをなしている。

――ハイチ人は**文学**《リテラチュール》という語に置き換わるものとして**口承文学**《オラリチュール》という造語を発明した。このことはハイチ人が口承の領域のなかに留まるという決意を示している。[35] 少なくとも「口承」言語の固定化の戦略は現代の文脈では明白ではなく一度にすべてが与えられることはないのがはっきりしている。

――書かれた言語（フランス語）と口承言語（クレオール語）との教育の対照的な方法を解明すること。すなわち、これは目下のところ言語学者と教師とのあいだで共有すべき任務である。

――マルチニック人がフランス語を用いる際に「**有罪**」とされるクレオール語使用〔フランス語の会話のうちにクレオール語の単語や言い回しを入れること〕を告発することも、フランス語の無制限の使用によるクレオール語の退化を告発することも充分ではない。二つの事例の場合、マルチニック人は受動的な話者であり、これらの言語の進展にはまったくかかわらない。彼は要するにこれらの言語の「消費者」であり、介入することはできないのだ。（こうした文脈では、両言語の相互浸透は動態的かつ「超克的」進展の要因にはならない。）つまりはマルチニック人は言語活動を有していないということである。

（たとえば、クレオール語がマルチニック人の母語であることから、フランス語は彼らの第二言語であると述べてみる。私の見るところ、言語的状況は、この第二言語が自然な言語になるということから複雑になる。しかし、第二言語は、最初は共同体によって積極的に同化吸収されず、その後に母語に課される制約を「経る」ことによって自然な言語になる。この深刻かつ不安定な葛藤はこの偽の自然とこの実際の非－同化吸収とのあいだの対立から強まる。）

――自律的な言語活動の欠乏は、言語活動の育成者としての書き手の役割や機能を新しい光のなかで問うことを可能とする。とりわけここでは「どうして迅速かつ全面的にクレオール語で生産しないのか」という問いに答えるために。

一　クレオール語で書く実践は、それが集団的コンセンサスから生じないかぎりで、民俗伝承主義《フォークロア》――それが良心を与えるだけにますます素朴になる――の運命へと迷い込む危険がある。[36]このことは、それがいまだに求められる場面において、この言語を正当化するようなテクストの総体を、クレオール語に付与する要請を排除しない。これらのテクストは必ずしも「文学的」ではないだろう。

二　現在のクレオール語の擁護は、何よりもまず、教師、政治活動家、社会学者、言語学者によって、すなわち民衆の意識への働きかけを介して行なわれているのかもしれない。クレオール語がマルチニックで衰退している理由が何かを前もって知らなければならない。刷新される生産性システムのなかでクレオール語はいかなる機能を果たしうるのか。クレオール語の力を中立化せずにこれをどのように固定化するのか。どのように学校にこれを組み込むのか。こうしたあらゆる問いは、文学生産よりも社会言語学的分析、教育活動、政治的介入に属する。

三　マルチニック人が強いられてきた、表現を枯渇させる中立性に対し、作家の仕事はおそらく、衝撃としての言語活動、中立的ではない解毒薬としての言語活動を「引き起こす」ことにあるのであり、それを通じて共同体の諸問題は再度表現されうるだろう。この仕事は作家がみずから用いるフランス語（そしてそれは状況の「基礎データ」のひとつである）を「脱構築する」ことを求めるかもしれない。第一に、フランス語を偶像視するあらゆる使用に対してこの言語を脱神秘化する機能として、第二に、再活性化するクレオール語（書かれたものであれ）の未来の実践を（これを解明しつつ）フランス語の内部自体から促すことを本来的に求めるような、骨組みや文化的企図の探求として。

（この意味で私は、現在の私たちの作品が「未来の文学への序文」であると主張している。あるマルチニックの大学人が言い放つには、実際にはこれらは「考古学的」作品である、すなわち時代遅れで、死んだ作品なのだそうだ。まさにこの分析のうちには大いなる傲慢があり、その傲慢は、拘束されて強いられた私たちの現在の詩学から、未来のアンティル諸島の「解放された」あらゆる詩学にまで拡張してゆく、不可欠で、動態的な紐帯を無視している。今日では誰もこの詩学が将来どうなるのかについて［たとえば、単一言語になるのか複数言語になるのか］判断を下すことはできないし、それゆえ、どこが読解不能の廃墟となり、またどこが解読可能な記念碑となるのかを描くことはできないのである。）

四　肝要であるのはフランス語をクレオール語化することではなく、マルチニック人がそうすることができるような責任ある使用（創造的な実践）を開拓することである。

五　こうした文脈における作家の機能、すなわち研究的かつ探求的なその機能は、多くの場合、「現在の」言語活動から、したがって「日常の」読者からみずからを孤立させることである。残念だが必要な条件であり、作家は自分の仕事を技術的完成へと導こうと望む場合には、ときにこのことに慣れなければならないのだ。救世主を気どって自分が誰かの代弁者であると思うことなく。

目印

現実の諸様態と文学の諸構造

入植と命名。

（いかなる状況的「論理」も埋められない、奴隷貿易の根源的断絶。この欠如を「徹底的に」生きかつ語ること。カリブ海的局面からこれと戦うこと。）


プランテーション、〈民話〉。

（ある生産様式の時代にマルチニック唯一の文学、すなわち民話、歌、諺は対応する。）


市場町、文脈なき文書。

（擬似中産階級の出現は言語活動の伝統的構造の崩落と一致する。）


船、市民権、高踏派。

（理想的な「他処」、フランス文学のはるか遠くから分岐した固定的形式。現実をその見かけに固定するという希望。）


世界戦争、書かれた話し言葉。

（識字層の反発は異議申し立ての作品を生じさせるものの、それは文学をそもそも誕生させるものではない。作品は公衆と関係をもたない。）


飛行機、日に日に深まる同化。

（古くからの構造の崩壊を中継するのは、まったくもって立ち去ることである。）

67 あまり接近して走らないでください《パ・ル・レ・ト・ロ・プ・レ》

忘れがたいセッションだった。その公開講座のセッションにおいて私は、特定の車の後部ガラスに貼りつけられた、«NE ROULEZ PAS TROP PRÈS !»（あまり接近して走らないでください！）というステッカーをクレオール語化して改竄することに対して聴衆の関心を惹こうと試みた。一部の聴衆は神経質そうに笑い、別の人々は結論に飛びつく前に統計の補足情報を要求し、また別の人々はこの現象の重要性を見抜こうとしなかった。ただし、多数の出席者のうちで参加者十数人が積極的関心を示し、このセッションを皮切りに私の講座に最後まで参加してくれた。

私が聴衆に何を示そうとしたのかは、彼らの反応が物語っていた。

最初は神経質な反応である。それは、片言の言語（十六の異なる書き換え）かそう思われているものを発見することの恐れである。

次は統計的情報を求める反応だ。だがこの要求は彼らが拒む真相を初めから示しているのは明らかである。すなわちフランス語に可能なかぎりもっとも近い「クレオール語」翻訳である«PAS ROULEZ TROP PRÈS !»は比較が成り立たないほど一番使われているのである。

最後は全面拒否という反応である。自動車の後部ガラスの書記のあり方を研究するよりも、後進国でなすべきより重要なことがあるのはたしかだ。しかし、ここは実際は後進国であるのに、信じられないほどおびただしい数の自家用車で溢れかえっている。この現象は実に特殊であり、だからそのことで自動車は分析すべき重要な要素となるのであり、自動車〔後部ガラスのステッカー〕がこのように話す場合はとりわけそうなのだ。そのとき自動車が語ることは、合議なき文化的抵抗である。この抵抗は、それが立ち向かい対抗するところの道そのものを利用するが、衝動的反応の儚さを定められている。

（マルチニックのある教師は、クラスの生徒にこのステッカーの文字をクレオール語に訳すよう、あらかじめ何も説明せずに頼んだ。結果はひっくり返った。二十三人中九人の生徒は « PA ROULE TROP PRE » と訳した。そのうち八人はフランス語の表記の一文字か二文字か三文字か四文字を残したまま文章を書いた。« PAS ROULEZ TROP PRÉS » と訳したのはひとりの生徒のみである。残りの五人はもとの文章に「付加した」。« FAUT PAS OU ROULE TRO PRE »（あなたはあまり接近して走ってはいけない）、« PAS ROULE TRO PRE YON DEYE LOT »（互いに接近しすぎて走らないこと）、« PAS MACHE DERRIÈRE MOIN »（私の後ろを走らないこと）、« PA ROULE AN PIED MOIN »（私の足元を走らないこと）、« PAS ROULE TROP PRE LA TOLE MOIN »（私の鉄板すれすれに走らないこと）。この結果から仮にでもどんな結論が引き出せるのだろうか。フランス語を習得すればこうした言語的偽装から遠ざかれるのだろうか。それとも、結局のところ、どんな環境であれ、クレオール語を用いることは与えられたどんな文章でも「潤色する」のだろうか。）

追記

以下は「逆さま」の文化変容《アキュルチュラシオン》を意味する事例である。これは一九七九年一月、フランス人（「本土人《メトロポリタン》」や「本土《メトロ》」とここでは呼ばれる）の運転する車の後部ガラスで目撃したもので、ステッカーを切り抜いて改竄を行なうことは少し前から目立たなくなってきた頃であるが、以下のように、その車には視覚的文字演出と同じ方法でこう警告してあった。《PAS SI PRÈS !》（近づき過ぎぬこと！）[37]

もともとの表現である《NE ROULEZ PAS TROP PRÈS !》には当該文書の《i》の文字が含まれていない以上、この文面を手に入れるには、使用者の側でそれなりの入念さが必要とされただろうということが見て取れる。フランス人がこのように大変「ローカルな」様式（文面の改竄）に屈したのを見るのは面白い。このような規則立った行ないがフランスでも普通にあるのかどうかは知らない。

この場合、この自動車運転手は、クレオール語化されたステッカーを読むのにもしかしたら疲れ果て、同じ方法を用いて、クレオール語化の実践に「反対」しようとしていたと考えられそうである。彼が得た文章は先行するクレオール語の言い回しを参照するとともに、それらを暗黙のうちに否認している。さらには、ここには何か命令的な調子があり、その調子は、上述のさまざまな言い回しが異議を唱える、実質的な文化権威を打ちたてようという望みを面白おかしく仄めかしている。

この車の使用者はたしかにマルチニックの現実の潜在的表出に注意深かった。それは洗練された、より適切には「成功を収めた」植民地主義者であることに間違いない。

そのようなわけで、以下がこれらの改竄の一覧表である。

フランス語を純粋に書き換えた文面（1）
翻案変形文（2、3、4、5、11、12）
視覚的文字演出（6、7、10）
付加（10、13）
命令の取り消し（14、15、16）
否定辞倒置のクレオール語文（8）
《OU TROP PRE》（近づき過ぎ）という改竄については隣接関係の観点から注釈する必要があるだろう（9）。

一九七九年末、フランス語で書かれた元のステッカーはいくらかしぶとく残っていたのに対し、クレオール語化したこれらのステッカーは完全に消えてしまった。クレオール語化を行なうことは、「文化的」激発であり、集合的意識のうちで「存続」しなかった衝動であり、すなわち欠如の表出なのである。

元の文章　NE ROULEZ PAS TROP PRÈS		
「推定される」クレオール語文　PA ROULEZ TRO PRE		
番号	実際のクレオール語文	件数
1	PAS ROULEZ TROP PRÈS !	10
2	PAS ROULEZ TROP PRE	1
3	PAS ROULEZ TROP PRÈS	1
4	ROULEZ PAS TROP PRÈS	2
5	PAS ROULE TROP PRE	2
6	PAS ROULEZ PRÈS TROP	1
7	ROULE (!) PAS TROP PRE	2
8	ROULE PAS TROP PRE	1
9	OU TROP PRE	2
10	OU TROP PRE ! TI PAPA	1
11	PA ROULE TROP PRE !	2
12	PAS OULE TROP PRE	1
13	SI OU ROULE TROP PRE SE PO	1
14	ROULEZ	1
15	ROULEZ PRÈS !	1
16	ROULEZ PAPA	1

68 私は釣り針を買った《マン・ギニャン・アン・ザン》

この総題は、私が「機能的」クレオール語と呼ぶところの時代に、マルチニックの漁民がしばしば発していたと想像されるクレオール語の一文から取っている。この総題のもとに試みたいのは、ひとつの言語のありうる衰退をめぐる私の考察を理解していただくことである。

Man gin-yin an zin. フランス語では « J'ai acheté un hameçon. »（私は釣り針を買った）。この文にはクレオール語の二つの面が表れている。フランス語の « gagner »（得る）が « acheter »（買う）の意味で使用されている。これは古フランス語の名残である可能性が高い。ただそのことに私はとりわけて興味があるわけではない。クレオール語への取り込みは完璧だったということである。« zin » という語は « hameçon »（釣り針）という語の代わりに用いられている。私がこの場で問いたいのは、どのように代替や適応の手続がなされたのか、たとえば、フランス語の « zinc »（亜鉛）に由来するかどうかとか、その結果として釣り針の素材（あるいはそれに類似するもの）がここでは品物として与えられていないのかどうかとか、そういったことではない。

私の関心事はこの一文が、言語の全体性を獲得していたと同時に、この特殊性を起点にする以外には聞きとれない〔理解できない〕ような一種の自律性を獲得していたということである。と同様に、この言い回しは共同体と漁師集団双方の言い回しであり、つまりは連帯の表現なのである。この文の「周囲」は何か。それは、充分に生計を立てて、搾取されることのない、幸福な漁師の理想的状況などではない。しかし、少なくとも、技術をいまだ会得していた漁師、自分の技術を伝える相手を見つけながら、自分の技術を変容させることができる、そうした漁師の状況である。「クレオール語で」魚を釣りながら、同じく釣り針《ザン》を買うような状況である。要するに、言語とは漁の時間だけではなく、漁の仕事の前後で経過する時間にも役立っていると言いたいのだ。

　私は釣り針を買った。今日の漁師はこれをどのように言うのだろうか。例の現代的スーパーマーケットのひとつから出てくるとき、あるいは自分の職業にかかわる商品が、貸し切りのヨットでやってくる旅行客や自力で大西洋を横断する愛好家が欲しがる操帆具と区別がつかない「専門」店のひとつから出てくるときに、今日の漁師はこう言うのだ。《Man acheté an amson》と。なぜか。なぜなら、釣り針《アムソン》はもはや漁師にとって釣り針《ザン》ではないからだ。なぜなら売り手は漁師にフランス語で話しかける（そして彼は売り手に同様に話しかける）からだ。なぜなら彼の職業の伝統それ自体が彼のものではなくなっているからだ。そこには「悪」があるのではないか。ひとつの共同体は利益を伴いつつ文化変容を行なうことができるのか。ひとつの共同体は、たとえば、母語である口承の言語から権威のある書記の言語へと自分を失うことなく移行することができるのだろうか。この移行が**社会の社会自身に対する自律的運動によって**なされるのだとすれば、それは可能だろう。

　しかしマルチニックの漁師はこう言うのだ。《Man acheté an amson》と。なぜなら漁師は自分の職業の技術をもはやなにひとつ統べることができないからだ。権威的言語はその価値を周囲に据えると同時に、漁業を行なう漁師にみずからを押しつけた。権威的言語は漁師に文字表記を押しつけ、みずからを言語構造として、このときから言語活動であることをやめてしまった言語活動を組み込んだのだ。

　この衰弱こそ、クレオール語のような諸言語が「産業革命の列車に乗り損なった」と指摘される場合にときどき申し渡されることなのだ。曰く、自己発展を歴史的に約束された偉大な媒介言語はあるだろう。なぜならそれらの媒介言語は（数え、測り、構築し、書く）機械を「生み出し」ているからだ。別の媒介言語は、何にも「役立つ」ことがないのだから、すでに消耗が刻まれているのだ、と。

私はこの視点を支持しない。人間の未来が過剰発展する技術の支配に何から何まで立脚しているという確証はない。この未来のおめでたいヴィジョンに私たちを委ねることなく、泉の水で洗った果実を食べ、戻ってきた私たちのラバにまたがるなどというヴィジョンも抱くことなく、私たちは、そうしたことが可能であるだろう邦々において、自然に対する人間の行動と自然の経験とのあいだの均衡回復、支配的な不公平と不平等に対する人民の闘争の勝利を、エリートによる決定に対する共同意識の勝利をもちろん想定するような均衡回復を構想する権利を有している。この可能な枠組みのなかで、言語の使用は、他処への関係によって疎外されずに、周囲への関係に適するようになるだろう。

今日、これはクレオール語に生じることではない。クレオール語は機能言語であることをやめている。支配言語による俚言化《パトワ》がそこにあるからだ。ユッソン氏の片言《プチ・ネーグル》は間近である。ユッソン氏がこの片言を演出したようにではない。「統合されて」、普通に、気づかれないようにそうなるのだ。クレオール語が成功したことのすべてと言えば、言語的妥協の超克〔止揚〕、子供のような話し方の昇華、比喩イメージに富んだ迂回の技法、リズムの偽装であり、これらはすべて生産することの欠如および想像することの欠如から生じる平板化のなかで廃れる危険がある。

これ以降、クレオール語を固定する企ての限界は私たちには一目瞭然である。あなたがいくら « Man acheté en hameçon » や « Man acheté en lanmson » や « Mã ãsteã amson » などと書くことを選んだところで無駄である。あなたが行なった表記の選択は、その選択がフランス語の表記からどれほど離れていようと、フランス語によるパトワ化がすでにあなたの文のなかにあることを妨げることはできないだろう。言語の詩学を摑みとることから始めなければならない。すなわち、その詩学が言語的妥協の危険な接触点を乗り越えることを可能にしたメカニズムを摑みとることから始める必要がある。この詩学から、そしてこの詩学に由来するだろう創造の作用から出発してこそ、クレオール語の書記の後験的な様式は少しずつ解放されるだろう。これこそ言語活動の主役である語り部の仕事だ。しかしその仕事が検討されるようになるのは、共同の意志が言語発展の経済的、社会的、政治的な条件を実行に移すようになるとき以降だ。そのときを待ちながら、言語学者の仕事は貴重な目印を提供している。その仕事はあるがままのものとして受け取られなければならない。言語的動態を研究する擬似科学の本質的かつ不寛容な必要性ではなく、未来の開花への準備なのである。

69 分かち持たれたクレオール語

言語を固定することは、ハイチ、グアドループ、セント＝ルシア、マルチニックなどの各地の方言を関係づける主要な形式的要因のひとつとしていずれ介在するだろう。たしかにセント＝ルシアの住民にしてみれば« PAS ROULEZ TROP PRÈS »と書くことなどどうでもいい。なぜならセント＝ルシアの住民はフランス語の正書法をまったく知らないし、« PA ROULEZ TRO PRE »と書いたところで、クレオール語の生成源でありかつ廃止者でもあるフランス語とやらから遠ざかったという感想をいっさいもたないだろう。セント＝ルシア、ドミニカやその他の英語圏アンティル諸島の話者のバイリンガリズムは「全面的」である。バイリンガリズムはそこでは脅威となる接触をもたない、ということである。これらの邦々の数多くのクレオール語放送は言語を陽気に「英語化」することが可能だ。とはいえ、これはあくまで語彙を借り受けている以上のことでは決してなく、エチアンブル氏の言う「フラングレ〔借用した英語の単語をフランス語の単語として使用すること〕」の等価物として、このクレオール語からひょっとしたら「クレオグレ」が作られるかもしれないが、パトワ化による溶解の脅威を生み出しはしないだろう。（とはいえ、指摘しておけば、クレオール語文法はフランス語文法よりもむしろ英語文法と多くの点で共通している。例を挙げるのは簡単だ。形容詞の性数の区別がないこと。呼びかけの « tu » と « vous » の区別がないこと。直接目的補語の関係代名詞が次のように省略されること。« the man I love », « nomm lan man inmin an », « l'homme que j'aime ». これらの共通点は脅威的ではない。）

言語の固定は（フランス語との関係では）差別的に働かず、現在「孤立している」方言間の協議を、各方言の自由な発展を妨げずに進めるように働くだろう。言語学者は、彼らが（フランス語の）ヘゲモニーを追求するイデオロギー的意図を隠し持っていないかぎり、この分野での魔法使いの弟子である。

これらの方言に共通する詩学には、簡単に近づける。ここでいくつかの雑多な例を出しておこう。

――**複合語を一般化した使用**。« an béni conmess »（ハイチとマルチニック）、つまり « un béni commerce »（祝福された交際）、同棲を正当なものにする結婚のこと。« plési lan mori »（ハイチ）、« plaisir de la morue »（塩鱈の歓び）、サツマイモの一品種のこと。« an grajé jounou »（マルチニック）、« un râper de genoux »（膝の擦り合い）、人がひしめく小さなダンスホールのこと。クレオール語でのこの技法の一般化は、これをごく単純にフランス語で « faire-valoir »（脇役）や « baise-en-ville »（洗面道具入れ）といった複合語を作り出す方法と同一視することにはならない。

――**動詞の不定詞の実詞化**。詩人には大事であるが（たとえば「愛を飲むこと」は、アラゴンの『詩における歴史的正確さについて』〔ルイ・アラゴンの詩集『祖国のなかでの異国にて』（一九四六年）の巻頭に置かれた詩論（プレイヤード叢書『全詩集』第一巻八五四－八七二頁）〕においてトリスタンとイズーの媚薬を意味している）、クレオール語に共通する。« I mété yan pléré a tè » は文字通りにはこうなる。« Il a mis un de ces pleurers à terre »（彼は地面に涙を流した）〔この場合クレオール語では « yan pléré » が不定詞の実詞化例〕。

――**声の調子に応じた意味変化**。«an（普通の声の調子）zoel»、かくれんぼ遊びのこと。«an（声を大きくした調子）zoel»、かくれんぼ勝負のこと。固定化（文字による定着）のプロセスはこの変化を特殊記号で（たとえば«àn»などの記号で）示すことに専心するのだろうか。マルチニックのクレオール語はこの場合«an»と«yan»を区別せずに用い、声の調子の変化でつねに二つを区別する。

――**素材による対象の指示**。«an cui»（皮）は«une ceinture»（ベルト）のこと。«an lin-n»（布）は«une couverture»（掛け布団）のこと。«cò-moin»（私の身体）（マルチニック）、«tet àn»（私の頭）（ハイチ）は«moi»（私）のこと。この行（具体が抽象を示す、あるいは、先述の例のように反転させて（plési lan mori）、品質が形容するものを示す。）ないは、クレオール語を完全に習得していない者にとって、「抽象的」談話を難解なものにしている。たとえば政治集会で活動家たちが議論するのを聞くのは痛ましく、多くの場合は耐え難い。こうした場面で彼らは言語を概念的に用いようと試みるが、言語は**この点で彼らから逃れてしまっている**。

――**言語の特殊な組成《エコノミー》**。とくに、反復や同語反復の概念を誰もが犯すかもしれない欠陥と見なすことは、クレオール語の原則には馴染まない。しかも、かばん語を構成する技法は一般化しているゆえ、現代フランス詩人にとって重要な啓示的閃光（アンドレ・ブルトンの「猫の頭をした露」〔アンドレ・ブルトンの詩「神々から見ると」の一節から。一九二三年に二百四十部限定の豪華本として出版された詩集『地の光』に収録。『シュルレアリスム宣言』にシュルレアリスムの手法の事例のひとつとして引用されたことから有名になった詩句の一部〕）は結局ここでは共通の技法であり、これは普通に指し示すだけであり、霊感によって明かすのではない。クレオール語の比喩表現は、そうした技法（一般に現実では隔たった二つの要素を目新しく接近させる技法）がここで**啓示的**であるためには普通過ぎるのである。

――**迂回を行なうこと**。クレオール語の談話からこれを把握することはとりわけ難しい。というのも、この談話が、果たして表向きの意味内容《シニフィエ》を伝える一方で別の意味内容《シニフィエ》を隠すために展開されているのかどうかは決してわからないからである。少なくとも、話者が話の関係において非難されたり脅かされると感じるような、特定の状況ではそうである。言い換えれば、それがメッセージとしての談話であるのか、実際はそれと同時に遮蔽幕としての談話であるのかは知りえない。

覚書
マルチニックにおける悪口の特殊な言葉遣いについて

この言葉遣いの分析はクレオール語の「偏狭さ」という結論を抱かせることになりかねない。日常の悪口の場は、これを浴びせる相手の母親に対する、性器を参照した攻撃に満ちている。さらにここに、社会的・人種的ヒエラルキー化に基づいた、機械的けなし文句が具体的に付け加わる。この枠組み以外では悪口はあまり多様ではない。とくに、相手の能力をけなす悪口はまずほとんどない。技術的次元の中傷的評価と結びついた侮辱の類は、マルチニックにおける悪口の言葉遣いにはほとんど存在しない。

このように、性的機能（性的関係と、近親相姦の絶えざる喚起と共に）と自己の人種的否認に集中する悪口の言葉遣いは、ほかの何にもまして、マルチニック人に固有の、現実との解放的関係の幅の狭さを明らかにしている。

目印

多言語主義——現代性

ひとつの国民はもはや自分の言語と一体ではない。帝国主義的「単一言語主義」の終わり。

多言語主義は〈関係〉の基軸のひとつであり、それによって一般化する普遍に対抗する。多言語主義は、〈歴史〉がこの超越的一般化を強いてきた場所では、今日、実践不能である（ダイグロシアの抗争へ変質する）。

多言語主義はカリブ海の所与のひとつである。文化的混血の基軸のひとつだ。多言語主義は、各地の民の諸歴史が表現の場を開いてきた〈関係〉のなかで、認められ与えられる。

止揚の仮説としての多言語主義への呼びかけは、存在するダイグロシアの強制を偽装するような「前向きの逃走」と自分を取り違えるわけにはいくまい。そうした多言語的展望は強いられたり遠隔操作されたりするわけにはいかず、たとえばマルチニックの「社会本能」の自由な作用から生じるべきであろう。

多言語主義は具体的多様性のなかで書かれたテクストを「分散させる」のであり、具体的多様性への未知なるアクセスは今から探検しなければならない。

この実践は、還元し統一するエスペラント語の反動的性格を明らかにする。曰く、バベルの塔を完成させるのは可能だ。エスペラント語は〈歴史〉の究極的変身でしかない。関係としての諸言語は現代性の予見できない詩学を編む。

ライプニッツの普遍言語ではなく、バハーイー教徒〔十九世紀中盤にイランで発祥した一神教〕が提案する国際補助語でもない。透明性に対して至るところで戦わなければならない。

70 国民の言語活動《ランガージュ》

国民の言語活動とは、国民が**生産を行なう**場であるところの言語活動である。

国民が生産しないように強いられる場合、その言語活動は疎外される。それゆえ、それは苦しき渇望となり、知られない探究となる。

国民が抑圧的な形態のなかで生産を行なう場合、その言語活動は権利要求、解放の動因、文化的萌芽のうちに潜む要求となる。

国民が解放的な形態のなかで生産を行なう場合、その言語活動は、それが強制された言語から構成されるとしても、たしかに国民の等価物となる。

これらの〈関係〉の公理は、現実に適用する場合には果てしなく多様であるだろう。〈関係〉の公理は、古代文明を有しようが有しまいが、世界という舞台で新たに知られるようになった民にかかわる。言語活動と生産の関係の様態を決定するのは、これらの民の置かれた状況であり、その状況をめぐる意識である。ヨーロッパ諸言語は、キリスト教暦十九世紀に〈関係〉の諸テーマをみずから展開し始めたときにはすでに構築されていたゆえ、これらの公理全体から逃れてきた。アフリカ諸言語、すべての口承性の言語、そして多彩な中間言語は、前に定義した公理の制約を被ってきた。

フランス語圏アンティル諸島に特徴的であるのは、公用語が**消費**言語だということだ。そこから生じる状況とは、話者が二つの不可能を強いられ、そのあいだを無理やり移動させられるということである。その不可能とは、ひとつはいかなる生産にも創造にも資することのない言語（クレオール語）の「宙吊り的」性質であり、もうひとつは消費にしか資することのない言語（フランス語）の「責任を免れた」性質である。

マルチニック人が受動的に享受する社会的優遇措置をめぐるいかなる考察も、政治的・経済的・言語的なこの状況を、植民地化を被った人間の条件に結びつけることを妨げはしない。

71　そしてたしかに

そしてたしかに、やはり私たちは自分たちで歴史が作れないことに悩んでおり、言語についてもそうなのかもしれない。言語を使用し、問題なくその言語と交流しているにもかかわらず、その欠如に苦しんでいるかもしれないのだ。それがあらゆる中間言語の状況であるように思われる。フランス本土の地方のさまざまな俚言《パトワ》がフランス語の形成に先行したのか、それに付随して生じたのか、あるいはフランス語の形成後に生じたのかはわからない。そうしたことから生じるバイリンガリズムは混乱を引き起こさないように思える。バイリンガリズムは、フランス語がブルトン語、オック語、コルシカ語といった他の言語に直面する場合に問われる。クレオール語の場合も同じだ。だから人はクレオール語がパトワである（パトワに過ぎない）ことを証明しようと躍起になってきたのだ。

中間言語は、**急を要するもの**である点でパトワとは根本的差異を呈する。中間言語が、ある一定の状況下で日常的に実用不可能な二つの言語の**代わりをするため**にあることは明白である。中間言語がその特殊性をめぐって躊躇う場合（中間言語が自分を取り巻く状況を打破できない場合）、中間言語はこれを使用する人のうちで形骸化し、たしかにパトワに似通うことになる。

パトワは、中間言語の使用と競合する状況でパトワを日常的に使用する人には、なんら問題とならない。しかし、「パトワ化する」中間言語は、暗黙のうちにその話者たちの危険な状況（知覚しがたい脅威）を表出するのだ。[38]

言語の錯乱

目印

錯乱の諸形態

いわゆる病理学上の錯乱は、一般に、どんな領域であっても、以下のように定義されうる。

——状況によって意味される（客体化される）
——その緊張において孤立的
——返答を作り上げる
——行為を実現する
——あらゆる可能な談話に取って代わる

慣習的錯乱は、マルチニックの領域では、以下のように提示される。

——状況を意味する（領域を主観化する）
——その欲動において集団的
——問いの集合を作り上げる
——あらゆる行為に取って代わる
——談話をコード化する

したがってこの二つの錯乱形態に特有の内的矛盾がある。一方は、客体化されたものが行為をなすという矛盾、もう一方は、主観化するものが行為を遅延させるという矛盾だ。最初の事例では、能動的受動という組み合わせに、次の事例では、受動的能動という組み合わせに直面するのである。

能動的受動（精神病的反応の場合）は状況を遠ざけるという選択を通してでしか当の状況に適切にかかわれない。受動的能動（慣習的錯乱の場合）は病的欲動の（解除できない）様式に従うことでしか状況に適切にかかわれない。

72 （交差）

すべての植民地社会はこの特殊な表現形態を経験している。ある人が自分の状況や自分の隣人の状況について「錯乱する」場合だ。そうした人は、時折（感染のように）、目をくらませる火花でもって、論理を超えたところで交流を始める。

交差路でこうして私たちの根こぎの悲劇を紡ぎ出すこれらの彷徨者たちを数え上げればきりがない。彼らの腕は宙を刈り、彼らの叫びは時間の熱気のなかに植わる。彼らは自分たちの速度に酩酊する。

私たちは彼らを知らないふりをする。私たちは自分たちが彼らと同じ言語活動を通して、つまり真の生産が不可能だという同じ疼きを通して話しているのを知らないからだ。

と同様に、どれだけの数の「エリート」の懇親会が、ここでは、もう誰も聴かず、みんなが叫ぶばかりの例の議論の紛々になった破片のなかで幕を閉じることになったか。みんなの叫びは、自分たちが、そのエリートがそうだと思うところのものではないことの不安であり、と同時にそのことを発見することの拒絶であり、と同時にそのような発見を企てるのを止められない無力さである。

極端かつ明確な支配の外的諸形態をもはや呈しない植民地社会の劇的な曖昧さのなかでは、言語錯乱は誰かの「病」ではない。それは全員を誘惑するものなのだ。

73 「慣習的」言語錯乱について

一 理論的錯綜

私たちは、逸脱のさまざまな表れを、言語錯乱[39]に属するものと見なす。このことから、後ほど定義する規範を基準とするこの逸脱の表れは、言語活動《ランガージュ》（書かれたものや話されたもの）の実践にかぎられることになる。これらの表れが状況を意味する、という結論は、要するに次のことを示している。すなわち、第一に、規範《ノルム》と比べた場合に――規範の基準についても後ほど検討する――この状況自体が全般的に「逸脱」しているかもしれない、ということ。第二に、状況のこの全般的「逸脱」の可能性と、ここで論じる言語錯乱の個別的逸脱とのあいだには、それ自体に意味のある類似関係があるかもしれない、ということ。第三に、ここでの論証は必ずしも統計の累積によってではなく、多くの場合、比較測定を通じてなされる、ということである。

(a)全般的「逸脱」という概念は、ある社会にとって、どんな意味をもちうるのだろうか。したがって「規範」概念は特定の時期を迎えたその社会から見て、どんな意味をもちうるのだろうか。この全面的「規範」が**最大多数の慣行《ユザンス》による法**に基づいて明確になると認めるとすれば、ひとつの社会にとっての異常性は存在し得ず、異常とは**最大多数の慣行による法**に従わない個人ないし集団の振る舞いだけを形容する語であると同時に認めることとなる。（異常は逸脱、逸脱は異常である。もしそうでないなら、社会をつねに**変える**ことができる個人や集団は、自分だけのうちに、自分だけの手によって所与の社会に対して全般的「規範」を規定すると言い張れるはずだ。）

(b)したがっていかなる言語錯乱も、厳密な意味では状況（すなわち状況の全般的「逸脱」）を意味するものとは見なし得ず、ただ、それ自体のうちに「規範性」を含むようなこの所与の状況との関係で、個別の逸脱を意味するものとだけ見なすことができる（あらゆる状況は、それがいかなるものだろうと、それ自体としては「正常」である）。

(c)というのはこう問いたいからだ。「異常」である疑いがかけられるのが当の状況それ自体だとすれば、その状況から出発して、言語上のある振る舞いを「錯乱的」だと判断する役割を果たしてきたような「規範」を、いかにして解明することができるのだろうか、と。言い換えれば、いかにしてある状況が基準（「錯乱」の異常を明らかにすることを可能にするような基準）であると同時に基準に照らし合わされるもの（状況はこの錯乱のなかで異常な意味を帯びることになる）でありうるのだろうか。

以上が、慣習的言語錯乱の表れを、全体のなかで捉えられた一個の状況を意味するものとして研究しようとする場合にぶつかる、主要な――ほかにも数多くある――錯綜である。

二　マルチニックの現実へのアプローチ

マルチニックの状況をめぐって私が今後も提起し続ける仮説によれば、私たちは、以下の様相を呈するほどにあまりに疎外された社会に向き合っている。(a)私たちは近現代史の唯一にして究極の（成功した？）植民地支配に直面しているのかもしれない。(b)その脅威は、独自な複合体としてのマルチニック共同体の完全消滅をもって明らかになる――これに代わるのは、支配された諸個人の寄せ集めに過ぎず、彼らは、この他者への依存関係だけを維持して、世界への関係にふさわしい様式も、ましてやこの関係をめぐるなんらかの考察も共有しないだろう。
　ここで主張する所説では、この疎外は動機付けの水準（〈他者〉へ同化するという雑多なイデオロギー）では直接的に、本能的振る舞いの水準では（ありのままの自分とその自己像とのあいだでの、一度として解消されたことのない、さまざまな矛盾の解決の企てによって）トラウマ的に「生きら」れる。また、分泌されるイデオロギーと本能的反応とのあいだの対立は政治的行動や政治的明晰さにおいては止揚されずにきた。「慣習的」[40]言語錯乱は、これらの矛盾を解消するための「異常な」企てのひとつ――すなわちここでは一時的であり、明晰でなく、散漫な企て――である。最後に、関係様式としての話し言葉の重要性（たとえば視覚芸術や家事技術と比べた場合）はここで錯乱の言語的形態に何よりもまず取り組むことを正当化する。[41]

三　理論的錯綜へのアプローチの試み

　この試みは社会学の初歩の暗唱を通じてなされる。とくに、手引書で調べられるような、社会化、規範、齟齬、逸脱といった概念を通して。こうして、以下の概念の存在が認められる。
(a)模範《モデル》（それに同化すること、それを「個人生活の規則」にすることが個人にとって重要となる。）
(b)規範《ノルム》（社会学者にとっていかなる「絶対的価値」ももたない。つまり良い規範も悪い規範も存在しない。）
(c)「模範の説得力の要因」。制裁、社会化。
(d)諸模範内での突然の変化。
　このささやかな定式はギー・ロベールの著作『一般社会学入門』[42]から借用している。同著作から、以下の二つの説を抜粋しよう。

　　いかなる共同体であっても、成員一人ひとりは他者が行使する強制の客体であると同時に、他者に対して行なわれる強制の行為主体でもあり、みずからに強いる強制の主体でもある。

社会的＝文化的諸要素が人格に組み込まれるおかげで、社会の行為者一人ひとりは、少なくとも意識のうえでは、社会的統制の重み、社会環境の命令と要求の重みを、結局、あまり感じないのである。一人ひとりは、その都度、外的権力の圧力に従っているという意識をもたない。

一般社会学のこれらの原則はマルチニックの現実にはそのままのかたちでは適用できないのではないかと考えられる。マルチニック社会の全面的疎外は一種の付加的な現象を引き起こしており、その現象へのアプローチは以下を明らかにすることができるかもしれない。

(a)ここには**超－規範**（もうひとつの社会〔フランス〕が傑出していると信じること）がある。この超－規範を通して、あらゆる社会的規範がここでは**明示的**に規範として示される。

(b)個人は通常制裁を通して模範を統合し、「それに同化する」――能動的――が、ここでは制裁は超－制裁（他者に同化されて――受動的になって――いないのではないかという恐れ）に支配されている。この結果、あらゆる制裁はここでは「規範に応じて」個人を**模範に従って形成**しようとするのであって、個人が模範を内面化することを認めようとしない。「制裁」の前例のない特殊な形態とは、一方で超－模範の同意された強要と、他方で超－模範に同化されることとの歴史的＝社会的不可能とのあいだを生きる矛盾から生じる不均衡となる。

(c)それゆえ次のことを知るべく問いが提出される。社会的強制の客体であり行為主体であるマルチニック人は、「みずからに強いる強制の主体」でもあるのか、というものである。答はその通り、**しかし心的外傷《トラウマ》的な仕方で**その通りなのだ。

(d)この種の全面的逸脱の結果（全面的逸脱をその逸脱を軸にして仔細に研究することができるだろう。模範、制裁、規範は、自律的文化に組み込まれている、ある人格の形成には貢献せず、紛い物のイデオロギーに従って明示的に強要されている）、逸脱の個別的形態（たとえば物乞いや娼婦）はほとんど深い意味をもたなくなる。個別的形態が存在しないというわけでなく、それらが逸脱の明示的・形式的表れとしてはほとんど生きられていない、ということだ。社会的総体が規範に結びついている（規範を信頼している）度合があまりにも小さいために、規範からありうる逸脱を、逸脱が**実際にある**場合でさえも、緻密に「構想する」ことができないようにどうやら見えるのだ。

こうして、マルチニックの体験には二つの領域があると思える。少なくともこれが私の主張である。

――**顕在的**領域。この領域においては、同化されてはいないにもかかわらず同化を促すような多数の規範が、イデオロギーの乱雑な集合には寄与しているが、生活の個人的規則を個人に提示することはできない。たとえば、個人の環境への適応は偽物であり、彼は戯画などでないような〈私たち〉の理解や構想には決して到達しない。

――**潜在的**領域（無意識の領域？）。ここでは社会的総体の非‐解決が不均衡として活発化し、激化する。慣習的言語錯乱はそのような事態の何よりも「普通の」形態のひとつをなしているが、それは代償的現象なのだ。

四　社会にとって異常とはなんなのだろうか？

現在の仮説では、この社会は、みずからの社会的・歴史的現実に一致しない、輸入された模範と規範を受動的に受け入れて、あまりに遠くまで行ってしまった（導かれてしまった）ことで、二重の不可能に突き当たっていると考えられる。すなわちこれらの規範と模範を個人の水準で取り込むことの不可能、これら強いられた模範への問い直しを集団的に展開することの不可能である。それゆえ必ずしも病理学的な症状を経由しなくても異常を示す、集団的不均衡があるだろう。[43]

別の言い方をしよう。個人を「統合した」（ただ個人には内面化されていない）社会的＝文化的諸要素が**環境**

の要素ではない場合[44]、文化的混成は不均衡に帰着する。次のように要約してみよう。私たちがフランス語をみずから選択するマルチニック人というものを考えうるとしても、マルチニック人共同体は心的変調を代価とするかぎりでフランス人として認められうるのであり、その心的変調のもたらす慣習的言語錯乱は、たとえば「代償的現象」の表出として捉えることができる、と。

したがって、ある社会がその社会自体との関係で（つまり**社会環境の諸要素**の機能との関係で）「逸脱する」ことがありうる、と言うときに私が打ち立てたいのは、「合目的」規範ではない。これから語るのは、むしろ**実現不能な潜在性**についてであり、この潜在性のメカニズムに取り組むことを今から試みたい。

五　実現不能な潜在性

いかなる冒険も辞さない精神は、そうした潜在性という概念を、社会の分析に対して、しかも一貫した言説内で、あえて適用しようとする努力を払わなければならない。そうは言っても、生産諸関係における、人間の行為のもっとも凝縮したところにこそ、この実現不能な潜在性は実る。

ある社会内で、生産と交換の関係（階級諸関係を「決定する」もの）が外的要因に**支配されている**場合、そのせいで今度は階級諸関係が曖昧になって**社会的紐帯として**紛い物になる。すなわち、この所与の社会はそれ自体のうちに社会進展の「動機」を見いだせなくなる。私が語りたいのは、生産諸関係と階級諸関係とのねじれが政治実践によっては解明されていない（この実践は現在までマルチニックの文脈では検討されたことなどないし、したがって有効ではなかった、という説に立っている）、そうした社会についてである。それゆえ、この未解明の階級諸関係はトラウマ的な様式に従って生きられている――**潜伏**の領域において。

慣習的言語錯乱は、階級諸関係の危機的非‐解決の兆候のひとつのように私たちには思える。これはしたがって非‐歴史の明らかな兆候なのだ。しかし、この非‐歴史（**社会的諸形態**と**社会的動態**の不適合）は私たちの歴史（**動力**《ディナミック》をもたず、**動態**《ディナミック》をなさない過程が強要した、私たちの現実）であるのだから、慣習的言語錯乱は、個体性の包括的諸形態によっては決定されない諸個人の有意な行為のようにも見えるし、この非‐決定に苦しんでいるようにも見える。それゆえこう言えるだろう。プチ・ブルジョワのマルチニック人は実際にはプチ・ブルジョワでもなく（みずから決定した目的をもたない）、マルチニック人でもないのだ（みずから決定を下せない）、と。慣習化したこの言語錯乱の諸形態および諸図式を解明することは、階級諸関係のわかりにくさを明瞭にする、すなわち、非‐歴史から歴史への移行を急きたてることに貢献するだろう――周知のように、この移行は理論的考察からは生じず、政治的実践からおのずと開かれるだろう。ここで主張する所説とは、今度は階級諸関係の非‐自律によって曖昧となった（そのため階級諸関係を「解決する」ことができない）政治的実践が、この理論的作業から新たな解明を受けとるだろう、というものだ。ただし、その理論的解明を、これにかかわる民衆層が責任をもって引き受けることが条件である。

　実現不能な潜在性とは、実際のところまさしく、支配的外部に生産回路を全的に依存している、という問題に対するこの非‐解決である。あらゆる生産システム内で、回路の自律性はつねに獲得すべき課題であるからこそ、これは潜在性なのだ。ここではそうした自律が、少なくとも（獲得すべき）潜在性は存在するのだ、という断定を可能とするようなあの弁証法的端緒すらも一度として経験したことがないがゆえに、実現不能な潜在性なのである。私は他方で、マルチニックの「社会階級」の「いかがわしい」性質（社会階級が生産においてある機能をもつ、あるいはもつべきだというかぎりで）がこの全面的依存から派生していることを示そうと企てた。したがって、実現不能な潜在性という概念は、なんらかの歴史的合目的性を、すなわち、（理想的発展に活力を与える）ひとつの理想の歴史――これに対して**逸脱する諸歴史**は措定されるわけだが――を含意しているわけではない。マルチニックの歴史がひとつの非‐歴史であると私が言うのは、マルチニック史が、目指すべき理想を示すような一般的理論図式から逸脱しているからではなく、状況の具体的情勢のなかに疎外を超克する諸条件を見いだせない、そうした全面的疎外の文脈のなかに書き込まれているからである。この非－超克のなかにこそ、慣習的言語錯乱の意味生成を探しださなければならない。以上のことから、慣習的言語錯乱は二つの主要形態を取るということになる。

六　徴候的残滓としての慣習的言語錯乱

言語錯乱は、人を強迫的に追い込みつつ安心感を与えるやり方で、また、一連の限定付き肯定を通して、イデオロギーによる全般的疎外を確認しようとする脱－固有化《デ－プロプリアシオン》の機能をもつだろう。他方で、生きられた諸矛盾（実現不能な潜在性の不明瞭な意味）を未解決のままに外在化することが共同体にとっての問題である場合、再－領有化の機能をもつだろう。たとえば、第一の形態では、自分がフランス人であることを暴力的かつ悲痛に肯定するだろう。第二の形態では、このように生きられた諸矛盾に対して今度は返答をなそうとするような「矛盾した」言語活動が展開するだろう。第一の形態はとりわけエリート的、第二の形態は民衆的だと言うことができるように思える。

言語錯乱を分析することが状況の異常を考えることへ導き、反対に、やはりその状況が、この心的変調を把握する手がかりである「規範」を明らかにするのだとしたら、私たちが示してきた通り、個別の心的不調および状況の異常は、生産諸関係と階級諸関係とのあいだのねじれの産物である、この実現不能な潜在性に属している（そこから派生している）からである。

その一方で、逸脱の諸形態が伝統的にはそれそのものとして実感されない社会（その理由はすでに見たとおりだ）では、言語錯乱は、多くの場合、社会機能に対する障害とは見なされない。言語錯乱は**慣習化している**。

このことは、この慣習的言語錯乱と病理学上の錯乱とのあいだの関係をめぐって、以下の問いを導くことになる。こうした社会内である個人が「錯乱」しないのはどうしてなのか（換言すれば、どういう理由である個人は別の個人よりも圧力から逃れるのか）。この錯乱の全面的な作用のなかで個人の資質はどのような役割を担うのか。慣習的言語錯乱と病的錯乱には境界があるのか（換言すれば、ある錯乱が病よりも習慣の次元に属すると言えるのはどの境界からなのか）。異常を示すこれらの多様な形態間の結びつきを分析することはできるのか……。これらの問いにどんな答を与えるにせよ（慣習的錯乱の内在的性質を否認するのか、この二つの錯乱形態を状況の産物とするのか、あるいはまた、あらゆる錯乱の異常性や病理学的現実さえも否認するのか……）、また、そうした答は本発表の主題ではないが、次のような差異を仮定として打ち立てることができるように思える。ありのままの慣習的言語錯乱は、**第一段階**では、政治的実践のなかにその解決策を見いだすことができる（これと同じ理由で、政治的実践はここでは多くの場合、言語錯乱の表れへと変質する）――言い換えれば、非－歴史から歴史への（政治的行為による）移行は、慣習的錯乱をめぐる矛盾に対するこの取るに足らない応答を無意味にするだろう。この解決策は病的錯乱には当てはまらない。結局は孤立した存在が問題である病的錯乱とは対照的に、慣習的錯乱はしばしば関与的である。それは「自律した」社会的結びつきをさまざまに築けない社会における、ひとつの「行き当たりばったりの」社会的結びつきである。これらの自律的結びつきを政治的に獲得することは、慣習的言語錯乱の疎外された「結びつき」のトラウマ的な表れを無効にするだろう。[45]

七　分析

私たちの仮説が適切であるなら、さらに以下のことが仮定される。慣習的言語錯乱のさまざまな形態のあいだに介在する差異がどうであれ、別の視点からすれば、慣習的言語錯乱の諸形態は、マルチニック社会を疎外している諸々の錯綜に対応し、相互に連動する緊密な網状組織をそれらの形態のあいだに維持していると目される。したがって、慣習的錯乱の連動的形態の「一覧表」を作成することができるだろう。

私は、錯乱する言語システムのある種の一覧表を作成することがそれなりに当然だ、という確信から、この錯乱の繰り返される諸様態を予断をもたずに列挙した後、次の段階として、その形態の違いとその機能に応じて体系化することを試みた。

これらの諸様態のうちのいくつかを、順序も序列も関係なく、ここに提示することにしよう。[46]

――**累積的手法**。これは反復のシステムである。その役割は話の進展によって相手を説得させることにあるのでなく、ほとんど魔術的な次元に属するリズムおよび疼きを生みだすことで、相手を興奮させたりたじろがせたりすることにある。この手法はときに半諧音《アッナンス》〔同一母音の反復〕に立脚する。累積の効力をエリートが信じる場合、その信仰は自分がフランス修辞学の手法に訴えているという幻想としばしば結びつく。この手法がほぼ永遠に続くために、いちいち事例を選択することは難しくなる。以下はその一例である。「人種主義は、諸個人に従って、また諸個人の身体的、教育的、道徳的、精神的、技術的、科学的な進展に従って変化する。これは、自分を困惑させ、驚かせ、強い印象を与える新事実を前にした人間の不信であり、不快であり、疑念であり、不満であり、不安なのだ」(『アンティル主義』一五頁)。後ほど確認するように、エリートの言葉遣いにおける同語反復という累積は、民衆が用いる場合には創造的になる。

――**定型表現**。これにもまた二重の基準がある。民衆の言葉遣いにおいては象徴的かつ強烈だが、エリートにおいては博識らしく見えるまやかしとなる。最初の場合、定型表現は、民衆的想像力の過程を、郷土の言語表現に養われるすべてのレトリックのうちに見いだせるそれぞれの手法に従い、要約する。第二の場合、定型表現は、この表現を用いる者が自分を知恵と教養の担い手であると思い込んでいるという、「普遍的」定型の(「習得」)内容を繰り返す。そのため定型は何も言わないための技芸となる。以下は二つを掛け合わせた定型の例、人種差別の「定義」のなかに「ヒューマニスト」というもうひとつの定型が滑り込んだ例である。「人種主義――世界中でよりよく共有されているもの――は、人間同士の際立った差異を理由に顕在化している、多かれ少なかれ暴力的かつ意識的な欲動から生じている」（同書一五頁）。以下がきわめつけの例であり、この例では定型への情熱が異様なところへ達している。「要するに、アンティル人は明日の人間を先取りしている。「お互い愛し合おう」、「お互いキスしよう」はアンティル人の精神的かつ肉体的な表現である」（同書一九一頁）。結局、同書の一章はこのように終わる。「B＋N＋J＝A」。この数式的な標語の転写のうちに読みとるべきは、アンティル人（A）は白人（B）、黒人（N）、黄色人（J）を合成した超越的な人間である、ということだ。

――**自明性**。自明性は、定型的空虚の究極の形態である。それは、ある種、定型的空虚のイデオロギー的側面だ。自明性は「良識」の名のもとに確かさを語るのであり、それゆえ、疎外の媒体を解明しなければならない場合には、観察対象として貴重となる。以下は、「歴史的」次元に属する、自明性のひと連なりである。

> フランスは有色の人々を知っており、彼らと交流をしてきたのであり、過去においては統治し、支配し、搾取してきたが、現在では擁護している。経済的、社会的、知的、生物学的、人間的、精神的、イデオロギー的面で、フランスは有色人の未来における解放を手伝い、今後も手伝うだろう。驚くべきことは何もない。フランスは共和国の制度をもっとも古くから経験してきているからだ。独裁を経てきたにもかかわらず、諸王と諸君主の国はもっとも古い共和国のひとつである。一連の国家（独裁体制を近年脱した王権や共和国）がこれを取り巻いている。ロシアは十月革命五十二周年を祝ったばかりである。ドイツとイタリアは相変わらずファシズムを特徴としている。独裁はスペインを支配している。イギリス、ベルギー、ルクセンブルグは多かれ少なかれ強力な王権をなしている。フランスは、アンティル人の目には偉大な共和国のように見え、自分たちにその多様性、その生成、その意味するものを理解させようと努める唯一の国民として現れるのだ。[47]

——**連想的陳述**《コンセキュシオン・デクスポゼ》。しかし、慣習的言語錯乱のもっとも徴候的「振る舞い」とは、私が**連想的陳述**《コンセキュシオン・デクスポゼ》と呼ぶものなのかもしれない。錯乱の特徴が民衆的であろうとエリート的であろうと、この振る舞いの分析が示すのは、談話《ディスクール》が**継続**せず、談話それ自体から増殖することである。つまり、ある観念、ある語、ある半諧音でもいいが、そうしたものが談話を再び活性化する、また別の観念や別の語の出現を引き起こす。談話は**絶縁的連結**によって前進する。絶縁的連結による中継は饒舌の類ではなく、これを特徴づけるのは熟慮の欠如ということだ。レトリックの手法ではなく、疎外の様式だということである。この現象の分析には後ほど立ち戻ることにして、この現象についてやはり次のことを自問する必要がある。すなわち、表面的には首尾一貫性を欠いているように見えるこの現象は、下部論理《アンフラ・ロジック》の諸形態に応じているのか、それとも**別の論理**（だとすればどのような論理か？）に応じているのかどうか。

ここでエレーヌ氏の発言の**ひとつだけ**を余談ながら譬えに取りあげよう。これはグアドループで行なわれたある国際会談の折〔一九七九年一月五日から七日にかけてグアドループのサン゠フランソワ市で行なわれた西側諸国の首脳会議のこと。ジェームズ・キャラハン（イギリス首相）、ヴァレリー・ジスカール・デスタン（フランス大統領）、ヘルムート・シュミット（西ドイツ連邦首相）、ジミー・カーター（アメリカ合衆国大統領）が参加した。したがって、ここでの引用記事はこの首脳会議が終わった後に発表されている。なおサン゠フランソワ市は観光業で有名である〕に——一九七九年一月八日——『ル・モンド』紙に自費広告というかたちで掲載された。

ようこそ偉大な国家元首の皆様！

グアドループの一万六千人のゴジエ市〔ゴジエ市は、グアドループの中心都市ポワン゠タ゠ピトルの隣に位置する町。リゾート施設を充実させた地区や、ヨットを迎え入れる港に商業施設を併設したマリーナがある。マリーナはポワン゠タ゠ピトル市とゴジエ市の中間に位置する〕は、「アンティルの観光業発祥の地」として、巨大ホテル、バンガロー、貸部屋、貸アパルトマンなどを有しております。同市はクレオール料理、フランス料理、中国料理、インド料理のレストランはもちろんナイトクラブもご用意しております。歴史と文化の面では、古い要塞と砦、スポーツ施設、乗馬センターなどがございます。やがて同市は競輪場をもち、職人の手による住宅地も建設予定です。しかしなんと言いましてもゴジエ市にはマリーナが、「ラム酒の道」〔「ラム酒の道」は大西洋横断レースの名称。競技者はひとりで舟を操縦し、フランス・ブルターニュ地方の港町サン＝マロから出発してマリーナを目指す。四年おきに十一月に開催され、第一回目は一九七八年に行なわれ、現在まで続いている〕の競技者たちを迎え入れたばかりの「ゴジエ・マリーナ」がございます。

ゴジエ市とその市長は、近々のご滞在を通して、グアドループをご表敬くださる偉大な国家元首の皆様に敬意を表させていただきます。こうして、私どもの県はカリブ海および世界の平和の象徴となるのです！「アンティル主義」のなかに示されております平和の必然的展望は確実になるのです。私どもの市を構成するすべての民族集団によって行なわれる参加的観光業は、経済の面で、とりわけさまざまな人間的関係の面で成功を収めるでしょう。

ヨーロッパ人、アメリカ人、アジア人、アフリカ人が私たちの国、すなわち「彼らの国」に来て、ニグロ、白人、黄色人、レバノン人、ユダヤ人、アラブ人がいかに同胞愛と連帯の精神をもって暮らしているのかをご覧くださいますように。というのも、私たちは明日の世界を先取りする多人種的な共同体を形成しているのです！　観光業がこの国のなかで発見され、またそれ以上に人間が発見されますように！

ディジュ大臣〔フランスの政治家ポール・ディジュ。当時、閣外大臣として海外県・海外領土を担当〕がお認めくださり、ソワソン大臣〔フランスの政治家ジャン＝ピエール・ソワソン。当時、青少年スポーツ大臣を担当〕がお褒めくださるアンティル人〔＝男性〕として、私たちの方へやがておいでになる、記者たち、協力者たち、女性たち子供たちに対して熱烈で友情のこもった歓迎をお約束するために、「知識」を用いてすべてを行なうつもりです。

私たちは「グラングージェたち」〔ラブレー『ガルガンチュアとパンタグリュエル』の第一の書に登場する巨人王の名前で、ガルガンチュアの父。Grandgousierと綴るが、これはフランス語でGrand gosierと書き「大きな咽」つまり「大食漢」を意味する。ゴジエ市が当然ながら連想される〕に呼びかけます、彼らの歌が世界中の人民間の平和の、同胞愛の、連帯の歌になりますように！　私たちのレバノン人が、力と富をもつ国々の代表者であるこの偉大な人々全員に、中東の平和のための協力を請いますように！〔おそらくここではとくにイラン革命（一九七九年二月）に至る中東の政情不安が念頭に置かれている〕神が彼らに霊感を与えますように！　男性、女性、子供がこの困難かつ雄大な任務を遂行するよう彼らを勇気づけますように！
類まれな指導力をもって、フランスの国務の采配をふるう、私たちの大統領**ジスカール**の善意に**敬意を表しましょう！**

人間と〈文化〉の面に関してフランスがかかわれなければ、偉大なことは何もなされないでしょう。
〈歴史〉の運命もしくは素晴らしい偶然が私たちをフランス人、アメリカ人、ヨーロッパ人、ニグロ、インド人、アラブ人、キリスト教徒、ヒンドゥー教徒、イスラム教徒、要するに**アンティル人**という、多面的人間にしたのです。
〈世界平和〉のために、私たちの人間としての力量が、何も拒まない私たち生来の感覚、さまざまな人間的関係についての私たちの知性を通じて明らかになりますように！

レオポール・エレーヌ博士
ゴジエ市市長、同市選出県会議員、
グアドループ選出元国民議会議員

これらの「技術的な特徴」は「イデオロギー的」織物の網の目のなかに織り込まれている。私は、以下に示す通り、「イデオロギー的」織物のいくつかの側面を画定することができたと思う。

——**他者に対する心象《ヴィジョン》。**他者は超越的存在であり、自己を表現する者にそうしたものとして同意されている。

フランスの文明化の使命から解放者シェルシェールへの熱狂まで、「シャトーブリアン、ユゴー、ラマルティーヌ、ヴィニー、ヴァレリーの祖国」（同書九頁）から「効果的で、収益率が高く、生産的で、競争力のある、さまざまな技術の獲得へ向けた偉大な行進」（同書一一六頁）まで、すべての月並みな表現はそうして蓄積される。

――**自己心象**。このヴィジョンは他者について抱く見方に従属している。以下はその例であり、さまざまな意味を含んでいる。「ある思想家が、自分の知的教養がその根本においてヨーロッパ的であるにもかかわらず、自分の表皮を優先してネグリチュードを標榜するのは当然のことである。」「ニグロは自分が獣であると信じ込まされてきた。ヴィクトル・シェルシェールという、かの偉大な奴隷制廃止論者のおかげで、ニグロは平和的に自分を認めさせることができた。」「服をまとい、教養をもち、慣習をもち、文明化したヨーロッパ人の、本能的で、裸で、原始的で、にこやかで、自然にもっとも近いアフリカ人に対する不安。」これらの例はマルチニックの新聞・雑誌や文学に溢れている。この自己心象の紋切り型は自己軽視であり、多くの場合、過剰評価のもとに隠されている。（ここで検討してきた書物『アンティル主義』の副題は「明日の世界を先取りするもの」だ。[48]）

――**自己心象に対する他者による心象**。この心象は悲痛な幻想に完全に向かう。「白人にとって、アンティル人とは他のニグロと同じくニグロであるか、あるいは他の人間と同じく人間である。」「この時代、白人は、黒人があっさりと形而上学および精神の諸問題を解決してしまったことに気づいていた。」この心象の第二段階は、無意識の基準、自分が「承認される」という無意識かつ劇的な欲望、この承認の確認という完璧な幻想を育む。

――**ヒューマニズム**。幻想が生み出すこの悲痛は、すっかり定型化したヒューマニズムのなかで安心感を得るのであり、そのなかで好まれる表現がもっとも曖昧な普遍主義である。マルチニックでみずからを表現するエリートを構成する者はすべて、話し言葉あるいは著述を通して、「人間」に達するために（あるいは「人間」の名のもとに)、自分はそれを行なうと断言することから始めるだろう。そうすることで「人間」と「普遍」を通じて、強迫的につきまとう現実の諸問題から逃れ、さらに**高みへ**逃れるという二重の恩恵を得るのだ。

——**歴史の観念**。これはここではイデオロギー的織物の結び目である。というのも、非‐歴史は歴史の拒否(「奴隷制という例の事柄に立ち返ってなんになるのか」)と同時に、安心感を与える擬似的歴史の探求(「私たちは人間として承認された」)を強いるからだ。歴史的記憶の不在は、エリートに属する擬似的歴史を民衆意識のうえに投影することを促す。

八　慣習的言語錯乱のさまざまな形態

これらの「技術的」あるいは「イデオロギー的」様態は、さらに詳しく見ると、四つの形態に分類されるように思われるが、私はこれらの形態を、図式的な仕方かもしれないが、それぞれ切り離して名付けてみた。つまりは、コミュニケーション型、演劇化型、代行《ルプレザンタション》(=再現)型、説得型の錯乱というもので、本調査を始めるにあたり、私はこの四つの形態を類型論的要素として提案する。

(a)**コミュニケーション型錯乱**。日常の諸関係の場面で、罵倒から始まり、したがって攻撃的様式に基づく、言語活動《ランガージュ》における革新的力の表れ。言語を通したこの攻撃の形態は、その他の民衆的環境のなかで観察されるものと同一視できるようには思えなかった(たとえば私は、イタリア映画によって有名になった罵倒の言葉を考えている)。私は、この言語的振る舞いを、以下の特徴によって、錯乱的であると定義できると思った。つまり、この振る舞いには自己欲求に結びついた真の自己恐怖症(自己を破壊しようとする抑えがたい傾向へ押しやられた苦悩の自己探求)が見いだされる、ということである。そこにはいくつかの特性がある。まず、自己心象はいかなる「ヒューマニズム」によっても曇らされることはないが、集合的記憶の不在に苦しんでいる。言語活動は定型表現として固定されず、一種の発明から生じる――しかもこの発明のメカニズムを研究することができるだろう。連想的陳述、蓄積、イメージに富んだ定義といったものが見いだせるが、それらはここではエリート的威圧としてでなく、はっきりした暴力として機能するという違いがある。自己恐怖症と自己欲求は、他者との関係（エリート的イデオロギーの投影によってのみ気づかれるそれ）には結びつかず、他人との関係に結びつく（隣人は対立のなかで特権化される。ファノンが注意を促した**理由なき暴力**とはこれである）。

(b) **演劇化型錯乱**。言語実践の「上演的」形態をこのように名付けてみた。この形態は、ある個人（場合によっては同質集団）にかかわるという特性をもちつつも、共通の欲動を示している。この個人は**舞台上の俳優**であり、観客である（この俳優の演技を解読しようと試みる）と同時に参加者でもある（この俳優のうちにみずからを実現させようと試みる）共同体全体にとって、そうである。ここで「統計的」増加（現象に意味があるとする根拠となるような、事例のパーセンテージ）を求める認識論的素朴さは、方法論の未熟を示している。統計的方法はここでは**見ないためのアリバイ**に一役買うかもしれない。なぜなら、散在する諸事例それぞれの単独性は、演劇性の機能に必然的に結びついているからである。

演劇化は言語的乱調の民衆的形態だが、多くの場合、エリート的言葉遣いを武器に用いる。ここでは、自明性は秘されている。蓄積、連想的陳述、定型表現といった振る舞いがまたもや見いだされる。自己心象は非常に構造化されており、個性の探求および強力な歴史意識と結びついているが、文化的疎外によって塞がれている。この乱調の究極的重要性およびその意味することについて後ほど立ち戻る（「事前調査」参照）。「ハム教理」の創始者エヴラール・シュフランについて見てみることになるが、マルチニックの活動家たちが、ある**上演されない**議論の場で、いくつかの点で、シュフランの疎外的で神秘的な言い方を超えて、彼と意見が一致すること（政治的および経済的な独立、文化多元主義の探求など）に気づいたかもしれないことを、述べる機会となるだろう。

言語的乱調のこれらの形態が、民衆的であったり、ダイナミックであったり、行動に移されたり、上演されたりするのとは反対に、エリート的形態の場合はどちらとも、誤った象徴作用をもつ表象、凝固、受動にかぎられる。

(c)**代行型錯乱**はパロディとしての文化の乱調の典型である。すでに述べたように、マルチニックの小中学校やリセの生徒たちが四十年前から伝えあう話は、エリートの構成員たちが押しつける、彼らがマスターしていると思っている「文化的内実」の典型的な変形にかかわっている。ある文学教師が、自分と敵対者とのあいだに割って入ろうとする「部下」に向ける、憤慨の言葉。「おい、ろくでなし！　そんなことより私にステッキを持ってこい、こいつを棒打ちの刑にしてやる！〔つまり、この文学教師の言動は白人農園主の振る舞いを模倣している〕」もちろんこれは一九三九年から一九四五年の時期の話であり、今では誰もこのようには自分を表現しないだろうし（パロディ文化は、あえて言うならば、もっと奥深くに浸透しており、風刺的な言葉遣いによってはもはや必ずしも表れない）、この台詞が粉飾されていることもありえるが、この話が、そのほかの何百もの話と一緒に絶え間なく引用されてきたというだけでここでは充分である。そうした話は、エリートのまったく変わらないさまざまな態度を結びつけ、それらが同じ特性であることを提示している。つまりは、自分が**所有している**と思っている文化に対する全的疎外、紋切り型、定型としてのヒューマニズムなどだ。この言語錯乱の形態は、植民地主義が作り出したエリートたちの天性にもっぱら関連している。それは、進化と称されるものの偽装のもとで搾取の永続を正当化するためなのだ。**代行型錯乱**はまさにそうしたものであり、その研究はただちにマルチニックの全面的疎外に対する評価に導くだろう。

(d)**説得型錯乱**とは、要するに、代行〔＝再現〕のイデオロギーとして提示される。この錯乱は政治的言明、新聞・雑誌などで華やぎ、**マルチニック人とはそう言われるところのものなのだ**とマルチニック人を説得することを目的としている。いつでも、断固とした主張に達する前に、不安を合理化することが重要なのだ。ステイタスの変化について蓄積されてきた文献はこの点で大変重要な研究分野である。

「正常」（「当局公認の」新聞の記事ほど正常なものはあるだろうか）はここでは欲動を変化させる。欲動は強迫観念として定着するまでもなく、自明性として**演じられ**る。つまり、もっとも多くの場合問いかけのかたちをとり、その問いかけはここではいつでも「良識」に導く。例を挙げよう。「奴隷貿易と奴隷制の問題を永久に提起することは、この奴隷制の状態のうちに留まりたいということではないのか。ヨーロッパ人は自分たちが農奴の子孫だと四六時中思い起こしているのか、こうしたことをすべて乗り越えるべきではないのか。」**自明な**良識はここでは、善良さと平静さをもって近づいているふりをしているものをまさしく消し去ることを狙った言葉を用いることで、言語錯乱の一形態を偽装している。それは、自分自身の歴史の確固たる拒否であり、**そう言われるような**ものでない自分を気づかされることのパニックである——たとえば、同じ言説のなかで、**私たちを解放したのは**シェルシェールだという錯乱的な賛辞がこれを強化する（このように奴隷制度の話題はタブーだが、シェルシェールの話題は偏愛される。）同様に、マルチニックの**すべての**市町村には「フランス全領土はもはや奴隷を有してはならない」という碑文（モルビアン県では考えられない）が見いだされる。しかし「この事柄に立ち返って」はならない！

「良識」および「自明性」に加えて、説得型錯乱のトリックのひとつは「事実の科学」なるものだろう。数字が人目を引くやり方でさかんに引用されるのだ。この説得型錯乱が代行型錯乱と同じ基盤をもつとすれば（他者に対する心象、自己心象、他者による自己心象に対する幻想）、説得型錯乱は演劇化型錯乱と未来への予想を共有している。しかし演劇化された未来は希望に富んでいるのに対して、説得を行なう未来は約束に富んでいる。次の定型に要約されるように、それは明日への変化である。「ここまではすべてはよりよい方向に向かわなかったが、私たちはいま始めているのだから、ご覧の通り、明日には変っているだろう。」

九　総合の企て

そのようなわけで、マルチニックの慣習的言語錯乱のこれらの形態のなかから、連動、矛盾、一致などからなる網状組織を検討することができる。

――社会学的意味での逸脱以上に、慣習的言語錯乱は、マルチニック社会のみずからの環境への非－適合について示唆に富んでいる。

――「技術的」手法はこの錯乱のなかでは、多種多様な内容と一般に同一視されることになる。

――いくつもの「結節形成」（出発）点がある。コミュニケーション型錯乱では、自己心象と他人の心象から言語的創造は生じ、演劇化型錯乱の場合には、過程を引き起こす定型表現に魅惑されることからそういったプロセスが生まれる、といったことだ。未解決の諸矛盾による封鎖（「到着」）点もある。代行型錯乱では、イデオロギーの明らかな内実と当の発話者の「状況」反射とのあいだの矛盾がある。演劇化型錯乱の場合には、断絶点は疎外から解放された自己心象と疎外をもたらす他者心象とのあいだの矛盾から生じる。こうしてシュフラン氏は黒人種の解放の権利要求をしながらも、彼が参照するのは、教皇やポンピドゥー大統領であったり、チョンベ〔モイーズ・カペンダ・チョンベ（一九一九－一九六九）。ザイール（現コンゴ民主共和国）の政治家〕やカシアス・クレイ〔カシアス・クレイ（一九四二－二〇一六）。アメリカ合衆国のヘビー級ボクサー。モハメド・アリの名で知られる〕などだったりする。

――多種多様な錯乱の語法のあいだの類似関係は頻繁に見られる。したがって(a)代行型錯乱と説得型錯乱の語彙上および統語法上の形態は、存在が自己の文化的疎外によって**行き詰まる**ことに由来する。したがって、パロディ的文体をなす諸々の**定型表現**のうちには凝結化があるだろう。(b)コミュニケーション型錯乱[49]と演劇化型錯乱の語彙上および統語法上の形態は、自己に固有だと感じる文化への欲求によって存在が**覆される**ことに由来する。そのため、文体上**定型化されない**ものの（絶えず創造的な）増殖があるだろう。

一〇　脱‐固有化としての言語的形態

臨床医のもとで得た手短な観察によれば、病理学的水準では、言語錯乱よりも接触拒否、逃亡、家出、暴力などの錯乱的行動の方が割合としては高いように思われる。(たしかに、言語錯乱は錯乱的行動に先んじて起こったかもしれない。しかし「他者」は、錯乱が行動に出て初めて心配し始める——錯乱に寛容な態度をとらなくなり始める。)これは次の見解を裏づけることだろう。すなわち、病理学上の錯乱では言語様態は不適応として感じとられるのに対し(圧力がもっとも強かった)、慣習的錯乱では言語様態はこの圧力の「解消」として介入するのである。同様に、慣習的錯乱は状況を直接意味すると見なしうるのに対し、病的錯乱はこの状況の全面拒否という角度からしかここでは検討され得ない(統計的視座のなかでしか重要になり得ないのが病的錯乱である)。

しかし、ここで指摘しておくべきことは、慣習的言語錯乱の意味生成は弁証法的である、ということである。というのも、民衆的形態のなかで断固として享楽を伴うかのように行なわれる言語的行ないは、実はエリート的定型表現においては自己抑圧的行ないだからだ。民衆のコミュニケーション型錯乱においては攻撃性がほぼ通例であることを付け加えれば、次の暫定的結論に行き着くことになる。すなわち、慣習的錯乱における言語的行ないは、演劇化型錯乱の事例を除けば、ほぼ一様に脱‐固有化として生きられている。

それゆえ、まさにこの意味論的な脱‐固有化を通じてこそ、慣習的錯乱者は状況を生きようと試みる。したがって病的錯乱が直接的に状況を意味していないのは、病的錯乱者が現実の彼方にいるからだけではない。病的錯乱者にとっては脱‐固有化は中断したのであり、病的行ないはある種の再‐領有化であるからなのだ。このことからここでは「狂人は状況に対して全面的に応じるはずの最初の人間だ」と結論づけることができる。

演劇化型錯乱もまた何よりも、そして慣習的錯乱のその他の形態のなかでただこれだけが、再‐領有化の試みであるかぎりにおいて、それは狂気——しかし受け入れることしかできない狂気——の明らかな徴として「他者」によって感じとられ認められるという特徴を示す。言い換えれば、演劇化型錯乱は錯乱として知られており——

このことは、調査を行なった他の三つの形態についてはあてはまらず、コミュニケーション型では錯乱の表現は正常（攻撃に必要とされるもの）として、代行型では威厳に必要とされるものとして、説得型ではイデオロギーに必要とされるものとしてそれぞれ感じとられる――、また、価値として認められている。つまり、演劇化型錯乱は**歴史による苦悶**なのであり、これに対してその他の慣習的錯乱は歴史への不参加あるいは歴史の拒否を示している。演劇化型の錯乱者は言葉を介して再領有を行なおうと（実現不能な潜在性を実現するような歴史との関係を回復しようと）深刻に試みる。だからこそ共同体は演劇化型の錯乱者を狂人だと感じ（彼は共同体にみずからを直視するよう強いる）、しかも人目を引く重要な狂人だと感じるのである（共同体はこの眼差しを必要とする）。

一一　図式化した要約

次頁の表にこれまでのことすべてがまとめられている。私はこの表で慣習的錯乱の四つの形態の矛盾したり一致したりする諸々の特性を喚起しようと試みた。

この表は、演劇化型の両義性、代行型および説得型の錯乱の機能的同一性を際立たせている。慣習的言語錯乱は、知は資産だという見方によってより鮮明になる。他者の「資産」は自分のものとの関係で超越的に感じとられる。この見方は、知識人が「存在の階層」に相当する知識の階層のなかに文化を硬直させてきた時代、すなわち高等知識に対応する高等存在がいた時代に、代行型錯乱がどのように「定型の凝結化」の形態を借り受けていたのかを示している。

代行型錯乱はこれらの戯画化した形態をだんだんと借り受けなくなる。代行型錯乱はある種イデオロギー化されており、説得型錯乱に非常に類似してきたために、現在では二つの形態は同一視される傾向すらもつ。[50] 実際には、私たちは平板化に立ち会っているのであり、この今日の平板化は、かつての錯乱的逸脱よりもずっと悲劇的である。疎外が規範になっているのだ。

特性	コミュニケーション	演劇化	代行	説得
クレオール語	＋	＋	−	−
フランス語	−	＋	＋	＋
有意な	＋	＋	＋	＋
動態的	＋	＋	−	−
民衆的	＋	＋	−	−
エリート的	−	−	＋	＋
関与的	＋	＋	−	−
象徴化する	−	＋	＋	＋
定型化しない	＋	±	−	−
定型として凝固した	−	−	＋	＋
脱−固有化する	＋	−	＋	＋
再−領有化する	−	＋	−	−
異常として感じとられる	−	＋	−	−
病として感じとられる	−	∓	−	−

この疎外（人格喪失、創造性を伴わない文化消費、生気のない民俗伝承《フォークロア》など取るに足らない代替物、等々）と、その帰結として、文化的な教育も生活もあると説得させることを狙う**表象**《ルプレザンタシオン》の維持は、知識がここでは止揚のための方法論的開かれとしてでなく、蓄える〔資本化する〕べき資産として見なされている、という事実によって強化される。人間が知に対するこの凝り固まった吝嗇な考えに至るとき、こうして知を方向づける可能性もなく知を蓄えるとき（これが別の面ではマルチニック経済の過程であり、マルチニック

経済においては、生産手段の所有は自動的に生産手段の支配を意味するわけではない)、彼はパロディ文化のなかに「入る」のだ。

このような衰弱は、ここでもおそらく他処でも、ラジオ放送やテレビ放送の働き(もっとも頻繁にはフランスでの放映のひと月ふた月後にそのまま輸入される)によって激化しており、そうした放映に参画する非マルチニック人はマルチニックの公衆に、知とはモノになりうるのであり、定型=返答のなかに吐き出されうると説得する。このような行ないの災厄的効果は、多様性に基づく文化インフラの欠如のせいで個人が抵抗をしてもわずかな成功のチャンスもないこの場所では、より一層電撃的である。

一二　雄弁について

慣習的言語錯乱の諸形態のあいだの一致したり矛盾したりするこれらの関係は、雄弁がマルチニック人に行使する魅惑についてもまた説明している。定型、技巧が中身を疎外する。「フランス語を話すこと」は何かを言うことよりも重要なのだ。[51] 次のことを自問するべきかもしれない。言葉に対してどんな信頼が、とりわけ他者の言語のうちで、置けるのだろうか。あるいは少なくとも、いかなる媒介によって、この蔓延した孤独のなかで、言葉に接近できるのか。そこを通ることによって、書くことの技術は話し言葉の苦悩に結びつくだろう。言葉に関心をもつ者として、私は錯乱についてこのようにすっかり錯乱してきたと思っている。これこそ社会学者の手引書が参与的方法と呼ぶものだろう。[52]

一三　方法について

(a)繰り返しておけば、ここで重要なことは統計(事例のパーセンテージ)よりもむしろ**マルチニック社会の全面的疎外**という命題と結びついた比較測定であり、それゆえこの疎外は、それが混乱をもたらす社会諸階層に応じて、慣習的錯乱の表れの（連動する）多様性にここでは対応する、多様化した形態をとる。

(b)慣習的言語錯乱の問題圏を病理学の場のなかへ解消させることは、精神的不均衡の専門家たちの手のなかへ問いを放棄すること（疎外を追い出した後に疎外に反対すること）になるだろうし、これは方法の面でも正しくなければ（「みずからの環境の外にある」社会は政治的実践に属する）、認識論の面でも誤っているだろう（私たちの邦々における社会科学の開かれは、この科学が歴史的過程のうちに組み込まれることによって生じるのであり、ここでは「外因的」専門家、すなわち、専門家以外ではあり得ないような人間は、根本的に間違える危険があるだろう）。

(c)民衆的環境における攻撃関係（自己恐怖症と自己欲求）の諸形態の変遷は、この環境での文化剝奪の攻撃の激しさとおそらく結びついている。たとえば、これらの形態は北部の村落共同体よりも、中心をなす都会やもっと「統合された」農村部の方で激しさを増しているかもしれない。ここでの仮説はすなわち、同化主義的な攻撃およびその**成功**が錯乱的な関係（自己攻撃）を促進したり激化させたりしている、というものだ。マルチニックおよびグアドループの環境でこの変数を比較することもまたおそらく啓発的だろう[53]。

74　ある事前調査について——シュフランの場合

私は、前章のテクストで、演劇化型錯乱と目される例としてシュフラン氏を参照した。用いた資料は以下の通り、多くの場合ビラのかたちで作成されたシュフランのテクスト、彼との議論の録音、ハム教の儀礼を書きとめたものである[54]。演劇化型錯乱について示したことをごく簡単に思い起こしておくと、これはエリート的形態に属するのではなく再‐領有の企てに対応しており、歴史的ヴィジョンを取り込み、個人ないし同質的集団によってスペクタクルの次元で確保された共通の目的として演劇的に現れる。事前調査は以下の諸点を対象とした。

一　寸言の力

これが言語の演劇化が行なわれる際の出発点である。寸言は曖昧模糊《オプスキュール》でなければならない（何かから予防する力が仮定される）。代行型錯乱の場面では、寸言は学識の豊かさを装う。演劇化は寸言に想定上の知を付与する。要するに、寸言は、エリートの代行型錯乱ではただただ空疎であるのに対して、ここでは実際に象徴的なのだ。私を驚かせたそれらの寸言のなかでも、シュフランはまさに「象徴体系の建造者」を自任している。彼の寺院には、本物のゴミ箱ひとつとカゴがひとつ置かれていたが、それらにはそれぞれ「誕生の歴史的ゴミ箱[55]」と「歴史的誕生の寝台」と書かれたラベルが貼られている。

二　秘められた自明性

調べてみると、寸言には少なくとも二つの段階があることがわかる。

(a)ハム教の確立の最初期（一九五〇年代初頭）のテクストに見られるのは二種類の特徴である。まずテクストは単語と寸言とのオーケストラのような様相を呈しているのだが、そこには一見してわかる関係も実際のシンタックス上の関係もない。テクストはある種の秘められた自明性から（カリブ海の知識層の空疎な自明性からは遠い）輝き渡る。ここにこそ、私たちが言語錯乱と呼びうるものに一番近いものがある。何十もの例からひとつだけ挙げる。この時期の、ある完全にイデオロギー的なテクストは次の寸言で終わる。「それに対する絶対の愛はあり得ぬ！……彼女は私にそう言ったのだった」。これが（**自明**なこととして）想定させるのは、個人的なエピソードであると同時に秘教的な基層である。

(b)第二段階。秘められた自明性はイデオロギーが明確になるにつれて消えてゆく傾向にある。一九六〇年代から一九七〇年代にかけての言述《ディスクール》は「自由の革命的陣営」というような寸言によって輝いている。それらの寸言は、たとえば「独修者夢占い師」といった類の命題に取ってかわる、あるいは少なくとも寄り添う傾向にある。と同時に、初期のテクストでは冠詞のほぼ完全な省略がとりわけ特徴的だった、単語による素朴なオーケストラは（たしかに歌の一部ではあるが、「ハム族はニグロ教を体現している（Tribu Cham incarne Négrisme）」、といった例）、より複雑な構文の組成に取って代わられている。あたかも単語の純粋な輝きが「グループ化された」意味の組成に席を譲るかのように。

三　普遍的な知

ところが、単語のほとんど魔術的な内容は、それが〈**他者**〉と対等になるような知識を表明する場合には維持される。

「神話学の芸術家」には威光を強める語彙というものがある。彼は教会を指し示すのに「エッセネ派の宗教的権威」について語り、黒人種を指し示すのに「人類の異型的素材」について語ることになる。高尚な用語の比率は彼の言述のなかではきわめて高い。これらの用語が使われる際のほぼ一般化した方法があることを見てゆくことにしよう。

四　連想的陳述

その方法とは、私が言語錯乱に対する方法論的分析の極のひとつとして提示した、連想的陳述である。この連想は単語のレベル、意味のレベル、さらには象徴のレベルでも行なわれる。

——単語のレベルでは、高尚な語の使用はいつでも、言うなれば、対になっている。こうして一夫多妻（polygamie）という用語は、言述のなかに一妻多夫（polyandrie）という用語（一夫多妻は同様にほとんどいつでも姦通という用語を伴う）をつねに「起動させ」、進化（évolution）は退行（involution）を起動させる、といった具合である。

——さまざまな意味作用のレベル、より正確には広く一般的な意味のレベルでは、連想的陳述がもたらすのは、ある意味作用が言述のなかで先行する別の意味作用に論理的には連結せずに、言述の偶発事から突如として出現することである。この場合、偶発事とはある意味作用であるだろうが、ある単語、ある中断、あるいは言述が話されているならある音であろうがかまわない。たしかにそこにはすべてを言うことの性急さがあり、とりわけ人を説得しようと欲する側の場合にはそうである。しかし連想的陳述はマルチニックの言語錯乱にはあまりに一般的であるために、私たちはかえってそのメカニズムと射程を研究することを試みようとしてこなかった。

——シュフランの言述のなかには、象徴の使用のレベルで私が連想と呼ぶものがある。それは、通俗的に言ってしまうと、ある寓話を解明するための寓話術である。これは、話される言述において、寓意の説明を求められたあとに、とりわけ顕著である。

五　累積的手法

私の考えによれば、これもまた、言語錯乱の基盤となる手法のひとつである。ここでは、累積にはほとんど呪文のように極端なリズムがつけられており、音節の重複がエリートの代行〔＝再現〕型言述の場合のように平板になったり同語反復的になることはきわめて稀である。シュフランはいつでもそのように話し、書くのだ。「私の行動と私の追放と破門（mon action et mon exclusion et excommunication）の証と思い出として……」等々。この例に見られるように、半諧音《アソナンス》は累積的手法のなかでは重要な役割を担う。

六　イデオロギー

ある**顕在的な**イデオロギー、すなわち、民族としての権利要求というイデオロギーが存在しているが、それにはみずからを合理化する力がない。というのも、のちに見るとおり、このイデオロギーは自己を承認することを渇望する一方で、他者から承認されることをも渇望する点で矛盾しているからである。そして、宗教的性質に由来する許可と禁止に基づく**潜在的な**イデオロギーが存在する。唯一、シュフランのもとで**彼にとっての**許可と禁止についての調査を行なうことだけが、この潜在的イデオロギーの解明を可能にするだろう。最後に次のことを指摘しておこう。顕在的なイデオロギーがみずからを合理化することができないということが、矛盾が支配するもうひとつの潜在的な領域を創り出すのである（これについてはのちほど見る）。肝心な点は言述内のフランス語とクレオール語との関係である。言述は、**それが上演される場合には**ほとんど必ずフランス語で行なわれ、公ではない（偶然の出会いの折の）即興的な議論の場合には必ずクレオール語で行なわれる。その結果、後者の場合には、言述はとりわけ断定的になり簡潔になる。

七　歴史的ヴィジョン

すでに述べたことだが、私の考えでは、私たちがここで直面しているのは、言語的変調のなかでも、歴史の現前が**感じられる**唯一の形態である。歴史的ヴィジョンは否定することはできず、なおかつ、必要なのだ。民族主義的な欲動を生じさせるのは、歴史に対するフラストレーションの感情である。そしてもし、演劇化した陳述のレベルで、私たちが政治的ヴィジョンへの諦観に立ち会うのだとしても（陳述のなかでは象徴の使用があまりに強力である）、私たちはそこで、即興的な議論のなかにはっきりと姿を現す関心事を必ず感じとる。演劇化した言述のなかでシュフランはこう述べる。「黒人種は、可視でありかつ不可視である永遠のなかにみずからの創造者を、みずからの預言者および選民たちを有しており、黒人種みずからのうちにその進化と退行の現象を有しているのである。」会話においては単に彼はこう述べるだろう。「連中は私たちが私たちの手で指導することを妨害しようとしているのだ。」彼はその思想のために投獄されていたことが知られている。

このようなわけで、歴史の現前、少なくとも歴史に対する強迫観念（それが歴史であることが彼には明らかでない以上、強迫観念である）がある。しかし一方では、民衆のコミュニケーション型錯乱のレベルでは歴史的記憶のほとんど完全なまでの不在がある。他方、エリートの種々の錯乱は、**過去を考えることの拒否**を通じてなされる歴史の**歪曲**に力を尽くす。歴史へのこの漠然とした現前は、演劇化型の言語錯乱を価値づけ、その錯乱のプロセスの原因となる。

八　召命

これはもっとも構造化されていない側面であり、彼を通して演劇化がエリート型錯乱のいくつかの側面と似通っていることを私たちは確認した――「明日はより良くなっているだろう」。神秘的に言い表された寸言の内容はこの視点を伝えている。「現在と未来の、愛しい友人たち……」。たしかにここでは、神秘的に言い表された寸言の内容の重みはすべて、今日においては不可能な解決を未来のうちに運ぼうとする傾向があるように見える。

九　普遍的ヒューマニズム

人間という語はいつもここでは**普遍**という語を伴っている。これもまた、代行〔＝再現〕型話法との接点のひとつであり、そこにおいては、直視したくない問題を前にするとき、普遍への漠然とした渇望が逃げ道を提供している。しかし、相変わらず、この接点は演劇化を促す。ここで問題とする「普遍にして永遠の更新」は、知識層の長談義ではなく、総合としての人類と呼ばれるようなものに向かっての、多くの場合は疎外されているにもかかわらず絶望的に行なわれる努力なのである。シュフランの寺院では、祭壇の下の、段ボール製の揺り籠のなかに、黒い人形と白い人形とが一体ずつ並んで置かれている。「文明と人類の安らぎ」は絶えざる心配事なのである。（言述における彼の表現のヴァリエーションを調べる必要がある。）

一〇　自己心象

自己心象は、人種に対する感情が**ハム教理**の出発点である以上、非常に「構造化」されている。

> ニグロの旗はハム教を体現する
> 生命と自由への愛の象徴。

教義を超えて、この感情がいくつもの現実にどれだけ結びついているかを発見して、私たちは驚かされる。シュフランのうちには文化に関する偽りのない権利要求が、独創性と創造の自由に対する呼びかけがあり、さらにはもはや言語活動のレベルのみならず、具体物の駆使（儀式用の衣装の作成、奇異な物体のコレクション、彼の家を囲む緑のなかに錆びた金属が溶け込んでいるガラクタの山、数多くの張り紙とポスター、等々）のなかに現れる創造的なエネルギーがある。とはいえ、この自己心象は疎外を免れているわけではない。「われわれの踊りによって神を讃えること」とシュフランが言うとき、その「踊り」がここでは他者による自己心象（踊り好きで本能的なニグロ）の素朴な受容に対応しているというよりも、「文化的」手段の独創的なヴィジョンに対応しているのかどうかは、なんとも言えない。

一一　他者心象

これと同じ両義性が他者の心象のレベルでも見いだせる。たとえば私が驚かされたのは、出生の制限を黒人種を減らす方法と捉えるシュフランの立場である。（ここから「姦通的一夫多妻」という彼のプログラムが生じる）。この立場は、これをどのように考えるにせよ、他者の行動、とりわけ白人の行動に対する十分鋭敏な観点を示している。シュフランにとって、歴史的ゴミ箱は黒い胎児で充ちている（註55〔七二三頁〕参照）。しかし、その一方で、これは繁殖する他者の、歯止めのきかない**模倣**である。洗礼を真似た「更新の浴場」を備えたハム教理の教会ないし寺院がある。また、黒人種の国連、夢解釈（夢占い）の会合、等々がある。こうしたすべての模倣的な活動には、形式においても内容においても大した独創性はない。シュフランには「青・白・赤は黒人種を象徴している」と平然と主張することもある。

一二　さまざまな矛盾

こうして本研究はいくつかの矛盾へと辿り着くわけだが、綿密に調査すればこれらの矛盾をさらに露骨に暴くことになるかもしれない。すでに確認したとおり、これらの矛盾の主要なものはあの〈他者〉に対する自己の関係に起因している。この主要な矛盾の作用を私は次のように要約してみる。

——**自己と共に、自己に抗して。**言述は〈私たち〉を表明することを望んでいる。言述はこの〈私たち〉を目指す行為である。しかし、この〈私たち〉を**自己是認**のレベルでの参照と見なすことはまずあり得ない。こうしてシュフランはこの世界のすべての重要人物に向けて彼の教義を開陳するために手紙を書くのである。彼がもっとも喜んで自慢することは、彼が招いた役人たちの訪問である。

——**〈他者〉に抗して、〈他者〉を介して。**というのも、「承認」されることへのあの強烈な欲望に、確認したとおり、「文化的手段」の集成が加わるようになるからである。この「文化的手段」はすべて、あるいはそのほとんどが、いつでも無条件にとは言わないものの、受け継がれた、教え込まれたものである。

言語的変調は、さまざまな矛盾のこの圧力から生じ、拡散する思考が自分の解明に適した土地を見いだすことができないことから生じているのは、おおよそ確実であるように思える。

一三　結論、政治的実践の観点から

同様に、こうした変調の形態を解消する唯一の手段は、状況の政治的解決であるように思える。演劇化型錯乱が解決されざる矛盾から生じるかぎりにおいて、この錯乱が再‐領有の悲劇的かつ見世物《スペクタクル》的な努力であり、歴史の苦しみであるかぎりにおいて、私たちはこう考えることができる。すなわち、状況の政治的明確化（責任をもつ共同体として、歴史的記憶を取り戻し、状況に適応した生産構造を再獲得し、共同体を取り巻く環境との絆、共同体を構成する個々人のあいだの絆を新たに確立したうえで、未来を統べる共同体となること）は**演劇化**（悲劇的目的）**を無効にし**、今日この演劇化に捧げられている活力をさまざまな具体的使命のなかへ急き立てるだろう、と。

一四　寛容

これはシュフランを知っている、または会ったことのある者たちが多かれ少なかれはっきりと感じることであ

る。彼の理論とその教義が一種の錯乱的形態として直接「経験される」としても、民衆層においては嘲りの念が彼に対する関心に勝るということは稀である。たしかに私たちは部分的に、生活の異常あるいは逸脱の形態に直面する場合に、マルチニック民衆の大半に見られる、寛容という一方では大まじめなあの態度をとることができる。しかもすでに私はマルチニックにおける逸脱の形態の「含蓄」の少なさを指摘した。(たとえばマルチニックで出会う物乞いは白人である——これは状況の抱える逆説のひとつであるが、簡単に説明することができる。白い人間は、物乞いになることまで、**なんでも行なう**ことができるということである。マルチニック人は集団的に自己検閲を行なっている。したがって逸脱はマルチニック人には意味をなさない。)しかし同様に、シュフランと対面する際の一般的態度のなかには、彼の振る舞いを有意味なものとして受け入れることもある。その場合、彼の振る舞いは共同体の演劇なのである。

この態度は「エリート」のそれと強烈なほど対照をなしている。それはまったく同じ理由からだ。つまりエリートは、そこには状況に対する劇的な問題化があることをしっかり感じとっているのであり、この問題化を批評的に分析しようと試みる代わりに、エリートは逃げ道を新たに見つけ出すことを好むわけである。つまりは、「ハム一世あるいは自由の身の錯乱」、「ハム一世は言葉を呑んで、聴衆を酔っぱらわせる」、「安物預言者の意味不明な言葉」などと言って相手を嘲ることで逃げるのだ。こうしたことによってエリートは錯乱のまた別の形態、すなわち説得型錯乱のなかに陥る。エリートはこうして問題などないと容易く信じ込む。しかし問題は執拗である。そして、結局のところ、マルチニックの政治演説家たちも同じく言葉で悦に入っているのである。実際にはシュフラン氏ほどの悲劇的偉大さを備えていないのはたしかだが。

一五　第二の結論、問題へのアプローチの全般的方法論の観点から

ここでようやく、以前に列挙するのを提案した慣習的言語錯乱の四つの形態のあいだに見られる一致と不一致

とをまとめてみることができるだろう。

累積、寸言、連想的陳述、定義という手順を考慮しておこう。コミュニケーション型錯乱について、私たちは以下の図式を描くことができる。すなわちそれは累積＝力であり、これは寸言の拒否に基づいている。そして、連関＝創造を通じて、イメージ表現によって定義を発展させる。これとは反対に、代行型言語錯乱に見られるのは累積＝反復（同語反復的）である。この累積＝反復は凝固した寸言を支えにしており、そして、連関＝迂回（すなわち単なるお喋りであり、豊かな意味作用は見られない）を通じて、定義＝要約を包摂する。私たちはこうして、これら四つのデータからただ単に出発するだけで、**表現の閉じられたシステム**を丸ごと研究することが可能となるだろう。

同様に、イデオロギーのレベルでは、私たちは、「**方向づけ**」**の開かれたシステム**の周囲に組織されるような可動的なものの体系的研究を構想することができる。私たちはこうして図表のなかに以下を読みとることができるだろう。すなわち、演劇化型錯乱については、たとえば、夢見られる歴史（歴史の強迫観念）は、他者によって承認されることの欲求に逆説的な仕方で結びつく自己の探求に導く――そして同時に、自己に対する本当の不在と切り離せないヒューマニズム＝総合を養う。説得型錯乱については、疎外された歴史が、一方では、存在することの強迫観念に逆説的な仕方で結びつく自己否定の方へ導き、また、それと同時に、他者の疎外的な現前と切り離せないヒューマニズム＝願望を養う。

分析のためのこうした図式が何よりもまず、共通の疎外を表す接触、機能的な差異、対立のニュアンスといった、マルチニック人の形成過程でそれらが「機能する」（ないし機能しない）かぎりにおいてしか最終的には社会の各層に結びつけることができないものをうまく把握する可能性を（たとえのちになってこれらの図式を放棄したり、型にはまりすぎているとして部分的に非難を受けたりするとしても）提供していることを主張しなければならない。たとえ、たとえば、代行型の言語錯乱と説得型の錯乱が今日エリートの言述のなかで画一化する傾向にあるとしても（以後エリートの言述は空白によって画一化した生活の言述＝標準になる）、それらの原理的な差異は、この言述の生成と真の意味を理解するためには貴重である。[56]

私たちは一九七二年にシュフラン氏の家とその周囲を映像で記録した。彼の家は植物の緑と、古い木や切り取ったトタンで作られ、トーテムのようにまっすぐ立つ狂信的なオブジェの乱雑な集合のなかに埋まっていた。道路を挟んだ反対側では草原の空き地が、空を悲劇的背景にくっきり浮かび上がる摩耗した何枚かのボードを支えていた。それは普遍的同胞愛の〈寺院〉だった。そこにはどこからでも入ることができ、その取るに足らない骨組みはかつて私の心を捉えたものだった。今日、このボードの幽霊、洗礼盤を象徴していた水のホース、諸国民の国連だった小屋は、ブルドーザーでなぎ倒されている。いまやコールタールを塗られた道路のこの斜面には、集合住宅が建設されなければならなかったが、シュフラン氏の夢の眼差しからすれば、それは悲劇的なまでに平凡であるため、黄緑色のタイルをしばしば敷き詰められたそれらの家は、マルチニック県議会の宮殿風会館に似せた、私たちがそうであるところの擬似新興富裕層の馬鹿げた霊廟に見える。

貧しいが素晴らしいほどに想像的な生き延びから、凡庸な、耐えがたい毎日の快適さへと私たちを連れ出すこの跳躍、これがこの道路の端に、今日出現しているもののなかに、そして私たちの記憶に不可視のまま取り憑いているもののなかに、固定されたのだ。この熱帯の風景のなかであなたが突如アニエール〔パリ郊外の工業都市アニエール＝シュール＝セーヌか。フランス人が思い浮かべる郊外の代名詞として用いていると考えられる〕やどこかの郊外の住宅地に出会うと想像してみてほしい。コンクリートの単調さは普遍的だ。しかし見かけの凡庸さの下でもひょっとしたらあなたは、今なおも漂っている昨日の夢のあの震えに捕らわれはしないだろうか。〈ハム教理〉の家それ自体はほとんど不可視である。非情なる平等化は私たちの可能なヴィジョンから遠くにこの家を抑圧してしまった。歴史はこの交差点で死んだ。私たちの生活の無と戦い、そしてもしかしたら私たちの生活を再開させることを促す、この歴史の悲劇的な偉大さをここに見てとらなければならない。

75 （代行イデオロギーについての覚書[57]）

すでに論じたように、説得型錯乱は代行型錯乱の進展した形態であり、さまざまな行動様式の、また、マルチニック人の基礎的人格の形成を支配する諸々の衝突〔＝葛藤〕に対する応答の、イデオロギー化をとおして発生する。これらの衝突は、私たちが「代行型錯乱」の見出しの下に集めた戯画化した行動様式の期間に合致する最初の時期には、突発的な仕方で感じとられるものだった〔73「「慣習的」言語錯乱について」参照〕。

しかし、ある社会的発現のなかでの発展が、古い形態の完全な消滅を導き出すわけではないということに加えて、重要であるのは、現に消滅の途上にあり、さらには新たな発現のなかに解消される現象の痕跡を書きとめることである。代行型錯乱について三つの指摘を定式化することにしよう。

一　言語的抑圧のこの解消形態はマルチニックのエリートおよび中産階級にまさしく典型的なものである。公務員、自由業種の人間、小学校教師など、一般には、公職の人間は、当時、その権力が絶頂にあった植民者という専制君主からの解放の熱望を代表していた。実際には、この熱望は植民地の完全支配を狙う本国（植民者自身の隷属を含む）によって吸い上げられることになる。この意味でこの熱望は諸々の緩衝階級をその土台から構築するために操作されることになる。これらの階級は、生産関係への人工的介入（たとえば小学校教師の数、したがってマルチニック農村部における最初の段階での非識字者の不在は、これら農村部の発展と充実化の成果ではない）と、この階級を純然たる配下として築き上げる権力に対する無条件の従属によって脆弱化されている。

二　この形態はその原理自体においては権力のパロディの徴である。すなわち、経済権力と私たちに与えられていると感じる役割とのあいだには、また、政治的「責務」とこの「責務」の基盤となる機能（生産におけるその役割はいずれにせよ無視できる程度のものだ）とのあいだには、不釣り合いがある。発展途上状態の永続性は、農業労働（その拡張として手仕事）を軽蔑と不評で打ちのめしてきた過酷な遺産によって悪化し、技術の蓄積と職人的経験の不在によって倍加する。このことと照らし合わせれば、それだけで特権的機能の肥大の理由を説明できる。しかし、根本においては、特権的機能は二重の疎外によって養われる。十九世紀後半以降、植民者自身に対して植民地権力（植民者の排斥とは決してならずその統合を展望した政策）を行使するという宗主国の主導権は、決定的な要因としてマルチニックの発展の一部をなしている。しかし、現地では植民者が権力の唯一の象徴であり続け、宗主国の政策は、植民者の利害と民衆の利害の双方を仲裁する（中立を自称する）意志のようなものとして現れた。これこそまさしくマルチニック史の疎外の主要要因である。すなわち、支配関係の不明瞭の要因なのだ。支配の力が遠くにあることは支配関係を希釈し、この関係をゆがめる。しかも、私たちはあの県化（この政治目的の極点）以降、この本土との物理的接触を介し、その接触を生み出す公共事業の増殖を介して、このヴィジョンの反転と現実の露呈を確かめることができる。

この疎外の第二の局面はマルチニックにおける階級関係に深く結びついている。中産階級は、民族的ないし社会的闘争の文脈がないかぎり、民衆層の利害を代表することも、その代弁者になることもできないだろう。さらには中産階級の政治参加はきっとこれら民衆層の傍らでは受動的でさえあり、かつ両義的な中立性のなかでなされるのがおちだ。これら二つの点に関して私たちの歴史が与える返答は否定的である。民族的使命は無意識と神経症的なもののなかを進んでゆくほかなかったのである。社会闘争に関しては、その攻撃性はいつでも本国の介入によって抑えられてきた。すなわち、本国は社会的「贈物」を分け与え、現実の力関係に基づく軽蔑政策によって労働争議を解決するのである。こうしてマルチニック労働者は、たとえば社会保障や家族手当や毎週の総労働時間などに関して、贈物を受け取るような感覚を抱くようになる。この実際の状態は、労働争議とその解決という通常の動きのなかに外在的要因が存在することから生じている。結局いつでも、試みられる闘争が成功するか否かを決めてきたのは本国の政治的文脈だったのだ。最終的には、中産階級の民衆に対する敵対感情は、あまりに多数のコンプレックスと神経症（とりわけ人種的神経症）のなかに根差しているため、権力との闘争において、みずからの選択へのごくわずかな懐疑の余地も残されていない。

三　代行型錯乱はいつでも知のパロディのようなものとして現れる。この見かけがきわめて重要であり、絶対的な特徴だと言ってもいい。知とは、いくつかの明白な理由から、本国への同一化と統合の道具、すなわち文化、言語、歴史、伝統を所有することである。しかしこの意志は、それが固有の文化を否認するための抑圧を前提とする以上、異常である。ここからこの知のパロディ的形態が生じる。すなわち、洗練された言語を駆使して、寸言、紋切り型、これ見よがしの演説を述べるのである。他の文化の所有は、神経症にかかり、本来の人格のイメージを破損することから始まる。他の文化の所有は、制限された習得時間内で、異なる世界を征服することの困難さを示している。ところで、ひとつの文化は加速する通俗化のためにばら売りされることはない。その文化はみずからに固有の文化ではない。こうして出典のある引用を行なう欲求は説明され、したがって言述のいつでもこれ見よがしで大げさで根拠のない特徴は説明されるのである。

76　アフリカ、アフリカ

アフリカから語り部《グリオ》の声は立ち昇る。グリオの声は少しずつ自由を得はじめ、ついに私たちはその声を聞く。いまや私たちは自分たちの声のうちにグリオの声が占める部分を認めている。私たちはいくつもの起源の説明、先祖たちの一大旅行、四大元素の分離を聞いている。それから、私たちの言葉のうちで高鳴るこの潮騒。取り返しのつかない船の律動。しかし、船の匂いそのものの上のこの笑い。彼らが溺死させられなかったこの笑い。

この周囲全体から声は立ち昇る。そこには戯画化した裏面さえある。流行《バラン》に追従できないわれらの呪術師《カンボワズール》と競合しにやってきた、たいそうな肩書きをもったたくさんの治癒師たち。なぜなら、新参者たちは自分たちが**源泉そのもの**の一部であることの恩恵を受けているからだ。彼らは豪奢な宮殿に住み、治癒と称してさっさと金を巻き上げるのだ。彼らが詐欺罪で牢屋に入れられるまで。それから後、彼らは隣の国で再び始めるだろう、新聞に巨大な広告を出して。

しかし私たちはこの声を聞いている。目の見えないグリオの声だ。四度、私たちは「アン＝ハン」と答えた。ここからあの狡知が、嫌な思いをさせたり搾りとったりする者の隣に居続けるやり方が生じたのだと突如理解しながら。私たちが延々と掘り起こし続けるあの忍耐が[58]。

この声は私たちと共にある。目の見えないグリオの声は。しかし私たちの目はときには開いているのに、私たちは見ていない。

演劇、民衆の意識

77 （路上で）

こうして私たちが、自分たちの彷徨の舞台で演じ合っている劇からすれば、私たちがこの演劇活動という自己分析形式を自分たち自身に薦めるというのは、馬鹿げたことのように思われるかもしれない。

しかし、単なる「路上劇」はここでは意識化を告げる迂回を許さない。活力はそこではただ日常の錯乱を通じてのみ高まる。一般に路上劇は意識を**凝集させる**のではなく、意識を強化し、意識がすでに作用する場面でこれを構造化するのに役立つのである。すなわち、路上劇は実際のところ、みずからの歴史とみずからの伝統をすでに確信する共同体のためのものである。

あるいは、路上で私たちの欲動的力を必要とするのは、それ自体日常的な**演劇化**の活動なのである。欲動の演劇化は演劇活動を無用にする。「日常のなかで」演劇を行なっているのだから、ある公演のために選ばれるサークルのなかで演劇を行なう必要はないのである。

共同体の演劇はその反対に錯乱の個人的実践や演劇化の集団的慣習からは離れたところに活力を迂回させることで、形成途上の意識に向けて活力を方向づける。

しかし個人の錯乱と集団の演劇化は、これらが抵抗の諸力であるかぎりは、この意識の最初の「先導者」である。（演劇的実践が多くの場合路上劇の安穏とした**反復**〔稽古〕で満足してきたということを知ることがまだ残っている。

私たちは、再‐言〔他者の言葉を反復して言うこと〕の囮になることでしか欲動を遠ざけられなかったのである。これは民俗伝承的《フォークロア》凡庸化である。）

78　演劇、民衆の意識

A　演劇と国民《ナシヨン》

ヘーゲル以降に慣例化した、いくつかの断片的命題について

（ギリシア＝ラテン的ニグロをここで演じることの危険について）

しかし歴史を一瞥することは、それが束の間の一瞥であっても――それにしても、この一瞥は大文字の〈歴史〉（大文字は西洋が作ったそれであることを含意する）のみを対象にしており、私たちの歴史は置き去りにしているかもしれない――、教訓に富んでいる。反証として、対比として。

意識において生まれるある民には、各地の民の誕生に対するきわめて印象的なヴィジョンがある。解放のプロセスに参入している私たちには、あらゆる民は最初はある種ニグロの民のごとくであったように思える。各地の

民の（自分たち自身への）誕生は魅惑的なスペクタクルである。このスペクタクルを伴う演劇に私たちは感動する。

一　ひとつの民が成り立つとき、その民はみずからの歴史を「二重映しにし」（みずからの歴史を意味し）、その目録を作成する演劇的表現を発展させる。

(a)演劇とは、集団的意識がみずからを見る、したがってみずからを止揚する行為である。その始まりにおいて、演劇なき国民《ナシヨン》は存在しない。

(b)演劇は生きられる経験の止揚を想定する（演劇的時間は私たちを通常から脱出させることで、通常を、ないしは日常をよりよく理解させようとする）。この止揚は集団的意識を通じてのみ行なわれうる。その源において、国民なき演劇は存在しない。

演劇的表現は、民俗伝承から民俗伝承の演劇的止揚に至るわけだが、それ以前は、その起源においておそらくは、ある意図（ある生成）の痕跡であり、その意図の有機的構成素（国家的、宗教的、言語的）はある共同の目的をめぐって組織される。この目的を「作る」ものは最初からそれそのものとして〈歴史〉のなかで）必ずしも知られることはない。この目的を、民俗伝承は「表明し」、演劇は「熟慮する」。それは（そこでは）知識の原初の中継であるが、中継は知識を規定することも制限することもない。

二　この演劇的表現は、集団的意識が「みずからを形成する」場合には、とりわけ生き生きとし、豊饒であり、自由である。

(a)集団的欲動は、単に与件として生きられるのではなく、必然として感じとられる。
(b)集団的欲動は脅かされており、疎外されてはない。したがって集団的欲動はみずからを表現しなければならない。
(c)集団的欲動は動態的であり、技術的ではない。集団的欲動は、規則の、のちに有益となる圧力を被らない。
(d)したがって集団的欲動は「全的に」みずからを表現する。

必然であること、脅かされていること、「全的」であること。これこそが、私たちアンティル人の状況の悲劇そのものなのである。しかしながら、ただあるのは「私たちの」演劇の不在だ。みずからを表現しないこの必然、みずからを濃密にしないこの脅威、おのずと断片化してゆくこの全体とはいったい何か。私たちの悲劇は解決されない。この欠乏の諸原因を積み上げることは可能だ。アンティル諸島への移住に伴ったトラウマ的条件、奴隷世界の（禁止に基づいた）構造、人格喪失が引き起こした自己抑圧、等々。しかし、マルチニック人がみずからの表象を切除されてしまったことは、そのことにより、マルチニック人が自分自身に出会いに行くような演劇の開かれをなお一層熱烈に課すことにほかならない。

三　**演劇的表現は共通の民俗伝承的基底の表現から出発してみずからを定着させる。そのとき、この共通の民俗伝承的基底は、生きられることを止め、表象される、すなわち、思考されるようになる。**
(a)この民俗伝承的基底は表象されると共に「みずからを表象する」。
(b)感覚的でもあり概念的でもある反響は集団的意識に立ち返り、集団的意識はこの表象を批判する。
ここから二つの様態が生じる。この二つの様態――神聖ないし冒瀆の――は同一のものでしかない、より正確には、一（統一）をなしている。（西洋演劇の活動の形式のうち、悲劇と喜劇という二つの形式はこの二重の必然に応えるものであると考えることはできる。）

ここで述べているのは生き生きした民俗伝承である。体験を止揚することは、民俗伝承を止揚することであり、この生き生きした民俗伝承は、すなわちみずからの止揚の手段を自分で作ることによってのみ、みずからを止揚する。この民俗伝承――生き生きした――は（演劇の）起源である。

表象され、思考され、文化の推進力となった民俗伝承的基底は、意識に立ち戻り、これを形成し、それから、意識を強固にする行為それ自体を通じて一層強固になり、その「文化」的な新しい「形式」のもとで意識として自己を批判する。文化は決して与えられることもなければ、輸入されることもない。

みずからを表象し、みずから思考すること。この二つはしたがって統一のための行為そのものにほかならない。

四　この演劇的表現は（全的な）共同体のそれとなる。というのも、この演劇的表現は民俗伝承的基底を、これを確固たるものにしつつ、止揚するからである。（アゴラと円形劇場はこれに相当する〈場所〉であり、そこでギリシア劇が演じられ、ソクラテスが見るために**みずからを糾弾し、目の見えないオイディプスが気まぐれな神々を挑発するのである。）**

ソクラテスがドクニンジンの杯をあおり、オイディプスが両目を自分で潰すとき――一方は現実の牢獄で、他方は悲劇の舞台上で――、民俗伝承は止揚される。ソクラテスの裁判の上演はこのとき、エレウシスの選良的なバッカス祭に合流する。スペクタクルを超えて（告発行為や神々の意志を超えて）、意識の共通の諸要素を構成するために、である。

みずからを政治化する民はみずから民俗伝承から脱却する。

五　演劇がその始まりにおいて表現するものは、ひとつの民の心理学ではなく、その民の共通の運命である。民の動機の探究と民のダイナミズムの展開によって。[59] **言い換えれば、演劇が初めに表現するのは世界の中での民の役割であり、民の存在の各様態（隔たり、切り離し）は二の次である。**

もちろんこの役割はこれらの様態に接している。しかし、民の役割は解明の順序のなかで優先すべきものを定める。世界と折り合いをつけること（そこに自分の場所を見つけたり要求したりすること）はたしかに本源的であった、人間がほぼいつでも世界と世界から彼が知るものとを混同していたあの時代には。〈歴史〉はこの混同から生じるのだ。

したがって「始まり」はここでは民のあらゆる成り立ちを歴史的に参照することによって示される。演劇の始まりは、ひとつの演劇の発端（究極的にはそれ自体としては標定しがたいだろう）というよりも、ひとつの民の開始（演劇はそれを明確に区切るもののひとつだろう）なのである。

六　心理学的研究、「ドラマ」の技術的原動力、諸規則の骨格は、今日、集団的意識が「特定化」を伴いながら成り立ってきたその展開を明らかにしている。この時に国民は現れる、すなわちみずから引き受ける過去を国民が有するのである。

この郷愁は、あらゆる所与の民のうちに刻み込まれている。国民が、すでに成り立っているものの、まだ強固な基盤をもたないというあの脆弱な時期についての郷愁である。この震え、この希望の追想は、ナショナリズムの偽造と過剰の方向に向かう。とは言え、、この不鮮明な時期の不在もまた、ひとつの共同体にとっては有害である。私たちはここでは過去をもたないし、それゆえ過去（私たち）を止揚することができない。私たちが自分たちを「特定化する」ことさえできないのに、いったいどんな規則が私たちを拘束するというのだろうか。こうして、どんな特定化もここでは馬鹿げており（しかし）不可欠なのである。特定化は統御されなければならない（つまり、ここで、今この時に、絶えず想定されなければならない）。「客観性」（もうひとつの学の単なる見せかけ）は私たちの衰退の主要な形態のひとつである。

七　最後に、ひとつの民のその始まりにおける演劇的表現は、近代以前に成り立った民に関しては、「調和をなしている」。それゆえ、体験から意識的なものへの移行作業は「強いられて」いない。すなわち、ひとりないし複数の詩人が引き受ける集団的表現には主意主義は存在しない。詩人たち自身は讃えられもすれば非難されもするとしても。その結果、中継（たとえば大衆とエリートとの中継）は「自律的」なのである。つまり中継は所与の社会に対する外的な力の強要を被ることはないのであり、それは、この中継が多くの場合共同体の大多数の人々の疎外と小集団への現実的な隷属を構造化している場合にさえそうなのである。言い換えれば、この疎外はなんらかの（弁証法的な）仕方で全般的な進歩（歴史を作ること）に貢献するのである。

これに類似するものはここには何ひとつない。

要約

〈歴史〉のなかで起こること

――生きられる民俗伝承から表象される認識への移行。

――民俗伝承の信仰から「文化」の意識への移行。

——調和のとれた、強いられない移行。
——動力、すなわち集団的欲動。
——形式は特殊化されてはいない、より正確には特殊化しうる。
——要因、すなわちエリートから共同体への中継。

生きられる民俗伝承から表象される文化へのこの移行は一種の開示の試み（信仰から意識への移行を裏づける）として行なわれる。ギリシア演劇の合唱隊とは何よりもエレウシスの、異教的、選良的な神秘の公表の発端だと考えることはできないだろうか。漸進的かつ不透明な開示は悲劇の原則である。それは困難な道程なのだ、意識への。分かち合われた意識への。

開示とは、それ自体、特有の技術である。巧妙な技法のうちでは〈悲劇〉は決して展開されない。もう一方で、伝統の選良的な力を暴き、分かち合う（分かち合うのを強いられる）のはエリートである。このエリートに対する批判はもっとあとに介在する。アリストファネスがエレウシスやソクラテスを茶化すとき（観念的な批判）や、社会が解体ないし再建されるとき（構造的な批判）などがそうである。

こうしたことはどれも私たちには欠けている。欲動も、表象も、民に弁証法的に結びついたエリートも、批判と止揚との内在的可能性も、つまりは自由が欠けているのだ。

B　疎外と表象《ルプレザンタシヨン》

（表現されず、知覚できず、与えられていない、私たちの歴史における）〈歴史〉から離れて、私たちの来し方《プロヴニール》の渓谷――困難な生成――のなかへ入ることにしよう。ヘーゲルは私たちと一緒にここに入り込みはしない。）奴隷貿易、次いで奴隷の経験によるその傷は、信仰と意識のあいだに、私たちが埋め終えてはいない断絶をもたらしている。表象、反響、標識体系の不在によって、自分たちの足もとにはこの虚無がいつでも大きく口を開いている。搾取のプロセスに対するあらゆる認識（あらゆる行動）の片隅で、私たちはこのプロセスを止揚しようとしながらも表現されざるものを表現するべきだろう。すなわち、「共通の信仰」の表現とは、非－所持《ノン－アヴォワール》なのであり、私たちはこれをはっきり認めなければならないだろう。まさにそのとき、「共通の信仰」の表現を非－所持と捉えつつ、私たちはこれらの表現を真に実現することでそれを葬り去ることになる。

I

一　マルチニックにおける「共通の信仰」の表現、それは祝祭や祭典の儀礼、ベレール、ラギア、ダミエなどの踊り、民話といったものである。

二　これらの表現は「信仰」にはもはや対応していない、少なくとも、劇的かつ基底的な仕方以外では。

三　これらの表現は構造的な変質を被ってきた。したがってこれらの表現は、変質してしまった文化的所持の

劇的な表れをなしている。

このタイプに属する植民地の搾取は人格喪失を引き起こす。奴隷的段階では、奴隷を強制連行したのちに、奴隷を精神的に根こぎにすることが重要である。それから、アンティル人に彼が他者であると説得する（みずからを表象することを妨げる）ことが肝要である。これらすべてを実施するのを決めるのは、最初の段階ではまさしく帝国主義的企図なのである。それは第一に、奴隷をその旧来の文化から切断するためであり（文化の輪郭は残存物となる）、次いでアンティル人をその真実から切断するためである（文化の輪郭は民俗伝承的な飾りになる）この二つの操作の共通の場《リュー・コマン》は、歴史の（入念に深められた）不在である。すべてを搾取するためには、すべてを麻痺させなければならない。そして次にはエリートがこの麻痺政策を「実行する」任を負うのだ。強制連行の現実による切断以前の信仰から、新しい民の意識への移行が実施されうるのは、唯一この歴史意識とその発酵醸成のなかにおいてのみなのである。たとえば、エリートの一員が自分の歴史へのあらゆる参照を劣等感ないしセクト主義の証として非難することはよくあることだ（その主張によれば、自分は先住民でもヨーロッパ人でもアフリカ人でもあるのであり、こうしたことはすべて時代遅れであるということになる）。資本主義的搾取は、同化人のイデオロギーを鍛え上げるわけである。打ち捨てられ、この同化人が練り上げる価値に惑わされる民衆は少しずつ、そしてひそかにみずからをフランス化するのである。

四　このために、「共通の信仰」の表象から集団的意識の表象への「調和のとれた」移行は困難だったのであり、要するに移行不能にさえなってしまったのである。したがって演劇の自然発生的誕生は不可能だった。

五　というのも私たちは、不在、あるいは被ってきた欠如の表現でしかないもの（たとえその反対を示すためにしても）を意識のうちで止揚することができないからである。

六　このことから、民俗伝承を演劇へ、信仰を意識へ、体験を思索された行為へ止揚することの（そのように強いられた）集団的不可能性を理解することができる。

ある共同体の内部でまず詩（叫び）、身ぶり、踊りがこれを担いうるものとしての表現は、演劇（分節化）、絵画、試論《エセー》、考察がこれを導きうるものとしての自己表象を、一挙に完成させはしない。疎外された詩は、徹底的に変質した演劇や文学よりも、作るのは簡単である。エリートは進んで「詩を作る」が、あらゆる考察を他人の軽視として正当化する（自分には理解できないこの考察のなかで自分は軽視されていると感じながら）。しかし、考察は形式的なままにとどまるのだ、全体的《グローバル》な共同体の責を負う民が、みずからが作る作品のうちに存在しないあいだは。歴史の欠乏、非連続性、不毛性は、この民の不在を示しているのである。煎じ詰めれば、こう言い切れるだろう、私たちは（まだ）集団的に行動してはいないのだから、私たちには「演劇」はできないのだと。

II

一　信仰は文化面では生産をもたらさない。

(a)信仰は、現前や喜びとしてでなく、追放と苦しみとして体験される。というのも、信仰は、態度表明ではなく、第一に呼びかけと異議申し立ての性格をもっているからである。

(b)信仰は、現代では集団的意識という支えに出会うことはない。このため、翻って信仰が集団的意識を強めるのに寄与することもない。

最初の断絶（奴隷貿易）に加えて、移住のさまざまな条件が、ひとつの共同体の遺棄状態を堅固なものにしてきた。アメリカ大陸に移り住んだアフリカ人の諸集団がその新しい土地を自分たちのものだとあえて主張するようになるためには、何世紀にもわたる苦しみと戦いが必要となる。孤立と隷属を強いられた共同体にあっては、絶え間ない蜂起はいつでも逸らされ迂回させられることになる。マルチニックに関しては、強要された移行は、内実が徐々に空疎になっていったアフリカ的信仰から、つねに意味を欠いたフランスへの憧憬へと進んでゆく。表象の欲動は、個々の作品として実現されないために、日常のなかに組み込まれる傾向にある、と指摘すべきなのかもしれない。マルチニック人の人生はたしかに劇的《ドラマチック》であり、劇場は路上にある。

二　信仰の表現はその初歩的レベルに維持される。

(a)共通の過去を無に帰す植民地的行為の暴力を通じて。この抹消によって、記憶と共に国民は始まることにはならなかった。国民は、滅ぼされずに、徐々に忘れ去られ、見えなくなる。

(b)代表の機能を担う役割のエリートを人工的に創出する植民地的行為の巧妙さを通じて。

システムは、共同体のこの二つの分派〔エリートと大衆〕の空疎な弁証法を維持しながらみずからを確立し、強化していった。大衆とエリートとを対立させる自律的紐帯が一九〇二年以前のサン＝ピエールの町には存在しなかったのかどうかと自問するべきだろう。（プレー山噴火以前のサン＝ピエールの劇場の従属的な特徴、文献調査を通じてはっきり見えるその特徴は、ある種の不鮮明な独自性ないし不純な真正性——たとえばアレホ・カルペンティエールがハバナの植民地劇場に与える形容に相当する——を感じさせることはないし、一九七一年の同化が過度に進んだフォール＝ド＝フランスの悲惨とも比べられない。かつてのサン＝ピエールは複合的な場所であり、そこではエリートと大衆とが直接相対したのだった。サン＝ピエールの文化構造の研究は、今後そのことを示すかもしれない。）

（エリートと代表《ルプレザンタシヨン》）

あらゆるエリートは、小集団による大多数に対する実際の搾取を表している階級の差異化の基盤の上に成り立っている。この実際の搾取から出発することなくして、一個のエリートが、自分たちが生きる社会体の総体を（エリートの資格で自分たちを通じて）代表すると主張することはできない。代表機能とは戴冠のようなものであり、物質的特権の公にして権威的な聖別のようなものなのだ。（あらゆる代表はこのように代表される者の疎外なのである。）アンティルのエリートは、搾取の性格よりも前に、代表の性格を帯びているという点によって規定される。言い換えれば、アンティルのエリートは、集合体の疎外を引き受け、これを文字通り代表する〔上演する、表象する〕（私たちは“représentation”〔代表、上演、表象〕という概念の只中にいる）ために、組織的に創出されたのである。

エリートはアンティルの大衆を搾取する。しかしエリートとしての動的な力《ディナミスム》が彼らをそこへ突き動かすからではなく、エリートの役割（進歩と呼ばれるものを意味する）が、自分たちが植民地のおこぼれを享受することを求めているからである。言ってみれば、エリートは二次的なレベルで搾取しているのだ。

アンティル諸島におけるこのエリートの脆弱で瑣末な特徴は次の点に起因している。すなわち、「教養のない」大衆と対立しながら「文化」の局面を代表することに次の問題がある。

——この代表行為《ルプレザンタシヨン》は、（エリートは自分たちのために代表することはなく、実際には自分たちを代表することがない以上）、いかなる物質的密度の上にも築かれていない。

——この代表行為は、エリートは自分たちが代表するものに責任を負わない以上、換言すれば、自分たちが公認しなければならないはずのこの公式な「文化」をわがものとすることも（その練り上げに参与することも）いっさいない以上（そのくせその主張は「防衛的」で代償的であるだけにますます荒々しくなるのだが）、パロディ的様態においてしか行なわれないのである。

――この代表行為は、「教養のない」大衆と共に、搾取する者と搾取される者とのこの関係を、その対立関係が共通の止揚を引き起こし得たはずであるのに、（ここではエリートが自分たちのために利益を貪ることがなく――彼らが得ているその途方もない優位と特権にもかかわらず――主人であるのと同じく奴隷の立場にとどまっている以上）発展させることはない（それどころかこれを隠蔽する）。

この事態の予測不能な帰結とは、「エリートによる解放」は根本的に不可能であるということである。[60] いわゆる民族的使命をもつブルジョワジーはここでは、現実ではなく、選良の憧憬である。しかもシステムの戦略は、エリートを、民衆の名のもとに、システムと対話を行なう位置に据えることにある。

III

一　信仰の表現は、作品としては、民衆の日常生活、すなわち黙した生活に限られる。

二　エリートは「（みずからを）表現し」、民衆は黙る。

三　信仰の表現は、私たちが話してきたこと――止揚――の反響を見つけられずに衰退する。
信仰の表現は、それらがエリートによって担われる場合には、遊び（作品ではもはやない）に帰着するのであり、その遊びにおいてエリートは、自分たちの優越性を得意げに認めるただそのかぎりにおいて自己を承認するのである。

知識人がたとえばベレールを聴く(「引き起こす」?)ために農村部に「上る」とする。しかし、この行為が意図によって充分に構造化されることはあり得ないため、そのもっとも目に見える結果は、観光客を喜ばせるべレールのグループの「公式な」発展(そして「名声」)を仕上げるというものだ。ここではすべてが「回収」されるのである。

こうして、民衆はみずからを表現する手段を(社会的にも文化的にも)もたないのに対して、エリートと言えば、彼らは一時的な技術の中継を引き受けるべきであり、つまり、与えられた歴史の一時期に民俗伝承から意識へ移ることの道理を描くべきであるにもかかわらず、ここではまさしく共同体の分派をなし、疎外されていると同時に疎外するというその機能を担っているのである。

四　信仰の表現は共同体の全的な表現を決して「包括する」ことはない。なぜなら共同体は展望を有しておらず、ゆえに動機も動的な力も有していないからである。

言い換えれば、こうである。共同体は己の姿を示すが、己を考え(己を表象し)ないのである。したがって民俗伝承は止揚されない。この語の悪い意味で、民俗伝承化があるのだ。(「文化」に関して)変化するものは、カーニヴァルの企業広告の山車から教育の技術まで、外部からやって来るものである。それ以外のものは変わることなく、消滅するのである。

「共同体は動機も動的な力も有していない」という一文が意味するのは、共同体はみずからが知らないその歴史のなかで共同体の目的を発展させることができなかったということであり、欲動(民衆の原動力)が不足していたということではない。

要約
ここでは起こらないこと

――信仰から意識への調和のとれた移行。

――生きられる、あるいは思索された共同体の表現。

――社会の独立した構造化およびその帰結としての社会の多様な階級間の「生産的」（弁証法的）中継。


この大いなる失敗の上にあるのが、植民地主義の恒常的な意志、すなわちあの本源的断絶を深めようとする意志である。マルチニックにおける植民地主義の形式それ自体（狡猾なもの）は、私たちがマルチニックないしアンティルの特殊性を大づかみに否定することは望まないだろう。反対に、私たちがこの特殊性を、巧みに演出される「当たり前」のなかに押し込み、薄めることを望むだろう。こうして民俗伝承のきわめて公式な擁護を私たちは行なうのである。民俗伝承を否定することよりも、民俗伝承を賞賛しながらこれを形骸化することの方がよっぽど巧妙であるように見えたのである。このようにして民俗伝承は甘ったるく、愚かで、平板になるのだ。民俗伝承の豊かな止揚に資することがなかったエリートは、民俗伝承の硬直化に資することになるのだ。

IV

一　信仰の表現の人工的な再活性化は、次の場合には、著しく不適切であり有害である。

(a)これらの表現を生きる人々がその表現の真実を擁護する手段を今後持たない場合。
(b)表現の技術的刷新を請け負うことができるであろうエリートが、その表現の尊厳を今後理解しない場合。

しかも、民衆とその疎外された民俗伝承とを同一の不動状態に置いて混同することは、人格喪失の一般化した戦術である。問題は、この戦術がここでは、私たちがこれまでに描いてきた、すでに知られる歴史上のあらゆる類の結びつきによって促されているということである。このことは、ここで確実に払うべき注意のひとつだ。この注意は、ある政治的な文脈において「文化的」行為を維持するのに必要であり、緊急性を口実にして、その注意を無視する(これを「急き立てる」)べきではない。緊急性はここではいつでも根本的であり出来事を「包含する」。

二　私たちはこのスペクタクルを鑑賞している。

衰退する(あるいは、硬直化させられる)民俗伝承。民衆はそれゆえ自分たちが生きる真実に対する確信を少しずつ失う。

開花する民俗伝承のパロディ。エリートはそれゆえ民俗伝承の表現の尊厳からだんだんと遠ざかり、これを無視する。

ここにやって来る役人の長は誰であれ、現地人の催し、その「魅惑《アンシャントマン》」を擁護するだろう。同様にマルチニック人を、誰もが親切で愛想のよい人々であると宣言するだろう(実際、エリートとして招集されたマルチニック人は、自分たちに向かってなされる演説に対して、まさにこの人物が自分たちを侮辱しているにもかかわらず、拍手喝采を送るのである)。万事に対するこの化石化はまさに民俗伝承化である(に結びついている)。

それゆえ民俗伝承風の催しは自己の政治のなかでは決して行なわれず、そのため活性を失う。相変わらず、「芸術家」は、この催しを島の各地で行なうのを強いられたり、この興行で利益を得るように圧迫されながら、自分の芸を脱政治化し(すなわち、興行の巡回に加われなくする恐れのあるあらゆる表現ないし目的を抹消する――見られるように、この脱政治化は、イデオロギー的選択ではなく、この場合にはその選択は絶対にあり得ない以上そうではなく、自己去勢と共通する切除なのである)、興行の巡回に加わり、今度はみずから進んで民俗伝承化するのである。

V

「演劇的」表現はそれでも必要である。

(a)「演劇的」表現の批判的な局面において。疎外された表象の清算に寄与するために。

(b)「演劇的」表現の動態的な局面において。民衆が民俗伝承的表現の制限から逃れ、自分たちを切り詰めるものから逃れることを可能とする、根本的な操作に寄与するために。

システムを通じてマルチニックの公衆に「演劇」の名のもとに提供されるものを確認することは恐ろしい。それは単純な凡庸さを超えてその先に進んでいるのである。つまるところ「演劇」がエリートの悦楽であること、そして民のなかの大衆は一般に演劇会場に足を運べないことを声高に述べたところでなんの役にも立たない。私の報告の総体は、この点については客観的条件がエリートと同じく民のなかの大衆にも疎外を強いているという見解を基軸にしている。ここでは実践《プラクシス》が唯一の打開策である。すなわち、共同体が現実的にみずから考え、みずから批判し、みずから作る、そうした上演活動が行なわれる準備をしなければならない。[61]

要約

——演劇は民俗伝承に「留まる」（民俗伝承は止揚されない）。

——攻撃と搾取は民俗伝承を「固定する」。

——共同体がゆるやかな窒息、感知しづらい消去に脅かされていることを示す兆しが目に見えている。


ここでは幸運にも成功している疎外のその見事なプロセスのなかで、特筆すべきは、民俗伝承の賛美があらゆるレベル（ラジオ、テレビ、カーニヴァル、観光客用の見世物）でなされていることであり、しかもその民俗伝承は巧妙に脱政治化されている、つまりは全体にかかわるあらゆる錯綜や意味作用から切り離されている。さらにまた、同化したマルチニック人における自分の本当の過去を考えることへの極端な嫌悪（奴隷制に起因する）と相俟った、民俗伝承の後背地を先住民《インディオ》に求める奇抜な試みを（新聞や、設置された珍しい文化的道具の構造にさえ）確認したり跡づけたりするのは愉快なことである。このインディオ化はまったくもってわかりやすい。フランス語表現の島々のカライブ族のインディオはひとり残らず死んでしまい、ギュイヤンヌのインディオはシステムの存続を脅かさないからである。インディオ化にはだから次のようなメリットがある。このインディオ化はマルチニック人の来し方《プロヴニール》の問題を隠蔽し、感性に訴えかけ、擬似－歴史と文化的後背地（コロンブス以前の時代）

の幻想を与えるのであり、こうしたことはすべて最初からカライブ族の殲滅という断絶によって（集団の権利要求という観点からすれば）無効化されているのである。（カリブおよび南米の諸文明におけるインディオの文化遺産は、根本的に検討する必要がある。私たちは危険を顧みずにこれを検討するだろう。）システムの人格喪失を担うすべての政治は、このように、民衆文化の催しからその歴史的意味作用を抜き取ることを目論むのである。こうして有意の過去から切り離された民俗伝承は、無力化し、停滞する。したがって、民俗伝承は集団の消失に一丸となって協力するのである。

C　演劇と行動

（私たちの共同体の、誕生し発展しうる秩序に従って活性化する、無秩序の演劇のために）

強いられた文化的空虚によって、緊急に提起すべき問題が明確になる。とりわけ、他の問題提起よりも問いの射程がもしかしたら広いそれが。すなわち、不可欠にして代替できない政治的行動は、実際に、あらゆる場合において、文化革命をもたらすことができるのか。

然り《ウィ》。この政治的行為が「既成の」文化「秩序」を転覆するか、疎外された国民文化を再建するようになる場合には。革命の諸条件を創出することによってこそ、文化革命は意味〔方向〕をもち、可能となる。

否《ノン》。文化的後背地から切り離され、その出現のための闘争を安定化できる（すなわち闘争を最後まで導くことが可能である）ような準拠をもたない、そうした集合体に対して疎外が働きかけた場合。もしかしたらこの場合、政治的行動を遂行する一方で、この文化的後背地の数々の峡谷を整備しなければならず、少なくともこの方向において働かなければならない。文化の始まりと政治の実践との調和的関係のなかでは、（話す者と参加者との、語り部と合いの手を入れる者との）演劇的対話が、もっとも適切なもののひとつであるように見える。[62]

I

一　（信仰から意識への）「調和のとれた」移行ができなかった以上、この移行を力づくで成しとげなければならない。

二　現実態の共同体が沈潜している以上、私たち自身の目の前に、この現実態の共同体とその要請を出現させなければならない。

三　演劇の行為のなかで集団がみずからを代表〔表象、上演〕することの基盤になる集団的欲動が脅かされている以上、この欲動を表象のレベルで自発的にもう一度動かさなければならない。

四　エリートが本来の中継としての「役割を演じない」以上、社会階層としてのエリートの現在の有益性に異議を唱え、政治的（したがって文化的）次元で彼らの集団としての有害性を主張しなければならない。

相変わらずのことだが、「文化」を数量化できるとほとんど見なす（「文化」は商品のように輸入されうるだろう）一部の物象化したヴィジョンが、ここでは公式かつ執拗に推奨されるだろう。これも同じく相変わらずのことだが、マルチニックのあらゆる芸術的生産は、きわめて一般的に、不毛な手法に陥っている。すなわち、芸術的生産は回収され、システムに奉仕しているのである。したがって、システムが生みだすどんな形態に対しても（その形態があまりに離れているように見えるかもしれなかったとしても）距離を取り続けるという意志こそがここでは生産を準備するもっとも有効な手法のひとつなのである。このルールをみずからに課さないあらゆる創作家は、（意識的であれ無意識的であれ）自分が生産するものが植民地主義の「当たり前」のなかで無化することを余儀なくされる。この真の変質は、表面的（にして直接的）に「政治参加《アンガジェ》」を訴える産物にすら及んでいる。というのも、恒常的に強硬な態度を取り続けるのは難しいからである、とりわけ、きわめて頻繁に「蟻地獄」と化し、人を惑わす矛盾が至るところで混合している、この一般状況においては。このような無化は、停滞を引き起こす非連続性を維持する。そうであるならば、連続性は政治的である。

II

一　それゆえ、技術的な探究を第一に考えるのではないかたちで、必要とされる演劇行動を再検討するべきである。

二　（技術が共同体の欲動の中心的企図のうちで築かれている場合は別である。たとえば、政治的なパフォーマンスや、ラギアの民衆的儀礼を円形劇場で行なう効用を研究するとすれば、これは別である。）

演劇は、これが社会のある恒常的特徴（「自然な発露」）をなさないにもかかわらず、必要である場合には、「意志に基づく」ものでしかあり得ない。重要であるのは、各人の沈黙と孤独をこじ開けることである。すなわち、この演劇は集団的な生の反映であるだけでは不十分となるだろう。なぜなら、それだけである場合、演劇は欠如や不在を等し並に表現することになるだろうからである。演劇は欠乏を警告するだけになるだろう。このような機能は、目下行なわれている表現のパロディーに、否定的なかたちですでに属している。民衆によって行なわれる演劇は、必要とあればさまざまな理由と手段を熱烈に探究することにより、不在に打ち勝ち、演劇という限られた領域において不在を埋めることに寄与しなければならない。

この意味で、ここで飽くことなく、歴史の原動力をもう一度動かそうとしない作品は、疎外を強めることに寄与するのである。最初の積み荷を降ろしたあの最初の奴隷船から出発してもう一度取りかかること、そして、そのことから、欠落を埋めてゆくこと。このことは、あの経済的搾取を最初から永続的に告発することを含意している。この告発は歴史の解明と結びついている。この歴史の解明がなければ、告発は、創られたエリートたち、人民の闘争が獲得した戦利品を横領するエリートたちの利益に必ず回収されるのだ。

（「意志に基づく」という語について）

私たちは意図的に民俗伝承を生きることはできないだろう（民俗伝承はつねに準備されざる産物である）が、生きられる民俗伝承を表象される意識へ移すことを意図的に促すことはできる。私たちの（明白な）命題はこうだ。アンティルの民は、太古の時代に成立した民ならそうであったように（これが私が調和と呼んできたものだ）「自己意識へと無意識的に」生まれることはない。私たちは苦しみへと生まれるのであり、これが私たちの現代性《モデルニテ》だ。[63] 共同体を生み出すのは、共同体の自己意識に向かう意図的な努力なのだ。演劇はこの場所を形作り、この努力に意味を与えなければならないだろう。

III

一　動的な力《ディナミスム》は、何某かの個人にも、特定の団体にも属さない（そうであってはならない）。そうではなく、（本

来の集団的なものの）全体性に属する。その結果として、動的な力は、さまざまな問題への漸進的なアプローチからではなく、文化革命の突発性から生じなければならない。

二　この文化革命の特徴的な形態は、（真に集団的な表現に全員が率先して参加することを引き起こすための戦いによる）文化の制定ないし構築という形態以外にはここではあり得ないだろう。

三　エリートが大衆から切り離されていると述べてもなんの役にも立たない。エリートもまた自分たち自身から切り離されている。そして大衆もまた人格喪失から生じる疎外に苦しんでいる。他の点についてと同じようにここでも民衆の文化的な力が優先されるのは、まず第一にあらゆる生産活動の場面で民衆が根本的な役割を果たすからである。そして次に、エリートが諸々の信仰の表現をパロディ化することしかできないのに対して、民衆は（否定状態に置かれた）それらの信仰の表現を生き、それに苦しんでいるからである。

民衆がたとえエリートの疎外を分かちもっているとしても、民衆は「文化を代表すること」への余計な要求を被っていない。さらには、民衆は、この疎外を表明する（表象する）こと――エリートの基本的機能であるもの――を課されてはいない。

その一方で、衰退しているにもかかわらず、共通の信仰の形式と表現は、少なくとも衰退のこの悲劇的形式のもとで、民衆によって生きられている。このことは、集団的な催しに対する民衆の興味喪失を説明するものだ。これら集団的な催しは、カーニヴァルのように、都市圏にだんだんと囲い込まれ、パレードへとだんだんと切り詰められる。このパレードのなかにこそ、これまで語ってきた疎外された表象と、私たちが演劇という語に与えうる、限定的で、軽蔑的で、変質し、死んだ意味があることを、私たちは暴くのである。

(マルチニックのカーニヴァルの場面。ルイ十四世の宮廷、ナポレオンとジョゼフィーヌ等々。同種のさまざまなモチーフが、一見して、より真正とは言わないまでも、より活力に充ちているカーニヴァル、たとえばブラジルやトリニダードのカーニヴァルのなかに介在しているかを観察してみよう。その場合、そこにもまた同化現象があるのかどうか、あるいは反対にモチーフ(主人の世界の再生産)が文化的密度と真正性によって無化されていないのかどうかを研究しなければならないだろう。)その一方で強調しなければならないが、マルチニックの瀕死のカーニヴァルのほんのわずかな復活の輝きも、公権力(ラジオ、テレビ、新聞)によって勝利のごとく祭り上げられ、おまけに考えられるあらゆる手段で促進されている。カーニヴァル(きわめて多くの場合、自己豹変の暗示的な源だった)は疎外の明示的な道具と化している。

結局のところ、民衆の文化的な力は逆説的にも民衆の長い言論抑圧から生じている。民衆は、自分たちが強制的に連行されたこの土地を所有することができずに苦しんできたように、文化の喪失に苦しんできた。土地所有への民衆の権利とは、既得権である。すなわち共同体による土地所有とは、法律に従うのではなく、苦しみによって測られる所有である。文化の力は、知識量の力ではなく、苦しみの力なのだ。

IV

こうして私たちはマルチニックの演劇の問題設定を次のように提示することができるだろう。

(a)集団的実存を分有すること。
――集団的実存が、演劇の計画において、共通の基底の表現に意図的に集中すること、
――集団的実存が、相変わらずこの演劇の計画において、この表現の自然発生的性質を止揚することを意図

的に促すこと。

(b)一部だけ批判的な主題（「分析」、「暗示」、心理的「繊細さ」、機知に富む「言葉」などのあらゆる種類の追従、すなわち、教え込まれた演劇の装備一式が忍び込むのを認めるであろうもの）よりもむしろ、状況に対する全体的な批判（歴史を再度組み込むこと）を発展させること。

(c)民衆の活力《ディナミック》によって、倦まずに再開しようとする集団の活力の（その領域における）原動力であること。

(d)およそ盛大な社会的特徴を呈するのではなく、民衆の壮厳さを備えること。

(e)集団的実存の源から技術的な発想を得ること（考えられる例として、舞台の非－必要、対話することにまさる声の性質の重要性など）、そして、もはや信仰ではなく存在理由の共通の表現の力のなかで理論的な着想をつかむこと。

「劇場」の簡略な風刺だけでも、ここで演劇行為の民衆化運動を動態化するのに充分であるかもしれない。この民衆化、会場とは無縁のこの突発的戦術は、マルチニック人のうちに自己去勢化を生みだす、技術的ないしイデオロギー的なさまざまな干渉や強要に対して闘うことが問われるとき、根本的なものとなる。真に民衆的な芸術とは、それゆえここではただ現実（どのような類の家父長主義でもここではまかり通ることができる）を告発するだけでなく、その介在を通して現実の性格を変えることができる芸術である。言い換えれば、歴史の奪回に貢献できる芸術である。この芸術は、適切なプロセスのなかに身を投じたマルチニック人自身にしかなし得ないことである。[64]

（演劇と行動）

それゆえこのような演劇は、目下通用しているもののあまりに組織立った強要とは逆に、これを覆す演劇の内的可能性を差し出すのだ。問題はもはや俳優に罵声を浴びせたり拍手で賞賛したりすることではなく、スペクタクルの意味作用を議論することなのである。（あらゆる上演が上演されるものの疎外として含むものと戦うため？）スペクタクルを議論することは、これを脱神聖化することである。これこそが、古代ギリシア四部劇〔ディオニュソス祭で演じられ、悲劇三作とサチュロス劇一作からなる〕の第四部における喜劇＝笑劇が表象していたもの、すなわち内側から発せられる異議に（現代意識にとって）対応するかもしれない契機なのだ。

このことは「理解」の問題（洗練されすぎた演劇は「民衆の頭の上を行く」というわけだ）を提起する。知識人連中のなんというけったいな思い上がりか！　問題はここではわかりやすい形式か否かにではなく、上演が適切か否かにある。上演を適切に行なうという制約においては、上演は表象されるものの「上」で行なわれることはあり得ない。民衆劇の実践の場において私たちが支持するのは、民衆が制御することができないものなど（表現、形式、複雑さにおいて）何もないということである。演劇の構成と組み込みの正確さを決めるのは、民衆の発する異議（エリートのそれではなく）をおいて他にないのだ。

きわめて頻繁に（相変わらず知識人たちによって）なされる指摘のひとつは、民衆劇のこのような作業にクレオール語を排他的かつ必然的に用いることに関してである。誰もこの方向づけの重要性を認めないことはないとしても、ここでは逆にあまりに偏ったアプローチには慎重にならなければならない。クレオール語の解放の客観的条件は、社会革命と民衆の先導を経てこそのものだ。すなわち、書かれたり朗唱されたりするクレオール語の予見的かつアプリオリとも言える使用が（真の解放と比べた場合に）、民俗伝承化した追従に帰結しないとは、決して言い切れないのである。そのような追従のきわめつけの戯画は、民衆主義《ポピュリズム》の外見をまとった一種の左翼「ドゥドゥイスム」とでもなろうか。退行的ないし反動的「内実」はたしかに極端なクレオール性にきわめて強く順応するのであり、この極端なクレオール性の背後に隠されているのだ。言い換えるとこうだ。私たちはクレオール語を重層決定するように（または、そのために排他的なクレオール語の書記使用を今ここで権利要求するように）導かれるかもしれない、ただ単にさまざまな現実の分析のなかで本当に不足しているものを隠蔽するために。こうしてそれと知らずに民俗伝承化の「公式な」戦術に陥るのである。これは、また別個に研究するのに値する、なかなか重要な問題である。

要約

一　**私たちは、今ここで、国民《ナシヨン》なしで済ますことができるのか。**

——もしそうだとしたら、演劇行為は水泡に帰する。集団的表現は他処のなかに溶解し（ここから時折インターナショナリズムの形式的構想が生じる）、共同体はもはやみずからを代表〔表象〕する必要はなくなるだろう。

二　**私たちは、「意識」へ、集団的欲動のなかでこれを感じなくても、到達することができるのか。**

——もしそうだとしたら、民衆は、なんの痛手も感じずに民俗伝承の不動性のなかに保持され続ける恐れがある——そして全員の非人格化はもはや誰も疎外しない。

国民の歴史の過剰を被ってきた共同体にとっては、演劇が国民の観念に異議を唱えるのに資するということは理解できる。人は、自分がその国民の一員であるという理由から、自分の国民を拒否することができる。こうして演劇＝意志疎通（聖なるもの）と演劇＝異論（冒瀆）との対立は、超発展社会の視点に身を置くか、あるいは発展途上社会の視点に身を置くかで、それぞれの傾向を受け入れることになる。しかし表象（表象される者に対するいつでもあり得る疎外）の性質は、発展途上の邦であるここでは、異論を通じた交感と全員の批判を通じた全員の参加を築くことを余儀なくされる。力、欲動は、その時発展するのであり、その本性として、共通の生成を高め、同時にいかなる時でも、生じるかもしれないもの、国民の「限定」（ないしセクト主義）として必然的にやがて生じるものの止揚（しかし自発的な、前のものを継承した、合意に基づいた）を促すのである。

覚書
犠牲に供すべき英雄をもはや必要としない現代悲劇について

そう、今日の人間は、共通の希望（とその希望が可能にする緊張感）を、自分のために英雄を儀礼的に犠牲に供するほどまでに濫用しないことを学んできた。供犠の悲劇的儀式は、弁証法的対立（個人＝共同体）への信頼を含んでおり、この対立の解決が益をもたらすと見なされる。現代性《モデルニテ》はこの弁証法の破裂を前提とする。個人が怒りを募らせ、それが〈歴史〉の純然たる否定への反転になるか。あるいは、それぞれの共同体が拡張し、それが、複数の個別的歴史が〈歴史〉を（意識のなかで）引き継ぐという新しい運命となるのか。いずれの場合でも、英雄の犠牲による媒介は無益となる。政治意識は、かつて素朴な（もしくは暗黙の）意識が必要としたこの供犠執行という媒介を前提としない。それゆえ、政治危機や革命といった重大な時代は、そうなったはずと思われるようには、偉大な悲劇的作品を生み出さなかったのである。

西洋ではこのようにして犠牲を供する悲劇的「上演」から現代性のなかで与えられる政治的「省察」へと移行していったはずである。ブレヒトにおける異化効果は原則的にはこの移行を告げている。肝っ玉おっ母は、贖罪の犠牲でも模範的なヒロインでもなく、状況のなかで「発展する」疎外された意識の契機なのである。

私たちの共同体は犠牲を供する悲劇から政治的悲劇へと漸進的に移行することはないだろう。それは、フランス古典劇の合理性における場合を除けば（悲劇は普遍的な真理への野心を通じて摩滅する）、あらゆる悲劇は、共同体の運命を**引き受ける**英雄を必要とするからである。私たちのドラマ（これは悲劇ではない）とは、私たちが、自分たちの本当の歴史のなかで私たちの抵抗を**引き受ける**英雄である〈逃亡奴隷〉を集団で否認したのちに忘れたことである。この歴史的隠蔽が悲劇的不在を引き起こしている。

したがって私たちは、悲劇的なものと政治的なものを結びつける道をなす、この種の裂け目、あるいは、この聖なるものの高揚を、身をもって経験したこともない。シラノ〔ド・ベルジュラック〕の一貫した奔放さも、アルトーの苦悩の固定も。私たちはこの点では自己表象の平凡な民俗伝承しか知らないできた。

「政治共同体」の演劇はこの平凡さを退けるかもしれない。この演劇は一時的に同じ特徴を伴いながら南アメリカの全域で現れている。その同じ特徴とは、「性格」の図式化（心理を「深く」探究することはない）、状況の模範性、歴史的次元、公衆との議論、最低限の装飾と衣装、所作の重要性などである。このプロセス（キューバの演劇誌『全体《コンフント》』によって定期的に伝えられる）が維持されるならば、新しい芸術はまさにそこで試されつつあるのかもしれない。〈関係〉のなかでは、悲劇はもっとも早く刷新される中継のひとつであるだろう。世界規模の〈一〉とは、その移動ではなく、その古の記憶である。この記憶から断固として決別しなければならない。私たちから遠いところで、原子が決して死ぬことのない未来の空間のなかで、この記憶をやがて見いだすために。

79 ある実践について

私たちは結局のところ文学的資料体と呼べるものをクレオール語のなかで築きたいとする欲望が自分たちの身を焦がしていることを否定することはできない。私たちは状況の数多くの局面によってこのことを抑えられている。

まず私たちは、開催中の市場の演台や、学校の授業や、松明に照らされた農村の舞台などで、クレオール語で演じた。[65] 私たちは必要に応じてテクストを創り、これに太鼓で律動をつけた。テクストを転写しなければならない場合には大変難儀した。類似の罠がそこにあるからだ。私たちは確実にそこに陥る。私たちは最初の段階では“inmin”を“ainmin”と書いてしまう、もちろん“aimer”のせいだ〔フランス語の単語の表記（ここでは「愛する」を意味する“aimer”）にクレオール語の表記がどうしても影響されてしまうことの困難を示している〕。私たちは意見を戦わせ、再び取りかかる。写字生の苦悩。最初は熱狂、だが次は躊躇いと疑心だ。

世界中のいったいどれほどの言語が、言語を固定化しなければならないという、この歴史的エピソードを同時期に経験しているのだろうかと考えると驚いてしまう。問題は同一であり、同様の性急さを引き起こしている。たとえクレオール語が、フランス語を背景にしていることから、より繊細な問題を抱えていると考えられるにしても。

最終的には、規則が課せられ、骨格が明らかになる。しかし、たとえそうでも、原則の適用をさらに推し進めてゆくと、私たちは一種の拘束を感じてしまうのだ。口承《オラル》から著述《エクリ》へのこの組織化された移行の段階で、比喩表現《イマジェ》、迂回の策略に関して何が失われるのだろうか。大いなる乱雑のほうが、ここでは言語の詩学にとってはより有益ではないのだろうか。そしてその分だけ問いがあり、その答はたったひとりによっては与えられないだろうし、たったひとつの言語への答でもないだろう。言語学者たちによって行なわれる総合はここでは有益である。彼らの仕事をどのように考えるにせよ、クレオール語を**聞こえた通りに書く**ことは、それを抑制すべきかどうかは別にして、各人の嗜好にかかっていることに変わりはない。

80　話される著述について

したがって運動は向かう、著述《エクリ》へ。不運なことに、この運動は正反対の運動を伴う。話される言語がおのずとステレオタイプと化してしまうという運動を。比喩表現、寓意を用いることは、少しずつ日常のクレオール語から消えている。このことが著述のなかに入るために支払うべき貢ぎ物であるならば、そのような事態がこの代償に見合うことなのかどうかがおのずと問われる。

みずからの迂回の詩学をすでに諦めてしまい、フランス語の文章を字義どおりに解釈するような、ぎこちない言語。さもなければ、ずいぶん前から、廃品状態に陥り、**もはやいかなる現実とも対応しない**古いクレオール語の単語が詰めこまれた、難解な言語。選択肢はこの二つかもしれない。

さらに悪い事態が起こる。イデオロギーがやって来たのである。言語がこのように苦闘するのを観察する際、私たちは大義のために言語を回収するように誘われる。こうしてクレオール語的フランス（ひょっとしたらクレオール語によるフランスでもあるような）の理論は告げられたのであり、これはクレオール性の理論と対をなしている。

一方でも他方でもない。クレオール語は、著述を通じて〈関係〉のなかに入る場合、止揚できない場所に定着させてはならない。ここでの頼みの綱は、クレオール語がもう一度実用的になるということだろう。私たちがクレオール語を用い、クレオール語を介して、働き、創造するということだろう。そうなれば、この言語は、民俗伝承への矮小化にも、受け継がれるセクト主義にも脅かされないだろう。クレオール語を堂々とした態度で話し、激昂をもって書きながらも、何よりも、私たちの行為のなかにこの言語を組み込まなければならない。

81 クレオール語の著述について

ハイチ人フランケティエンヌの小説『デザフィ』〔一九七五年に発表されたクレオール語小説（未訳）〕は継起する炸裂の力によって組織されている。長きにわたって続くエピソードはほとんど見られない。言語は噴出し、泡を吹くようにほとばしる。

私は考え込む、そこには、ある責務が、すなわち言語を永続させなければならないという束縛があるのか。あるいは、ある自然な詩学、すなわち炸裂し、湧出しようとする傾向があるのか。

私はこのことをマルチニックで制作されるテクストと比較検討してみる。それらのテクストは私にはより一層拘束されているように思える。無理に著述化したぎこちなささえ感じられる。これらの試みを吟味すること、みずからこの吟味に取りかかることほど面白いことはない。

このとき私たちは、クレオール語の美点、感動をこちらに強いる美点のひとつが半諧音《アソナンス》〔同じ母音の繰り返しのこと〕の律動にあることを発見する。音のなかの連関。私は驚いてしまった、ダマスのフランス語やブラスウェイトの英語、またギジェンのスペイン語の著作のなかにもこれと同じ実践を見つけたのである。

しかしこの半諧音の律動がクレオール語のなかで力を保つのは、この半諧音の律動を、クレオール語が民俗伝承の安直さから逃れるために必要な、比喩表現による迂回と切り離さないかぎりにおいてである。口頭の言語はおそらく、世界中のどこでも、同じ問題と直接結ばれている。すなわち、著述が要求する場合でも、固定化された律動が新しい喜びをもたらす場合でも、言語の詩学の深い意味を捨て去ってはならない。発見するのに――維持するのに長い時間と苦難を要するこの詩学の深い意味を。

第四巻

アンティルの未来

アンティル性のために

目印

返答と贈答のかたちで

グアドループに。風の吹く平坦な土地と森が生い茂る凸型の土地とを均等に隔てる境界に〔グアドループの地形はバス＝テールとグランド＝テールと呼ばれる二つの土地から構成されている〕。微笑がたわませる、その計り知れない気分に。グランド・ヴィジ岬〔グランド・ヴィジ岬は、グランド＝テールの最北端に位置する断崖の岬〕の断崖で風が浸食する灰色のマプー木に。グアドループ住民のなかでおそらくもっともマルチニック的なデルグレスに。潮が訪れない、数多くの隠れた入り江《アンス》に。双方の海岸で再開する、レザルド川とラマンタンに〔レザルド川とラマンタンは、マルチニック、グアドループ両島に見いだせる地名〕。見事に生き抜いた、グランド＝テールのヒンドゥーの民に。絶対に涸れ尽き得ない、ウアスー〔クレオール語で「ザリガニ」の意〕に。グアドループに、そして昔のライバルたちに。ロランの若者たちが死んだように、ここで死んだ若者たちに。シャトー岬〔グランド＝テールの最東端に位置する岬〕の黄金の砂粒に。無限が君の踝を捉える、サン＝タンヌ〔海に面したグランド＝テール南部の市場町〕に広がる遠大な海に。農業労働者の最初の国民的組合に。間違いなく憤死が叫んだ場所である、我慢の限界《マランデュール》と呼ばれる場所〔バス＝テール西端の海岸付近の地名。奴隷制時代の反乱とその鎮圧の記憶が喚起される〕に。ポール・ニジェール〔一九一五―一九六二。グアドループ出身の作家。グリッサンと共に政治運動にかかわった。本名アルベール・ベヴィル〕に。クレオール語の詩人たちに、グロ＝カ〔グアドループの太鼓とその演奏法を指す。一九七〇年代には、民族運動の高まりを背景にしたクレオール語とグロ＝カ（グオ＝カ）の再評価の動きが見られた〕を叩く者たちに。不思議なことに、蛇が一匹たりとも生き残らなかった島、グアドループに。

82　願望、現実

一九六九年

アンティル性という概念は私たちが問うべき現実から生じるが、この概念はまた、その正当性を明確にしたり定めたりしなければならない願望にも対応している。

もろい肯定性（カリブ海の海岸から海岸へと紡がれるアンティル性の経験）は、一種の差し迫った否定性（絶えず脱臼し、多くの場合後れてくる、私たちの反応のうちに漠然と残り続ける願望としてのアンティル性）に結びついている。

この現実は潜在的である。すなわち（事実に含まれる）濃密な現実だが（意識に含まれない）脅かされた現実だ。

この願望は必要である、しかし明白ではない。

I

現実は明白だ。〈プランテーション〉システムから生じた諸文化。島嶼文明（ここではカリブ海は回折的である。これに対し、同じく文明的な海である地中海は、何よりも牽引力と結集力を有していると考えられるだろう）。アフリカ起源やヒンドゥー起源の人々を基盤としてヨーロッパ起源の人々を頂点とするピラミッド型の植民。各地の中間言語。クレオール化という文化の一般現象。邂逅と総合の才覚。アフリカ的要素の存続。サトウキビ、トウモロコシ、唐辛子の栽培。複数のリズムが結合する場所。各地の口承の民。

この現実は潜在的である。アンティル性に欠けるもの。それは共同の経験から意識の表現へと移行すること、知を司るエリートが据える知的原理を超克すること、カリブ海各地の民の行為に基づいた集団的自己表明のうちに錨を下ろすことである。

アンティル人としての私たちの現実はひとつの選択である。その現実は私たちの自然な体験から生じるが、私たちの複数の歴史のなかでは「生き延びの能力」以外ではなかった。

私たちはアンティル性を脅かすものを知っている。島々の歴史的バルカン化、多くの場合「対立的」な、異なる媒介言語（フランス語と英米語の争い）の習得、これらの島々の多くをそれぞれの本土の支配圏にきつく縛りつけたりゆるやかに維持したりする臍帯、カナダ、とりわけアメリカ合衆国という不安を引き起こす強力な隣国の存在。

孤立はそれぞれの島に対してアンティル性の自覚を遅らせると共に、それぞれの共同体を固有の真実から遠ざけている。

II

政治の次元では、願望はいまだに取るに足らない。

周知のとおり、〈連邦〉の最初の企ては英語圏の島々のものであったが、これはすぐさま破綻してしまった。ジャマイカとトリニダードが利害の点で揉めたこと、両島が小さな島々を「抱える」ことを拒否したことが、この高邁な企図を破裂させてしまった。そのせいで、この種のあらゆる全体化に対する英語圏の島々の深刻な反発が残っている。この〈連邦〉は主要国家主導で決めたものであり、各地の民には必然として感じられなかったし、民がこれを求めたのでもなかった。

政治体制、社会構造、潜在経済力が今日、対立し合うとまでは言わないまでもこれほどまで多様な諸国家を、なんであれひとつのステイタスのもとにまとめあげようとするのは馬鹿げているのかもしれない[1]。

スペイン語圏アンティル諸島、とくにキューバは、完全にラテン・アメリカの方を向いている。大陸上の革命闘争の強度には希望を抱いているが、小アンティル諸島の可能性については疑わしく考えている。

文化的行動においては、願望は制限されている。

知識人たちは知り合い、少しずつ邂逅を果たしている。しかしアンティル諸島各地の民は、網から逃れた自分たちの息子たちがこの方向で創る作品と真に親しくすることができずにいる。知識人の情熱は、この情熱が各地の民の意志を中継する際に、変容に向けた行動になる。

III

ある政治的選択が、それがラディカルな選択だったにせよ、アンティル性を選び取ることを躊躇するのを見るやいやな、私たちは、非-歴史が割り当てた限界のうちに留まりたいという偽装された欲望を、誰も大義をもって引き受けることのできない（本土の）価値観への多かれ少なかれ屈辱的な追従を、自分の固有の参照項を選び取る決心がつかないという宿命を、確信をもって診断する。

ここで果てしないお決まりの問いが発せられる。それでその後は？　私たちは何をするのか？　どうやって？　経済学者が眉をひそめてこのようにまとめる問いだ。国の諸構造は瓦解するだろう、と。あたかも、私たちが話しているまさにこのときに、国の諸構造が現実においては瓦解していないかのように。

カリブ海の開かれ、遠く、不確かなその開かれは、私たちの民に変革をもたらし、新しい野心を与えることができる。その開かれを通して、私たちの民は自分たちの空間と自分たちの関係に居合わせ（アンティル性は民のうちに現前する）、この空間を民と共に共有する人々のもとに居合わせる（民はアンティル性に現前する）。

IV

しかしアンティル性は、救援のようなものとして、独力で立ち向かうのを恐れるような弱さに対する慰みとして、経験されるわけにはいくまい。このように感じられる場合、アンティル性はまた別の種類の逃げ場となり、今の責任放棄を別の責任放棄に替えることになるだろう。人は、自分がアンティル人であることを望むことでマルチニック人になるのではない。そうではなく、自分がマルチニック人であることを望むことによって真のアンティル人になるのだ。

各地の島嶼文明は輝きわたり、大陸化を果たした。西洋のもっとも古い文化的夢は、たとえば、アトランティスという島＝大陸にかかわっている。アンティルの文化的希望は私たちの民の独立への非‐到達によって阻まれてはならず、そうなってしまえば、新しいアトランティスであるところの、脅かされながらも必要なアンティル性は、具体性を帯びる前に私たちにとって消滅してしまうだろう。

アンティル性の問題圏は、知性の錬成にではなく、共同体の分有に属するのであり、学説の発表にではなく、討議された希望に属するのであり、初めから私たちにでなく、まずもって私たちの民に属するのだ。

一九七九年

パナマでの集いに招かれた私は、ある夕べをトリニダード出身とジャマイカ出身のパナマ人の一団との会談に捧げた。彼らは英語とスペイン語で話していた。さまざまな理論が、ネグリチュードを、階級闘争を、パナマ国民の強化をめぐって、対立していた。翌日の午後、私が招きを受けたワークセッションの後、(メキシコへの傾倒を喜んで打ち明ける)マルチニック人歴史家ルネ・アシェアンに、マルチニック出身のある老婦人のもとを訪ねるように勧められた。この婦人は、パナマ運河が完成する時期に、両親について行き、パナマに来たのだった。私たちは彼女の家を、ある分譲地へ探しに出かけた。およそ九十歳のアンドレアス・デル・ロドリゲス夫人は、今世紀初頭の「立派な」人々の含蓄のあるクレオール語を、訛もなければ躊躇うこともなく話した。彼女は、パナマは私の祖国であり、マルチニックは私の母だという。彼女は色褪せた大切な写真を見せてくれ、在りし日の甘美なもてなしを施してくれた。ロドリゲス夫人は彼女の物語を語り、彼女の悩みを知らせてくれた。彼女はいまだに、彼女が望んで故郷に滞在していた一九一三年一月二十八日に、サン゠テスプリ村(マルチニック)で生まれた息子を探していた。ガシアン・エルネスト・アンジュロン氏というその息子はマルチニックのおばの家に残り、そのおばはいまや故人で、一九三六年まで彼女に手紙を書いてよこしていた。彼女の話では、世界大戦の混乱のせいでおばは死んだのだった。息子はおそらく死んだと、口先ではそう言っていた。そうでなければ、どうすれば息子は母のことを忘れることができたのだろう。しかし彼女はまだ望みを抱いており、一九六〇年にはマルチニックの新聞に広告を出したこともあった。彼女は私たちに何かをするよう試みてほしいと頼み込み、とくに取り乱すこともなく資料と写真をこちらに託すことさえも提案してくれたが、私たちはこれを断った。たぶん、資料と写真を預かることであまりに重すぎる責任を背負い込むのを恐れたからだ。沈む夕日は、私たちをもてなしてくれた居間の一角を包み込んでいた。退職した挿絵画家である、二番目の夫の鉛筆が白木製の小さな仕事机の上に丁寧に並べられていた。私たちは再び訪問する約束をした。彼女は何度も私たちに別れのキスと抱擁をしてくれた。

一九八〇年四月、パナマで、第二回ニグロ・アフリカ文化南米会議が開催されたが、私は運悪くかの地に赴くことができなかった。知識人という、今日カリブ海全地域にこのように招かれるという圧倒的特権を享受している人々には、アンティルの邦をその多様性のなかで見ることができず、すぐそこで、まさに隣で歌われる言葉を聞き取ることもできない人々のために、**声を開く**責務がある。

83 『正当防衛』について

I

このマニフェストはマルチニックの若い知識人グループによって一九三二年に出版された。署名者は以下のとおり。エティエンヌ・レロ、テリュス・レロ、ルネ・メニル、ジュール゠マルセル・モヌロ、ミシェル・ピロタン、モーリス＝サバス・キトマン、オーギュスト・テゼ、ピエール・ヨヨット。私たちはこの文書をフランス語圏アンティル諸島におけるアイデンティティの探究をめぐる考察の題材に選んだ。この文書の重要性を今さら強調する必要はない。したがって、この文書に対する批判的分析に取りかかるにあたって、私たちは何も気兼ねしなくてよい。私たちは、雑誌参加者で、今日マルチニックで唯一存命のテリュス・レロとルネ・メニルへの調査を行なうべきだと判断した。そして、この作業の成果をテクスト分析のデータと突き合わせた。マニフェストの文章は、同名の雑誌（『正当防衛』）の最初にして最後の号のなかに発表され、その後により個別的な文章と詩（レロ、メニル、モヌロ、ヨヨット）が続く。私たちはこれらの詩もまた検討した。

マニフェストは、三つの見方（ないしベクトル、ないし領野）に応じて、三つの方向で読むことができる。

一　独断的なものとして。このことで私が言いたいのは、著者たちは、躊躇も逡巡もなく、自分たちにとっては決定的な真実である命題を暴力的に言い表している、ということである。

二　問題含みなものとして。問いへの開かれた展望という意味でこの語を解さないでいただきたい。テクストのまた別の部分は、意味内容《シニフィエ》の次元ではなく文字そのものにおいて、注意深く暗示的に提唱されていることをこの語で示したい。

三　実践として。マニフェストの著者たちはこの当時に、自分たちの分析から、行動的結論として引き出すだろうものを肯定している。

いわゆる「独断的な」テクストの一部がかかわる利害の中心を指摘しよう。それは暴力的な立場を取ることにあり、恥辱に反対し、資本主義的世界に反対し、共産党に賛成し、シュルレアリスムに賛成し（シュルレアリストの作品を読むことへの呼びかけ、ヘーゲル、サド、ロートレアモン、ランボーへの参照）、フロイトに賛成し（「私たちの夢のなかをはっきり視ること、その声を聴くこと」の必要性）、ブルジョワジーとキリスト教徒に反対し、「感情」に反対し、サルヴァドール・ダリに賛成する（「愛の鳥たち、インク壺や靴やパンのわずかな欠片であることができるその鳥たちは、仕留められた慣習から飛び立つ」）わけだが、結局のところ、あたかも私たちが先ほど示した第二の領野へ移行する契機であるかのように、**地方主義**〔特殊主義〕**に対する無関心**を表明するのである（これに対して署名者全員が賛同してはいなかったように思える）。署名者がフランス語圏のアンティル人として自分たちが生まれた偶然に無関心であることを、テクストは表明している。転回点となるこの文が、マニフェストが用語のなかで躊躇し、「問題含み」になる部分へと私たちを導く。

この躊躇は何にかかわるのか。それは「フランス領の若いアンティル人」、「若い黒人」、黒人ブルジョワジーおよびプロレタリアートについて語るときである。興味深いことに、このときテクストは断固とした調子をとるのをやめ、不確実になる。若いアンティル人については「彼らの革命的可能性を見下す態度からは**私たちは遠い**」、若い黒人については「彼らはポテンシャルを示している**ように思える**」、黒人ブルジョワジーの子供たちについては、自分たちが「**目立つ**ことのない」者たち、「**人生を**みずから要求する」者たちに向けて話す、等々[2]。

このように、留保のない断定はすべて、これら知識人たちがヨーロッパで学んだことにかかわっていたのであり、アンティルの現実を参照することは一度たりともない。そして、テクストが不確かになるのは、この現実に接近することが問題となる瞬間にほかならない。「もし」や「私たちには思われる」といった言い回しや曖昧な形容詞が明確に際立たせているのは、テクストはこのときに断固とした確信を捨て去り、現実について著者たちが抱いている固有のヴィジョンに対して、この不確実性を割り当てるまでに至る、ということだ。「このマニフェストは、**もし**これが若い黒人に**むしろ**向けられる**とすれば**……」。要するに、躊躇はカリブ海に、確信はヨーロッパにかかわるのである。

テクストの**実践**もまったく同じく啓示的だ。可能な行動においては、宣言者たちは何を決めることになるのか。まず最初に、告白というシュルレアリスム的実践であり、これはフロイトの分析の魅惑と結びついている。そしてまさにこのときに私たちは、明瞭で、鋭利で、挑戦的であるテクストのなかで唯一、凝りすぎ、入り組んだあの文に行き当たる。

「われわれは、知的探究の領域でこれ〔〈有用〉の概念〕に誠実さを対置するのであり、この誠実さのおかげで、人間は、たとえばみずからの愛のうちで、矛盾を斥けることを可能とするような両義性を突き止めることができるのだが、この矛盾によって、論理の命令に従って、感情の対象が与えられるのであれば、私たちはこの対象に対して、**愛**と呼ばれる感情**か、ないしは**憎しみと呼ばれる感情を抱くことを**命じられて**いる。」文のこの入り組み方、この「……か……ないしは」は、実際には知識層のアンティル人が抱える両義性と矛盾とを言い表している。西洋世界に、白人世界に対する愛**および**憎しみ、これこそがこの知識人自身の眼に映る争点なのだ。それから、この矛盾を悪魔払いし、躊躇と不明瞭な動揺とを埋め合わせるためであるかのように、テクストのうちもっとも暴力的な文のひとつが続く。「そして、私たちはあの忌まわしい拘束と縮小のシステム、愛を抹殺し、夢を制限する、西洋文明の名のもとで一般に示されるこのシステムを耐えるのだ、歯をぞっとするほど軋ませながら」。この最後の呪詛は実際にはこれらアンティルの知識人が体験する矛盾を示している。それはアンティルの現実に勘づきながらもこの現実のための権利要求ができないと思う人々の居心地の悪さなのだ。[3]

II

ジャン＝ポール・サルトルやのちの多くの注釈者はエティエンヌ・レロの詩を、その後にやって来るもの、たとえばエメ・セゼールのテクストと比較しながら打ちのめしてきた〔サルトルがサンゴール編『フランス語ニグロ・マダガスカル新詞花選集』（一九四八）に付した序文「黒いオルフェ」で展開したネグリチュード論。レロの詩を痛烈に批判した〕。私の考えでは、そこには不当さはないが、不適切さがある。シュルレアリスムに無邪気に依拠し、薄っぺらく細すぎで、あまりに早く廃れる様式を採用した『正当防衛』の詩（レロの詩を含む）は、前述したものと同一の不可能、同一の居心地の悪さを私に告げているが、では、その後に続くことになるあの輝かしい詩の成功もまた、きわめて悲壮な防衛に充ちているかどうかといえばわからない。ただここには、勝利の安寧よりも、啓示的なとは言わないまでも、「実証的《ポジティヴ》」な、締めつけるような不安がある。これらの詩を見てみよう。私は次の一文を見つけた。「……白人に見えた者たちと黒人に見えた者たちはひとり残らず同じ希望にぶら下がった時に」（J・M・モヌロ）。長い注釈に値する一文だ。迂回の見事な事例である。**白人に見えると黒人に見える**という表現は、私たちが自分たちの生々しい問題に直面することを詩のなかでは免除している。ここには、普遍を通じて止揚しようとする絶望的な意志に結びついた自己の苦悩が認められる。

　これらの詩を注意深く何度も読むことで私たちは以下の考察に導かれる。

——季節が現れていること、あるいは「私に不思議にも**強いられる**いくつかの単語について」。いくつかの頁で、季節の変化が一貫して参照されていることは、どうでもよいことではない。「わが視線が消える時／窓ガラスに面した春」や「みずからの核の周りを巡る夏は／無意識のスカーフを広げる」など、この参照は何よりも（ルネ・メニルにおいて）わがものとした律動を見いだすという無意識の必要を意味していると、仮定することが許される。ところが、この参照はレロやモヌロの詩のなかでは疎外をもたらす象徴体系に向かう。しかも「夏の最初の詩」〔モヌロの詩〕と題された詩を例にとれば、「夏は人々の相互理解に非常に資する」とある。少なくとも他の三つか四つの詩行はこの主題の粘着力を示している。これは何を伝えているのだろうか。ある言述のなかでの、言述を担うべきであるはずの風景の劇的な省略である。[4]

——アンティルの風景の不在。風景はそこには思い出としてだけでなく幻想としてさえも現れない。しかも、これらの詩人は風景に十分敏感であるがゆえに、装飾としての風景を諦めたのである。彼らのテクストは唯一の動作で、与えられた風景とのあらゆる関係を故意に抹消するという操作を全員が等しく行なっている。「風景が背負わされる沈黙に」、「なぜなら透明性が風景を打ち消すからだ」、「私たちの日々は光を見誤り／私たちの視線は色彩を無視する」、「風景を恐れる女性のために」等々。誰が引用文の著者であるかを明らかにするのは無益である。なぜならその欲動は共通しているからだ。アンティルの風景の詩学を諦めることは、本質的で、無色透明な非－邦《ノン・ペイ》のうちに存在を導くのだ。

——透明性。これは、結晶の、清澄のかたちを取りながら、テクストの至るところにある。透明性は自分の風景を断念する者の邦である。透明性は普遍という安心を与える保証を生み出す。

以上の主題は、『正当防衛』の詩に見られる、次のような別の傾向によってさらに確証される。沈黙、無言への呼びかけ、高みへの憧憬（空、アーチ、鳥、飛翔）、期待（「不安と共に期待と共に」、「救いの犯罪を待ちながら」「実に待ち望まれるそれ」等々）。ここに表現されているのは、根源的不満以外の何物でもないのではないだろうか。その根源的不満が、上昇、透明性、沈黙、そして（虚無を補う分だけ）苦しみを伴う期待への呼びかけに変わり、そのうえで、最後の主題、最後の呼びかけ、すなわち存在からその欠如を取り除いてほしいという炎のような願いのなかで高揚するのではないだろうか。

下手なシュルレアリスム詩であるかもしれないが、それにもかかわらず、この詩は、『正当防衛』の著者たちがそれと知らずにあるドラマを生きていたことを表している。固有の詩学を自分たちがもたないというドラマを。それゆえ、テクストがすべての時制をごたまぜにしつつ、ひとつのイデオロギー的な擬似－断絶を経ているならば、仄めかされているものはまた別の意味で重要である。それは、不可能ではあるが望まれる真の断絶を求める無意識の韻律、その舞台となる者たちに休息を与えない韻律なのだ。

シュルレアリスムにつｓいて

以上の文章をあまりに一般的な導入として用いた研究セミナーの作業は、同様に、アンティルの詩人とシュルレアリスムとの関係にもおよんだ（その結果、『正当防衛』（パリ、一九三二年）と『トロピック』（フォール＝ド＝フランス、一九四三年）の内容上の違いにおよんだ）。

シュルレアリスムは「肯定的には」、西洋社会に対する異議申し立て、言葉の解放、スキャンダルの力といったものを、もたらすものとして現れた。「否定的には」、受動性の要因（アンドレ・ブルトンを主人とする）、つかみどころのない参照の場（人生、火、詩人）、社会問題における批判的思考の不在、選ばれた人間への信仰として現れた。想像域、非合理、狂気の力と、「基本要素」としてのニグロの力との関係は強調された（『トロピック』）。その一方で、シュルレアリスムが「個別性」や特殊性を矮小化する傾向にあること、また、シュルレアリスムが人種問題を単純な否定によって抹消する傾向にあること、それゆえシュルレアリスムが逆説的にも（そして寛大でありつつも行き過ぎた一般化によって）ヨーロッパ中心主義の傾向を保持しているということ、これらの意見が支持された。

84 サン＝ジョン・ペルスとアンティル人

I

ペルスにあっては彷徨が高まれば高まるほど、話し言葉が「固定」されるのが見て取れる。唯一の所与の不確かな広がりへ〈普遍〉を近づかせる必要がないよう（威嚇することも、ゆがめることもないよう）、無傷の〈普遍〉の鉱物化を企てるほどに。言語《ランガージュ》の純然たる構築物が、彷徨の欠如に対する、最初の、唯一の返答であるかのようだ。世界は西方にあり、そして西方は言語である。ペルスはそこに自分の実際の住まいを築くだろう。脆い変動を越えて一挙に打ち立てられたこの不可能な屋敷の敷居、それは語だ。そして語は棟でもある。肉体は〈ロゴス〉に帰する。こうしてペルスは西洋の究極の「全体的」表現を密封する。システム化した世界の最後のトルヴェール。この点でペルスはセガレンの反対だ。〈多様なるもの〉とは、偶発事、誘惑にすぎず、庇護をもたない。

II

そうした企ては、アンティル人だったりアンティル諸島生まれの人間であるからというだけで可能だったわけではない。ペルスが別の世界に生まれたとしたら、世界のどこか別の場所に生まれたとしたら、もちろん彼は、根をもつことに、先祖伝来の特性に、自分を揺るぎなく繋いできた土地の粘着により一層縛られたことだろう。反対に、アンティル諸島生まれであることはペルスを彷徨へ開かれたままにした。彷徨う人にとって普遍は、具体が画する世界としてではなく、具体へ錨を下ろそうとする普遍的情熱として与えられる。ペルスがそこで白人クレオールのドラマ、すなわち、白人クレオールを「含む」ことのない本土人の歴史（その反作用として白人クレオールは正統な血縁性を強硬かつ丹念に求める）と、アンティル的自然《ナチュール》——それがもたらす打撃は、おそらくは彼がいつか除去せざるを得ない瘤を残した——とのあいだの緊張に満ちたドラマを生きたことを人々は充分に見ていない。ペルスは、否が応でも、クレオールの仲間たちにも、最終的に彼を神聖化するフランス語の注釈者にも思いもよらないほどの高みで、そうしたねじれを経験した。アンティル人のなかでも、彼とは反対に、植民地的無秩序を超えて、アンティルの自然と文化を和解させることに身を捧げる人々にとって、ペルスとの関係が両義的であり、躊躇いがちであることは驚くにあたらない。彼が私たちの歴史から逃れてこれを否認する場合、私たちはどのようにして彼のアンティル的性質《ナチュール》に同意すればよいのか。

にもかかわらず、脆いアンティル性。すなわち、彼のなかには、立ち去る、この私たちの一部がある。私たちは、留まることへの強要と出発することへの誘惑に震える。ペルスはこの誘惑の方だけを私たちと共有するのであり、彼はこの誘惑を実行に移した。おそらく港の錨地のなかの小島が彷徨のもっとも確実な住処である。ポワン＝タ＝ピトルの港のなかのイレ＝レ＝フイユ〔「葉の茂る小島」の意。グアドループの経済中心地である港町ポワン＝タ＝ピトル市の湾内にある小島（なおこの小島の表記は複数ある）。生前のサン＝ジョン・ペルスはこの小島で生を受けたと述べていた〕。島の投錨地のなかの小島。この小島はマングローブが侵食する砂浜によってではなく、つねにこの小島を引き綱で手繰り寄せる数隻の巨大な海洋船の記述《エクリチュール》によって画される。ペルス作品を愛好する人にとって、詩人が生地の余白に身を置くこの閉じられた場所と同じほど感銘を与えるものは何もない。アンティル人にとって、ペルスが私たちを無視し、私たちと合流する、この決定的隔たりと同じほど明白なものは何もない。イレ＝レ＝フイユ。〈海〉と〈森〉。この自然が文体を生み出し支配する。ペルスのなかには波浪のうねりが、絶え間のない水夫の出現が、マストを失った天幕が、つねに風が吹き渡る〈道〉の上に広がるつねに未来の空がある。すなわち、立ち去ること、浅瀬、流体、〈海〉。と同時に、構築された度外れ、植物の腐食、紫の根にひっかかった塩の光がある。すなわち、生えて留まるもの、脂肪、根元、〈森〉。ペルスはこの文体の原初的かつ交錯的な増殖によってアンティル人である。自然《ナチュール》は何よりも私たちのうちに語りかける。彼の性質《ナチュール》は植生としての語である。だが彼の歴史は、純然たる企図《プロジェ》としての彷徨である。

なぜなら彼はアンティル人ではないからだ。彼はこの歴史に巻き込まれていない。それゆえ彼はそこから自由に出発できた。強いられた周囲の環境は、子供にとっては、留まりなさいという勧告ではなかった。出発するのが生来の性向なのだ。ペルスはあてどころなく出発することを、「西方へ出発する」ことを選んだ。そこでは、西洋はもはや具体的素材ではない。〈理想〉である。ペルスはダンテが転成したものに合流する。彼は唯一無二の〈ロゴス〉の〈歴史〉のなかで自然と歴史を昇華する。『讃歌』〔一九一一年、NRF出版（現ガリマール社）刊。はサン＝ジョン・ペルスの初期の詩編。グアドループでの幼年時代を謳った詩編として知られる〕はまだ語であるが、『海標』〔一九五七年、ガリマール社刊〕は充分に〈ロゴス〉である。

そのことで彼を非難してはなるまい。政敵に「ケ・ドルセー〔同名の地区にあるフランス外務省の通称。ペルスは外交官でもあった〕の混血児」と中傷される彼がアンティル人であるのを望まなかったとしても。征服者たちの破壊を、彼らの営みが総合的であるという観点から、正当だと思ったとしても。彼の詩学が（『遠征』〔一九二四年、ガリマール社刊〕から『海標』まで）個別なき普遍のなかで結晶化したとしても――これ以上明白なことがあるだろうか。この未生のアンティル諸島で活躍する今日の作家は理の当然として輸出品である。対して、ペルスは、不断の選択で、距離を取り、上昇する。こうして彼は私たちにとっては苦しみであることを企図に変える。しかしそれは同一の情熱〔＝受苦〕である。

III

次の二つの解釈の試みは、ペルスのなかに説明のつかないものを残すという点で罪深いと考えられる。一方は、（根本的な彷徨者である）ペルスをアンティルの黒土のなかに力ずくで連れ帰そうとする試みである。もう一方は、クレオール性を有するペルスを、彼がひそかに苦しんだと私は確信しているあのねじれを伴ったペルスを、必死に白色化しようとする試みである。第一の仮説は、ペルスに彼が構想し得なかったひとつの歴史を割り当ててしまう（彼は〈歴史〉のなかを歩いている）。第二の仮説は、彼から自然の地盤を奪い去る。たとえその自然が、彼が最終的に生み出した絶対の〈風〉によって昇華され、普遍化されるとしても、彼の語の基本的道程は変わらない。ペルスは、歴史と自然のあいだの断絶を超越によって要約しようと望んだ点で偉大である。ペルスは、自分のイメージとはもはや似ても似つかない世界となることに突如定められた西洋の、分裂した顔を身をもって証明している。

IV

なぜなら、世界の支配者《コロン》ペルスは自責の念に駆られて苦しむことはいっさいなく、反対に世界と彼の関係の二重の両義性を（距離と彷徨で）示しているからである。それを絶対的言葉との純然たる関係に変えるまで。

V

この距離と彷徨の詩学は詩人を世界の「運動」へ開く。今日そして明日に、言葉を**拡張**しなければならないことを彼は知っている。しかし、不可能な屋敷へのノスタルジー（語から直接、一挙に与えられる）は、彼がこの運動を受け入れないよう命じる。栄光に包まれた移動（人が移動しないで済む、この永遠の運動）を行なうペルスは、「留まり」ながらも変容する地味な、あるいは凡庸な植生を無視することを選ぶのかもしれない。彼は、もっと遠くに、世界を変容させようとする人々の営為ではなく、世界において間もなく変容するものを見る。〈システム－としての－世界〉の最後のトルヴェール。そしてヘーゲルであればペルスにおける「全体」へのこの情熱をおそらく好んだだろう。しかし世界はもはやシステム化し得ない。あまりにも多くの〈他者〉や〈他処〉が美しい水を混濁させる。この混濁に対して、ペルスは「固定する」ことに着手する。思いがけない多くの条件によって散乱し傷つくものを語に固定する。普遍がその根元まで脅かされている以上、ペルスは普遍の光を一挙に駆け登るだろう。

言語《ランガージュ》を屋敷に変える（語を現実に変える）という執拗な試みはこうして世界の「脱構造」に応える。と同時に、その試みはこのために慎ましい密林を無視することに大胆に捧げられる。ペルスは世界で生じることを理解する〈詩人の特権〉が、それでも彼はそれを受け入れないことを、そこに参加しないことを選択する。

VI

固定性。果肉と肉体を語に引きとどめることへの要求。私は西洋的トランスのうちに次の二つの欲動を見て取る。土地の塩を否定することで世界を拒否するという欲動と、世界の肉体に絶対を刻印することで世界から退却するという欲動である。図式化するか、神聖化するかだ。そこには極度の寛容性がある。拒否あるいは上昇によって、西洋的知性は〈他者〉が自分を揺さぶることを証言する。サン＝ジョン・ペルスは世界に現前する。たとえそれが世界を栄光で驚嘆させるためであるとしても。現代の劇的なもののなかで、純粋所与（すべての可能な所与を生み出すようなもの）の言語《ランガージュ》を打ち立てるための彼の営みは、言語《ランガージュ》の純粋所与を描こうとする人々の試みと同様に注目に値する。彼らのように、ペルスは出現した複数の歴史を拒否する。しかし彼は〈歴史〉を賛美しなければならなかった。彷徨はこの賛美の場所である。絶えず出発する者にとって〈海〉は彼の道だ。彼は、〈高原〉の重なり合う波浪を解きほぐし、唯一無二の〈歴史〉のなかで息をする。そうだ。彷徨が繰り広げられれば繰り広げられるほど、言葉は固定性に揺さぶられる。

VII

アンティル人はこの〈固定〉が自分たちに関係するのをよくわかっている。しかし、おそらくアンティル人は統語法を発明し、自分たちに**今ここでは与えられていない**言語《ランガージュ》を開拓する必要がある——その炸裂を彫琢する前に。それゆえペルスは私の語の隙間にしばしば姿を現してきた。同様に私の考えでは、ペルスがグアドループ人や彼のほとんど知らないマルチニック人について考えることがあったならば（私たちの島々についてきわめて希少な讃歌を歌った彼ではあるが）、それはたしかに高みからの視線であるが後悔の念もあった。複数の歴史は〈歴史〉に亀裂を入れ、決して戻ることのできない沿岸に、群生する蔓を伝って出会うときをもてなかった人々を押し戻す。

VIII

その先で、サン＝ジョン・ペルスはすべての人々にとって必要である、そして、それこそ詩人に対してこちらが送るべきもっとも正しい賛辞だ。咲き誇る言語の花々と言語活動の数え切れない網の目がもっとも生い茂る場所で、人間が光の源に遡ろうと望むとき、彼は認めるだろう、この者が、フランス語の奥底から、安定の参照項を、永続性のモデルを出現させたことを（〈分かち合う者〉セガレンを広げ、〈カトリック教徒〉クローデルの果てへ）、そして私たちの〈多様なるもの〉がそれを（枯渇することなく）必要とする日がいずれ来るだろうということを――より一層広がるために。

覚書

たしかにペルス後期の著作の修辞的一般化は、普遍の詩学がみずからを普遍の詩学として宣言することは得策ではないと考えさせる。しかし、ロジェ・カイヨワがペルスにおいて研究したのはまさにこの普遍の詩学である。ロジェ・カイヨワは言う。「深淵については検討しない。定冠詞や副詞の用法について考察する。この手続は、深淵の検討よりも慎ましく、したがってより確実であるばかりか、深淵へきわめてゆるやかに導いてくれるものでもある。しかも、この手続はまさしくそこへ導くのであって、一気にそこへ突き落とす――実に無益な歩み――のではない。」

こういうことであるからロジェ・カイヨワの批評分析についてあれこれと思い巡らすことはあまり重要でない。もっとも、この分析の細部（本書の三分の一以上は詩人の記述に見られる語彙、文法、結句、音の推移の分析にあてられている）は重要であるかもしれないが。問題はこの分析が決定的であるのか、すなわち、この分析から出発してロジェ・カイヨワは私たちが述べてきた詩学を解明することができたのか、そのことを知ることだ。ところが、結論的なものや、総合の試みと呼べるようなものへ至る分析の途上には、この分析が埋められなかった欠落があるように思われる。その断層はあまりに明白であるため、ペルスの詩学をその本質的な点（記述の組成に対して超越的な点）で論じ始めながら、著者ができることと言えば、ペルスのテクストのある選択、すなわち、この観点から作品の輪郭を見定めることのある種の不能を取り繕うような選択に陥る以外にないのである。しかし、ロジェ・カイヨワはその方法論を、彼が至った非常に実証的な諸結果によって正当化する。もっとも、これらの結論は著者の性格を反映するほどまでに「偏向した」ように一見すると思われるかもしれない。実際、ペルスの詩は、批評作業の終わりにこのように紹介される。

――「その対象を証明する」詩（これは詩的無償性に対して）

――知覚の科学（詩的ヴィジョンのアナーキーに対して）

――賞賛する事物を不滅化する賛辞（「絶え間なく逃れ行く事物は、これを固定して引き留める術を要請する」）

――現実の詩（「すべての順序が変わるこの作品中では、ほとんど何も発明されないことを恐れずに断言できる。いかなる幻想も、いかなる錯乱もない。」）

――百科全書的な詩（「彼は歴史に、詩を題材とする一種の新しい学を重ね合わせた。」）

理論家が読者を押しのけてしまっているのであり、ここにはロジェ・カイヨワの姿があまりに見えすぎている。しかし、詩の肉体へ本当に入り込むという感覚を通して、彼は、接近が難しいと思われるような、不透明性が不快だと感じられるような、そうした詩のために行動する。「この不透明性は……混乱や不条理や神秘に由来するのではない。この不透明性は遅れてくる啓示に導くのである。」こうしてロジェ・カイヨワの本は今度は「私たちのヴィジョンに合わせる」ことができ――結局は彼の目的のひとつであるところだが――、詩が日常世界から離脱するあのレベルまで私たちを高めることができる。詩が不調和に従属することなくこの不調和をまとめる別の段階で、日常世界を見いだすためである。

しかし、著者がこの点で勝負に勝ったとしても、別の観点から見た場合には、勝負を始めてさえいないように思える。ここではペルス作品は、詩的認識のなかで作品を可能とするもの、そして、作品が今度は基礎づけるものと、いっさい関係づけられていない。この作品の変動それ自体、すなわち私たちが「風」と同様に「遠征」を愛するのを妨げるこの運動（たとえば、時制とともに生じる修辞の強調）を明らかにしうるためには、その試みは体系的であり過ぎたし、図式的に導かれ過ぎた。細部に、文法に、あまりに偏狭なやり方でこだわり過ぎるのは、細部を基礎づけている詩的意図を無視することになりかねない。詩学とは、（実現されるかどうかは別にして）野心であるかもしれず、それと同じく（すなわちそれと同時に）語の組成である。そして、意図がみずからを固有の対象と見なす場合には、意図は尊大すぎる普遍の空虚な壮麗さに語を賭けるのである。

85　文化的アイデンティティ

私は、私たちのアイデンティティの探求の素材を連禱の形式でまとめる。連禱はここでは演説よりもずっと適した形式である。

母胎からの根こぎとしての奴隷貿易
（接近困難な母）
証人なき戦いとしての奴隷制

（奴隷小屋で囁かれた言葉）

集団的記憶の喪失

（時間の眩暈）

他者の自明性

（「普遍」の透明性）

民俗伝承の罠

（知識人の無－計画）

戸籍《エタ・シヴィル》の罠

（名前の強迫観念）

言語の罠

（優越）

技術的な無－責任

（道具、奇妙な）

直接性
（諸々の圧力の直接的影響）
政治の「宙吊り」
（世界との関係への恐れ）
受動的消費
（行き過ぎた輸入）
無化
（為すことも創ることもなく）
両替システム
（マルチニック、一時滞在の土地）
迂回の策略
（民衆の「知恵」）
暮し続けることによる生き延び
（極限で営まれる生活）

多言語への開かれ
（ダイグロシアの果てに）
カリブ海への開かれ
（時空間の縁）
認知された過去
（克服〔止揚〕された欠如）
痛みを堪える国民《ナシヨン》
（階級闘争の自律的解決）
口承＝著述
（さまざまな阻害物の打破）
みずからを表現する民
（みずから集まる邦）
政治を担う民

（行動する邦）

そして私たちの根付いた彷徨の果てに、私たちの現実のなかで織りなされた、イデオロギーの空から降ってきたのではない特別な方途を、この行動ために断固として示す意志。しかも、各地の民の〈関係〉を真摯に考えない人々のアプリオリなセクト主義に私たちが閉じ込められない程に強力な意志。この集結に向けて、各人が寄与するだろう、集団による創造的な大胆さ。

この連禱を閉じるのはアーメンではない。なぜなら私たちは見ているからだ、欠如のなかに散らばり、愚弄の底に沈む、小屋という小屋の新しい夜を。私たちはその小屋小屋のうちに、最初は囁き声で、喉の底にひりついた、私たちの声を結集するのだ。

86　単一の季節

たしかに想像域《イマジネール》の錨は欲望に下ろされている。しかし欲望の対象が水面下で不可能となっているために欲望が禁じられている場合、想像力は機械仕掛けの翼をばたつかせる。アンティルのテクスト――最近では私のテクスト――で用いられる「夏」は、そうしたメカニズムを例証している。というのも、この「夏《エテ》」という単語は――

分詞ではなく季節の方だが〔フランス語の«été»は、名詞では「夏」の意だが、動詞«être»（英語の«be»に相当）の過去分詞に当たる〕――その漠然としたざわめきで私を満たしてきた。私には、曖昧なのである。逆に私がこの単語にはっきり認めるのは、消滅の兆候である。私は「夏」を自動的に火や暑さや熱気の意味で書いてきた。それからある日、私は『レザルド川』のうちにこの語を**発見し**、啞然とした。私が『正当防衛』のテクストを知ったとき、〈単一の季節〉の出身者たちのうちに見られるこの語の度重なる使用が、疎外の兆候のひとつであるように思われた。いったいどうしてか。彼らはずいぶん前から〔パリに〕移住した。冬は強烈だ。しなやかな声は路上の風を追い求める。太陽はその塩田《サリーヌ》を閉ざした。人は気候を予測することを学ぶ。「夏」の語は必然的に希望を与える。そのことが当たり前になる。

前にも述べたように、自分の経験に基づけば、〈単一の季節〉と〈夏〉の違いは、夏のもっとも内密な暑さのうちで震える、涼しい秋のなかにすべてである。この強烈な希望（「夏」の語の召喚）が、『黒い塩』において、その盲目のレースを走り、その枯れ尽きた叫びを叫んだことを思い出す。私はこれを確認したいと思い、テクストを読み直した。疑う余地のない疎外。希望は希望でしかない。一般性を想定する、詩の題材とその展開にもかかわらず。その後に、私の「マルチニックの」詩集である『ボワーズ』と『夢見た邦、現実の邦』のなかに同じ語を探してみた。しかし、見つからなかった。このことは、ジョルジュ・パイヨットがモード・マノーニ女史に提供した素材のひとつを想起させる。これは、パイヨットがヨーロッパの四季とアンティルの二つの季節とのあいだに打ち立てる違いである。彼が名づけないその乾季と雨季は、本当の季節ではない。

ではこのように詩の想像力が自動的に意味してきたのは何か。他の邦への不可能な欲望である。マルチニックの女性読者のひとりが、ある日、たしか『憤死《マルモール》』だったと思うが、このなかで「昔の邦」を繰り返し参照したことで私を非難した。彼女は「昔の邦」をフランスだと思っていた。しかし彼女は取り違いをしたのであり、テクストが意味するのはアフリカ以外にあり得なかった。私の読者のまったく言外に秘められた不可能な欲望は、彼女の想像力を自動化した。彼女は、読むのを恐れつつ夢見る何かを読んでいたのだ。

政治行為が個々の現実を成型するのとまったく同様に、詩学は私たちに付きまとう個々の影に対する戦いである。テクストに真正性を付与するためにテクストを抹消するような詩学のことではない。語るという企図に完全に一致し、この企図を保持したまま変化させる、そうした時間のかかる作業である。人が自分の風景を見いだすとき、他の邦への不可能な欲望は疎外であることをやめる。私は丘陵《モルヌ》の中腹にいるある人物を夢見た。私はこの人物をイシュヌモンと呼んだ。おそらくこの単語は私のうちをかつて通り過ぎた語だった。私はその後これがマングースの（多分古代の）エジプトの名前であることを学んだ。マングースのように、だが夢の飛躍のなかで、「彼は近道を探していた」。

この話題を絶えず繰り返し、考えられるありとあらゆる道からこれに接近しなければならない以上、私はここで自分の原稿から要約的な覚書を書き写す。

一　アンティル諸島における国民《ナシヨン》の創造と、可能な国民《ナシヨン》としてのアンティル諸島の創造

アンティル諸島における国民の創造への芸術家の寄与について考察することは、同時に可能な国民としてのアンティル諸島の創造の問いを自分に課すことである。

実際、アンティル諸島の邦々はアフロ・カリブ系の独自の文化を発展させ、今後その現実は明確になると考えることができる。

問題は、この文化的現実が、カリブ海地域におけるヨーロッパ諸国家《ナシヨン》の対立的影響に煽られつつ、微粒子化さ

れてきたとは言わないまでも、分割させられてきたことである。芸術家は、この脅かされた現実を表現するだけでなく、多くの場合は隠されている、分割メカニズムのこの歯車を探査する。

現時点でアンティルの邦々が、社会や政治や経済の互いにきわめて対立した体制を経験するか被っているにしても、「芸術的止揚」は統一の紐帯を編み上げることを将来的に可能にする。そのとき国民はセクト主義の残響としてではなく、他者との共有の約束として現れるだろう。

二　知識人の創造と民衆の創造

この芸術家の野心は、この野心が民衆が生きる諸々の現実と合流することがなければ、企図にとどまるだろう。国民を打ち立てることは、今日では、生産システム、実利的な商業貿易システム、生活様式の向上システムについて何よりも考えることである。それがなければ、国民はすぐさま幻想になるだろう。

しかし、そこにはまた集団的人格の感覚、すなわち尊厳や特殊性と呼ばれるものの感覚も必要であることを、私たちは世界中で日々発見している。それがなければ、国民はまさしく空虚な意味となるだろう。

発展の途上にある邦々、すなわち技術的選択と生産量の要請がいまだに生活領域全体を覆っていない邦々においては、芸術生産の作業は今でも不可欠である。

このことは、各地の民のあらゆる始まり（『イリアス』から『旧約聖書』まで、エジプト人の『死者の書』から西洋の武勲詩まで）が詩的であると明示することを通じて私たちが表明することである。すなわち、そこには共同の企図をはっきり述べる声が必要であると同時に、その実現にいそしむ必要がある。それなくしては、この企図は夢のままだろう。

三　抵抗の詩学と自然な表現の詩学

それゆえアンティルの芸術家の言葉《パロール》はみずからの内密な存在を歌うという強迫観念からは生じない。この内密さは共同体の生成と不可分であるからだ。

しかし、芸術家が自分の作品で表現し、暴露し、支持することを、各地の民は現実において生きるのをやめなかった。問題はこの集団的生活が意識の覚醒過程では強いられてきたことである。そこで芸術家は再び活性化させる者となる。だから芸術家は彼自身で民族学者であり、歴史家であり、言語学者であり、フレスコ画家であり、建築家であるのだ。芸術はここではジャンルの分割を知らない。この意図的な仕事は共同の開花を予告する。これが近似的なものであれば、批判的思考が生まれる。これが成功すれば、霊感を生み出す。

いくつかの声

87　イメージの銀河は島々をなす

I

アンリ・コルバン〔ポワン＝タ＝ピトル生まれの詩人（一九三四－二〇一五）。グリッサンは彼の詩集『喪の哀しみに任せた沈潜』（一九七八）および『囚われのランプ』（一九七九）に文章を寄せており、本節はその再録〕の詩をよりよく味わうためには記憶の複雑な襞に沈潜しなければならない。彼の詩を読むと、最初にイメージの世界に誘われる。そのもっとも直接的な熱情は、律動の博学な直観をこのイメージの世界に突き合わせるのである。この世界は、新しい光に編まれ、私たちの周囲で霊感《イリュミナシオン》、沈潜、海と砂浜との沸騰を準備しているすべてのものとの接触によって養われている、そう私たちは感じる。しかし同様に、これらの繊細なタッチは、学者を規定する苦労に見合わない知識によってではなく、深奥の論理によって、すなわち、事物たちの世界、その運動と力、光が触れる木々の恩寵を組成するまさに同じ論理によって支えられていることも私たちは見抜くのである。

それから、忘れてみる、テクストを忘れたふりをするのだ。すると今度は別の論理が立ち現れ、また別の運動が浮かび上がる。この純粋な素材、この霊感を受けた透明性、これらをつくりだすのは、単なる無垢な状態でもなければ視ることの天賦の才でもない。私たちは、コルバンの詩がアンティルにかかわるものであることを追憶を通じて感じる。その詩は押し寄せる世界に絶えず開かれる島々が点々と散りばめられたこの海の徴のひとつである。その詩は綴る、与えられしものの夜話をゆっくりと形作るこの言葉を。その証として私が欲するのは、この最新の詩のさまざまな主題にほかならない。それらの詩のなかでは、アンティルの絵画のほとんど写実的な描写が、今日の世界を解体するヴィジョンと混じり合っている。

長い間アンリ・コルバンは普遍が垣間見られる場所を彷徨った。彷徨ったのち、彼は、生まれた邦で、自分を取り囲み、説き伏せるものについて、休むことなく、私たちに話している。そこには一本の道があるだけだ。私たちの記憶のうちでこそ、詩が変貌するのと同様に、岩石と傷つけられた土地に刻みつけられた、アンティルの邦の記憶のうちで（歴史のうちで）こそ、孤独によって感じとられる美は分かち合われた認識のうちへ遂に拡がるのだ。

II　「囚われのランプ」

ここにあるのは、この言葉の「魔力《アンシャントマン》」を問いただす機会である。太陽へ、雨へ、雲へと移ることを延々と躊躇い続ける呼吸から生じるような、半透明の言葉。事物の優しさはそこに、断崖の絶壁に、空と夜とのあいだに、その秘密を移植することになる。ずいぶん前から驚かされていることがある。それは、このような透明性、そしてこの軽やかな苦悩が、詩人の心を動かし、なおかつ、詩人のもとへ私を引きとどめる力となったことである。私たちアンティル人は、この力によって、私たちが探し求め、私たちのうちにおそらくはある、アンティルのこの邦の懸命の営みと深く険しい自然に向かうのだ。私は「囚われのランプ」の風景を秋が過《よ》ぎるのを見る——秋は私たちの季節ではないにもかかわらず。そこでは百合の花が井戸の縁石の隙間から生えている——私たちの井戸には縁石などないにもかかわらず。アンリ・コルバンは、泡のような季節の推移のもとに、私たちの〈単一の季節〉

の直截な炎を忘れてしまったのだろうか。否《ノン》。ここにあるのはまさに彷徨の輝きだ。孤独の色褪せた色彩に慣れることができず、これらの果てしない地方を、**何よりも本質的な邦**を開け放つ地方を探索する人間にとって。この彷徨こそが、欲望と困難な覚醒とのあいだの距離を踏破し、この空間、この瞬間を、星々、鳥たち、数々の傷と帆によって埋める力となる。この詩人よりも彷徨を知った人間はいるのだろうか。内的な亡命が、光のない眩暈のなかで縫い合わせる、この深い裂け目を。

アンリ・コルバンのエクリチュールに宿る恩寵、彼が何びととも分かち合わない完全に個人的な恩寵とは、「バラの不眠」へ、月光に飾られた子供のノートへ、脅かされる現実を後押ししたり実現させたりする観念や夢想を伴うこの方法へ、何よりもまず向かったことにある。そのことは無垢と呼ばれる。この無垢を通じて、詩人は自分を「黒檀の茂み」から切り離す空間から自由になる。以上がこれらの詩、詩人が覚えていた最初の詩の総量である。

この詩集は、これが滲み出てきたその瞬間と同時にはおそらく誕生しなかったであろうし、この詩集の使命はむしろ長い時をかけてその光の秘密を開花させ、それ自体の澄んだ輝きに至ることにあった。そして今日、この詩集は、私たちへ、長く持続する透明性でもって響き渡り、この彷徨を生き生きと要約する。

アンリ・コルバンは、現在の島々に身を潜めるためには、照らし出す流浪を終えなければならなかったのであり、そのことが彼に残されていた。「故郷《くに》に帰ること」、彼のものであるこの邦に。しかし彼はもうそれを果した。こうして詩は不鮮明だが浸透する光を放ち、詩人はその光を通じて〈他処〉の夜を、そしてその不安の数々を払いのけた。

III

私はまた、グアドループのジョエル・ジラール〔詩人。代表作に詩集『風景』（一九八六）、『乾いた速度』（同年）〕などの若い詩人たちが他にも現れてきているのを見た。アンティルの風景は詩人たちを通じて語りかける。風景が私たちの歴史のうちで織りなされる、あの暗い場所の数々も。詩人たちはカリブ海を見つめ、自分たちが出会ってきた女たち男たちを名づける。こうして本源の叫びから深々と拡がってきた不毛な沈黙が砕け散る。この詩人たちを名付けることは、彼らと共に共通の希望のなかへ入ることなのである。

88

『ボワーズ』〔一九七九年出版のグリッサンの詩集の題名〕から出発して

I

ここに降ろされる、この言語活動。口のなかで言い淀まれ、夜から掘り返された、私たちの言葉の針葉樹。民のこのトビの群れのための方法への希望。マングローブの背後で震えるさびれ果てたクレオール語のすべて。

それから、このもうひとつの言語。私たちはそこでじっと動かない。（これは〈一〉のさまざまな方言を喋るフクロウ。）これを摘みとる。これを編む、ここのものではない緑によってではなく、私たちの剝き出しの矛盾する掟によって。

〈関係〉の（いつでも果敢な）前代未聞の敗北！　これによって颪の島から君は進む、世界のラジオのなかへ、干からびたマニオクでできた君の喉という喉を振り絞り、そしてあまりに脆く、額に土で線を描いて。

II

植生。耕すためには涸らせなければならない焼尽の恐怖。その取るに足らない空間を漂流する土地。落下し、炸裂する葉を待ちわびる。震える著述の死、そして隠された拍子《ムジュール》。これが歴史の全貌だ。

北部から、青く暗い雨。中央から、岩に根を張った土地、そして匂い。南部から、砂浜のように秘された棘の蜃気楼。回折する刺草《イラクサ》。

物語は私たちの口のなかの死者たちを選ばない。私たちは陽射しに口を深々と開ける、サトウキビの搾りかすのように、他処については黙したまま。私たちは自分たちの月夜の数々に火のない祝典を詰め込む。

III

語り部は岩の叫びを発する。彼は土地のもっとも深奥に棲む、そこが彼の霊感の場所だ。閉じられた真実もなければ、瞬間の精髄もない。しかし共通の痕跡はある、その颪を地中から探り出さなければならない。息吹を風景のざらつきまで精製すること。それは岩と谷底の死を息吹に献ずることだ。

諸部族を播いた人々。土地が涸れれば郷土を追われ溺死させられた人々。自分たちの一日を、仮装行列と歓喜のなかに、迂回させた人々。頭をかっとさせながらも、実にお役所向きの手を差し伸べる人々。虚空に向けて手を振り回す人々。人が吸い込む陽射しと空気に向けて。

IV

『ボワーズ』に閉じ込められたテクストは、「底無しの樽とは？――結婚指輪！」というように、**チム＝チム・ボワセッシュ**〔謎々のこと〕の遊びの言葉に属している。テクストは、控え目すぎる炸裂を用いて、不足するものを辿っている。私たちの単一な季節は丸ごと、同化という回避によって、みずからへ閉じこめられた。島々はいまみずからを開く。言葉は空間を求める、そして新たな飛躍。「私は土地のなかを前進するのを見る、未来の私たちである**霊感を授かった**者たちが。」

89　カルデナスの彫刻のための七つの風景

私はアメリカの主要な道のひとつを開く、**太陽の門**から入った。すると風が吹き抜け、私たちを豊かにするのを私は感じる。私たちの炸裂した歴史はそこに呑み込まれ、ピラミッドの形をした町並みの冷たい空気をほどき、海岸沿いの、スラム街の平らな地獄に拡がる。カルデナス〔キューバの彫刻家（一九二七―二〇〇二）。詩集『ボワーズ』の挿絵や、本書原著の表紙の絵を描いている〕はこの〈門〉を彫った。その〈門〉は、一個人の狭量な要求に従うのではなく、彫刻家が高めるオブジェ全体のうちに無限を名付ける。そこでは眩暈が私たちの空間を包む。トゥパク・アマル〔歴史上、二人いる。一人はインカ帝国最後の皇帝（生年不詳―一五七二）であり、スペイン軍の来襲に抵抗するものの、捕まり、処刑された。もうひとりはトゥパク・アマル二世を名乗り、スペイン軍に反旗を翻した先住民ホセ・ガブリエル・コンドルカンキ（一七四二―一七八二）である。巻末の用語解説も参照〕が山中で四頭の馬をなんとか御したアンデス山脈、カリブ海にその驚愕の砂を集中するグレナディーン諸島。迂回と回帰、熱情がひも解かれる結び目を微動だにせず見る。君は彫像の周りを回る、君を見つめ、君に働きかける明白さの周りを。これが〈高さ〉と呼ばれるものだ。

私は、切株、根、球根のジャングルが拡がるのも見た。夜を啓示に結びつける技。しかし私たちは、一本の木がそれ自体で誇る圧倒的なスケールを求めて叫ぶのではなく、それ自体が言葉であるこの森を賞賛する。カルデナスの彫刻は叫びではなく、言述《ディスクール》である。この言述としての彫刻は途絶えずに続き、断固としている、すなわち絶えず生まれつつも一挙に**確立する**のだ。私たちの邦々では、灼熱が及ばないところに、深い切株の森が根付く。トラセの森の一帯や、空を穿つドゥー＝シューの道と、サン＝ピエールの町に向かって貫くいくつもの屈曲のあいだでは、薄紫色と青色のひっかき傷が重い沈黙から急に現れる。私はこの影のなかに垣間見た、カルデナスから生まれた大理石を、彼が原初の泥土のなかに植えた眩い閃光を。

どれほど昔から私たちは、〈高峰の平原《オート・プラトー》〉で、この〈門〉が私たちを迎え入れるのを、待っているのか。このオブジェ（美術作品「動く徴」）は私たちを運ぶ、私たちの昨日の裂け目から今日の昼の私たちの計画へ。その濃密な曖昧さはこの時間を動かし、凝縮する。私たちの歴史を可視化すること、カルデナスが彫刻を作るという熱心な作業はまさにこのことを示している。内的な風景、これが私たちを集結させる。トリニダードやアンティグアからやって来た、男と女（「カリブ海のカップル」）は、まばらな痕跡、おびただしい移植、不確かな言述のなかで、風に当たる。二人は**視線がこちらに向く**のを待っている。実際にカルデナスと共に私たちはこの風の方へ顔を向ける。私が言いたいのは、彼が私たちに活力を与えるということだ。そうだ。彼は私たちのうちに隠された活力を暴く、そう言いたいのだ。カルデナスは私たちの健康である。彼が発泡させた大理石は空中に根付く。彼が設計したブロンズ像からは新しい血が滲み出る。

　同じく彼の作品は、西洋美術を支配ないし規定してきた、並々ならぬ努力と頑なな恩寵を必要としたのだ、疑いなく。ここで、たとえばアルプやブランクーシに見られるのと同じシンタックスの諸要素を名付けることに躊躇してはいけない。近代美術は西洋では夢想を求める盲目の顔で満たされてきたのであり、しかもこの夢想を抱いてきたのは民衆たちなのであるが、そうした近代美術はあの破裂した光を、今日私たちに世界を見させてくれる光を反映してきた。カルデナスは合流点に立っている。このような形式の運動とこのような生きることの情熱との遭遇によって、彼は選ばれたのだ、これらの十字路のひとつで。それらの十字路は見えないもので示されており、グアドループの奥深くでは、ごく単純に、文字通りだが神秘的な表現で、四つ道《キャトル－シュマン》と呼ばれる。赤い土地ではサトウキビ液の濃厚な流れがところどころを縁取り、その痕跡は瘤牛の引く二輪荷車とディーゼルエンジンを搭載したトラックによって等しく一直線に引き延ばされる。暑さはそこに一様に立ちのぼる煙を植え、そこには私たちのゾンビたちが通う。カルデナスのブロンズ像たちはそこで結ばれ合い、私たちにいまだ知らない方向を示そうとする。

　私は彼からある見事な彫刻を受け継いでいる。それはここで、つまりマルチニックで彼が作り上げた彫刻だ。彼は、私たちの共通の祭の折に、アンドレ・ブルトンがその**三度痙攣する心臓**を聴診した、そして、彼自身が扱いにくい素材のなかにその腫瘍で飾られたざらついた細いアーチを何度も埋め込もうとした、あのバリジエ〔カンナの一種〕の花々がどこに生えているのかを見に来たのである。しかし、私たちが彼の仕事のために提供できたものといえば、レザルド川がもはやかろうじて流れているに過ぎないラマンタンの平野を見下ろすピタル丘陵《モルヌ》の高地で集めてきた、マホガニーの木の長く細い断片だけだった。私たちには木や石の堅牢な塊を彼に提供する時間がなかったし、そもそもそんなものはおそらく見つけられなかっただろう。私たちの土地は変幻自在の宝物を隠してはいない。私たちは私たちの巨木の群生をあとにした。それらの木々は到達困難なピトンの峰で見張っている。私たちの丘陵《モルヌ》には死んだアカシアの木々と生気を欠いたアカジュ〔マホガニー〕の木々がまばらに生えている。私たちの存在の厚みを描くのは長く伸びたサトウキビだ。カルデナスは開口一番私をこうからかった。「おれは木を頼んだんだったよな。木は、厚みがあって、空間を占めて、伸びるんだぞ！」しかし彼の両手が、今回は厚みがなかったとはいえ、褐色の固いマホガニーを受け入れるのには長い時間はかからなかった。それから彼は間もなくして**叫ばずして打ちのめされる**〈**先祖**〉の見紛うことのない姿を出現させた。そこでは、原初の木の平坦な部分は忍耐と透明性を獲得し、小さな穴は**一族の目**となり、狂った時間は私たちの意識のうちに浮上した。この作品がこのように、ある二重の必然から生まれたことが、私は好きだ。彼の作品を賞賛する人々が直観的にこう尋ねる。「これはアフリカ人？」外見で判断するこの手の異常な問いかけは単に決まりきった返事を予想している。この彫刻、私たちの再構成された時間に律動を与えるこの木の精霊は、あなたの眼の前でこの彫刻を変成させる大理石とブロンズのなかでゆらめいている。

　語り部の休憩について語る時だ。夜にカンペッシュの木の粘り強い匂いが焼けた森《フォン・ブリュレ》から立ちのぼる時、言葉のなかの枝が震える。歌う男はその片方の手で言葉の煙を制した。彼は流体の彫刻になり、私たちに種を蒔く。彼は私たちをもう放さない。彼の拍子は空間を満たす。私たちはその空間で聴くのを恐れるのだ、原初の時代がやって来るのを。カルデナスの詩学はこの持続の網目を織るのであり、その持続を通じて、彫られた事物は唯一無二になるのだ。カルデナスの詩学は、口承の祝祭の伝統、身体の律動、フレスコの連続、古えの旋律の恵みと合流する。ひとつの作品からもうひとつの作品へ、語るのはまさに同じテクストなのだ。唯一性の技は言述となるまでに組織されるのであり、それによってカルデナスは私たちを捉えるのである。こうして彼は持続のレトリックをまとめあげる。**選ばれた瞬間**は、拍子をつける声に屈するのである。記憶は、その迂回を辿り尽くすことを求められるのであり、そこに意外な形姿は潜み、突如、現れるのだ。同様に、語り部は突如私たちをその身ぶりで捉える。しかし、その理由は、彼があまりに遠い場所に来た私たちを連れ戻そうとしたからである。そして語り部は、ひとつの呪文で私たちを打つ。私たちはその意味をすでに忘れてしまったが、その力は私たちのうちにある。

私はあの白い塵のこともまた覚えている（これは幻影だろうか?）。その白い塵は、私たちの町のいくつかの路上で、建物もかろうじて建っている急斜面の通り沿いで、入念さと清潔さを想起させてやまない。それはハバナのある地区を通ったときだった。私はそこに彫刻家の家族を訪ねた。彼の父、わかるようでわからない、息子の友人を迎え入れる者の控え目な自信。家族全員への紹介、互いの言語の壁、家族関係を把握することの難しさ。とはいえ、すぐに得られたあの安堵感。一年に一度だけ再会する親族のような、気取る必要のない落ち着いた時間。部屋を横切る陽の光のレース。そして、私たちがかくも穏やかに語り合おうとしていたものを支える、私たちができればいつまでも身を任せていたかった、あの沈黙の磁力。カルデナスはこのような沈黙を知っている。私たちは、彼が出現させる形姿に沈黙をまとわせるのを見る。彼はおそらく沈黙から身を守っているのだが、それ以上に彼は自分の仕事を沈黙で養い、ときに私たちに感染させるのだ。これが言述の句読法である。これがもっとも本質的な風景である。この家を離れたときに、私は私と共にこれを持ち帰ったのかもしれなかった。そしてこの家では、私たちはごく自然に同じ邦の者で同じ人種の者であると思っていた。収斂の邦、観念の種族。外では、太陽があいかわらずその太鼓を叩いており、キューバはそのヤシの木々を祝っていた。

90　散乱

あらゆるミメーシス〔模倣〕は、表象されるものが「真の現実」であることを前提にする。ミメーシスが二つの現実におよぶ場合、すなわち、一方の現実が他方の現実を模写する定めにある場合、この行為を支える人々は、永続する非現実のうちで自分が生きていると見なすことは避けられない。それが私たちのケースである。

＊

私たちは、昔の「度を超した言動」に自信をなくしてこれを顧みないことで、今日、バロックを「順応させて」しまった。逸脱者たちは少しずつ隠されるようになる。路上の言葉は、現在、喉元にしまい込まれた。

＊

「敬意」を求める強迫観念が、人前での常軌を逸した演説に取って替わった。これはより一層陰湿である。誰かと一緒に仕事をしたいと思ったら、その人へのあなたの尊敬の明白な証拠を与えることから始めなさい。そうしなければ、仕事は減少してゆくだろう。

＊

この情念は、「知識人」への「プロレタリアート」の中傷が生みだす、未来への逃走（もはや何をしてよいのかわからない場合）を正当化しないだろう。私たちの文脈では、知識人の仕事は代替不能である。自分たちが民衆を率いるという思い上がりだけは、断罪されてしかるべきだろう。

友人たちと車に乗っていたとき、ある友人が突然こう言った、「なんて大きい邦なんだ」。すなわち、私たちは自分たちのうちにこの邦を絶えず発見している、ということだ。

＊

ではギュイヤンヌはどうか。私たちが想像する無限の土地は水と森で満ちている。ギュイヤンヌ人は、マルチニック人とグアドループ人が自分たちの平穏を邪魔しないよう求める。私たちはこの土地をかなり「植民地化」したのだった。しかしそれは、私たちが大陸ととり結ぶ秘密の絆のようなものなのだ。詩的な絆、私たちがそれを諦めるだけにますます大切なもの。自分たちの邦へのギュイヤンヌ人の重みが増せば増すほど強まるもの。遡るべき急流のような歌、果てしない森のような詩。

＊

ヒンドゥー系のマルチニック人はその大半が家族と一緒にここにやって来た。彼らの集団としての連帯感はアフリカ人の子孫におけるものよりもはるかに大きいと言われる。

＊

とは言え、私たちは、生き延びるための古い技法を新しい仕方で体系的に考察しなければならないだろう。邦のなかで、この邦がみずから作れるかぎりの生産の単位のネットワークを編むこと。作られた単位同士を結びつけること。それらを維持しあうこと。

＊

魔術的思考は共通の過去のなかに埋もれた信仰から出発して打ち立てられる。それは現在を分有することである。しかし魔術的思考はまた、現在が取り逃すものから急激に増殖し、あなたの足下で瓦解する。私たちにはこれらのモチーフのうちどちらが私たちのものであるのかがわからない。

＊

ひとつの民の漸進的な教育による、「緩慢な変化」の理論。このような教育は、少しずつ、適応から依存へのプロセスを強める。

＊

私たちは甜菜《ビーツ》が好きである。それは甘く、血のように赤い。

＊

私たちは、自分たちがサイクロンが好きであるとは、あえて白状しようとはしない。サイクロンは私たちに多くのものをもたらす。はるか彼方の海からやって来る定期的な戦慄、それは次いで、私たちが公式に「罹災した」ことの通知になる。

＊

地震が来れば私たちは半狂乱だ。何よりも、予知できない。一年周期でも十年周期でもないのだ。次に、地震は、それを理解するには持続時間があまりに短い。ついでに言えば、地震はときにとんでもない被害をもたらすことがある。

ミメーシスは地震のように作用する。私たちのうちにはそれと戦う何かがあるが、私たちは依然としてそれを前にして茫然自失のままである。

＊

91　文学について

ゆえに私たちはエクリチュールの問いを提起し、エクリチュールに対して問いを投げかけるが、それは毎回、一冊の書物を介してのことである。こうして、口承性をめぐる私たち自身の言説のうしろにまでこの問いを引っぱっている。私たちは、書物から離れ、書物を変容させ、順応させるこれらの表現様式をいつか発明するのだろうか。たとえば口承の技術やクレオール語の詩学について、私たちは何を語ってきたのか。反芻、同語反復、反響など、寄せ集められた言いうることすべて。私たちはこのことを、松明の炎に照らされた雄弁な、ひとりの演説にではなく、修正され、こねくり回され、手入れされる複数の書物にあえて適用するのだろうか。それとも、私たちは書物から離れるのだろうか、であればなんのために？

私たちのうちから現れるのを私が目撃した、あの詩人たちに話を戻せば、私はむしろ著述の口承化の方に関心があると言える。彼らのリズムは夜話のそれである。彼らの言葉は歌われる言葉のユーモアを交えつつ描く。それに、私たちが定着させ、再構成しなければならない、時間との、敗北した歴史との私たちの関係のこの混沌状態がそこには丸ごとある。書物は強いられた詩学の道具である。口承はさまざまな自然の詩学を担っている。作家は永久に強いられた詩学の囚われ人ではないのか。文学は、それが書物を産出するかぎりで、書物から生みだされるのであり、ある腐植土からの、自然の、無名の、突然の開花からはほど遠い。しかし、まさしくそれをこそ、私たちは欲している。強いられなくてよい文学を。

私について言えば、ずいぶん前から、逃げゆく持続を勝ち取り、繁茂する風景を生き、どこにも与えられていない歴史を歌うように努力を重ねている。叙事詩的なものと悲劇的なものは、開示の緩慢な過程を約束するものとして、私を交互に魅了してきた。拘束の詩学。言語の熱狂状態。私たちは誰もが気づかれない始まりを露わにするために書いているのだ。

しかし、クレオール語のエクリチュールは、文学のなかの規則的なものと、「口承文学《オラリチュール》」のなかで増殖するものや抑えきれないものとを和解させたのかどうか。これに答えるにはあまりに時期尚早であり、私が読み得た多くの出版物のうちその大半は素朴な民俗《フォークロア》伝承主義の安易さから脱していなかった。しかし、このことにこだわる者たちが、おそらく進むべき道を準備するのだ。[5]

口承と著述とが結びつくことで、この言説をめぐる言説はその方法をその内実に適応させようと試みてきた。この言説をめぐる言説は、私のなかでは、古えの旋律のように述べられ、単旋律聖歌《プラン－シャン》のように言い直され、巨大な太鼓のように速度を落とし、ときには木箱の底で作ったチ＝ブワ〔竹筒などをスティックで叩く打楽器〕を叩く細いスティックの激しく素速いピッチのように繰り出されたのだ。

92 出来事

一九八〇年の三月から四月にかけて、ある甚だしい集団幻想が、フランスの新聞雑誌を揺るがした〔ここでの「出来事」とは、後述のように、マルチニックにおける社会運動であるようだが、まさにこの時期にグアドループの独立派組織が武装闘争を開始し、爆弾テロを決行し始めた〕。記事はみるみるうちに増えていった。不安は強まるばかりだ。フランス在住のアンティル人は取り乱しながら親類に電話をかけた。邦は燃え、血が流れている。何か起こっているのか。――何も起こっていない。いくつかのストライキが路上を占拠し（しかしパリは、**同時**に、そのことについてはるかに多くを知っていた）、社会紛争が先鋭化し、公務員が物価高に対する四〇%増の特別手当を諦めるのを拒否した。権力の機械が暴走し、センセーショナルな声明が何度も行なわれる一方で、大半のマルチニック人はスーパーマーケットにいつものように通い続けた。フランスの世論の「心の奥底では」、アンティルに関して、何かがごくわずかながら動いていたかもしれない。何も起こっていないのか。しかしながら何も見ていないのは、この静寂に騙されている人間かもしれないのだ。さまざまな矛盾の耐えがたい圧力がそこにある。私たちは共に生きることに慣れてきた。しかし断絶への境界線はあり、私たちは、自分たちがやがてこの一歩を踏みださなければならないことを今日悟っている。世論の幻想は、現実にはなんの原因も見あたらないが、見かけほどに無根拠ではない。

このことをシステムがもたらす盲目と比較してみよう。私は、フランス人の公務員のカップルが――感じのよい人々だ――安堵のため息をつきながら、こう告白しているのを聞いて唖然としてしまった。いわく、自分たちはマルチニックで安心した生活をしている、どうしてみんなこぞってこの邦の社会情勢や紛争について強い不安を口にするのかまったくわからない、と。見事にシステムに統合された植民地主義者の条件反射は、この種の無邪気さを引き起こすのだ。

このフランス系住民の「古典的な」もうひとつの反応は、客観性だ。「問題はアルデーシュやルシヨン〔共にフランス本土の地方〕で起きているのと一緒だ。中央権力が遠くから操作している影響だ。サヴォワの小学生もここの小学生と同じく土地の文化を失っている。」

新たな焼き直しであるヒューマニズムのなかへ私たちを穏やかに押しやるもの。一九七九年にＬＩＣＡ〔一九二〇年代にフランスで結成された「人種差別と反セム主義に反対する国際同盟」（ＬＩＣＲＡ）のこと。「反セム主義に反対する国際同盟」（ＬＩＣＡ）は結成時の組織名〕のマルチニック支部が「白人であれ黒人であれ、あらゆる人種差別に反対する」ために結成された。マルチニック人の若者ジョヴィニャックが殺されたって？フォール＝ド＝フランスの壁にはこんな言葉が読める。「ジョヴィニャックは白人であり得たかもしれない！」「マルチニック人、本土人、同じ人種差別！　殺戮を止めよ。」大臣が「私たちは兄弟です」と言うように。

いくつかの開かれ

目印

「著述」の終わり

問題は、クレオール語の表記方式（音声上の、語源学の、各方言間の）を決定することよりも、マルチニックにおけるクレオール語の実践を、社会の働きを構成する諸構造の変革を通して解放することだ。問題はとりわけフランス語をクレオール語化することにあるのでなく、マルチニックに、適切な（方法上の）構造《エコノミー》によって導かれるクレオール語使用、すなわちクレオール語の創造的実践を導きいれることだ。

言語活動のあらゆる実践は、その実践が技術への責任のなかに基礎づけられないかぎり、言語活動の習熟に行き着きはしない。（言語は創造の道具だ。）

今日の世界のなかで「著述」（あるいは著述の超越を支えるイデオロギー）の「終わり」という問いを提出すべきである。これは全般化する普遍の終わりという問いなのかもしれず、そこで、〈多様なるもの〉の〈関係〉は全方位に輝きを放つ。

93　消費

マルチニックにおける消費についての著作を準備中の経済学者ミシェル・ルイ氏と、情報科学を起点に構造の分析について研究している技師ジャック・アルカド氏の勧めにより、私たちは研究グループを作り、マルチニック学院で一年間研究にあたった。私たちの計画の狙いは、与えられた主題（マルチニックにおける消費）をめぐる変数のリストを作成し、これらの変数にしたがってさらなるリストを構築し、これらの要素を取り込んだ機器がはじきだす結果を精査し解釈することにあった。ここでこの非常に大きな作業の総体を報告する権限は私にはないが、仲間たちの同意を得たうえで、この共同の営みへ私がもたらした（理論的）寄与に属する見地のいくつかを示してみよう。わが邦の作家は、私たちのあいだで（そして私たちのうちで）作動しているさまざまなメカニズムの総体を最善の仕方で洞察しようと努めているのだ。

私の見るところ、「正常な」消費とは、社会組織や与えられた社会構造が示唆ないし促進する、さまざまな社会的欲求を起点とした、欲望《デジール》の奨励である。欲求《ブゾワン》という概念をこの意味で捉えることの正当性についてあれこれ話すのはよそう。私の仮定では、生理学的欲求を起点に、あらゆる社会はその構成員のもとで、社会の技術的「水準」に応じて、また、社会の階層化の性質に基づいてさまざまな欲求を発達させるのであり、それらの欲求は生理的なものに結びつきながらも、生理的なものに属するのをやめる。現代の消費の特質は、これらの欲求を亢進させて欲望に転化することにあるだろう。すなわち、その特質は、個人をひとつの運動のなかに、上昇する螺旋のなかに導き入れることにあり、たとえば、社会ヒエラルキーの各水準で、個人は（意識的であれ、そうでなくであれ）その水準に応じた社会的欲求を最大限に満たすことを欲望するばかりか、さらには**高級な水準に**対応する欲求の充足に至ろうと力のかぎり欲望するのだ。[6]

消費の奨励が引き起こすこのプロセスは「正常」である、と言っておこう。なぜなら先進社会では、このプロセスは原則的に二つの付帯現象を伴っているからだ。第一に、消費は生産の文脈のなかで行なわれている。生産が、その「形式」において疎外されているか否かにかかわらず（資本主義の生産は労働者を疎外し、国民生産は多国籍資本主義者によって疎外される）、そこから消費者を安心させる一般的な心理風土が生じる。消費者は自分が生産するものを消費していると思い込む傾向を無意識のうちにもち、たとえその製品にメイド・イン・ジャパンと書かれていても、そう思ってしまう。もうひとつの付帯現象は、おそらく疎外された様式に基づいて、消費者が消費すべき製品を技術的に「知っている」という印象をもつだろう、ということだ。消費者は毎年開催される巨大**サロン**に赴き、さまざまな専門紙に目を通して、消費製品のそれぞれのメリットを比較できるようになる。この「技術的見識」は多くの場合は幻想に過ぎないが、いずれにせよ、限度内に欲望を維持するのには充分であり、この限度を無茶に越えてしまうのが見られることはめったにない。

欲望が働くところでのこの相対的合理性は、全員にとって快適である。非合理的な欲望の流れに容赦なく脅かされていると感じていない社会にとっても、また、自分の社会的ステイタスと自分の消費の可能性（性質）とのあいだの均衡の階梯を一段でも二段でも「飛び越える」可能性がある個人にとってもそうである。この個人は製品の総体および技術手段に「媒介されて」おり、そうしたものの過剰さがときにさまざまな不安を引き起こしうるにしても、そうした不安はまさしく個別的でしかあり得ないだろう。

マルチニックの消費者の条件はまったく異なる。マルチニックの消費者は生産の文脈のなかでは消費しない。

すなわち、消費される製品は、自国製品としても、交換製品（**メイド・イン・フランス**と**メイド・イン・ジャパン**との交換）としても決して感じとられず、ただ両替（民間の利益と公共資金との両替）として感受されるのであって、たとえ消費者がこの両替をいっさい意識せず、両替に支配される交換の本当の条件にまったく気づかないとしても、そうなのである。大きな裂け目が消費者の前に、そして消費者のなかに口を開いている。この文脈にあっては、技術的見識という幻想は粉々に砕け散る。より正確には、技術的見識が示されることさえない。マルチニック人を不安定にしているのは、周辺への技術的な中継の過剰ではなく、あらゆる技術的媒介の、あらゆる中継の全面的空白なのであり、これはマルチニック人を、彼に供給される製品の、「無媒介的」、全面的、即時的影響にいっさいの手だてなく委ねることになるだろう。こうしてマルチニックの消費者は自分が所有する品物に「委ね」られるのだ（これこそ、思うに、ミシェル・ルイ氏がその著作で展開する見地のひとつである）。それゆえ品物の選択は技術的評価にも（一般には、輸入されたものは「美しい」と見なされ、邦で製造されたものは「劣っている」と見なされる）、先程話したステイタスと消費の均衡のなかで一段か二段乗り越えようとする合理的欲望にも属さないだろう。二つの基準が選択を決めるだろう。品物を手にするのに要する時間と（「在庫切れ」への恐怖は永久だ）、品物が生み出すだろう隣人への印象である。この印象は、それ自体も、「限度」内で追求されることはないだろう。安定をもたらす合理性がないところには、限度というものはない。この点でマルチニック社会は安定装置を必要としない。このような枠組のなかで消費者は、生産者ではなく、何も権利要求することができないからだ。マルチニックの消費者は全面的に受動的である。この「異常な」消費は確立されたシステムにうまく適合している。

「異常」だというのは、社会的欲求から出発してこの社会が個人のうちで激化させているものが、欲望ではなく、欲動であるからだ。私が言いたいのは、先進社会では、広告が個人のうちに、個人の消費欲望から出発して、品物へのしばしば抑えきれない欲動を惹起するだろう、ということだ。マルチニックの受動的消費の特徴をなすのは、欲動が消費者の活動の場を一様に覆い、構造化しているということであり、この結果、広告による奨励（とくに「技術的」様式に基づく）はこれらの条件のうちでは事実上無益であるということである。欲動はアプリオリであり、品物自体の発生とも、必要性とも、美とも無関係なのだ。

実は、この消費にはある始原的原動力がある。それは、マルチニックの生産システムをその歴史の端緒から特徴づけ（熱帯農作物と完成品との交換）、このシステムの消滅後も維持されてきた（今日では、サービスと完成品との両替）物々交換の実践である。それから維持の原動力がある。それは、「白人モデル」への統合という欲望、すなわち、隣人にもたらされる印象という、品物の選択にあたっての第二の重要な基準を規定している非合理な欲望（欲動）である。モデルを内面化したことを示さなければならないのだ。

このような研究がもたらす結果すべてをここで展開できないのは残念だ。それでも、受動的消費の問題がマルチニックの状況を解く鍵のひとつであると考えなければならない。諸個人を満足させるやり方で（獲得手段は増殖し、技術刷新は永続し、流通する金銭は膨大な量をなす）組織される受動的消費は、蔓延する停滞の先へ向かう、集団的不満足という反応もまた引き起こす。いったいどのように個人それぞれに反射的反応となった欲動を諦めるよう求めればよいのだろうか。そうした諦めを要求されるような共同体に対して、どのような包括的な代替的解決が提案できるのだろうか。富というものが純粋な外観として把握される邦、家族手当が所得の一部と見なされる邦、国民生産のシステムがまったく存在しない邦、マルチニック人が現存の〈口実としての生産〉のなかで現実的な役割をいっさい果たせない邦、「同化」の諸要因の圧力が不断に続き、気づかれないかたちで人々を苦しめている邦、そうした邦において受動的消費のプロセスのうちに複数の限定的な反応を引き起こすのは難しいように思える。それでもなお、諸々の「政策」が、この問いを研究するに至ることが必要だろう。いかなる部分的解決もここでは実効性をもたず、これについては「システムに代わるシステム」を提案しなければならないことを悟ったうえで。[7]

94　民と言語活動

私たちは知っており、私たちは言ってきた、コロンブス以前のアンティル弧では、北部を経由して〈大陸〉から〈島々〉へ、南部を経由して〈島々〉から〈大陸〉へ、交通〔交流〕の運動が四方を絶え間なく巡っていたと。

私たちは知っており、私たちは言ってきた、植民地支配こそがアンティル諸島をバルカン化したのであり、植民地支配者こそが島々でカライブ族を殲滅し、関係を切断したのだと。

それゆえ従属は物象化を伴っていった。このため、あらゆる歴史はカリブ海では停止したように見受けられ、カリブ海に移植させられた民たちはもはや、ヨーロッパ権力の大いなる均等化として、大文字の歴史だけを被らなければならなかった。物象化は人種主義のなかで体系化されていた。「すべてのニグロは似かよっている、唯一のよいインディアンは死んだインディアンだ」という風に。

本報告の狙いは、カリブ海各地の民が消滅から免れ、この抑圧に対抗してきたということを示すことだ。たとえば、カリブ海各地の民がいわゆる大文字の歴史に対置させる複数の個別の歴史がそうであり、今日それらの歴史の邂逅はカリブ海文明の確立に向かって一致協力している。

すでにここで論じてきた諸々の情勢、すなわちカリブ海への入植を構成するもの、過酷な世界の成り立ち、私たちの民の闘争と抵抗のエピソード、私たちのエリートの変節といった情勢を長々と述べるつもりはない。取っかかりとして、私はいくつかの明白な共通点に取り組みたい。この共通点から、私たちは自分たちの状況のなかでの数々の差異をより一層明確に証明するのである。

盤石なプランテーション・システムは抵抗の諸形態をもたらした。うち二つは私たちの諸文化を構成している。ひとつはカーニヴァルへの狡猾な逃走であり、この逃走は何よりもまずプランテーションの境界の外への猛烈なレースをなしているように思える。もうひとつは、逃亡《マロナージュ》行為の戦闘的逃走であり、この逃走は、私たちにかかわる文明圏全域に見られる、絶対的に全般化した異議申し立て行為だ。

私たちにとって、音楽、身ぶり、ダンスは、話し言葉の技法とまったく同程度に重要な、コミュニケーションの様式だと断言するのは至極当然だ。まさにこの実践を通じて、私たちは何よりもプランテーションから脱した。まさにこの口承性から出発して、私たちの諸文化の美的表現を構造化しなければならない。書くことは私たちには無駄であるなどと言いたいのではなく、そもそも私たちは、識字教育や、私たちの邦々への書物を介した普及を、劇的な必要性として経験している。私たちにとって問題は、著述の文明の価値と、口承の民たちの長いあいだ貶められてきた伝統を和解させることにある。長いあいだ、奴隷制度の夜のなかで、話し言葉は禁じられ、歌は禁じられ、読書の習得に至っては死罪を科されてきた。

そしてまた長いあいだ、単一言語主義の傲慢さとその帝国主義が、西洋の拡張に伴ってきた。多言語主義とは何か。多言語主義とは、複数言語を話すという可能性だけを意味するのではない。抑圧された母語を話すことができないこともある私たちの諸地域では、この可能性は多くの場合閉ざされている。多言語主義とは、隣人の言語を受け入れて理解しようとすると共に、かつてはフランス語によって、現在では英米語によって西洋が絶えず立てなおす、大いなる言語的均等化に対抗しようとする熱烈な欲望のことであり、語彙の多様性と語彙の相互理解のことだ。

この混淆《メティサージュ》の実践は、自分が他者のなかへ自由に溶解してもよいとする、曖昧なヒューマニズムへ帰着することはない。この実践は、平等の様式に基づき、幾度も経験されてきた数ある最初のひとつとして、今日カリブ海で一致に向かっている複数の歴史を〈関係〉のなかに据えるのだ。マニオク、サツマイモ、トウガラシ、タバコの文明は、この〈関係〉の未来へ向いており、だからこそこの文明は抹消された歴史の記憶を回復するよう努めるのである。

カリブ海のなかで、今日私たちは、私たちの諸文化のなかの豊かな差異が、複数の要因の介在に由来するのを知っている。

――インディオの民のほぼ決定的な消滅。

――「先祖伝来」の文化的後背地の存在ないしは不存在。あるいは、結局同じことだが、生き延びの技術が体系化した成功をおさめているかどうか。

――拡張した物理的後背地、すなわち、実際のところ、逃亡行為を基盤とするような文化的蓄積の成功の存否。

――自律的生産システムを創造あるいは維持する可能性の存否。

――現地語の存続、媒介言語の発展を伴う、中間言語の出現の存否。

さらには植民地支配者の分断の意志によって強められるこれらの差異は、カリブ海各地の民が実行する多様な闘争戦略を今日方向づけている。いずれにしても、そこから国民の新たな構想が生じている。国民は分離ではない。それは他者への、身近な他人となる人への、疎外されない、関係の様式である。

＊

ここで何度も論じてきたバロックへ立ち戻るときが来たようだ。私たちが見てきたところでは、私たちのレトリックの変遷では、バロックとは最初は、私たちの常軌を逸した教養人たちがフランス語に飾りつける花綱であったように、欠如の徴と見なされるものではなかったか。この〈迂回〉と決別しなければならないのでないのか。

しかし今日、私たちにとって、空虚の周りに巻きついてきたこのような過剰が問題なのではない。植民地期のアンティル世界では、レトリック上のバロックの無意識の努力は、純粋性を強迫的に追い求めることで、フランス語を執拗に追いかけてきた。もしかしたら私たちはこの言語を、思いがけない諸関係に巻き込んでいくのかもしれない。この諸関係の新奇性こそが、標準語という考えを解体しつつ、新しいバロック、すなわち私たちのバロックの「自然性」の網目を織るのだ。解放は複合的なものから生じるだろう。単一性の誘惑を拒むだろうクレオール諸語の「機能」は、メルティングポットの束（結びついたさまざまな面、魅惑）からはあまりに遠く離れた、このような行程を経る。私たちは次のことも知っている、いまだ言い表されずにいる判然としない素材があらゆる発話の深層にあり、私たちが自分たちの言いたいことを押し出すには遠すぎ、自分たちの行為に影響をおよぼすよう働きかけるには強すぎることを。

95　五月二十二日

野党の諸政党は少し前から五月二十二日を「国民記念日」にすることを試みている。なぜか。なぜなら、この日、マルチニックのサン゠ピエールの奴隷たちが奴隷制廃止の政令を獲得するために蜂起したからである。この政令の原則は同年、つまり一八四八年の四月二十七日には既に定められていたが、その適用は島《ペイ》では遅れていたのだった。三月三十一日付けのユッソン氏の宣言をもう一度読もう。

マルチニックの奴隷蜂起は、その重要性については議論の余地があるにしても、一八四八年五月にたしかに行なわれたことがわかっている。しかし奴隷蜂起は他にもいくつもあった。思うに、五月二十二日という日の選択は、「解放」の本当の意味から目をそむけることを求める、集団幻想に実際には対応している。では「解放」にはどのような内実があるのか。

——奴隷制資本主義から、労働者がもはや生産のための財産ではなく、給料を受け取るという新たな資本主義への異論の余地のない移行。しかしながら、この変化のなかには新たな萌芽のように、私が物々交換のシステムと呼ぶものが隠れたまま存続しているのであり、その結果として、国民生産のシステムの形成が困難になった。現在の両替システムは一八四八年の「解放」のなかに含み込まれていたのだ。

——「解放」の現実は同化イデオロギーで満たされてきたということ。シェルシェール主義は、長いあいだ、同化のイデオロギー的な武器となった。

——包括的な批判がないままに、フランス市民や共和国の理念など、このイデオロギーのスローガンと内実に帰依したこと。

——読み書きができない住民への、必然的に危険な市民身分《エタ・シヴィル》の付与。この付与がもたらす多数の人格喪失。

逆説的だが、一八四八年の「解放」は共同体とは関係ない。この共同体は、「解放」後も、みずからの秩序、みずからの生成に確信を持てないままである。つまりは、みずからを共同体として考えることが長らくできていない。したがってこの奴隷たちの抵抗と蜂起は、**他の機会に行なわれたすべての抵抗と蜂起のように**、共通の意志としては、国民感情としては「継続」しない。むしろ、少しずつ、個人の社会的上昇を求める展望へ逸れてゆく。

五月二十二日を「国民記念日」とするこの主意主義的な選択は、密かな、無意識の躊躇いに、すなわち「政治的」エリートたちが国民をラディカルに構想することがまたしてもできないことに、対応しているのかもしれない。この日の選択は、ひとつの戦いをはっきり示しているだけになおさら安心感をもたらす、代償的な幻想なのかもしれない。

たしかに、ある幻想が歴史を生みだすことはありうる。一八四八年五月の闘争の壮麗に刷新された想起は、マルチニック共同体の出現を維持するのに寄与するかもしれない。しかし、このような幻想は、当の状況が幻想化されていない文脈においてのみ、作動しうると私は考える。そうでない場合、幻想は同語反復的にしかならないだろうし、何も「新たに生産しないだろう」。これが私たちに起こる恐れのあることである。

五月二十二日は私たちの民の記念日である。マルチニック人の「国民記念日」は来るべきものだ。彼らが自分たちの国民を現実として築いた日となるのだから。[8]

96 さまざまな決意、ひとつの決意

私たちは頑なさをもって、ひょっとしたら勇気をもって、マルチニックの現実の構造であると思われたものを可能なかぎり遠くまで分析した。私たちは、その現実が不快であり、これを生きる人々自身には把握しがたいのを痛感するからこそ、多くの場合集団的に分析するのを試みた。私はずっと以前から本書が要点の反復をもたらすように企図した。なぜなら、生産の形態として、創造の力による独自の表現として見なされる、執筆作業の多数の様態がこの分析を通して（あらゆる創造がそうありうるかぎりで）明らかになると実感していたからである。

こうして企図された美学は、普遍化とは無縁な〈多様なるもの〉の美学である。この美学は、各地の民が地球

規模の〈関係〉を経験し、そこにおいて自分たちを表現する権利を勝ち取って以来、この地球規模の〈関係〉から発生するのだと、私には思えたようなそれだ。私が口承性の噴出と呼ぶものに結びついた、非本質主義的な美学。口承性が視聴覚において勝ち誇るからでなく、口承性が各地の新しい民の身ぶりと話し言葉を要約し、増幅しているからだ。

アンティル諸島は実質的にさまざまな関係の場をなしており、私はその相互的等価に注意を促すよう試みてきた。脅かされながらも、執拗である現実。そしてこの現実のなかで、グアドループ島とマルチニック島は、同化と名付けられる〈関係〉のこの前代未聞の現象によって、より一層脅かされているように見える。これらの島々は、その自然の経過により現実感を失い、その文脈でゾンビ化しながらも、この同化を念入りに完成させるために実施される諸々の手段に対して、計り知れない抵抗でもって応じてきた。

それゆえ植民地支配は、一見したところそのように見えたほどには成功しなかった。抗しがたい模倣の欲動は、さまざまな抵抗の潜伏地にぶつかるからであるが、文字通り炸裂した状況のなかでは抵抗の潜伏地を相互に結びつけるものが何もないのは難点である。あらゆる文化的行為はここでは政治的行動に開かれなければならず、暗黙にでも明示的にでも抵抗が潜む場所の団結を唯一実現できるのはこれである。政治的行動は、この現実の理論のなかで組み立てられる数々の分析から出発する以外に、そのような結合をもたらすことはできないだろう。私は解決を与える画一的構築物を全体的理論と呼んでいるのではない。そうではなく、世界的〈関係〉のこの（マルチニックの）エピソードのなかに現れる、矛盾し、両義的ないし知覚困難なさまざまな側面を説明ないし理解できる、多価値的なヴィジョンをそう呼んでいるのだ。

まさに本書の中心的主題とは、マルチニックの現実が、この〈関係〉の、そこから実現される止揚の、実ろうが実るまいがあらゆる可能性から出発しなければ理解されないのと同じように、世界の増殖する詩学もまた、**統合することのない**さまざまな等価物のなかでそれらの詩学を集めることを企てる、ただそうした人々のみから出発しなければおのずと提示されはしないということだ。これらの詩学は各地の民の生成と不可分であること、関与し、想像する民の余裕と不可分であるということだ。

私の努力のもとに隠された永続的な懸念は、安心を与える画一的世界のなかで組み合わされたり織りなされたりする「暗黙の」詩学を仄めかすような素朴な楽観主義に屈服しないことだった。世界は荒廃し、いくつかの民が飢饉や殲滅で丸ごと死に絶え、疑う余地なき技術が支配あるいは死滅に向かってますます精度をあげている。ここには〈関係〉の詩学が考慮しなければならない日常の明白さがあるということだ。だからこそ、政治的感度が奇妙にも侵食され、もはや階級闘争については誰もがこっそりと小声で語るしかないような中立的な環境のなかへ、この新しい感受性を組み込むわけにはいかないのだ。

マルチニックの政治的・社会的現実はありとあらゆる可能なやり方で、つまり、人格喪失によって、アプリオリのイデオロギーによって、死に至る安楽によって、隠蔽されているからこそ、私には、何よりも私たち自身に向け、私たちのうちで肥大してきた語り得ない何かや標定しがたい何かに向ける眼差しをもつことが必要不可欠に思えた。このヴィジョンは一個の詩学である。

私は、私たちを餌食にする〈システム〉について多くのことを語った。だがこれは結局あまりに都合のよい観念ではないか。では私たちは？　私たちは、私たちから奪い取ってきた者に手を貸しはしなかっただろうか。

それゆえ私は生産と生産性、技術と技術的責任について非常に強調してきたわけだが、これは私の言説を単に現代化することを目的としているわけでも、すべての「解決」がそこを通過することを示唆するためでもない。「技術的」必要性を脱構築し、目的に対する手段の想起やテクノロジーの水準の周辺への適用という民族技術の諸様式を考えることの緊急性それ自体もあるのだろう。しかし、自分の行為、そして自分の欲望からも完全に自由な共同体のみが、そうした迂回を実現するのだろう。マルチニックの独立は死活問題である。独立は一個の生産であり、独立は生産技術を分泌する。全員の責任はそこから生まれる。この責任が欠けているために、どれほどのエネルギーが浪費され、どれほどの男たち女たちが十字路で自分たちの影を相手に話し、どれほどの錯乱が生じてきたことか。

この責任は有名無実の指導者層に委譲されるわけにはいかない。この邦の未来は、権力につくだろう人間たちの巧みさ（たいていこの種の巧みさが甚大な災厄をもたらすのを人々は知っている）にではなく、心性のうちでの革命の深度に、社会的諸構造のうちでの革命の現実性にかかっている。私は「小さな邦々」[9]の未来を信じている。直接民主主義の現代的諸形態をこの「小さな邦々」で実現することはおそらく可能である——直接民主主義が歴史のなかに覆い隠してきた不吉な転身の数々を考慮して、そのような政治的次元に対するいかなる警戒心を人が抱こうとも。

アプリオリのイデオロギーに先導されず、またアンティルの諸条件のもとで可能であるこの全員一致の必要性は、マルチニックの活動家たちの選択を命じている。独立の支持者たちの結集以外の選択肢はないのだと。

こう述べることで、私は〈関係〉の美学から遠のいてしまったのか。そうではない。〈関係〉の美学はすべての民たちの声を、私が彼らの不透明性と呼んだものを、すなわち結局は彼らの自由以外の何物でもないものを前提としている。誤った模倣の透明性は一挙に放棄すべきである。

本書をこの地点までお読みくださったとしたら、マルチニックの現実への私の錯綜したアプローチを通して、人目を引かない数多くの場所から立ち昇るこの声の調子を摑みとってくれていたら、と思う。そう、それを**聞きとって**くれていたら、と思う。

附録

ディアスポラの図

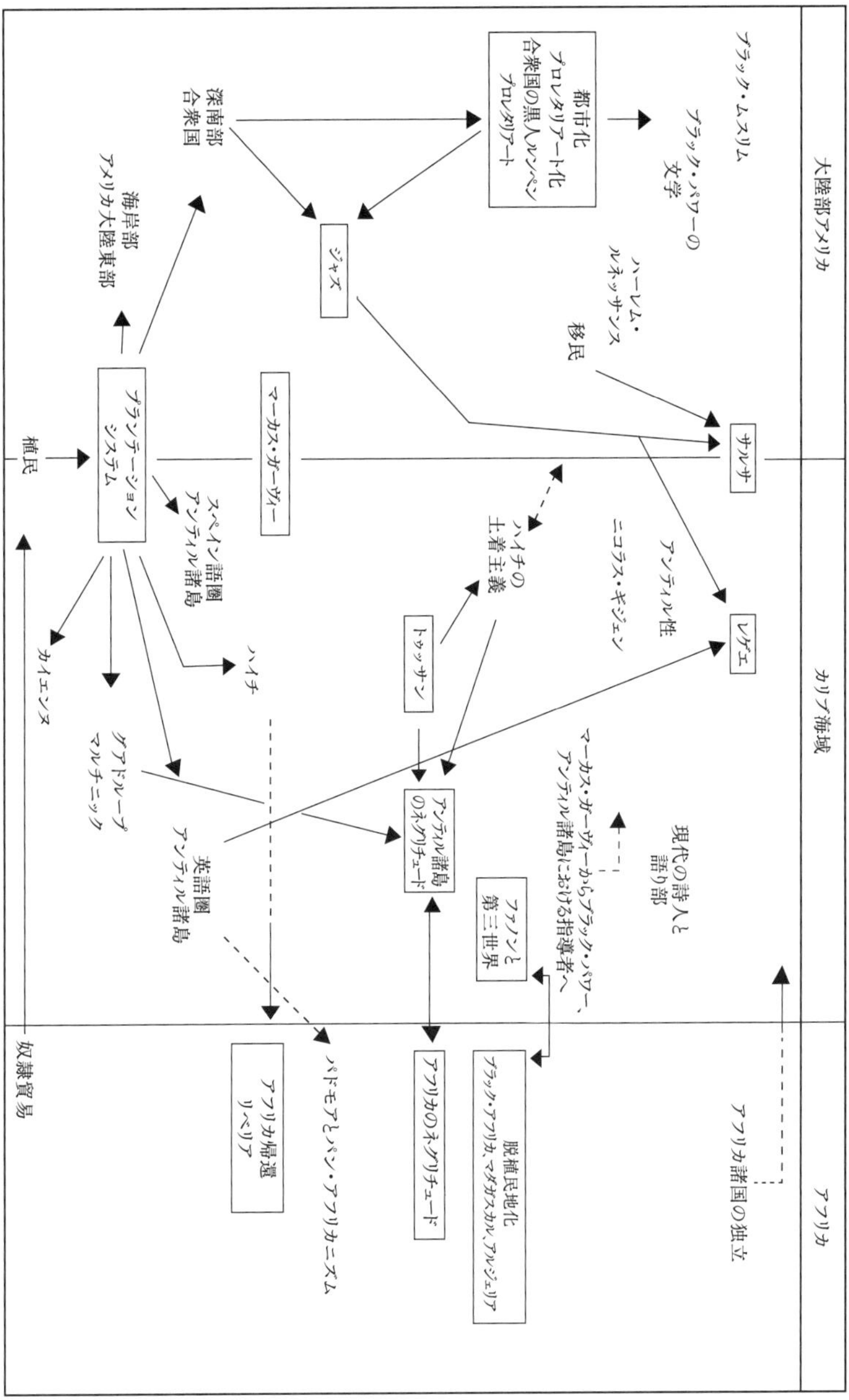
大陸部アメリカ
カリブ海域
アフリカ
ブラック・ムスリム
ブラック・パワーの文学
ハーレム・ルネッサンス
移民
都市化
プロレタリアート化
合衆国の黒人ルンペンプロレタリアート
深南部合衆国
海岸部アメリカ大陸東部
ジャズ
サルサ
プランテーションシステム
植民
マーカス・ガーヴィー
スペイン語圏アンティル諸島
ハイチの土着主義
ニコラス・ギジェン
アンティル性
レゲエ
トゥッサン
ハイチ
カイエンヌ
グアドループ
マルチニック
英語圏アンティル諸島
アンティル諸島のネグリチュード
マーカス・ガーヴィーからブラック・パワー、アンティル諸島における指導者へ
現代の詩人と語り部
ファノンと第三世界
アフリカ諸国の独立
脱植民地化
ブラック・アフリカ、マダガスカル、アルジェリア
アフリカのネグリチュード
パドモアとパン・アフリカニズム
アフリカ帰還
リベリア
奴隷貿易

クレオール語表記とその固定化をめぐる主張を部分的にでもまとめることの意義は、それぞれの表記システムがそれぞれの真実と共に恣意性をも含んでいることを示すことにある。

私たちはそれらのシステムに数多くの接点を認める。たとえば、音声学の原則を適用し、語源学的な原則は採用しないであるとか、あるいは一部の文字を特殊に表記するなどである（“g”の文字は、フランス語の単語「食べる（manger）」などとは異なり、“j”の価値を帯びないのが一般的だろう〔フランス語の“manger”に相当する単語がクレオール語の表記では“manjé”とされることを著者は述べている〕。

この点から出発して際限のない種類の原則が出現し、一方のシステムから他方のシステムにその原則を適用することによる矛盾は明白である。その矛盾の一覧表を作っても無駄であろう。同様に、さまざまな転写法の提案は、一方の主張と他のそれとの相関関係のうちに読まれるべきである。これらを突き合わせるだけで、クレオール語の固定化に本来的な諸問題が明らかになる。

そのことはまた、間接的にクレオール語の各方言（ハイチ、グアドループ、マルチニック、レユニオン等）の比較を可能にする。私たちは、レユニオンのクレオール語がアンティル諸島のクレオール語からは充分に離れていることに気づくだろう。同じく、ハイチのクレオール語はいくつかの特殊性を示しており、しかもその特殊性はある側面から見た場合にはフランス語とハイチのクレオール語とのあいだに一線を画すものである。言うまでもないが、クレオール語の固定化の試みの有益な点のひとつは、これらの各方言間の接点と多様な形態との比較表の作成へと導くことにあり、その結果、それに向けたさまざまな努力を統括し、一方では一般的規則を、他方では個別具体的なデータを抽出することになるだろう。ヴァルドマンおよびジャン・ベルナベ両氏の仕事はこの方向に進んでいる。[1]

しかしすでに指摘したことだが、固定化を進めることがそもそも時宜に適っているかどうかは議論の的になってきた。口頭の実践に驚くべきほど結びついている言語に対して、凝結させることに危険はありはしないのか。固定化の規則は、同時代の文化の文脈において、アプリオリに提案されてよいものなのだろうか。言語学者の努力が比較的・総合的な表の確立にとって貴重だとしても、その努力は言語のさまざまな方言の有する自律的活力を束縛することになりはしないだろうか。あるいは、その努力は、人が「誤り」や「間違い」だと非難するような空疎な議論の類を温存してはいないだろうか。誤りを非難することは、ひとつの口語を**聞きとる**多くのやり方があるかぎりで要請される、グローバルな音声学的プロジェクトに逆行しはしないだろうか。

したがって、問題は、少なくとも、創造における自由と、構造の分析における体系について提起される。一般に推奨される音声学および語源学の参照文献に、メタ言語学が必ずしも文法偏重にならないような言語詩学へのアプローチを付け加える必要があるだろう。比喩表現の迂回、内的な一貫性あるいは矛盾、形成ないし変形のプロセスがここでは重要である。このクレオール語の詩学はこれまでどこでも探究されることがなかった。伝統的言語学のデータだけでは充分ではない。言語を「掘り下げる」ことができる創造的直観がそこでは必要とされる。

この同じ直観は今日クレオール語の書き手に霊感を与えることになるだろう。あまりにも頻繁に、口承から書字への移行段階で、クレオール語のテクストはフランス語が仄めかす**トーン**（快適であれ不快であれ）に一致している。その出来映えは別にして、ある種の翻訳であるような印象を与えるのだ。おそらくクレオール語のテクストの現在の総体（政治的、社会的、教育的、文学的なもの）は表現しうるものの**無償の**（すなわち、それ自体をその固有の目的だと見なすような）探求に向かって徐々に進展するだろう。この無償性は、当の言語があらかじめ実際に機能する言語に戻っていることを前提としており、そこに困難がある。以上が現代性《モデルニテ》と呼ばれるものの矛盾である。だから、私たちはクレオール語をそれを純粋に話すことの喜びのなかで行使しなければならないだろう。しかし、そんな自由は今日、政治的かつ経済的な再征服の過酷な要求に従属している。

私はシュフラン氏が配布したさまざまなビラを読んだことがあった。彼の言述のレトリックに慣れていた私は、自分自身に関しては、フランス語が明らかすぎるほど手ひどく扱われている、これらのテクストを読んで爆笑することはしまいと決めていた。私はこれらを「真剣」に、マルチニックにおける言語錯乱（軽蔑的な含意はない）をめぐって構想していた理論をいくらか例証するものであると、たしかにそう考えながら研究したのだった。

当時、私は、この著作の必要から、これらのビラを収集し、分類し、そのうちのいくつかを選ばなければならなかった。それらの集積からは歓喜の言葉のまったくもって異様な炸裂が噴出していた。このような言葉の横溢から見れば、私たちの知識層の文体はどれほど惰性的な（そう、すっかり角のとれた）ものであるように私には見えることか。私が調べたところ、これらの宣言文の技術的作成を請け負った印刷工は、おそらくは多くのミスをこっそりとあざ笑いながら、これらのうちでもっとも明白な「誤り」を訂正する労さえ取ることはなかった。そんなことはどうでもいい。私はここで「ママ」をいたずらに増やすことはしない。これらの叫びの結合から立ち上がるのは、ひとつの言語《ラング》を「所有する」のは必要ではない、つまり、ひとつの言語使用《ランガージュ》をそこから創出するためには、言語の完璧な部分を使いこなす必要がないのは明白である、ということである。というのも、シュフラン氏が述べていること、その混ぜ合わせられ強制移送されたクレオール語とフランス語は、私たちの彷徨の色合いそのものを有しているからだ。彼が通り過ぎるのを見るとき、私たちのスーパーマーケットの、私たちの馬鹿げた要求の、私たちのカーニヴァルの中心にいて決して還元されないその姿を見るとき、私は思う、これこそ文体というものだ、と。すなわち、ひとつの声を口に出すときの、過つことのない不変性である。すでに述べたが、多くの場所でこの人物は私たちの数多の政治家よりも正確に見て、感じている。彼の言語使用《ランガージョ》は、フランス語との関係が問題となると、不安定であると同時に不変でもある。これは逸脱ではあるが、それそのものとしては見分けられず、持続する。ここから私は慣習的言語錯乱の類型のひとつを作ったわけだが、これは言語が道を外れているからではいささかもなく、**ハム教理**の構築が経済問題の完全解消に対する悲壮的にして立証不能な返答であるからである。この場合の慣習的言語錯乱は無力化した経済権力の代わりである。シュフラン氏の人生は、**彼の家とその一帯の土地**が、自分がその所有者だと言い張る者たちにではなく、マルチニックの共同体に帰属することを論証するために彼が行なう闘争と一体化しているという、その驚くべき真実にこの言語錯乱は属しているのだ。誰ひとりとしてこの闘争において彼を助けることはできない。共同体も、みずからがこの権利を有しているのに確信がないから無理である。「政治家」連中も、彼らが共同体に確信をもてないから無理である。シュフラン氏は絶えずその身ぶりを演劇化する運命にある。フランス語の「不完全な」使用から、彼は、彼に武器として残されているものを、恐れも留保もなく広めるのだ。それは、彼のものではないひとつの言語の無限の転覆であり、彼がたったひとりで鍛え上げた言語使用の途方もない単位、既知のものや分析可能なものには何ひとつ還元することのできない単位である。しかし私たちの邦々にはどれほどのシュフランがいることか。強いられたひとつの言語が一見すると亀裂のない抑圧を強化ないし承認するようになるたびにシュフランは現れる。

テクスト1

愛する人々よ

毎月彼の**神託**をキキナサイ。——毎年彼の**九日間祈禱**を。効果的行ないに励むキリストの代弁者に対し、真実と信仰の更新でもって証言しなさい。すなわち、建立し、奮い立ち、立ち直ること、霊と預言でもって、神の賛辞と栄光のため、彼の神の啓示と共に。

シュフラン・エドモン・エヴラール
独修者夢占い師——**神話学の芸術家**
祈リナサイ——**九日間祈禱神託**——**歌**——**歌〈刷新の浴場〉**
毎週月曜日と金曜日に訪問歓迎——**ハム教理にて**
於ハム教理、一九五五年五月一日（日）
マルチニック——（ラマンタン）、ジャンヌ・ダルク
宣言の改訂、一九六三年一月の三十一号

テクスト2

ハム教の神託

ハム教にあっては結婚は一夫多妻にして自由合意に基づく姦通である。これは**黒人種**の系譜を変革シタ人間の血の統一である。そして刷新サレタ人類は日々大地に。黒人種の標語のなかで（そのうちのひとつなのだから）**神**となる人間。人間となる**神**の宗教は、神となった人間「黒人種」の宗教の標語と出会った。
「生命——愛——言葉——霊——光」

見えるものと見えないものは、ハム教の普遍的信仰宣言のなかで、私たちの信仰の力によって、自然の退行と進化の現象の無から生じる。

神は愛である、これは黒人種の標語と教義に属する、誰であれより遠くまで行く者は教義のうちにはとどまらない。その本性、そのさまざまな掟、そのさまざまな声。彼にとってはすべてが愛――生命――言葉――霊だ。慈愛のための光、人間の〈標語〉と〈教義〉のなかにとどまる者、永遠に向かう普遍的人間を生み出した人間の宗教。愛する人よ、私はあなたに言いたいことが山ほどあるであろう、それはあなたに〈神〉の無償の恵みを知らせること、〈神〉は永遠なる〈生命〉であり、〈健康〉であり、〈戒律〉は〈神聖〉で〈正しく〉、〈正しく〉て〈良き〉ものだ。さらには、〈掟〉は〈良き〉ものだ。たしかにそうなのだ、唯一の〈掟〉である〈神〉の御言葉をあなたが信じるならば。私はあなたのもとに行くことを願う、そしてあなたに神託について話し、口から口へ〈神聖なる〉掟について話すことを願う。〈聖霊〉と共に。

私たちの歓喜が、〈標語〉と教義のために完璧になることを。そのためには、私たちの〈統一〉の創造的力のなかにいかなる変遷もいかなる変化の影もないように避けなければならない。その統一は、私たちの血と、ハム教の宗教的〈生〉によって象徴化され実存するのであり、ハム教はキリスト教と共に、永遠のなかでの新しい生のためにサッシンされるのである。

あなたの証言があらんことを。あなた方の神託とあなた方が獲得した恩寵が諾＝諾か否＝否であれ。

私の兄弟たち、友人たち、愛する人々よ、苦しみと忍従のモデルと見なすのだ、イエス＝キリストの名のもとに〈啓示〉によって話される預言者たちを。

わがエクソダス輪廻転生

わが友人たち、愛する人々よ、他者を知ること、それは叡知、自分自身を知ること、それは高等な叡知であり知性でもある。自分の意志を他人にキョウヨウすることそれは自分自身への力。それは服従状態の高度な力。さもなくばそれは愚劣さ。

あなた方の啓示を示しなさい、勇気、信頼をもって、〈聖霊〉の共通の影響下にあなたの信仰を証言シナサイ。平和を維持しなさい、意志、忍耐心、慈愛の心をもって。さすれば、あなたは**真の置き換え**を、あなたがそうであったものとあなたが私の神託によって視たものとの、あなた個人にかかわる置き換えを知るだろう。「前述の言葉は聖書の預言の言葉であるか啓示である。したがって神はそれらの完成を約束するだろう。彼は言う、そう、中断している意図は完成するだろう、私が決めたものはおのずと実現されるだろう」私は祈りながら〈自由〉への絶対的敬意を神はいないと横柄にもイウ悪人に求める。しかしながら、彼がツクラナカッタものに対しては彼はこれを破壊し、彼は彼ら自身何も作らず、これを妨げることもない。

見ヨ世界はおのが思考が相反する性に向かって絶えずすがるのを妨げられない独身者のようである。みずからの心の決するることがないのであり、それゆえに彼は女と一緒に統一をなすのだろうか。同じような仕方で、〈啓示〉、〈神託〉、〈預言的〉言葉は、〈聖霊〉を所有せず、洗礼の場面でイエス＝キリストを信じないすべての者たちにとっては、物議を醸し、狂っており、嘘っぱちなのである。しかし〈叡知〉はイエス＝キリストの〈復活〉と共に救われることを望むすべての者たちの〈生〉と〈心〉のうちに歓喜と共にある。

わが友人たち、愛する人々よ、誰であれ、キリストと〔Christe〕の代弁者あるいは**神の名**のもとに到来する者に贈与物を捧げる義務はない。しかしその恩寵はそれを行なわない者からは取り上げられるだろう。わが兄弟たちよ、繰り返すが、いつでも喜びなさい。自由のなかで生きなさい、私たちの歓喜のために女への愛でもって、歌、踊りでもって、意識的な隣人愛でもって、そうしたことすべてがあなたを良くし、どのような時間と場所にあってもキミの隣人に対して好意的にする。これが刷新サレタ〈統一〉への**願望**、希望があなたを歓喜で満たす願望である。辛苦のうちで耐えなさい、そして私があなたのために、**神の慈愛を得るために書**いた〈祈り〉のなかで堅忍しなさい。寄進者の皆さま方、私は神に祈り、神を賛美します、私から見てその良い行ないをする者たちのために、彼らの心の願望が信仰と共に彼らの〈洗礼〉の場面で〈聖霊〉と共に実現するために。

テクスト3

真の標語

〈ワルツ〉

歌詞と〈歌〉、エドモン・エヴラール・シュフラン

（独修者）

第一節

ニグロの〈旗〉は〈ハム教〉を体現する（二回繰返し）
〈生命〉と〈自由〉の〈愛〉の〈象徴〉
〈讃歌〉、〈写真〉そして〈哀歌〉は
ショウゲンスルダロウ　現在と過去の事実。

第一リフレイン

耐えなさい（三回繰り返し）

第二節

〈ハム族〉、見えない〈武器〉（二回繰返し）
われらの〈大陸〉のための耐えざる〈闘争〉
この〈ニグロ教〉の〈創始者〉とわれらを生んだ
われらの〈神父ら〉のこの〈神〉と共に

第二リフレイン

〈真の標語〉（三回繰り返し）

希望をもって
わが熱烈な祈りは
慈愛を啓示するみんな誇りをもとう
みんなの責務
愛しなさい、敬いなさい

紳士淑女の皆さま
私の友人たちと愛する人々よ、
〈黒人種〉の〈旗〉に対する、私の出生に対するエッセネ派の宗教的権威による私の行動と私の追放と復活の破門の証と思い出として。私は一夫多妻、母権的な一妻多夫、一夫多妻と姦通による人類の統一から生まれたのであり、この統一は以前には忠実で自由に合意されていたのであり、それで私は生まれた。〈神〉を私の踊りを通じて賛美するため、人類の〈愛〉に対する利己主義と忘恩に抗し、私はこの未公表のワルツを憎悪も怨恨も知らないあなたの黙想に捧げる。
それに対する愛を誓って！……愛は私にそう言ったのだった。

ニグロ教。

テクスト4

黒人種標語
結合―人類―自由

唯一信仰のみが良心をもって、この分割の嵐、憎悪に対して、進歩、現代社会、高等文明や人間の同胞愛と呼ばれるもの、丸ごとひとつの世界の明日の戦争の血なまぐさい共謀、それらの偽善という背信に対抗する。
唯一観念のみが何ものにも屈せず捕われない〈霊〉と共にあり、利己主義、苦しみ、丸ごとひとつの〈永遠の宇宙〉に対する不当な不公平に対抗する。

ハム教理。

テクスト5

私の愛する友人たちよ

啓示

あなたが信仰のなかにいるかどうかを確認するためにあなたを検討するのはあなただ。標語のなかであなたが試さなければならないのはあなた自身なのである。イエス・キリストがあなたのうちにいることをあなた自身はおわかりでないのではないか。というのも、私はあなた方兄弟・姉妹・姦通的・愛する友人たちに、私が説いてきた福音を告げるからである。これはまったく人間と共通するものがない。というのも私がこれを受け取ったり学んだりしたのはどこかの人間からではなく、聖霊と共にあるイエス＝キリストの啓示からであるからだ、私たちの共通の効用、

永遠の更新のために

一九六一年十月五日

エゴ・ハム
シュフラン・エドモン・エヴラール

テクスト6

人類に

メリー・クリスマス＝謹賀新年
私の神託の〈輪廻転生エクソダス〉
〈ハム教〉の〈神聖な血統〉（ニグロの〈言葉〉）

ハム教の若い聖母、世界でなされる自由な合意による**姦通的一夫多妻**から生まれた処女、〈永遠〉という〈名〉の〈王〉に生を授ける、彼女への普遍的〈標語〉象徴化した標語の母性の歓喜は、過去と未来の聖人に向けられた唯一すなわち無二の人類の処女性の栄光のもとに結合する。

奮い立ちなさい、〈グロリア＝ハレルヤ＝ホザンナ〉、人生の標語の喜びと共に、〈言葉＝愛＝霊＝光＝可視〉と不可視、真の徳、善良、尊厳、忠誠と共に、信仰のなかで、節食、節酒、気前の良さ、希望のなかの慈善。

それから純真、諦観、犠牲・自己忍従、善良、隣人愛のなかの純真。

69／11／24
シュフラン・エドモン・エヴラール（侍従）

テクスト7

シュフラン・エドモン・エヴラール
（証書第347号―CJ402号）
毎週月曜日と金曜日ハム教理にて訪問歓迎
その他の曜日は自宅への招集状にて
ハム教の〈創設者〉
次の標語の理念の象徴体系の建造者
生命―愛―言葉―霊
一夫多妻崇拝―姦通

テクスト8

ハム教理
某に対しては、こう宣言し、乞おう、このことについて私に問い合わせないのは自由である。
〈黒人種〉の更新、および人類と普遍との祝賀の執行連携のために。わが人格、わが祈り、わが神託、わが啓示を疑う何
PCN番号 213－1469－16－4－1968－APN番号 50－273／1 1－8－3－1960
ラマンタン（マルチニック）
69／11／25

歌—ビギン

わが神託

一九四〇年から二〇〇〇年に
アフロ＝アジアの〈記憶〉——超国家的ヨーロッパ主義
ソヴィエト＝アメリカと一夫一婦婚のユーラフリカ
シュフラン・エドモン・エヴラール（独修者）の言葉
一夫多妻者に——自由な合意による姦通者へ

第一節

これらのニグロにとっちゃヨーロッパは変わっちゃいないさ
アジアでニグロ女は蔑まれ
アメリカには〈平等〉無し
そして同胞愛の権利もおよそ無し

第二節

奴らはこの陸地でニグロを犠牲にし続けた
奴らはすでに大西洋にニグロを溺れさせたのさ

第三節

無理やり追放されたのがニグロだったさ
ニグロを殺るための偉大な冒険
ニグロ女に対するひどい重税
そしてこれらのカップルは無料《ただ》働きさ

第四節

太陽ニグロは輝き熱する
象徴体系・ニグロ女は

奴らはニグロを空で燃やす
ジョディス　それはアフリカのため
ニグロ女さ

神話性を剝ぎ取られた
標語・人種はうまく犠牲にされた
すべての〈結合〉は〈神聖化〉された

リフレイン
ニグロこれらニグロ
奴らはニグロに〈旗〉をまとめろと話した
ニグロとともにニグロ女にも
奴らはおれたちが貨幣を鋳造するのを禁じた
ニグロこれらニグロに
奴らはニグロに船をもってると話した
ニグロ、これらニグロに
奴らはニグロに飛行機をもってると話した
ニグロとともにニグロ女にも
奴らはおれたちに信仰をもつように話した
ニグロこれらニグロに
イタリアの教皇がニグロを支配するのはこれで終わりだ（二回繰返し）

ハム教

通常の自然法は普遍的国際法の一部なのだろうか。

テクスト9

黒人種
標語
結合—人類—自由
ハム教理

本声明は、一九四三年四月十八日から八月十日にかけて人類の自由を求めた国家に反する扇動的プロパガンダの嫌疑で収監された独修者エドモン゠エヴラール・シュフランによりフランスの行政官へと発せられ、その後、一九四八年四月二十七日国民議会と国際連合にハム教理からの代表として参加した際、さらに一九五〇年十月二十九日にフランス共同体およびフランスにおける発言の機会に改訂されたものである。

国際連合における正式声明——一九四八年四月二十七日は、人類の生殖の自由に対する〈権利〉と責務への明らかな侵害だった、フランス主権の領土でなされた黒人種の奴隷制の廃止百周年である。

この人種は自分たちの〈創造者〉をもち、世界の人口の数億人を占める。ゆえに世界の代表として自分たちの民族的理念を体現した貨幣と旗をもたなければならない。黒人種の標語**結合゠人類゠自由は、世俗的—社会的—宗教的—政治的—世界における表現不能な゠民主的な゠不可視な—共和政゠王政゠君主政**という〈信条〉のなかで組織されるだろう。

黒人種の愛国・民族歌は〈ハム教理〉の自由への愛国歌である。〈ハム・コンソーシアム〉の旗は黒人種の理念およびその世界の代表を体現するものである。

黒人種の旗はその傾斜を起点に長方形の形をしている。十分の一は青色、長方形であり、空の第一段階で夢想する汚れのない女を象徴する。十分の一は長方形の白色で、人類の光である太陽とエッセネ派の神を象徴し、白色のなかの四芒星は、西洋のキリスト教の代替物である夢想する黒い十字架の上の東洋を象徴する。西洋は大地を表す球体の上にある。大地の上には黒人種の大陸が描かれており、これは後者〔＝黒人種〕および数世紀にわたる人類普遍の最初の文明に対する崇拝である。赤い直角をなす十分の八の色は黒人種の普遍的な「神は愛である」を象徴している。その共通の霊に対する慈愛のためその受肉した生命という理念のため――〈贖罪の人〉――〈永遠の〉。

再生から到来する――世界の代表の平等のため唯一の標語〈黒人種〉の〈旗〉と〈貨幣〉。

シュフラン・エドモン・エヴラール
人類誕生の独修者、一夫多妻、ハム教の創始者

わが人種の生命の歴史を考えるのはおかしなことか。

一六三五年――マルチニック、フランス領となる。ありうるかもしれない独立の権利としての自由を失う。

一八三〇年――アルジェリア、アフリカ大陸、〈黒人種〉に属する者たちの、力による征服、私たちの系譜上の古来の始祖から受け継ぐ者たち、強制され維持される奴隷制の確立。

一八四八年――奴隷制を作った者たちの歴史的行政そのものにより告白された、強制的物理的奴隷制の廃止。

一八六〇年――世界戦争による黒人種の支配という視点からの、フランスとヨーロッパの領土的統一の完成。

一八四八年――黒人種が不公平、当局の濫用と権力の過剰の記憶によって、その対象になおもいることをもはや望まない、人類の代替としての物理的奴隷制の廃止。黒人種はすでにこうしたものの犠牲であり、十世紀の半ばまでは黒人種はなおも世界を前にした保護の対象だった。

第二の回顧

「彼らはすでにみずからの血を流し、みずからの命を与えた、今日、人は彼らに対して自由を拒んでいる」中断。

ハム教

〈解放〉の三十一回目の記念日を偲んで
一九七三年八月十日金曜日

用語解説

奴隷制廃止（Abolition）（奴隷の「解放」）。　一八四八年。第二共和政はシェルシェールをこの問題の担当者に任命する。彼は、新しい「父」、植民者の崇高な代理である。この後、シェルシェールからド・ゴールまで、マルチニック人が幻想を抱く「父」はいつでも存在することになる。この疎外は、一八四八年の〈廃止〉の方法のなかにその根をもっている。それゆえ私はこの〈廃止〉を「いわゆる解放」といつでも言うことにしている。そして、これについて書く場合には括弧付きで「解放」としている。

アコマ（Acoma, Acomat）　マルチニックの森から消滅した樹木の一つ。この木にこだわりすぎて、森を忘れてしまうわけにはいかない。しかしこれを想起しよう。『アコマ』誌、一九七一－一九七三年。

アリケール、アンドレ（Aliker, André）　マルチニック共産党の書記。海はトタン板に縛りつけられた彼の死体を打ち寄せた。彼は、巨大な力をもつ植民者たちの脱税を告発しようとした。彼の死は自殺であると一般には結論づけられた（一九三六年）。

アンティル諸島（Antilles）　私たちはおそらくその島々の文化の結びつきを、ひとつの文明の前兆を生きている。思うに、アンティル諸島の海は一点に集束するのでなく、回折する。その海は〈一〉を強いるのではなく、〈多様なるもの〉から一円に広がる。

英語圏アンティル諸島（Antilles anglophones）　フランス語圏と非常に似ているが非常に異なる。英語圏の人々は理論としてのアンティル性は信用していないが、これを行動に移そうと努力している。英語圏の島々の民の歴史は、私たちにとってよりも一層はっきりと、アンティル性の実行に向かって収斂している。これらの邦々のアンティル人もまた、私たちがフランス化しているのと同様にイギリス化しているのかもしれない。しかし人々はイギリス人であることを望んでいない。

フランス語圏アンティル諸島（Antilles francophones）　紙吹雪、踊り子、悪夢、未完の群島、塵、等々。このような形容によって私たちの存在は認められる。マルチニック、グアドループ。つまりは、私たちが私たちの現実のイメージを他者にいまだ抱かせていないということである。

アンティル性（Antillanité）　理論である以上に、ヴィジョンである。その力は非常に強いため、これに関してあらゆることが語られている。私は、二度か三度ほど、アンティル性が、真の問題であれ幻想化された問題であれ、これらの問題に対する包括的な解決として（それ以外はなんの情報もなく）提案されるのを聞いたことがある。このようにひとつの語がマスターキーになるとき、人はヴィジョンはすでに実現されたのだと思い込む。

アラワク族（Arawaks）**カライブ族**（Caraïbes）　島々の最初の住民。例外なく虐殺された。生き残った数千人はドミニカ島に囲い込まれた。マルチニックのエリートの形成期、フランス在住のマルチニック人が、自分たちをカライブ族の首長の子孫であると〔本土のフランス人に〕信じ込ませるには、この事実は都合がよかった。この物言いは、自分たちがそう思われるほどにはアフリカ的ではないと仄めかしていた。

同化（Assimilation）　あらゆる同化の原則は、直接の接触と浸透による融合からなる。（フランス語圏）アンティル諸島における同化の理論に見られる錯乱は、アンティル人が同化していると主張するもの——フランス的現実——が、実際には、この現実のあまりに変質した残響、すなわち文化と生成のゾンビに過ぎない、という点にある。こうして今度は同化の志願者を次々とゾンビ化してゆくのである。彼は現実から果てしなく乖離する操作でもって「真実」を幻想化して要求すること以外にはなんの手段も持ち合わせていない。

自治（Autonomie）　これが目指すべき理想であるのか理想への一段階であるのかはよくわからない。バランスを取るために、他者を当てにしつつ「自分の仕事の舵をとる」ことなのだろう。

もうひとつのアメリカ（Autre Amérique）　フアレス、ボリバル、マルティのそれ。ネルーダのそれ。とりわけインディオの民のそれ。〈もうひとつのアメリカ〉という考え（ホセ・マルティによって定式化された）はアングロ・サクソンのアメリカに対する文化的抑止力を形成する。しかし〈もうひとつのアメリカ〉は「ラテン」アメリカではない。この呼び方は少しずつ消滅すると考えられる。

ベアンザン（Béhanzin）　ダホメ王。アフリカへのフランス軍侵攻に対抗した。マルチニックに流刑。ここでは好奇の的になった。私の考えでは、彼はいまだに私たちの無意識のうちを徘徊している。

甜菜（Betterave）　この塊茎植物がフランス語圏アンティル諸島の歴史を見えない仕方で支配してきたのだから驚くべきである。フランス北部の霧の立ちこめる平野で起きたことがマルチニックの熱帯風景を変容させた。

ボサル（Bossale）　ハイチでは新しく島に到着したアフリカ人を指す。私なら「新たに通過儀礼を受ける者」と訳す。

キャリバン（Caliban）　人食い族《カンニバル》。シェイクスピアが私たちに与えた語であり、私たちの作家たちがこの語を作り直した。

カレーム（Carême）　乾季（二月から八月）。だんだんと湿気を増している。なぜなら、ここでは天候が変化しているからである。民衆が信じていること。アメリカ人はケープ・カナベラル〔フロリダ州の砂州。〕周辺の航空路を掃除して、雷雨、雨、サイクロンといったあらゆる屑を私たちに目がけて投げつけている。ここから天候の変化が生じている、というわけだ。

雨季（九月から一月）はイヴェルナージュ（hivernage）と呼ばれる。

カリフェスタ（Carifesta）　カリブ海最大規模の文化集会（一九七二年ガイアナ、一九七九年キューバ、一九八二年バルバドス開催予定）。権力を大いに脅かすもの。

カーニヴァル（Carnaval）　ようやくカーニヴァルは一九八〇年に再興される。この邦ではすべては順調だ。私たちはそれでもやはりトリニダードのカーニヴァル、もしかしたらリオのカーニヴァルにも向かう。

デュビュク城（Château Dubuc）　マルチニック東海岸のカラヴェル岬にある。この城のなかに島に到着したばかりの奴隷たちは閉じこめられた。フォール＝ロワイヤルの監視の目の届かないこの場所で、おそらく彼らはなんの制限もなく密売された。

黒人法典（Code noir）　一六八五年にコルベール〔財務総監コルベール（一六一九―一六八三）の仕事を引き継いだ息子コルベール〕によって発布されたこの法は、奴隷の生活を規則化した。あなたが楽観主義者であるか否かに応じて、これをヒューマニズムの所産であると見なすか、シニカルな植民地主義の記念碑と見なすかが分かれる。

奴隷監督（Commandeur）　奴隷制労働のヒエラルキーあるいはプランテーション・システムにおいて、農業労働者ともっとも直接に接触する長。彼の上に、会計官と管理官がいる。

ウサギの（ライオンの、トラの、象の）大将（Compère Lapin, Lion, Tigre, Éléphant）　アンティルの夜話の特徴のひとつは、このようにその邦には存在しないが、地球上に実在する動物（一般的にアフリカの動物）を登場させることにある。

東方の認識（Connaissance de l'Est）　クローデルのこの題名は、西方の多くの人間が、自分たちが何よりもまず西洋人であることを止めずに、絶対的な他性に誘われるがままに行なってきた歩みを象徴している〔邦題『東方所観』〕。唯一ヴィクトル・セガレンだけが、「東方の認識」の先駆者としてあえて赴いた、この冒険の果てまで。そのために命を落とすまで。

苦力《クーリー》（Coolies）　J・イヴォール・カーズは、フランス語圏アンティルの作家が一八五〇年以降にこちらに渡ってきたヒンドゥー教徒の問題に取り組んでこなかったことで、作家たちを非難している。ヒンドゥー教徒は自分たちの慣習を守っている。このためヒンドゥー教徒は黒人から長らく人種差別を受けてきた。苦力《クーリー》という呼び方はしばしば蔑称的であると見なされる。ヒンドゥー教徒の存在は、多くの英語圏アンティル諸島ではアフリカ人の集団とのライヴァル関係から、トラブルの種になる（その逆もある）。ヒンドゥー教徒はグアドループではマラバールと呼ばれる。

山刀（Coutelas）　武器でもあるこの道具から歴史を作る。蜂起のなかで振りかざされるこの道具は、自己攻撃や、マルチニック人同士の「理由なき暴力」にも資する。

クレオール性（Créolité）　各地のクレオール語圏の民（レユニオン島も含まれる）をひとつにまとめ、この言語の排他的使用を発展させることを目指す理論。クレオール性は私たちの言語が苦しんできた当のもの（差別的な単一言語使用）を取り入れ、アンティルの島々の歴史を無視する。言語の障壁を超えて、ジャマイカ人やプエルトリコ人と私たちとを結びつけるものを。

クロワ＝ミッション（Croix-Mission）　いくつかの市場町のなかにある。原則として、最初の十字架《クロワ》は宣教師が植え、その周りに広場ができる。路上の社交場として重視された場所。名前は残っているものの、その機能は失われていった。

乳母《ダー》（Da）　黒人の乳母。カリブ海地域全域およびアメリカ合衆国の南部にも同等な存在がいる。小説で理想化される人物（犠牲精神をもった人物）。黒人女、奴隷であるにもかかわらず、愛される、英雄的な存在。

デルグレス、ルイ（Louis Delgres）　彼は、自分を取り囲む六千人のフランス軍兵士の一部を死のなかに巻き込みつつ、グアドループのマトゥバ要塞の火薬庫に三百人の兵士と一緒に飛び込んで爆死を遂げた。彼は（一八〇二年に）奴隷制の復活を拒否した英雄であったのか、それとも、島全体を挙げた蜂起をあえて呼びかけようとせずに、みずからの理想の瓦解よりも死を選んだ「共和主義」の理念に毒された者であったのか。これについては議論が続けられている。

県化（Départementalisation）　「法的かつ行政的な進歩」であったものが自己内の理想と化した。特記すべきこと。メディアを介した公の演説は、マルチニックを執拗に繰り返しこう言い表すのである。海外県、私たちの海外県と。私たちは結局このことに馴染んでいる。

悪魔（Diables）　カーニヴァルに姿を現す。かつて悪魔は突飛でぼろぼろの衣装をまとっていた。恐怖を与える格好だ。やがて悪魔は画一化された。今では悪魔の衣装は大人用でも子供用でもどこの店でも売られている。

ドミニカ島（Dominique）　マルチニック島の北に位置する。イギリス植民地を経て独立した。マルチニック人は進んで住民一人当たりの所得をドミニカ人のそれと比較する。「フランス人にとどまり続ける」ことに価値があると結論づけるためである。マルチニック島の南に位置するセント＝ルシア島も参照のこと。

エコロジー（Écologie）　（環境すなわち「自然公園」）これまでのさまざまの流行と同じように引き継がれた最近の流行。他のものよりも一層「操作的」になるだろうか。これを運営したり推進したりする機関はパリを拠点にしている。

エリート（Élite）　第三世界ではほとんどどこでもそうであるように、そのちっぽけな重要性を斟酌すると、恐怖を与えるのはその自信、その穏やかな悪趣味、静謐な卑屈、慢性の無生産性である。

島外移住（Émigration）　組織的に維持されている出生率低下ならびに、ヨーロッパからの移住と組み合わさっている。四十年後にはマルチニック人住民はほぼ十万人減少し、それと同数だけヨーロッパ人の人口が増大するだろう（現在の総人口は三十五万人）。そして、十五万人のマルチニック人がフランスに住むだろう。エメ・セゼール氏の政党（ＰＰＭ）が「入れ替えによるジェノサイド」と呼ぶものである。

フェール＝ド＝ランス（Fer-de-lance）　強力な毒をもつ三角形の頭をしたマルチニックの蛇。私たちの無意識に取り憑いているもの。農村部では「敵」や「胴体の長い動物」と言われる。これを推し進めて（「蛇」という語を発さないよう）「ネクタイ」とまで呼ばれる。

ゴンボ（Gombo）　アメリカ合衆国南部からカリブ海の島嶼部と南アメリカ大陸部まで、プランテーションの文化圏においてもっとも伝播した野菜のひとつ。

ゴレ島（Gorée）　セネガルの島。ここから〈大陸〉で捕まえられた奴隷たちが船に積み込まれた。私たちは全員ゴレ島を夢見ている、人が自分が追放された母胎を夢見るように。すなわち、実際にはそのことを知らずに。

グリオ（Griot）　アフリカの語り部にして歌い手。グリオは社会的地位を有しており、「プロ」である。反対にアンティルの語り部は一般に農業労働者であり、彼の語りの技法は純粋な気晴らしに属している。

ハイチ（Haïti）、旧名サン＝ドマング（Saint-Domingue）　おそらく新しい「母なる大地」。なぜならそこで、唯一そこでのみ、組織された生き延びの条件が見いだされ、政治的な（革命的な）表明が突如として生じたからである。発展途上の度し難さと、トントン・マクートの暴力は、あらゆる可能な評価の手前で、この邦を衰退させてきた。しかしハイチは**歴史的記憶**から生じる力を保持しており、その力こそアンティルの人間がいつか必要とするものである。

独立（Indépendance）　マルチニック人が非常に恐れるもの。しかし矛盾に満ちた現実の猛攻によって後退している。聞いた話では、第三世界の代表者はマルチニックが話題にのぼると（たとえば国連の場で）薄笑いを浮かべるそうだ。ここでは避けがたい危機。この危機が私たちに対して予期することを、私たちは知らない。

ラギア（Laghia）、ダミエ（Damier）　戦いのかたちをとった踊り。二人の踊り手は、太鼓叩きを起点に並ぶ観衆の「輪」

に取り囲まれる。同じ踊りはブラジルに見いだされる。ラギアはおそらく通過儀礼から派生した形態である。志願者から挑戦を受ける〈隊長〉（チャンピオン）がいつでもいる。この踊りは衰退しつつある。ラギアはサトウキビ生産に結びついてきた。

大いなる祖国と小さな祖国（La Grande Patrie et la Petite Patrie）　まさにこれこそ、エリートのもっとも効力のある創造のひとつであり、彼らのイデオロギーの形成期の産物である。〈祖国〉の観念の階層化した分割は、このエリート構築の際の曖昧で混乱した文脈のなかでのみ理解される。このような分割は最終的には廃棄された。小さな祖国は県になったのである。

ラマンタン（Lamentin）　マルチニック経済を根幹で支えた旧中心地。今この場所に空港や擬似的工業地帯などがあるのを見てとるのは意味深い。この場所を経て海に注ぐレザルド川はもはや一筋の水路でしかない。そのデルタは埋められている。その動物相は失われた。

ラレンティ（Lareinty）　マルチニックのもっとも重要な砂糖工場のひとつであり、ラマンタンの平野に位置する。最後の砂糖工場のひとつでもある。その断末魔は果てしなく続く。私たちはそこに、私が不全－生産と呼ぶもののなかで逆立した私たちのイメージを見る。

死体、夜が切断し、洗うもの
うずくまる、漂流物として
風のイラクサに開かれる、その心は
究極のリベットでのみ締められる。
蠟の番人、片目の博識は、そこに封印を押した
政令による雷の印、「死んだ
自然死によって」。

レグバ（Legba）、**オグン**（Ogoun）、**ダンバラ**（Damballah）　ヴードゥーの神々ないしロアであり、それぞれが個性と機能をもっている。多くのマルチニック人がハイチにヴゥードゥーの手ほどきを受けようと旅行する。

ロラン（Lorrain）　マルチニック北部の巨大な市場町。バナナ畑の労働者が粘り強いストライキを続けたが（一九七四年）、憲兵隊の一斉射撃により弾圧された。このストライキの指導者のひとりであるイルマニー氏は、この銃撃で死亡した。同日、カポット川の河口域で若者の惨殺死体が発見された。彼を殺した者たちは相変わらず逃走している（さもなければ穏やかに暮らしている）。

逃亡《マロン》奴隷（Marrons）、**逃亡行為《マロナージュ》**（Marronage）　逃亡奴隷は、逃亡を行なった島々の地理的な規模に応じてさまざまな運命を経験した。キューバでは一九七九年に逃亡奴隷がかつて野営していたことを示す遺跡が発見され、研究上貴重な物品（陶製パイプや山刀《クートラ》など）が見つかった。ハイチではドコ族が逃亡奴隷の共同体をなしていた。ギュイヤンヌでは、ボニ族とサラマカ族が今日でもなお特殊な共同体をなしている。ジャマイカではトレローニータウンとウィンドワードの逃亡奴隷の叙事詩的行為が、〈偉大な裏切り者〉ファン・デ・ボラス、誰よりもすぐれた〈マウンテン・ライオン〉クジョー、〈見えない狩人〉クアーオのような、並外れた長によって導かれた。ジャマイカの逃亡奴隷は、武力によってではなく交渉によって敗北し、まずカナダのハリファックスに（一七九六年）、次いでイギリス領出身の自由黒人が一七八七年に建設したシエラレオネのフリータウンに強制移送された（一八〇〇年）。シエラレオネにはクレオール語の一種であるクリオ語がある。

本土人（Métropolitain）／**本土**（Métropole）　私は一貫してフランス人、フランスと言っている。すると、私のマルチニック人の話し相手は気を悪くするが、一般にフランス人自身はとくに何も感じない。

土産物売り（Pacotilleuse）　観光客向けの手芸・工芸品を売る女性。しかし品物は定期的にハイチから調達されている。フォール＝ド＝フランスのサヴァンナ広場近辺で売られている品のほとんどすべてはこの邦から来ている。

ポヨ（Poyos）　緑の小ぶりのバナナで、とくにグアドループで栽培される。決して熟すことがなかった。マルチニックでこのバナナを受け取ると、私たちはとても嬉しがった。この語は食料不足、すなわち慢性的飢饉の象徴になった。

ケチュア（Quechuas）　おそらく南アメリカのインディオの民であり、誰よりも想像力に語りかける。その歴史的沈黙とその不屈の存在によって。

キンビセロ（QUIMBISERO）　キューバではキンビセロは呪術師《カンボワズール》の力をもつが、その力は「ダーニョ」すなわち他人に対して与えたい被害にのみ向けられる。

ラジエ（RAZIÉ）　もっとも適当なフランス語の単語はおそらく“halliers”〔叢林〕だろう。

レゲエ（REGGAE）　「レゲエは、六〇年代半ばに現れた音楽で、スカをベースにしている。一般には、重いフォー・ビートのリズムからなっており、エレキベース、ドラムに加え、拍子の終わりを刻む打楽器《スクレイパー》を用い、既成の（白人、ないしバビロン人の）文化の拒絶を表現する、感情的な歌の伴奏となる」。これはフレドリック・カシディが示した定義（一九七六年）であり、レックス・ネトルフォードが『カリブ海の文化的アイデンティティ——ジャマイカの場合』（二二頁、注四〇）で紹介しているものである。スカは一九五〇年代のジャマイカの都市音楽であり、アメリカのポップスのレコード、伝統音楽、ラスタファリのリズムに着想を得ている。

シェルシェール主義（SHELCHERISME）　同化主義思想の起源を確実になしている教義。シェルシェールは「私たちを解放した」。したがって解放と進展の「フランス的」道があるのだ。

国民的連帯（SOLIDARITÉ NATIONALE）　婉曲表現。この表現のもとに隠されているのは公的予算の注入であり、今度はそれが、フランスと海外県との交流の真の関係を偽装するために使われる。

ステイタス（STATUT）　県。自主管理地域。独立した国家《ナシヨン》。「ステイタス」問題は、これが「行為のなか」にないかぎりは、取るに足らない。

チム＝チム・ボワセッシュ（TIM-TIM BOISÈCHE）　夜話の晩の始まりに行なわれる儀式化されたなぞなぞ遊び。

トレ（TRE, TRAY）　この大皿に載せて商品を売る。

トゥパク＝アマル（TUPAC-AMARU）　アンデスの山中で起こしたインディオたちの蜂起を率いたこの英雄は、私たちを魅了する。彼の最初の仲間のひとりはアフリカ人だった。今日、トゥパマロス運動〔社会主義革命を目指すウルグアイの都市ゲリラ運動〕がトゥパク＝アマルを運動の象徴として引き合いに出している。

ヴァヴァル（Vaval） カーニヴァルの王。〈灰の水曜日〉の晩に燃される。かつてはその年の出来事（選挙に敗れた候補者、波乱万丈の冒険など）を象っていた。しかし凡庸化してしまい、もはやなんの特徴もない巨大な人形にまで成り果てた。

ヴェルティエール（Vertières） ハイチ独立戦争の最終決戦場のひとつ。デサリーヌ軍の〈死神カポワ〉将軍は、この戦場で示した勇敢さでフランス軍の人種差別的将校たちの賞賛を手中にした。フランス軍はその後間もなくして無条件降伏し、島を立ち去ることになる。

ヴェヴェ（Vèvès） ヴゥードゥーの司祭が、儀式の前かその最中に描く文様。

ゾレイユ（Zoreill）、ゾレイエ（Zoreye）、ゾレイ（Zorey） マルチニックでは白人をこのように指す。おそらくは、彼らの耳が陽射しの影響で赤くなったからだろうか。この呼び名は、もはや蔑称的なコノテーションを匂わせることもないほどに一般化した。

日付と場所

3　『詩的意図』(一九六七) 紹介案。
4　『憤死』(一九七四) 紹介案。
5　『エスプリ』誌特集号「アンティル、手遅れになる前に」(一九六二) に掲載した論考より。
8、9、15、22、23、38、41、52、73、74、75、78　一九七一年から一九七三年に刊行された『アコマ』誌より。
12、18　ユネスコの会合、パナマ、一九七九年。
13　マルチニック学院主催のシンポジウム、一九六八年。
20　精神衛生をめぐるシンポジウム、トリニダード、一九六九年およびIME (マルチニック学院) のセミナー、一九七二年。
21　CEDIF (家族情報および育成に関する研究・調査センター) のセミナー、フォール゠ド゠フランス、一九七二年。
27　「カリフェスタ」、ジャマイカ、一九七六年。
29　文学研究センター、フォール゠ド゠フランス、一九七八年。
33　『ル・モンド・ディプロマティーク』、一九七七年六月掲載。
34　ハバナ、一九七六年、サンティアゴ・デ・クーバ、一九七九年。

35、36　『リベルテ』誌主催のシンポジウム、モントリオール、一九七五年および一九七四年、同誌掲載の論考。
36　ボストン、一九七六年。
44　ミルウォーキーでのシンポジウム、一九七五年、英訳は『アルチャリンガ（夢の時代）』誌に掲載（ミシェル・ベナムー訳、一九七六年）。
45　発表（マディソン、ピッツバーグ、トロント、一九七三年、ハリファックス（カナダ）、一九七四年）。
54　ブルーミントンでのシンポジウム、一九七三年。
55、59　マルチニック学院研究グループ、一九七三年、一九七七年。
56　トリニテ市医療センター主催のシンポジウム、マルチニック、一九七八年。
61　講演、ケベック、一九七二年、およびAUPELF（フランス語を部分的ないし全体的に使用する大学協会）の出版物。
65、66　ラマンタン市保護者協会向けの発表、マルチニック、一九七六年。
79、80、81　マルチニック学院の演劇グループの活動、一九七〇－一九七二年。
82　ヴィジオーズ法律学院、フォール＝ド＝フランス、マルチニック、およびポワン＝タ＝ピトル市文学研究センター、グアドループ、一九六九年。
83　マルチニック学院主催のシンポジウム、ラマンタン、一九七二年。
84　『新・新フランス評論』誌の特集号「サン＝ジョン・ペルス讃」掲載、一九七六年。
85　カリフェスタ、キューバ、一九七九年。
87　アンリ・コルバンの詩集への序文、一九七九年。
88　『ボワーズ』について、一九七九年。
89　画廊「ポワン・カルディナル（基点）」で行なわれたカルデナスの展覧会のカタログ、パリ、一九七九年。
93　マルチニックの消費に関する研究グループへの参加、フォール＝ド＝フランス、一九七九年。

覚書（アレクサンドル・デュマ、ジャン・パリス、ゲオルグ・ビュヒナー、ロジェ・カイヨワ等をめぐる）は、『レ・レットル・ヌーヴェル』誌に掲載された。ハルトバーグおよびペトリンの絵画をめぐる考察は、ドラゴン画廊の展覧会での序文として書いたもの。

本著作はその全体としては一九七八年十月から一九七九年五月にかけて行なわれたマルチニック学院の公開講座を目的に準備されたものである。

アンティル諸島に関する参考文献はあまりに膨大となるその性格からここではその目印を示すあらゆる試みは禁じられる。ここに百頁を付け加えても不十分だっただろう。むしろ私たちは不十分であらざるを得ない試みに対しては沈黙を選ぶことにした。

原註

序章

1 ——〈西洋〉は西にあるのではない。それは場所ではなく、ひとつの投企である。

第一巻

1 ——もちろん、一般化は科学的法則の全体を体系化することを可能にしたわけだが、こうした全体が西洋科学の客観的であると同時に「遠い」世界に閉じ込められていることを確認することも重要である。

2 ——いかなる地球規模の言説であっても、その分析はさまざまな紋切り型（すべての人々に認められているあの明証の数々）の体系的な説明、たとえば民から民への諸関係において意味をなす状況の見取り図の説明などを避けがたいものにする。

移送された人々が民になる場合（ハイチ）、溶け合わさって別の民となる場合（ペルー）、多数的全体に組み入れられる場合（ブラジル）、みずからのアイデンティティを維持しつつ自己を「実現する」ことができない場合（アメリカの黒人）、不可能のなかに追い込まれた民である場合（マルチニック）、分断されて出身の場所に帰還する場合（リベリア）、みずからのアイデンティティを維持しつつ、ひとつの民の出現に葛藤含みながら参加する場合（インド系アンティル人）。

四散した人々が帰還の欲動をみずからに創りだす場合（イスラエル）、みずからの土地から追放される場合（パレスチナ）、その追放が「内部の」ものである場合（南アフリカの黒人）。

ひとつの民が、おのれの土地を再征服する場合（アルジェリア）、大虐殺によって消滅する場合（アルメニア人）、滅亡に瀕している場合（メラネシア人）、人工的なものにされている場合（ミクロネシア人）。

（公式の国境が現実の民を分断している）アフリカの「独立」の限りない多様性、ヨーロッパのマイノリティの身震い（ブルトン人やカタロニア人、コルシカ人やウクライナ人）。オーストラリア先住民の緩慢な死。

太古からの伝統と征服の技術を備えた民（イギリス人）、普遍化の意志をもった民（フランス人）、否認に（アイルランド)、外への移住に(シチリア)、分割に(キプロス)、作り物の富に(アラブ諸国)捉えられている民。

みずからの「拡大」を非常に早い時期に放棄したか、それをわずかにしか維持しなかった民(北方の民、イタリア)、現地で侵略を被った民(ポーランド、中央ヨーロッパ)。移民そのもの(アルジェリアからの、ポルトガルからの、フランス領ないしイギリス領アンティル諸島からの)。

侵略され殺戮された民(合衆国のインディアン)、無力化された民(アンデスのインディオ)、狩り出され虐殺された民(アマゾンのインディオ)。狩り出され彷徨っている民(ツィガーヌとジタン〔いずれもロマ人の俗称〕)。

移住した人々が支配的な国家を構成している場合(合衆国)、ある全体のうちに護られている場合(ケベック)、力づくでみずからを維持している場合(南アフリカの白人)。

体系的かつ細分化された移民(シリア人、レバノン人、中国人)。

〈関係〉の運動そのものから生まれた(宣教師、「平和部隊」、海外協力隊員)定期的な、そして現実的なインパクトをもつ移民。

言語や宗教で、つまりは共同体間の経済的対立で分割された国民(アイルランドの民、ベルギーやレバノンの国民)。

連邦的な均衡(スイス)。

慢性的な不均衡(インドシナ半島の諸々の民)。

古い文明が西洋との文化接触で変成している場合(中国、日本、インド)。それが島嶼性によって維持されている場合(マダガスカル)。

混成的ではあるけれども「関係外」の、またそれだけに異質性嫌いの民(オーストラリア人)。

「適応」の犠牲になって分散している民(ラップ人、ポリネシア人)。

このようなさまざまな状況の見取り図は、その上に重ね合わせられるイデオロギーの錯綜や、ダイグロシア的な葛藤や、宗教戦争や、経済的対立や、技術革命などによって、解きほぐしがたいものになっている。〈関係〉の全体は、それについて人が思い描くことのできる観念よりも早く変化する。〈関係〉についてのいかなる理論も、一般化には導かない。その作用はみずからをマイノリティと宣言するさまざまなマイノリティの出現によって亢進するのであり、それらのなかでも、もっとも決定的なのはおそらくフェミニズム運動の出現だろう。

3 —— Arsène Darmesteter, *La Vie des mots*,1886: seconde édition à la librairie Delagrave, Paris, 1918.

4 —— この本のなかでは、肯定的ないしは肯定性とは、持続的な様態であるにしろないにしろ、「経済的」であるにしろないにしろ、欲動に基づく、あるいは熟慮の末の集団的解決の圧力のもとで、状況を動態化させるという意味合いで捉えられる。したがって、否定的なもの（あるいは否定性）はこの解決の弁証法的契機ではなく、欠如、不在なのであって、それによってある本来的な集団性（つまり、その存在条件が与えられている集団性）が事実としての集団性（つまり、その存在の諸様態が強化され、あるいは明らかになるようなそれ）になることはない。

5 ――このことに関しては、ラマンタンで「ハム教理」を設立したエヴラール・シュフラン氏の演説についての批評を参照されたい（「74　ある事前調査について」、本書五二六頁）。

6 ――私の経験によれば、ネグリチュードの問題をめぐる国際的な会合のなかで議論が戦わせられるたびに、少なくとも参加しているアフリカの知識人の半数はこの理論に反対の立場をとり、フランスの代表はたいていこれを擁護する側にまわるのだが、おそらくそれは、後者の人々がそこに、彼らが好んで擁護する「一般的理論」の寛容さや曖昧さを再び見いだすからなのだろう。そんなわけで、アンティル的な企図をもつ『ノート』のほうが、一般化の企図をもつネグリチュードの理論よりもアフリカの人々により近いものなのだ。

7 ――私たちマルチニック人にとっては、この場所はすでにしてアンティル諸島である――しかし私たちはそのことを知らない。少なくとも、集団的な仕方では知らない。〈迂回〉の実践とは、この知ることなき存在の尺度である。私たちの言説の目標のひとつが、ここに画定される――私たちがそうであるところのものに徹底的に合流し、〈迂回〉がもはや生存のための不可欠な技術として維持されるのではなく、おそらくは表現の様態として実現されるようにすることである。〈迂回〉がもはや現実のなかで課されるのではなく、把握、分析、創造の繊細さとして構成されるときから、〈迂回〉の接触は表現のレベルにおいて、非－言述《ノン－ディ》あるいは告示《エディ》（すなわち、抑圧の二つの主要な様態）に対する征服となる。カリブ海への集中的な参入はこのプロセスを照らし出し、正当化する。

8 ――一九七九年には、エネルギーの節約と風力および太陽エネルギー開発の実施を検討するために、複数の機関が「国家レベルでの意思決定の一環として」設置されている。これら全体を組織するためにパリから集約担当者が来ることになっている。

9 ――これは、一九四〇年から一九四五年にかけてのドゥラン〔『憤死』の登場人物〕の職能のリストである。タイヤで履物（サンダルや革紐式の履物）を作ること。古い自動車を手入れすること。毒入りソーセージで野良犬狩りをすること。並びたくない人の代わりに市場で行列をすること。瓶からコップを作ること。蟹の巣穴に水を注いだり小便をしたりして蟹を獲ること。

10 ――私は本書のなかで折に触れて集団的技術的な無責任について語ることになるだろう。これは解き明かすべきメカニズムであり、また、植民地主義的な言説がなぜこれほど頻繁に植民地化された者を（ある構造的な状態の分析によるのではなく、避けることのできない性質の断定によって）無責任と形容するのかの検討を可能にしてくれるものでもある。この植民地主義的言説は、みずからがそのために働いている作業を隠蔽するために**先手を打つ**のだ。「もちろん、多くの植民地主義的レトリックはいつもまさにこの問題に向けられた――隷属という第一義的な帰結と罰をもたらした、植民地化された諸民族の道徳的劣等性は、彼らが責任ある役割を引き受けたがらないという事実によってもっとも明らかに証明されている、というわけである。一九一〇年という相当以前の（あるいは歴史的なパースペクティヴのとり方によってはつい最近の）時期に、イギリスの大衆小説家ジョン・バカンは植民地主義の古典、『プレスター・ジョン』を書いているが、そのなかには次のような言葉が見える――「これこそ白人と黒人の違いだ、すなわち、天賦の責任感だ」」（チヌア・アチェベ『創造の日の朝まだき』、一九七六（Chinua Achbe, *Morning yet on Creation Day*, Doubleday, New York, 1976）。このメカニズムを解き明かすこと、それはこの言説に立ち向かうことだ。一般的には、サンゴール氏はこうした言説の誘惑に屈したのではないかと疑われている（「理性はギリシア的なものだ……」）。

11 ――マルチニックの大司教は一九七九年六月、フランス旅行からの帰還の折に、マルチニックの人々にこの移民をやめるよう呼びかける宣言を行ない、非常に注目された。出発の欲動には消費システムが結びついており、これが邦ではある奇妙な現象を維持している――**在庫切れ**という固定観念である。この固定観念は存在を、船の動きと飛行機の着陸によってリズムを刻まれた**いつまでも繰り返される待機**のなかに投影する。このように投影されることで、人はついには自分のまわりにある邦を見ることも、それを理解することもやめてしまう。

12 ――サトウキビ利用のための集約的（公的資本＝民間資本の）共同事業計画が、マルチニックの県会議員たちによってフランス政府に提出されたが、政府はまだ（一九七九年六月現在）解答を示していない。砂糖工場数は、一五六（十九世紀末）から一一二（一九一〇年）、一七（一九四五年）、一・五（一九七九年）と推移しているが、これを埋め合わせる集約化も単位あたりの絶対収益の増加も見られていない。問題の計画はオリジナルなものだ。それは初めて、労働者＝公務員という社会階層を生み出し、それなりの仕方で私たちの「社会的＝経済的」歴史の総合を実現するかもしれない。そうすれば、生産とサーヴィスの一種の結合がもたらされるだろう。ジレンマを逃れるための中流「階級」の狡知とはこういったものだ。

13 ――PUF, Paris, 1954.〔該当する書籍の存在は確認できないものの、註15のシェルシェールの選集にセゼールは序文を付している〕

14 ――奴隷制資本主義から「近代的」資本主義への移行期における、この有利で多額の補償が、その原則において否応なしに思い起こさせるのは、今日ではあらゆる生産の企図を打ち捨てているベケたちに第三次産業への幸福な転身を許している、偽装された補助金である。

15 ――『奴隷制と植民地化』(*Esclavage et Colonisation*, choix de textes, PUF, 1948, p. 162)。

16 ――アメリカの大学のいくつか、たとえばインディアナ州のブルーミントン大学などは、クレオール語学科を開設し、そこではハイチやその他のクレオール語圏アンティル諸島での宣教に備えて未来の牧師たちが学んでいる。

17 ――一八四八年七月十五日、ギュイヤンヌの行政長官アンドレ＝エメ・パリゼ氏も同様の宣言を行なっている。彼のテクストは同じ論法を用いているが、これよりもはるかに生真面目でお役所的な、「情緒的」な色合いが薄く、より「イデオロギー的」な調子を帯びている。根っからの役人なのだ。彼にはユッソン氏のような雑駁な書きなぐりも、嘲弄の才も、物真似的な気取りもなかった。

18 ――この嘲弄を隠蔽する、すなわち、他者の眼差しに対して他者に構成されるがままのかたちでみずからを差し出す、もっとも強力なやりかたのひとつは、私たちの邦で創られた関係を「科学的な客観性」によって明らかにしたと言い募ることである。とくに、もっとも型にはまったマルクス主義的分析の諸要素（とくに喜ばれるのは下部そして上部構造だ）は、言説のなかで徹底的に、安心感を与えるスクリーンの役割を演じている。私たちの隙を窺っているものがあらゆる生産の無化において優位に立っているということを提案するにしても、今から新たな考察の用語を定立しなければならないことに変わりはない――生産性という観念の専制は、これに関しては乗り越えるべきものではないだろうか。私はたしかに、アンティル諸島についての探求を、マルチニックにおける生産の切除を巡って進めてきた。しかしながら、私たちはある民のために別の規範、別の乗り越えを要求する権利があるのではなかろうか。私はここではこういった問いには答えることはしないが、その問いは、世界的な〈関係〉の一般化することのない理論の練り上げの全幅にわたって提起されるであろうと主張するものである。

19 ――一番のものはフランスの明晰な活動家たちの言説であり、アンティルの地にしっかりと根を下ろした精神科医だったり心理学者だったり教育者だったりする彼らは、高度に専門的な雑誌に結論が掲載されるのを待ちつつ、あなたに対してこう証明することだろう、あなたはアンティルの大義の敗北主義者だ、あるいは、あなたの見解は流行に過ぎない、と。兄弟愛的な植民地化は父性的な植民地化と同じくらい根こぎにするものだ。模倣は至るところに存在する。

20 ――典型的な例を提供しているのが、フォール＝ド＝フランス港の港湾労働者たちとバナナの小規模栽培者とを対立させた一連の深刻な危機である（一九七七－一九七九年）。港湾労働者たちが雇用主に対してストを打つたびに、零細栽培者たちは、彼らの利益を脅かすこのストに反対するデモを、ときには警察に守られながら行なう。栽培者に課されている厳格な（果実の品質に関する）条件と港湾労働者たちに課されている条件とが**ひとつの同じ政策**に由来するものであって、その仕組みこそ明らかにしなければならないはずであることに、誰も気づくことがない。システム（その警察や諸々の機関）は、邦の経済活動の部門化され、連帯を欠いた諸圏域のあいだの有効な仲裁者として立ち現れる。（ここには連帯的という言葉の意味についてよく考えるべき余地がある――諸問題の包括化が提案されないかぎり、いかなる乗り越えも可能ではないのだ。）

21 ―― マルチニックのエコノミスト、ジルベール・バザバ氏が、生産と配分における散逸に結びついたこの強迫観念について注意を促している。

22 ―― 昨今の情勢はこれと同じくらい根源的なある暴力の例を提供している――イランにおける反＝模倣への激しい意志による暴力である。イスラームはたしかにアヤトラーたちにとってはアンチ－西洋と同一視されている。（しかし地中海的な文化事象であるイスラームは西洋の構成要素ではないのか？ ユダヤ＝キリスト教的思考と同様に、〈一者〉に同意しているのだから。私がこの説を支持すると、アルジェリアの作家ラシッド・ブージェドラは笑いながらも驚いたものだった。）反模倣的なきわめつけの暴力は、模倣化をもたらす暴力的介入を押しつけたのと同じ圧力に由来する。その反対に、模倣的な無化への対応策は〈関係〉に入ることである。（その意味では、また、公式なイデオロギーがマルチニックで日々言い募っているのとは逆に、混淆《メティッサージュ》と模倣《ミメティスム》は**まったく反対の**ものである。）反模倣的な暴力が激化してきたのが、経済的資源の強力な備蓄がこの反応を可能にしていた場所であることを確認するのも無駄ではない。包括的な経済的根絶が、模倣的圧力の最初の条件である。ある民にとってこれと闘うためのもっとも確実な手段とは、その生産システムの包括的な自律を再獲得することである。〈関係〉に入ってゆくこと（みずからを関係化し、〈一者〉を断念すること）ができるのは、擬似－生産のなかに踏み迷っていない場合に限られる。私たちが悪戦苦闘しているのはこのような悪循環のなかでなのだ。なぜなら、ある生産システムからもぎ取った自律とは、このシステム内部の階級抑圧の数々を免れていないから。なぜなら、この自律の絶対的な獲得は〈関係〉（関係的なるもの）の詩学から遠ざかるから。これこそ、民族主義的必然性の一時的な諸矛盾である。

これらの矛盾は、経済的な**厚み**がその解決へと押しやるときに一掃される。それは、剝奪が集団のコンセンサスを破砕するときに激化する。

23 ——『レ・タン・モデルヌ』誌、三八三号（一九七八）所収。

24 ——ジャン＝ピエール・デュマ氏の仕事は、ミクロネシア問題の「文化的」側面——言語の維持、伝統の存続、民衆の抵抗の激しさ、心的な根こぎ状態と精神的なトラウマ、等々——には触れていない。この論文は事実を客観的に提示するものであって、「文化的」研究であったなら、著者がみずからに定めた枠組みのなかではあえて行なっていないさまざまな解釈を課されただろう。

25 ——たとえばエメ・セゼール氏は（たしかに一九四八年当時の陶酔状態のなかであったとは言え）ヴィクトル・シェルシェールの『選集』の「序文」でこう結論づけている——「彼はアンティル諸島の黒人たちに政治的自由をもたらし……ある驚くべき矛盾、物事の古い秩序を爆発させずにはいないひとつの矛盾をつくりだした——**近代の被植民者を、ひとりの十全な市民であると同時に完全なプロレタリアであるような存在にする矛盾である。**以来、カリブ海の岸辺でもまた、〈歴史〉の原動力がうなりを上げているのだ。」

今日、こうした宣言に同意することは難しい。

なぜなら、政治的自由がここでは終始ひとつの罠だったことを私たちは知っているからである。マルチニック人が十全な市民《シトワイヤン》でもないし（彼は国家《シテ》をもたない）、完全なプロレタリアでもない（そうではなく、「四散した」プロレタリアである）ことも。〈歴史〉とは、カリブ海の収斂的な諸々の歴史に容赦なく対置されたものであること、そして、一八四八年の「解放」以来この地で増大しているのは、民衆の欲動の悲劇的な爆発の数々に横断されながら、決して状況を解決するものとはならなかった、同化主義的眠りの鼾であることも。

26 ——「中間層」における自己-否認の歴史的展開には驚くべきものがある。この層こそが、この邦に兵役義務の適用を要請している。彼らこそが、一九一四年にマルチニック人が「血の税金」を払う権利を要求するのだ。一九三四年にマルチニックに共産党を創立することが問題になったとき、フランスの〈党〉はマルチニックの共産主義者たちがみずからの党を組織するのを援助しようと提案する。この党の未来の指導者たちは異議をとなえる——そこにはある種の差別、もしかすると危険さえあると考えるのである。彼らは、フランスの〈党〉のマルチニック支部に所属する権利を主張する（テリュス・レロのインタヴューによる）。等々。自己の拒否におけるこの恒常性は信じがたいほどであるが、それはたいていの場合、進歩主義や、ときにはポピュリズムの装いのもとに周到に偽装されている。

一九八〇年九月二十三日、DOM-TOM〔海外県＝海外領土〕担当次官のポール・ディジュ氏は、三次産業化はマルチニックのチャンスのひとつであり、もしかすると産業の誘致につながるかもしれないと言明している（FR3マルチニック支局のテレビ・インタヴュー)。

27 ―― 残念なことだが、ある種のアンティル人のなかには不寛容も存在しており、彼らは政治にかかわることに関しては、海外移住者に対していかなる「介入」の権利も認めない傾向にある。このことは、移住者の態度がおそらくありうべき問題解決の決定的な要素のひとつであるだけに、なお嘆かわしい。この問題の検討をさらに前に進めるべきだろう。

28 ―― Henri Clouard, *Alexandre Dumas*, Albin Michel, Paris, 1959.

29 ―― 空間=行動関係のいくつかの側面については、マルチニックでは「精神の健康のための第四回カリブ海会議」においてシヴァドン教授によって論じられている(フォール=ド=フランス、一九六五)。教授はその折に、いかなる生きた動物にもみずからの空間の自律性が必要であるという説を展開した。ここで言っておきたいのは、人間はそこに時間的次元を結びつけているということである――人間的空間はひとつの所与ではなく、ひとつの生成なのだ。このような明白な事柄は、ひとつの共同体がみずからを**壁で閉じ込められた**と感じうるような疎外というものの解明を強いる。そんなわけであの日、教授の品のいい聴衆は一瞬たりとも、空間の自律についての諸概念をマルチニックの現実に適用しようという気にはならなかったのである。「科学的思考」の普遍化志向の客観性は、このような隘路、このような「超越」を可能たらしめている。

30 ―― 手当やそれに遅れてとられるいくつかの措置の一般化が、こうした風習を、やめさせるとは言わないまでも、減速させてはきている。

31 ―― この記憶は集団的かつ操作的、すなわち政治的である。海外県担当大臣がマルチニック人に「過去への権利」を認めたとき(一九七九年十月)、彼は提起されている問題を巧みに避けて通った。

32 ―― 技術の習得(集団的責任)が、ここでは重要な要因である。その一例を提供しているのがマルチニックにおける子供向けの挿絵本の消費であり、それらの本には技術時代のスーパー・ヒーローたち――スパイダーマン、デアデビル、ハルク、トール、それにそれらの同伴者たち――が溢れている。こうしたヒーローたちがいつものように行なうテクノロジー上の奇蹟の数々は、たしかに驚異的なるものへの子供の普遍的信や、魔術への一般化された同意を惹き起こす。しかしこうした魔法の世界が、技術的に進歩した邦に生活する子供(たとえば、十七歳の若者が**この状況のなかで実験用ロケットを実際に建造することができた**ことを「知っている」子供)と、周囲の文化がこの点においては欠けており、したがって、それに参与するかたちではなく、たんに受け入れるかたちでしか十全には想像できない子供とでは、異なったふうに経験されないとはかぎらない。前者のケースでは、魔術的思考は行動を鼓舞する創造的なものである。後者の場合、魔術的思考は空虚のなかに響き渡り、存在を武装解除したうえで、それを感嘆というよりは、**不動化をもたらす**ある種の茫然自失状態に、受動的なものとして引き渡す。

33 ——マルチニック学院の研究グループにて（一九七二）。

34 ——ブルジョワの登場は生産のある実質的な多様化に対応しており、これがまた、知のレベルの実質的な多様化と、市民権の獲得への実質的な管理をもたらしている。このことにより、職業を司るブルジョワは土地所有者である大貴族と対立するのである。たとえば、コミーヌ（Commynes）はその『回想録（*Mémoires*）』（Paris, Gallimard, « Folio », 1978、第二巻第二章）のなかで、同職組合の幟を掲げる自由が、ブルゴーニュ諸侯とガンのブルジョワたちとの争いの争点のひとつであった様子を語っている。

35 ——どんな社会的形成にも必要な、無意識的動態という余白部分は、遮断されて閉じた否定性となるのではなく、ひとつの企図を出発点にして作動するべきである、たとえこの企図があらぬ方向へゆく危険があっても。

36 ——「家庭《フォワイエ》＝かまど」は中心から外れているということだ。

37 ——あるシステムに「抗して」生産したり創造することは、たしかに限定的な実践であり、ときに欲求不満をもたらすものだ。しかし、そこから出来する、また、一時は不可避でもある不都合の数々を、無媒介的でナイーヴなある種の自然性に信を置くような虚しい活動と同列に置くことはできない。いかなる植民地状況においても、ここには必ずや、ある調整の詩学（ひとつの対抗‐詩学）と、ある**自然な**詩学、すなわち、そのナイーヴさの部分がもはや疎外をもたらすのではなく、集団の富を表現するような、そんな詩学の未来における到来とのあいだの、乖離が存在している。

38 ——ここで言うのが不健全性の全般化（ないしは個別の不健全性の「総和」）なのか、それとも、「病気の」社会と「正常な」社会を語ることがいかに突飛であろうが、集団的なものの正真正銘の不健全さ（社会集団の「不健全な構造」に従って方向づけられたそれ）なのかを知る、という問題については未決のままとしておこう。

39 ——一九七〇年に「公式の」定期刊行物のなかで、（数々の流血の乱闘を引き起こした）山刀《クートラ》を農村では禁止すべき武器と見なすように仕向ける試みがなされている。

　アンティル奴隷の「技術的無関心」については、ホアン・ボシュの次の指摘を引用しておこう（「ある名称をつけるための提案」、カサ・デ・ラス・アメリカス、一九七九年七月）——「それが説明してくれるのは、アフリカ系の奴隷は資本家に労働力を売る階級の構成員としてではなく、生産材の一部としてアメリカの生産に編入されたということである。まただからこそ、マルクスは北アメリカの奴隷制寡頭支配者たちを「自由労働によって設定された市場のさなかに異常なものとして存在する」(『前資本主義諸社会について』、CFRM、パリ、一九七〇、二二四頁) 資本家たちと見なしたのであり、それは搾取する寡頭政治と搾取されるアフリカ奴隷たちの存在に基盤を置くものを異常な資本主義と見なすことと等しい」〔原文スペイン語〕。

40 —— リヴィエール・ピロットの農村での上映会(ジャン・ロードの短篇映画で、黒人美術に関するもの)のあとの討論で、ある農業労働者が、マルチニック人はあまりにも「堕落して」いるので、スクリーンで見たようなものを構想したり作ったりすることはできないのだと主張した。討論のほかの参加者たちに促されて、彼は自分が指摘した不毛性は生来の堕落(彼の発言そのものがその反対を証し立てている)のせいではなく「状況」のせいだと認めた。別の次元の発想だが、マルチニックの伝統的な家具や宝飾品の「形態」を実際に「精神分析する」必要があるかもしれない(**大粒**の首飾り、**混じりけなし**の金、**太い**柱を備えたベッド、等々)。贅沢品(あるいは日用品が贅沢品となったもの)は、贅沢品としての**明証性**に特徴づけられている。

41 —— この不健全性は、その「総体」——エリートと労働者大衆——として捉えられたマルチニックの共同体のなかに現れる、暴力と代償のさまざまな態度を研究することを通じて容易に浮かび上がる。

42 —— ある種の暴動の神経症的な性格は、「無秩序」あるいはよくても「自発性信奉主義」を非難する口実となっている——エリートにとっては、現実的状況を考える機会であったためしがない。

43 —— シェルシェールは三種類の逃亡奴隷を区別している——反抗者としての逃亡奴隷、突然そうなった(あるいはたまたまそうなった)逃亡奴隷、絶望による逃亡奴隷、である。

44 —— 私たちがこのフランス化という総称的用語によって意味しているのは、ある共同体が自由に自分のものにできるような意味での、通常の文化混淆作用(例——マルチニック農村部の大衆舞踊はしばしば、アフリカのリズムとヨーロッパの作法(規則とまでは言わないが)——カドリーユ、ポルカ、ベレール等々——との混合を示している)でもないし、ある同じ時代に複数の国を通して広がるという意味での、一般的反響の諸現象(例——アイデア商品、ファッション、ミニスカート、国際的な子供雑誌によって作られる神話的世界、等々)ですらもなく、まさにそれによってマルチニック社会が、外部から文字通りそして人工的に課される「形態」、図式、欲求、さらには反射的反応で飽和状態になっているという意味での、巨大で急速なプロセスである(例——一九六八年にいくつかの公共の場所にクリスマスツリー——輸入品の樅の木——が植えられ、この樅の木が日光の影響でわずかな日数のうち赤茶色に日焼けしてしまうと、一九六九年には緑のプラスチックでできた実物大の実に便利なクリスマスツリーが輸入され、その後、一九七〇年には、本物の樅の木でできた本物の小さなクリスマスツリーが丹念な梱包で保護され、保証までつけられて導入された）。
次の例――仮装舞踏会への招待状――はもちろん文化混淆に属するものではない。アステリクスとガリア人というテーマの選択は、商業的な流行（誰もが知っている漫画）に結びついているわけだが、この選択（「我らが祖先ガリア人」〔フランスの義務教育で教えられてきたフランス人の起源〕）を見過ごすわけにはいかない――

プリックス様*

なんとタンパクス・ヴィックス！
昨年同様
アステリクス一族は
ガリアの大夜会を高原にて行なう。
F・O・L〔文化、教育関連の非営利団体 Fédérations des Œuvres Laïques の略称〕亭（ディディエ街道）
六九年二月八日（土）に
来られるよう命じる。
マルチニック・オーケストラのバード〔古代ケルトの吟遊詩人〕たちの
生演奏つき。
ガリア風衣裳を是非おつけになるように。
蛮族の侵入の危険を前にして、アシュランストリクス委員会より――
「前金で貢物を支払え」
さもなければ
このしみったれ小作野郎
アステリクス・ゼペリルを見るだけだぞ！

*ガリア語で「田舎者」！

45
――指摘しておかなければならないが、ベケたちはときに、子孫の混血人《ミュラートル》たちが職人の地位、さらには自由業の地位を得ることを後押ししたが、彼らを技師や技術者にすることは決してなかった。野良仕事の黒人とは逆に、才覚ある黒人は隷属システムのなかでも恵まれた者たちだった。植民地支配者の論理的方向性のなかでは、混血人は次第に一種の才覚のない才覚ある黒人になってゆくだろう（いわば、生産から「自由になった者」ということだが、それはもっぱら「代表」に割り当てられるためなのだ）。

46 ――たとえばフォール＝ド＝フランス市に存在するある映画館は、広告の副題として「エリートの館」と表示していた（一九七三年）。

47 ――さまざまなニュアンスが匂わせている抵抗は、ここでは偽りのものである。実際、問題は可能な（今度は積極的な）断裂に賭けられている――この断裂の問題が提起されない以上、ニュアンスも、また昂揚した語彙も、見せかけに過ぎない。

48 ――私たちは一九四六年以来の顕在的なフランス化現象を、経済（輸入製品、域内市場の消滅、新しい諸回路の創設）、衣服、住居、余暇と祝日（謝肉祭、クリスマス）、情報伝達手段、都市圏（フォール＝ド＝フランスは次第にフランスの小さな地方都市になってゆき、だんだん熱帯の都市ではなくなってきている）、呼称（会社やバーや船の名前）等々といった諸々の「形態」を通じて検討することもできるだろう。問題は、あらゆるところから奨励され課されているこの議論の余地のないフランス化を否定することではなく、それが同じように議論の余地のない全般的な不安定、社会的不安に結びついていないかを知る（そして検討する）ことである。言い方を変えれば、次の問いをはっきりと提起することである――押しつけられたフランス化は、精神的および社会的な無秩序の源泉となってはいないか？　一九四六年以来のこの顕在的なフランス化は一八四八年の奴隷制度廃止のエピソード以来、暗々裏のうちに作用しているものなのだ。

49 ――一九六八年から一九七〇年のあいだに、農業改革のパロディのなかで、ある公的機関によって、千二百五十ヘクタールの土地が二百五十の小規模農家に再配分され、農家は一区画三～六ヘクタールの価格の最大八十五％の融資を受けた（小土地所有への参入、そして同時に、農村部の「安定化」である。

50 ――ところで、一九七〇年には公式に、いかにももっともらしく、「若者たちはなぜ土地を離れ、農業的使命から逃げるのか」が問われている。

51 ――社会的先行者たちのこの不在の重要性は、ここでは明白である。アフリカにおける植民地化は社会構造に結びついた「不健全性」に至ることはなく、伝統的アフリカ社会がはらんでいる矛盾を強化している。たとえば植民地化はブルジョワジーの民族的指導体制を準備しており、それが新‐植民地主義段階において今日私たちが見ているような形態――血塗られた専制政治、精神的独裁、軍事カースト、民族政府、金銭まみれの寡頭支配といった形態――をとっている――これらはすべて植民地化活動から継承されたものだ。マルチニックの公的定期刊行物は、憐れんでみせる機会を決して逃さない――「かわいそうなアフリカ」、というわけだ。これは次のことを仄めかしている――独立が彼らをどこに導いたのかを見るがいい。新‐植民地主義はアフリカにおいては、「不健全性」ではなく、（ブルジョワジーと民衆とのあいだの）新しい苛烈な闘争に通じている。したがって、経済回路の非‐自律性は、文字通りシステムそのものによって作り出された社会でそれが惹起するような、あのトラウマ的影響はもたない。非‐自律性は、私たちにとっては、すべてを無に帰する根本的除去、搾取の最高度の形態なのである。

52 ――プチ・ブルジョワは「省察」、「イデオロギー」、「理論」に対する明らかな嫌悪を表明し、「飛躍」ないしは「霊感」に、あるいはその逆に、「具体性」、「実利」に身を任せるだろう。単に、エリートは自分がそうであると思っているものではまったくない（たとえば、フランス文化のダイナミズムになんら関与していない）と指摘するだけで、彼の反応は恐ろしくヒステリックな次元のものとなる。

53 ――したがって、エリートが生産＝分配の回路のなかでなんの機能も果たしていないとしても、現実の搾取が身にまとっている進歩のパロディに必要な、イデオロギーの代替物を生産していることに変わりはない。

54 ――現実的機能が単に「標榜された」機能の背後に隠れているというわけではないことは見ておかなければならない――両者のあいだには正真正銘のずれがあり、後者は前者のただの「上部構造」などではない。劇的な乖離はそこに由来する。

55 ――強調しておかねばならないが、このような「把握」はまた、決して経済学者たちが行なっているものではなく、彼らはたいていの場合、非常に「現実主義的に」、あれこれの解決法が不可能であると証明することにいそしんでいるのだ――経済学者たちの見解は、見かけほど「技術的」なものではない。

56 ――マルチニック人であれば誰でも、**メトロ**が交通手段ではなく、フランスのフランス人であることを知っている。一九七〇年から一九七五年にかけてのこの手の広告の流行は、すでに下火になっているが、それはおそらく、もはやそんなことをする必要すらもないからだろう。

57 ――そしてたしかに、このことに気づいてそれを言ってみても、自分が個人的にこれを免れていると考えるわけにはいかない。

58 ――その代わりに、この包括的な変容は数年前から、総体としては縮小している「都市の」労働者階級の、二つのもっとも組織された分派の重要性の増大を決定づけている。すなわち、港湾労働者（それ自身、港湾のオートメーションによって減少してはいるが）、そして建築労働者である。同じ次元の考えから、私たちは一九七〇年十二月に、銀行員のストライキがいまやマルチニックの生活のなかで最重要な出来事のひとつであることに気づいた。

59 ――マルチニック学院の研究グループによる（一九七二）。

60 ――私の主張は人がそう信じようとしているのと逆で、「不健全性」はここでは臨床的な解決に導くというわけではない。集団療法への誘いではなく、**堂々巡り**を続けないために構想し打ち勝たねばならないひとつの「不可能性」の把握への導入である。

61 ――マルチニック史のこの「名付け得ないもの」を、すなわち、ヘーゲルやマルクスが規定した連動する、そして結局のところ**論理的な**カテゴリーが作用することのない、この非‐弁証法を、どのように、またどこから名付ければいいのかを、マルチニックのある研究者が自問している。私の考えでは、このような明確化されざるものを明確化するチャンスを得るためには、マルチニックにおける社会階層間の弁証法的紐帯の欠如に（さらにこの欠如に付随するものすべて――経済の部門化、技術的無責任、民族の不可能性、自然＝文化関係の非‐弁証法、等々――に）立ち戻る必要がある（一九七八年の註）。

62 ――予測すべきであったことだが、今では「環境」への公的な誘導（諸機関、パンフレット、自然保護区、テレビ・インタヴュー）が存在している。しかし、エクスカージョン・ツアーはひとつの邦の意味を与えてくれることはない。

63 ――一九八〇年二月七日、海外県担当大臣のディジュー氏は、これらの例がごく近いうちに「カリブ海とインド洋における、フランス経済の空母」になるだろうと断言した。

64 ――悲しいかな！　強い民俗伝承化、固有の目的の不在、模倣、そして想像力の欠如のせいで、現地で制作される数少ない番組も、輸入される言説の終わることのない圧力とほとんど同じくらい、構造破壊をもたらしている。

65 ――これについてはもっとずっと滑稽な例がある。たとえば、ある公務員試験（警官隊への入隊試験、一九七九年五月）の受験者たちは、フランスと同じ時刻に「いる」ために、**午前三時に**試験を受けた。失業中なのでこの試験を志願し、警察のパトロールで逮捕される危険を避けるために、死んだ町の壁に貼りつくように試験場に向かう、そんな志願者を想像してみよう。とても大切なＣＡＰＥＳ〔中等教員免状〕試験を志願する教師たちは、朝五時に集合するよう指示された。等々。

66 ――カリフェスタにおけるシンポジウムでの発表（キングストン、ジャマイカ、一九七六年）。英語圏アンティル諸島の文化的・文学的問題系は、基本的にこういった概念を軸に回っている。詩人としての歴史家（ブラスウェイト）、歴史家としての小説家（ナイポール）、投企としての歴史（レミング）――このテーマの表明は絶えることがない。（英語表現の、フランス語表現の、スペイン語表現の、クレオール語表現の）複数のアンティル文学のいくつもの出会いは、テクスト生産者たちのなんらかの決定に由来するものではない――それは同じひとつの歴史の運動、同じひとつの文化的帰属の、いまだカモフラージュされている効果なのだ。

67 ――作家が（この仕事において）書かれたものの秘蔵者なのか、話されたものの教導者なのかを問うべき時である。歴史化の過程が書かれたものの地位を問題に付すことになるのか？　書かれた痕跡だけで集合的記憶の収蔵庫にとっては「充分」なのか？

68 ――〔グリッサン〕『ムシュー・トゥッサン』初版（スイユ社、パリ、一九六一）の序文。

69 ――セント＝ルシア出身の詩人デレク・ウォルコットの諸作品が、ジャマイカの詩人エドワード・バウに、ここで私が注釈を加えている文章の中心的議論――「カリブ海において歴史は的外れである」――を提供している。

70 ――年代設定の罠と明白な「時代区分」の単純さは、この**欲望の歴史的対象**に対する「文化的」な楯となっている。擬似－時代区分が「客観的」に見えるほど、このおよそ主観的で、疼くような、また不確実な**欲望の対象**に打ち勝ったような印象が得られるのだ。

71 ――『自由（liberté）』誌（一一四号、モントリオール、一九七七年十二月）の時評。

72 ――〈神話〉において（ギリシア人にとって一般的に〈神話〉に由来する〈悲劇〉においても同様に）集合的な調和の出現がある英雄の儀礼的犠牲、あるいは少なくとも英雄の明らかな挫折を前提としているという事実を規定しているのが、あらゆる開示を（それが遂行されるのと同時に）**遅延する**必要性であるのかどうかは、私にはわからない。この犠牲はその背後で開示が完遂されるヴェールである。すなわち、悲劇的ないし神話的意味を、捧げつつ盗み取る、ひとつのイメージ＝罠ということだ。（とすると、聖顔布は〈キリスト受難の神秘〉の最後の模像ということになろう。）ルネ・ジラール氏はその著作のなかで、歴史の基盤としての「供犠性」の理論を展開している（『暴力と聖なるもの』、『世の初めから隠されていること』）。ヘルマン・グンケルは、旧約聖書、とりわけ創世記についてのみずからの注解に関して次のように書いている（ピエール・ジベールによる仏訳『伝説の理論――ヘルマン・グンケルと聖書の諸伝説』、フラマリオン社、「歴史人類学叢書」、パリ、一九七九）――「神話は――この言葉を前に尻込みしないでいただきたい――、伝説の登場人物が人間であるのに対して、神々の物語である」。旧約聖書においては、一神教が許容するのは、「色褪せた」、それ以前のもの（たとえば東方のもの）に比べて頽嬰した神話の登場のみである。グンケルが旧約聖書の創世記における神話＝伝説＝歴史の関係を階層化することを可能にしているこれらの定義よりも、私としてはおそらく、伝説をある集合的意識の民衆的詩的表現として、神話を集合的欲動の意識的ないしは「**露呈している**」内容の（たいていの場合、巧妙に仕組まれ、理解されざる智恵に長けた）要約として提示するようなアプローチを選ぶだろう。

73 ――マルクスが諸モデルの理論をそれに沿って「方向づけている」地理的行程には驚かされる――アジア的モデル（遠方）、次に古代的モデル（つまり、地中海的なそれ）、次に封建的モデル（つまり「ヨーロッパ的」なそれ）、次に、ヨーロッパの産業都市のさなかにある資本主義的モデル、という具合だ。ここにあるのは、**収斂**する〈歴史〉への（その完成への）歩みのようなものである。諸人民の複数の歴史は、革命のなかでこのプロセスを覆した。〈歴史〉は複数の歴史〔物語〕に**分散**したのだ。

74 ――「アメリカの」二人の作家がこの生経験を劇的なかたちで引き受けている。サン＝ジョン・ペルスは、出生地（アンティル諸島）への**書き込み**の不可能性によって、彷徨のなかにみずからを**逸らせて**いった（彼の詩学の全幅は、**立ち去ることの**詩学である）。彼は結局、ひとつの〈観念〉、すなわち〈西洋〉の観念のなかにみずからを設定した。そして、複数の歴史を想定できずに、〈歴史〉を賛美した。
　アルゼンチン人のボルヘスは、邦も町も離れはしなかったが、同胞の少なくとも一部と馴染むことができず、ひとつの**歴史的編目**を再構成しており、そこでは抽象的な（そしてしばしば掩蔽されている）結合が今＝此処の厚みに打ち勝っている。彼は時間への一種の反駁を企て、〈歴史〉をその源泉に巻きこむ。ここにあるのは、〈多様なるもの〉のしばしば凡庸な浮沈に対峙し、それらを**絶対的普遍**において乗り越えることを選んだ二人の作家の情念である。しかし、この「上からの」乗り越えは、ある取り返しのつかない孤独の**演劇化**を要請する。あらゆる記述《エクリチュール》が暗黙の演劇化として現れるとしても、サン＝ジョン・ペルスとボルヘスは私たちにとって、作家の「最終的な」像を表している（ひとときヘーゲルが哲学者のそれであったように）。

75 ――ジャン・パリス『ハムレット、あるいは息子としての登場人物たち』、スイユ社、パリ、一九五三〔邦訳：植田祐次訳『ハムレット――構造分析的試論』、国文社、一九八四〕。

76 ――ビューヒナー『全集』、仏訳ルー・ブリュデル、フランス図書クラブ、一九五五。

77 ――「英雄は集合的力を引き受ける、そして、彼が打ち倒されることから、最終的な融和が生まれる」（「グリッサン」『詩的意図』、一九六九）。西洋における〈悲劇〉のこの恒常的な傾向はしたがって、集団的な賭け金のない〈劇《ドラマ》〉と〈悲劇〉との境界を画している。

78 ――しかしながら、バーバラ・チェイス・リボウがトーマス・ジェファーソン〔第三代アメリカ合衆国大統領〕の愛人であった女奴隷の生涯を再構成した小説、『サリー・ヘミングス』〔邦訳：石田依子訳『サリー・ヘミングス――禁じられた愛の記憶』、大阪教育図書、二〇〇六〕では、作者は女主人公とその兄にこう言わせている――

「とても不思議、血管に血が流れているのに、それがどこから来ているのかわからないなんて……」

「うん、聖書みたいに、彼は……の息子で……は……の息子で……は……の息子で、っていうのとは違う。そういうこと?」

「ええ」と彼女は言った、「ええ、そういうこと。私の息子の息子の息子が、私について何かを知っていて、何か……たとえば私の肖像をもっていることがわかればね……」


ここでは、西洋の系譜による歴史の領有と、「欲望にとどまる」歴史的欲望対象とのあいだで拡大してゆく差異の全体が理解される。

79 ―― 「南部派」の小説家、シェルビー・フート〔一九一六―二〇〇五〕は、彼の作品のひとつ、『ジョーダン・カウンティ』（一九五四、仏訳『熱の子供』、ガリマール社、一九七五）を現在から過去へと積み上がってゆく一連の物語〔歴史〕というかたちで構成しているが、それらの最後のものはインディアンと白人との最初の接触の状況を述べると共に、これを来るべきあらゆる暴力、読者がいましがた最初の物語からその流れを辿ってきた暴力の鍵としている。これが本源的な痕跡だ――シェルビー・フートは、フォークナーがそこから眩暈を作りだしていた問いに、単刀直入に答えている。

80 ―― 本源的痕跡の疼きである歴史的欲望対象には、戯画的な裏面がある――疑い得ない「古さ」への自負である。たとえばフォークナーはおそらく、ヴァージニア州やテキサス州の風景のなかに、アメリカの大富豪たちが石積みに至るまで再現した、あのヨーロッパ中世の城を見ることができた。そして、私たちの邦々の至るところで、プチ・ブルジョワジーは哀れにも「偉大なるアンバーソン家の人々」〔オーソン・ウェルズの映画（一九四二）〕を演じていた。こうしたことすべては、近代性の仮借ない加速によって運び去られた。

81 ―― この点に関しては、ジャケス・エリアスが報告しているブルターニュ民話を参照されたい。

82 ―― そして、最近出たばかりの詩集におけるデレク・ウォルコット――「歴史は海である」――のように。

83 ―― このことのいささか相対的な利点は、フランスから知的になって戻ってくる時点を除いて、マルチニック人が、それによって世界の生活に参加しているという幻想が容易に得られる、あらゆる新聞の購読という強迫観念的な集中攻撃を免れるということである。到着した者においては少しずつ、ある種の無関心が進展してゆくが、これについては、**結局同じことに導くのではないか**、それは無意識の防御なのではないかと問うこともできる。この「情報神経症」からの個人的な離脱には、集団における世論の欠如が伴っている。つまり、共同体は、「地元の」メディアが仕掛けてくる、「空洞化」によるあのもうひとつの集中攻撃を免れることはないのだ。

84 ―― フランス海外県ならびに海外領土のための第八次計画の規定は「社会平和のための文化政策の重要性……」（一九八〇年）を強調している。

85 ―― クラスでクレオール語を禁止する役目を負っていたのは、マルチニックとグアドループの小学校教師たちである。

86 ―― ここでもまたひとつの進化が確認される。一九七八－一九七九年、受勲式に関する広告は稀になった。人間性を奪う言説は、月並みになり、画一化されただけでなく、（おそらくは危機の通過と結びついている熱狂の時期の後で）秘密のものともなったのだ。まるでもはや力任せに自分に言い聞かせる必要がなくなったかのように。

87 ―― しかしながら、社会的・**文化的**に重要な出来事がマルチニックで起こった。最初のマルチニック労働組合連合（ＣＳＴＭ）の出現である。これは独立を優先的な目的のひとつとしている。フランツ・アガスタ氏がそのリーダーである。

88 ―― どのような理論も、現実を「導き」はしないし、結局は欲動的なものこそ歴史を生みだすものなのかもしれない。しかし、そうなるのは欲動的なものが、その豊饒な唐突さによって、現実に対する決定的な見方をひっくり返すときのことでしかない。そのような展望に到達することは、人々がそこで持ちこたえることを意味せず、その展望を出発点として人々が先に進むことを意味しているのである。欲動的なものがそれ自体神経症的な現実に介入するとき、それは冗長で、同語反復的なものと感じられるものだ。

89 ―― ディジュー氏はマルチニックで、一九七八年、もったいぶった様子で次のように力強く言った。「アメリカにおけるフランス海外県は、フランスの県である。」ジスカール・デスタン氏は、一九七九年一月、カーター氏にフランスはこの地域にたしかに存在していると証明することができた。したがって彼は、この呼び名を繰り返し、注釈を加えた。フランス的なものとはまず戦略的要素である。フランス語使用はその記号表現である。

90 ―― 商売、レジャー、職業的活動、研究組織、スポーツの祭典、自然災害を前にした連帯、大学の活動。来る日も来る日もグアドループとマルチニックはカリブの歴史のなかに入るよう**強いられて**いる。

91 ―― 地方気質と呼ばれるものについて、ルネ・メニルの次の覚書（『マルチニック教育報告書』一八四八－一九四八特集号）によって、いくつかの点を明確にすることができる。

植民地の詩の嘆かわしい特質をボードレールは見逃さなかった。彼は一世紀前に次のよう書いている。「どうして植民地生まれ《クレオール》の白人たちが文学作品に、一般にどのような独創性も、どのような概念や表現力ももたらさなかったのか、私はしばしば考えたが、答を見つけることができなかった。」彼はこうも付け加えている。「最良のニグロの詩人、そしてクレオールの詩人でさえ、彼らの身分の違いがどのようなものであれ、ほとんどつねにある種の地方の空気を漂わせている。」植民地の詩の弱点と悪趣味はあまりに皆に知られているので、この判断の正確さを強調する必要はないだろう。

あらゆる植民地詩に固有の醜さはどこから来るのか？ まずその詩が植民地のものであるという事実そのものから。それに、自分が農民、山の住民あるいは都会の住民であることを願う詩も、同じ資格で醜い。人間の表現は、普遍性と本質的なものの頂点に達するという条件でしか詩に到達することはない。地理、職業、慣習という小道具があるたびに、**要するに人間生活の舞台装置がその生活の本質的なものとして与えられるたびに、芸術は堕落し、資格を失うのである。**最良の場合でも、植民地の詩は誰も真面目に取り合いはしない異国情緒に到達するだけであり、そのような異国情緒からは誰も何ひとつ期待せず、それは散文的な魂を育むだけである。

しかし、植民地の人間そのものは存在している。政治・社会の制度が原因で、彼は生命にかかわる衰弱に襲われているように見える。彼は本物の社会の自由な領域に到達せず、また到達することができない。詩——成熟した調子、自由な振る舞い、最高度の質——は、このような不十分な人間生活から出現することはできないだろう。

結局、植民地化ということは、農民の経済に基づいた文明化のあり方ということだ。言い換えれば、地方気質がそこでは人生の原則であり、人間関係の基礎である。詩は、このような環境で生まれても、鈍重な恵み、遅れた見解でしかあり得ない。

植民地では、詩は植民地精神に対する精神の勝利によってしか存在できないだろうということが充分理解できる。詩はある種の生活と思考の流儀を構成している権化たちをあらかじめ告発することから生まれる。詩は、人間的ではないあらゆる体制をたしなめ、人間がもっと高貴な者として語られるあの絶対に到達しようとする。

この条件において初めて、今日、アンティル諸島の人里離れた村において、若い詩人たちが*、その同じ日にパリの最良の雑誌にも同じものがないような詩を書くことができるのだ。小さな島の小舟のなかで、その詩人たちはひとつの窓を開けた。その窓は村の裏に――つまり〈宇宙〉に――面している。人間が呼吸できる空気。

＊グループ「正々堂々と《フラン・ジュ》」、マルチニック島ラマンタン。二十歳から二十五歳の若い詩人たちが、今日、注目すべき文学的品位をもつタイプ打ち六分冊の雑誌（散文と詩のテクスト）を出版した。ジョルジュ・ギュアネル、ジョルジュ・デポルト、エドゥアール・グリッサンの詩。

とりわけ《新しい才能》を発見した喜びを表明しているルネ・メニルのテクストに、彼の言葉の原則に同意しているというのに、それでも反対する理由がどれだけ数多くあることか。農民、山の住民、あるいは都会の住民は、それ自体で《醜い》わけではない。地理、職業あるいは慣習という小道具は芸術の等級を下げはしない。一般化された普遍性も、本質的なものもありはしない。パリの最良の雑誌が当然最良の詩を与えるわけではない。等々。地方気質の批判は、ときにはそれが告発するものより劣っていることがある。

92 ―― これは一九五七年、あるいは一九五八年、「マルチニック学生総合組合」の学生たちを前にして行なわれたダニエル・ゲランの講演会においてである。ダニエル・ゲランはその著作『脱植民地化されるアンティル諸島』〔一九五六〕において〈アンティル諸島連邦〉の結成を呼びかけたところだったが、アンティル諸島の島々のあいだに政治的な《協定》以上のものがあると想定するこの新語に驚いてもいた。

93 ―― 民衆文化と文学者たちによる文学とのあいだに生じたこの断絶は、後ほど述べる《反‐詩学》、あるいは《強制された詩学》を今日正当化するものである。

第二巻

1 ―― 一九七九年の今、この問題を次のような「現代の動向」という視点から取りあげることにしよう。「差異の権利」は、生物学的分割に基礎づけられることはないだろう。この分割は――ルイ・ポヴェルス氏と、フランスの「新右翼」を参照のこと――確実に自然の階層化に帰着するだろう。〈多様なるもの〉は〈関係〉を導入する。それはさまざまな文化が、さまよい、留保条件なしの平等を「構造的に」要求することで示した、諸文化の現代における論理的帰結である。

2 ―― 私たちマルチニック人が口承性から記述行為へと、しばしば疎外されたものである移行を行なっている、まさしくその時に。

3 ―― この権利上の報復は、実際には貧しい国々と豊かな国々を区別している、ますます広がりゆく格差を覆い隠すことはできない。移行（〈同一なるもの〉から〈多様なるもの〉への移行、書かれたものから語られたものへの移行）に関するあらゆる理論は、豊かな国々とその究極の発現である多国籍企業によって実施されている、疎外と支配の恐るべき権力を、どれほどわずかであれ覆い隠すのであれば、無反省なものだろう。それを口にするのは間抜けなことだが、忘れるのはさらに間抜けなことだろう。

4 ── 国際的な文化的会合において、幾人かのフランス代表が演説で示す素朴さは印象的である。彼らの自民族中心主義には陰影というものがなく、問いかけに含まれる皮肉をまったく解さない姿をさらけだしている。

5 ── 文化的後背地のなかで踏んばり、たいていの場合生活必需品だけの経済で持ちこたえている共同体は皆殺しや民族四散によるのでないかぎり（アルメニア人）、消し去られることはない（五つの国に引き裂かれたクルド人）。他方、先祖伝来の文化が、経済的な無化によって根絶されることがあり得る。それは、生き延びる体制（生活必需品の経済）が、世界的な抵抗のうちに組織されないところである（太平洋のいくつかの共同体）。

6 ── 剰余資本の蓄積はその存在への生成であり、最終戦争はその存在の無化である。

7 ── おそらく私たちは至るところで征服的ではない拡張への同じ欲求を感じているのではないだろうか？「私が木と言うとき、私が木について考えるとき、私は決して唯一の木、幹、樹液の帆柱を感じはしない。その木は他の木々に並べられ、森というこの割れた光が差しこんでくる広がりを集めている……。私が不器用に一本の木を描こうとするとき、私は植物群の拡がりに到達し、そこではただ空だけが、不確定な成長に終止符を打つだろう。唯一のものは、この全体のなかに失われるのだ」（［グリッサン］『詩的意図』、一九六九）。

8 ── 次のことを認めなければならない。これらの次元（詩、小説）は、私たちから見れば、**まだ集団性の詩学に出会ったことのない**知性（知識階級だけではないにせよ）のなかにしか現れていない。それは可能な方向性の兆しにすぎず、おそらくその誕生のなかでそれらの兆しは変化するだろう。小説も詩も、それがあったとしても、私たちの様式ではない。他のものがおそらくこれから現れるのだろう。

9 ── 堪え忍んだ歴史の混乱から強奪するために。ここでもまたさまざまな表現の技法は無邪気なものではない。この記憶（鈍らされ、疎外され、あるいは自然な目印の一覧表に還元された記憶）の混乱を探査することは、連続的な説明の「明晰さ」のうちではなされ得ない。今度はテクストの生産そのものが歴史を生み出すものとならなければならない。何か出来事を引き起こすものとしてではなく、欠落した部分を意識に甦らせるものとして。探査は分析的なものではなく、創造的なものなのだ。説明はこの創造行為によって震えていて、収斂する地点が一気には与えられない矛盾に満ちた内容

10 ——によって不透明なものとなっている。

一冊の書物が、その目的にまっすぐ到達することがある。この場合解明するという目的、究極的には**よりよく理解するために**図式化することという目的である。おそらくそれが、アレックス・ヘイリーの『ルーツ』の衝撃を説明するものだろう。この本の計画は、消し去られた歴史的連続性を明確にするということだった。使われている技術的方法の単純さは、テレビ的な見方を拡大したものに似ているが、それがここでは貴重なものとなっている。このような単純化（たとえば奴隷船での旅について説得力のある、ただしあまりに穏やかな情景は、**もはやどのような個人も自分自身ではなくなる**ようなこの宇宙の、錯乱し、宙吊りにされた性格を「表現する」ことはないと私は考える）、あるいは著者のイデオロギー（こうした歴史のすべては、より確固とした、より規範にかなった家族の出現に到達するだろう）にあまりに関係しすぎているこの書物の性格にどれほど留保条件をつけたとしても、用いられた単純な技術と、求められ達成された目的との等価性を誰もここでは否定できないだろう。数多くの書店が、アメリカ黒人によって、ただ『ルーツ』を入手するという目的のためだけに**襲撃**された。**文化の手段としての盗み**。一冊の本が、それが引き受けている環境において示した**驚く**べき歴史的論理。

11 ——いつか、アンティルについての「研究」と称して別段不都合もなく蓄積されてゆく、けれども、アンティル人が決してそれに対して**応答する**ことのない、そういったものの批判的な概観を行なってみるべきかもしれない。しかしながら、この分野でもっとも充実した著作は、相変わらずフランツ・ファノンの『黒い皮膚、白い仮面』である。これらの「研究」を時代遅れのものにするような、観察者自身をも巻き込んだ包括的な視座によって、アンティルの現実にアプローチする必要がある。

12 ——世界の〈関係〉の諸形態のひとつとして、それが今日、二つの「時間」——自分の専門性のなかに閉じ込められた技術者の時間と、自分の特殊性に向けて開かれた、無防備な人間の時間——を含むという事実があり、この二元性を解決しなければならないだろう、ということに、心配性の実証主義者も薄々感づいているが、彼ら自身はこの二元性を受動的に容認している。

13 ——彼らはいま私が書いているような言説について、科学的でないとか、なんの意味もないとか、党派的である（普遍的な知の領野に収まらない）とか言う。彼らはこれらの「理論」から逃げるだろうが、実は、自分が理論化のなかでももっとも期待外れなものの犠牲になっていることに気づいていない。

14 ——この無秩序は構造の「欠如」ではなく、被-構造（力ずくで押しつけられ、**教え込まれ**、嵌めこまれた構造）である。

解決へ向かう真の無秩序であれば、自律化した再‐構造を導き入れるだろう。

15 ── 問題は、この無秩序の神経症化である。解決を求める望みが存するのは、「正常化された」秩序を定着させることではなく、まず、神経症的な受動性と闘うことである。

16 ── マルチニック学院の研究グループによる（一九七二）。

17 ── 私たちはマルチニック社会における諸上部構造の自律的かつ「怪物的な」肥大についても扱っている。

18 ── スローガンや地位についての議論に、多かれ少なかれ無為に等しいかたちで時間を費やしている共同体について、その将来は暗いと予測することもできよう。

19 ── 「包括的な」状況は、ある種のルンペン‐プロレタリアートの形成を促すが、この階層の多くの人々は、マクーティスム的な活動を、収入をもたらす真正の「職業」と見なすことになんの躊躇いもない。マルチニックではある知事が大臣宛の報告書のなかで、これに類した分析に基づいて、エメ・セゼール氏の党のこうした金銭ずくの党員募集の傾向を告発したことがある。この折には、アルジェリアのＦＬＮ〔民族解放戦線〕や、同様にデュヴァリエ政権のようなタイプの体制とも同一視する議論だった（一九七九年四月）。しかし、実は、マクーティスムはある種の代替物であって、そこにはつねに、公的な、しかし内容のない権力が付随している。マルチニックでは、代表権を割り当てられながら、この代表権がいかなる「役割」にも対応していないことを思い知る人々が、まさにこれに当てはまる。マクーティスムは、似非‐権力の維持のためのもっとも手っ取り早い手段である以前に、後ろめたさの恐るべき化身である。

20 ── ファノンは「外的な重層決定要因」について語っている。ここで強調しておく必要があるのは、統治システムとしての自治に内在する矛盾である──自治国家は、後見国家によって与えられる予算上のバランス回復を、事実上そのまま享受することはない。致命的な譲歩を覚悟で交渉するか、諦めるかしなければならない。しかし、自治国家は一方で、私的利潤の輸出に対抗するべき（政治的、法的、警察的）手段をなんら持ちあわせていない。このような挟み撃ち状態のなかでは、マクーティスム以外の方策がなくなる。イデオロギーとしての自治は、マルチニックの中間層の消極的な〈迂回〉であった。それは、非‐実践を運命づけられていた。考えねばならないのは、このイデオロギーに連なる諸政治党派、長きにわたって独立の思想を隠蔽することにいそしみ、独立派の活動家を孤立化させてきた、そんな諸党派が、徐々に急進化してゆくだろうということだ──状況の圧力と、カリブ海世界の出現が、このプロセスを加速化する。

21 ── 民族誌家ダルシー・リベイロは、アメリカの諸民族を、証人の民、渡航してきた民、新しい民に分類する説を展開している。ギジェルモ・ボンフィル・バタジャはこの分類を次のように説明している（カリフェスタ七九、キューバ）──

証人としての民は以前から変わらず存在してきた（ユカタン半島のアステカ人）、渡航してきた民は元のままにとどまっている（アルゼンチン、チリ）、そして、新しい民は混血によって生まれた（ブラジル）、と。レックス・ネトルフォードは次のような分類を提案している（『カリブの文化アイデンティティ』、一四九頁）――プランテーション＝アメリカ（カリブ海、アメリカ東岸）、メゾ＝アメリカ（メキシコ、ペルー、グアテマラ）、ユーロ＝アメリカ（アルゼンチン、チリ、さらに、合衆国とカナダ）。これら二つの分類法に相同関係があることが指摘できるだろう――メゾ＝アメリカと証人としての民、ユーロ＝アメリカと渡航してきた民、プランテーション＝アメリカと新しい民、という具合である。分類法を作り上げようとするこの執拗さは、〈関係〉の同時代的な力を証し立てている。

22 ―― 民族《エスニー》間に介入する、ほとんどと言っていいほど流血の事態に至る対抗関係は、第三世界の多くの新興国家にとっては、植民地的遺産の常数のひとつである。その乗り越えはまだ見えてこない。

23 ―― 私はいつもイタリアのよく知られた小話が気に入っていた。きっとフランス人が作りだしたもので、バスのなかに貼りだされた警告に関する話である。「運転手に話しかけないこと。彼は運転のために両手を必要としている。」それに対して、書く行為では身体が動かないために、神経症的な「内面化」が促進される。「書く行為の規則」が定められた時期、口承性を特徴づけていたのは、単純化された単一言語に根ざした**上手に話すこと**（フランス十八世紀）という規則である。スタンダールは十九世紀のイタリアについて次のように言っている（『恋愛論』、第四十九章）。イタリアでは「うまく話そうとするために」話す人はほとんどいない。――しかも「ヴェニスの方言、ナポリの方言、ジェノヴァの方言、ピエモンテの方言は、ほとんど完全に異なった言語だが、それはただ共通語、つまりローマで話されている言葉でしか印刷しないと合意した人々によって話されているのだ」。比較のために付け加えよう。このような言葉の配置は今日のクレオール語では実践できないだろう。たとえば、（おそらくもっとも入念に作りあげられた）ハイチの転写の仕方を一挙に採用すると決断することはできないだろう。現在のクレオール語には、方言による異文を超えて、書き方の自由が必要なのである。

24 ―― クレオール語は、叫び、無秩序を要請するだろう。そのようにして、曖昧さの極限に向かうのだ。

25 ―― この象徴体系がそれ自体いかに曖昧なものかということに注意しなければならない。〈王〉、〈神様〉、〈ライオン〉。植民者はどこにいるのか？ 管理者はどこにいるのか？ 〈ウサギ〉は、民衆の理想であるが、貧者には冷酷であり、おそらくは「ミュラートル」の位置にいる、等々。提案された理想は、あらかじめ、民衆の「価値」を否定することで、重層決定されているのである。人は、自分のままでいようと努めながらも、自分であることをやめることによってしか、難局を切り抜けることはできない。〈ウサギの大将〉という人物は、したがって、個人でなんとか難局を切り抜けようとする考えの投影でもある。個人でなんとかしなくてはならないのは、集団の不在からくる報いにほかならない（「民族の衰退。これこそが大いなる事実である。個人による解決が、大衆による解決を埋め合わせている。策略による解決が、力による解決を埋め合わせているのだ」（エメ・セゼール、ルネ・メニル『トロピック』誌第四号、一九四二年一月）。

26 ―― Thomas Mofolo, *Chaka*, Gallimard, Paris, 1939.

27 ―― 今日、ある普及版叢書がアフリカの歴史を彩るさまざまな人物たちを蘇らせている。どの巻も、あるいはほとんどどの巻も、植民地建設者とアフリカの指導者たちとの避けがたい出会いを強調している。その出会いは、彼らの運命のかたちそのもののように思われる（シリーズ「アフリカの偉大な人物たち」）。

28 ―― 『植民地化の心理学』、スイユ社、パリ、一九五〇。

29 ―― 恐るべき技術的特権によって、西洋は今日もなお〈関係〉のもっとも活動的な要因であり続けている。その特権によって、西洋は世界的規模の通信システムを管理し、世界の富を支配しているからである。だが西洋は、その大きさを理解し始めていて、それによってマノーニ氏の理解を凌駕している。

30 ―― しかしながら、こうした社会主義の民族的形態は、軽蔑し、ひとまとめに却下すべき企てではない。メキシコの人類学者ギジェルモ・ボンフィル・バタジャによって、インディオ性（la indianidad）が研究されている（« La nueva presencia politica de los Indios », *Casa de las Americas*, octobre, 1979）。バタジャ氏は未来の南アメリカのヴィジョンを四つのイデオロギーに区別している。西洋文化の排除による過去の回復、現存のシステムへの適応による改良主義の立場、西洋によって与えられた普遍的要素をもとに再調整された、インディオ社会をモデルとするインディオの社会主義、最後に資本主義生産の様式の革命的変換による、複数主義の社会主義。

31 ―― こういう人々は右翼から左翼まで、私たちは島で「かろうじて生きている」だけだ、だからとりわけパリに精神生活を求めるのだと主張する。

32 ―― 「文化的混血」もまた、同化政策にとって宣伝活動のための議論となった。一九八〇年、人々はマルチニックの若者に次のように言っている。「時代は混血のものだ」――その言外の意味は「時代遅れの一徹さに夢中になるな、等々」ということである。

33 ―― 「ああ、ああ、と伯爵夫人はポルトガル語と、自分自身の言葉で言った。なぜならこの二つの言語を話せたのだから……」このフランスで語られる物語の一節は、意味深いその両義性（不透明さ）によって私を刺激する。与えられたどのような言語も凌駕するような、言語自体というものがあるのだ。(内的独白は**言い得ぬ**ものだ。それは不透明さのなかでしか意味しない。たとえば、〔フォークナーの〕小説『響きと怒り』の冒頭部における、ベンジーの言葉。)

34 ―― 自分がここで「もうひとつのアメリカ」(アンティル諸島と南アメリカ)の小説について語っているのを私は理解している。アメリカ合衆国北部の工業化された都市世界に(言葉と身ぶりにおいて)根を下ろした小説ではない。フォークナーの作品(観念に関するかぎり、北アメリカからおそらくもっとも遠い作品)を、そのような全体に結びつける傾向も私にはあるが、これは一見したところ間違いを犯しているように見えるため、明白にしておく必要があるだろう。文学における**歴史的に欲望されたもの**、さらに**悲劇的回帰**について語ったとき、私はこの点に関する説明を試みた。それらを通して、フォークナーと私たちは再会するのである。

35 ―― 西欧の批評家たちは、たしかに私たちが本能的な「体験」の段階にとどまっている(私たちは野蛮な被造物である)ことに同意し、それによって「考えられたこと」(彼らは分類し、評価する眼差しとなるだろう)を自分のためにとっておくことになるので、それだけますますその点で私たちを称賛することになるだろう。たとえば、私たちは「素朴芸術」へと押しやられたが、これは「練り上げられた芸術」が発達した文化的状況のなかでしか意味をもたない。セゼール氏が一九七九年六月フォール＝ド＝フランスで開催されたシンポジウムで述べた講演を褒め称えながら、エルサン・グループの広報担当者が、「アンティル諸島におけるフランス人」が同国人であることを自分は誇らしく思う、「その呪術的総合文」、彼の言葉の完全無欠な形式に魅了されたと公言した。そのあとで、たとえこの演説者が彼自身が思っている以上に古典的でデカルト派であったとしても、『フィガロ』の昔のジャーナリストよりアンティル人である度合いが少なかったとしても、演説者のさまざまな考えは記憶されるに値しないと述べたのである。

　現代性という概念について。この概念はきわめて疑わしい。あらゆる時代が、それに先立つ時代に比べればより「現代的」ということになるのではないだろうか? 少なくとも、「私たちの」現代性の構成要素のひとつは、人がそれに関して抱いた意識の一般化であるように思える。意識の意識(二重の意識、第二度の意識)は、私たちの豊かさであり、私たちの苦悩である。

36 ―― 風景の概念には、「反動的」(「大地への回帰」といった類の)使用法ももちろんある。

37 ―― モリソ＝ルロワからのメッセージは以下の通り。

ダカール　一九八〇年一月一日

親愛なるエドゥアール
一月一日の朝、きみに手紙を書いている。良い年を願う手紙、ぼくが願うすべてをきみにも願うための手紙だ。つまり、ぼくたちの邦を、白人と混血とを問わず、ぼくたちの民の財も魂も食ってしまうあらゆるサメの顎から救い出すことを。もう二十年も会っていないね。サラ・ベルナール劇場にクレオール語版アンティゴネーを見に来てくれたあとに出会ってからもう二十年。その二十年後にぼくは『クレオン王』を書いた。わかるだろ、ぼくは変わっちゃいない。二十年経って、きみが『ル・モンド』に書いた記事を読んで、きみも変わっていないことがわかった。
亡命や死を乗り越えていつも変わらなかったけれど、それでいい。もし変わっていたら、そのほうが困る。
友人のロジェ・ロビネルがダカールに立ち寄ったので、きみに送る本を託す。完成してもいないし、まだまだの本だけれど、カリブの民の希望のすべてを込めている。クレオン王、あらゆるクレオン王は、民が息をするために、死ななければならないんだ。

モリソ＝ル＝ロワ
〔原文クレオール語〕

38 ―― 同じ確認の言葉が、カリブ海のほかの場所についても言われている。フランスの言説は、マルチニック人たちに、わざわざ念を入れるまでもない明白なこととして無頓着な侮蔑を叩きつけるが、この侮蔑を詳細に研究しなければならない。無造作な自己満足のうちに言われる、ここにしかないこの言説の公式のかたちを、研究しなければならないだろう。

第三巻

1 ―― ただ白い頁だけが、ここでは目印の代わりを務めることができる。

2 ―― **それに反して**、私たちはしばしば、喜びをもって、自分たちのフランス語の実践を嘲笑する。たとえば、ダンス・ホールで（一九七七年において）流行っているあの決まり文句。タンゴを踊っている女がため息をつく。「タンゴを踊ると目がまわっちまうわね（quand je danse la tango / je me sens tourdir）／吐きそうなくらいよ（j'ai envie de vome）／お足が痛いわ（ma pié me font mal）／まったく疲れちゃった（j'ai lasse）。」ひとつの話し方についてのこのもうひとつの話し方は、クレオール語のテクストでは作り出せない。せいぜい、二言語使用に基づく痛烈な皮肉を定着させるために、フランス語のテクストのクレオール語化を利用する程度である。記述言語学（それが文法の分析等々である点において）では、このような欠如を埋め合わせることはできないだろうし、それどころかその欠如を明確にするおそれがある。自己への回帰は、まず、責任をもったさまざまな実践の厚みのなかで誕生するものだ。それは「言語学」である前に、おそらく政治的なものなのだろう。

3 ―― それゆえ私たちがもっとも頻繁に使う修辞上の手法は、関連づけである。ある言葉は半諧音や論理にならない連想によって、他の一連の言葉を次々に生みだし、それがどこまでも続くのである。

4 ―― たとえば、「全世界共通の英語」。フランス語使用推進者は、**他処で**（つまり私たちの関心事の外で）このような圧倒的優位への強迫観念を表現する。西洋の言語帝国主義は、**私たちを通して**まだ敵対しあっているのだ。

5 ―― あるフランスの批評家が、小説『憤死《マルモール》』のある箇所の「文字通りの」分析を行ないながら、〈名前〉――〈父の名〉と解釈された〈名前〉――への強迫観念を強調している（Jacques André, « Le narcissisme phallique : discours et figures », revue *Caré*, n° 4, Bourg Abîmes, Guadeloupe, juin 1979）。それは西洋の範疇の投影であると思う（つねに悪いというわけではないが）。〈名前〉は、私たちにとっては何より集団的なものであり、〈私〉の記号ではなく、〈私たち〉の記号である。それは任意のもの（X）となり得る。その力は選ばれたことから来るのであり、押しつけられたところから来るわけではない。それは父の名前ではなく、勝ち取られた名前なのだ。私の名前がXであろうがグリッサンであろうがどうでもいいことなのであり、重要なことは私が自分の名前の影響を受けないこと、その名前を自分の共同体と共に、共同体のなかで引き受けることである。〈名前〉における責任の探求は、したがって**血統**への欲望に属しているわけではない。名前は私たちの文化においては先祖伝来のものではないことをすでに示しておいた。ファルス的ナルシシズムについて言うと、そこに黒人に対する西洋の幻想が投影されているのではないかと、逆に考えてみたくなる。ミッシェル・クルノはすでに彼の本『マルチニック』において、このような強迫観念を言い表している。「〈黒人〉の剣は、一本の剣である。彼がおまえの妻を剣の刃にかけたとき、彼女は何かを感じたのだ……」等々――このような偏見は、まずエティアンブルによって告発され（《ミシェル・クルノ氏の『マルチニック』について》、*Les Temps Modernes*, février, 1950）、それからフランツ・ファノンによって告発された（*Peau noire, Masques blancs*［『黒い皮膚、白い仮面』］、1952, p. 168）。「白人は……」、「自分とは異なった者」（〈ニグロ〉）を前にして、自分を守る必要がある。言い換えれば、〈他者〉を特徴づける必要があるのだ。〈他者〉は彼のさまざまな心配事や欲望の支持体となるだろう。」「ファルス的ナルシシズム」は、おそらくここでは「文化的に」私たちには関係しないが、「他者」を安心させるようなある種の「配置」に対応するのである。アンドレ氏による同じような指摘のなかに、私の書く小説は決して**直接には**主人と奴隷を対立させないという指摘がある。この分析は私を非難しているようだ。私はこの観察に同意するが、非難は拒絶する。なぜなら、これらの小説によって試みられた関係づけの重要な点は、まさしくマルチニック島における主人＝奴隷の対立はつねに**重層的に決定され**ていて、その対立が決定的であるかのように表現すれば罠にかかるだろうということなのだ。本国の介入を、この対立の解決策であるような、二者択一的状況として、あるいは仲裁として提示することは、システムの策略である。本国の介入こそが、この対立の最初の原動力だというのに。

6 ― マルチニックにおける精神医学に関する共同研究、マルチニック学院、一九七三。

7 ― このような退却が私たちの「歴史」のなかでどれほど際立ってきたかは驚くほどである。十七世紀の年代記作者は、奴隷の買い手にイボ族に用心するよう警告している。「イボ族に注意せよ。」すると奴隷たちは突然もはや動かないことを決意するのだ。何をもっても、彼らをこの状態から引きだせないだろう。（同時代の著作に同じような指摘を見いだせることは興味深い。「ニグロが好きなときに無生物に変身することができるというのは、ひとつの才能である」― Karen Blixen, *La Ferme africaine*, Gallimard, Paris, 1978）。ミン族について言うと、同じ年代記作者は、アフリカに戻ることを期待して、彼らがどれほど自殺するかを報告している。支配的な思考は、つねに支配される人々の振る舞いを「物象化」するのだ。

私は子供の頃、人々がこのように突然動くのを止め、**なすがままになる**症例を数多く体験した。この人目を引く病気は、このようなかたちでは減少したように思えるかもしれない。自殺の最初の「機能」（回帰）が、ずいぶん前から決定的ではなくなったことが、とにかく理解されるからだ。失語を伴う「憂鬱症」の諸様態、あるいは自殺の分散を、マルチニックにおいてこうした「文化的」アプローチ抜きで研究することはできるだろうか。

こうしたすべては、マルチニック人が、みずからの文化であるニグロという現実に対置する無知あるいは現実否認という、根源的な**否定性**から生じている。**みずからを知らず、みずからを拒んでいる**アフリカ系アメリカ人なのだ。

8 ― したがって、治療学において、「心理学的」調査は、ここでは不可能な「文化的なもの」の探査に取って代わられるだろうと推定される。そして、同じ考え方から、おそらく私たちが引き継いでいるアフリカの伝統以外に、精神的病に対する伝統的な寛容さが深く浸透していることが看取されるだろう。まるで精神病者がまず他人（自分の隣人）にかかわりあっているのではなく、状況、つまり〈他者〉とかかわりあっていることを、共同体が予感しているかのようだ。もっとも「寛容さ」は、同化が強化されるにつれて減少している。

9 ――〈他者〉と他人との状況による区別（括弧付きの他者は、含意されている超越性をここでは示している）は、ある欠如を浮き彫りにするのだろうか？〈他者〉と〈他人〉は、「自律的な」現実においてであれば、一緒にされるべきだったかもしれない。支配されているという状況を理解し、それと戦うために、両者を区別する必要があるのだが、この必要性によってこそ人格の分離が導入されるのではないか？ この時〈他者〉とは（ここで、私たちにとって）何よりも〈他の場所にいる〉＝〈他者〉である。こうして、フロイトが〈エス〉として指し示したものは、私たちのなかでは〈あそこにある＝エス〉として活動しているのだ。

10 ――たとえば、国民的生産という概念を覆い隠すこと（口実としての－生産活動を維持し、**両替経済**《シャンジュ》を活性化することを可能とするもの）は、共同体の文化の断末魔を維持することに似ている。マルチニック人たちは、自分たちが「創造している」と信じこまされ、同じようにして自分たちが「生産している」と信じこまされている。口実としての－生産活動は、物真似文化と同じ役割（同じベクトルに従って）を演じているのだ。

11 ――ベケ階層における精神病のさまざまな様態は、あまりに覆い隠されているために、評価することができない。ラバ神父がこの「マルチニック島における驚くべき数の狂人たちに」に関して論じている（『アメリカ諸島への新たな旅』第六部第五章、Le Père Labat, *Nouveau Voyage aux Isles de l'Amérique*, Paris, 1742）。問題となっているのは、言うまでもなく白人たちである。

12 ――「もし草原《サヴァンヌ》が話したら、あまりに多くの秘密を私たちに伝えるだろう。」

13 ――「盛りがつくやいなや、もう終わっている。」この短絡現象が、ヨーロッパ人がニグロについてつねに言ってきたことにどれほど似通っているかは注目すべきである。つまり、ニグロは野蛮で、礼儀を知らず、女性を敬わず、快楽の文明化された洗練というものを理解することができない、というのである。

14 ――「たとえ土を食べても、奴隷制度のための子供は作るな。」

15 ――「私の雄鳥（精力絶倫の男）が外にいる、おまえたちの娘をつなぎ留めておきなさい。」

16 ――舞踏会や夜のパーティーを去るとき、相手の女性を車で連れてゆくという慣行（これには戻ってきたり、場合によっては別の同伴者と新たに出発することも伴っている）。男がこの駆け引きの決定要因であるかどうかは不確かだ。車で連れ出すのは、五〇年代のアメリカ映画で描かれた習慣と似ている。それはある種の「技巧」を前提としているのだ。この技術水準（車あるいはオートバイ）は性的関係を子供っぽくしていると言えるだろうか？　それを単純化していると？　あるいはそれを解放していると？

17——ある女性に**橋を渡す**とは、同意があろうとなかろうと、魔力があると思われている混ぜものをその女性の性器に導入することである。その女性が他の男と関係がある場合には、この混ぜものは、二人のカップルにいろいろな損害を引き起こし、死に至ることもある。この信じがたい悪魔つきの幻想は、いまだに一般的なものである。

夢魔——彼は油を引いたように輝く身体を持っていて、なんの思い出も残さないまま（肉体の疲労は別だが）女たちの欲望を満足させ、鍵穴や扉の下をすり抜けることができる。夢魔は夫には見えず、また生殖力がない。女たちは、眠るときに黒いパンティーを履き、ベッドの上に開いた鋏を置くことによって、夢魔から身を守る。夢魔への信仰も一般的である。罰せられないという幻想、そして去勢幻想。同性愛の夢魔の症例は知られていない。

18——こうして**カナダ航空**は、**ククーヌ航空**と呼ばれる、ククーヌとはクレオール語で女性の性器を表す言葉である。〈アンティル人〉あるいは〈ニグロ〉の男根的イメージは西洋の心性によって好意的に維持されている。彼らは他方で〈アンティル人〉にあらゆる権力の可能性を否定しているために、それだけますます〈アンティル人〉にこの分野での力強さを認めるのだ。逆に、フランス人の恋愛に関する世界的名声は力強さではなく、技量、技術（「フランス風恋愛」）にかかわっている。アンティル人は、フランス人は一般により「愛撫するよう」だと考える傾向がある。かつての主人の実際上の特権は続いているのだ。

19——マルチニックで現在準備しているアンティル文学アンソロジーの一章の題名として、私はこの言い方（「他者の眼差し」）を選んだ。それは、マルチニック学院のあるセミナーで、研究テーマとして提案された。フォール゠ド゠フランスの壁に貼られた、ある民衆演劇の創作劇のポスターにこの言葉を見つけることができる。ファノンがすでに、ヘーゲルならびにサルトルにならって、他者の眼差しを自分の考察のテーマのひとつとしている。

20——たとえばジャック・コルザニ氏は、彼の研究において、マルチニックに任命された神父が書いた高踏派風のソネをきわめてささやかなものまで調査している。このことは、「アンティル文学」への優れた取り組みがこれらの総計を必要としていることを暗に意味している。

21——一回目から十六回目までの面接で、「マルチニックという状況」への言及がどれほどの「リズム」と強度で現れるかを研究しよう。

これらの言及のうちに、さまざまな「主題」とそれら相互の関係の目録を作成してみよう。

22 ―― こうした「状況」にかかわる要素の解釈が、M・マノーニによって彼女の研究と、その精神分析の技術に結びつけられる（組み入れられる）やり方を検討する必要が、おそらくあっただろう。

23 ―― このようにして隠蔽されること――普通の人と同じように根を下ろすことへの強迫観念、獲得しえない黒人性《ネグリチュード》への情熱。

24 ―― 私たちの著述活動は、それぞれの共同体のこの歴史の（被ってきた）グローバルな衝撃の度合いにより、硬かったり慇懃だったり、素朴だったり、譫妄的だったり、探検的だったり同語反復的だったりする。同様に書くことは私たちを結集させるものでもある。――たしかに私はフランス語で「フォール＝ラミーの小学校教師のように」書けるのである。先祖伝来の流暢さは私には馴染まない。それは言語それ自体の新しい条件なのだ。先祖伝来の流暢さはもはや言語の表現様式のひとつでしかなく、その「秘密」を要約しない。

25 ―― テレビやラジオで各地の歴史（と〈歴史〉）を語るという習慣が、純化の時代を経た先進諸国で、テキスト生産の新構造を提起するのかどうかは定かではない。たとえば、同語反復や冗長といったものが、**誤り**とは見なされず、効率的手段であるという印象を与えるようになるのかどうか。（フランスの例としては、ベルマール、ボンバール、ドゥコー各氏のテレビ番組のことを考えている。たいていの場合、ベルマール氏は上半身のみ、ボンバール氏は立ったまま、ドゥコー氏は座ったままの姿勢でテレビに映っているが、このこともまた彼らの話術に影響を与えているように思える。）しかし、事態はもっと進展し、技術の強制によって、やがて口承性それ自体が音響的絵文字のシステムに還元されるような時代が到来するのを想像することはたしかに可能である。そうなってしまえば、視聴覚は「書くことへの嗜好」のみならず「話す技法」までをも破壊するだろう。そうなれば、諸宗派はもはや神を崇めるのでも、薬物を吸うのでも、書物を朗誦したり瞑想したりするのでもなく、**うまく喋る**ために集まるようになるのではないか。そうなれば、絵文字化した口承を操る電光石火の詩人は、このデカダンの耽美主義者たちを嘲弄するようになるのではないか。こうした言語的フィクションは無限に続けることができる。

26 ―― この区別は、あらゆる二言語使用において見られる、ある言語がもうひとつの言語に「実質的」に強いる隷属状態を生じさせている、明確な社会経済的諸条件を都合よく理想主義的に偽装するものではない。この区別は誰にでも自明であるわけではない。ある日、ある南米作家を信頼して素朴に自分の考えを彼に打ち明けたところ、こう言われてはっきりとさえぎられた。「よろしいですか、私はセルバンテスの言語に満足しているのです。」

27 ―― 言語の「実存的」運用は、この運用が言語を**実際**に変形させる以上、**問題とはならない**。

28 ―― フランスの外務大臣フランソワ＝ポンセ氏はこの「複数言語主義」擁護路線を明確に打ち出した（一九八〇年三月十四

日のフランス語報道記者・機関国際連合での講演、三月十七日付『ル・モンド』紙に報告記事)。大臣はこの語をフランス語の多様な系統との協議努力を伴った、媒介言語間での充分に計算された持ちつ持たれつの関係のようなものとして捉えているように思える。フランソワ゠ポンセ氏は「帝国主義的単一言語主義」について明確に語っている。このことから、フランス語のクレオール語に対する支配を継続する唯一の方法は、クレオール語が「言語ではない」ことの証明に専心することであろう。

29 ―― ジャック・ベルク氏はこのフランス性という概念の発案者だったが、実際のところ、彼はフランス性をのちにこの概念を利用した人々が惨めなまでに曲解したようには定義していなかった。

30 ―― 「書かれた」クレオール語のこうした衰弱的運用の例はこれだけではなかった。たとえばサン゠ドマングではモロー・ド・サン゠メリーが、ジロー・ド・シャントランという旅行家を攻撃していた。シャントランはその著作『スイス人のアメリカ植民地周遊記』でフランス語の短いテクストをクレオール語に「転写」することでクレオールというこの言語の幼児的特徴をはっきり示そうとしたのだった。モローはこう書いている。「たしかにこの特徴を非難するのに大変確実な方法が取られた。それはクレオール語゠スイス語を作ることであり、それによってこの言葉遣いが悲惨であると結論づけることである」(ピエール・プリュションが序論を書いたジローの版、タランディィエ社、一九八〇年を参照)。実際のところ、スイス人であると誤魔化して検閲をくぐり抜けようとした、自由主義者で善意の人間ジロー・ド・シャントランは、**彼が聞いたままの**クレオール語を、すなわち、その詩学を見抜くことがないままに転写していたのだ。

31 ―― 「抽象化作用」の言語的普遍性について。インド゠ヨーロッパ系諸言語における抽象化作用は、方法ではなく目的であると少しずつみずからを見なしていった。視聴覚メディアはこのような超越論的自惚れに対して熱心な打撃を与えている。あらゆる言語は「抽象化を行なう」。しかしこの操作は言語の極点ではない。

32 ―― 私の知るかぎり、クレオール語で書かれた最初の小説は、フランケティエンヌの『デザフィ』(「挑戦」)とエミール・セレスタン゠メジの『ランム・パ・ジン・バリエ』(「愛は障壁ではない」)(ファルダン出版、ポルトープランス、一九七五)である。ラファエル・コンフィアン氏はマルチニックでタイプライターで打った仮綴本の小説と詩集を刊行し、なかでもアルベール・カミュの『異邦人』のクレオール語版(クレオール語に訳したもの)を出している。タイトルは『ムン・アンデウォ・ア』(「外の男」)だ。レユニオン出身のある労働者は彼のフランスでの体験を綴った二言語の物語『ジストワ・クリスチャン(クリスチャン物語)』(マスペロ社、一九七七)を出版した。

33 ―― セント゠ルシア島の例は、両言語の音声的近似性にもかかわらず、クレオール語がフランス語の俚言化した一形式のように捉えられないことを示している。クレオール語はセント＝ルシア島およびドミニカ島の住民のあいだで圧倒的に広範に話されている母語である。ところがこれらの住民はフランス語をまったく使わないのであり、フランス語をいわゆるそのパトワから「演繹する」ことはできないのだ。セント＝ルシアの独立記念日にテレビ局「FR3」に対して、スターン氏（一九七九年二月二十二日）は、どうしてマルチニックはこの新しい国とのフランスの商取引の「道具」であるべきなのかということを説明しながら、こう述べた。二つの島は異なる言語（英語とフランス語）を話しているけれども、パトワ（クレオール語）は同じであると。スターン氏は有能で、真面目で感じがよいように見受けられた。

34 ――ポンピドゥー氏はフランス語の綴り方を単純化すること（« l'orthographe »を« l'ortograf »という風に）、つまりは実際には言語を「口承化する」ことを目指す研究委員会を設置したことがあった。しかし、フランス語はこれに抵抗したのだった。

35 ――私はよく「口承文学（littérature orale）」という表現を用いる。これについては多くの人が同じ調子で、この表現は用語のなかに矛盾を含んでいると述べる。この表現は、書き手が、あるテクストを、何よりも**声に出して言う**ことを前提にし、口承の技術を活用して書いたかもしれないことを示すことに利点がある。このような口承化はたとえばビート・ジェネレーション（ケルアックとギンズバーグ）の合衆国作家の詩的話法を特徴づけていた。これらのテクストでは、叫びは、叫びであることも吠え声であることさえもやめずに書かれた話し言葉になっている。同様に口承文学は言うということの特殊性を、たとえこの特殊性が書き写されているとしても、例証することを止めることはないだろう。言語の固定化についてはルソーが『言語起源論』で述べていることを参照されたい。「文字《エクリチュール》は、言語を固定しなければならないように見えるのであり、まさしく言語を変質させるものである。文字は言語の単語をではなく、その神髄を変化させる。文字は表現を正確さに置き換える」。たしかに彼は「話す場合には自分たちの感情を表し、書く場合には観念を表す」と付け加えている。――そしてたしかに今日の私たちは、あらゆるクレオール語テクストの根源的な関心は**観念を表す**ことである必要があるのかないのか（フォークロア的感傷癖に抗して）を自問することができるだろう。私はこのルソー主義的分割（感情表現と観念表現との分離）をエメ・セゼール氏の言明のうちに見いだす。「それから、私のうちには、あらゆる演説は考察にかかわる事柄であり、概念的な営みなのです、ですから私はフランス語で演説を行なわなければならない。いいですか、クレオール語は直接性の言語、フォークロアの言語、それぞれの感情、思いの強さを伝える言語なのです」（『トロピック』誌、一九七八年の復刊版に付された序論部のジャクリーヌ・ライナーとの対談）。サンゴールの思想（感情と理性）はおそらくこれと遠くない。そして同じく、セゼール氏がその先で「私にとって、豊かであるのはイメージであり、貧しいのは概念なのです……」と述べるのはおそらく矛盾した言明である。というのもクレオール語のイメージ表現はいまだに開拓されてはいないからである。

36 ――これはフランス語の使用が普遍を求める彷徨に誘う危険と同様である。おそらく私たちはこれよりも最初の危険の方を、私たちにとってより決定的で破滅的であるのではないかと恐れているのではないか。

37 ――私は、この運転手が別のステッカー（しかも「ひと続き〔＝一標語一枚〕」で売られている）から文章をこのように再構成したことをわざわざ確認した。これは「正当な所有者へ回帰」することを駆り立てるやり方だった。

38 ――たしかに言語学者はパトワという概念を著しく縮小した。だが、この概念は劣等視という戦略的使用のなかで存続している。それゆえ私たちは、「パトワ化」の過程がつねに私たちの具体のなかに危険なかたちで書き込まれているからこそ、この概念を考察しなければならない。

39 ――言語錯乱よりも言語的変調について語る方がおそらくより適切なのかもしれない。とはいえ錯乱という概念は、より大きな「自律」、あるいは責任を担っているように思われる。だから私は、この用語が招く混乱、とりわけこの「慣習的」錯乱とあらゆる病理学上の錯乱との混同にもかかわらず、この語を用いることを提案する。

40 ――**「慣習的」言語錯乱**という表現でもって表現したい考えとは、すなわち社会的動態（あるいは無為）が引き起こす反応が「直接」問題である、ということだ。次に、この心的変調が異常であるとはほぼまったく感じられない、ということである。

41 ――すなわち、言語活動と言葉が心的変調の形態ないし媒介として優位であることが意味をもつようになる。歴史的視点に立ち、農奴制の非情な無言世界のなかで囁かれたり歌われたりしてきた伝達の重要性を、そして、アフリカの過去から受け継いだと考えられる、朗唱されるさまざまな言い回しの魔術的機能を思い起こそう。これらの言い回しは、これらを口にする人々がもうその意味を忘れてしまったにもかかわらず（民話のなかで）残存してきた。

42 ――スイユ社、「ポワン」文庫。

43 ――これらの集団的不均衡の認識とはまた別に病理学的次元に属する「知覚しがたい」不均衡があるかもしれない、という含意がある。

44 ――模範と規範はマルチニックの社会的＝歴史的現実に対応していない、また（人格の形成に貢献する）社会的＝文化的諸要素は**環境に属していない**という、この二つの説をここで例示して確認する必要はない。このことの確証は〈言説〉をめぐるこの言説全体に沿って長々と供される。

45 ――第二段階として、どのような手段で、支配状況への政治的解決（たとえば社会主義）が病理的錯乱の表れを後退させることができるか否かについては、たしかに研究されてこなかった。ある邦々のある種の政治的立場はこの錯乱と同一視され、「治療される」かもしれないことを、私たちは承知済みである。

46 ―― 当初、私の研究範囲は文書に表明されるものを対象としていた。とくに参照したのは、皮膚性病科の医長、県会議員、グアドループ選出国民議会議員アポロン・エレーヌの『アンティル主義』（スーランジュ出版）である。たしかにエレーヌ氏はグアドループ人であり、私はマルチニックの慣習的言語錯乱を論じている。しかしこの本はこの手の錯乱の傑作集である。私はまた、エヴラール・シュフランによるビラのかたちで出版されたテクストを用いる。彼はラマンタン（マルチニック）で**ハム教理**を創始した人物であり、その民族的な欲動は神秘的魔術に属する言明と混ぜ合わされている（この二つの事例では、テクストの綿密な研究が不可欠となるだろう）。こうして行なわれた観察は、次に、口頭の語法の個々の挿話に応用された（シュフラン氏の録音、路上でのさまざまな会話、教師たちの数多くの発言の引用などであり、マルチニックの生徒が伝達しあう教師の発言は、リセの生徒たちの通常の神話体系以上に、エリート形成の過程での修辞的疎外の深刻さを示している）。ここではテクストを簡潔にするために、これらの具体例の大半を割愛した。したがって、本節は憶測をふんだんに盛り込んだかたちにとどまっている。

47 ―― 同書二四―二五頁。

48 ―― このようにアポロン・エレーヌ氏の「アンティル主義」は必要なアンティル性の戯画化された裏面のようである。（私は『ル・モンド』に発表されたテクストが供する全資料に注釈するのは無益だと思った。これが本報告をめぐる公の議論の後に発表されたことはよく知られている。）そうした裏面は状況の両義性を例示している。私たちは程度の差はあれアポロンの似姿なのだ。

49 ―― 私はクレオール語使用の問題、フランス語に対するクレオール語の機能的関係についての問いについてはあえて触れない。これほど重要な主題を部分的に論じるわけにはいかないだろう。

50 ―― マルチニック社会に介在する諸変化の研究と突き合わせるかたちで、慣習的言語錯乱の諸形態の変遷を研究すれば、全面的疎外のさまざまなヴァリエーションについて多くのことが明らかになるだろう。

51 ―― とくに才能豊かな音楽家のことを、彼がクラリネットに「フランス語を話さ」せると言ったものだ（クレオール語では「I ka fè clarinett-là palé fransé」）。

52 ―― 自分たちが言語錯乱の欲動と無縁であると思い込まないようにしよう。「専門化した」語法を操るという享楽、新たな方法的場を前にした素朴さ、（たとえばシュルレアリスム、マルクス主義、構造主義などの）基礎概念の無邪気な適用といったこと。この分野の潜伏的あるいは明瞭な疎外の可能性は数多く、疎外から逃れていると言い張る人々（私たち全員）にまで及んでいる。

53 ——より痛ましいことがなおもある。マルチニックの新世代の生徒たちの答案か宿題のことだ。ミシェル・ジロー氏の著作『マルチニックの人種と階級』のなかにいくつかの例を見てとれる。自己軽視と他処への幻想がそこでは蔓延している。マルチニックはフランスほどは美しくはないと思う、等々。かつてファノンはあるシステム全体によって叩き込まれたこうした不条理を調査し始めた。人々は、「先祖ガリア人」という最終的には安心感を与える引用のもとで不条理を偽装することで、これらの不条理を研究することから一般に免れている。しかし問題はより複雑でありより憂慮すべきものである。それは錯乱の一形態、すなわち、規制を受け、平板化した、日常的な、自己離脱の形態なのである。

54 ——エヴァリスト・シュフラン氏は農業労働者でありラマンタン市に**ハム教理**の名のもと神秘的・宗教的な性格の教団を設立した。

55 ——強調しておけば、シュフラン氏はこのように類い稀な明晰さでもって（ゴミ箱は黒人の胎児で充ちていると見なされる）出生率低下をもたらす体系的な政策を告発していたのであり、**その十五年後**、マルチニック医師会総会はこの政策に対して公式に抗議を行なった。

56 ——慣習的錯乱の他の形態とまったく同様に、演劇化もまた陳腐になりうる。とりわけ、「エリート化」のメカニズムによって。たとえば、演劇化する真の「コラムニスト」たちがメディアのシステムのなかに現れるかもしれない。彼らの読者は、彼らの制作物の内容よりも、刺激を与え抑圧の解消をもたらすある種の**トーン**にむしろ関心をもつ。陳腐化は、内容の重要性に対するこのような無関心に結びついている。定期的な書き物によるエリート的な演劇化は「右派」でも「左派」でもありうる。しかしその役割はいかなる場合においても同一である。つまりは「出口」をもたらすこと、状況に馴致させること、これである。

57 ——マルチニック学院の研究グループの複数のメンバーによる。

58 ——ベルナール・テイセドル氏〔フランスの作家・哲学者（一九三〇—二〇二二）〕は私の言説がときに「アフリカ性」への魅惑に屈していないかどうかを自問した。たしかに、「西洋」がまさしくそうであるように、アフリカは魅惑の対象であった。少なくともアフリカが世界的〈関係〉のなかに他者の幻想（幻影、曖昧さ）として出現したかぎりでそうだった。アフリカにおける革命運動、諸人民によって着手された並々ならぬ努力、その努力を無効にしようとする災禍といったものは、アフリカ的事実のあまり「従順」でないイメージを強いてきた。成長してゆくアフリカは投影としての幻想を捨て去ることを、私たち自身であることに努めることを私たちに課している。

59 ―― この**展開**は、私たちが神話的巻き取りについて述べたことを引き継いでいる。

60 ―― 既存の諸関係の変革に寄与したいと望むエリートの成員にとっては、システムを否定するためには集団としての自己を否定することは絶対的な義務である。自分たちは解放を使命としていると宣言したところで集団としての自己を否定する（自己を問いなおす）ことがないのならば、彼らは、エリートという集団を創りだしたシステムと闘うことはできないし、自分たちの歩みをシステムのそれに従わせることにしかならない。

61 ―― あらゆる政治的実践は（政治生活のあらゆる風刺がサーカスになるように）演劇である。政治がここでは代表される者の意味作用であるならば、演劇は政治の代理（ないし記号表現）として示されるかもしれない。

62 ―― （過剰な文化主義に抗して）確かであるのは、文化的整備を先導するのはまさに政治的選択であるということである。同様に、文化的整備はエリートの決定からは生じず、ひとつの民のなかの大衆のなかで、そしてその大衆によって同意された仕事から生まれる。しかし、このような文化の確立を気にかけない政治的行動は恐るべき抽象のなかで断片化してしまう危険をはらんでいることもまた明らかである。したがって、民衆劇は社会的な場のなかに実際に組み込まれる、すなわち、この社会的な場を包含する（批判する）だろう。しかし（このテクストの続きにおける無時間性や現実遊離といった疑義に答えるために）この実践は個々のスペクタクルのうちに取り込まれて行なわれなければならず、早急な一般化の展望のなかで理論的に決められるべきではないだろう。

63 ―― この現代性《モデルニテ》はあらゆる懐古趣味的な郷愁を無効にする。歴史の再征服は後戻りすることではない、ということだ。

64 ―― 演劇のレベルでは、この芸術は、あるところのものを表現する決意を前提としている（というのも、自己批判への恐れはここではあまりに頻繁に自己否定の誘惑と結びつくからである）。

65 ―― マルチニック学院の演劇グループは一九六八年から一九七一年まで活動し、とりわけ集団制作の「ニグロの歴史」、ペーター・ヴァイスの「ルシタニアの案山子の歌」、ダニエル・ブックマンの「満腹、空腹」を上演した。すべて「クレオール語化」したスペクタクルである。

第四巻

1 ―― たとえば、一例のみをあげれば、一九八〇年バルバドスは、アメリカ合衆国の暗黙の同意のもとに「共産主義の侵攻に対する小アンティル諸島の憲兵」であるとして一般には紹介される。

2 —— 引用における強調〔太字〕はグリッサンによる〔以下の強調も同様〕。

3 —— 同じ時代に搾取に打ちのめされるサトウキビ伐採夫は知識人層のこうした苦悩などには興味をもたないのではないかという向きもあるだろう。しかしサトウキビ伐採夫は、あらゆる生産が枯渇すれば、いずれ両義性と不確かさを知ることになるだろう。

4 —— この劇的性質は、エティエンヌ・レロの人生に特徴的だったように見える。彼は呪われた詩人、すなわち不可能な言葉の詩人だった。彼は、世界戦争〔第二次世界大戦〕の勃発直前にパリの病院で胸膜炎で亡くなり（抗生物質は当時はまだ存在しなかった）、ブルターニュの浜辺であまりに長い眠りについたのだった。彼は自分の風景を見つけることはなく、ひとつの風景に殺された。

5 —— マルチニックの若者が自分たちの言語活動のなかに示すのは模倣だけではない（「それ最高《セ・シュペール》」「それすごい《セ・サンサス》」「すごくきつい《デュール・デュール》」等々）。ここにはまた、クレオール語、フランス語、さらには英語やスペイン語とのあいだの系統づけられた相互浸透関係に基づく、恒常的な創造現象が見られる。凡庸な例を挙げよう。フランス語の « arrête ton cirque »〔君のサーカス（悪ふざけ）をやめろ〕から、クレオール語ではこんな表現が生まれる。« pa fé sic épi moin »（文字通りにフランス語に訳すと « ne fais pas de cirque avec moi »〔ぼくとサーカスをするな〕）。しかし、クレオール語の « sic » が « cirque »〔サーカス〕と « sucre »〔砂糖〕のどちらをも意味する（私たちはあいだに挟まれた « r » を発音しない）ために、マルチニックの生徒は、ここから作り上げた表現、« Don't make sugar with me ! » をよく用いる。この英語化の最たるものは « Stop sicking ! » という言い回しで、これはフランス語の « arrête ton char »〔君の冗談（悪ふざけ）はやめろ〕を極端にもじったものである。

このような表現の道は面白く、おそらく開拓してみる甲斐がある。ここにあるのは言語のばかばかしい使用例であるが、みずからのものとなった言語活動の予感である。

6 —— これは資本主義者の論拠のひとつである。労働者がもたない欲求（したがって「義務」）を自分はもっていると、資本主義者なら言うだろう。彼に「必要」なものは労働者には常軌を逸した欲望に属する奢侈になるのではないか。

7 —— 過剰になった消費と無となった生産との共存は、異常性としてたしかに提示される。この異常性は、経済主義の合理性のなかでは把握されにくく、さまざまな事実のなかで共同体の享楽的受動性を発展させる。だからあるマルチニックの若い哲学者が「幸福な強制収容所《グラーグ》」と規定するところの社会組織の前例なき形態が現れるのだ。集合心性を変容させ（衝撃と衝動を与えて?）、自給自足の厳格さに、すなわち、生産と消費のあいだでつねに企てられる均衡の厳格さに開眼させること、そこにこそ、ひとつの必要性、同時にひとつの不可能事の糸口があるのではないだろうか。これこそマルチニック人が自分たちの内と外で克服すべきことである。グアドループで現れた攻撃的暴力の形態（一九八〇年の襲撃と爆弾）が最初に、この消費の典型的場所であるスーパーマーケット、マリーナ、飛行場におよんだことは意味深い。

8 ── 私のマルチニックの友人のひとりであり実際に精神科医をしている彼がそうしたように、ここで**聖なるもの**をめぐる問いが提出されるべきかどうか、自問することができる。この友人は最後にこう推論する。空が私たちの頭上に落ちることがない以上、「私たちは、私たちをまとめあげて前進させるマルチニック人としては、何を恐れればいいのか」。この点について私の話の核心は次のことを示すことにあった。**聖なるもの**をめぐる問い自体が私たちには実効的ではなく、「複合的な」民はこのような次元なしで済ますことが可能であり、そうした民の一体性はむしろ承認された多様性の詩学として〈**世界的な関係**〉の方向を経るのであると。〈関係の詩学〉は、聖なるものの単一性を回収しながらも、これを拡散させるのだ。

9 ── たとえば、アンティル諸国の細分化された大衆と、現代意識に対して強まる彼らの存在の影響度との不釣り合いを、さらには、地球規模の政治的行動のなかでの彼らの役割を考えてみればよい。しかし、私の信念の根拠をなすのはこの役割でもこの影響度でもない。

附録

1 ── 以下、モーリス・ブリコー、イナ・セゼール、D・ベベル＝ジスレ、グループ・キマ＝フティエサ、アクセル・ゴーヴァン、ラファエル・コンフィアンの各氏・女史の仕事、さらには、このジャンルの「名著」の数々も参照のこと。

【解説】

多様性、増殖性、不透明性――『カリブ海序説』の関係的宇宙

中村隆之

エドゥアール・グリッサン(一九二八-二〇一一)。フランス語で著述活動を展開した、カリブ海マルチニック島出身のこの作家の作品が日本語で紹介されるようになって、それなりの歳月が経った。著者の来日にあわせて二〇〇〇年に二冊の訳書が刊行されて以来、この約四半世紀のあいだに長編小説と試論《エセー》を中心に、すでに十冊以上が翻訳されている。グリッサンの書く行為の内部に秘められたその不透明性の原理のために、日本語にして届けるにはあまりに長い歳月を要する作品群。最初の刊行予定が平凡社のシリーズ〈新しい世界文学〉で、記憶によれば一九九七年に予告されて以来、グリッサンの著作の強度に共振する読者に長く待ち望まれてきた、グリッサン作品中最大にして最重要の書が、今回ここにお届けする『カリブ海序説』(Édouard Glissant, *Le Discours antillais*, Seuil, 1981 ; Gallimard, 1997)の全訳である。

「最大にして最重要の書」という形容は、いささかも誇張ではない。とはいえ日本語訳にして七五〇頁を超えるその嵩をここで誇りたいのでもなければ、本書で打ち出される「アンティル性」という概念を契機に、グリッサンがフランス語の世界を越えて「アメリカスを代表する思想家」の一人として認知されたことをいまさら強調したいのでもない。そうではなく、本書がエドゥアール・グリッサンの長い作家活動のなかで培われた、彼の思想と実践のあり方をもっともよく知る手がかりであり、さまざまなジャンルのうちに星雲のように散らばるその作品群のいわ

ばダイジェストをなしている、という意味で最大にして最重要の書なのだ。とはいえ本書は、長大なウィリアム・フォークナー作品群を紹介した、文字通りのダイジェスト集『ポータブル・フォークナー』（一九四六年）〔マルカム・カウリー編、池澤夏樹ほか訳、河出書房新社、二〇二二年〕のような既出版の抜粋からなるのではない。にもかかわらずこう呼んでみたくなるのは、『ポータブル・フォークナー』がフォークナー世界の総体に深く誘うように、私たちは本書を読むことでグリッサンの既訳書の詩的意図を深く感得し、この作家・思想家のおおよその輪郭を摑むことができるようになるからだ。本書は、詩、小説、試論《エセー》（評論）といった多様なジャンルで横断的な著述活動をおこなってきたグリッサンのさまざまな書く行為の結節点をなしている。その意味で、長い翻訳プロジェクトの過程で、英語訳（一九九二年）やドイツ語訳（一九八六年）のような抄訳にもとづく編集版とせずに本書を全訳で刊行しえたのは、グリッサン作品を日本語で受容するにあたって計り知れない意義がある。本書を構成するテクストの全容を知ることができるという意味ばかりでなく、この構成それ自体が本書の方法と結びついているという意味においてそうなのだ。

構成と題名

本書はきわめて不思議な構成をとっている。それぞれのテクストには一応「章」とみなせる通し番号が振られており、その数は全九十六におよぶ。二〇頁を超えるテクストもあれば、一頁足らずのものまで、長短はさまざまだ（このほかにテクストの道標をなすいくつもの「目印」がある）。これら九十六のテクスト群が四巻に編成され、全巻の始まりを告げる序章は、十一個の比較的短いテクストからなっている。

本書の原著に取り組みはじめた駆け出しの頃、私はこの構成の特異性を気にしつつも、その意味するところをうまく捉えきれずにいた。本書を構成するテクストの質においても、その特異性は際立っている。本書はマルチニックの社会分析的なテクストを基盤にしながら、文学論や芸術論が一定の部分を占め、詩的散文までもがそこに散りばめられている。このことから当時の私は本書に対して非常に乱雑なテクストの集積体のような印象を覚えたものだった。なにしろ序章すらもひとつの通読できる論述の形式をとらず、異なる水準のテクストが、それぞれ乱反射しているのだから。とはいえ、本書のオリジナルがソルボンヌ大学に提出された博士論文であり、一九八〇年五月十二日の博論口頭審査会を経て、グリッサンはこれをもって国家博士号（論文博士）を得たという事実は知っていた。それゆえ、この集積的構成が本書の企図に深く結びついているということだけは当時も予感できた。

グリッサン作品とともにあれからそれなりの歳月を過ごしたいまの私は、本書の構成の集積性が、著者によって自覚的に選びとられたものであることがはっきりとわかる。しかし、そのことを一度にすべて述べるのはやはり難しく、さらに近年のグリッサン論集のなかで編者たちが還元主義的読解に当然ながら警鐘を発するように〔ドミニク・オレリアほか編『エドゥアール・グリッサン―輝きと暗がり』アンティル大学出版会、二〇二〇年、一〇頁〕、わかりやすく単純化してみせるのはグリッサンの思考法に紛れもなく反する。むしろ多義的に絡まり合う多様性、増殖性、不透明性という養分が、グリッサンの言葉の領域を絶えず潤している。

この点を踏まえたうえで、最初にタイトルに注目することから、本書の特異な構成に近づいてゆこう。本書『カリブ海序説』は、直訳するならば「アンティル（諸島）の言説」となる。「アンティル」とはカリブ海地域の島々をフランス語で述べた名称にもとづくカタカナ表記だ（フランス語の原音に近づけると「アンティーユ」と訳せる）。より具体的には、カリブ海地域のうちでもマルチニック、グアドループというフランス海外県、およびハイチ共和国が念頭に置かれている。さらにその具体的分析対象は、著者が生涯もっともこだわった場所、マルチニックにほかならない。つまりタイトルが意味するのは、マルチニック社会分析を事例としたアンティルをめぐる言説ということだ。

それでは「言説」とはなにか。私の理解では、グリッサンのこの語の用い方は、ミシェル・フーコーの思想にごくわずかにかかわっている。グリッサンは言説を、さまざまに語られたり書かれたりしてきた言表それ自体のことを指す場合や、その言表によって特徴づけられるまとまりをもった言葉を指す場合に用いている。したがって本書の具体的事例であるマルチニック社会は、いまだ解明されていない言説の集積体と捉えられたうえで分析される。

つまり、マルチニック社会を事例にアンティルについてこれまでどのようなことが語られたり書かれたりしてきたのかを分析することによって、アンティルをめぐってどのような言説が数多く存在しているのかを明らかにし、そのさまざまな特質を浮き彫りにするのが本書の試みなのだ。フーコー（そしておのずとエドワード・サイード）との接点とは、グリッサンがこのように言語事象それ自体を根本的に重視しており、言語が形成する価値観や権力編成といったことを本書で問うていることにある。

したがって「アンティルの言説」とは、アンティルをめぐるさまざまな言説を分析によって明らかにすると同時に、それらの分析された言説の総体から、アンティルの新たな言説を生み出そうとする二重の試みをなしている。この試みは、とりわけマルチニックにおいては奴隷制時代に形成された口頭言語クレオール語と、書記言語でもあるフランス語との相互作用と権力関係のなかでおのずと問われてくる。そのことが明示されているのが、グリッサンが博士論文提出時につけていた副題、「マルチニックにおける〈口頭〉から〈著述〉への移行。ある包括的言説の炸裂した分析の試み」である。

副題に示される「包括的言説」、すなわち「アンティルの言説」にたいする「炸裂した分析の試み」が、本書の構成の特異性をひとえに示している。テクストが分析によって炸裂し、断片のごとく、あるいは星雲や群島のごとく散らばっているというイメージだ。このイメージが九十六のテクスト群の編成によって視覚的に提示される。以上のような方法論上の意味合いが込められた本書のタイトルを、私たち訳者は最終的に『カリブ海序説』とすることに決めた。イメージを駆使するというグリッサンの表現法を踏まえたうえで、本書がカリブ海をめぐって述べられる言説の集積体であるのを読者に直感的に伝えるためである。なお、ここでの「序説」とは、厳密には「叙説」と表記すべき、自説を述べるという意味合いで用いている。私たちの念頭にあったのはデカルトの『方法序説』（一六三七年）だ。デカルトの著作の「序説」の原語もまた「言説」と同じく“discours”である。

本書におけるグリッサンの方法は、しかしながら、一般にそう解されるところのデカルト主義的な合理性と明証性からは、およそかけ離れている。むしろその方法は、西洋近代合理主義において要請される論理手続きではうまく捉えきれない、予測不能なカオスを意図的に招き入れている。

増殖する詩学

この点で注目すべきは、本書目次の前に掲げられた但し書きだろう。そこには「以下に収録する文章は、ほぼ十年の間に口頭や活字で発表されたものであり、この期間、この仕事は絶えずふくらみ続けた。」〔本書〇一六頁〕とある。この一見何の変哲もない表明のうちに、方法をめぐるグリッサンの意識が読みとれる。この引用文の後半部を直訳すれば、「この仕事の意図は増殖するのをやめなかった」となる。つまり、ほぼ十年という期間のあいだに「仕事の意図」が著者の当初の意図を超えて増殖していったと仄めかしている。それではどのように増殖していったのか。そのことを知るためのテクスト上の手がかりは巻末に付された「日付と場所」〔本書六八三―六八五頁〕にある。そこに記されているように、本書は一九七八年一〇月から七九年五月に実施されたマルチニック学院での公開講座のために準備された。さらに、本書の基礎をなしているのは一九七一年から七三年に『アコマ』誌に発表された、マルチニック社会の多角的な言説分析をなす、マルチニック学院（この学院と『アコマ』については後述）での研究セミナーの記録である。このことから『アコマ』掲載のテクストから数えて十年のあいだに発表されたもの、あるいはさらにさかのぼって、グリッサンがマルチニック学院を設立した一九六七年以降のテクストが、本書の本体をなしていると考えられる。

ところがそのあいだに「仕事の意図」は増殖していった。すなわち、グリッサンは本書の構想過程で、彼がこれまでに横断的に書いてきたあらゆる著述形態を混ぜ合わせ、総合することを企図しはじめたのだ。その方法は、序章のなかに収録された通し番号2「ある言説についてのこの言説から出発して」に書き込まれている。グリッサンはそこで「この仕事の意図は、あらゆる次元で蓄積することだった」〔本書〇二四頁〕と述べている。「蓄積する」の原語

"accumuler"には、数多く積み重ねていく、というニュアンスがある。つまり、ここで表明されているのは、隠されたままのアンティルの現実を明らかにするために、グリッサンは言語にまつわる問題群を全方位的に収集するという方法をとったということだ。「蓄積する」という方法が、本書が過剰なほどの多様なテクストの集積からなることを要請している。

したがって、本書はアンティルの言説を組織する、さまざまな分析を寄せ集めたカタログにしてアンソロジーである、という性質もまた帯びている。これは推測になるが、本書を準備する過程で、グリッサンはテクストが増殖していくがままに任せたのではないだろうか。なぜならグリッサンが口頭や活字で発表してきたものは、過去のものであれ未来のものであれ、文学評論であれ政治的文章であれ、アンティルの現実を露わにすることを目的にしてきたからである。この意味で本書は「世界の増殖する詩学」〔本書六四六頁〕のひとつを構成しているのであり、蓄積という手法は、ドゥルーズ＝ガタリのリゾーム概念のように、増殖を繰り返していく。

蓄積は口承性に結びついている。蓄積はクレオールの語り部がそうするように繰り返す。しかし、その反復は言葉を明快にするどころか、それが意味することをたえず不確かで不可解なものにしていく。言葉を囲い込み、一義的に規定していくような西洋近代型の論理と結びつく文字の権力に対抗し、口承性における繰り返し語られることの不透明性をグリッサンは重視するのだ。

そのように蓄積されていくテクスト群のなかで、本書の「日付と場所」が示す一番古い日付を持つのが、通し番号5「しばらく前に遠方でなされたある発表から出発して」だ。これは『エスプリ』誌一九六二年四月に発表された原稿に依拠している。この号では「アンティル諸島、手遅れになる前に」という特集が組まれ、フランス海外県であるアンティルとギュイヤンヌ（ギアナ）の自治を目指した、グリッサンをふくむ政治組織のメンバーが寄稿した。一九六二年発表の政治的テクストが本書を構成するのは、当局によって短期間で解体されたこの政治組織がアンティルの解放に向けた集団作業であった点で重要だ。集団作業という本書の特徴については、のちほどたち戻ろう。

ところで本書を構成するテクストの日付は、完全なものとは言えない。グリッサンは生前あるインタビュー記事（二〇〇四年）で自分のことを「私はきちんとしたアーキヴィストではありません」と述べていた。だからこそ彼は、自身のアーカイヴ研究に敬意を払った。グリッサンが発表した厖大なテクスト群がいまでも辿れるのは、アラン・ボドーによる詳細な書誌研究『エドゥアール・グリッサン書誌注解』〔GREF出版、一九九三年〕のおかげである。それ以降も、グリッサンは生涯にわたって書き、語り続けた。ボドー以降の書誌研究は、著者本人からその任を託された当時の秘書ラファエル・ロロが当たり、グリッサンの死後、遺された草稿や資料の整理をおこなった。現在グリッサンの草稿と資料は、フランス国立図書館リシュリュー館の手稿部門で、ロロが作成したカタログ〔グリッサンをめぐる博士論文の補巻を再編集したもの〕をもとに調査できる。なかでも本書のもとになった資料体については、グリッサンのアーカイヴに厖大な手稿、準備ノート、関連資料が遺されている。

これらの書誌研究から明らかとなるのは、たとえば、本書のなかでもっとも古いテクスト群の日付である。それらは一九五〇年代にさかのぼる。「日付と場所」でグリッサンは『レ・レットル・ヌーヴェル』誌初出の書評に触れている。この雑誌は文芸評論家モーリス・ナドーが主宰する文芸誌であり、一九五〇年代のグリッサンはこの誌面に定期的に書評や文学評論を寄稿していた。そして一九五〇年代に書いていた文学評論の多くは、『詩的意図』（一九六九年）に結実していった。

グリッサンはさまざまな機会を得て書く場合であっても、一冊の本にまとめることを考えながら仕事をおこなってきた。したがってこの時点で『詩的意図』に収録されないテクスト群は、潜在的には別の企図で編まれる本の一部をなすものだった。こうしてグリッサンはあらゆる水準の言説を蓄積するという新たな方法でもって、これまでに書き溜めていたテクストを本書のなかにまとめあげていった。書誌研究は、一九五四年のジャン・パリスの『ハムレット』論をはじめとする前述の雑誌初出の書評が本書のなかに組み込まれたことや〔『エドゥアール・グリッサン書誌注解』〕、一九五二年にジャン・ヴァールのもとで執筆した修士論文の一部や一九五〇年代のインタビュー記事や講演原稿などが本書の執筆過程で準備されたことを解明している〔ラファエル・ロロ「『序説』の方法について」シルヴィー・グリッサンほか編『エドゥアール・グリッサンと『カリブ海序説』――水源とデルタ地帯』全－世界学院出版社、二〇二〇年、一―二五頁〕。原著裏表紙の解説の言葉を借りれば、本書はこのようにして「文学にして政治の、すなわち人文学の」横断的な書として編成されていった。

集団作業『アコマ』

蓄積と増殖を手法とする本書の基本線は、繰り返せば、マルチニックの事例からアンティルの言説の総体を浮かび上がらせることである。先ほどは本書が一九五〇年代以降のテクストの集積体であるのを確認したが、ここでは本体となる一九七〇年代のテクスト、とりわけマルチニック社会の言説分析を主題とするものに着目しよう。

これらのテクストの出発点には、グリッサンのマルチニック学院設立がある。第二次世界大戦の翌年、マルチニックがグアドループ、ギュイヤンヌ、レユニオンとともにフランスの植民地から県に「昇格」することが決まった一九四六年にグリッサンはパリに留学した。その後、グリッサンはこの首都を拠点に作家活動をはじめ、長編小説『レザルド川』（一九五八年）〔恒川邦夫訳、現代企画室、二〇〇三年〕でルノドー賞を受賞し、前述の政治組織での活動などを経て、一九六四年（ないし六五年）に完全帰郷を果たす。

マルチニックに戻ったグリッサンは、フォール＝ド＝フランスの女子高校でフランス語と哲学を教える一方、富裕層が暮らす地区の物件を買い取り、そこに私設の学校をつくることにした。それがマルチニック学院である。一九六七年に開設したこの施設は、学校教育で挫折した若者を受け入れるのを目的とし、フランスの大学受験にも対応したカリキュラムをつくるとともに、フランス式の学校教育ではけっして学ばないアンティルの歴史や文化を伝える場を形成した。この施設では共同研究もおこなわれた。こうして一九七一年初頭、グリッサンは、主にマルチニック学院の研究成果を公表する媒体として、『アコマ』誌を創刊した。雑誌は一九七三年まで刊行され、四－五合併号が最終号となった。

『アコマ』の詳細は拙著『環大西洋政治詩学』(人文書院、二〇二二年)所収の論考に譲るとし、ここでは本書との関係に絞って端的に言えば、本書の構想は「文学、社会科学、政治」の雑誌を標榜する『アコマ』のプロジェクトと切り離せない。「日付と場所」によれば、本書を構成する九十六編のうち、この雑誌を初出とするのは十二のテクストであり、全体の八分の一を占めるにすぎない。しかし、このなかには通し番号20「集団の構造と緊張関係」、23「不安定の複数の根拠」、38「文化的行動」、73「「慣習的」言語錯乱について」、74「ある事前調査について——シュフランの場合」、78「演劇、民衆の意識」などの重要な論考がふくまれている。

雑誌はさまざまな書き手がかかわるという点で集団作業の典型だと言えるが、『アコマ』はマルチニック学院での共同研究の成果物の刊行という点で、文字どおりの集団作業だった。あるインタビュー記事(二〇〇五年)で雑誌刊行が「私一人の出版事業ではなく、全体の一部をなしていました」と振り返るグリッサンは、この施設内に社会科学研究グループを設立し、毎週一回のペースで会合を開いていたのを述懐しながら、本書にとってのその重要性を次のように示していた。「多くのテクストは何よりもこの会合のために書かれています。そのすべてを雑誌に発表したわけではないですが、そのうちの多くが『アコマ』の作業グループの討議の対象でした。『カリブ海序説』はこの仕事の集大成です。」それゆえにグリッサンはこの集団作業を本書のなかに刻印するために、通し番号20、23、38のテクストの末尾に、雑誌掲載時の討議の記録を再録したのだった。

この点で本書は、グリッサンの研究グループによる集団作業という性質もまた帯びている。この事実は本書のなかではいわば兆候として示されている。本書と『アコマ』の研究グループにとって重要な意味をもつ、言語錯乱をめぐる研究(通し番号73、74のテクスト)に続く、75「(代行イデオロギーについての覚書)」は、本書注にも示されているように、初出ではこのグループのメンバーの共著として掲載されている。

マルチニック学院と『アコマ』における集団作業の方針、その核心の部分は、通し番号37「方法について」に示されている。「人文科学におけるフランス語圏アンティル諸島についての研究の現状を総括的に素描するなら」で始まるこのテクストの最初の段落は、『アコマ』第一号掲載のグリッサンと研究グループ名義の文章の冒頭から採られている。ここでグリッサンたちはアンティルをめぐる重要な研究がアンティル人の手によってなされたものでないことを確認したあと、「アンティル人たちがみずからの社会と文化の研究に乗り出すことは、疑いなく、この研究が解明しなければならない問題のひとつ、すなわち、アンティル社会とアンティル人たちの心理に内在する障壁の問題を明らかにすることに貢献するだろう」〔以上、本書二七八頁〕と述べている。まさにこのことが集団作業の最大の関心事であった。

一般理論への批判

マルチニックの社会分析をこうしておこなうにあたり、グリッサンと研究グループのうちにはある理論モデルが共有されているように見える。いわゆる疎外論と呼ばれるモデルだ。実際にも本書によれば、マルチニック人とその社会は、奴隷貿易、奴隷制、奴隷制廃止がかたちを変えて存続するフランス植民地支配によって重層決定されているため、マルチニック人は環境との適切な関係をつくりだすことができず、自分自身とも折り合いがつかない疎外状況を生きている。こうした見解を明確に示すのが本書に頻出する「疎外」の語である。マルチニックのこの社会状況は「構造的疎外」〔本書二八三頁〕や「全体的疎外」〔本書四〇〇頁〕と捉えられている。

一部の読者には連想されるとおり、こうした疎外論はマルクス主義理論から借り受けた考えだと見るのが妥当だ。しかし、ここで見誤ってはならない肝腎要な点がある。それはグリッサンがある理論を普遍的なものと捉え、これをマルチニックの社会現実に投影することを一貫して拒否してきたという点だ。このため、たとえばマルクス主義理論については、グリッサンはマルチニック社会の具体的分析にこの理論を図式的に投影すること、たとえば「資本家、中流階級、プロレタリアート」といった概念をそのまま用いることを斥け、「アプリオリな定式の数々を離れてマルチニックの社会的＝歴史的現実に応用される」ことを研究グループのメンバーに求めている〔本書二八九頁〕。本書におけるマルチニック社会の生産と労働をめぐる考察は、したがってマルクス主義理論を部分的に参照しながらも、アンティル人による理論的展望の構築を急務とした作業であったと捉えるべきだろう。そして、グリッサンはアンティル諸島、とくにマルチニックにおいては、それが植民地支配層のベケであれ、知的エリートであれ、民衆であれ、疎外から免れていないと考えた。

構造的疎外を中心にすえた本書のマルチニックの社会的分析を読むにあたって重要なのは、こうしたグリッサンの試みを、還元主義的に理解してしまうのを避けることである。疎外論に対しては、本来あるべき状況を想定するという点で、本質主義的な発想にもとづいた理論モデルだとしばしば批判されてきた。この批判にしたがえば、本書の分析は疎外論であるゆえに誤っているということになろう。しかし、これこそが還元主義的な批判である。なぜなら、そのような批判は、一般理論の個別的分析への適用の罠にそもそも最初から陥っているからだ。グリッサンが一般理論に収斂されない方法論を模索しようとして本書を構想していることを思い起こそう。したがって、本書の理論的展望にそくして述べるならば、「アプリオリな定式の数々を離れてマルチニックの社会的＝歴史的現実に応用される」ような仕方で批判すること、これがグリッサンおよび研究グループの仕事の意図を理解したうえでの生産的な応答だということだ。

だからこそグリッサンは、通し番号37「方法について」においてマルチニックの学者（実証主義者）のことをよりいっそう根本的な仕方で批判した。彼らは「専門家」を称して「科学的客観性」の名のもとに研究をおこない、この「科学的客観性」を「普遍的超越」として信奉することで安心感を得ているにすぎない。西洋によってつくられた技術をそのまま消費するという点で、実証主義者の研究は「受動的消費」行動だとグリッサンは痛烈に批判している。グリッサンの思想にしたがえば、西洋的な方法にもとづく分析概念をそのまま当てはめてポスト奴隷制社会を分析することは、認識論的な疎外をむしろ強化してしまうことだ。

グリッサンは具体的な場所にこだわった思想家だ。それゆえに場所の具体性を無視し、普遍に向かう思考の手続を拒否し、これを批判し続けてきた。普遍への志向は、グリッサンにとって、フランス語を経由した西洋の思考法そのものである。「普遍性への配慮は、普遍的なやり方で支配しようとする（まったく西洋的な）野望の疎外された裏面にほかならない」〔本書三〇四頁〕。こうした普遍への志向のひとつは、一般理論のかたちをとる。この意味でグリッサンは、エメ・セゼールのネグリチュードも、フランツ・ファノンの『地に呪われたる者』（一九六一年）〔鈴木道彦、浦野衣子訳、みすず書房、二〇一五年（新装版）〕の革命理論も、具体的場所との切断によって「一般化の道のり」〔本書〇五六頁〕を歩んだ思想だと捉え、迂回を経るこれらの思想を個別具体的な場所に帰らせることが重要だと考えた（具体から普遍の道のりを歩む、このモデルの典型例がグリッサンにとってはサン＝ジョン・ペルスである）。

　アンティルの社会現実にアプローチするにあたり、グリッサンが重視したのは、革命理論に向かう以前の、アンティルの現実分析にこだわったときのファノンの仕事、その『黒い皮膚・白い仮面』（一九五二年）〔海老坂武・加藤晴久訳、みすず書房、二〇二〇年（新装版）〕だ。同書から本書エピグラフに引用される「現実の目録作り」〔本書〇一七頁〕のためにグリッサンもまたファノンのような日曜大工的手法でもって、さまざまな思考の道具を応用しながら、本書のテクストを書いていったにちがいない。実際、グリッサンがファノンから得ているものは、本書に散見されるファノンをめぐる表明よりも、はるかに深い。グリッサンはあるインタビュー記事（一九九一年）でこう直裁に述べている。「ファノンが私に言ったように、私たちは自分自身を定義し、自分自身を位置づけるためにもつべきラディカルな方法を考えなければならないのです。」

　この「思想のラディカリズム」と呼ぶべきものをファノンから受け継ぐグリッサンにとって、疎外の克服とは、本来あるものを回復することでなく、剝奪に特徴づけられるポスト奴隷制社会において、ひとつの共同体が「自然」である状況を作りだすことである。本書における「自然」がしばしば鉤括弧に入れて用いられるように、この語が意味するのは、ルソー主義的な理想的自然状態への回帰ではなく、ひとつの共同体が均衡を保つような状態のことだと捉えられるだろう。この疎外の克服のための作業自体が本書にほかならない。

〈関係〉の思想実践

それゆえグリッサンは、作家として文学作品を書くのみならず、本書のような知的作業を重視した。この作業はマルチニックの知的エリートには任せられるものではない。なぜなら、政治家、官僚、学者といったこれらの人々もまた、繰り返せば、この島のほかの人々と同様に自己疎外に陥り、とりわけ西洋由来の認識論的構造から抜け出せないからである。そこから抜け出すのに必要なのがファノンの示した思考のラディカリズムである。とはいえ、グリッサンはそのようなラディカルな思考でもって自分たちが民衆を率いるとはいささかも考えてない。「私たちの文脈では、知識人の仕事は代替不能である。自分たちが民衆を率いるという思い上がりだけは、断罪されてしかるべきだろう」〔本書六二五頁〕と述べるとおり、グリッサンの集団作業の理念は、自分たちの考えをほかの人々と分有し、フランス化していく社会のあり方それ自体を共同で、やがては全員で乗り越えることであった。この作業は本書以降も継続的におこなわれていき、グリッサンの没後十年目に刊行された『マニフェスト』(二〇二一年)〔拙訳、以文社、二〇二四年〕に見られるように、グリッサンはアンティルの知識人たち、とりわけパトリック・シャモワゾーと共同声明文を発表していく。

本書にはマルチニックから出発してカリブ海地域をふくむアメリカスのポスト奴隷制社会を考察し、アンティルの新たな言説を編成するためのさまざまなアイデアに満ちている。なかでも有名であるのは、この解説の冒頭で言及した「アンティル性」だ。本書では通し番号82「願望、現実」で主題的に語られる「アンティル性」の思想をここで確認しておけば、これはカリブ海地域の島々に共通する歴史的経験から、植民地統治によって分断されがちなこれらの島々をひとつのまとまりとして構想するための集合的な理念である。こうした地理的な概念のなかには、一見孤立しているようにみえるものを水平的に関係づけていくグリッサンの群島的思考が働いている。

そのような観点から、本書で示される数多くの着想のうち、ここで注目しておきたいのは「形而横断学《トランスフィジック》」という観念だ。西洋の形而上学《メタフィジック》とは、身体《フィジック》の彼方にあるもの、すなわち神や存在といった超越的なものを扱う、普遍や一般性について思考する営みである。西洋の形而上学が垂直性を基軸とするのに対し、個別具体的な生きもののかかわりを水平的に考えるのが、グリッサンが提唱する形而横断学である。それゆえこの形而横断学は存在者、すなわちこの世界に具体的に存在するものたちを扱う。「存在者（全体性によって実存するもの）は相互に関係しあっている」〔本書三四三頁〕が形而横断学の命題だ。

　形而横断学は西洋の哲学とは異なる原理にもとづくカリブ海の思想であると言えるだろう。しかし、この実に魅力的な観念にしてもアンティル性にしても、グリッサンはこれらを本書以降で継続的に用いなかった。しかも、当人はその理由を明示的に語ることもない。それはなぜだろうか。たとえばフーコーの講義のなかに見られるものの著作のなかでは論じられなかった生政治や生権力のような概念のように、これらはグリッサンの思考のプロセスで放棄されたのだろうか。

　私の考えはこうだ。これらの観念は放棄されたのではない。なぜならこれらの観念の中心にある〈関係〉という着想は、この後もグリッサンの著述のなかで絶えず繰り返され続けるからである。私の最近の読み方では、グリッサンは、あらゆるものを結びつけ、その相互作用性を重視していくという〈関係〉の思想を、彼の考えにおいてもその記述行為においても、文字どおり実践していった。新たな言説編成のためにグリッサンが基盤とするのは、体系化していく知ではなく、むしろ本書のなかでさまざまに発明される概念を関係づけ、変奏させていく非体系的な動態としての知のあり方である。だからこそグリッサンは特定の観念にこだわることがなかった。なぜなら形而横断学やアンティル性とは、〈関係〉の思想をそれぞれのかたちで特化させ、イメージ化させたものだったからである。たとえばこの後にグリッサンがしばしば用いる「群島」は〈関係〉の地理的イメージである。グリッサンは〈関係〉のイメージを中心に概念を発明し続けていったのだ。〈関係〉の思想はつねに生成変化のうちにある。

　こうしたグリッサンの思考法を特徴づけるものを私は「イメージ思考」と呼んでいる。イメージを駆使するこの方法は、西洋的学知の翻訳をとおして形成されている私たちの思考モデルからすると、連想的で非論理的であるように見なされる。しかし、それはアンティルの言葉にこだわってきた文学の書き手が発想する、西洋的思考法とは異なる別の論理に属している。イメージ思考は比喩的なものを積極的に用いながら、私たちの思考モデルからすると異なる水準にあるものを結びつけ、混ぜ合わせていく。

言語と言語活動

この意味で本書はさまざまな水準の言説の編成体であるばかりでなく、他者の声がさまざまに響く作品でもある。研究グループの議論もそうであるが、ここで注目しておきたいのは、本書の附録に収録された、ハム教理の教祖シュフランの言葉だ。これは本書の言語錯乱の研究のために収集されたものであり、直接的には通し番号74「ある事前調査について」の資料にあたる。しかし、これをただの資料だと見なしてはならない。「ハム教理のテクスト」と題された、一九六一年から一九七三年までの日付の入ったこれら九つのテクストが私たちに示すのは、一人のマルチニック人の狂気や錯乱の事例ではない。このテクスト群のうちにグリッサンが見出すのは、マルチニック社会の抱えるさまざまな問題の凝集である。その根本的な問題のひとつが、言語にかんするものだ。奴隷制社会のなかで形成された話し言葉クレオール語を母語とする世代であるシュフランは、ビラをフランス語で書く。しかし彼のフランス語の記述はぎこちなく、不自然で、いわば脱臼している。にもかかわらず、そこにはグリッサンには無視しえない独自の文体がある。問題はフランス語という言語を道具的に使いこなすことではなく、クレオール語との関係のなかで、規範的なフランス語使用とは異なる、自分たちのエクリチュールを発明することなのだ。

そのために重要なのは、フランス語で言うところの「言語《ラング》」と「言語活動《ランガージュ》」の区分だとグリッサンは考える。言語は、私たちが普段使用する言葉のことだ。これに対し、言語活動はもともとは言語を用いる能力のことを指し、そこから、その特有の話し方や言葉遣いなどを一般に指す。こうした定義を念頭におきながら、グリッサンは通し番号61「言語、多言語主義」でこの語に対して一種独特な意味合いを込め、言語と共同体との関係を指し示すものとして用いている。いわく言語活動とは「ある共同体が使用する言語《ラング》に直面する（言語と関係する、共謀する、言語に対して反発する、等々）人々の態度を構造化した、自覚的な連鎖」〔本書四四〇頁〕だと。

言い換えるならば、この場合の言語活動とは、マルチニック人がクレオール語やフランス語をどのように用いようとするのか、という集団的態度のことを指している。本書の主要な問題群をなす言語をめぐる分析は、マルチニック人がクレオール語およびフランス語とどのような関係を築くないし築けないできたのかを記述している。端的に言えば、マルチニック人はこれらの言語との関係を否定的にしか築いてこれなかったために、言語の表現や生産の局面において、クレオール語は言語とは見なされず、フランス語は受動的に用いるだけの消費の言語に陥ってきたのだった。

しかし、このような否定的関係のうちにグリッサンはアンティルの新たな言説形成の可能性もまた見ている。その可能性は、書き言葉を備えたフランス語のようには抽象的・超越的な言語領域を有しなかったクレオール語の口承的意義を理解することと切り離せない。クレオール語とはグリッサンにとってまずもって「叫び」であり、意味を伴った言葉として十分に組織化されてこなかった言葉だ。それゆえここでは「言葉はまず音である。雑音は言葉だ。騒音は言説《ディスクール》だ」〔本書三二五頁〕。クレオール語はこのように機能を欠如した「騒音」としての言説であるゆえに、この語の独特の比喩や機能の欠如といった特性の自覚化が、フランス語およびクレオール語との関係のなかで新たな言語活動（表現と生産）を生み出す、すなわち、叫びを持続した言葉へと展開させられるとグリッサンは考える。

それゆえ、シュフランの記述のうちに宿る言語錯乱とは、マルチニック人の受動的なフランス語使用を変形させる、創造的な言語活動の（無自覚的）兆候だと捉えられる。それは作家が自覚的に担うべき役割である。グリッサンは通し番号66「クレオール語」の補足的ノートでこう述べている。

マルチニック人が強いられてきた、表現を枯渇させる中立性に対し、作家の仕事はおそらく、衝撃としての言語活動、中立的ではない解毒薬としての言語活動を「引き起こす」ことにあるのであり、それを通じて共同体の諸問題は再度表現されうるだろう。この仕事は作家がみずから用いるフランス語（そしてそれは状況の「基礎データ」のひとつである）を「脱構築する」ことを求めるかもしれない。第一に、フランス語を偶像視するあらゆる使用に対してこの言語を脱神秘化する機能として、第二に、再活性化するクレオール語（書かれたものであれ）の未来の実践を（これを解明しつつ）フランス語の内部自体から促すことを本来的に求めるような、骨組みや文化的企図の探求として。〔本書四七八頁〕

この「衝撃としての言語活動」がおそらくもっとも刻印されているのが、本書が構想され準備されていた一九七〇年代の作品、なかでも長編小説『憤死』（一九七五年）〔星埜守之訳、水声社、二〇二〇年〕だろう。通し番号4「『憤死《マルモール》』から出発して」にあるように、『憤死』の隠された企図は「ある言語活動のありようを試みること」〔本書〇二七頁〕である。この観点から、難解だと捉えられがちなグリッサンの文学作品を読み直すとき、私たちはそのエクリチュールの独自の組成に気づくことができるはずだ。

風景の言葉

実際、本書はグリッサンの文学的企図に近づくさいにも多くの手がかりを与えてくれる。というのも、本書がマルチニックの事例から出発してカリブ海地域、ひいてはアメリカスの共同体（本書以降はこの世界全体の共同体）をめぐる考察であるとすれば、これまでに日本語に訳されてきたグリッサンの長編小説、すなわち『レザルド川』、『第四世紀』（一九六四年）〔管啓次郎訳、インスクリプト、二〇一九年〕、『憤死』、『痕跡』（一九八一年）〔拙訳、水声社、二〇一六年〕、『マホガニー　私の最期の時』（一九八七年）〔塚本昌則訳、水声社、二〇二一年〕は、この考察にもとづいてなされる作家としての実践の書だと捉えられるからである。本書と文学作品は、理論と実践のような緊密な関係を取り結んでいる。この意味で本書はこれらの文学作品が書かれる背景と企図を何がしかの仕方で――多くの場合には不透明に――語っているのだ。

たとえば本書における歴史をめぐる考察（通し番号27から32までのテクストなど）を読むことで、彼の文学的企図の中心に、フランス史のモデルに認識論的に回収されることのない、アンティルの歴史を書くという試みがあることが明瞭になるだろう。しかもグリッサンの作家の意識のうちには言語活動の問いがある。それゆえフランス語で書くグリッサンは、通し番号46「「アメリカの小説」」に見られるように、ヨーロッパの詩学とは異なるものとしてのアメリカスの詩学の特徴を本書で考察する。カリブ海地域の島々の具体性を大切にするグリッサンにとって、アメリカスの詩学は、エルンスト・クルツィウスの『ヨーロッパ文学とラテン中世』（一九五五年）〔南大路振一ほか訳、みすず書房、二〇二二年（新装版）〕が示すような「泉と牧草」の風景や、プルーストの『失われた時を求めて』（一九一四年）が示すような遡及的な時間などによって示される、ヨーロッパの詩学と異なるのはあまりに明らかだ。

だからこそグリッサンは、私たちが住まう場所の多様性を刻印するものとしての風景にこだわった。風景への注目は、何もかもを一般化する思考に抗う意識である。たとえばグリッサンが本書に書き込む「空気が青みを帯びるバラタの森のなかで、私は何度もシダと混ざり合った」〔本書三五七頁〕という一文は、マルチニックのある風景とアンティル人（著者当人）との関係を指し示す言葉だ。それは西洋由来の大文字の歴史と抗争し、自分たちの共同体の歴史意識をつくりあげるための根拠として書き込まれる場所（論点）なのである。

通し番号10「風景から出発して」でグリッサンはマルチニックの風景の特徴を描いている。この短い文章は、マルチニックの北部、中部、南部の風景の特徴とそこでの人々の生活のあり方を、時間と場所を結びつけるクロノトポスの手法で浮かび上がらせる。なかでも山々に囲われた北部の密林地帯において逃亡奴隷は「歴史の明証に対置する」〔本書〇三七頁〕。なぜならこの地帯に隠れた逃亡奴隷の生活は、歴史学の実証的方法と対立し、その姿を闇に隠したままにするからだ。

風景を描くこと。これはグリッサン小説の重要なモチーフをなしている。しかしそれはヨーロッパ文学のリアリズム的手法で描くことを意味しない。この意味ではアメリカスの小説においては「風景を描くだけでは充分ではない。個人、共同体、風景は、彼らの歴史を構成する逸話のなかで切り離すことができないものなのだ。風景はこの歴史の登場人物である。このことを深く理解しなければならない」〔本書二七〇頁〕。むしろ風景がひとつの登場人物のように発話すること。これはとくに『レザルド川』で意識される主題だ。この歴史としての風景という考えは、言語活動にたいする意識をつうじて、クレオール語の口承性と結びついている。「私たちの風景は、書かれたものではなく、書くという行為の個的実践において語られたものである」〔本書三六一頁〕。

　時間の捉え方もそうだ。「私たちの時間次元の探求は、調和に満ちたものでも、直線的なものでもな」い、「しばしば混沌とした探求」〔本書二七一頁〕が主流となるだろうとグリッサンは述べる。プルーストの「失われた時《タン・ペルデュ》」を踏まえたグリッサンの表現を用いれば、アメリカスの時間とは「半狂乱の時《タン・エペルデュ》」〔本書三四七頁〕である。この時間意識は、堆積的な時間意識が前提とする「直線性を否定する」〔本書三四八頁〕。この時間の捉え方は本書の構成にも反映されていると言えるだろう。導入部の複数のテクストから始まる本書が複数の開口部で終わるように、これら九十六のテクスト群は、カリブ海地域の島々の川と海の複雑な水流のごとく、その循環的関係性のなかで、照応し、反発し、合流する。

終わりなき探求

　線条的時間の論理に従わないグリッサンのテクストには明確な終わりはない。終わりがないということは明確な始まりもないということだ。世界の各所にたたずむさまざまなモニュメントのように、積み重ねられたテクストがただそこにある。そして、これらテクストのモニュメントは何十年経っても読み解かれ、汲み尽くされることはないだろう。それはグリッサンが不透明性の作家であるというだけでなく、彼の最大の関心事が共同体であり、私たちが共に生きるさいの意味にあった以上、多方向に拡散するその探究の力線が、複雑に絡まり合っているからだ。

本書に見いだせる芸術家をめぐる次の規定は、グリッサンの自己規定だと考えていい。「芸術家は彼自身で民族学者であり、歴史家であり、言語学者であり、フレスコ画家であり、建築家であるのだ。芸術はここではジャンルの分割を知らない。この意図的な仕事は共同の開花を予告する。これが近似的なものであれば、批判的思考が生まれる。これが成功すれば、霊感を生み出す」〔本書六一二頁〕。

グリッサンの営みを受け止めるためにはこうした多方面の仕事を総合的に読み解く必要がある。西洋の学問的編成のなかで文学、思想、歴史といった研究の分業体制において彼の作品を扱ったところで、結局のところ、この作家の営為の断片を知ることができるにすぎない。このような「専門的」アプローチをラディカルに変えてみることが必要だ。彼のテクストを読むことに関しては、だから専門家などいないし、必要もない。その〈関係〉の詩学に共鳴し、これを求めることに同意する私たち一人ひとりのための遺産がエドゥアール・グリッサンの諸作品であり、そのダイジェストと言える本書である。読むという果てしのない各人の知的作業のなかにグリッサンのテクストが加わることを訳者の一人として願っている。

【訳者あとがき】

塚本昌則

『カリブ海序説』は、断続した、多様な主題を扱う、長さも形式も異なる文章によって構成されているが、驚くほど統一された印象を読者にあたえる。マルチニックの現実を厳しく追究するグリッサンの姿勢に、まったくぶれがないからだ。現在の閉塞状況は、どこから来たのか。今いる場所で生きてゆくことに耐えられず、自己破壊の衝動にしばしば襲われる状況を、どうすれば変えることができるのか。模倣に明け暮れる無力な知識人たちの言葉ではなく、自分たちが何ものであるのかを語る真の言葉を、どうすれば得られるのか。

これらの問いに、グリッサンはつねに集団という視点から考えようとする。マルチニックでは、一人の人間の感じる苦しみを、それを感じている人間だけに帰着させることはできないというのだ。アンティル諸島の島々で、共同体がどのようにして成立したのかを考えなければ、その共同体の内部にいる人間の苦しみを理解することはできないし、そこから癒えることもできない。植民地という状況そのものがもつ問題を理解しなければ、その状況の中でもがき苦しんでいる人間が解放されることはない。

グリッサンは人間を、内側からではなく外側から、歴史的・地理的状況から理解しようとする。その状況は、一見アンティル諸島だけに特有のものに見える。西アフリカの海岸からアンティ諸島にいたる海の底には、グリッサンによれば、かつて奴隷船から突き落とされた奴隷たちの、足に付けられた鉄球が連なっている〔本書〇三三頁〕。「奴隷船が海賊船に追われたとき、いちばん手っとり早いのは、積み荷に鉄球をつけて船べりから投げ捨て、船を軽くすることだった。黄金海岸からリーワード諸島にいたるまで、海底にはその跡が続いている」（『〈関係〉の詩学』管啓次郎訳、インスクリプト、二〇〇〇年、一三頁）。これは確かに三角貿易の発展によって起こった歴史的悲劇であり、その後のカリブ海の生活に大きく反響する出来事だった。

しかし、グリッサンはこれをカリブ海だけに起こった出来事としてだけでなく、「世界‐内‐存在」に起こりえる実存的な状況として捉えなおしている。『カリブ海序説』に、歴史を共有しない読者に強く訴えかけるものがあるのは、きわめて特殊な状況がひとつの実存的状況として描かれているためである。実存は、すでに起こってしまった過去ではなく、ある状況に追い込まれれば、人間がなるかもしれない状態、実際にするかもしれない行為、つまり人間のうちに潜在的にふくまれているあらゆる可能性の領域を指している。実存的状況として見たとき、船倉という深淵で起こったのは、起源となった土地から切り離され、土地の記憶を失い、自己を守ってくれるはずの「文化的後背地」を完全に消失したとき、人間は見知らぬ土地でどのような生を送ることになるのか、という問いである。マルチニックの民は、この問いから生じた結果を生きているとグリッサンは考えている。

グリッサンがその状況の特質として指摘するのは、マルチニック人たちがマルチニックを安心できる空間として生きていないということである〔本書一二六頁〕。アフリカという母胎から暴力的に分け隔てられただけでなく、人々は土地を自分のものとするために努力することさえ許されていない。なぜ自分たちがここにいるのかという集合的な記憶は抹消され、どのような未来のために自分たちが働くのかという将来への投企を人々がもつこともない。労働を強制されることはなくなったが、島はいまやフランスから提供される公共サービスに依存し、他の場所から来る生産物を消費する「両替の場所」〔本書二二八頁〕となった。「マルチニック人は自分を取りまく環境のなかで使用が一般化された生産物をもはやいっさいコントロールしていない――内部の市場はほぼ完全に消滅し、何隻かの船の単なる遅れは天変地異的な様相を見せている。マルチニック人が自分たちの一般的な使用のために全面的に自律したやり方で生産している商品は、もはやひとつとして存在しない」〔本書一五九頁〕。

本書で扱われている一九六〇〜七〇年代の島に関する観察が、そのまま現代の生活に通用するわけではないだろう。それでも、マルチニックの人々の心に楔のように打ちこまれた船倉という深淵が、日常のさまざまな局面にあらわれること自体は、グリッサンにとって最後までその思考の核心にあるものの見方だった。「奴隷貿易、次いで奴隷の経験によるその傷は、信仰と意識のあいだに、私たちが埋め終えてはいない断絶をもたらしている。表象、反響、標識体系の不在によって、自分たちの足もとにはこの虚無がいつでも大きく口を開いている」〔本書五五三頁〕。船倉の深淵は、現代もなお人々の生活を左右する出来事でありつづけている。

では、どうすればこの傷から癒えることができるのか。グリッサンはその答えを、「〈関係〉の詩学」と後に呼ぶことになる、預言的ヴィジョンのうちに求めている。そのヴィジョンとは、自己同一性を、自分の根のうちに求めず、自分の投げこまれた未知の土地で結ばれる関係のうちに求めるというものである。船倉という深淵は矛盾にみちた場であり、一方では始源の地から切り離され、言葉も文化も習慣も喪失する場であった。しかし他方でそれは、起源から解放されるという、新しい実存の可能性を切りひらく場でもあった。人間の自己同一性は、つねに祖先が創りだした歴史から来るわけではない、とグリッサンは主張する。「根の喪失がアイデンティティをもたらしうること」〔『〈関係〉の詩学』二七頁〕——アルジェリアに渡ったフランツ・ファノンが示したように、他者がかかえる問題に取り組むことで、自己に出会うこともあるのだ。人間のアイデンティティを祖先の歴史から流れでるものとしてではなく、見知らぬ土地で結ばれる関係を出発点として創られるものとして捉える——この視点の逆転のうちに、苦境からの脱出の可能性があるとグリッサンは考えている。

新しい土地がパニックしかあたえず、故郷の面影につきまとわれ、強いられた土地での苦悩にさいなまれる日々がつづいたとしても、突如として現れたこの呆然とさせる土地で自分たちの世界を創らなくてはならない。そこには苦悩と破滅しかないわけではなく、新しい世界を立ち上げる力となる特性がふくまれている。グリッサンが強調するのは、根に由来する「価値」を絶対的なものとみなさず、関係のなかで自分がどこまでも変化していくことを受け入れるという特性である。「出身地の純粋な価値を捨て去ることで、あらゆることを関係づける未曾有の感覚に開かれることになる」〔本書〇四八頁〕。自己の根ではなく、異質なものと関係することで変化していく感覚にアイデンティティを求める姿勢を、グリッサンはやがて、アンティル諸島に限らず、世界の至るところに認めることになる。『カリブ海序説』は、この地に固有の歴史を出発点としながら、世界に開かれた、新しいアイデンティティのあり方を探求する書物なのだ。

本書でも、例えば「アメリカの小説」という構想において、新しいアイデンティティの探究の可能性が探られている。カリブ海の島々を、それぞれの宗主国との関係ではなく、南北アメリカ大陸との地理的・歴史的連続性において考えようというのである。英語、フランス語、スペイン語のような大言語との関係で、周縁に位置する文学としてではなく、アメリカ両大陸との関係で考察すれば、そこには人を言葉へ駆りたてる共通した衝動が認められるとグリッサンは主張する。例えば、フォークナーの小説では、世界は創造されたものではなく、暴力によって獲得されたものとしてあり、始原の時には生々しい亀裂が走っている。「原初の断絶が源泉となっている」〔本書三五四頁〕ために、登場人物たちにとって、時間はある始まりから直線的に流れてはおらず、こなごなに砕け散っている。「アメリカの小説」はこのように、年代記のような語り方を採用できず、不透明な過去に迫ろうとして、異なった時代が錯綜する語り方をせざるをえないというのだ。フランス語で書かれた文学でありながら、フランス文学という枠組みにまるで収まらないアンティル諸島の文学のあり方を、グリッサンはこのように視野を大胆に組み替えることで明らかにしている。

ただしグリッサンは、本書では関係の詩学の探究より、島の現実の構造を分析することにはるかに深く集中している。全世界に錯綜して広がる関係へと自分を開くためには、根から断ち切られることが自分たちの実存にどれほどの影響を及ぼしているのかをまず精査しなくてはならない。自分たちの生活に、どれほど深い亀裂が走っているかを自覚しないかぎり、「他のものにみずからを変える」〔本書〇四六頁〕ことなどできないだろう。グリッサンはここで、マルチニックの日常生活を多彩な角度から取りあげ、そこに見られる現実の構造を、必要と思われるあらゆる学問的視点を動員しながら分析している。扱われる主題は、生活必需品の使い方、理由なき暴力、性生活、マルチニックの経済構造、言語の錯乱的使用法、社会生活におけるクレオール語の位置等々、多岐にわたっている。中村隆之氏が解説で詳述している通り、本書の基礎にはグリッサン自身が創設したマルチニック学院での研究教育活動があり、島の生活に密着した視点が、思考の出発点としていかに重要であったかが随所でうかがわれる。多様な視座から分析された、一九六〇～七〇年代におけるマルチニックの生活誌という側面が本書にはある。

分析にあたって、すでに述べたように、グリッサンは意識的に、個人の内面からではなく、集団の置かれた状況から問題を検討した。このことは書名にふくまれる序説（ディスクール）という言葉とも関連している。これはデカルトの『方法序説』にも由来する言葉である。デカルトは『方法序説』で、ほんのわずかでも疑いをいだかせるものを投げ捨て、確実に言えることを探究した。その探究を、自己の思考のなかで、あくまでも自己が確信できることを基準としておこなった。それに対してグリッサンは、視線を外に向け、自己の属する共同体がどのようにして成立し、それがどのように機能しているのかを徹底して分析した。共同体の中にいる人間の運命を左右する、疑うことのできない、確実に言える現実の姿を探しもとめた。確実さを自己の内に求めるか、外に求めるかの違いはあるものの、苦痛の起源を明晰に見通そうとする意志は変わらない。そして、嵐のように人を巻き込みながら、厳しく理解を拒む状況を前にしてこそ、明晰さは深い射程に達することをグリッサンの文章は示している。

そこから明らかになるのは、デカルトとは正反対の「普遍化とは無縁な〈多様なるもの〉の美学」〔本書六四五頁〕であり、他の集団にそのままの形で当てはめることのできない、きわめて特殊な運命の姿である。その特殊性を突きつめた果てに、グリッサンは関係の詩学を打ちたてようとするのだが、そこには実証的に提示できる資料が欠けている。マルチニックの歴史は、世界史の記述から抹消された歴史であり、どういう経緯を経て、現在の自分たちの姿があるのかを正確に知ることができない。グリッサンは、ここで創造的ヴィジョンを打ちだす必要性を明言している。「抹消された歴史の本質は、創造的仮説によって読まれるものだからである」〔本書二二四頁〕。現実を把握するために、創造的仮説を立てなくてはならないというのだ。過去に何があったのかを知り、そこから現実の構造を把握するためには、「過去の預言的ヴィジョン」〔本書一八三頁〕が必要である。

『カリブ海序説』は、そのヴィジョンを得ようとして、現実の細部へ降りてゆく方向と、そこに走る亀裂を乗り越えようとする方向が激しく交錯する作品なのだ。この書物は、自己の特異性を掘り下げることで、どのようにして他者に通じる道が切り開かれるのかを示す、貴重なドキュメントとなっている。

本書の出版後、とりわけ一九八九年、シャモワゾー、コンフィアン、ベルナベが『クレオール礼賛』を出版、一九九二年には、シャモワゾーがゴンクール賞、デレック・ウォルコットがノーベル賞を受賞することで、アンティル諸島の文学はクレオール文学として、一躍注目を集めた。その流行は今ではしぼんでしまっているように見える。しかし、グリッサンが、先達であるエメ・セゼールやフランツ・ファノンとともに、二十世紀がどのような時代であったのかをいまなお色褪せない言葉で語りつづけていることは、ますます明確になりつつあるのではないだろうか。訳者の一人として、本書を世に送りだす作業に参加できたことを大変光栄に思う。

【訳者あとがき】

星埜守之

本書は、カリブ海フランス語圏マルチニック出身の詩人、小説家、思想家であるエドゥアール・グリッサンが一九八一年に世に問うた大著、*Le Discours antillais* の全訳である。翻訳の底本にはガリマール社版（Gallimard, 1997）を用い、スイユ社による初版（Seuil, 1981）を適宜参照した。原タイトルを直訳すれば「アンティルの言説」等となるが、「カリブ海序説」という邦題を選んだ経緯については、中村による「解説」にある通りである。

＊

『カリブ海序説』は、グリッサンの著作の中でも、ある種特別な位置にある書物である。その圧倒的な分量もさることながら、西洋の詩学と対峙しつつも、アンティル諸島、特にマルチニックの現実にあくまでも足場を据えて、まさに「アンティル諸島の言説（についての言説）」を蓄積しつつ、グリッサンの他の著作にはない、物理的な分量にとどまらない「厚み」、あるいは稠密さを備えている点で異彩を放っている。それに加えて、グリッサンの軌跡を同時代のコンテクストに照らし合わせた時にも、そのことが強く感じられるのではないだろうか。

思えば、グリッサンが著作活動を始めた一九五〇年代から一九六〇年代は、東西冷戦構造と、「第三世界」の「脱植民地化」に彩られた季節であった。一九六二年にアルジェリアが独立するなど、多くのアフリカの国々が独立を果たしたこの時代に、グリッサンもまた、脱植民地化の動向に意識的に関わっている。一九六一年には、フランス海外県マルチニック、グアドループ、ギュイヤンヌの自治、ないしは独立を標榜した「アンティル＝ギュイヤンヌ戦線」に参加しており、このグループはほどなく解散に追い込まれるにしても、フランス領アンティル諸島地域の脱植民地化、さらには独立に思いを巡らせていた。政治家ではなく、詩人、小説家、著述家、そして教育者として、マルチニック社会に深く根差した活動を展開しながら、マルチニック民衆からなる共同体の「責任ある主体」への生成を希求し、その先に独立をはるかに望見する構えは、『カリブ海序説』のそこかしこに読み取ることができる。そこには、「闘うグリッサン」のシルエットが見え隠れしている。

ところで、『カリブ海序説』の多くの章をなしている文章が書かれた一九七〇年代の風景は、グリッサンにはどのように見えていただろうか。たとえば、「ポストコロニアル」と形容される、独立後の問題含みの状況――旧宗主国などによる経済的な支配、ギニアや旧ザイールなどの独裁的体制の問題等――、あるいは南アフリカにおけるアパルトヘイト、モザンビークの独立（一九七五）、ベトナム戦争の終結（一九七五）など、この時代の大きなトピックについては、『カリブ海序説』では直接的な論及はほとんどない（たしかに、アパルトヘイト、ベトナムなどの単語は引かれており、世界の「反響」を聞き取ることはできるが）。「アンティルの言説」なのだから、当然と言えば当然ではあるが、「成功した植民地主義」の地に軸足を置き、あくまで自らの「場所」から、世界の激動の傍らで時に「取るに足らない」とされてきたその場所から、語りだす姿勢は一貫している。

それを踏まえた上で、この本が出版された一九八一年という年についても、少々付け加えておかなければならない。マルチニックがフランスの海外県となってから三十五年後のこの年の五月にフランス大統領選が行なわれ、社会党のフランソワ・ミッテランが新大統領に選出されたのである。このことはマルチニックにも大きな影響を与えた。旧与党政権の大統領で、再選を目指すジスカール・デスタン候補が、マルチニックでは票数でミッテランを上回った事態を受け、マルチニック進歩党を率いてミッテラン候補を支持していたエメ・セゼールは、長らく掲げていたマルチニックの自治という要求を棚上げする。いわゆる「モラトリアム宣言」である。このすぐ後に、ミッテラン政権は大胆な地方分権政策を打ち出し、カリブ海のフランス領地域にも、それまで中央政府が担ってきた複数の権限を委譲することになる。ジスカール・デスタン時代に自治や独立を唱えてきたエリートたちが、社会党政権下でこれらの「与えられた」権限の担い手になる、といった構図が出来上がるわけだ。「異議申し立てをしていた人々が管理者になる」といった論調もあり、グリッサンの言う「成功した植民地化」がさらに浸透したとも見なされうるだろう（なお、補足的な情報だが、グリッサンが時折言及しているマルチニック近隣の島セント＝ルシアは一九七九年に、ドミニカ国は一九七八年に、そして、「16　剝奪」で触れられているミクロネシア連邦は一九七九年にそれぞれ独立している）。

この出来事の後、グリッサンの批評的な著作が出版されるのには、一九九〇年の——そして、ベルリンの壁崩壊以後の、と言うべきか——『〈関係〉の詩学』を待たねばならない。この九年ほどの空白が（八〇年代には小説二点、詩集一点が出ているにしても）、以上のようなマルチニック現地の状況に直接由来するものであると断定はできないかもしれないが、〈全 - 世界〉との「関係」を縦横無尽に紡ぎ出す、九〇年代以降の旺盛な批評活動と、『カリブ海序説』とのあいだには、ある種の待機期間とでも言うべきものがあるように思えてならない。グリッサンの仕事を仮に「前期」と「後期」に分けるとして、『カリブ海序説』を、「前期グリッサンの集大成」と見なすこともできるのではないだろうか。あるいは、『カリブ海序説』のなかに蒔かれた潜在的な種が、時を置いて発芽し、開花していった、といった見方もあるかもしれない。そんなことを含めて、本書はグリッサンの仕事の中でも「特別な位置」にあると思われるのである。

＊

グリッサンの著作はすでに多くが日本語に訳されており、本書を手に取ってくださった方も、もしかするとそれらのなかのいずれかを既にお読みになっているかもしれないが、既存の邦訳とその原著書（初版）の情報について、あらためて以下に記しておきたい――

小説

・『レザルド川』（恒川邦夫訳、現代企画室、二〇〇三）
―*La Lézarde*, Seuil, 1958.

・『第四世紀』（管啓次郎訳、インスクリプト、二〇一九）
―*Le Quatrième siècle*, Seuil, 1964.

・『憤死』（星埜守之訳、水声社、二〇二〇）
―*Malemort*, Seuil, 1975.

・『痕跡』（中村隆之訳、水声社、二〇一六）
―*La Case du commandeur*, Seuil, 1981.

・『マホガニー――私の最期の時』（塚本昌則訳、水声社、二〇二一）
―*Mahagony*, Seuil, 1987.

評論等

・『〈関係〉の詩学』（管啓次郎訳、インスクリプト、二〇〇〇）
―*Poétique de la Relation*, Gallimard, 1990.

・『多様なるものの詩学序説』（小野正嗣訳、以文社、二〇〇七）
―*Introduction à une Poétique du divers*, Presses de l'Université de Montréal, 1995.

・『フォークナー、ミシシッピ』（中村隆之訳、インスクリプト、二〇一二）
―Faulkner, Mississippi, Stock, 1996.
・『全‐世界論』（恒川邦夫訳、みすず書房、二〇〇〇）
―Traité du Tout-Monde, Gallimard, 1997.
・『ラマンタンの入江』（立花英裕・工藤晋・廣田郷士訳、水声社、二〇一九）
―La Cobée du Lamentin, Gallimard, 2005.
・『マニフェスト』（パトリック・シャモワゾーとの共著、中村隆之訳、以文社、二〇二四）
―Manifestes, La Découverte : Éditions de l'Institut du Tout-Monde, 2021.

リストを一見してわかるように、日本語で読むことのできるグリッサンの批評的テクストは、あえて先ほどの「前期」、「後期」という区分を踏襲するなら、いずれも「後期」に発表されたものである。本訳書がここに付け加わることによって、八〇年代以前に発表された小説群の邦訳書とも相俟って、より豊かなグリッサン像を想像することに貢献できれば幸いである。

なお、グリッサンの著作の全体像については、中村隆之『エドゥアール・グリッサン――〈全‐世界〉のヴィジョン』（岩波書店、二〇一六）に付されている「エドゥアール・グリッサン著作一覧」でも見渡すことができる。

＊

1から96の番号を付されたテクストと、随所に挟まれる「目印」、さらに附録からなる本書の翻訳の分担については、以下の通りである――

序章―星埜

第一巻　目印（「年代記の罠」）〜32—星埜、目印（「テクストの歴史化」）〜34—塚本
第二巻　目印（「要約の形で」）〜36—塚本、目印（「問題提起の形で」）〜38—星埜、目印（「書かれたものの苦しみ」）〜39—塚本、40〜43—星埜、目印（「クレオール語の策略」）〜53—塚本
第三巻　目印〜60—塚本、目印（「クレオール語と生産」）〜81—中村
第四巻—中村
附録—中村

各分担者の訳稿が揃ったのち、各訳者が校正段階で他の訳者の訳も含めて全体を見直し、さらに最終的な確認と調整は星埜が担当する形で作業を進めた。各訳者にはこれまでにグリッサンの著書を翻訳した経験があるが、グリッサンを始めとするカリブ海研究の最前線を担っている中村、ポール・ヴァレリーを専門とし、フランス近現代文学全般にも精通している塚本、そして、シュルレアリスムを研究してきた星埜と、それぞれ異なった背景をもってもいる。そんな三人が共同作業を行なうことで、時に難解とも言われるグリッサンの文章の理解が格段に深まったのではないかと思う。この得難い経験が、本訳書の訳文にも生かされていることを願っている。

＊

本書のもつ意義、射程については、すでに中村による「解説」、塚本による「あとがき」でも過不足なく論じられていると思うので、最後に、本訳書の成り立ちについて、簡単に（そして少しばかりの感慨とともに）振り返ることをお許しいただきたい。

『カリブ海序説』の邦訳の構想が胚胎したのは、二〇〇一年に（ということは、本書の原著者が刊行されてから二十年後に！）グリッサンが二度目の来日をした折、あるいはそれから程ない頃のことだったと思う。二十年以上前のことで記憶もあやふやであり、東京都内でグリッサン夫妻と何人かの知人とでテーブルを共にしたことを覚えて

いるものの、そのときにこの構想が話題になったかどうかは定かではない。ただ、当時のメモ帳などを調べてみると、二〇〇二年の秋に、管啓次郎氏、インスクリプトの丸山哲郎氏、そして私の三人で、これについて話し合ったことが記されていた（場所は新宿中村屋ビルの地下にあったカフェだったようだ）。当初は抄訳であるドイツ語版に合わせた構成を検討していたが、やはり全訳を目指すことになり、最終的に本書の訳者陣で本格的に翻訳作業を始めたのは、それからだいぶん経った二〇〇七年の年末を過ぎてからだった（下北沢で打ち合わせをした記録がある）。私が担当した序章の第一稿のファイルの日付は二〇〇九年七月となっている。それからすでに十五年。原著書の翻訳が容易とは言い難く、また、諸般の事情から作業の空白期間が幾度かあったとはいえ、完成までの時間がここまで長期にわたるとは、訳者のなかの誰も想像していなかった。なによりも、グリッサンの存命中に日本語版を届けることができなかったのが悔やまれる。とはいえ、翻訳書が完成を見た今、グリッサンの原著書にはそれだけの時間をかける価値があったと実感してもいる。

＊

長い共同作業の末にやっと本訳書が日の目を見るまでには、多くの方々にご助力をいただいている。初稿の段階で原文と訳文の照合作業を担当してくれた、カリブ海文学研究者の福島亮さん、グリッサンの大著を翻訳する勇気を私たちに与えてくれた管啓次郎さん、カバーのデザインに作品を快く提供してくれた美術家のシルヴィー・グリッサンさん、その他、直接的・間接的にご支援くださったすべての皆さんに、そして、本書の企画にかくも長い年月、伴走してくれたインスクリプトの丸山哲郎さんに、心から感謝の意を表したい。

二〇二四年九月二十四日

ケープカナベラル
フロリダ半島
北大西洋
マイアミ
バハマ
メキシコ湾
ハバナ
大アンティル諸島
キューバ
オルギン
ポルトー
プランス
ドミニカ共和国
メキシコ
サンチアーゴ・
デ・クーバ
サン・フアン
英領ヴァージン諸島
ジャマイカ
サントドミンゴ
米領ヴァージン諸島
キングストン
ハイチ
(サン＝ドマング)
プエルトリコ
ベリーズ
小アンティル諸島
グアドループ
ドミニカ
ホンジュラス
カリブ海
マルチニック
エルサルバドル
セント＝ルシア
バルバドス
ニカラグア
グレナダ
バランキージャ
カラカス
トリニダード・
トバゴ
カルタヘナ
マラカイボ
コスタリカ
パナマ
コロンビア
ベネズエラ
ガイアナ

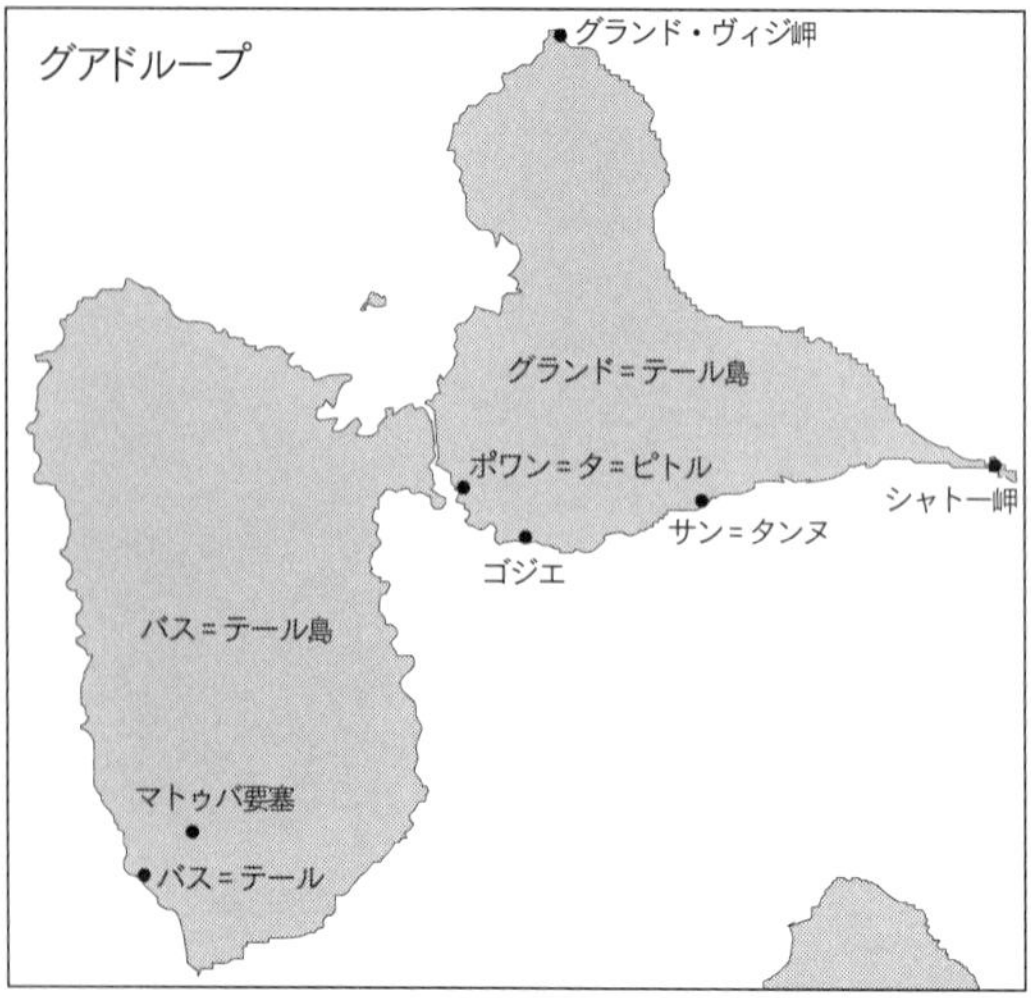
グアドループ
グランド・ヴィジ岬
グランド＝テール島
ポワン＝タ＝ピトル
シャトー岬
サン＝タンヌ
ゴジエ
バス＝テール島
マトゥバ要塞
バス＝テール

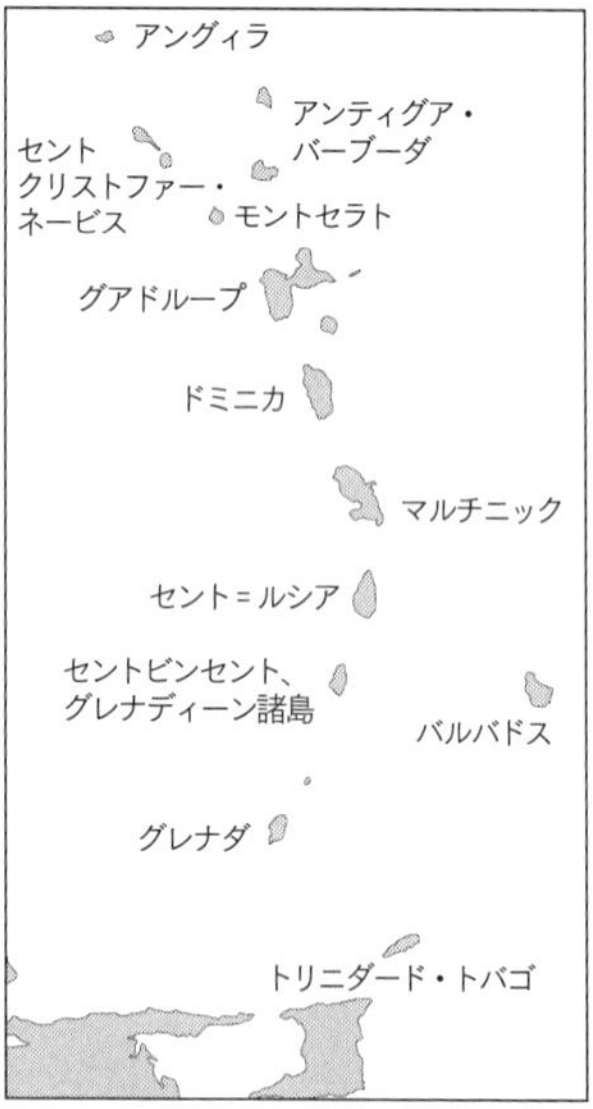
アングィラ
アンティグア・
バーブーダ
セント
クリストファー・
ネービス
モントセラト
グアドループ
ドミニカ
マルチニック
セント＝ルシア
セントビンセント、
グレナディーン諸島
バルバドス
グレナダ
トリニダード・トバゴ

小アンティル諸島

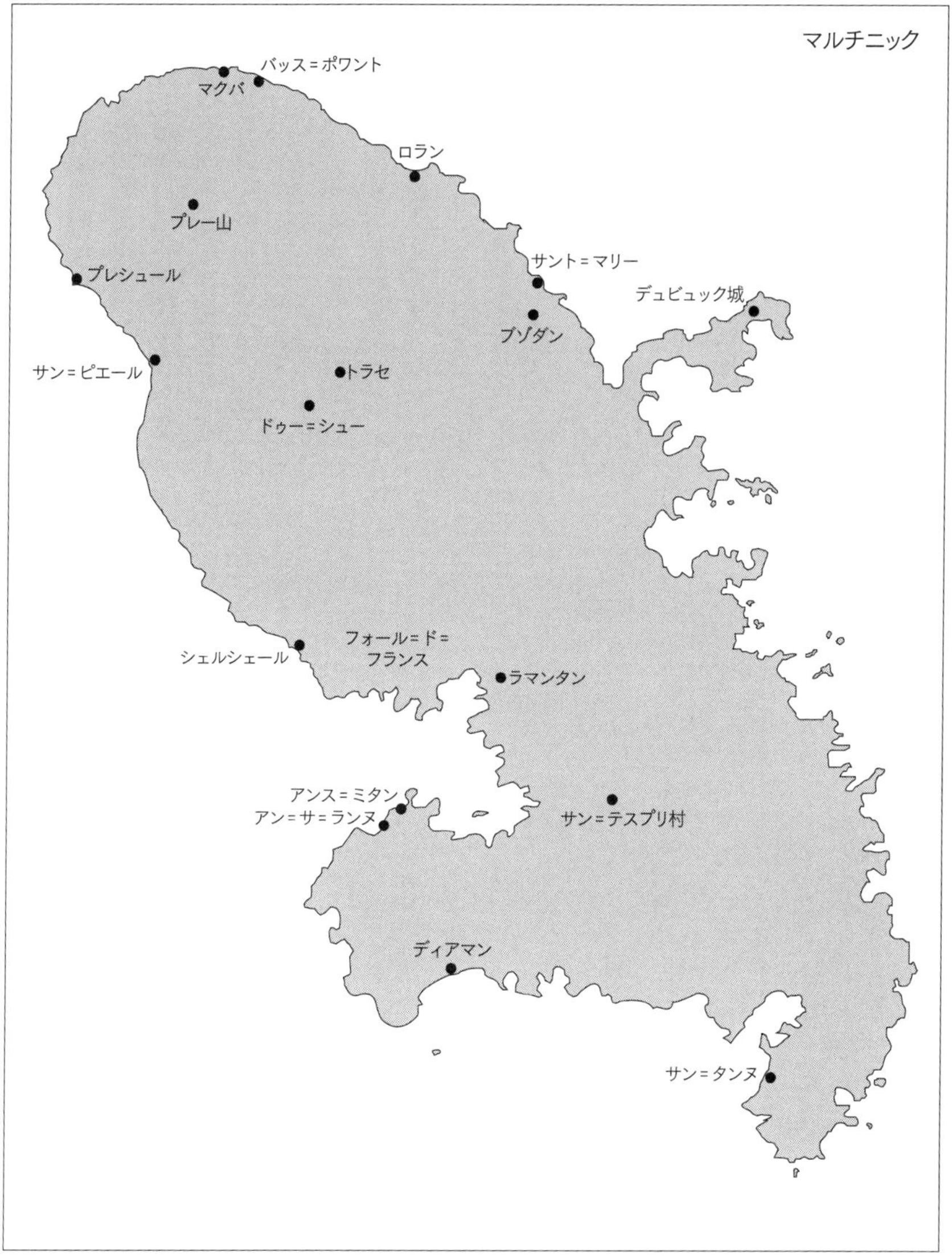
マルチニック
バッス＝ポワント
マクバ
ロラン
プレー山
プレシュール
サント＝マリー
デュビュック城
ブゾダン
サン＝ピエール
トラセ
ドゥー＝シュー
フォール＝ド＝
フランス
シェルシェール
ラマンタン
アンス＝ミタン
アン＝サ＝ランヌ
サン＝テスプリ村
ディアマン
サン＝タンヌ

訳の地平 フランス編』（共編著，弘学社）他．訳書に，エドゥアール・グリッサン『憤死』（水声社），パトリック・シャモワゾー『テキサコ』（平凡社．渋沢クローデル賞フランス大使館エールフランス特別賞），アンドレイ・マキーヌ『フランスの遺言書』（日仏翻訳文学賞），『ある人生の音楽』（いずれも水声社），ミシェル・ウエルベック『H・P・ラヴクラフト―世界と人生に抗って』（国書刊行会），ジョナサン・リテル『慈しみの女神たち』（上下．共訳，集英社．日本翻訳出版文化賞），ジェイムズ・クリフォード『リターンズ―二十一世紀に先住民になること』（みすず書房），『文化の窮状』（共訳），『人類学の周縁から―対談集』（いずれも人文書院），エリー・フォール『中世美術―美術史（2）』（共訳），『形態の精神―美術史（6）』，『形態の精神II―美術史（7）』（いずれも国書刊行会），ピエール・プチ『モリニエ，地獄の一生涯』（人文書院），フランケチエンヌ『月光浴―ハイチ短篇集』（共編訳，国書刊行会），ジュリア・クリステヴァ『斬首の光景』（共訳，みすず書房），アンドレ・ブルトン『魔術的芸術』（共訳，河出書房新社），ジャクリーヌ・シェニウー＝ジャンドロン『シュルレアリスム』（共訳，人文書院）他．

塚本昌則（Masanori Tsukamoto）
1959年，秋田県生まれ．東京大学大学院人文社会系研究科・文学部教授．近現代フランス文学，ヴァレリー研究．著書に『写真文学論―見えるものと見えないもの』（東京大学出版会），『目覚めたまま見る夢―20世紀フランス文学序説』（岩波書店），『フランス文学講義―言葉とイメージをめぐる12章』（中公新書），『ヴァレリーにおける詩と芸術』（共編著，水声社），『声と文学―拡張する身体の誘惑』（共編著），『写真と文学』（編著），『〈前衛〉とは何か？〈後衛〉とは何か？　文学史の虚構と近代性の時間』（共編著，いずれも平凡社），『文学と映画のあいだ』（共著，東京大学出版会），『写真との対話』（共著，国書刊行会）他．訳書に，エドゥアール・グリッサン『マホガニー―私の最期の時』（水声社），パトリック・シャモワゾー『カリブ海偽典（最期の身ぶりによる聖書的物語）』（紀伊國屋書店．日本翻訳文化賞），ラファエル・コンフィアン『コーヒーの水』（紀伊國屋書店．渋沢クローデル賞ルイ・ヴィトン特別賞，日仏翻訳文学賞），ポール・ヴァレリー『ドガ ダンス デッサン』（岩波文庫），『レオナルド・ダ・ヴィンチ論』（ちくま学芸文庫），『ヴァレリー集成II　〈夢〉の幾何学』（筑摩書房），ウィリアム・マルクス『文学との訣別―近代文学はいかにして死んだのか』（水声社），ロラン・バルト『〈中性〉について　ロラン・バルト講義集成―コレージュ・ド・フランス講義』（筑摩書房），『記号学への夢―1958－1964』（ロラン・バルト著作集4．みすず書房），カトリーヌ・クレマン『レヴィ＝ストロース』（白水社，文庫クセジュ），ジュリア・クリステヴァ『斬首の光景』（共訳，みすず書房），フランケチエンヌ『月光浴―ハイチ短篇集』（共訳，国書刊行会），ツヴェタン・トドロフ『日常礼讃―フェルメールの時代のオランダ風俗画』（白水社），アントワーヌ・ヴォロディーヌ『アルト・ソロ』（白水社）他．

中村隆之（Takayuki Nakamura）
1975年，東京生まれ．早稲田大学法学学術院教授．フランス語を主言語とする環大西洋文学，広域アフリカ文化研究，批評，翻訳．著書に，『エドゥアール・グリッサン―〈全－世界〉のヴィジョン』（岩波書店），『環大西洋政治詩学―二〇世紀ブラック・カルチャーの水脈』『カリブ－世界論―植民地主義に抗う複数の場所と歴史』（いずれも人文書院），『第二世界のカルトグラフィ』（共和国），『野蛮の言説―差別と排除の精神史』（春陽堂書店），『魂の形式　コレット・マニー論』（カンパニー社），『フランス語圏カリブ海文学小史―ネグリチュードからクレオール性まで』（風響社）他．訳書に，エドゥアール・グリッサン『マニフェスト―政治の詩学』（パトリック・シャモワゾーとの共著．以文社），『痕跡』（水声社），『フォークナー，ミシシッピ』（インスクリプト），アラン・マバンク『アフリカ文学講義―植民地文学から世界－文学へ』（共訳，みすず書房），ルイ・サラ＝モランス『黒人法典―フランス黒人奴隷制の法的虚無』（共訳，明石書店），『ダヴィッド・ジョップ詩集』（編訳，夜光社），エメ・セゼール／フランソワーズ・ヴェルジェス『ニグロとして生きる―エメ・セゼールとの対話』（共訳，法政大学出版局）他．

【著者】

エドゥアール・グリッサン（Édouard Glissant）

1928年9月21日，マルチニック島北部サント＝マリーのモルヌ（丘陵）にある集落ブゾダンで生まれ，ラマンタンで10代を過ごす．高校生時Franc-jeu（正々堂々）のメンバーとして労働者のストライキに参加する．1946年18歳でパリへ．アンティル出身者たちと交流．1950年代に入り，*Lettres nouvelles*に文学・美学に関する多くの批評を寄稿．エメ・セゼールらの*Présence Africaine*とも接触する．1953年詩集『島々の野』（*Un Champ d'îles*），1956年評論『意識の太陽』（*Soleil de la consience*），長篇詩『インド』（*Les Indes*．恒川邦夫訳『〈クレオール〉な詩人たちI』思潮社所収）を刊行．1958年最初の長篇小説『レザルド川』（*La Lézarde*．恒川邦夫訳，現代企画室）刊行によりルノドー賞を受賞し，一躍名を知られる．1961年には在仏のカリブ海知識人等とFront des Antillais et Guyanais pour l'autonomie（アンティル＝ギュイヤンヌ戦線）を結成し，フランス領西インド諸島と仏領ギアナの脱植民地化を訴えるが当局によって解散させられ，9月にはグアドループで逮捕される．1964年第二長篇『第四世紀』（*Le Quatrième siècle*．管啓次郎訳，インスクリプト）を刊行．1965年前後にマルチニックに戻り，以降定住．1967年IME（マルチニック学院）を設立．1971–73年，IMEを中心とする雑誌『アコマ』刊行．1969年文学論集『詩的意図』（*L'Intesion poétique*），1975年小説『憤死』（*Malemort*．星埜守之訳，水声社），1981年小説『奴隷監督の小屋』（*La Casa du commandeur*．中村隆之訳『痕跡』水声社）および『カリブ海序説』（*Le Discours antillais*．本書）刊行．また80年代には，ユネスコの機関誌『ユネスコ通信』編集長を務める．1987年『マホガニー――私の最期の時』（*Mahagony*．塚本昌則訳，水声社）刊行．1988年にはルイジアナ州立大学の特別教授に就任．フォークナーを読み直す契機にもなった．94年よりニューヨーク市立大学に移籍．1990年代にはParlement international des Ecrivains（国際作家会議）の議長を務め，90年代を通じて世界的に名声が高まる．90年『〈関係〉の詩学』（*Poétique de la Relation*．ロジェ・カイヨワ賞．管啓次郎訳，インスクリプト）刊行，93年『全－世界』（*Tout-Monde*），94年『全詩集』（*Poèmes complets*），96年『多様なるものの詩学序説』（*Introduction à une poétique du divers*．小野正嗣訳，以文社），同年『フォークナー，ミシシッピ』（*Faukner, Mississippi*．中村隆之訳，インスクリプト），97年『全－世界論』（*Traite du Tout-Monde*．恒川邦夫訳，みすず書房），99年小説『サルトリウス―バトゥート族の小説』（*Sartorius: le romain des Batoutos*）刊行．2003年小説『オルムロッド』（*Ormerod*），2005年『ラマンタンの入江』（*La Cohée du Lamentin*．立花英裕・工藤晋・廣田郷士訳，水声社）刊行．2006年にはITM（全－世界学院）を設立．同年『世界の新たな地域』（*Une Nouvelle région du monde*），07年『磁力を帯びた土地―イースター島，ラパ・ヌイの彷徨』（*La Terre magnétique: les errances de Rapa Nui, l'ile de Pâques*），『複数の奴隷制の複数の記憶』（*Memoires des esclavages: la fondation d'un centre national pour la memoire des esclavages et de leurs abolitions*），09年『〈関係〉の哲学』（*Philosophie de la Relation*），2010年自身の編による詩集『地火水風』（*La Terre, le feu, l'eau et les vents: une anthologie de la poésie du Tout-Monde*），『諸言語の想像域』（*L'Imaginaire des langues*）等の著作を刊行する．2021年にはパトリック・シャモワゾーとの共著で「高度必需「品」宣言」を含む政治声明『マニフェスト』（*Manifestes*．中村隆之訳『マニフェスト―政治の詩学』以文社）も刊行された．他に戯曲*Mosieur Toussaint*（『ムッシュー・トゥッサン』）はじめ，多くのエセー，対談，講演録がある．2011年2月3日にパリにて逝去．82歳．2月9日にマルチニックのディアマン墓地に埋葬された．

【訳者】

星埜守之（Moriyuki Hoshino）

1958年，アメリカ合衆国ペンシルヴェニア州生まれ．東京大学名誉教授．20世紀フランス文学，フランス語圏文学，シュルレアリスム研究．著書に，『ジャン＝ピエール・デュプレー――黒い太陽』（水声社），『文化解体の想像力―シュルレアリスムと人類学的思考の近代』（共著，人文書院），『シュルレアリスムの射程―言語・無意識・複数性』（共著，せりか書房），『翻

【カバー装画】
Bleu au-delà
190 cm X 100 cm, Technique mixte, sur voile de bateau.

Le tableau a été réalisé sur une voile de bateau, achetée dans une voilerie de Fort de France, avec Édouard, dans les années 90. Sylvie Glissant

（この絵は、エドゥアールと一緒にフォール＝ド＝フランスの帆布工房で1990年代に買ったボートの帆に描いた。 シルヴィー・グリッサン）

カリブ海序説

エドゥアール・グリッサン

訳　者　星埜守之
塚本昌則
中村隆之

2024年11月10日　初版第1刷発行

装　幀　間村俊一
装　画　シルヴィー・グリッサン
発行者　丸山哲郎

発行所　株式会社インスクリプト
〒102-0074 東京都千代田区九段南2丁目2-8
tel: 042-641-1286　fax: 042-657-8123
info@inscript.co.jp
http://www.inscript.co.jp

印刷・製本　中央精版印刷株式会社

ISBN978-4-86784-004-7
Printed in Japan

インスクリプトの書籍
［価格は税別］

第四世紀
エドゥアール・グリッサン 著／管啓次郎 訳
奴隷船でマルティニック島に運ばれた二つの家系を軸に、六代にわたる年代記が描くアフロ＝クレオールの歴史。
四六判上製400頁｜3,800円｜ISBN978-4-900997-52-3

〈関係〉の詩学
エドゥアール・グリッサン 著／管啓次郎 訳
炸裂するカオスの中に〈関係〉の網状組織を見抜き、あらゆる支配と根づきの暴力を否定する圧倒的な批評。
四六判上製288頁｜3,700円｜ISBN978-4-900997-03-5

フォークナー、ミシシッピ
エドゥアール・グリッサン 著／中村隆之 訳
フォークナーを複数のアメリカへ、クレオール世界へと接続し、アメリカスの時空間に新たな作家像を定着する。
四六判上製424頁｜本体3,800円｜ISBN978-4-900997-34-9

ライティング・マシーン──ウィリアム・S・バロウズ
旦敬介 著
バロウズの作家としての自立の過程を跡づけ、〈南〉からバロウズを発見する鮮烈な評論。
四六判上製286頁｜2,700円｜ISBN978-4-900997-30-1

真っ白いスカンクたちの館

レイナルド・アレナス 著／安藤哲行 訳

『夜明け前のセレスティーノ』に続く〈ペンタゴニア〉五部作第二作。パワフルな言葉が紡ぎだすめくるめく小説世界

四六判上製492頁｜3,500円｜ISBN978-4-86784-003-0

オデッサの花嫁

エドガルド・コサリンスキイ 著／飯島みどり 訳

20世紀の苦難を背負い欧州を逃れんとする人々を描いて、ブエノスアイレスの映画作家が還暦からの新生を遂げた短篇集。

四六判上製272頁｜3,000円｜ISBN978-4-900997-90-5

エル・スール 新装版

アデライダ・ガルシア＝モラレス 著／野谷文昭・熊倉靖子 訳

ビクトル・エリセの名作『エル・スール』の原作。映画では描かれなかった後半部、物語のクライマックスが、今明らかに。

四六判上製136頁｜1,800円｜ISBN978-4-86784-005-4

ビルヒリオ・ピニェーラ全短篇集［仮題］ 2025年刊

ビルヒリオ・ピニェーラ 著／久野量一 訳

レイナルド・アレナスの文学的盟友、ピニェーラの全短篇収録。奇抜・奇妙、類を見ないそのクールな小説世界を一冊に。

四六判上製880頁［予定］｜予価5,800円｜ISBN978-4-900997-87-5